Rohinton Mistry

Assuntos de Família

Tradução
Anna Olga de Barros Barreto

OBJETIVA

Título original
Family Matters

Todos os direitos desta edição reservados à
EDITORA OBJETIVA LTDA., rua Cosme Velho, 103
Rio de Janeiro – RJ – CEP 22241-090
Tel.: (21) 2556-7824 – Fax: (21) 2556-3322
www.objetiva.com.br

Capa
Lu Ribeiro

Revisão
Renato Bittencourt
Umberto de Figueiredo

Editoração Eletrônica
FUTURA

M678a

Mistry, Rohinton
Assuntos de família/Rohinton Mistry. – Rio de Janeiro : Objetiva, 2003

466 p. ISBN 85-7302-506-9

Tradução da versão inglesa: *Family matters*

1. Literatura indiana. I. Título

CDD 891-4

Para Freny

1

Um borrão de luz do sol da tarde já avançada prolongou-se ao pé da cama de Nariman, enquanto ele finalizava o seu cochilo e olhava o relógio. Eram quase seis horas. Ele olhou para onde a mancha morna tinha atraído os dedos de seus pés. Nodosos e retorcidos pela idade, meio de pássaro, eles se deleitavam com o bem-estar do sol. Os olhos se fecharam de novo.

Aos poucos, a réstia de sol afastou-se dos pés, e ele teve uma vaga sensação de abandono. Olhou de novo o relógio: agora já passava das seis. Com alguma dificuldade, levantou-se e foi se preparar para o passeio do entardecer. No banheiro, enquanto jogava água fria no rosto e gargarejava, ouviu a voz do filho e da filha adotivos, num tom mais alto do que o som da torneira.

"Por favor, Papai, não saia, nós imploramos", disse Jal através da porta, fazendo, então, uma careta e ajustando o aparelho de audição, uma vez que as palavras tinham ecoado de modo ensurdecedor no ouvido dele. Era um aparelho de modelo antigo: um estojinho de metal do tamanho de uma caixa de fósforos que se prendia ao bolso da camisa e estava ligado ao fone de ouvido. Tinha sido adquirido, com relutância, há quatro anos, quando Jal fez 45, mas ele ainda não estava acostumado aos caprichos do aparelho.

"Isso, agora está melhor", ele disse para si, antes de voltar a falar alto: "Então, Papai, é pedir muito? Por favor, para o seu bem, fique em casa."

"Por que essa porta trancada e a gente tendo que gritar?", Coomy disse. "Abra-a, Jal."

Ela era dois anos mais moça do que ele, e com o tom de voz mais incisivo do que o dele, quando representavam a rabugenta e o apaziguador. Magra como o irmão, porém mais forte, ela se parecia com a mãe deles, e tinha poucas curvas para lhe suavizarem as linhas e os ângulos. Durante a meninice, os parentes a examinavam minuciosamente e comentavam com tristeza que o amor de um pai era o sol e a água fresca sem os quais uma filha não poderia florescer; um padrasto, diziam, era quase inútil nesse sentido. Uma vez, eles se descuidaram e falaram ao alcance do ouvido dela. Essas palavras inflamaram dolorosamente a mente de Coomy, e ela fugiu para o quarto onde foi chorar pelo pai morto.

Jal experimentou a porta do banheiro; estava trancada. Ele passou a mão pelo cabelo ondulado antes de bater com delicadeza. A investigação não suscitou resposta.

Coomy tomou a frente. "Papai, quantas vezes eu já lhe disse? Não tranque a porta! Se você cair ou desmaiar aí dentro, como vamos tirá-lo daí? Obedeça às regras!"

Nariman lavou o sabão de barba das mãos e procurou uma toalha. Coomy errou de vocação, achava ele. Ela devia ter sido diretora de escola, alguém que ditasse regras para alunas infelizes, deixando-as arrasadas. Em vez disso, ela o atormentava com regras destinadas a controlar todos os aspectos da vida encolhida dele. Além da proibição quanto a portas trancadas, ela exigia que ele anunciasse quando tencionasse usar o banheiro. De manhã, ele não deveria sair da cama até ela ir apanhá-lo. Banho, só duas vezes por semana, ocasião em que ela se encarregava da coreografia, e Jal atuava como diretor de palco, com a obrigação de ficar por perto e protegê-lo de qualquer risco. Havia mais regras relacionadas a refeições, roupas, dentaduras, uso da radiovitrola, e, em momentos de tolerância, Nariman aceitava o que eles nunca se cansavam de repetir: que era tudo para seu próprio bem.

Ele secou o rosto enquanto ela continuava a mexer com a maçaneta. "Papai! Está tudo bem? Vou chamar o chaveiro e mandar tirar todas as trancas, estou lhe avisando!"

As mãos dele demoraram um pouco a tornar a estender a toalha no porta-toalha. Ele abriu a porta. "Oi, estão me esperando?"

"Você vai me deixar maluca", Coomy disse. "Meu coração está tum-tum-tum, imaginando que você tivesse desmaiado ou algo parecido."

"Não se preocupe, Papai está ótimo", disse Jal, com jeito tranqüilizador. "E isso é que importa."

Sorrindo, Nariman saiu do banheiro e levantou as calças. O cinto demorou mais; os dedos trêmulos não conseguiam acertar. Ele acompanhou o delicado raio oblíquo de luz da cama à janela, deliciando-se com as galáxias de poeira, os grãozinhos fechados como órbitas impenetráveis. O barulho do tráfego começou o seu ataque noturno na vizinhança. E então se perguntou por que isso não o contrariava mais.

"Pare de sonhar, Papai", Coomy disse. "Preste atenção ao que estamos dizendo."

Nariman achava que estava com o cheiro da fragrância salutar da terra depois da chuva; quase podia senti-la na língua. Olhou para fora. É, a água estava gotejando na calçada. Gotejando direto. Não era chuva, nesse momento, mas as jardineiras do peitoril das janelas do vizinho.

"Mesmo com minhas pernas boas, Papai, caminhar é um perigo", Jal disse, continuando o alvoroço diário que acontecia por causa da saída do padrasto. "E ausência de lei é a única coisa certa que há nas ruas de Bombaim. Mais fácil encontrar uma pepita de ouro na calçada do que uma *tola* de cortesia. Como você pode sentir algum prazer em andar?"

Meias. Nariman resolveu que precisava de meias, e foi até a cômoda. Procurando um par na gaveta rasa, falou dentro dela. "O que você está dizendo é verdade, Jal. Mas as fontes de prazer são muitas. As valas, os buracos e o tráfego não podem extinguir todas as alegrias da vida." A mão, cujo tremor parecia o da asa de um pássaro, continuou a procurar. Então, ele desistiu e enfiou os pés nus nos sapatos.

"Sapatos sem meias? Como um patane?", Coomy disse. "E está vendo como as mãos estão tremendo? Você não consegue nem atar os cordões."

"É, você poderia me ajudar."

"Com prazer — se você fosse a algum lugar importante como ao médico, ou ao templo do fogo para rezar por Mamãe. Mas não vou incentivar maluquices. Quantos dos que sofrem do mal de Parkinson fazem o que você faz?"

"Não vou fazer nenhum *trekking* no Nepal. Uma voltinha pela rua, só isso."

Cedendo, Coomy ajoelhou-se aos pés do padrasto e atou os cordões dos sapatos dele, como fazia toda noite. "Primeira semana de agosto, a monção em fúria, e você quer dar uma voltinha."

Ele foi até a janela e apontou para o céu. "Olhe, a chuva parou."

"Uma criança teimosa, é o que você é", queixou-se a moça. "Devia ser castigado como uma criança. Vai ficar sem jantar pela desobediência, ouviu?"

Com a comida que ela fazia seria um prêmio, não um castigo, pensou.

"Você o ouviu, Jal? Quanto mais velho fica, mais insultante ele se torna!"

Nariman se deu conta de que tinha falado em voz alta. "Devo confessar, Jal, sua irmã me assusta. Ela ouve até meus pensamentos."

Jal só podia receber uma transmissão de ruídos, porque o fone aumentava a voz forte de Coomy ao mesmo tempo em que desconsiderava os murmúrios do padrasto. Reajustando o volume, ele levantou o indicador da mão direita como um árbitro mandando o batedor para fora, e voltou à última frase que seus ouvidos tinham captado. "Concordo com você, Papai, são muitas as fontes de prazer. Nossa memória contém uma quantidade de mundos suficiente para nos divertirmos por uma eternidade. Além disso, você tem seus livros e uma vitrola e um rádio. Por que sair do apartamento, afinal? Aqui é um céu. Este prédio não se chama Chateau Felicity* à toa. Eu deixaria o inferno do mundo lá fora e passaria todos os meus dias trancado em casa."

"Não seria possível", Nariman disse. "O inferno tem como permear a membrana do céu." Ele começou a cantarolar baixinho, "Heaven, I'm in Heaven",** o que irritou Coomy ainda mais, e parou de cantar. "É só lembrar dos distúrbios da mesquita Babri."

"Tem razão", admitiu Jal. "Às vezes o inferno realmente atravessa."

"Você está concordando com o exemplo tolo que ele deu?", Coomy disse, indignada. "Os distúrbios ocorreram nas ruas, não do lado de dentro."

"Acho que Papai está se referindo ao velho casal pársi que morreu no quarto deles", Jal disse.

"Você se lembra, não lembra, Coomy?", Nariman disse. Os *goondas* que pensaram haver muçulmanos se escondendo no Dalal Estate e puseram fogo lá?"

"É, é sim, minha memória é melhor do que a sua. E foi uma coincidência — puro azar. Quando é que uma mesquita em Ayoddhya transforma em selvagens as pessoas que estão em Bombaim? Uma vez na vida, outra na morte."***

"Verdade", Nariman disse. "Estamos em vantagem." E resistiu ao impulso de cantarolar *Blue moon.*

"Justamente na semana passada, em Firozsha Baag, uma senhora idosa foi espancada e roubada", Jal disse. "Dentro do próprio apartamento. A pobrezinha mal está conseguindo segurar as pontas no Hospital Geral Pársi."

---

* Castelo Felicidade. [N. da T.]

** Céu, estou no céu [N. da T.]

*** Em inglês, *Once in a blue moon.* [N da T.]

"De que lado você está?", perguntou Coomy, exasperada. "Por acaso está persuadindo Papai a dar uma volta? Está dizendo que o mundo não se tornou um lugar perigoso?"

"Ah, se tornou, sim", Nariman respondeu por Jal. "Especialmente dentro de casa."

Ela cerrou os punhos, e saiu enfurecida. Ele bafejou os óculos e os poliu com um lenço, devagar. A vista cada vez mais fraca, as dentaduras irritantes, o tremor nos membros, a postura curvada e o andar arrastado estavam quase prontos para a rotina da tarde.

Levando o guarda-chuva, que usava como bengala, Nariman Vakeel emergiu do Chateau Felicity. A vida alvoroçada era como ar para pulmões famintos, depois da solidão mofada do apartamento.

Ele foi para a travessa onde os vendedores de legumes e verduras se reuniam. Seus cestos e caixas, abarrotados de verduras e legumes, de frutas e raízes, transformavam a esquina num jardim. Vagens, batatas-doces, coentro, *chili* verde, repolhos, couves-flores, vicejavam sob a luz da rua, abençoando o crepúsculo com sua cor e aroma. De vez em quando, ele se inclinava para tocá-los. Cebolas voluptuosas e tomates reluzentes atraíam seus dedos; as berinjelas roxas e as cenouras cor de terra eram irresistíveis. Os *subjivalas* sabiam que ele não ia comprar nada, mas não se importavam, e ele gostava de achar que eles entendiam por que ele ia lá.

Na barraca das flores, havia dois homens sentados como músicos, tecendo fios de cravinas, guirlandas de jasmim, e lírios, e rosas, os dedos escolhendo, dedilhando, atando, tocando uma melodia floral. Nariman imaginava a continuação das obras que eles executavam: suplicar às divindades nos templos, enobrecer as molduras das fotos dos antepassados de alguém, adornar o cabelo de esposas, de mães e de filhas.

A barraca de *bhel-puri* era uma paisagem esculpida com sua pirâmide dourada de *sev*, pequenas montanhas de *mumra*, colinas de *puris*, e, entre os vales, em recipientes de alumínio, poças de *chutney* verde, marrom e vermelho.

Um homem vendendo bananas subia e descia a rua. Os cachos se sobrepunham em pilhas altas e pesadas em seu braço esticado: equilibrismo e halterofilismo combinados num único ato.

Era mágico como um circo, achava Nariman, e tranqüilizador, como um *show* de mágico.

Na véspera de seu aniversário de 79 anos, ele voltou para casa com escoriações no cotovelo e no braço, e mancando. Tinha caído ao atravessar a rua, saindo do Chateau Felicity.

Coomy abriu a porta e gritou, "Meu Deus! Venha rápido, Jal! Papai está sangrando!".

"Onde?", Nariman perguntou, surpreso. A esfoladura do cotovelo tinha deixado uma pequena mancha em sua camisa. "Isso? Você chama isso de sangramento?" Ele balançou a cabeça com um leve risinho.

"Como você pode rir, Papai?", Jal falou, num tom cheio de censura. "Estamos na maior ansiedade por causa dos seus machucados."

"Não exagerem. Tropecei em alguma coisa e torci um pouco o pé, só isso."

Coomy encharcou uma bolinha de algodão no Dettol e limpou as esfoladuras, e o braço, sentindo o ardor do anti-séptico, recuou. Ela se encolheu, com empatia, e soprou no machucado. "Desculpe, Papai. Melhor?"

Esse assentiu com a cabeça enquanto os gentis dedos dela batiam de leve nos lugares esfolados, cobrindo-os, então, com esparadrapo. "Agora nós devemos dar graças a Deus", Coomy disse, guardando a caixa de primeiros socorros. "Sabe o quanto essa queda poderia ter sido séria? Imagine se você tivesse caído no meio da rua mais movimentada, bem no meio do tráfego."

"Oh!", Jal cobriu o rosto com as mãos. "Não posso nem pensar nisso."

"Uma coisa é certa", Coomy disse. "De agora em diante você não sai mais."

"Concordo", Jal disse.

"Parem com essa idiotice, vocês dois."

"E você, Papai?", perguntou Coomy. "Amanhã você completa 79 anos, e ainda assim não pode responder pelos seus atos. Nenhuma gratidão por Jal e por mim, ou por aquilo que fazemos por você."

Nariman sentou-se, tentando manter um silêncio digno. As mãos tremiam deploravelmente, desafiando todo esforço que a vontade pudesse fazer para mantê-las paradas em seu colo. O tremor nas pernas também estava aumentando, o que fazia os joelhos se balançarem como se ele fosse algum pervertido sacudindo as coxas. Ele tentou se lembrar: tomou o remédio depois do almoço?

"Ouçam-me", disse ele, cansado de esperar que a calma voltasse aos seus membros. "Na minha juventude, meus pais me controlaram e destruíram aqueles anos. Graças a eles, me casei com sua mãe e estraguei os anos da maturidade. Agora vocês querem atormentar a minha velhice. Não vou permitir tal coisa."

"Quanta mentira!", enfureceu-se Coomy. "Você arruinou a vida de Mamãe, e a minha, e a de Jal. Não tolerarei nem mais uma palavra contra ela."

"Por favor, não se transtorne", Jal tentou acalmar a irmã, acariciando furiosamente o braço da cadeira dele. "O que aconteceu hoje, tenho certeza, foi um aviso para Papai."

"Mas ele aprenderá com isso?", ela lançou um olhar ameaçador para o pai. "Ou ele vai sair, quebrar os ossos e depositar o fardo de suas fraturas sobre meus ombros?"

"Não, não, ele vai se comportar bem. Vai ficar em casa, ler, relaxar e ouvir música, e..."

"Eu queria ouvi-lo dizer isso."

Nariman ficou calado, e aproveitou o tempo para desafivelar o cinto. E agora começava a tarefa de desamarrar os cordões do sapato.

"Se não gosta do que estamos dizendo, pergunte a opinião de sua filha quando ela vier amanhã", Coomy disse. "Do seu próprio sangue, não como Jal e eu, de segunda classe."

"Não será necessário", Nariman disse.

"Olhe", Jal disse, "Roxana vem com a família para o aniversário de Papai. Que não haja nenhuma briga aqui amanhã."

"Por que brigar?", Coomy disse. "Podemos apenas ter uma discussão sensata, como gente grande."

Embora Roxana fosse meia-irmã deles, o amor de Jal e Coomy por ela havia sido abundante e completo desde que ela nasceu. Aos 14 e 12 anos, eles não foram vítimas dos sentimentos complicados de ciúme, desatenção, rivalidade ou mesmo ódio que os recém-nascidos provocam nos irmãos de idades mais próximas às deles.

Ou talvez eles fossem gratos a Roxana por ela ter enchido o vazio deixado pela morte do pai deles, quatro anos antes. O pai esteve doente durante quase toda a infância dos dois. E durante os breves períodos em que os pulmões não o confinavam na cama, ele não deixava de ser uma pessoa fraca, raramente capaz de passar um dia sem assistência. Sua pleurisia crônica era sintoma de uma doença pulmonar mais grave, cujas duas temidas iniciais nunca eram mencionadas entre amigos e parentes. Só um pouco d'água no pulmão, era como se descrevia a doença de Palonji.

E Palonji, para aliviar a ansiedade da família, habitualmente fazia piada dessa descrição codificada. Se Jal, sempre travesso quando criança, fazia alguma bobagem, era devido a um pouquinho d'água em sua cabeça. "É preciso tampar bem as orelhas quando você lavar a cabeça", implicava o pai. Mãos desajeitadas eram sinal de que a pessoa tinha realmente água nos dedos. E se a pequena Coomy chorava, o pai dizia, "Minha linda filhinha não está chorando, é só um pouquinho d'água em seus olhos", o que prontamente a fazia sorrir.

A coragem de Palonji Contractor e a determinação de manter o espírito da família elevado eram heróicas, mas o fim, quando chegou, foi devastador para Jal e Coomy. E três anos depois de sua morte, quando a mãe deles tornou a se casar, os dois eram inflexíveis em relação ao estranho, eram desajeitados ao lidar com ele. E insistiam em se dirigir a Nariman Vakeel como Papai Novo.

A expressão doía como uma pedra cada vez que era jogada na cara dele. De início, ele não levava a sério e a afastava com um riso: "É só isso — só Papai Novo? Por que não um nome mais longo? Que tal Papai Melhorado Tinindo de Novo?"

Mas ele foi infeliz na sua escolha de adjetivos; Jal lhe disse friamente que ninguém poderia ser melhor do que o verdadeiro pai deles. Levou algumas semanas para a mãe convencê-los de que ela ficaria muito feliz se eles deixassem o Novo de lado. Jal e Coomy concordaram; eles estavam amadurecendo rápido, rápido demais. Os filhos então disseram à mãe que usariam qualquer palavra que ela quisesse. O simples fato de chamá-lo de Papai, disseram eles, não o tornava um.

Nariman se perguntou que castigo ele teria merecido para se casar com Yasmin Contractor. Eles não tinham se unido por amor — foi um casamento arranjado. Ela se decidira pela segurança, pelo filho e pela filha.

E ele, quando relembrava essa história toda, percorrendo a terra árida de suas vidas, desesperava-se por ter sido tão indeciso, tão fraco, a ponto de tê-la deixado acontecer.

Mas, um ano depois do casamento, o milagre entrou na vida do casal. Nasceu Roxana e, com a abundância de afeto prodigalizada ao bebê, era inevitável que o calor dele os tocasse a todos. O amor pela pequena Roxana salvou-os do pântano de rancor em que estavam; a entrada da infelicidade ficou temporariamente impedida.

❖

Aproximava-se das seis horas, e Nariman começou a se aprontar para o jantar do seu aniversário. Esperara ansiosamente por essa noite, para ver Roxana e sua família. E, enquanto se vestia, aquele momento encantador do nascimento de sua filha lhe ocupou o pensamento.

A chuva recomeçou, depois de uma estiagem que durou quase todo o dia. Havia uma camisa nova, presente de Jal e Coomy, à espera dele na cômoda. Nariman tirou-a de seu embrulho de celofane e fez uma careta, ao sentir a fazenda engomada. Não tinha dúvida, iria pinicá-lo a noite toda. As coisas que uma pessoa tinha de agüentar por ser seu aniversário. Na cômoda dele, havia camisas perfeitamente boas, macias e confortáveis, que lhe sobreviveriam.

Acima do tamborilar da chuva, um martelo começou a fazer barulho em algum lugar do prédio, enquanto ele se atrapalhava com os novos botões apertados. Ninguém pensava nos problemas do velho e do fraco, visto que as camisas à venda eram empacotadas em sacos plásticos invioláveis, e vinham com alfinetes espetados nos lugares mais difíceis, e com pedaços de papelão bem apertados debaixo da gola.

Ele sorriu ao pensar em Roxana, seu marido e seus dois filhos. Ele nunca pôde imaginar, ao se deleitar com ela quando bebê pequenino, que um dia ela cresceria e teria seus próprios filhos. E se perguntou se todos os pais se maravilhavam como ele.

E se ela pudesse ter permanecido aquele bebezinho um pouco mais de tempo? Talvez aquele único período verdadeiramente feliz de sua vida de casado também tivesse durado um pouco mais. Se ao menos pudéssemos ter o impossível, pensou, poderíamos sobrepujar a infelicidade. Mas não era assim que as coisas funcionavam no mundo. O tempo da família prazerosa foi curto. Curto demais.

Ele se lembrou do momento em que Jal tomou o bebê nos braços. Como ele ficou encantado quando a menininha apertou o seu dedo. "Que força ela tem, Papai!" Então Coomy exigiu, barulhenta, carregar a irmã no colo. "Ela está soprando bolinhas, exatamente como o meu anel!", exclamou ela, encantada, referindo-se ao *kit* de bolinha de sabão que tinha comprado num parque de diversões.

Mas a devoção de Jal e Coomy a Roxana — até isso chegou ao fim, sentia Nariman, depois que ela se casou e saiu para morar no apartamento que ele tinha adquirido mediante o pagamento de um enorme *pugree.* Foi nessa época que eles começaram a jogar em cima dele a expressão "de sangue", acusando-o de parcialidade.

Se ao menos o elo da infância, quando as relações não estavam corrompidas por combinações com "meio" e com os sufixos "asto" e "ado"* porque hifens e sufixos não

* Em "padrasto" e "enteado". [N. da T.]

tinham sentido para eles — se ao menos o elo tivesse resistido, haveria algum consolo, algo de bom teria se salvado daqueles anos miseráveis. Mas isso também lhe foi negado. Naturalmente. Só um fim horrível poderia resultar de um começo tão horrível.

E qual foi o começo, Nariman se perguntou. O dia em que conheceu sua querida Lucy, a mulher com quem deveria ter se casado? Mas esse não foi um dia horrível, foi a mais bela das manhãs. Ou foi mais tarde, quando ele renunciou a Lucy? Ou quando consentiu em casar com Yasmin Contractor? Ou naquela noite de domingo em que os pais e os amigos deles mencionaram a idéia pela primeira vez — quando ele deveria ter se enfurecido, afastado violentamente a sugestão, ter lhes dito que fossem tratar das porcarias das vidas deles, que fossem para o inferno?

Trinta e seis anos tinham se passado desde então. E ele ainda se lembrava da noite de domingo, da reunião semanal do círculo de amigos de seus pais. Nesta mesma sala, onde a mobília ainda era a mesma, as paredes tinham a mesma pintura e todas as vozes daquela noite de domingo ainda ecoavam.

Houve muito regozijo quando seus pais anunciaram que seu filho único, depois de passar anos recusando-se a terminar uma relação inadequada com aquela mulher goense, recusando-se a conhecer moças pársi decentes, recusando-se a casar com alguém respeitável — que seu amado Nari tinha finalmente ouvido a voz da razão e consentido em sossegar.

Sentado sozinho na varanda, ele podia ouvir cada palavra. Como de costume, Soli Bamboat, o amigo mais antigo de seus pais, advogado semi-aposentado, mas ainda muito influente, foi o primeiro a reagir. "Três vivas para Nari!", gritou. "Hip-hip-hurra!", e os outros responderam "Hurra!".

O mecanismo vocal de Soli Bamboat, apesar de uma vida de luta com as traiçoeiras vogais inglesas, era freqüentemente confundido por elas. A sua fala foi uma fonte de grande assombro e divertimento para Nariman na infância.

Contando seus pais, havia dez membros habituais nas reuniões de domingo à noite. Não, nove, ele se corrigiu, porque a esposa do senhor Burdy, Shirin, morrera no ano anterior, depois de uma doença rápida. Tendo passado o luto, o senhor Burdy reapareceu nas reuniões de domingo, e, na opinião de Nariman, dedicou-se ao papel de viúvo com diligência admirável. Uma pakora *saborosa ou algum* chutney *especial, feito em casa por alguém, fariam-no suspirar zelosamente, "Ah, como a minha Shirin o teria apreciado!". Depois de rir de uma anedota engraçada, imediatamente acrescentaria, "Em humor, minha Shirin era a número um — sempre a primeira a apreciar uma piada." Mas ele, que nunca parecia estar à vontade nesse papel, alguns meses mais tarde resolveu experimentar o papel de solteiro jovial renascido. O grupo aceitou a mudança, dando a sua aprovação tácita; e não se fez mais menção a Shirin nas noites de domingo.*

Chega de amor e lealdade e lembranças, pensou Nariman. Nesse meio tempo, o grupo respondeu três vezes aos hip-hip-hips de Soli antes de dar início a uma variedade de vivas e votos de felicidades individuais para os pais dele.

"Parabéns, Marzi!", o senhor Kotwal disse para o pai de Nariman. "Depois de 11 anos de batalha, afinal você venceu!"

"Melhor tarde do que nunca", o senhor Burdy disse. "Mas a sorte sempre protege os ousados. Lembre-se, os frutos da paciência são doces, e tudo está bem quando acaba bem."

"Pare, senhor Provérbio, chega", Soli disse. "Reserve alguns para nós."

Curioso a respeito dos comentários deles, Nariman, na varanda, mudou a posição da cadeira para poder observá-los sem ser visto. Agora a Sra. Unvala começava a confessar ter sempre sabido que o menino faria a escolha certa no final, e seu marido, Dara, assentia vigorosamente com a cabeça. As opiniões dos dois eram apresentadas como as de uma equipe, e o grupo chamava-o de Sócio Silencioso.

Então Soli entrou na varanda, e Nariman fingiu estar mergulhado num livro. "Ei, Nari! Por que está aí sozinho? Venha se juntar ao nosso círculo, seu minino bobinho."*

"Mais tarde, tio Soli, quero acabar este capítulo."

"Não, não, Nari, pricisamos de você agora", ele disse, levando o livro embora. "Para que pressa? As palavras num vão sumir da página." Agarrando-lhe o braço, levou-o para a sala, para o meio do grupo.

Eles lhe davam tapinhas nas costas, lhe apertavam a mão e o abraçavam, enquanto ele se encolhia e desejava não ter ficado em casa naquela noite. Mas sabia que teria que enfrentá-los em algum momento. Então ouviu a mulher do tio Soli, titia Nargesh, perguntar à mãe, "Me diga, Jeroo, é verdade? Ele realmente deixou aquela Lucy Bragança?"

"Ah, sim", respondeu a mãe. "Deixou, ele nos deu sua palavra."

---

* Usado para representar a pronúncia incorreta das vogais do inglês, uma característica da fala do personagem. No original, o autor usa *seely* em vez de *silly*, troca impossível de ser reproduzida em português. [N. da T.]

Então a senhora Kotwal rapidamente atravessou a sala com passos curtos, beliscou a bochecha de Nariman, e disse, "Quando o menino travesso acaba virando um bom menino, a satisfação é dupla".

Ele teve vontade de lhe lembrar que tinha 42 anos. Então titia Nargesh, do sofá em que estava sentada, acenou. Ela era a pessoa de fala mais mansa do grupo e, em geral, a algazarra lhe abafava a voz. Ela dava pacadinhas no assento ao seu lado, convidando-o a se sentar. Tomando a mão dele na sua, encarquilhada pelas queimaduras sofridas num acidente na cozinha durante sua mocidade, titia sussurrou, "Nenhuma felicidade é tão duradoura quanto a felicidade que se obtém ao atender aos desejos dos pais. Lembre-se disso, Nari".

A voz dela chegou-lhe de muito longe, e ele não teve nem vontade nem energia para discutir. E estava se lembrando da semana anterior, quando ele e Lucy ficaram olhando a maré baixar em Breach Candy. Havia crianças puxando uma pequena rede nas piscinas d'água entre as pedras, à procura de vida marinha que as ondas amnésicas tivessem esquecido. Enquanto ele as observava espalhar água e gritar, pensava nos 11 anos de luta que ele e Lucy tinham vivido na tentativa de criar um mundo à parte. Um casulo, ela costumava chamá-lo. Era de um casulo que eles precisavam, dizia ela, no qual poderiam se refugiar, e, depois que suas famílias tivessem esquecido que existiam, dele emergiriam como duas borboletas brilhantes e, voando, fugiriam juntos...

A lembrança o debilitou por um instante — estaria tomando a decisão certa?... Sim, estava. Eles tinham sido esmagados por suas famílias. Exauridos pelo grande esforço empreendido. Ele se lembrou de como era inútil esse esforço agora — Lucy e ele tinham chegado a um ponto em que dificilmente se passava uma noite sem que os dois brigassem por isso ou por aquilo. De que valia continuar assim, e deixar tudo desmoronar nessas rixas inúteis?

Então, enquanto as crianças ali por perto guinchavam de excitação ao verem uma criatura apanhada na rede, Lucy tentou, pela última vez, convencê-lo: eles podiam virar as costas para todos, afastar-se do mundo sufocante das tiranias familiares, da culpa e da chantagem em que os pais se especializavam. Podiam começar uma vida própria juntos, só os dois.

Lutando para manter sua decisão, ele lhe disse que já tinham discutido tudo isso antes, suas famílias os caçariam, não importa o que acontecesse. A única maneira de fazê-lo era terminar a história rapidamente.

Muito bem, ela disse, é inútil falar mais, e se afastou dele. Nariman se viu sozinho junto ao mar.

E agora, quando seus pais e os amigos deles discutiam o seu futuro enquanto bebericavam uísque com soda, Nariman se via bisbilhotando estranhos. Eles estavam se deleitando com a realização de sua "mesa-redonda de conferências", como diziam, na qual planejavam a vida de casado dele, e se divertiam tanto como se fosse um campeonato de uíste ou uma noitada em casa.

"Só há um problema", o senhor Burdy disse. "De fato trancamos a porta antes que o cavalo escapasse, mas precisamos providenciar uma égua substituta."

"O que foi que ele disse?", perguntou tia Nargesh.

"Senhor Provérbio acha que o noivo está pronto, mas pricisamos encontrar uma noiva para ele."

"Vocês não acham que um casamento de amor seria melhor do que um arranjado?"

"Claro que sim", o pai de Nariman disse. "Você acha que nós não estimulamos isso? Mas o nosso Nari parece incapaz de se apaixonar por uma moça pársi. Agora nos cabe encontrar-lhe um par."

"O que vai ser um desafio, atentem nas minhas palavras", o senhor Kotwal disse. "Vocês podem ir até Bombaim procurar, se quiserem. Podem tentar desde Calcutá até Karachi. Mas quando eles forem investigar, vão descobrir sobre o lufroo *de Nari com aquela mulher ferangi."*

"Impossível escondê-lo", admitiu a senhora Unvala. "Vamos ter que concordar."

"Ah! Tenho certeza de que Nari encontrará uma esposa adorável", sua mãe disse com lealdade. "A nata da safra."

"Acho que teremos que esquecer da nata da safra", o senhor Burdy disse. "Se você planta, você irá colher. Não se pode arar os restos da colheita num dia e esperar a nata no outro."

Eles riram, e as piadas foram ficando mais cruas. Soli disse algo ofensivo a respeito dos ferangis que limpavam o traseiro com papel em vez de lavá-lo.

O desinteresse com que Nariman vinha escutando evaporou-se. "Como tenho pena de vocês todos", disse ele, incapaz de reprimir seu desagrado. "Vocês envelheceram, mas não aprenderam muita coisa."

A cadeira rangeu quando ele a afastou e voltou à varanda. Apanhou o livro e fitou as páginas, sem lê-las. Havia uma leve brisa que vinha do mar. De lá de dentro, ele ouvia seus pais se desculpando, dizendo que o pobre rapaz estava desolado porque a separação era ainda recente. Constatar que eles imaginavam saber como ele se sentia deixou-o enfurecido.

"O Príncipe Encantado não apreciou o nosso senso de humor", o senhor Burdy disse. "Mas não precisava nos destratar."

"Acho que ele estava só citando uma passagem de um livro", o senhor Kotwal disse.

"Meu grande erro", o pai disse, "foram os livros. Livros demais. As idéias modernas encheram a cabeça de Nariman. Ele nunca aprendeu a manter aquele equilíbrio perfeito entre tradição e modernidade."

"O tempo vai passar e ele vai voltar a ser nurmal", Soli disse. "Não se preocupe, dê um passo de cada vez."

"Exatamente", o senhor Burdy disse. "Agir com pressa, arrependimento na certa. Lembre-se, devagar e sempre é que se ganha a corrida."

Ignorando o próprio conselho, em questão de dias os amigos dos pais de Nariman arranjaram alguém para lhe apresentar. "Você vai conhecer Yasmin Contractor, uma viúva com dois filhos", disseram-lhe. "E é o melhor que você pode esperar, rapaz, dada a sua história."

Ou essa viúva, explicaram, ou uma mulher defeituosa — a escolha era dele. Que tipo de defeito?, perguntou Nariman, curioso. Ah, podia ser zarolha, ou surda, ou ter uma perna mais curta que a outra, disseram despreocupadamente; ou poderia ser alguém doente, de pulmão fraco, ou com problemas no departamento de partos — dependia de quem estivesse disponível. Se essa fosse a preferência dele, fariam as investigações devidas e lhe apresentariam uma lista.

"Ninguém está negando que você seja bonito e bem-educado. O seu passado é a sua desvantagem — esses anos perdidos, que o levaram a ultrapassar o limiar dos 40 anos. Mas não se preocupe, levamos tudo em consideração: personalidade, passado familiar, habilidades na cozinha e domésticas em geral. É, a viúva é a nossa preferida. Ela será uma boa esposa para você."

Como um inválido conduzido por médicos e enfermeiras, ele atravessou o processo à deriva, reprimindo dúvidas e queixas, pronto a acreditar que o caminho tradicional era o melhor. Tornou-se o marido de Yasmin Contractor, e adotou formalmente os filhos dela, Jal e Coomy. Mas os dois conservaram o nome do pai deles. Mudá-lo para Vakeel seria o mesmo que reescrever a história, sugeriu a nova esposa. A comparação agradava à alma acadêmica dele; Nariman aquiesceu.

E esse, talvez, tenha sido o meu primeiro erro, pensou Nariman, ainda lutando com os botões do presente de aniversário. Como Jal e Coomy se sentiram, como crianças, por terem um nome diferente do resto da família? Ressentiram-se disso? Sentiram-se postos de lado? Ele deveria ter considerado a perspectiva deles antes de ceder a Yasmin. Ele deveria ter tentado compensar a perda que os dois sofreram com a morte do pai, deveria ter tentado lhes dar a infância normal que não tiveram, ter feito excursões, piqueniques, ter brincado com eles, ter tentado ser um amigo para eles... e talvez o resultado tivesse sido diferente. Mas a capacidade de pensar como criança, de ter empatia, era uma habilidade que ele ainda não aprendera. Hoje em dia era tão mais fácil.

Derrotado pelos botões, Nariman pôs a camisa de lado e partiu para o banheiro. Sua barriga roncava vergonhosamente. Tentou se lembrar do que tinha comido, enquanto percorria o corredor comprido que ia dar nos fundos do apartamento. Dos três banheiros, era o único que ainda funcionava.

Cada passo exigia que ele fizesse um grande esforço de concentração, enquanto a mão trêmula procurava apoio na parede que, ao longo, era coberta de grandes retratos, pendurados no alto. Os seus antepassados matutavam entre as molduras escuras, as expressões austeras e as bocas severas espiando-o, do alto, durante suas freqüentes viagens ao banheiro. Muitas vezes tinha medo de não chegar ao banheiro a tempo. Mas este apartamento infeliz, achava ele, ao menos justificava o estilo sombrio dos retratos. A seu ver, os semblantes ancestrais pareciam mais tristes a cada dia.

Ele correu o ferrolho da porta e se sentou, grato pela existência de um vaso sanitário no único banheiro que restava. Não podia imaginar como teria conseguido se agachar em nenhum dos outros dois.

Na outra extremidade do corredor, Coomy, gritando à porta do quarto dele, pedia que se apressasse porque a família de Roxana não demoraria a chegar. Os passos dela aproximaram-se do banheiro, e ela tentou abrir a porta.

"Quem está aí dentro?"

"Eu."

"Eu devia saber pelo fedor!"

Quando ele voltou para o quarto, ela o esperava. O martelo ainda estava batendo, em algum lugar do prédio.

"Você desobedeceu a regra, Papai, foi ao banheiro sem me dizer."

"Me desculpe. Eu me esqueci."

"Preciso fazer número um, eu podia ter ido primeiro. Agora tenho que me sentar no seu cheiro." Ela fez uma pausa. "Não tem importância, vista-se. Eles vão chegar a qualquer momento e me culpar por não ter aprontado você."

Ele mostrou a camisa nova, o tremor distal fazendo com que ele parecesse estar sacudindo uma bandeira. "Os botões são difíceis."

Era uma camisa de mangas compridas, e ela o ajudou a vesti-la. Ele quis saber a origem do martelar constante.

"Edul Munshi, do andar de baixo, quem mais podia ser", ela disse, fechando as abotoaduras. "Morando aqui no Chateau Felicity, só tem um faz-tudo."

A campainha da porta tocou enquanto ela abotoava a frente da camisa. O rosto de Nariman se iluminou: Roxana e Yezad, e Murad e Jeangir, finalmente! Os seus dedos ansiosos tentaram ajudar a vestir a camisa.

Ela os afastou e passou rapidamente pelos últimos botões, deixando de abotoar uns dois no final, atarantada por ainda ter o que fazer na cozinha. A família Chenoy sempre tinha que chegar na hora certa, resmungou ela, até mesmo nessa chuvarada forte.

2

Jal recebeu a família e correu, levando os guarda-chuvas e as capas até o banheiro, para evitar uma poça junto à porta. E voltou com um pano, limpando o rastro da água. Depois de todos terem acabado de limpar os sapatos próprios para chuva no capacho, conduziu-os à sala.

"Vocês pegaram mesmo uma boa chuvarada."

"Pegamos", Roxana disse, "e esses dois pestinhas esqueceram os bonés. Olhem os cabelos deles, ensopados. Pode me emprestar uma toalha, Jal?"

"Claro." Instalando-os nos sofás e cadeiras surrados, Jal mudou inutilmente mesinhas laterais de posição, apanhou almofadas, apenas para recolocá-las no mesmo lugar, e acendeu um abajur. E, ansioso, perguntou se a luz estava lhes incomodando os olhos.

"De jeito nenhum", Yezad o tranqüilizou.

A agitação habitual de Jal obscurecia o prazer que ele tinha em vê-los. Ele se desculpou, dizendo que Coomy precisava de ajuda na cozinha.

"A toalha, Jal", Roxana lhe lembrou. "Antes que esses dois *saitaans* peguem um resfriado."

"Ah, sim, perdão." Saiu e voltou correndo, e pediu desculpas pela demora.

Ela jogou a toalha em cima da cabeça de Jehangir, esfregando vigorosamente a ponto de sacudir os ombros dele. O menino resolveu exagerar o efeito, e deixou os braços e cadeiras se sacudirem numa dança frenética.

"Fique quieto, seu bobo", a mãe disse. Ela correu os dedos pelos cabelos dele para verificar como estavam. "Muito bem. Sua vez, Murad."

"Eu mesmo seco", Murad disse, sem estar disposto a renunciar à soberania adquirida recentemente, ao fazer 13 anos.

A mãe lhe passou a toalha, depois abriu a bolsa para apanhar um pente. Jehangir esperou pacientemente enquanto ela recuperava a risca à esquerda e alisava o resto para trás. "Agora você está se parecendo menos com um rufião."

Murad pegou o pente em seguida, e foi até a cristaleira na outra extremidade da sala. Apertando os olhos ao se olhar no vidro frontal do móvel, penteou o cabelo como queria, sem a risca.

Roxana guardou o pente e avisou aos meninos que se comportassem, para que Titia e o Tio não se aborrecessem. Yezad também emitiu uma advertência, acrescentando, a meia-voz, que naturalmente era difícil predizer o que poderia aborrecer aqueles dois — a única coisa a se fazer seria não dizer nada e não fazer nada.

"Essa noite vocês finjam que são duas estátuas", ele disse.

Murad e Jehangir riram.

"Estou falando sério. Haverá um prêmio para a melhor estátua."

"E qual é o prêmio?"

"Uma surpresa."

Eles pararam imediatamente, como se congelassem, para ver qual dos dois poderia ficar mais tempo sentado e quieto sem piscar o olho. Mas não se passou muito tempo antes que a estátua de Murad adquirisse vida e começasse a explorar a sala. Ele foi passeando até a janela e espiou lá para fora por trás das cortinas, e depois tentou abri-las. Puxou com as duas mãos para fazer correr as argolas. O pau e a cortina vieram abaixo.

"Está vendo o que você fez? Sente-se imediatamente!", a mãe disse, mostrando os dentes para parecer braba, embora soubesse que isso seria impossível. "Você é mais velho do que Jehangir, deveria dar bom exemplo."

Murad apanhou o pau da cortina e começou a enfiar os anéis nele. Assim que conseguiu enfiar um pano, o segundo escorregou e saiu pela outra ponta.

"Você ouviu Mamãe", Yezad disse. "Largue isso."

"Só estou voltando a botar no lugar para Titia."

Yezad descruzou as pernas e se sentou na beirada do sofá, como se fosse se levantar. "Eu disse sente-se."

Vendo a chispa da raiva nos olhos do pai, Jehangir ficou tenso, esperando que o irmão não tomasse uma atitude desafiadora. Ambos conheciam bem o mau gênio do pai.

Murad voltou à sua cadeira, fazendo beicinho e franzindo a testa. Mas tão rápido como tinha surgido, a raiva do pai se dissipou. "Agora vamos esperar que a sua Titia não tenha um ataque."

Roxana estava certa de que o barulho provocaria a curiosidade de Coomy. Mas ninguém chegou na sala até que Nariman, a camisa nova mal enfiada nas calças, aparecesse no vão da porta.

"Parabéns, Vovô", disseram os meninos em coro. Jehangir foi o primeiro a sair do sofá dessa vez, correndo para Nariman enquanto ele se dirigia para sua cadeira arrastando os pés.

"Pare!", Roxana conteve a empolgação do filho. "Deixe o Vovô se sentar primeiro, você vai derrubá-lo."

Ela se perguntou se os pés do pai estavam se arrastando mais do que da última vez em que se encontraram; ele estava definitivamente mais curvado. O médico os advertira, os sintomas iriam agravar-se quando os ganhos do mal de Parkinson fossem cada vez maiores. Que escolha engraçada de palavra o médico fizera, pensou Roxana, "ganhos", como se a doença desgraçada fosse uma ação no bazar de ações a que Jal se dedicava.

Abaixando-se para se sentar na cadeira, Nariman perdeu o controle e caiu pesadamente nela. Ele sorriu para os rostos ansiosos.

Jehangir o abraçou e o beijou, segurando-lhe o queixo e o apertando delicadamente, deleitando-se com a consistência meio emborrachada de jujuba e do pequeno chumaço de pêlo que era como um salpico de açúcar. O avô riu e inclinou a cabeça para a parte seguinte do ritual: as pancadinhas na careca.

Esse cumprimento especial tinha evoluído desde alguns anos atrás quando ele agarrara afetuosamente os queixos dos meninos, e eles agarraram o dele imediatamente. Fascinados pela textura que encontraram, os meninos exploraram outras traços da fisionomia do avô e acharam que a cabeça glabra, dura, lisa e brilhante fazia um contraponto delicioso com o queixo de jujuba.

Murad aproximou-se e estendeu a mão, sentindo-se velho demais para se permitir esse aperto de queixos infantil. Nariman o apertou, depois o puxou para si para abraçá-lo.

"Mostre-nos os seus dentes, Vovô", Jehangir disse.

Nariman acedeu, fazendo com que a dentadura se salientasse por um instante antes de chupá-la para dentro.

"Outra vez!"

"Pare de chatear", Yezad disse. "Esse meu filho está se saindo um maroto e tanto. Que a data se repita muitas vezes, chefe." Ele apertou a mão do sogro calorosamente e lhe deu tapinhas no ombro.

Afinal, Roxana o abraçou, dizendo que era muito bom vê-lo tão bem. "Deus o abençoe, Papai, que a gente continue a voltar aqui por muitos e muitos anos."

"Pelo menos até os 100 anos", Yezad disse.

"É, Vovô, você tem que chegar a um século", Murad disse. "Como Sachi Tendulkar contra a Austrália."

"É fácil", Jehangir falou. "Só faltam 21."

"Aritmética boa", Nariman disse com um risinho. "Mas já tive a minha cota de aniversários."

"Não diga isso, Papai", disse Roxana, e um leve franzido lhe vincou a testa. E ela se sentou no sofá junto à cadeira dele.

Jal, que nesse ínterim tinha voltado, ajustou o aparelho de audição; dava-lhe mais trabalho quando havia muitos falantes na sala. "O quê? O que Murad disse sobre *curry* de galinha?"

"Um século", Roxana disse, repetindo para Jal tudo o que ele perdera, enquanto ele sorria e assentia com a cabeça. Então Coomy chamou, e ele voltou correndo para a cozinha.

"Quantos aniversários mais para você completar um século?", Nariman perguntou a Jehangir. "Noventa e dois, me parece, é isso?"

"Não, Vovô, isso foi o ano passado, agora faltam só 91."

"E para Murad?"

"Apenas 87."

"Excelente. Logo vocês vão ser rapazes com muitas namoradas. Espero que me convidem para os seus casamentos." A cada minuto que passava, ele ficava mais animado. A alegria e o riso e a juventude que eles traziam era um antídoto para o ar sombrio que envolvia o seu apartamento, para as horas em que, para ele, as próprias paredes e tetos pareciam incrustados com o desespero de décadas de infelicidade. A mobília, também, de teca e pau-rosa, os enormes armários e camas de quatro colunas que se agigantavam na escuridão, cascos sombrios à espera de algum fim temido, pareciam de novo acolhedores e hospitaleiros. E aquela longa fileira de retratos de família no corredor — hoje as caretas severas pareciam cômicas.

Roxana perguntou, mantendo o sussurro, "Está tudo bem com Jal e Coomy?".

"O teatro e o tititi de sempre, só isso", Nariman disse. "A maioria das vezes..."

Ele se calou quando Coomy, carregando uma tigela de batatas fritas, entrou na sala com um alô bem alto para todos. As cortinas derrubadas atraíram imediatamente o olhar dela, mas, antes que a indignação se transformasse em palavras, Roxana desculpou-se, "Esse menino travesso deu um puxão e tudo veio abaixo. Ele vai ter um belo castigo".

Tomando a dianteira, Coomy foi magnânima. "Não se preocupem, Jal consertará a cortina depois. Só espero que nenhum *mavaali* sem vergonha tente espionar a nossa casa."

"Mas nós estamos no terceiro andar, Titia", Jehangir disse.

"E daí? Você acha que só tem *mavaalis* ao nível da rua? Eles podem estar no edifício em frente. Podem estar com um telescópio naquele arranha-céu a um quilômetro e meio daqui."

Intrigado, Jal perguntou, "Quem é que está no arranha-céu?".

"Desligue esse negócio", Coomy aconselhou. "Não estamos falando de nada importante."

"Deixe-o escutar!", Roxana disse, indignada. "Ele quer participar da conversa."

"E quem vai pagar para comprar baterias novas? Sabe o quanto são caras, e a rapidez com que essa caixinha as consome?"

"Mas é algo necessário, como remédio."

"Dizer que alguma coisa é necessária não produz magicamente dinheiro para supri-la", Coomy disse, e enumerou os preços de artigos que considerava necessários: cebola, batata, pão, manteiga, gás de cozinha.

"Você deve orçar todas as suas despesas", Roxana disse. "Ter um envelope separado para cada uma."

"Muito obrigada, também estudei economia doméstica na escola. Envelopes são inúteis sem o dinheiro para se pôr neles."

"Você está certa", Yezad disse para dar por encerrada a discussão. "Todos nós temos o mesmo problema."

"Besteira", Coomy falou com rispidez. "Vocês não têm o problema de cuidar de Papai, com todas as despesas dele."

Roxana quis revidar dizendo que a pensão de Papai pagava tudo. Mas Yezad fez um discreto sinal para ela — a divergência tola por causa das baterias estava se transformando numa briga importante — e mudou de assunto: "Aliás, Coomy, que martelação constante é essa?"

"É o idiota do Edul Munshi, só podia ser."

"Agora ele vai ficar louco para arrumar as suas cortinas", Yezad implicou.

Jal se encolheu, fingindo-se horrorizado. "Por favor, qualquer um menos o Edul. A não ser que você queira que a casa desmorone nas nossas cabeças."

Eles riram, pois Edul Munshi, que morava um andar abaixo, imaginava-se um talentoso faz-tudo. Havia sinais evidentes da incompetência de Edul na porta da frente do seu apartamento: a placa que trazia o nome do morador estava torta, e o fecho e o pino não se adequavam muito bem. No prédio, ele era famoso pelo ótimo jogo de ferramentas, e era notória sua boa vontade em compartilhar delas — ao usar a estratégia certa, ele conseguia se introduzir, junto com as ferramentas, nos consertos e arrumações dos outros. E isso significava o mundo para ele, uma vez que hoje em dia ele tinha muito pouco a fazer no apartamento em que morava; a senhora Munshi decidira limitar a quantidade de estragos que seu marido poderia fazer na casa deles.

"Eu queria saber quem é o bicho que vai cair na armadilha da caixa de ferramentas de Edul dessa vez", Yezad disse.

Riram de novo, e Nariman olhou em volta, satisfeito, contente com o afastamento da briga. "Vamos lá, vamos tomar alguma coisa."

"Esperem só mais uns cinco minutos", Coomy disse. "Minhas brasas estão prontas para o *loban,* o sol já se pôs."

Ela saiu da sala e voltou com o turíbulo de prata, andando numa nuvem de fumaça branca. E agora sua cabeça estava coberta com um lenço de musselina.

Roxana se deliciava com a fragrância do olíbano, já que os ritos e a religião significavam mais para ela do que jamais tinham significado para Yezad. Depois da morte repentina da mãe, o lado Contractor da família assumira a instrução religiosa, e a consciência pesada de Nariman nunca lhes negou nada. Eles lhe ensinaram as orações, providenciaram a realização de sua *navjote,* levaram-na ao templo do fogo todos os dias santos.

Mais tarde, na vida de casada, ela perdeu o hábito desses ritos. Yezad não acreditava neles, dizia que ir ao templo do fogo no Navroze ou Khordad Sal era suficiente para ele, e que a fumaça do *loban* servia apenas para afastar os mosquitos.

O turíbulo de prata na mão de Coomy, que pertencera à Mamãe, encheu a imaginação de Roxana de reverência e lembranças da infância. Ela esperou sua vez enquanto Coomy o oferecia para que cada um o reverenciasse.

Yezad, estando mais próximo, foi o primeiro, e ele juntou as mãos num gesto mecânico.

"Cubra a cabeça", Roxana soprou no ouvido do marido.

"Desculpe", murmurou ele, e pôs uma das mãos sobre a cabeça, enquanto mexia com a outra para trazer a fumaça para si. Murad e Jehangir sorriram ao ver a falta de jeito do pai.

Depois de passar por todos, Coomy fez o circuito da sala de estar, a fumaça seguindo-lhe o rastro preguiçosamente. A expressão solene com que ela espalhava a fumaça ao redor divertiu os meninos.

"Sua titia é uma mulher muito piedosa", Yezad disse quando ela saiu da sala, e lutou para segurar o riso.

"Realmente", Nariman disse. "Ela tem uma linha direta de comunicação com o Todo-poderoso."

"Parem com isso, vocês dois", Roxana disse, aborrecida. Ela queria saborear o momento; para ela, a fumaça do *loban* era como anjos e *fareshtas* flutuando pela casa.

Coomy afastou o lenço de musselina branca da cabeça e anunciou que era hora dos drinques. "E vocês, Murad e Jehangir? Fanta ou Seven-Up? Ou", disse ela, arregalando os olhos para transmitir a delícia de uma atração especial, "o meu próprio *sarbut* de framboesa feito em casa — é o que vou tomar."

Os meninos estavam acostumados com a mistura anêmica da tia, rosa pálido, açucarada e insossa. "Tomo isso depois", Murad disse. "Agora vou de Fanta."

"Para mim também, Titia", Jehangir disse.

Jal se ofereceu para cuidar dos drinques, e começou a preparar uísques com soda para Yezad, Nariman e para ele próprio. Roxana pediu o *sarbut* de framboesa desprezado e o rosto de Coomy se iluminou.

"Mártir", Yezad soprou no ouvido da mulher, deixando os lábios roçarem o lobo da orelha dela.

Nariman percebeu e sorriu com prazer. Ficava encantado com a felicidade da filha, o elo que ela compartilhava com Yezad. Freqüentemente ele os via se comunicarem por meio de sinais sutis, invisíveis a todo mundo.

Ele rejeitou a preferência dela pelo *sarbut*. "No meu aniversário? Você devia tomar algo mais forte."

"Não, Papai, sobe direto para minha cabeça e depois desce para as pernas."

"Mas ele tem razão, Roxie", Yezad disse. "Hoje é especial."

Jehangir e Murad juntaram suas vozes ao pleito: "É, Mamãe. Você tem que tomar algum álcool hoje!" Eles gostavam de ver a ligeira embriaguez que afetava a mãe uma ou duas vezes no ano, e apagava o ar de perpétua preocupação que havia nela.

Suspirando, ela consentiu em beber rum com Seven-Up, como se estivesse empreendendo uma tarefa difícil. "Olhe, Jal, muito pouco rum, e bastante Seven-Up", instruiu Roxana, que então se sentou, antecipando a bebida com prazer.

Ainda sem Fanta e impelido pelo tédio, Murad foi até a cristaleira, que ocupava o lugar de honra na sala de estar. Jehangir o seguiu. Sempre que visitavam o avô, esse pequeno armário funcionava como um ímã, que a interdição do tio e da tia, proibindo-os de tocar em qualquer coisa, tornava mais forte.

Roxana os vigiava com preocupação crescente. Nariman fez um gesto com a mão no ar como se estivesse afagando o braço da filha para lhe assegurar que estava tudo bem.

"Mas, Papai, você não tem idéia do *chavaat* que Murad é. E o irmão também, quando estão juntos. Do contrário, Jehangir é capaz de ficar sentado horas, lendo ou montando quebra-cabeças."

Ela cutucou Yezad, para que ele ficasse de olho nos dois. "A última coisa que queremos é que eles fiquem mexendo no santuário."

"Santuário" era a palavra secreta deles para o ajuntamento de quinquilharias, brinquedos e cristais que atulhavam as prateleiras da cristaleira venerada por Jal e Coomy. Seus ícones sagrados incluíam um palhaço com orelhas que abanavam quando lhe apertavam a barriga, um cachorrinho branco peludo com a cabeça móvel, réplicas minúsculas de carros antigos e um Elvis, movido a pilha, que dedilhava silenciosamente sua guitarra. Antigamente, o Elvis de brinquedo também cantava um verso de *Wooden Heart*, mas, como Jal gostava de explicar às visitas, algo desarranjou o mecanismo exatamente no dia de agosto em que o Rei morreu.

Quando adquiriam um brinquedo novo, eles orgulhosamente demonstravam o seu funcionamento, e então o instalavam com solenidade por trás do vidro. A única coisa que faltava nesse ritual, segundo Yezad, era: incenso, flores e o entoar de preces. Ele descartava a explicação de Nariman de que o pai doente de Jal e Coomy e a infância infeliz deles eram o motivo do santuário. Havia um monte de crianças carentes, disse Yezad, e nem todas se tornavam fanáticas por brinquedos.

Além de brinquedos, a cristaleira guardava algumas taças de prata, prêmios que Jal e Coomy tinham ganho há muito tempo na escola. Plaquinhas afixadas aos troféus registravam seus feitos: Jal Palonji Contractor, 3º Prêmio, Corrida de Três Pernas, 1954; Coomy Palonji Contractor, 2º Prêmio, Corrida do Limão na Colher, 1956; e muitos outros. Eles não tinham guardados todos os prêmios, só os que ganharam quando o pai esteve presente no Dia do Esporte para torcer por eles.

Havia também dois relógios, agora pequenos demais para seus pulsos, e duas canetas, que o pai lhes dera de presente na *navjote* deles, havia quase 40 anos. A cerimônia tinha sido planejada rapidamente a conselho do *dustoorji* da família, quando parecia que Palonji não tinha mais muito tempo de vida. As crianças ainda não tinham decorado todas as orações necessárias; mas o *dustoorji* disse que ele não notaria essa deficiência: o melhor para o pai seria testemunhar a *navjote*, mesmo que faltassem aos iniciados alguns versos, para que ele pudesse morrer tranqüilo sabendo que sua prole tinha sido recebida, como deveria, no rebanho zoroastriano.

Chateado de ficar olhando através do vidro, Murad resolveu abrir as portas da cristaleira. Roxana alertou Yezad, que advertiu o filho de que ele não tocasse em nada.

"O vidro está empoeirado, não consigo ver."

Ele passou os olhos sobre a variedade de objetos, deixando de lado os vasos, as taças de prata, uma gôndola de plástico com o gondoleiro, o marajá da Air-India empoleirado sobre o nariz de um Jumbo, uma torre Eiffel. No centro da vitrine, dois macacos risonhos atraíram a curiosidade do menino.

Um estava equipado com um tambor e baquetas, enquanto o outro agarrava entre as patas uma garrafa com o rótulo Bebida; nas costas de ambos havia chaves. De pé, como se fosse para encobrir as mãos, Murad começou a dar corda no tocador de tambor. Jehangir, o cúmplice, fornecia a cobertura adicional.

Mas o tique-taque do mecanismo de corda os traiu. O som, aos ouvidos de Coomy, era tão familiar como o respirar de um bebê querido. Ela abandonou os drinques e correu para a cristaleira adorada.

"Muito feio, Murad, muito feio", disse ela, conseguindo exibir uma calma falsa antes que a tensão viesse à tona e a fizesse gritar. "Eu já lhe disse milhares de vezes, não toque na cristaleira!"

"Ponha-o imediatamente no lugar em que estava", a mãe disse.

Murad ignorou a ordem e continuou a dar corda. "Não estou fazendo nada de errado."

"Você ouviu Mamãe", Yezad falou.

"Entregue já o macaco para o Tio Jal, seu menino malvado!", Coomy disse, agora frenética. "Ele vai fazê-lo funcionar para você."

"Mas eu é que quero dar a corda."

Yezad se levantou. Hora de desistir, Murad decidiu. Entretanto, antes que ele pudesse soltar o brinquedo, Coomy lhe deu um tapa no rosto.

Por um momento, pareceu a Roxana que Yezad atacaria Murad e Coomy. Ela pulou do sofá e arrastou o filho pelo braço até uma cadeira, depois conteve o marido apertando-lhe o ombro com um toque firme. A Coomy, ela disse, rispidamente, que se algum castigo fosse necessário, a queixa deveria ser levada aos pais dele, ali presentes.

"E eu tenho que me queixar? E vocês, vendo o menino se comportar mal desse jeito! Se tivessem feito o que deviam, eu não precisaria levantar a mão."

"Essa é boa", Yezad disse. "O fato de crianças quererem se divertir com brinquedos não significa que estão se comportando mal."

"Continue, defenda o menino. É assim que as crianças acabam entrando pelo mau caminho."

"Está vendo, Murad *dikra*", Jal disse, pestanejando, um dedo no ouvido, "o mecanismo é delicado. Uma volta a mais e a mola se quebra. Então o meu tocador de tambor ficaria silencioso, como o meu Elvis."

Ele acabou de dar corda e pôs o macaco na mesa. Os braços começaram a se mexer para cima e para baixo, as baquetas dando uma pancadinha fraca a cada vez que tocavam no tambor. "Maravilhoso, não acham? Vou fazer o outro sujeito funcionar como este." E o macaco com a garrafa de Bebida agora a erguia até a boca, a abaixava, e repetia a seqüência. "Vou lhes contar, esses dois são ótimos. A gente nunca se cansa de ficar olhando para eles."

Os meninos não se interessaram. O prazer de dar corda nos brinquedos, fazê-los se movimentarem, era o que eles buscavam.

"Crianças ingratas, virando as costas para os macacos", Coomy disse.

"Agora chega, Coomy", Nariman interferiu. "Vamos esquecer isso."

Mas uma maré de ressentimento inundara as veias de Coomy. E ela então disse que não esqueceria — talvez fosse assim que ele lidava com os problemas. Não é de admirar que ele tivesse se comportado daquela maneira desavergonhada com aquela Lucy Bragança, e tenha destruído a vida de Mamãe e...

Nariman olhou para os outros, levantando as mãos num pedido de desculpas inútil, e Roxana tentou lutar contra a explosão. "Onde você quer chegar, Coomy? Por que desencavar tudo isso? Na frente das crianças? E o que isso tem a ver com os macacos?"

"Não interfira entre Papai e mim. E se você quer saber qual é a relação, pense um pouquinho."

Seis vidas que ele, um pai só de nome, encheu de infelicidade, continuou Coomy, e ela nunca perdoaria isso, especialmente o seu vergonhoso comportamento com a amante depois do casamento. Que espécie de mulher — mulher, não, bruxa — faria esse tipo de coisa? E se ela queria morrer daquela maneira, então por que não fizera um favor a todos eles e...

"Coomy, precisamos mostrar a Roxie a boneca nova que você tem." Jal interrompeu. "Veja, Roxie, é uma boneca japonesa."

Ele foi parcialmente bem-sucedido; Coomy baixou a voz, mas continuou a resmungar. A admiração submissa de Roxana pelo bonito quimono, pelas cores vivas e pelos fios de ouro puro que nele havia fez com que ela parasse. Coomy chamou a atenção para a pequena sombrinha, que era o detalhe predileto dela, até mais do que os encantadores chinelinhos.

Então os brinquedos foram fechados na cristaleira. Tendo reparado os pecados que seus filhos cometeram em relação ao santuário, Roxana voltou a se sentar ao lado do pai, grata pela recuperação da paz.

Afinal ficaram prontos: três uísques com soda, duas Fantas, um rum com Seven-Up e o *sarbut* caseiro de Coomy. Fizeram um brinde a Nariman, depois do qual ele propôs que bebessem à saúde dos quatro macacos.

"Quatro?", Jal perguntou.

"Dois de Coomy e dois de Roxie."

Eles riram, e Coomy sorriu, mostrando espírito esportivo. Nariman perguntou aos meninos como as coisas estavam indo na São Xavier desde que o ano escolar começou. "Está gostando das novas aulas?"

"Não são mais novas, Vovô", Jehangir disse. "O colégio já reabriu há muito tempo: em 11 de junho. Tem quase dois meses."

"Tudo isso?", Nariman sorriu, lembrando-se da própria infância quando o tempo agia com o mesmo bom senso em vez de passar a toda a velocidade, sem nenhuma sensibilidade, como acontecia agora, dias e semanas inteiros sumindo num piscar de olhos. "E que tal os seus professores?"

"Bons", os dois responderam juntos.

"Conta para o Vovô o posto que o Professor lhe deu", estimulou Roxana.

"Sou Monitor de Dever de Casa", Jehangir disse, explicando que havia três desses na turma e que eles tinham de verificar se os alunos tinham feito todo o dever de casa da véspera.

"E o que acontece quando alguém não faz?", Nariman perguntou.

"Eu tenho que contar para a senhorita Alvarez, e o menino ganha zero."

"E você conta?"

"Claro", Jehangir disse, enquanto a mãe fazia uma careta de desagrado diante da pergunta.

"E se o menino é um amigo seu? Ainda assim você fala para a Professora?"

"Meus amigos sempre fazem o dever."

"Resposta inteligente", Jal comentou.

"Pois é, filho de quem?", Yezad perguntou, e eles riram.

"Agora, se esse sistema de Monitoramento do Dever de Casa fosse um programa governamental da Índia", Jal disse, "os meninos ricos não fariam o dever, e ofereceriam propina aos professores."

Yezad produziu um ruído que ficava entre rir e bufar. "E o diretor ameaçaria achacar os professores a menos que recebesse uma porcentagem."

"Pare de corromper as crianças", Roxana disse.

"A corrupção está no ar que respiramos. Este país está se especializando em transformar gente honesta em ladrões. Certo, chefe?"

"A resposta, infelizmente, é sim."

"O país deu com os burros n'água. E nem são burros de boa linhagem, mas párias."

"Talvez a coalizão do BJP com o Shiv Sena dê uma melhorada na situação", Jal disse. "Devíamos lhes dar uma chance."

Yezad riu. "Se houvesse uma cobra venenosa na sua frente, você lhe daria uma chance? Esses dois partidos encorajaram os extremistas Hindutva a destruírem a mesquita Babri."

"É, mas isso foi..."

"E todo o ódio das minorias que o Shiv Sena vem espalhando nesses últimos 30 anos." Ele fez uma pausa para tomar um grande gole do seu uísque com soda.

"Papai, você sabia que o Shiv Sena vai promover um concerto do Michael Jackson?", Murad disse.

"Exatamente", Jal falou. "Vi a notícia no jornal. E o Shiv Sena vai embolsar milhões — eles obtiveram isenção de impostos por terem classificado o concerto como um evento cultural de importância nacional."

"Pois é", comentou Jal. "O agarramento de saco do Michael Jackson e sua braguilha reluzente devem ser vitais para o país. Estou surpreso de que o Senapati não o considere antinada, nem mesmo antibom gosto. Do contrário, o maluco acusa as pessoas a torto e a direito de serem antiisso ou antiaquilo. Os indianos do Sul são anti-Bombaim, o Dia dos Namorados é anti-hindustani, astros e estrelas de cinema nascidos antes de 1947 na parte paquistanesa do Punjab são traidores do país."

"Acho", Nariman disse, "que se o Senapati ficar com gases depois de comer *karela*, vão declarar que a abóbora é um legume antiindiano".

"Vamos esperar que o *langoti* não lhe cause assaduras na virilha", Jal disse. "Ou toda roupa de baixo vai ser proibida."

Eles riram, e Yezad se serviu de outro uísque com soda. "Francamente, não me importo com quem esteja no governo, nem com o que ele faz. Já desisti de contar com um salvador. Na realidade, sempre resulta num salvador de meia-tigela."

"Papai, por que você diz meia-tigela para tudo?", Jehangir perguntou.

"Porque a metade é a parte mais importante."

Jeangir não entendeu, mas riu mesmo assim. Ele estava feliz de ver o pai dando opinião.

"Vamos falar de outra coisa", Roxana disse. "Política é muito chato."

"Você tem razão", Yezad disse. "Então, chefe, o que achou da Copa do Mundo?"

Nariman balançou a cabeça. "Eu não aprovo esses uniformes coloridos que eles estão usando. O críquete é roupa de flanela branca. Isso de tiros fixos e de correr para terminar um jogo num dia não é críquete."

"O pior é o fanatismo", Yezad disse. "Toda vez que a Índia e o Paquistão jogam, é como uma outra guerra na Cachemira."

"Achei que vocês iam parar de falar de política."

"Desculpe, Roxie. Então, chefe, quando é que vai abrir o seu presente?"

"Agora mesmo."

Os meninos foram correndo até a mesa do vestíbulo apanhar o presente. E puseram o embrulho comprido e estreito no colo de Nariman, onde as palpitações da perna dele o balançaram.

"Dá para adivinhar o que é, Vovô?"

"Uma espingarda? Uma espada?"

"Um rolo bem comprido, para fazer *chapatis* bem grandes?"

"Errou de novo, Vovô."

"Desisto."

Roxana disse que esperassem por Coomy, que, da sala de jantar, pediu que prosseguissem na abertura do embrulho, ela não poderia interromper o que estava fazendo. Para lembrá-los de que ela estava nos bastidores, aprontando o jantar, Coomy de vez em quando deixava pratos e travessas baterem uns nos outros.

Roxana viu o pai lutando com o papel de embrulho, e cutucou Murad para que este o ajudasse. Ela perguntou se ele estava melhor com o remédio novo.

"Muito melhor, olhe", Nariman estendeu a mão trêmula. "Firme como uma pedra. Relativamente falando." Enquanto o ruído abafado de papel amassado desaparecia, uma bengala se revelava. "É linda", disse Nariman, passando os dedos pela superfície brilhante.

"Nogueira pura, chefe."

"E veja, Vovô, pusemos essa proteção de borracha especial na ponta, para que não escorregue."

"Perfeita", Nariman disse. E passou a bengala para Jal, que a admirou, e a manejando, deu pancadinhas no chão.

Coomy apareceu, e, ainda a meio caminho da sala, parou onde estava, "Não acredito no que eu estou vendo".

"O que foi, erramos na cor?", Roxana perguntou, porque a irmã era supersticiosa em relação a esses detalhes.

"Pensem um instante", Coomy disse. "O que vocês estão dando? E para quem? Uma bengala. Para Papai."

"Ele gosta de dar umas voltas", Yezad falou. "Vai ser útil."

"Nós não queremos que ele dê voltas! Ele tem osteoporose, mal de Parkinson, pressão baixa — um dicionário médico ambulante!"

"E você quer me instalar na estante. Mas eu não vou ficar confinado dentro de casa 24 horas por dia."

"Eu concordo com o senhor, chefe. A pessoa ficaria maluca."

"Ah, você concorda? E você sabe o que aconteceu ontem? Eu não queria falar disso no dia do aniversário de Papai, mas agora vou falar. Não, Jal vai falar. Conte para eles, Jal."

Ele pigarreou, ajustou o aparelho de audição, e disse com voz macia que na noite anterior Papai sofrera um acidente.

"Bobagem", Nariman disse. "Tropecei e torci o pé, foi só." E arregaçou a manga para mostrar o band-aid. "Este é o enorme ferimento com que eles estão preocupados."

O riso de Yezad e o sorriso aliviado de Roxana fizeram Coomy se sentir desamparada. "Por favor, me escutem", implorou. "Da próxima vez, pode ser que Papai não tenha tanta sorte. Na idade dele, sair sozinho não é brincadeira, não."

"Talvez vocês pudessem ir junto, uma volta é saudável para todo mundo", Roxana disse.

"Você quer nos ferir a todos com um único tiro?" Coomy virou-se para o irmão, "Mais uma vez você se cala. Sou sempre eu que tenho que entrar na discussão e ficar parecendo a má?"

"É o aparelho dele", Yezad disse. "Assim fica difícil ele participar. Hoje em dia, Jal, com a tecnologia avançada, os aparelhos novos são muito possantes. E tão pequenos, que mal os notamos."

"Esqueça", Coomy disse. "Se ele não escuta com esse grande, como é que vai ser com um pequenininho?"

"As ruas são verdadeiras armadilhas", Jal começou a dizer. "As calçadas estão esburacadas, os pedestres têm que competir com o tráfego, um monte de acidentes diariamente. Dissemos a Papai que passeasse pelo apartamento para fazer exercício, é suficientemente grande. Para tomar ar fresco, ele pode usar a varanda. Por que se arriscar nessas calçadas criminosas?"

"Acho que você está exagerando", Yezad disse. "Concordo que a pessoa tenha que andar com cuidado, não possa confiar nos sinais de trânsito. Mas ainda é uma cidade civilizada."

"É mesmo?", Coomy disse. "Sendo assim, por que você tentou ir para o Canadá?"

Yezad não gostou de ser lembrado desse fato. "Isso foi há muitos anos. E não foi só por causa de trânsito e calçadas."

Então Coomy disse que uma vez que, na opinião deles, não havia nada de errado com os passeios de Papai, ela não se preocuparia mais com o assunto. Mas se, Deus nos proteja, algo terrível acontecesse, ela e Jal o despachariam no mesmo instante para a residência dos Chenoy.

"O chefe é bem-vindo", Yezad falou. "Só não deixem de nos mandar um dos seus quartos extras. Moramos num apartamento de dois quartos, não num palácio de sete quartos como este."

"Riam o quanto quiserem, mas eu estou falando sério." Não haveria outra opção, declarou Coomy — uma aia* ou uma enfermeira seriam impraticáveis, e um asilo

* No original, *ayah*, palavra em hindi que significa enfermeira ou empregada natural da Índia. [N. da T.]

está fora de cogitação. "Jal vai lhes contar do horror que está o bazar de ações, os investimentos de Mamãe mal dão para podermos comer *dar-chavaal*. E vocês sabem melhor do que ninguém que Papai gastou todo o dinheiro dele para comprar o apartamento de vocês."

"Mas esta casa linda é de vocês", Roxana disse. "Por que você continua nos invejando?"

"Casa linda? Uma casa mal-assombrada, caindo aos pedaços! Olhem essas paredes, nem uma mão de cal em 30 anos! O que faremos se houver um vazamento no teto ou se o último banheiro que resta ficar inutilizado, eu não sei. Pensar que poderíamos ter vivido todos juntos e felizes, aqui, uma só família. Mas você insistiu em nos deixar."

"Agora esperem", Nariman disse, "não a culpem. A decisão foi minha."

"Por que estamos discutindo uma história antiga?", Roxana perguntou. "Só porque você não gosta do presente de aniversário de Papai?"

"A bengala é um símbolo da sua falta de consideração hoje em dia. Você nunca foi assim, pelo menos até se casar e partir. Agora você não quer nem saber como vivemos ou morremos. E isso me dói!"

Ela se virou para enxugar ligeiramente os olhos. Roxana a observou alguns minutos, sentindo-se muito mal, e então a abraçou. "Vamos, Coomy, não seja boba. Todo dia eu penso em você, em Jal e no Papai. Por favor, pare de chorar."

Levou-a ao sofá, sentando-a entre Yezad e ela própria. Fungando, Coomy se queixou de ainda não ter ouvido nada sobre a camisa que ela e Jal deram a Papai.

"É uma linda camisa", Roxana a tranqüilizou.

"Eles a elogiaram quando entraram", o pai a resguardou. "Você ainda estava na cozinha."

"Olhe aqui, chefe", Yezad disse. "Que tal um quebra-cabeça em vez da bengala? Tenho certeza de que Jehangir ficaria muito feliz de lhe dar um dos dele. Ou talvez um dos seus Cinco Livros Famosos.*

"Sob uma condição", Nariman disse. "Toda noite Coomy e Jal teriam que ler uma aventura em voz alta para mim."

"Vocês serão os Três Famosos", Jehangir disse, o que foi acompanhado do riso de todos, com a inclusão de Coomy.

* Famous Five Books. [N. da T.]

Ela os chamou para a mesa e apresentou a desculpa habitual pela precariedade da refeição: dera o melhor de si, mas com o racionamento, e os preços do mercado, e os artigos de boa qualidade sendo exportados, era muito difícil preparar um jantar decente.

"O cheiro está uma maravilha", Yezad disse.

"Hum-hum", Murad disse, enquanto a tia o orientava na direção de uma das duas cadeiras da cabeceira. Jehangir tentou abrir espaço para se sentar mais próximo do avô, mas ela o frustrou, colocando-o ao lado do irmão.

Depois de todos sentados, Nariman perguntou por que os pratos melhores não tinham sido postos na mesa. Coomy pôs a mão sobre a testa.

"Todo ano você faz a mesma pergunta, Papai. E se algum se quebra ou lasca?"

"Ela tem razão, Papai", Roxana falou. "Lá em casa nós também não os usamos."

"Seja lá como for, esta noite eu quero a louça fina."

Jehangir repetiu a frase baixinho para si, seja lá como for, saboreando a combinação de palavras. O pai sussurrou informando que o inglês do Avô era o melhor da família.

"Não seja caprichoso, Papai, por favor!", Coomy implorou. "Se algum prato lasca, como vamos repô-lo? O jogo inteiro fica prejudicado."

"Temos que correr esse risco. A vida vai continuar. Trancada e sem uso, um dia essa louça vai envelhecer e se partir dentro do armário. Para quê? Melhor a desfrutarmos."

"Ótimo", Coomy disse. Ela destrancou o armário e tirou um prato raso da pilha. "Contente? Você come nele."

"Quero o aparelho todo. Pratos rasos e pratos pequenos para todo mundo, a grande travessa funda de arroz, as tigelas de servir comida."

"Mas a comida já vem servida. Você quer que eu os esvazie? E lave duas vezes? Sinto muito, não posso fazer uma coisa dessas."

"Nesse caso, vocês vão ter que comer sem mim."

Ele tentou sair da mesa em meio ao protesto geral, enquanto Coomy, quase em lágrimas, apelou para os outros. Ela disse que era esse tipo de comportamento instável que tinha de agüentar o tempo todo.

"Sabe, chefe, segundo a minha experiência, o gosto da comida parece melhor quando a comemos em pratos comuns", Yezad disse. "Os bons distraem a gente com a sua elegância."

Jehangir e Murad disseram que seus pratos eram lindos, e se ofereceram para trocá-los com o Avô, e os levantaram para mostrar as cenas com Peter Pan pintadas neles. Jal resmungou algo a respeito de comer em folhas de bananeira e seguir velhas tradições requintadas. Roxana prometeu organizar outro jantar para o pai, servido em louça fina, se ele começasse a comer naquele momento. Mas não se conseguiu persuadir Nariman.

"É inútil", Coomy disse. "Desisto."

"Não se preocupe, não vai demorar muito", sussurrou Roxana, enquanto elas tiravam a louça cor de marfim do armário. "E eu a ajudo a lavar tudo."

Jal, Yezad e os meninos foram afastados da mesa. Os pratos foram retirados e substituídos, a comida foi transferida para o jogo Royal Doulton, e todos foram então chamados de volta.

"Obrigado, Coomy", Nariman disse. "A mesa está esplêndida."

"Não há de quê", disse ela, cerrando os dentes e o servindo em primeiro lugar. Ele gostava de cabeça de peixe, e ela demorou um pouco a localizar as duas cabeças de pampo que se ocultavam nas profundezas do *paatiyo.*

À medida que os pratos viajavam de um lado para o outro da mesa, se algo retinia ou era posto na mesa com mão pesada, Coomy se encolhia. A jornada da grande travessa de arroz foi a mais aflitiva. Quando a colher escorregou dos dedos de Murad e bateu na borda, ela gritou, "Cuidado!".

"O *dhandar-paatiyo* está delicioso", Roxana disse, e o elogio iluminou o rosto de Coomy.

"Mas está muito picante", Jal observou.

"O *paatiyo* tem que ser picante, ou então não merece o nome de *paatiyo*", Yezad disse, enxugando, com o guardanapo, a umidade que o *chili* provocou em sua testa. Sugeriu que se ligasse o ventilador de teto.

"Não, não", Coomy disse. "Papai vai se resfriar."

"Com esse tempo?", Nariman disse. "O mais provável é uma insolação."

"Ótimo, não vou discutir." Ela se levantou e ligou o ventilador.

Houve suspiros de aprovação quando o ar começou a se movimentar. Mas camadas de poeira tinham se acumulado nas pás do ventilador, há meses parado. E pequenas nuvens cinzentas logo começaram a rodopiar sobre as cabeças deles.

"Olhem", apontou Murad, o primeiro a notar o desastre iminente.

"Rápido, protejam a comida!", disse Coomy, inclinando-se sobre seu prato para resguardá-lo.

"Dêem o fora!", Jehangir gritou.

"Caiam na poeira!", Murad berrou.

"Na realidade, a poeira está prestes a cair em cima de nós", Nariman disse. "O que vocês andam lendo? Gibis de caubóis?"

Enquanto isso, todo mundo copiou Coomy, inclinando-se sobre os pratos enquanto Jal dava um salto até o interruptor do ventilador.

"Ninguém se mexe até a poeira assentar", Roxana disse.

"Como é que o senhor está se saindo, chefe?"

"Bastante bem", Nariman disse. "Estar curvado é uma postura natural para mim. E estou gostando de ver meu jantar de perto. A cara do pampo é funesta."

"Talvez tenha caído poeira nos olhos dele", Yezad disse, e os meninos riram enquanto o avô cantava *Smoke Gets in Your Eyes** para o peixe.

Coomy desfez-se em lágrimas. "Está contente agora com o seu ventilador? Você estragou o jantar para o qual me esfalfei lá na cozinha!"

Roxana disse que nada havia sido estragado, que tudo estava perfeito, a poeira tinha sido repelida pela ação imediata. "Mal posso esperar para me servir de mais desse *dhandar-paatiyo* delicioso."

Olhando para cima e ao redor, Jal anunciou que o ambiente estava seguro de novo. Então eles levantaram as cabeças e, para consolar Coomy, retomaram os barulhos da refeição. O tinido dos talheres era o único som que se ouvia à mesa.

Então o guincho de uma ferramenta elétrica rompeu o silêncio, e Coomy fez o guardanapo voar até o chão. Já bastava. Uma marteladinha vá lá — mas esse tipo de guincho fantasmagórico, de noite, era intolerável.

Ela pôs a cabeça para fora da janela: "Senhor Munshi! Pare com esse barulho! Ei, Edul Munshi! Hoje é o jantar de aniversário de Papai! Tenha um pouco de consideração e pare com esse barulho idiota imediatamente!"

A ferramenta parou, e ela voltou para a mesa, franzindo as sobrancelhas diante do prato. Jal disse que a esposa de Edul, Manizeh, era uma boa mulher — provavelmente tinha sido ela que o mandara parar.

"Façamos justiça a quem de direito", Nariman disse. "Coomy sabe como obter resultados."

Acabaram de comer sem outras interrupções. Os talheres silenciaram; não havia como persuadir ninguém a se servir de mais comida. Roxana pediu aos meninos que levassem os pratos para a cozinha, e antes que Murad protestasse, Jehangir esgueirou-se

* Trocadilho com a canção *Smoke Gets in Your Eyes* (Poeira/fumaça entra em seus olhos) de Jerome Kern e Otto Harback. [N. do E.]

da cadeira e os recolheu. Ele sabia que Mamãe estava sendo gentil com Tia Coomy, e também estava tentando se exibir, mostrar que os filhos eram bons meninos.

Nariman pediu licença, algo havia grudado na sua dentadura. Jehangir o acompanhou ao banheiro e ficou observando enquanto ele a tirava para uma escovadela.

"Sabe, Vovô, eu queria que meus dentes também pudessem ser tirados. Seria mais fácil para escová-los, para alcançar todos os cantinhos difíceis."

Nariman riu com as gengivas, cheirou as dentaduras para verificar se havia algum odor, depois as reinseriu na boca.

Depois da *falooda* de sobremesa, todos marcharam para a varanda. A chuva tinha parado, e o ar cheirava a limpeza. Uns bateram nas costas dos outros para tirar a poeira das roupas, sendo que Jehangir aproveitou a oportunidade para bater em Murad com mais força do que a poeira merecia. O dissabor anterior desapareceu no passado. O martelo de Edul Munshi estava batendo de novo, mas com menos barulho em deferência à hora tardia.

"Chalo, hora de ir para casa", Roxana disse. "Amanhã tem colégio."

"Seja lá como for", Jehangir disse, "vamos ficar mais um pouco." Ele estava radiante, encantado de ter sabido usar a frase.

Rindo, o avô arrepiou-lhe o cabelo. "Isso mesmo, sente-se, fique aqui um pouco mais."

"O senhor não conhece esse menino", Yezad disse. "Amanhã de manhã ele vai estar colado na cama — a cabeça está doendo, a barriga o faz sofrer e a bunda não pára de doer."

"Vamos voltar breve", Roxana disse, e beijou a bochecha do pai.

O olhar triste da solidão voltou ao rosto de Nariman, enquanto Jal apanhava as capas e os guarda-chuvas no banheiro.

Lacrando a porta da frente para defendê-la da noite, Coomy disse que, toda vez que a família Chenoy os visitava, ela se sentia exausta. Como se um redemoinho ou um *vantolio* tivesse passado por ali.

"Que estranho!", Nariman disse. "Para mim, é como se uma brisa fresca tivesse ventilado o ar viciado."

"Você nunca perde a oportunidade de me afrontar, não é?"

"Não é nenhuma afronta, Coomy", Jal disse, cansado, "é só uma diferença de opinião."

Eles eram os únicos no ponto de ônibus, onde uma grande poça tinha se formado na calçada esburacada. A estrada molhada era de um preto brilhante à luz da rua, tremeluzindo e sibilando debaixo das rodas do tráfego incessante.

"Papai falou muito pouco esta noite", Roxana disse.

"Exceto quando ele quis chatear Coomy", Yezad disse, com um risinho. Baixando a voz, ele acrescentou que o Dr. Tarapore os prevenira do sintoma.

Jehangir perguntou quem era Lucy, e a mãe disse que ela era uma amiga do Vovô.

"Namorada", Murad falou com um sorriso afetado, e ela lhe disse que não fosse bobo. Mas Jehangir insistiu no assunto, querendo saber por que Tia Coomy tinha ficado tão zangada por causa de Lucy.

"Você vai saber quando for mais velho."

"Não há nada a esconder", Yezad discordou. "Pode muito bem lhe contar."

Com relutância, Roxana explicou que o Avô tinha querido se casar com Lucy, mas não pôde, porque ela não era pársi. E então ele se casou com a mãe do Tio e da Tia. "Que também era minha mãe, eu nasci dela."

Para Jehangir, a resposta não explicava a raiva da tia. Ele perguntou se havia alguma lei proibindo o casamento com alguém que não fosse pársi. O pai respondeu que sim, que havia a lei do fanatismo, e a mãe disse, exasperada, que ele estava confundindo o menino.

Então Yezad ajudou a mudar o assunto da conversa, dizendo a Roxana, para implicar, que se ela não tivesse se casado com ele, ainda estaria se divertindo com brinquedos na casa do pai dela. Os meninos fingiram que estavam dando corda um no outro. E imitaram os gestos robotizados dos macacos, bebendo e tocando tambor.

"Pobres Jal e Coomy", disse ela. "Tão tristes."

"Por quê?", Jehangir perguntou.

"Porque nunca se casaram, não têm uma família como nós."

"E a casa deles parece sempre soturna", Murad disse.

Dois homens meio trôpegos aproximaram-se do ponto de ônibus e pararam atrás dos Chenoy. Rindo e continuando a travar uma discussão barulhenta, e com o hálito cheirando fortemente a bebida, um deu um empurrão no outro, lançando-o contra Roxana.

"Desculpe, desculpe, desculpe!", o homem riu.

Yezad começou a se aproximar sorrateiramente dos bêbados para se interpor entre a turbulência deles e sua família. Mas, quando conseguiu completar a manobra, eles perceberam a mudança.

"*Bhaisahab*, eu já pedi desculpas à sua esposa!"

"É, tudo bem."

"Não tenha medo, deixe sua mulher ficar perto de nós!"

"Está bem", Yezad murmurou.

"Ora, *bavaji*, não somos maus! Bebemos um pouco de *bevda*, agora estamos nos sentindo felizes, tão felizes, tão felizes!"

"Muito bom", Yezad disse. "Felicidade é coisa boa."

Ignore-os, Roxana mastigou as palavras em silêncio.

Então um dos homens começou a cantar *Choli Kay Peechhay Kya Hai*. Ele cantou com olhares de uma malícia exagerada, e a pergunta crua da canção, dirigida a Roxana, deixou-a rígida, temerosa da reação de Yezad.

Ela disse, outra vez com lábios silenciosos, Apenas os ignore, Yezdaa.

Murad e Jehangir, que compreenderam o duplo sentido da canção popular, tomaram a mão da mãe, sentindo um misto de vergonha e raiva.

O pai esperou um pouco, depois virou-se para os bêbados. "Calem-se", disse ele com tranqüilidade.

"Não nos ameace, *bhaisahab,* não estrague o nosso clima de felicidade! Qual é o problema, o senhor não gosta das músicas de filmes hindus?"

"Dessa, não." Ele mantinha o tom tranqüilo da fala, o que o fazia se contrapor ao linguajar embriagado deles. "Vocês querem saber o que há atrás da blusa? Vou lhes mostrar o que há atrás do meu punho."

"Pare, Yezad!"

"Pare, Yezad!", eles gritaram numa voz esganiçada de falsete, e tropeçaram, rindo histericamente, agarrando-se um no outro para conseguirem se equilibrar. "Não nos confunda, *bavaji*! Somos gente do Shiv Sena, somos invencíveis!"

Para alívio de Roxana, apareceu um ônibus, chacoalhando, o de número 132, o deles. Os bêbados não entraram nele.

“Tchau-tchau, tchau-tchau!”, acenaram os dois, enquanto o ônibus levava os Chenoy dali. Ouviu-se mais um grito de “Pare, Yezad!”, acompanhado de risos bêbados que flutuaram na escuridão.

Depois de Yezad ter comprado os tíquetes, ela o repreendeu pelos dois uísques — tinham lhe embotado o raciocínio. E ele era um mau exemplo para os filhos, eles também teriam vontade de brigar no colégio.

“Papai, Murad e eu podíamos ter lhes dado uma boa surra”, Jehangir disse.

“Está vendo o que eu quero dizer? Você não deveria reagir a vagabundos como aqueles. Principalmente por serem dois.”

“Dois bêbados são duas metades de homem. Além disso, quando me zango fico muito forte.” Então, ao ouvido dela, “E quando tenho tesão fico muito comprido”.

“Yezad!”, Roxana ruborizou-se.

“Eu teria dado uma lição neles com o meu golpe de caratê. Eu conseguia quebrar tijolos dessa maneira.”

Ela sabia que ele podia, ela o testemunhara há muito tempo, quando ainda não eram casados. Estavam passeando perto dos Hanging Gardens,* tarde da noite, e passaram por um terreno deserto onde havia uma obra e um vigia que cochilava escondido num canto. Havia uma pilha de tijolos novos à espera do pedreiro. Deixe-me lhe mostrar uma coisa, Yezad disse com toda a confiança de um rapaz que tinha saído para namorar. Ele armou uma estrutura com dois tijolos, e, atravessando-os, colocou um terceiro, e o partiu com um golpe de mão. Exibicionista, exclamou ela, depois, mostrou-se cética: Você deve ter escolhido um tijolo rachado. Tudo bem, você escolhe. Ela escolheu um, e ele também partiu esse.

Ela olhou para ele, sorrindo com a lembrança. “Você era jovem então. Agora sua mão amoleceu.”

“Ainda é dura o suficiente para quebrar os pescoços daqueles homens.”

Murad disse que nunca vira Papai partir um tijolo em dois, e o irmão disse, É, Papai, é, sim, por favor, nos mostre como é, o que aborreceu a mãe deles. “Tem algum tijolo neste ônibus?” Para Yezad, ela repetiu, “Ignorar bêbados pobres é o único jeito.”

“Algumas coisas não podem ser ignoradas. Talvez Jal tenha razão, Bombaim, agora, é uma selva não-civilizada.”

“Papai, você devia tentar conseguir a entrada no Canadá outra vez”, Jehangir disse.

* Jardins Suspensos. [N. da T.]

"Não. Eles não precisam de um vendedor de artigos esportivos. Tente você, quando for mais velho. Faça coisas úteis — computação, um M.B.A,* e eles o acolherão. Não estude coisas inúteis como eu, história, literatura e filosofia."

Quando o ônibus se aproximou da virada da Ponte Sandhurst para a Rua Hughes, os rostos dos meninos chegaram mais perto da janela. Eles estavam prestes a passar pela casa onde o pai passou a infância.

"Olhem ali", Jehangir disse, "o meu prédio!", quando o Mansão Jehangir apareceu.

Eles riram. E os meninos olharam atentamente para o apartamento do térreo onde o pai passara a juventude. Tentaram vislumbrar algo através das janelas, como se isso pudesse lhes contar mais sobre a vida do pai, sobre a vida dele antes de ser Papai. Mas alguns cômodos estavam escuros, e, nos outros, cortinas escondiam os segredos do apartamento.

"Podemos ir lá um dia?"

Ele balançou a cabeça. "Vocês sabem que foi vendido. Agora há estranhos morando na minha casa."

O ônibus completou a volta, e os meninos espicharam os pescoços para não perderem o Mansão Jehangir de vista. O silêncio que se seguiu tinha um toque de tristeza.

"Eu gostaria que você tivesse continuado a morar lá depois de se casar com Mamãe", Jehangir disse. "Assim, Murad e eu também estaríamos lá agora."

"Você não gosta do Pleasant Villa? Um lugar tão bom de se morar."

"Este parece melhor", Murad disse. "Tem uma área particular onde poderíamos brincar."

"É", Yezad disse. Um vestígio de melancolia passou por seu rosto ao se lembrar dos anos da infância, dos amigos e do críquete nas áreas do condomínio. "Mas não havia lugar para todos naquela casa."

"E as três irmãs de Papai não gostavam de mim", Roxana acrescentou.

"Ora", protestou Yezad, mas depois a deixou continuar, já que era ele quem sempre dizia que não era preciso guardar segredo diante das crianças.

O mais moço dentre os quatro irmãos, Yezad fora o receptáculo da adoração incansável das irmãs. Era um amor feroz e ciumento, as três eram loucas pelo irmãozinho, a quem dedicavam um fervor que beirava a mania. Na infância, esse amor apresentava poucos problemas; era considerado mimoso, encantador. Durante os

* *Master in business administration*: mestrado em administração de empresas. [N. da T.]

anos de adolescência, ele foi o guardião, o cavaleiro andante delas. Foram muitas as brigas em que ele se meteu quando comentários provocadores e despropositados de meninos de escola por acaso incluíam suas irmãs. Mais tarde, a situação ficou mais séria; durante o primeiro ano de faculdade, ele surrou dois grosseirões que estavam assediando sua irmã menor em algum lugar do campo de futebol.

Então outras garotas passaram a fazer parte do círculo de amigos dele na faculdade, e o amor feroz das irmãs tornou-se opressivo, o primeiro sinal do problema futuro. Que mulheres que não eram senão estranhas pretendessem partilhar da atenção do irmão delas era impensável. As reações delas iam da indignação à raiva e à amargura; Yezad muitas vezes teve que escolher entre a paz em casa e sair à noite com amigos.

"E quando Papai e eu ficamos noivos, foi demais para elas", Roxana disse. "Elas me trataram tão mal! Nem sequer participaram de nenhuma das cerimônias do casamento. Eu estava lhes roubando o bebê. Não importa com quem o Papai se casasse, qualquer uma seria tratada por elas da mesma maneira. Não era assim, Papai?" Ela afagou a mão de Yezad, e ele assentiu com a cabeça.

"Talvez se vocês tivessem ficado, elas acabariam sendo mais amáveis", Murad disse.

Yezad balançou a cabeça. "Vocês não conhecem suas tias, teriam sido anos de brigas e discussões. Quando o Avô nos deu Pleasant Villa, foi o melhor que poderia nos ter acontecido."

Jehangir disse que sempre quis saber por que só tinham o Tio Jal e a Tia Coomy, enquanto seus amigos tinham tantos tios e tias. "Nunca encontramos as outras."

Então Yezad disse que eles tinham aprendido o bastante sobre a história familiar por uma única noite, levando em conta tudo o que andava perturbando a Tia Coomy, e agora essa conversa sobre as irmãs dele. E Jehangir disse que, quando crescesse, iria escrever um livro grande e pesado que iria se chamar *A história completa das famílias Chenoy e Vakeel.*

"Desde que você só diga coisas simpáticas sobre nós", a mãe disse.

"Não", Yezad disse. "Desde que ele diga a verdade."

3

Não houve nenhuma batida na porta, nenhuma campainha, só um baque surdo, fazendo com que os cabelos na nuca de Coomy se arrepiassem. Ela continuou com a cabeça enfiada no jornal, mas por sua mente passaram correndo as notícias recentes de roubos durante o dia, de ladrões invadindo casas, matando moradores, saqueando apartamentos.

Ela e Jal estavam sozinhos. Nariman, aproveitando uma estiada, aventurara-se a sair para uma volta rápida. A monção não tinha dado trégua nos últimos 15 dias, e ele se recusara a deixar passar esse anoitecer agradável.

O som se repetiu, mais alto, tanto que Jal também o ouviu. "Devo ir?", perguntou ele.

"Espere junto à janela — talvez seja preciso você gritar por socorro."

Ela se aproximou da porta na ponta dos pés e olhou pelo olho mágico. Qualquer situação suspeita e ela poderia se afastar, fingir que não havia ninguém em casa. Houve gritos aflitos em hindi pedindo que se abrisse logo a porta. Primeiro uma voz, depois, outra: "*Darvaja kholo! Jhadi kholo! Koy gharmay hai kya?*"

Ela recuou, reuniu coragem, e foi à frente de novo. Temendo ver o que via em seus maus sonhos, Coomy olhou. E percebeu, nesse instante, que era o outro pesadelo, o que dizia respeito ao padrasto, que ali estava se revelando.

Nariman pendia dos braços de dois homens, um peso morto, inútil. Um o carregava pelos joelhos; o outro passara os braços sob os ombros dele, os dedos entrelaçados sobre o peito de Nariman. O homem que o agarrava pelos joelhos estava dando pontapés na porta com o pé descalço, produzindo aquele baque abafado.

Quando Coomy abriu completamente a porta deixando um pontapé no meio do caminho, o homem quase perdeu o equilíbrio. O presente de aniversário de Nariman estava preso ao peito da camisa do homem. O peso do presente forçava o botão a sair da casa.

"Jal! Jal, venha rápido!"

Os dois homens estavam ofegantes, o suor pingava-lhes dos rostos. Tinham um cheiro horrível, pensou Coomy, reconhecendo-os do armazém, onde carregavam sacos de cereais para os fregueses; músculos de aluguel. Não deviam ser *ghatis* muito fortes, imaginou ela, se o peso de um velho de altura mediana os cansava.

"O que vocês estão esperando?", Jal disse, nervoso. "Chalo, traga-o para dentro! Nahin, não o ponha no chão! *Sofa ki ooper rakho!* Espere, talvez dentro do *palung* seja melhor." Ele os conduziu ao quarto de Nariman. "*Theek hai*, delicadamente, está bom."

Os quatro ficaram parados em volta da cama e olharam para Nariman. Os olhos dele continuavam fechados, a respiração, custosa.

"O que aconteceu?"

"Ele caiu num *khadda* e nós o tiramos", falou o homem com a bengala pendurada no peito. A exaustão deixou-o lacônico. Ele levantou a fralda da camisa e enxugou o rosto.

"A bengala, Jal, a bengala", Coomy sussurrou. O irmão compreendeu a preocupação dela — o suor a sujaria — e a arrancou da camisa.

"Era um *khadda* feito pela companhia telefônica", o segundo homem falou. "O velho *sahab* machucou a perna."

Nariman gemeu, "Meu tornozelo... deve estar quebrado".

Ficaram aliviados ao ver que ele recobrara a consciência. O som da sua voz ajudou Coomy a achar que agora poderia lhe passar um pito. "Todo dia prevenimos você do perigo, Papai. Está satisfeito com o que fez?"

"Desculpe", Nariman falou com voz fraca. "Não foi de propósito."

"Esses sujeitos estão esperando", Jal sussurrou. "Devíamos lhes dar alguma coisa."

Ela consultou o padrasto: de onde até onde os *ghatis* o carregaram? Ela queria calcular a quantia aplicando o padrão que o armazém usava para lhes pagar. Mas, pairando no limiar da consciência, Nariman não foi preciso.

"É só lhes dar uma *bakshis* decente e liberá-los", Jal disse. "Eles não estavam entregando nenhum saco de cereal, era Papai que eles tinham tirado de dentro de um buraco."

Ela discordava; que diferença fazia, em termos de trabalho, se eles estavam levantando Papai ou um saco de arroz ou algum móvel? Peso e distância eram os dados principais. "E só porque Papai está machucado não quer dizer que dinheiro cresça em árvores."

Ela teve uma idéia melhor: os *ghatis* podiam carregar Papai até a casa do Dr. Fitter, do outro lado da rua. "Lembra de como ele foi prestativo com Mamãe? Ele cuidou das certidões de óbito e de tudo o mais, do início ao fim. Tenho certeza de que vai nos ajudar com Papai."

"Você não está com a cabeça no lugar, Coomy. Isso foi há mais de 30 anos. O Dr. Fitter agora já é um velho, já não está mais clinicando."

"Aposentadoria não quer dizer que o conhecimento médico tenha se evaporado da cabeça dele. Ele podia ao menos nos dizer da gravidade do machucado, da necessidade ou não de irmos ao hospital."

Eles foram adiante e voltaram atrás na discussão, até Jal dizer que os homens deveriam esperar enquanto ele iria investigar. Se o Dr. Fitter estivesse disponível, ele poderia tranqüilamente examinar Papai ali, sem fazê-lo passar pela agonia de ser carregado de um lado para o outro da rua.

O médico não reconheceu Jal, e parecia aborrecido por estar sendo incomodado na hora do jantar. Mas quando o nome de Nariman Vakeel foi mencionado, ele se lembrou imediatamente de um incidente muito antigo, e pediu a Jal que entrasse.

"Como posso esquecer uma tragédia daquelas?" Hesitou, então. "Tão terrível para você e suas duas pobres irmãzinhas..."

"É Papai", Jal o interrompeu, "ele machucou o tornozelo", e se esmerou nos detalhes.

"Sempre que seu pai sai à noite, eu o acompanho da minha janela. Ele sofre de Parkinson, não sofre?"

Jal assentiu com a cabeça.

"Hum", o médico resmungou. "Eu pude perceber pela maneira como ele caminha." E fez uma pausa, mostrando-se zangado. "Vocês não têm juízo; deixar um homem da idade dele, nas condições dele, sair sozinho? Claro que ele vai cair e se machucar."

"Nós falamos com Papai, mas ele simplesmente não ouve, diz que gosta dos passeios que dá."

"E um de vocês não pode ir com ele? Dar-lhe a mão, servir-lhe de apoio?", disse ele, lançando um olhar penetrante e reprovador, e Jal, incapaz de enfrentar o olhar acusador, olhou fixamente para os chinelos do médico. "Agora que o mal está feito, o que é que vocês querem que eu faça?"

"Se o senhor pudesse fazer o favor de dar uma olhada", Jal implorou, "ver se está quebrado..."

"Uma olhada? Quem você acha que eu sou, o Super-homem? Nunca tive uma vista de raios X na juventude, e por certo não a tenho agora."

"Está certo, doutor, mas se o senhor pudesse apenas..."

"Mas, apenas, que nada! Não perca tempo, leve-o ao hospital imediatamente! O pobre deve estar cheio de dores. Vá!" E o médico apontou para a porta, pela qual Jal passou correndo, contente de ir-se embora.

O Dr. Fitter passou o trinco na porta e foi se queixar à senhora Fitter, na cozinha, dizendo-lhe que os homens pársis de hoje em dia era uns idiotas inúteis e vacilantes, que a raça deteriorara. "Quando pensamos nos nossos antepassados, os industriais e construtores navais que estabeleceram as bases da Índia moderna, os filantropos que nos deram nossos hospitais, escolas, bibliotecas e *baags*, no brilho que trouxeram para nossa comunidade e para o país. E esse sujeito incompetente não consegue cuidar do pai. Não sabe tomar uma decisão simples, qual seja a de levá-lo ao hospital para fazer uma radiografia."

"É sim, é sim", a senhora Fitter disse com impaciência. "Agora me diz, Shapurji, você quer o seu ovo na *kheema* ou do lado?"

"Do lado. Existe alguma especulação que não preveja senão condenação e desalento para a comunidade? A demografia mostra que estaremos extintos em 50 anos. Talvez seja a melhor solução. De que serve termos gente vacilante, covarde, pársi apenas de nome?"

Ele continuou a se queixar, andando de um lado para o outro, da cozinha para a sala de jantar, até a senhora Fitter lhe pedir que se sentasse. Ela trouxe a comida para a mesa e o serviu de uma porção generosa. O aroma do picadinho com masala de sua mulher e o ovo brilhante com aquele redondo olho amarelo animaram-no imediatamente.

"O que tiver que ser, será", disse ele depois de mastigar e engolir o primeiro bocado. "Enquanto isso, comer, beber e se alegrar. Uma *kheema* absolutamente deliciosa, Tehmi."

A falta de cooperação do Dr. Fitter revoltou Coomy, e a urgência que a informação trazida por Jal transmitia não a deixou convencida. "Se é tão grave assim, por que ele não veio nos ajudar? Depois que formos correndo para o hospital, devemos chamar o médico habitual de Papai."

"Mas até o Tarapore vai precisar de uma radiografia. Vamos acabar tendo que pagar pela visita dele aqui, e depois, de novo, pela ida dele ao hospital."

Por fim, concordaram em ir ao hospital pársi. Os dois homens puseram Nariman, outra vez semiconsciente, no assento de trás de um táxi, e ela foi na frente com o motorista. Sempre que os pneus batiam num ressalto existente na rua ou passavam por um buraco, Nariman gemia de dor.

"Quase chegando, Papai", Coomy disse, estendendo o braço por cima do banco dela para lhe pegar a mão.

Os dedos dele apertavam os dela como os de uma criança assustada. Ela quase retirou a mão, mas o impulso passou e ela deixou a mão na dele. Pouco depois, ela apertou os dedos dele num gesto confortador. Pelo vidro de trás ela podia ver o segundo táxi em que Jal, acompanhado dos *ghatis*, seguia-os.

❖

As radiografias foram examinadas e o Dr. Tarapore consultou um especialista, porque a osteoporose e o parkinsonismo tinham causado complicações à fratura. A cirurgia foi descartada. A perna esquerda de Nariman foi engessada da coxa aos dedos do pé.

O assistente que realizou o trabalho usava óculos, que ficaram salpicados com pontos brancos à medida que ele prosseguia. Ele manteve uma tagarelice constante, na esperança de distrair o velho da dor que sentia. "Como aconteceu essa infelicidade, senhor?"

"Escorreguei numa trincheira."

"Parece-me que o senhor está tendo dificuldade com seus óculos bifocais, não é mesmo?"

"A culpa não é dos meus óculos. Havia uma barreira em volta da trincheira."

"Uma situação lastimável." O assistente, cujo nome era Rangarajan, fez uma pausa para verificar a consistência do gesso em seu receptáculo. "É, as calçadas tornaram-se um perigo realmente sério. De tantos em tantos metros, há obstáculos perigosos ameaçando a vida e os membros dos cidadãos."

Nariman achou que o sujeito poderia se dar bem com Jal e Coomy, com quem compartilhava da fobia de calçadas.

Então o senhor Rangarajan deu um risinho, "Com tanto exercício diário, todos nós poderíamos vir a ser medalhas de ouro na corrida de obstáculos, nós, os moradores de Bombaim. Ou, eu deveria dizer, os *mumbaikars*".

Ele diminuiu o tom de voz, mas só de maneira meio gozadora, "Nesses dias nunca se sabe quem poderia ser um Shiv Sena fanático, ou um membro da renomada polícia deles. A meu ver, alguns Shiv Sainiks se infiltraram no GPO, condenando cartas e cartões-postais inocentes à incineração se no endereço aparece Bombaim ao invés de Mombay".

Ele começou a passar a camada de gesso, molhando-o quando necessário para obter o endurecimento gradual do molde. "Professor Vakeel, posso lhe fazer uma pergunta?"

Nariman assentiu com a cabeça. Ele estava apreciando o toque de arcaísmo na dicção bem-educada do indiano do Sul, e grato pela tagarelice dele.

O senhor Rangarajan perguntou se ele tinha algum amigo ou colega em países estrangeiros que pudessem ajudá-lo a encontrar trabalho, porque ele estava tentando emigrar. Já tinha mandado requerimentos para diversos países, dentre os quais Estados Unidos, Canadá, Austrália, Inglaterra e Nova Zelândia. "Até para a Rússia. Embora depois da derrocada da União Soviética a acolhida aos indianos não fosse tão calorosa como antes. No passado, havia amor entre nós — muitos recém-nascidos russos receberam o nome de Jawahar, e menininhas russas receberam o nome de Indira. Hoje em dia, não me parece que nenhum russo esteja dando a seus filhos os nomes de Narasimha ou de Atal Behari."

"Hoje em dia", Nariman disse, "eles provavelmente chamam seus filhos Pepsi ou Wrangler."

O senhor Rangarajan riu e enxugou um pingo de gesso fora de lugar. "A era em que houve o florescimento de grandes líderes entre nós terminou. Agora estamos numa seca horrível."

"O problema é mundial", Nariman disse. "Veja os Estados Unidos, o Reino Unido, o Canadá — todos eles têm líderes paspalhões."

"Paspalhões", o senhor Rangarajan repetiu. "Essa é boa demais, professor Vakeel, preciso me lembrar dessa palavra. Mas, a meu ver, para nós é ainda mais trágico. Essa civilização de cinco mil anos, de 900 milhões de pessoas, não produz nem um grande líder sequer? Como estamos precisando de um *mahatma*.*"

"Tudo o que temos são micromini*atmas*", Nariman disse.

O senhor Rangarajan riu com prazer, arranhando o fundo do recipiente de plástico. E voltou ao assunto que tinha engendrado essa digressão. "Eu trabalhava num hospital do Kuwait. Mas depois da Guerra do Golfo todo mundo foi mandado embora. George Bush matou os iraquianos, e matou os nossos empregos. Agora o meu objetivo principal é ir para algum lugar onde haja melhores perspectivas. E os Estados Unidos são o melhor lugar."

E quanto às perspectivas da sua alma, pensou Nariman, melhorariam numa terra estrangeira?

Quando o senhor Rangarajan terminou, as mãos, os braços e o avental dele estavam brancos como os de um *chef* pasteleiro. Nariman foi levado numa maca de rodinhas para uma cama na ala dos homens.

Mais tarde, naquele mesmo dia, o médico foi vê-lo.

"Como está se sentindo, professor Vakeel?", perguntou ele, tomando o pulso do velho enquanto falava.

"Meu pulso está ótimo. O problema está no tornozelo."

O Dr. Tarapore sorriu com prazer, o melhor do sarcasmo Vakeel não tinha enfraquecido, nem com a dor. E isso era um bom sinal. O médico, com os seus quarenta e poucos anos, tinha sido aluno de Nariman Vakeel muito antes de tê-lo como paciente. Os cursos de inglês que os alunos de ciências eram obrigados a assistir nos dois primeiros anos da faculdade os reunira.

Mas ver o professor Vakeel no ambiente árido do hospital na noite anterior o abalara. Nessa manhã, havia um turbilhão de sentimentos passando pela mente do médico — nostalgia, tristeza, arrependimento pelo tempo perdido, pelas oportunidades desperdiçadas — que parecia incapaz de compreender a patologia desses fenômenos humanos.

Além disso, versos de "'The Rime of the Ancient Mariner"** também cruzavam rapidamente a memória do médico bem-sucedido. E o perturbado doutor em medicina deu expansão ao poema que Nariman ensinava aos alunos de ciências: "'É um

* Aquele que é dotado de grande, *mahat*, alma ou espírito, *atman*. [N. da T.]

** "A poesia do velho marinheiro." [N. da T.]

velho Marinheiro,/E ele deteve um dos três./Por tua longa barba cinzenta e teu olho brilhante,/por que me detivestes?'"

Nariman franziu a testa. Pela primeira vez, ele notou que o cabelo comprido de Tarapore não era comum num médico — num publicitário teria sido normal, achava ele.

O auxiliar de enfermagem daquela ala passou por eles, distraindo-os com o carrinho barulhento que empurrava por entre os leitos. Era um rapaz que trabalhava com dinamismo. Os urinóis lavados eram postos embaixo dos leitos com uma eficácia que demonstrava a sua necessidade de ordem. A equivalente a ele na ala das mulheres não era chamada de auxiliar ou empregada da ala, mas de aia. Aia, a que toma conta de crianças, pensou Nariman. Era isso que os velhos e os doentes eram nesse lugar.

O Dr. Tarapore acabou de tomar o pulso e anotou os dados em sua papeleta, antes de continuar o poema, "'Ele o segura com a mão descarnada...'".

"Com licença, doutor. Por que o senhor está recitando Coleridge? O seu prognóstico sobre a minha fratura seria infinitamente mais bem recebido."

O Dr. Tarapore deu um sorriso largo como o de um menino de escola. "Por algum motivo, senhor, eu estava pensando na aula que o senhor dava na faculdade. Eu amava suas aulas, ainda me lembro do 'Ancient Mariner' e de 'Christabel'. E de todas as histórias de E. M. Forster que estudamos na *Antologia suprema*.*"

"Pare de blefar. Estou com Parkinson, não com Alzheimer. Também me lembro dessas aulas; a sala atulhada com 150 arruaceiros da faculdade de ciências, fazendo algazarra e assobiando, divertindo-se ruidosamente com os trejeitos que faziam para impressionar as dez garotas da turma."

O Dr. Tarapore corou. "Foi culpa da universidade — não levar em conta as notas de Inglês na hora da média final, só a presença. Os sujeitos não se importavam. Mas eu lhe garanto, senhor, nunca tomei parte nessa arruaça."

Nariman ergueu uma sobrancelha, e seu ex-aluno modificou o aval que dera: "Talvez eu tenha assobiado uma ou duas vezes. Sem nenhum entusiasmo."

Depois dessa confissão, ele se calou, achando que tinha se entusiasmado demais. E prosseguiu com o trabalho, pondo o estetoscópio nos ouvidos, tomando notas na papeleta de Nariman, medindo a pressão. Mas o que ele queria do velho professor era ouvir lições de vida.

---

* The Celestial Omnibus. [N. da T.]

Tarapore fez outra tentativa. "Senhor, o *Ancient Mariner* (Velho Marinheiro) me lembrou os anos mais felizes da minha vida, os anos de faculdade." Fez uma pausa, e acrescentou, "A minha juventude", e imediatamente se arrependeu.

O doutor tem uma consciência sensível, pensou Nariman. Mais de um quarto de século se passou e ainda se sente culpado por ter se comportado mal na sala de aula. Ou esse papo faz parte do comportamento dele à cabeceira do doente?

E Nariman resolveu abjurar o cinismo. "Em que ano você foi meu aluno?"

"Em Ciências, primeiro ano — em 1969."

"Então você está nos seus 40 agora."

O Dr. Tarapore fez que sim.

"E você ousa falar em juventude como se a tivesse perdido?"

"É verdade, senhor", o Dr. Tarapore disse. "Realmente me sinto velho quando eu..."

"Ah. E como acha que me sinto quando ex-alunos me falam da juventude deles? 'Deixo o Passado morto enterrar seus mortos'", disse ele para encerrar o assunto.

"'Agir — agir no Presente vivo!'", o Dr. Tarapore completou, e esperou o crédito por ter reconhecido a citação.

"Excelente. Então sigamos o conselho de Longfellow. Me diga quando terei o meu tornozelo de volta."

Suficientemente inspirado, o aluno aplicou-se aos anos que tinha lamentado. O Dr. Tarapore retomou seu lugar à cabeceira da cama, batendo na carapaça dura e branca de gesso e declarando, "O gesso está firme".

O gesto dele pareceu frívolo a Narinam. "Claro que está firme — aí tem cimento suficiente para revestir o meu apartamento. O seu técnico em gesso se descontrolou."

O Dr. Tarapore riu. "O tarso é um dos conjuntos de ossos mais problemáticos, principalmente na sua idade. Temos que lhe dar apoio suficiente, proteger o metatarso, imobilizar a perna. Precisamos ter mais cuidado ainda por causa do parkinsonismo. Vamos fazer outra radiografia daqui a quatro semanas, mas o senhor provavelmente vai poder ter alta amanhã."

O médico apertou-lhe a mão e foi falar com Jal e Coomy no corredor, para instruí-los sobre os cuidados a tomar com Nariman.

Durante os dois dias passados no Hospital Geral Pársi, Jal faltou a sua sessão diária no bazar de ações para poder acompanhar o padrasto. Coomy também passava o dia inteiro no hospital. Nariman ficou emocionado e insistiu para que eles fossem para casa, relaxassem; o que eles podiam fazer ali era muito pouco.

"Tudo bem, Papai, nós vamos lhe fazer companhia."

Ele perguntou se Roxana e Yezad estavam informados do que acontecera.

"Decidimos não preocupá-los por enquanto", Coomy disse.

Então, para distraí-lo, contaram da visita de Edul Munshi ao apartamento deles, porque ouvira alguém do edifício falando sobre o acidente. As únicas palavras que ele percebera tinham sido "Nariman Vakeel" e "quebrado", o que foi o bastante para que ele fosse correndo até ali com sua caixa de ferramentas, oferecendo os seus préstimos.

"Espere só para saber o que Coomy lhe disse!"

"'Claro, Edul', eu disse, 'ficaremos muito gratos pelo conserto. Só que você vai ter que ir ao hospital Pársi.' Ele ficou espantado: 'Por que ao Hospital Geral Pársi?' 'Porque Papai está lá', falei. 'E daí?', ele perguntou. 'O que está quebrado é o tornozelo de Papai', eu disse."

"Papai, você devia ter visto a cara dele", Jal disse.

"Eu não imaginava que ele pudesse ficar tão desesperado", Nariman disse, rindo.

O jantar dele chegou, e os dois ajudaram-no com a bandeja, dividindo o pudim porque ele não queria nem prová-lo e seria uma pena desperdiçar uma comida tão boa. Puseram a bandeja de lado para que fosse recolhida e deram boa-noite.

Ele não se importava de ficar sozinho. O auxiliar de ala do turno da noite era um homem mais velho, muito mais velho do que o funcionário do dia. Uns sessenta e poucos pelo menos, pensou Nariman, e se perguntou se as mãos trêmulas do sujeito também se deviam ao mal de Parkinson, ou a outra coisa. Ele compensava a imperfeição das mãos com a perfeição do sorriso. Um sorriso de iluminista, pensou Nariman, como o de Voltaire na velhice, no retrato que adornava o frontispício do seu volume de *Candide*.

E como se adquiria uma iluminação dessas, Nariman gostaria de saber, aqui, numa ala triste, recolhendo fezes e urina dos leitos dos aleijados, dos mancos e dos doentes? Ou essas seriam as condições necessárias? Para saber que jovens ou velhos, ricos ou pobres, todos nós fedemos na outra extremidade?

Nariman queria atraí-lo para uma conversa, mas hesitava toda vez que o homem se aproximava. O auxiliar idoso lhe perguntou como estava se sentindo, se precisava de alguma coisa, se os travesseiros estavam ao gosto dele.

E, então, sorriu — e Nariman sentiu como se eles tivessem acabado de ter uma longa e calorosa troca de idéias.

No dia seguinte, o senhor Rangarajan voltou para inspecionar sua obra. No geral, a tala de gesso mantinha-se uniforme, sem falhas. Mas havia dois lugares em que ele queria aplicar mais gesso. "Seguro morreu de velho; melhor não arriscar."

Preocupado com a aparência abatida de Nariman, ele tentou distrair o paciente com mais histórias e anedotas de sua vida profissional. "Este é realmente um bom hospital, professor Vakeel, um hotel cinco estrelas se comparado com alguns outros. Depois da minha saída inesperada do Kuwait, voltei para a nossa terra natal e consegui trabalho num hospital público em Indore. Que lugar horrível. Havia ratos correndo por toda parte, e ninguém se importava com isso."

"Deve ter sido pouco antes da irrupção da peste."

"Ah, sim. Duas coisas horríveis aconteceram enquanto eu estava lá. Uma, os dedos dos pés de um paciente foram comidos. Depois, um recém-nascido foi comido pelos ratos — parcial, mas fatalmente."

Nariman balançou a cabeça.

"E os ratos não eram o único problema", o senhor Rangarajan continuou. "Havia um homem com a perna coberta por um gesso, até maior do que o seu. Ele se queixava de que a perna estava queimando, de que estava enlouquecendo. E gritava o dia inteiro como um doido, implorando socorro. Os médicos achavam que ele estava fazendo charme. Por fim, o homem não agüentou mais e pulou da janela. Quando tiraram o gesso da perna do cadáver, encontraram-na em carne viva, infestada de percevejos."

Nariman estremeceu. Ele estava contente com o fato de o senhor Rangarajan ter terminado o seu trabalho e estar arrumando seus apetrechos.

O Dr. Tarapore viu Nariman mais uma vez, na véspera da alta. Dessa vez o médico não recitou nenhuma poesia, mas deu mais uma palavrinha a Jal e Coomy, reiterando as permissões e as proibições: "Por favor, fiquem atentos a que o meu querido professor permita que seu tornozelo tenha um repouso completo — nem um grama de peso durante quatro semanas."

"Sim, doutor, pode ficar tranqüilo quanto a isso", Coomy disse. "Papai vai se comportar bem agora, acho que aprendeu a lição. Não é, Papai?"

Nariman não se dignaria dar uma resposta à pergunta dela. O Dr. Tarapore, com um sorriso, disse que quem cala consente.

Mais tarde, naquele dia, o dinâmico auxiliar pediu uma carta de referência. Ele preveniu que era contra as regras do hospital, e que, então, por favor, o pedido se mantivesse em segredo.

Nariman escreveu, num papel do hospital providenciado pelo ativo sujeito, dizendo que o senhor Yadav era um trabalhador diligente que demonstrava um interesse genuíno pelos pacientes, e era meticuloso em suas tarefas; tinha sido um prazer conhecê-lo; e ele desejava sucesso ao senhor Yadav em seus futuros empreendimentos.

Examinou a página quando terminou, curioso de ver sua letra hesitante. As letras iam progressivamente diminuindo até chegar ao fim; ele não conseguira manter o controle sobre o tamanho delas. O que era algo novo — outro sintoma do parkinsonismo, supôs.

O auxiliar estava assombrado sem ter lido uma palavra sequer. Tomou a mão trêmula do benfeitor entre as dele, sem querer soltá-la.

Na manhã da saída de Nariman, o senhor Rangarajan apareceu no hospital para lhe desejar boa sorte. Mas o auxiliar idoso do turno da noite não foi visto por lá, e Nariman se sentiu desapontado por não saber o seu nome. Não tem importância, lembrar-se-ia dele como uma encarnação de Voltaire.

Então já era hora de voltar para casa. Jal foi com ele na ambulância. Logo ao sair dos portões do hospital, tiveram de parar, perto do principal cruzamento, onde manifestantes políticos desfilavam.

"De que partido?", Nariman perguntou.

"Sabe-se lá. Daqui não dá para se ler as faixas. BJP, JD, CP, VHP, BSP, não importa, é tudo a mesma coisa. Você dormiu bem a noite passada?"

Nariman respondeu com um vago aceno da mão. Eles esperaram que o tráfego os deixasse prosseguir.

Nariman esperava encontrar a porta aberta e Coomy ali, à espera, com uma bandeja de flores vermelho-vivo e um coco seco. Em vez disso, Jal usou sua chave. Os homens da ambulância entraram depois dele, levando a maca. Não havia nenhuma bandeja ritual, ninguém para realizar o *aachhu-michhu*.

"Coomy não está em casa?"

Jal balançou a cabeça. "Está no templo do fogo. Para as orações de Mamãe."

Claro. Era o aniversário da morte. Ele se esquecera.

"E depois ela vai comprar umas coisas para você — comadre, bacia, todos esses troços."

Os costumes pársis relacionados a aniversários, *navjotes*, casamentos, chegadas e partidas normalmente obtinham a indulgência de Nariman. Ele nunca dera grande importância a rituais. Mas a ausência da bandeja de prata o atingiu profundamente.

"Quando ela volta?"

Contente de estar em sua própria cama, Nariman cochilou enquanto o quinteto de Schubert tocava na sala de estar, até que, um pouco depois, vozes que tentavam manter um tom baixo o perturbaram.

"Uma cadeira higiênica?", Jal disse, quando o motorista de táxi a depositou, com um baque, no chão do vestíbulo. Atendendo ao pedido de Coomy, o homem subira no elevador carregando a cadeira para ela, mas a gorjeta parca o revoltou.

"Seu eu quisesse trabalhar por um salário de cule, eu não estaria dirigindo um táxi", resmungou ele ao sair.

"Obrigada, *bhai*, muito, muito obrigada", Coomy disse, fingindo não ter ouvido, e fechou a porta. "Como Papai está?"

"Dormindo. Mas o que se esperava era que você comprasse uma comadre."

Ela começou a abrir o pacote menor, que era uma bacia higiênica de esmalte, e a pôs ao lado da caixa de madeira coberta e com quatro pernas atarracadas. "Achei que isso seria melhor do que uma comadre."

"O que você quer dizer com melhor? O médico disse um mês de cama. O pé não deve tocar no chão."

"Escute, eu estava na loja, examinando as comadres, e comecei a imaginar como seria o... o... processo. Como seria para pôr aquilo embaixo de Papai, e, quando ele terminasse, tirar a comadre, e limpá-lo, e lavá-la, e... Não me obrigue a dizer tudo. Você sabe o que quero dizer. Tudo isso é muito embaraçoso."

Então ela decidira que uma cadeira higiênica seria mais decente, Papai poderia se sentar exatamente ao lado da cama, e se aliviar com mais comodidade. "Tudo o que temos que fazer é esvaziar o penico."

"Mas o médico disse que os ossos vão levar meses para se solidificarem se não tivermos o maior cuidado."

"Não estamos fazendo Papai ir andando até o banheiro nem nada parecido. Vamos experimentar, ver como ele se sente."

Levaram a cadeira para o quarto do padrasto, e ele fingiu ter sido acordado pela presença deles. "Ah, Coomy, você voltou. O que é isso? Uma mesa-de-cabeceira para mim?"

Ela riu. "Não, Papai, é uma linda cadeira higiênica, veja", e ela levantou a tampa.

"Achamos que seria mais confortável do que uma comadre", Jal disse. "O que acha?"

"O que for mais conveniente para vocês está bom para mim. Já sou um fardo tão pesado."

"Não se preocupe, Papai, vamos conseguir nos arranjar. São só quatro semanas." Jal arrastou a caixa para mais perto, posicionando-a ao lado da cama. "Está com vontade de experimentar?"

Nariman fez que sim. Eles o ergueram pelos braços até sentá-lo. Depois vinha a parte mais complicada: ajudá-lo a ficar de pé e a dar um quarto de volta para chegar à cadeira. Eles lhe lembraram de pôr a tensão no pé direito, de deixar o esquerdo no ar, e depois o suspenderam.

Levantar um peso quase morto até ele ficar na vertical era mais difícil do que tinham imaginado. E assim que Nariman ficou ereto, o tornozelo quebrado desceu até o chão.

"Não ponha o pé no chão!", gritou Jal em pânico.

"Não há como não fazer isso, o gesso é pesado demais." Ele soltou um gemido enquanto eles meio o carregaram e meio o puxaram até ele ficar na posição certa. Eles perceberam a dor que o padrasto estava sentindo por causa da brusca inalação de ar e da rigidez súbita do corpo dele. Então, começaram a baixá-lo.

"Espere!", Coomy gritou. "O pijama não está desamarrado."

Concentrando seu último vestígio de força, Jal firmou com uma das mãos e puxou o cadarço. O tecido não cedia, não deixava que o cadarço escorregasse. Ele fez meneios com o próprio quadril encostando-o ao do padrasto até a calça do pijama cair e ficar em volta dos tornozelos.

Depois de sentá-lo, eles se levantaram, ofegantes. O suor cobria a testa de Nariman, os olhos estavam fechados. A bexiga demorou um pouco a funcionar.

"Está tudo bem, Papai?"

Ele fez que sim. Então um som abafado que saiu do urinol de alumínio os fez trocarem olhares de triunfo e alívio.

"Demore o tempo que precisar", Jal disse. "Não tem pressa, faça tudo — número um, número dois, tudo."

Seu intestino parecia cheio, mas a dor lhe deixara quase sem nenhuma energia para poder evacuar. "Acabei."

Coomy ajoelhou-se aos pés dele e acabou de lhe tirar o pijama. Para levá-lo de volta à cama, eles lutaram e resfolegaram ao fazer os movimentos anteriores em ordem inversa, e a uma certa altura gritaram, pois estavam perdendo o equilíbrio, quase se embolando com ele e vindo, todos, abaixo.

"Pronto", Jal disse, "terminou", e endireitou as costas. "O que precisamos é de um sistema, um método para facilitar essa operação."

"É, sim", Nariman sussurrou, "precisamos."

Desviando o olhar, Coomy soltou o lençol amassado que estava preso atrás das nádegas de Nariman e puxou-o para cobri-lo. "Nosso maior erro foi não ter tirado o pijama de Papai em primeiro lugar. Durante quatro semanas você vai ser nudista, tudo bem, Papai?"

Ele mal a ouviu por causa da dor. Enquanto Coomy fechava a tampa da cadeira e saíam, ela e Jal forçaram um riso entusiasmado na tentativa de animá-lo.

"E o penico?", Jal perguntou.

"Depois, não está completamente cheio." Fora do alcance do ouvido dele, ela disse que, apesar da piada, era muito embaraçoso para ela ver a nudez do Pai.

"Por que, Coomy? Ele é um velho."

"Não é essa a questão. Eu já tinha 11 anos quando ele passou a ser nosso padrasto. Não foi como um bebê que cresce ao lado do pai verdadeiro. Sinto como se eu estivesse vendo um homem estranho e nu."

"Mas não há nenhuma diferença", Jal argumentou, desconfiado de que ela estivesse tentando empurrar a tarefa de limpá-lo para ele. "É exatamente o que você veria se fosse o nosso pai."

Continuar a discussão era inútil, declarou Coomy — Jal era homem, e nunca seria capaz de compreender como ela se sentia.

Com a ajuda de um analgésico, a dor latejante no tornozelo de Nariman diminuiu. Ele tentou dormir de novo, mas havia algo o incomodando. Não era o gesso, era alguma outra coisa, mais sutil, que ele não podia exatamente identificar.

Ele mudou a posição dos ombros, ajustou o travesseiro, endireitou a gola do pijama. Agarrou a barra do lençol que o cobria e o sacudiu, fazendo-o ondular e então cair por igual em cima dele. E o ar que o movimento provocou nas coxas nuas, quando o lençol se estendeu, revelou a fonte do desconforto dele: a ausência da calça do pijama.

Agora ele se lembrava, Coomy a tirara enquanto ele estava na cadeira. Era estranho estar na cama sem ela. Não estava acostumado a isso. Era como se tivesse perdido a camada superior da pele.

Pensou em chamar, pedindo para vesti-la. Mas Coomy ficaria aborrecida. E facilitava as coisas ficar sem ela.

Tal mãe, tal filha, pensou, recordando-se do tempo em que Yasmin o deixara sem pijama. Sem pijama, e sem muito mais.

De quarto em quarto, de armário em armário, ele perambulava, procurando algo que pudesse usar. Mas não havia nem um trapo que não tivesse passado pela inspeção de Yasmin enquanto ele tomava banho; ele só tinha a toalha, e ela se recusou a atender todos os apelos dele. "Venha, Commy — você também, Jal", ele bajulava as crianças quando a mãe delas estava esterilizando a mamadeira de Roxana na cozinha. "Agora me digam, onde Mamãe escondeu minhas roupas?"

"Não sei", Jal disse, respondendo à insistência do padrasto. Coomy mostrou sua recusa pondo o dedo nos lábios, prevenindo ao irmão que também ficasse de boca fechada.

Manobra inteligente da parte de Yasmin, pensou ele, sem sentir nenhum ressentimento dela — que direito ele tinha de se ressentir? Era ele que estava se compor-

tando irracionalmente; ela fora um modelo de paciência e compreensão em tantas noites, tolerando a farsa. Porque farsa era o que teria parecido ser para ela e para seus vizinhos no Chateau Felicity: a visão de Lucy na calçada, olhando para a janela onde ele estava. E então, quando o remorso o arrastava escada abaixo, ter que ficar observando os dois juntos, sem dúvida parecendo um casal apaixonado.

Pobre Yasmin, pensava ele enquanto vasculhava a casa, procurando uma camisa, uma roupa de baixo, qualquer coisa. E a pobre Lucy, em suas vigílias crepusculares por causa dele... com que finalidade?

Sua mente retrocedeu ao tempo em que se deu a separação deles, em Breach Candy. Aqueles quatro meses antes do seu casamento com Yasmin, antes que Lucy começasse a caçá-lo. Os preparativos para o casamento mantinham-no sempre ocupado, e a nova família que surgia no horizonte lhe ocupara a cabeça. A grande movimentação do grupo de amigos de domingo de seus pais, as visitas constantes trazendo-lhe conselhos e dicas para o dia do casamento — tudo ajudara a afastar Lucy de seus pensamentos. Mas, depois, ele se deu conta de que Lucy não teria tido essas distrações — ela teria se sentido bastante perdida. E, depois das festividades, ele soube por um amigo comum que ela não estava muito bem — tinha abandonado seu mestrado, não tinha emprego, e ainda estava morando na Associação Cristã de Moças. As notícias o preocuparam, uma vez que ele esperara que ela se reconciliasse com os pais e voltasse para casa.*

Quase três meses depois do casamento, uma tarde, quando ele estava saindo do trabalho, lá estava ela do lado de fora da faculdade. Só uma coincidência, pensara ele.

Havia um mal-estar na breve conversa entre eles — Como vai, bem obrigada. Então ela perguntou, "Foi bom o seu casamento?".

Ele murmurou: Foi, obrigado, e ela fez outra pergunta: "Então, que tal a vida de casado? Já encontrou satisfação nela?"

Nesse instante ele pressentiu um ligeiro perigo, e também sentiu uma grande necessidade de tranqüilizá-la, de dizer que as coisas também correriam bem para ela. Mas só conseguiu pronunciar alguns gracejos e se esquivou, tentando conter sua confusão.

Dessa ocasião em diante, a perseguição começou a ficar séria. E não havia possibilidade de argumentação. Ela lhe telefonava no trabalho, em casa, escrevia cartas, chegou até a esperá-lo, alguns dias, no portão da faculdade. Meses antes, quando

*ACM; em inglês, YWCA. [N. da T.]

decidiram que era melhor terminar, ele lhe disse que o que ela estava fazendo não era razoável.

"Você tomou a decisão", disse ela. "Achei que era um equívoco. Ainda acho. Ainda acredito que você me ame. Admita isso. Sei que ainda é possível existir algo entre nós."

"Ora, Lucy, não sejamos ingênuos de novo. Já fomos ingênuos uma vez. Achar que poderíamos mudar os seus pais, mudar os caminhos do mundo. O que você está dizendo é completamente..."

"Ah, Nari, você continua a não ser honesto consigo." Sua voz era suplicante.

"Por favor. Não tenho forças para passar por tudo isso de novo. E, por favor, Lucy, por sua causa e por mim, pare de me seguir." Ele tentou convencê-la de que desejava tudo o que havia de melhor para a vida dela. Mas que ele agora tinha responsabilidades, uma esposa, dois filhos, as coisas nunca mais poderiam ser como haviam sido.

Ela o olhou fixamente, impassível. E, por um instante, ele viu a mulher que ele conhecera, os olhos vivos. Ele estendeu a mão, tocou-lhe o braço, depois tomou o caminho de casa.

Mas as palavras dela permaneceram com ele. Havia nele um turbilhão de emoções. Dúvidas quanto à decisão tomada em Breach Candy, enterradas debaixo de muitas camadas de argumentos racionais, estavam vindo à tona de novo. Será que ela estava com a razão?... A única solução possível seria permanecer longe dela.

Dali em diante, se ele a via perto do portão da faculdade, rodeava o prédio e saía pelo portão dos fundos. Mas o alívio de ter conseguido fugir dela invariavelmente se misturava ao peso da perda.

E como Yasmin tinha sido compreensiva depois do casamento, durante aqueles dois anos de perseguição, aconselhando-o a ser firme sem ser duro, lembrando-lhe que a mulher infeliz tinha sofrido um desapontamento profundo. Ela chegou até a ajudá-lo a ensaiar pequenos discursos a apresentar a Lucy, uma mistura judiciosa de sensatez e firmeza. Mas ele nunca os proferira — quando chegava o momento, ele invariavelmente percebia que já magoara Lucy o bastante.

Então as visitas noturnas começaram. Para Yasmin, de início, elas não constituíram uma ameaça, nem sequer uma perturbação — a resposta era simples. "Simplesmente a ignore", disse ela. "Há dezenas de pessoas na calçada — ela é apenas uma a mais. Quando se cansar, ela vai embora."

Mas Lucy, ali na calçada, trouxe de volta o passado com uma força que o deixava abalado. Segurando as grades da janela, ele esperava, enquanto Yasmin lhe perguntava se ele estava se sentindo mal, se havia algo de errado.

"Não é nada", murmurava ele, incapaz de explicar que a visão de Lucy, de pé, imóvel, o rosto virado para a janela dele, conseguira o que ele temia — enchê-lo de uma torrente de lembranças dos primeiros dias que estiveram juntos. Primeiro, a família dela proibindo-a de sair com ele. Depois, os irmãos prevenindo à irmã que dariam uma surra em seu namorado se os apanhassem juntos. Foi então que Lucy ameaçara se matar, caso eles tentassem maltratá-lo.

Ela teria feito isso? — ele se perguntava. Os pais dela levaram o caso bastante a sério. Pouco depois, eles praticamente a aprisionaram em casa.

E ele se viu parado do lado de fora, olhando para a janela dela, atento, enquanto os irmãos de Lucy saíam e então o encaravam, tentando intimidá-lo, murmurando palavras ameaçadoras. Lembrou-se de como era tranqüilizador poder ver o rosto de Lucy. Durante toda aquela monção, mesmo quando a chuva forte entrava pela janela, ela não a fechava, nunca. E ele nunca procurava abrigo; mantinha o guarda-chuva aberto, suficientemente inclinado, molhava-se, mas se certificava de que seus rostos não ficassem ocultos um do outro.

Agora Lucy, cada vez que aparecia, lembrava-o do desejo dele durante esses dias há muito passados. E, a cada vez, apesar do desassossego que sentia, ele não podia resistir aos olhos dela senão por alguns minutos antes de descer.

A reação dele intrigava Yasmin. Ela insistia em dizer que ele estava fazendo mal à atormentada mulher ao ceder à pressão dela. A paciência de Yasmin também estava se esgotando, e agora o desentendimento se introduzira nas conversas deles. É estranho, disse ela, que um professor de inglês fosse incapaz de transmitir uma mensagem simples e direta — talvez ele gostasse de lançar olhares cobiçosos para a pobre mulher toda noite.

Na manhã em que as roupas desapareceram, a indignação dele foi sendo aos poucos substituída por uma sensação de alívio. A atitude de sua esposa despertou-o para o ridículo da situação difícil em que estava metido, deu-lhe tempo para pensar.

Dali a pouco, telefonou para a faculdade avisando que estava indisposto, e cancelou as aulas. Esperou até o meio-dia e, mais uma vez, implorou a Yasmin.

"Não", disse ela, "você vai ter suas roupas na hora do jantar."

"Você quer que eu me sente para almoçar nu?"

"Para mim, tanto faz."

Sentou-se, então, com uma toalha enrolada no corpo, e eles comeram a omelete em silêncio. Ele não repetiu mais o pedido à mulher, e passou o resto do dia na cama, com um livro.

Às seis e meia, Lucy apareceu, ele foi até a janela e os dois se uniram pelos olhos. Então ele se afastou, e tornou a pegar o livro. Minutos depois, incapaz de se concentrar, Nariman bateu com o livro na cama e foi procurar Yasmin.

"Compreendi o que você quis dizer", tranqüilizou-a. "Eu lhe prometo, hoje é a última vez. Vou lhe dizer que mesmo que ela fique na calçada 24 horas, ela não vai me fazer descer de novo."

Yasmin disse que já tinha ouvido promessas dele, antes, e era por esse motivo que tinha tomado providências. O que estava fazendo, disse ela, era em benefício de todos.

Às sete horas, ele foi à porta na sua condição de nu. Abriu-a, e deu um passo à frente. As crianças o observavam com um horror divertido. Ele viu Coomy dar risadinhas e soprar algo no ouvido de Jal.

"Vá, se você tem coragem", Yasmin falou com um pequeno sorriso. "Você não vai receber suas roupas de volta."

"Se é assim que você quer." Ele começou a descer as escadas, e ela correu atrás dele.

"Você ficou completamente louco? Sei que você não se importa comigo, mas e o resto do mundo? E as crianças? E a nossa filhinha?"

Ele continuou a andar calmamente, atravessou a rua e se reuniu a Lucy na calçada. Sem cumprimentá-la, ele lhe disse que esse era o último encontro deles. Ele não a induziria a desperdiçar a vida dela. De agora em diante, ele se afastaria. Mas enquanto procurava fazê-la lembrar do sentido de dignidade e de amor-próprio que ela devia a si mesma, ele percebeu que estava dizendo lugares-comuns que não estavam persuadindo ninguém.

Ela esperou até ele terminar de falar. "Estou adorando o seu traje, Nari."

Ele não conseguiu deixar de sorrir.

Então, com malícia nos olhos, ela fez como se fosse lhe tirar a toalha, e ele deu um pulo para trás.

Lucy riu do pânico dele e lhe ofereceu a mão. Ele a tomou. Ela cobriu a mão dele com a sua esquerda e apertou tanto que ele não podia largá-la.

Seu comportamento era desastroso, continuou ele, ela não podia mais ficar perambulando por ali. É, ela conseguira o que queria ao ficar olhando fixamente para a janela, mas continuar a fazer isso tanto tempo era absurdo. Ele tornou a dizer que era a última vez que descia a escada para vê-la. Dessa vez, estava falando sério.

Ela ouviu em silêncio, acariciando o dorso da mão dele.

Nariman acabou de falar e delicadamente retirou a mão: "Tchau, Lucy. E boa sorte."

Quando começou a voltar, crianças, que estavam no térreo do Chateau Felicity, passaram a gritar da janela, "Ei, naryal-paanivala*! Quanto custa o seu* naryal*?".*

Ele assentiu com a cabeça para elas e para a troça que faziam, ele sabia que seu traje era muito parecido com o loongi*, que ia até os joelhos, usado pelos vendedores de água de coco da beira da praia. Quando chegou lá em cima, Yasmin lhe jogou a chave do armário.*

"Sinto muito", disse ele. "Não tive outra opção. Mas agora já acabou."

"É", disse ela com voz branda, "acabou", enquanto Jal e Coomy, que estavam sentados ao lado dela, lhe lançavam olhares ferozes.

Naquele dia, mais quatro vezes, eles o ajudaram a sentar na cadeira higiênica, e acabaram quase sem forças. Quase à noite, ele começou a cochilar. Gratos à trégua concedida, sentaram-se na varanda.

Quando as luzes se acenderam, Jal disse que não era mais jovem, e não tinha força suficiente para esse tipo de trabalho. "Nesse ritmo, a minha hérnia e o meu apêndice, e sabe Deus o que mais por ali, acabam explodindo."

"E eu? Minhas costas estão em frangalhos."

"Acho que você cometeu um grande erro."

"Que erro?"

"O de comprar a cadeira. A comadre seria muito mais fácil."

"Bobagem. O único erro foi deixar a urina se acumular no penico."

Porque o tempo fez aumentar o mau cheiro. Apertando o nariz depois do quarto uso da cadeira, ela esvaziou o penico no banheiro, passou um pouco d'água por dentro para enxaguar e tornou a botá-lo na cadeira.

Não puderam descansar muito tempo na varanda. Logo chegou a hora do jantar, e eles meteram outros travesseiros atrás de Nariman para fazê-lo se sentar.

"Alto demais", disse ele, e Jal tirou um.

Agora estava baixo demais, ele precisava de algo intermediário, mas não ousou dizer o quê. E comeu pouco, ansioso para se deitar de novo.

"Gostou?"

"Delicioso, obrigado."

Coomy segurou a bacia embaixo do queixo dele enquanto Jal esperava com o sabonete e a água. Nariman lavou a boca, fez um gargarejo rápido e assoou o nariz. Pequenos glóbulos de muco flutuavam na água rasa; Coomy desviou o olhar. Então um pequeno borrifo caiu nos dedos dela, que seguravam a borda.

"Ah, meu Deus!", exclamou ela com nojo. Jal pôs o sabonete e a água de lado para pegar a bacia. Ela correu para lavar as mãos.

O catarro verde-marinho. O catarro que entupia o nariz, Nariman pensou.

"O quê?", Jal perguntou.

"Nada." Mais precisamente, pensou ele, era cor de jade.

Ao fazer preparativos para a hora de dormir, Jal pôs uma frigideira de cobre e uma colher na mesa-de-cabeceira. "Se precisar de alguma coisa, use isso aqui para nos acordar."

Fez uma demonstração, e Coomy tapou os ouvidos com as mãos. "Faz um barulho mais alto do que o martelo de Edul Munshi", disse ela. "O prédio inteiro vai correr para a cabeceira da sua cama."

Como as anteriores, essa frágil tentativa de fazer graça fracassou. Então, como se tivessem recebido uma deixa, as marteladas recomeçaram no apartamento abaixo do deles.

"O sujeito é sem-vergonha", disse ela. "Nem mesmo um doente tem direito ao descanso".

"Esqueci meus dentes", Nariman disse, projetando a dentadura para que ela se lembrasse.

Ela apanhou o copo do banheiro e o segurou abaixo da boca dele.

"Essa água não foi mudada", ele tornou a pôr os dentes para dentro.

"Mudo amanhã, estou exausta."

Ele soltou a dentadura na água usada. Respingando um pouco, elas afundaram, rindo silenciosamente.

Três vezes durante a noite, eles foram chamados pela colher e pela frigideira. E o último gongo foi por causa da evacuação, função que eles tinham procurado incentivar o dia todo. Ajudaram o padrasto a sentar na cadeira e o fedor tomou conta do quarto.

Jal abriu a janela e mudou a velocidade do ventilador de teto para ALTA. Receitas e papéis que estavam em cima da cômoda voaram e foram parar num canto. A súbita corrente de ar fez Nariman tiritar.

Limpá-lo era uma operação na qual não tinham pensado com clareza. Tendo posto um balde d'água e uma caneca ao lado da cadeira, a esperança deles era de que ele pudesse se lavar com a mão esquerda, como de hábito.

Para ele, entretanto, o sistema habitual era impraticável. Imobilizado pela quantidade de gesso, ele não tinha força suficiente para se mexer com desenvoltura na cadeira.

Ainda assim, não custava tentar, sugeriram. Jal se arrependeu de não terem pensado em comprar papel higiênico, o que tornaria a limpeza mais fácil para Papai.

"Mas eu tenho papel", Coomy disse. "Comprei uns rolos no ano passado durante o racionamento de água. Por sorte, nunca tivemos que usá-los." Ela correu para pegar um rolo no armário da despensa no canto do vestíbulo e rasgou alguns pedaços.

Agarrando o papel com cuidado, Nariman fez um enorme esforço para se limpar. Para poder alcançar atrás, ele girou o corpo, apoiando-se numa das nádegas, e quase caiu da cadeira.

"Esquece", Jal disse, apavorado com o fato de Nariman ter escapado por um triz. Pôs as mãos debaixo das axilas do padrasto e o tirou da cadeira. "Rápido, não posso agüentá-lo por muito tempo."

Coomy passou o papel rapidamente algumas vezes, com ânsias de vômito no decorrer do processo. "Acabou."

Eles retomaram suas posições e o deitaram na cama de novo. Nariman cerrou a boca; a dor encheu-lhe os olhos outra vez. Eles viram as lágrimas quando lhe deram boa-noite.

"O penico", Jal lembrou a Coomy.

"Sua vez. Eu o esvaziei da outra."

"Aquela foi com número um, não conta. E essa cadeira foi idéia sua."

"Então, se a merda estivesse numa comadre, você lidaria com ela de boa vontade?"

Ele agarrou o penico e se precipitou para o banheiro. Ela o acompanhou na ida e na volta, dizendo que era apenas o primeiro dia, mas ela já não estava agüentando mais, e que seria melhor eles encontrarem uma solução em vez de ficarem brigando.

"Vamos discutir isso amanhã", disse ele, impaciente, jogando o penico na cadeira. "São três da manhã e eu estou morto."

"Você não o levantou sozinho. Meu estado é o mesmo."

Não fizeram nenhuma tentativa de falar em voz baixa. O ventilador ainda estava ligado na velocidade ALTA, fazendo a faixa do lençol, que caía do lado da cama, tremular vigorosamente.

"Antes de vocês saírem", Nariman disse.

"O quê?"

"Vocês podem, por favor, diminuir o ventilador?"

Jal girou o botão para a velocidade BAIXA, e o lençol tremulante passou a oscilar suavemente.

4

Às sete da manhã, o toque da campainha invadiu o sono de Coomy, e ela acordou, ressentida, de um sonho delicioso. Ela estava dançando no salão do Taj Hotel, onde uma orquestra estava tocando sucessos antigos: *Fly Me to the Moon*, *Tea for Two*, em ritmo latino. *Green, Green Grass of Home.* Deslizando ao som do foxetrote nos braços experientes do seu par, ela olhou para cima e viu os lustres, os cristais brilhavam como jóias preciosas. Podia sentir o cheiro dos bolos e sanduíches, e do café, que estavam sendo preparados na ante-sala do salão de dança. Mas ela nunca viu o rosto do seu par, tudo o que conhecia dele era a mão magistral em suas costas, guiando-a sem nem um passo em falso sequer.

A campainha a fez gemer e passar para uma parte ainda não usada da cama onde o lençol estava mais frio. Ela esperou, imaginando que Jal abriria a porta. A casa continuava quieta. Então a campainha rompeu o silêncio novamente.

Ela pulou da cama de quatro colunas, o coração batendo acelerado, e abriu a porta para a faxineira que chegava para as suas três horas de limpeza.

"Ouça, Phoola, varra o meu quarto primeiro", ela a instruiu. "Estou com dor de cabeça, vou voltar a dormir."

Ela observou Phoola deixar os *chappals* junto à porta e andar compassada e silenciosamente pelo apartamento escuro. Sua presença era leve e não chegava a ser notada. Mas quando faltava por causa de doença ou alguma indisposição, ela era vista em toda parte: nas xícaras e pires sujos, por cima dos móveis empoeirados, nos lençóis de camas por fazer.

Coomy deitou-se de novo enquanto Phoola voltou da cozinha com a vassoura de piaçava pequena, mulher corcunda e de rosto enrugado, parecendo ter muito mais do que os seus 53 anos. Ela se movimentava com passos pequenos e rápidos, os joelhos permanentemente dobrados, o sári verde brilhante bem arregaçado e preso na cintura.

Ela se abaixava até a altura dos quadris, e os sussurros descuidados que eram emitidos entre a vassoura e o chão chegaram aos ouvidos de Coomy. As pálpebras se entreabriram numa fenda. Por um momento lhe pareceu que tinha voltado ao seu sonho onde tudo mudara drasticamente: seu par se transformara numa criatura verde, meio sapo, que, abaixada, combinava movimentos que a faziam deslizar e se balançar pelo chão.

O ruído da vassoura foi aumentando, e esfregadelas rápidas e farfalhantes se sucediam, numa exibição especial de diligência, principalmente debaixo da cama, e a cabeça de Phoola chegou até a bater nas ripas do estrado algumas vezes. Coomy sabia que era em seu próprio benefício. Ela ficou contente de vê-la terminar e seguir para o quarto de Jal. Nada o perturbaria, Coomy sabia, ele roncaria durante toda a varredura, ela podia ouvi-lo dali do quarto dela.

Ela voltou ao seu sonho interrompido, e os vagos anseios que este provocara. O sonho a fazia pensar nas aulas de dança a que ela e Jal costumavam assistir na adolescência. Papai pagara por essas aulas... tão generoso apesar de tudo o que acontecera com Mamãe e Lucy, nunca lhes recusando nada. E, às vezes, eles levavam a pequena Roxie junto; ela adorava se sentar num canto e vê-los treinar...

"*Bai*", Phoola disse, já à porta.

"O quê? O quê?", Coomy virou-se, fazendo a cama estalar, solidária. "Eu disse que você podia ir embora quando o serviço estivesse terminado."

"O serviço não está terminado, *bai*. Não posso terminar o serviço."

Coomy afastou o lençol e se sentou para ver a faxineira enlouquecida. "Não estou entendendo o que você está dizendo."

"Venha ver a senhora mesma, *bai*."

O fedor era grande quando chegaram ao quarto. Nariman fechara os olhos de novo, fingindo dormir.

"Mas como é possível o penico estar cheirando assim?", Coomy sussurrou, mais para si do que para Phoola. "Jal o esvaziou ontem à noite."

Será que seu irmão preguiçoso fez um serviço malfeito? Será que ele deixou alguma coisa malcheirosa atrás da cadeira? Apertando o nariz, ela levantou a tampa; o recipiente estava imaculado.

Nariman decidiu: ele abriria os olhos e passaria a jogar limpo. Ele sorriu logo depois, divertindo-se com a idéia — estar limpo seria o mais desejável na sua condição presente.

"Me desculpe, Coomy, imaginei que eram só gases e... tentei expelir e..."

"Ai, meu Deus!"

Ela fugiu do quarto, seguida de Phoola, que parecia encantada com o efeito dramático de sua descoberta. "A senhora está vendo, *bai*? Não posso trabalhar com esse cheiro. Não sou uma *mahetrani* que limpa banheiros e *goo-mooter*."

"É, Phoola, você..."

"É só a senhora me dar o meu salário, eu vou me embora agora. Tem muito o que fazer em outras casas, sem precisar sentir um cheiro que transforma o meu nariz numa cloaca."

"Tudo bem, Phoola, chega de varrer por hoje, basta lavar a louça e as panelas. Na cozinha não tem cheiro nenhum."

Coomy acompanhou Phoola à porta, tentando dissuadi-la, sem sucesso. Quando a porta da frente se fechou, ela teve certeza de que uma outra se abria, para o grande desastre que eram os dias sem nenhuma empregada, e se sentiu esmagada. E foi acordar Jal.

"Levante!", e o sacudiu pelo ombro. "Veja o que Papai fez!"

Atrapalhado, ele procurou os chinelos. "Será que não posso ter nem duas horas de sono?"

Coomy ignorou o protesto e o arrastou para o quarto de Nariman. O cheiro tornava qualquer comentário desnecessário. Ele se encostou ao batente da porta, os ombros caídos, vazio de todo otimismo.

"E, como se não bastasse", Coomy falou, quase em lágrimas, "quando o encontrei nessa sujeira, ele estava sorrindo. Sorrindo! Como se houvesse alguma graça nisso!"

"Não, Coomy, você me entendeu mal", Nariman disse, e se apressou a explicar o jogo de palavras imprevisto que o divertira. "Agora você está vendo por que eu sorri?"

"Chega, por favor, estou vendo o que eu estou vendo."

Por um momento, Jal também, como a irmã, sentiu-se derrotado. A cama suja era a gota d'água. O seu Waterloo, pensou, sem achar a menor graça no seu próprio jogo de palavras, desanimado demais para pronunciá-lo em voz alta. O tempo das tentativas de se fazer humor tinha se passado há muito.

Para se preparar para a limpeza, eles precisavam tirar Nariman da cama e deixá-lo temporariamente na cadeira, mas ele declarou que o tornozelo estava doendo muito. "O cheiro não me incomoda, a umidade é muito pouca. Por favor, me deixem neste colchão."

"Impossível", Jal disse. "Só vai piorar a situação, o recheio vai apodrecer. E só Deus sabe o estado em que vai ficar a sua pele. Pronto, Coomy? Um, dois, três e..."

Nariman choramingou baixinho, como uma porta esquecida gemendo ao vento.

Eles tiraram os lençóis sujos e examinaram o estrago. Coomy disse que seria menos grave se ela tivesse se lembrado do forro de borracha. "Ainda temos esse forro aqui. Eu deveria tê-lo posto debaixo dele, como Mamãe fazia com Roxana quando ela era bebê."

"Temos que tirar o colchão", Jal disse. "Vamos dar para ele o que está no quarto de Mamãe."

Penduraram o colchão no parapeito da varanda, deram-lhe uma lavada rápida, e depois o deixaram ao sol, enquanto Jal resmungava o que era óbvio: esse trabalho extra era resultado da cadeira higiênica.

"O que você quer dizer com isso?"

"Papai sente tanta dor quando se levanta para se sentar na cadeira, que prefere arriscar e soltar seus gases."

"Não acredito nisso. Um pouquinho poderia sair com os gases, mas não um borrão enorme como esse."

Logo depois, ela caiu no choro, dizendo que era demais para ela, que não sabia mais o que fazer, como cuidar de Papai, e que agora que Phoola tinha ido embora, o fardo do trabalho doméstico também caía na sua cabeça. Tomar conta de Papai já tinha sido um trabalho bastante árduo quando ele não estava de cama, e todas as coisas com que ela precisava lidar: os respingos no vaso sanitário, a sujeira na pia do banheiro, as dentaduras olhando para ela toda manhã e toda noite.

"Ninguém me ajudou esse tempo todo, nem você, nem Roxana, nem Yezad. Agora... eu nem sei... é tão deprimente, tão difícil..."

Os soluços da irmã assustaram Jal. Ela deveria ser o pilar sólido; ele, aquele que desmoronava. Ele tentou corrigir a inversão no mesmo instante.

"Coomy, você está apenas cansada", ele a confortou. "Vem cá, senta aqui." Tomou-lhe a mão e a levou até o sofá. "Esse trabalho é novo para nós, e novo para Papai também. Mas vai ficar mais fácil à medida que a gente se acostume a fazê-lo."

Ela ouviu, agradecida, as palavras confortadoras do irmão; ajudavam-na a se recuperar. E concordou em ir à loja onde comprou a cadeira na manhã seguinte. "Vou trocar por uma comadre."

Jal sugeriu que ela também passasse pela casa dos Chenoy, para contar a Roxana do acidente. Talvez ela e Yezad pudessem dar alguma ajuda se soubessem do acontecido.

Ela afastou a idéia. A ajuda que dariam não serviria de nada — só conselhos e críticas inúteis. Ela não queria uma enxurrada de Chenoys por aqui, passando noites e mais noites a lhe dizer como ela deveria cuidar de Papai, especialmente Yezad. Além disso, ela estava inteiramente sem forças para servir de anfitriã, oferecer chá e refrigerantes entre comadres e bacias.

Para Jal, foi mais uma manhã sem ir ao bazar de ações. Ele passou seu tempo rezando para que Papai se contivesse até Coomy voltar. E quando ela voltou, ele recebeu a comadre e o urinol como se estes fossem os vasos da salvação.

Mas o otimismo concentrado nesses novos utensílios se mostrou insuficiente, terminando abruptamente ao terem a primeira experiência com eles. Embora o trabalho, arrasador para as costas, de levantar Nariman para levá-lo à cadeira tivesse sido eliminado, o resto continuava tão repugnante como antes.

Era ridículo, disse Coomy, que, com tanta tecnologia, cientistas e engenheiros ainda não tivessem inventado algo menos incômodo do que uma comadre. "Quem precisa de telefones celulares e de Internet e de todo esse lixo? Que tal uma engenhoca de tecnologia avançada que sirva para se fazer número dois na cama?"

Continuaram a lidar, precariamente, com os excrementos e as secreções do corpo do padrasto, indo da repugnância à pena e à raiva, e voltando à repugnância. Estavam assombrados, e indignados, com o fato de que uma criatura de carne e osso, tão eficiente quando bem de saúde, pudesse se tornar tão porca de repente. Nem a idade de Nariman nem suas doenças anteriores tinham servido para preveni-los. Às vezes tomavam essa atitude como algo pessoal, como se o padrasto tivesse se reduzido a esse estado para atormentá-los. E, ao cair da noite, o ambiente estava de novo carregado de tensão, pesado de acusações, faladas e silenciosas.

Levaram-lhe uma bandeja com o jantar, e lhe entregaram a dentadura, no copo. "Podem me fazer um favor?", Nariman perguntou.

"Estamos fazendo tudo o que podemos para você", Coomy disse.

"Estão, sim", sorriu com jeito tranqüilizador. "Minha dentadura está cheirando mal, já tem cinco dias que não consigo lavá-la."

Tirando-lhe o copo da mão, ela foi ao banheiro, cerrando os dentes. Deixou cair água nela, tomando cuidado para que os dentes dele não caíssem, e jogou flocos de sabão ali dentro, encheu a pia de água fresca, fez com que girasse. Enxaguou-a umas duas vezes e voltou, satisfeita de ter conseguido executar a tarefa sem tocar nela.

Agradecido, Nariman meteu a dentadura na boca. E então o rosto se endureceu quando sentiu o gosto do detergente.

"Qual é o problema?", Jal perguntou.

"Nenhum. Obrigado por limpá-la. Aliás, Roxana já está sabendo do que me aconteceu?"

"O que você acha?", Coomy disse. "Eu tive algum minuto livre desde que você saiu e quebrou seus ossos? Peço desculpas se sua excelência não está satisfeito com o serviço."

"Por favor, não fique nervosa, Coomy", implorou ele. "Me desculpe, falei sem pensar."

O sono ainda estava por vir e aliviar sua dor, mas ele deixou o silêncio responder ao "Boa-noite, Papai", que arriscaram emitir lá do corredor. Uma mão tateava, como uma cobra, pelo batente da porta, à procura do interruptor, e a luz se apagou.

Nariman agradeceu à escuridão. Contorceu-se, sentindo-se todo melado, e tentou coçar as costas, ansiando por uma massagem com talco. Desde que voltou do hospital, nem Jal nem Coomy pensaram em trocar suas roupas. Nem lhe ofereceram uma toalha molhada, o que diria uma esponja para banho. Eles o fariam, se pedisse, mas ele não queria se arriscar às mãos canhestras dos dois.

Erguer o ombro direito da cama permitia que o sopro lento do ventilador chegasse às costas suadas de Nariman. Ele olhou atentamente para a janela, a vidraça iluminada pela luz da rua. As barras da grade, inflexíveis, eram estranhamente confortadoras. Velhas amigas, ele as conhecia bem, tinham lhe feito companhia nas horas em que passara agarrado a elas enquanto olhava para fora, à espera de Lucy. E a pintura que descamava, e que às vezes ele removia rapidamente com a unha... como as escamas da caspa que ele removia rapidamente, quando tinha cabelo. Sua unha de descamar escamas... descamando a tinta que vestia a grade... e o vestido que Lucy usava... o vestido-clarinete, ele o chamava, porque, ele lhe disse, fazia com que ela parecesse um clarinete... quando eram jovens...

"'Um dia, quando éramos jovens'", ele meio cantarolou, meio imaginou as palavras da canção, "'numa linda manhã de maio. Você disse que me amava, quando éramos jovens, um dia...'"

A música dele e de Lucy, desde que viram *The Great Waltz*.* Nariman lembrou-se da sessão de domingo à noite no cinema Metro. O dia em que ele chamara o vestido amarelo... e, depois do filme, disse-lhe que ela era tão esplendorosa como Miliza Korjus. Foram passeando até o *maidaan* de Cooperage, encontraram um banco, longe da multidão reunida em volta da banda militar que tocava marchas vigorosas. Ele e Lucy estavam protegidos do coreto por árvores e moitas.

Ele percorreu a fileira de grandes botões amarelos, da frente do vestido, com os dedos, subindo e descendo, empurrando delicadamente cada um deles — tocando clarinete, disse ele. Ela riu, provocante, dizendo que Nariman não estava pressionando as teclas corretas. Ele tomou o comentário como um desafio. Beijaram-se, os dedos dele desabotoaram a blusa e tocaram o vão entre os seios, escorregando para dentro do sutiã até chegarem aos mamilos. Ela suspirou de prazer, e ele murmurou, no ouvido de Lucy, que tinha encontrado as teclas certas. Mas os dedos não eram suficientes, para se tocar um clarinete era preciso boca, disse ele, deixe-me demonstrar minha embocadura, e, levando as mãos às costas dela, tentou lhe desabotoar o sutiã. Não, aqui não, disse Lucy. Então a boca fuçou o que foi possível alcançar, eles adiariam o concerto de clarinete completo para um outro momento...

Uma ambulância passou uivando pelo prédio, com sua luz vermelha faiscante lançando um brilho caótico através da janela. Por um instante, as grades pareciam estar banhadas na luz do dia. Então o vidro da janela recuperou a luminosidade branda da luz da rua que ele estava acostumado a contemplar.

Lá fora soprava uma brisa, ele podia ouvi-la farfalhar nos galhos da árvore. Sombras brincavam na vidraça. Folhas que se mexiam como as garras de um animal noturno.

De repente, ele começou a tiritar. Seria bom que o ventilador fosse desligado, mas ele não ousou pedir socorro. Então, puxou bem o lençol para perto de si. Mais uma

* A grande valsa. [N. da T.]

vez, via-se dominado pela consciência de seu desamparo. O que iria lhe acontecer agora? Semanas ainda pela frente, e ele estava à mercê deles para tudo. Eles já estavam fartos do trabalho, dele, do fato de ele estar vivo.

Não, essa era uma observação inclemente demais, eles estavam dando o melhor de si. Consultou o relógio: faltavam horas para o sol nascer. Na janela, os desenhos mudaram, as silhuetas das folhas formavam uma boca que bocejava. Fechou os olhos, sentindo um soluço nascer em seu peito. Não deixaria que eles o ouvissem.

❖

"O trabalho está me matando, minhas costas estão em frangalhos", Coomy disse, ao se sentar na varanda com Jal. "Esta noite, não vamos para a cama sem ter tomado uma decisão sobre Papai."

"Concordo", Jal disse. "Vamos contratar uma aia."

"Impossível. Não há dinheiro para isso."

"Você sempre diz a mesma coisa."

"Veja você mesmo. Verifique o talão de cheques. A conta do hospital engoliu os dividendos que tínhamos economizado."

Houve uma comoção na rua, e eles pararam de falar enquanto homens passavam correndo na calçada, com um bando de gente gritando ao encalço deles. Era difícil dizer o que estava acontecendo. Coomy disse que pareciam ser pessoas perseguindo ladrões, talvez punguistas. Jal achou que era apenas uma atrapalhada qualquer. A rua logo recuperou seu estado de negócios e alvoroço habitual.

"Na minha vida tem tão pouca coisa", Coomy disse. "Casa e mercado, mercado e casa. Não posso nem ir ao templo do fogo!"

"Você não é a única. Meu trabalho também é constantemente interrompido."

"Você chama isso trabalho? Ir ao bazar de ações toda manhã e ficar fofocando."

"Se eu não tivesse tomado conta direitinho dos investimentos de Mamãe, não haveria nem um *paisa* sequer nesta casa."

"E se você tivesse um trabalho de verdade, haveria dinheiro suficiente para pagarmos uma aia ou um acompanhante."

Voltaram ao ponto de onde partiram, ressentidos e zangados, o raciocínio toldado pelo cansaço e pela frustração, enquanto, olhando por cima do parapeito da varanda, observavam o fluxo intermitente do tráfego. Então, fazendo uma pausa na discussão, consentiram tacitamente numa trégua.

"Não quero me indispor com Papai enquanto ele permanecer ali, desamparado, na cama", Coomy disse. "Mas não posso deixar de odiá-lo."

"Você não o odeia", Jal disse, apavorado com a força da palavra. "Você odeia o trabalho. Temos apenas que tentar cumprir nosso dever dando o melhor de nós. Mesmo sendo padrasto, ele sempre foi bom para nós, não podemos nos esquecer disso."

Depois de continuar conversando noite adentro, levantaram-se para ir para a cama, ainda sem ter encontrado uma solução. Passando pelo quarto do padrasto, ouviram um som peculiar vindo dali.

"Você ouviu o que eu ouvi?"

"Não tenho certeza." Jal parou para ajustar seu aparelho de audição. Agora ele também ouviu o choro. Ficaram parados do lado de fora do quarto, e não havia possibilidade de erro: ele estava chorando.

"O que faremos?", Coomy perguntou, com lágrimas de empatia brotando em seus olhos.

"Vamos até lá, claro."

Sem acender a luz, entraram no quarto e, na ponta dos pés, aproximaram-se da cama. "Papai", ela deu uma pancadinha delicada no ombro dele. "Parece que ouvimos você... você está bem?"

Nariman estava agradecido por não terem acendido a luz do quarto. Ele se mexeu para mostrar que sabia da presença deles. "Estou, tudo bem."

"É a dor?", Jal perguntou. "Quer outra pílula?"

"Estou bem. Vocês dois precisam descansar, agora vão dormir." E ele emitiu o som de um beijo.

"Boa-noite, Papai."

Eles também beijaram a escuridão e saíram, preocupados com essa nova manifestação.

Ao longo dos dias que se seguiram, os dois o viram chorar de novo, às vezes durante o cochilo da tarde, embora, na maioria das vezes, à noite. Resolveram informar ao clínico dele.

❖

Nariman questionou a presença do Dr. Tarapore e a necessidade de passar por um exame completo.

"Achei que eu o mencionara no hospital", blefou o médico. "Um *check-up*, uma semana depois que o senhor tivesse ido para casa. Para termos certeza de que tudo está correndo como deveria."

"É isso?"

"Exatamente. E a dor está sob controle?"

"Os primeiros dias foram difíceis", Nariman disse, e Coomy prendeu a respiração — haveria alguma queixa a respeito da cadeira higiênica?

"Mas isso é natural", continuou ele. "Tomei quatro analgésicos num dia. Agora, apenas um, à noite, faz o serviço."

"Excelente", o médico disse. "Excelente."

Mas a mudança que se operou na aparência do professor no decorrer de uma semana o preocupou. Um tornozelo quebrado não explicaria o estado dele. Levando Jal e Coomy para fora do quarto, o Dr. Tarapore lhes disse que precisavam levantar o ânimo dele.

"A depressão não é rara durante uma doença, mas no velho pode ser grave. Não deixem que ele perceba a preocupação que sentem, sejam animados e otimistas perto dele, conversem sobre coisas alegres, lembranças boas. O riso e a jovialidade são tão importantes quanto a medicação."

O médico também lhes lembrou de prestar atenção às costas dele, para evitar o aparecimento de escaras. Recomendou que o lavassem diariamente com uma esponja ou toalha, usassem um bom talco, e propiciassem mudanças de posição freqüentes, levantando-o com travesseiros. Caso a pele rachasse ou o tecido viesse a ulcerar, seria uma tortura para o professor e a situação com que teriam de lidar, muito desagradável.

Coomy disse que era fácil para o Dr. Tarapore continuar dizendo que fossem alegres, ele não tinha que lidar com uma vida de sofrimento. "Lembranças boas, ele disse. Mas como fabricá-las nessa etapa da vida?"

"Podíamos falar de Roxie, quando ela era bebê", Jal sugeriu. "Papai estava muito feliz nessa época. Estávamos todos felizes, Mamãe também."

"Quanto tempo podemos ficar falando num assunto?"

Ele deu de ombros. "O que mais me preocupa é o mal que possamos causar por não sabermos quais os cuidados adequados. Você ouviu o que o médico falou da higiene. É uma responsabilidade enorme."

"Da qual Roxana e Yezad não têm que participar. O que não está certo, venho falando disso o tempo todo."

"Mas é você que não quer informá-los do que está ocorrendo."

"De que vai servir informar? Enquanto Papai estiver aqui, eles estão livres dos encargos."

Ele sacudiu a cabeça, sem saber para onde se virar. "Pois é, eu gritei com Papai ontem à noite e, depois, me senti tão envergonhado. Às vezes, por causa da frustração, imagino soluções horríveis. Pílulas para dormir para tranqüilizá-lo. Um remédio antidiarréico, para ele ficar impedido de evacuar alguns dias."

Ele se preocupava com uma mancha abaixo de sua orelha direita. "Não há um ditado que diz que quando Deus nos dá o frio Ele também nos dá a roupa para enfrentá-lo? E a roupa, no caso, não seriam a força e o bom senso?"

Ela disse que força e bom senso estavam reservados para os que se comportavam com coragem, que lutavam por seus direitos. "E nós nunca fizemos isso, não é mesmo?"

"O que é que você está querendo dizer?"

"Pense um pouco — por que não temos dinheiro nenhum para pagar uma aia? Porque deixamos Papai gastar toda a sua poupança com Roxana. Nossos problemas começaram a partir daí. Graças a Deus temos o dinheiro que Mamãe pôde nos deixar." Mais uma vez a raiva dela ressurgia. "Se Mamãe estivesse viva, essa injustiça nunca teria acontecido. Como eu odeio todos eles!"

"Não diga isso, ela é nossa irmã. E Papai nos deu este apartamento. Agora temos que fazer a nossa parte."

"Eu não devo nada a Papai. Ele não mudou minha fralda nem limpou meu bumbum, e eu também não tenho que limpar a merda dele."

"Como ele poderia ter feito isso? Você tinha 11 anos quando ele se casou com Mamãe." Apesar do momento triste, ele não pôde deixar de rir.

Coomy deu um sorriso fraco. "Eu só acho que não deveria ser eu a pessoa encarregada de fazer tudo isso para ele."

"Seja como for, esse não é o nosso problema principal", Jal disse. "Mesmo que nos tornássemos um par de Florence Nightingales e tratássemos o corpo de Papai com cuidados de primeira, como poderíamos propiciar risos e jovialidade? Isso não vem num frasco de remédio. E se ele realmente morrer de depressão?"

Coomy levou o dedo aos lábios; dentro de sua cabeça estava se arquitetando uma idéia. "Sempre que Papai encontra a família de Roxie, ele fica de bom humor. Ele e Yezad estão sempre rindo e se divertindo."

"E então?"

"Ele devia ficar com eles, para gozar do clima animado e alegre que o doutor prescreveu."

"Mas isso é um absurdo", Jal disse. "É verdade, Papai e Yezad se dão bem. Mas isso não quer dizer que ele queira o sogro lá durante várias semanas, naqueles dois quartos minúsculos."

"E o que será que Roxie quer? Se o médico diz que é uma questão de vida ou morte, claro que Yezad não tem nada que dizer não."

Eles discutiram um lado, depois o outro, até conseguirem se convencer de que Roxana o aceitaria sem nenhuma queixa, agradecida por eles terem lhe dado essa oportunidade. "Realmente", Coomy disse, "tenho certeza de que ela vai ficar chateada de termos deixado passar uma semana sem informá-la de nada."

Servindo o padrasto de chá e torrada no café da manhã, Jal disse que havia uma idéia que deveriam considerar: "Uma visitinha ao Pleasant Villa, para ajudá-lo a se recuperar."

Nariman assentiu com a cabeça, e disse que faltava açúcar no chá.

"Pus uma colher cheia", Coomy disse.

"Não está doce."

Ela o serviu de mais, lembrando-lhe que o cartão de cotas de mantimentos não dava direito a açúcar. "A preços de mercado, temos que diminuir o consumo."

"O que você acha da idéia, Papai?", Jal perguntou.

"Acho que o apartamento de Roxie vai ser divertido para você", Coomy disse, "que vai ter a companhia de Yezad e dos garotos. Você vai se recuperar mais rápido — uma cabeça feliz significa um corpo saudável. As semanas vão voar."

Esperaram ansiosamente as palavras dele.

"É bom ver o sorriso voltar aos seus rostos tristes", disse ele, afinal. "Estavam começando a se parecer com aqueles retratos no corredor."

"Pois é, Papai", Jal disse, "as preocupações com você não nos deixam muito tempo para sorrir. Vê-lo sofrendo, sem poder encontrar um jeito de distraí-lo, nos faz nos sentir muito mal."

Houve um silêncio mais longo. Supondo-se que eu diga não, pensou Nariman, e lhes dê bons motivos — eles ainda poderiam conseguir argumentar. Supondo-se que eu diga, Este apartamento é minha casa, e eu o registrei no nome de vocês por não fazer nenhuma diferença entre vocês e Roxana. Agora, no meu desamparo, vocês me põem para fora? Eles provavelmente ririam e diriam que eu estava sendo dramático.

"Ficar deitado na cama, aqui ou lá, dá tudo no mesmo para mim. Mas vai ser difícil para eles, num apartamento tão pequeno."

"Pequeno?", Coomy disse. "Pelos padrões de Bombaim é enorme! Você sabe muito bem que, nas casas de cômodo e nas favelas, há famílias de oito, nove, dez pessoas morando num único cômodo."

Ele, de novo, estudou os rostos ansiosos. "Se Roxana e Yezad concordarem, não tenho nenhuma objeção. Fale com eles primeiro."

"Que maneira de falar, Papai!", Coomy disse. "Claro que eles vão concordar. Por que você acha que não dissemos nada a Roxana sobre sua fratura até agora? Porque ela teria insistido em cuidar de você — ela teria brigado conosco por querer levar você para Pleasant Villa. E nós quisemos poupá-la desse trabalho."

Então ficou decidido. Tiradas de um humor pobre e uma atenção minuciosa a assuntos inconseqüentes impediram que a fachada ruísse enquanto se preparava a transferência. Uma mala foi tirada de cima do armário e dela se tirou a poeira. Coomy juntou uma quantidade de roupas em seus braços e as levou até a cabeceira da cama para que ele as aprovasse.

Nariman disse sim sem nem sequer olhar. Ela parece contente, pensou ele, como se estivesse preparando uma viagem de férias.

Jal perguntou se ele queria levar algum livro. Ele respondeu que não sabia ao certo.

"Depois você nos diz, podemos levar o que você quiser." Ele guardou o aparelho de barbear, o sabão de barba e a escova de Nariman num saco plástico e o entregou a Coomy para que ela o pusesse na mala.

Ela o enfiou debaixo das camisas. "Você devia deixar crescer a barba, Papai, esquece a gilete. Um filósofo como você precisa de barba."

"Isso mesmo", Jal disse. "Uma barba socrática."

Nariman sorriu. Eles estavam se esforçando com tanto afinco.

"Mais alguma coisa para botar na mala?"

Ele balançou a cabeça. Se tivesse uma fotografia de Lucy, ele lhes pediria que a incluíssem na bagagem. Mas todas tinham sido queimadas, sem exceção, por Yasmin. Nos carvões em brasa, no mesmo turíbulo de prata que ela usava para o *loban* durante as orações da noite.

Talvez o que ocorrera não tivesse sido tão mal. Fizera com que ele tivesse que confiar na memória. A imagem de Lucy estava além do alcance do fogo.

❖

Na manhã seguinte, para ajudá-lo na jornada, Coomy lhe deu uma pílula extra de analgésico enquanto ela repassava mentalmente a lista de providências, para saber se estava faltando algo. "Jal, você botou o copo em que Papai guarda as dentaduras?"

"Não se preocupem", Nariman disse. "Roxana não vai relutar em me dar um copo onde eu possa deixar os meus 32 dentes de molho."

"Se estiver faltando alguma coisa, a gente leva depois", Jal disse para moderar a excitação dela, que já o estava incomodando.

"É melhor eu me garantir, se não, Roxana vai dizer que eu não cuido de você." Ela se precipitou para o banheiro. O copo que ela detestava estava na prateleira. Sacudiu as gotas d'água que estavam no copo e o pôs num saco de papel pardo. "Tudo bem, Papai, agora está tudo pronto."

"A ambulância está aqui", anunciou Jal, que estava à janela.

Pobres filhos, Nariman pensou, como era difícil para eles disfarçarem a ansiedade em que estavam. E ele não os culpava por isso. A culpa estava nos outros de 36 anos atrás, nos arranjadores do casamento, nos intransigentes fabricantes da desgraça. Ele ainda ouvia as vozes dos pais depois da bênção do casamento, Agora a vida de vocês está estabelecida, e nós podemos morrer em paz. O que ocorreu, um ano depois. Tinham vivido o suficiente para cumprir seu dever, mas não para testemunhar o infortúnio que esse dever propiciaria.

Dois homens de uniforme branco mal-amanhado e *chappals* de couro frouxos entraram com uma maca. O motorista mandou Jal assinar uma fatura e anotar a hora do início do serviço, e o endereço de destino foi confirmado.

Os homens da ambulância passaram Nariman para um lado da cama para dar lugar à maca. Fizeram-no escorregar para a maca, com perícia, prenderam bem o lençol, e o preveniram de que seria melhor manter os olhos fechados. Saíram do quarto, vencendo cuidadosamente a dificuldade de transpor a porta, acompanhados de Jal e Coomy.

Enquanto seguiam pelo corredor, Nariman abriu os olhos. Da posição em que estava, ele via os retratos sombrios de seus antepassados nas paredes. Estranho como os olhos deles o olhavam — como se eles fossem os vivos e ele o morto.

O ligeiro sobe e desce da maca, como um barco oscilando no mar, fez com que os antepassados parecessem estar fazendo que sim. Acenando com a cabeça por concordar com o seu destino, com a sua partida deste apartamento.

Ele se perguntava se estaria vendo os rostos familiares pela última vez. Queria pedir aos homens da ambulância que dessem uma passada em cada cômodo para que ele pudesse examinar tudo, fixar tudo na memória antes que a porta se fechasse às suas costas.

5

Uma escala diatônica, executada num *legato* perfeito, subia do andar térreo do Pleasant Villa. Como parecia doce um simples dó-ré-mi, pensou Roxana no terceiro andar, cantarolando ao som do violino.

A oitava se completou, e ela chamou da cozinha, "Venha logo, Jehangir, a água está quente!".

O violino emendou a escala maior na escala seguinte. Ele não tomou conhecimento da mãe, absorvido pela peça de quebra-cabeça que tinha nas mãos. Encontrar o lugar dela no mundo complicado do jogo dele era tudo o que o menino queria nesse momento.

"Agora está quase fervendo, Jehangir. E eu também, estou te avisando!"

"Hoje não é minha vez!"

"Não me venha com suas trapaças — Murad tomou banho ontem. Corre, a água está se transformando num vapor inútil!"

Surgiu uma sombra em cima do incompleto lago de Como. Ele levantou os olhos e viu o pai de pé, debruçado sobre ele. "Não está ouvindo sua mãe? Vá logo, não a faça gritar."

Roxana sentiu ternura pelo marido. Ela nunca podia dizer se ele estaria do lado dos filhos ou a apoiaria.

Jehangir renunciou ao quebra-cabeça, e Yezad assumiu o comando do jogo. "Seu filho está completamente viciado. Por sua concentração, daria para se pensar que ele estaria procurando o próprio lugar no mundo."

Ele pegou a peça azul que tinha desafiado Jehangir e tentou encontrar lugar para ela em diversas partes do lago de Como antes de desistir. "Ainda não é hora de encaixar esta peça. Você vai ter que avançar mais um pouco na construção."

"Eu sei", Jehangir disse, puxando a toalha do varal que se estendia de um lado ao outro do cômodo da frente, entre a sua cama e a de Murad. Nos dias de chuva, quando não se podia estender a roupa lavada na varanda, o varal se tornava uma cortina cheirosa de roupas molhadas, e ele preferia o quarto assim, com dois compartimentos. Então ele pretendia ser um dos Cinco Famosos, ou um dos Cinco Descobridores, que tinham, todos eles, seus próprios quartos e moravam na Inglaterra, onde tudo era belo. Sua imaginação transportava o quarto de cortinado de roupas para uma casa de campo inglesa, com um lindo jardim onde rouxinóis cantavam e rosas floriam, e para a qual ele poderia voltar depois de viver uma aventura ou solucionar um mistério. Como esse mundo lhe conviria, imaginava ele.

Seu uniforme escolar estava no meio das roupas empilhadas no secador. A toalha estava molhada do sopro úmido da monção. Quanto a ele, sua preferência era de que a hora do banho fosse passada juntando mais peças do lago de Como, suas praias tranqüilas, seu céu azul...

Murad também exigia seu banho, e Roxana disse que já tinha bastante o que fazer de manhã sem essa nova invenção. "Primeiro, você achava demais até dias alternados. Agora você quer tomar banho todo dia."

"Seu filho está crescendo", Yezad disse, "e ficando sensato. Por esse motivo, deveríamos comemorar, Roxie."

"Faz favor de usar o nome dela certo, minha mãe não é cinema", Jehangir disse, imitando o tom do avô, porque sabia que Papai acharia divertido.

"Ouça o seu filho caçoando do Vovô. Da próxima vez que encontrarmos o chefe, você vai ver, seu peste." Então ele pôs as mãos no rosto de Roxana. "Eu posso ver o mundo inteiro nestes olhos. Melhor do que em qualquer cinema."

O violino do térreo continuava a se exercitar, enviando escalas maiores como raios de sol. Jehangir e Murad riram, felizes por verem os pais assim, uma vez que os dias sombrios, cheios de gritos e brigas, ocorriam com mais freqüência do que eles gostariam de lembrar.

"Você consegue ver *O parque dos dinossauros* nos olhos de Mamãe?", Murad perguntou.

"Nem *O parque dos dinossauros* nem dinossauro", o pai respondeu. "Mas vejo *Love Is a Many Splendoured Thing*".*

Eles riram de novo, e Roxana disse que bastava de risadaria por aquela manhã. Esses três preguiçosos se atrasariam se não ficassem espertos. "Vamos lá, empurre sua cama para dentro", disse a mãe a Murad. "O café da manhã já vem."

Resmungando, dizendo que ele era o único dentre os amigos que ainda não tinha visto *O parque dos dinossauros,* ele enfiou sua cama baixa sob o sofá que servia de cama para Jehangir. A cama desapareceu com um gemido de protesto. A mesa de jantar, embutida na parede, foi puxada e ocupou o espaço recém-criado. Agora havia lugar para exatamente quatro cadeiras ao seu redor.

Jehangir gostaria de saber se ele algum dia teria a mesma relação que Murad tinha com o banho. Papai era o único que conservava o privilégio de tomar banho todo dia, porque tinha de trabalhar e receber clientes. Ele seguia um ritual cuidadoso que incluía sabonete, talco e creme para o cabelo. Possuía uma toalha turca, macia e felpuda. Os outros tinham toalhas simples, ásperas.

Um dia ele perguntou à Mamãe o porquê desses privilégios. Ela disse que Papai trabalhava tanto no Empório de Material Esportivo Bombaim, e o trabalho dele era tão difícil, que, se houvesse alguma coisa especial que ela pudesse fazer para mimá-lo, ela a faria. Era muito importante que ele saísse de casa de manhã se sentindo ótimo, disse Roxana. Muitas vezes, ela perguntava a Papai, Yezdaa, você está feliz? Está tudo bem? Mamãe também fazia essas perguntas a Murad e a ele, pois queria a felicidade para todos eles, e precisava conferir essa situação constantemente. E ele sempre respondia sim, mesmo que estivesse se sentindo muito triste.

Uma dúvida persistente fez com que ele voltasse ao quebra-cabeça para mais uma olhada. "Murad pode ficar com a minha vez", ele fez uma nova tentativa. "Hoje eu não preciso de banho."

"Não precisa?" A mãe lhe levantou o braço e cheirou a axila. "Você está fedendo como um bode."

"Ah, o teste do sovaco", o pai disse. "Pela cara de Mamãe, parece que você não passou."

---

* Literalmente, "o amor é uma coisa maravilhosa". No Brasil, o filme se chamou *Suplício de uma saudade.* [N. do E.]

"Seja lá como for, você também deveria cheirar Murad", Jehangir disse. "Ver quem cheira pior".

"Está na hora de aprender uma expressão nova", o pai disse. "Precisamos visitar o Avô de novo".

"Hoje é a sua vez, e está acabado", a mãe disse. "Se Murad quer banho todo dia, ele tem que levantar da cama antes que a torneira seque. Às seis, como eu."

Quando não havia ninguém olhando, Jehangir examinou a própria axila, e encontrou o interessante cheiro habitual. Agora a água estava fervendo, a mãe pegou um trapo em cada mão e tirou a chaleira do fogão.

"Saiam da minha frente", ela repetiu muitas vezes, como um navio apitando no nevoeiro, "afastem-se, afastem-se", e, andando em ziguezague, numa nuvem de fumaça, chegou ao banheiro, onde esvaziou a chaleira num balde até a metade de água fria. Seu grande medo era colidir com alguém e escaldá-lo no corre-corre matinal. Ela também não deixava Yezad transportar a água quente, Deus a livre, se ele se queimasse e ficasse de cama, eles iriam...

Mas ela se negava a permitir que o pensamento se completasse. "Se esfregue bem, não esqueça de usar o sabonete, e... para onde você está indo?"

"Para o vaso."

"De novo? Rápido. A água vai esfriar. E Yezdaa, o relógio da cozinha parou."

"Posso dar corda, Papai?", Murad perguntou.

"Já lhe disse umas 100 vezes o quanto esse relógio é especial, e delicado. Você vai poder dar corda nele quando for mais velho."

Murad resmungou, dizendo que tudo tinha de esperar até ele ficar mais velho, e a essa altura tanta coisa teria se acumulado para ele fazer que não haveria tempo para dar conta de tudo.

Insatisfeito com o nó, Jehangir tirou do pescoço a gravata da Casa Nehru, alisou os vincos e fez outra tentativa. Experimentou um novo modelo que aprendera na escola, uma variação bulbosa do *samosa*, chamado nó *pakora*.

"Pare de brincar com a gravata e coma", Roxana disse. "Banho, café, uniforme... tenho que estar constantemente atrás deste menino."

Antes de terminar de comer a torrada amanteigada, ele sentiu a barriga se revolver de novo. Tentou escapar sem ser notado para evitar o interrogatório minucioso que, tinha certeza, se seguiria.

Mas sua mãe estava registrando tudo. "A terceira? O que está acontecendo? E o seu irmão espirrou sete vezes desde que acordou."

Ele deu de ombros e continuou a se encaminhar para o banheiro enquanto o pai implicava com a mãe por causa do cartão de cotas dela. Passando pelas prateleiras onde ficavam os mantimentos da cozinha, Jehangir correu os dedos pela superfície lisa dos três potes de barro vidrado. No grande, marrom-escuro, semelhante a uma ânfora, guardava-se o arroz do armazém; no pote cilíndrico, ocre, havia trigo desse mercado; e o menor, de um marrom-avermelhado, atarracado e sólido, continha o caro arroz *basmati*, reservado para dias especiais como Pateti e Navroze, e aniversários.

Ele amava a sensação que esses boiões lhe davam, sempre que seus dedos procuravam lhes roubar o frescor do vitrificado. Não importa qual fosse o mês do ano, eles ficavam assentados ali, tranqüilos e imóveis, como três deuses, naquele corredorzinho mal-iluminado. Durante a estação das mangas, as frutas eram escondidas no arroz, onde amadureciam até ficarem douradas, muito melhor do que se estivessem na palha. E os grãos pareciam seda ao lhe escorregarem pelos dedos perscrutadores quando estes tentavam encontrar a fruta, para verificar se ela já estava no ponto de ser comida.

Eram necessários vários puxões na corrente antes que a caixa d'água produzisse sua cascata purificadora. Alertada pela descarga, Roxana esperou que ele atravessasse a cozinha.

"Talvez fosse melhor você ficar em casa hoje", disse ela, franzindo a testa.

Ele não tocou nos potes nem em nada mais ao voltar. Era uma regra rígida estabelecida pela mãe: depois de se fazer necessidades, tinha que se lavar as mãos imediatamente, com sabão, duas vezes, antes que se pudesse voltar a participar do mundo externo ao banheiro.

O violino distante estava agora tecendo nevoeiro e melancolia em escalas menores. A terceira viagem de Jehangir fez condensar uma nuvem de preocupação no rosto de Roxana. Ainda de testa franzida, ela voltou à frigideira onde mexeu dois ovos para o café da manhã do marido. Ela queria que ele deixasse de comer ovos, ou pelo menos diminuísse a quantidade, comendo-os em dias alternados.

"Por favor, Yezad, me escute, não é bom para você", começou ela pela enésima vez. "Aparece tanta coisa nas revistas e na tevê sobre colesterol e doenças do coração."

"Tudo moda, Roxie. Meu pai e meu avô viveram até os 82 e os 91 anos. Comeram ovos toda manhã até o dia em que morreram."

Então, imitando um garçom num restaurante iraniano abarrotado de gente, recitou, "Frito, mexido, *akoori*, omelete!". Ao dizer essas palavras, ele fez com que seu tom de voz soasse forte e gutural, e deliberadamente pronunciou "omelete" como *armlet,** o que fez Murad rir e se engasgar com o chá.

Jehangir deu um sorriso agradecido ao pai. Na semana anterior, quando a mãe se queixou da mesma coisa, a resposta tinha sido muito diferente: "Ótimo, quanto mais cedo eu morrer de um ataque do coração, melhor. Você vai estar livre para se casar com um homem rico." Nessa ocasião, os olhos de Jehangir se encheram de lágrimas, Mamãe e Papai estavam brigando por causa de dinheiro, como sempre, uma vez que não se tinha o suficiente para pagar tudo, e ele tivera que ir, sozinho, para o balcão.

Ele cheirou seus dedos lavados duas vezes para se certificar de que traziam o perfume do sabonete: às vezes a mãe exigia comprovação. Mas, agora, o motivo da investigação era a barriga, e não as mãos; ela queria saber se o intestino estava desarranjado todas as três vezes, e se havia muco.

Ele detestava essas perguntas sobre intestino, elas o deixavam envergonhado, sentia-se como se fosse um bebezinho de fraldas. Ignorá-las era impossível, Mamãe continuaria insistindo. Melhor finalizar o assunto dando respostas rápidas.

"Da segunda e da terceira vez, desarranjo, nenhum muco", disse ele num tom monótono, e retomou seu lugar à mesa do café.

Murad achou que não havia manteiga suficiente na sua torrada. E foi até a geladeira para pegar o prato escondido entre o pão e o leite. Com a porta aberta, o ruído dos tinidos e batidas mecânicas das entranhas da geladeira era mais forte.

"O que é que você está procurando?"

"Manteiga."

"Você já comeu o suficiente. Aquele pacote tem que durar até domingo. E saia de perto da geladeira antes que pegue um resfriado."

"Não se preocupe tanto, Roxie", Yezad disse. "Da maneira como você trata seus filhos, vai ser preciso mudar os nomes deles para Namby e Pamby."

Ela disse que era fácil ridicularizá-la, mas que sem a atenção dela só Deus sabe os males que acometeriam à barriga frágil de Jehangir e às amígdalas de Murad, que inchavam como bolas de gás ao resfriado mais leve. E, além disso, era ela quem tinha que ficar acordada a noite toda segurando a cabeça dos filhos quando vomitavam, pondo lenços ensopados de água-de-colônia em suas testas febris: "Você nunca precisa se preocupar, eu estou sempre garantindo o seu sono. E continuo com o problema

---

* Em inglês, *omelette* e *armlet* ["braçadeira", "pequeno braço de mar" etc.] podem ter pronúncia semelhante. [N. da T.]

de pagar o médico. Por que você não faz o orçamento da casa? Se fizer, vai ver como o dinheiro é pouco, e como é difícil comprar comida e remédios."

Jehangir escutava, sentindo-se deprimido. A manhã que tinha começado tão bem já estava se transformando numa guerra. Então, para seu alívio, o pai tomou o braço da mãe e o apertou.

"Você tem razão, Roxana, prevenir é melhor do que remediar. Mas o nosso Jehangla teve muitas faltas neste período. Suas perturbações no andar de baixo vão causar muitas deficiências ao andar de cima."

Jehangir se perguntava se conseguiria faltar à aula hoje. Preferia o apelido que o pai lhe dava ao da mãe porque o dela era Jehangoo, muito parecido com o "gugu-dadá" das criancinhas.

O pai se virou para ele. "Então, sua peste, o que você comeu dessa vez?"

"Nada, estou bem." Ele sabia que Papai estava se referindo à ocasião em que ele e os amigos tinham comido, no colégio, as mangas verdes proibidas.

"Por que você quer ficar em casa? No colégio tem banheiro."

Jehangir parou de mastigar; os pedacinhos mastigados se juntavam na frente da boca, num afluxo de saliva, e a torrada amanteigada ameaçava se depositar novamente em seu prato. O banheiro do colégio era nojento, fedia como banheiros de estações ferroviárias. Os meninos chamavam-no de *bog*.* A primeira vez que a ouviu, a palavra o deixou intrigado. E foi procurá-la no dicionário de Papai, onde encontrou mais de um significado. Era variante informal para banheiro, dizia o dicionário; e também lugar úmido, lamacento. Ele imaginou um lugar úmido, lamacento, e se imaginou enfiando o pé nesse lugar, e concordou que "*bog*" era a palavra perfeita.

Ele não precisou responder à pergunta do pai; a mãe respondeu: "É arriscado Jehangoo comer a comida da cantina hoje. Ele deve ficar em casa, vou fazer uma sopa de *chaaval* para ele."

A sopa de carneiro cozido, servida com arroz branco, era a preferida de Jehangir. Ele esperava um dia agradável: ler confortavelmente na grande cama de Mamãe e Papai, fazendo o seu quebra-cabeça do lago de Como, almoçar, um cochilo à tarde, mais leitura.

"Então, o que você vai fazer em casa?", o pai perguntou.

"Ele vai descansar, e fazer algum dever", a mãe respondeu.

"E ler os Cinco Famosos", Jehangir acrescentou.

---

* "Privada"; "pântano", "charco", "atoleiro". [N. da T.]

Yezad balançou a cabeça, exasperado. "Não sei por que eles ainda têm esse lixo na biblioteca do colégio."

"Mas Enid Blyton agrada às crianças", Roxana disse. "Não lhes faz mal nenhum."

Yezad disse que fazia um mal enorme, que os livros estimulavam as crianças a crescerem sem nenhum apego ao lugar a que pertenciam, obrigava-as a se odiar por ser quem eram, confundia a identidade delas. Disse que havia lido os mesmos livros quando era pequeno e que eles tinham lhe provocado o desejo de se tornar um tipo de inglesinho que não existia nem na Inglaterra.

❖

Sem ser anunciada por nenhuma sirene, a ambulância atravessou penosamente a rua atulhada de tráfego e parou ruidosamente ao chegar à entrada do Pleasant Villa. Enquanto isso, Roxana acabava de arrumar sua panela de pressão. Vagens para o jantar no primeiro compartimento, sopa de carneiro para o almoço de Jehangir no segundo, arroz branco simples no terceiro. A válvula, com o seu contrapeso, encarapitava-se em cima do suspiro. Ela esperou que a válvula sacudisse ao som do vapor e depois foi pendurar a roupa lavada na varanda.

Nos anos imediatamente após sua construção, o edifício Pleasant Villa, de quatro andares, foi realmente uma moradia agradável. Mas o tabelamento dos aluguéis e a negligência intencional do proprietário tinham-no reduzido ao estado em que a maioria dos prédios de Bombaim se encontrava: o reboco se esfacelando, caixas d'água furadas e canos de escoamento arrebentados. A parte externa, um dia cor de pêssego, agora lembrava o produto de um vomitório. A fiação elétrica tinha se deteriorado, tendo servido de refeição para ratos de esgoto. E as grades de ferro batido das varandas, a melhor característica do prédio, também tinham sido comidas pela corrosão.

Na varanda, Roxana pensou de novo em Yezad. Ela lhe acenara dali quando ele saíra para o trabalho — suas despedidas sempre consistiam em um beijo à porta e mais um aceno, enviado da varanda —, e a pequena explosão dela já estava completamente esquecida. Mas continuava preocupada com a recusa de Yezad em mandar examinar o colesterol ou em diminuir o número de ovos.

Como um mau presságio, o corpanzil animalesco e branco da ambulância atraiu o olhar dela. Com as roupas pesadas nas mãos, ela espiou por cima do parapeito. O sol voltara depois de três dias de nuvens e chuva. Os ouvidos continuavam atentos ao apito que vinha da cozinha: a panela de pressão estava se tornando uma considerável fonte de vapor. Então começou a pendurar a roupa lavada no varal.

Uma por uma, ela sacudia as roupas molhadas, curtindo as deliciosas gotinhas frias que voavam quando as sacudia, e imaginou com prazer o brilho de sol perfumado que seus braços abraçariam, à noite, à medida que recebessem as roupas secas. Ela se lembrou de que, quando Jehangir tinha quatro ou cinco anos, ele a abraçou enquanto ela recolhia a roupa lavada, enterrou o rosto na roupa e disse "Mamãe, você tem cheiro de sol".

Ele não fazia mais isso, de abraçar tão espontaneamente, nem Murad. Hoje em dia, o jeito era mais seco, determinado pela circunstância. Parte do processo de crescimento, pensou ela com tristeza. Então a panela de pressão soltou um jato de vapor, um apito estridente que a fez se dirigir às pressas para a cozinha.

Os ruídos do meio da manhã pontuavam a contínua sessão de exercícios da vizinha do térreo de Roxana. As escalas já tinham terminado havia algum tempo, e os dedos de Daisy Ichhaporia estavam agora se soltando em exercícios de acordes duplos que ascendiam vigorosamente de uma varanda à outra do Pleasant Villa, entrecruzando-se com o assobio do vapor.

"Uma troca justa", Daisy Ichhaporia disse um dia, quando Roxana pediu desculpas pelo incômodo diário. "Meu barulho pelo seu." Ela era primeiro violino na Orquestra Sinfônica de Bombaim.

"Ah, mas eu gosto muito de ouvi-la estudar. É exatamente como ir a um concerto."

"Muito delicado da sua parte", Daisy tinha sorrido graciosamente ao ouvir o cumprimento e, em troca, partilhou com Roxana o seu conhecimento a respeito dos perigos de se cozinhar com panela de pressão, perigos sobre os quais dizia ter informações de primeira mão. Ela falou de explosões e incêndios, de almoços e jantares que foram pelos ares, desafiando a gravidade. Daisy tinha um estoque de histórias gastronômicas que acabaram mal, e que narrou com prazer: do *papayta-noo-gose* que detonara, fazendo com que batatas voassem como balas de canhão e virassem purê ao bater no teto, dos pedaços de carne que se estilhaçaram como granadas; e do *curry* de camarão de fulana de tal que se transformou em arte moderna nas paredes da cozinha, obra de arte que merecia uma moldura em volta, e que poderia satisfazer a pelo menos quatro dos cinco sentidos. E as temperaturas extremamente altas da cozinha feita na pressão tornavam impossível a limpeza da bagunça, porque o alimento se fundia no gesso. Só um martelo e uma talhadeira poderiam arrancá-lo dali, Daisy disse.

Roxana teve o privilégio de examinar algumas das manchas no teto da cozinha de Daisy, que jurou serem restos de um *vindaloo* de porco. "O dia em que isso aconteceu", a violinista disse, "vendi minha panela de pressão para o ferro-velho."

Roxana talvez tivesse feito o mesmo, caso as advertências tivessem partido de outra pessoa que não uma violinista conhecida por tocar sem roupa em casa. Durante as apresentações da BSO, ela tocava vestida, evidentemente — usando uma saia preta longa, uma blusa preta de mangas compridas e um colar de pérolas que mal lhe chegava aos seios.

Era notório que Daisy Ichhaporia, no fundo, queria ser uma virtuose mundialmente famosa. No Pleasant Villa, dizia-se, de brincadeira, que ela se exercitava nua para seduzir o diabo, obrigá-lo a aparecer e lhe conceder o domínio satânico sobre o instrumento, o que faria com que ela tocasse como uma Paganini feminina. Daisynini, era como a chamavam pelas costas.

A própria Roxana nunca vira Daisy vestida com nada menos do que um sutiã resistente e calções práticos, cujo feitio era tão farto que eles poderiam bem ter sido uma saia e uma blusa. A violinista deu explicações para a falta de roupa ocasional, dizendo que sentia calor demais quando tocava inteiramente vestida por causa da paixão que derramava na música, paixão que a fazia transpirar tão profusamente que as efusões salgadas que caíam da testa, do queixo e do pescoço ameaçavam a saúde do seu valioso instrumento.

Às vezes, perdida em seus ensaios, Daisy esquecia de fechar as cortinas quando a tarde caía e as luzes se acendiam. Então um punhado de gente se ajuntaria do lado de fora da janela para ver a mulher *bajavala.* Por fim, alguém do Pleasant Villa tocaria na sua porta para lhe chamar a atenção, a cortina seria fechada e os fãs se dispersariam.

Para Roxana, a distração da violinista chegou ao auge quando se falou de panelas de pressão que explodem. Ela, pelo contrário, curtia a sensação de perigo com que as descrições de Daisy dotaram o utensílio de uso diário; agradava-lhe ser a senhora que punha o demônio do vapor para trabalhar. Seria uma bobagem levar Daisy muito a sério.

Mas seria insensato ignorá-la completamente. Assim, sua curiosidade a respeito da ambulância foi ultrapassada pela advertência do apito da panela de pressão.

Um novo surto de dúvida fez Jal hesitar na entrada do prédio. O que aconteceria depois, depois que Papai voltasse para casa, como seria o relacionamento entre eles? E entre Roxana e eles? O quanto de amargura essa situação criaria?

Ele tentou ver o lado bom — pelo menos ele poderia retomar suas manhãs no bazar de ações.

"Vamos, depressa", Coomy disse. "Fale com Roxie."

Ele levantou os olhos para a varanda dos Chenoy e viu as roupas secando na corda. "Estou com uma sensação de que estamos prestes a fazer algo horrível."

"Isso é porque nós somos pessoas muito sensíveis. Precisamos de mais razão e menos sensibilidade. O nosso plano não é a melhor opção para Papai?"

"Espero que sim. Mas você vem comigo, não quero chegar lá em cima sozinho."

"Pare de se preocupar, Yezad está no trabalho e ela vai concordar imediatamente." As palavras de Coomy denotavam confiança, embora o tom de voz partilhasse das dúvidas dele. "Se eu subir, será que Papai vai ficar bem, só com os homens da ambulância?"

"Você acha que os homens vão fugir com ele?"

Na portaria, havia um cartão sujo e meio apagado, pendurado no elevador, com o aviso: PARADO. Coomy resmungou, dizendo não se lembrar da última vez que eles tinham podido usá-lo, e que era trágico Papai ter gastado todas as suas economias para comprar um apartamento nesse prédio caindo aos pedaços.

"De qualquer jeito, parece pequeno demais para a maca", Jal disse, espiando, por entre as grades, o cubículo diminuto, empoeirado e com teias de aranha.

Subir a escada lhes deu tempo de ensaiar a estratégia que empregariam. Ele deveria descrever os acontecimentos, começando com a queda e terminando com a advertência do médico. Ela participaria caso ele esquecesse de alguma coisa; o trunfo dela ficaria de reserva.

Estavam sem fôlego ao chegar em cima. A mão de Jal se dirigiu para a campainha, mas ela o refreou até pararem de ofegar. Um minuto depois, ela assentiu com a cabeça; ele tocou; eles esperaram.

"Oi", Roxana disse. "Que surpresa!" Mais do que surpresa, ela sentiu uma vaga ansiedade. Havia anos que o irmão e a irmã não apareciam por ali sem avisar.

"Podemos entrar?", Coomy perguntou.

"Claro." Ela se pôs de lado para lhes dar passagem. "Está tudo bem? Papai, tudo bem?"

"Muito bem, muito bem."

Ela precisava pedir licença, a panela de pressão estava chamando de novo. Ao voltar da cozinha, disse a Jehangir, aconchegado na cama, que viesse cumprimentá-los.

"Temos um assunto muito importante a discutir", começou Jal, depois que ela se sentou.

"Yezad também não deveria estar presente?"

"Seria melhor que sim, mas é urgente. Pois é, uma semana atrás, Papai sofreu um acidente."

A mão de Roxana voou para o próprio rosto enquanto Jal descrevia a noite, os *ghatis* tirando Nariman do buraco e o carregando até chegar em casa, os táxis para o Hospital Geral Pársi, a radiografia, o processo de engessar o tornozelo quebrado. Ela ficou em lágrimas quando imaginou as horas angustiantes pelas quais o pai tinha passado.

Coomy passou o braço por seus ombros, acariciando-lhe a cabeça, enquanto Jal dizia que Papai estava entrando numa depressão, conforme a explicação do Dr. Tarapore, o que estava retardando a recuperação. As lágrimas de Roxana transformaram-se em raiva.

"Por que vocês não me avisaram logo? Todos nós teríamos ido lhe fazer companhia. Por que esperaram tanto tempo?"

"Não queríamos preocupar você", Coomy disse. "E, para ser franca, não tivemos um minuto sequer de folga."

"Mas agora o pior já passou", Jal disse. "Agora estamos aqui, e Papai precisa da sua ajuda. Vamos nos concentrar nisso."

"Sem dúvida", Roxana disse. "Yezad, eu e as crianças vamos visitá-lo toda noite."

Coomy balançou a cabeça. "Não vai dar certo. Ele vai ficar feliz quando vocês chegarem, e deprimido quando forem embora. Ele vai ficar subindo e descendo como um ioiô, o que vai ser até pior."

"As horas mais apavorantes para ele são as da noite", Jal disse. "Depois da meia-noite ele chora demais — tão intensamente, que nos acorda."

"Não chore", Coomy disse, beijando Roxana no rosto. "O problema é de fácil solução. Se Papai ficar aqui algumas semanas, neste ambiente feliz, caseiro, logo, logo ele vai estar sorrindo novamente."

"Como seria bom!" Ela fez uma pausa para enxugar os olhos com os dedos, depois enxugou os dedos na saia. "Como eu gostaria de poder proporcionar isso."

"E por que não pode?"

"Você precisa perguntar? Não está vendo o tamanho deste apartamento?"

"Tenho certeza de que você pode conseguir mais espaço se realmente tentar."

Roxana refletiu, em silêncio. "Você tem razão. Vamos dar uma olhada e encontrar um lugar para Papai."

Ela começou a relacionar alguns móveis que atulhavam o cômodo pequeno, explicando a função deles como se fossem peças de um museu secreto: "O sofá diurno, em que vocês dois estão sentados, é a cama de Jehangir à noite. Debaixo dele, a caminha de Murad. Aí", ela levantou uma ponta da colcha.

"Simpática e baixinha, sai de noite, desliza de volta de manhã. Ao lado, uma poltrona, e uma mesinha de chá de fórmica, que Murad afasta para o lado quando puxa sua cama para fora. E nossa enorme mesa de jantar para dois, com quatro cadeiras. Vamos agora até o quarto dos fundos, onde Yezad e eu dormimos?"

Sentindo-se constrangido, Jal relutou, dizendo que realmente não havia necessidade, eles não tinham que ficar bisbilhotando.

"De jeito nenhum", Roxana disse. "Vocês são da família, estão ajudando."

A visão de Jehangir na cama os surpreendeu, como se não tivessem previsto a presença de uma testemunha. "Você não teve colégio?", Coomy exclamou.

"Barriga desarranjada", Roxana disse. O tio e a tia deram tapinhas no ombro do menino, dizendo-lhe que melhorasse logo e não comesse mangas demais.

Além da bicama pequena, havia dois armários de louça e dois secadores de roupa. E uma pequena escrivaninha com uma cadeira, imprensadas no canto perto da cama, onde os meninos faziam seus deveres. Roxana mostrava a mobília como um guia apresentando pontos interessantes a turistas.

"Alguma sugestão?"

Jal justificou-se. "Não nos caberia reorganizar a sua casa. Você é que deve decidir."

"Vocês acham? Esperem, ainda falta inspecionar a cozinha, o banheiro, a latrina. E não esqueçam o corredor ao lado do banheiro — ali talvez se encontrasse um lugar, perto do arroz, do trigo, do açúcar e do querosene."

"Escute, Roxana, agora pode parar com essa bobagem", Coomy disse.

"E vocês dois? Vocês passam uma semana inteira guardando segredo do acidente de Papai, depois chegam de repente em pleno dia, quando Yezad está no trabalho..."

"Por que você precisa de Yezad? Esta casa é sua, foi paga com o dinheiro do seu pai. Além disso, você já tem a permissão de Yezad."

"O quê?"

"Lembra-se do aniversário de Papai? Da bengala que lhe deram? Naquele dia, eu disse a você e a Yezad: se Papai tiver um acidente num de seus passeios, vou trazê-lo direto para o Pleasant Villa. E, falador como ele é, Yezad disse: Claro, ele será bem-vindo a qualquer hora. Agora, a sua atitude está sendo de boas-vindas?"

"Você não tem vergonha de dizer isso? Você sabe que eu faria qualquer coisa por Papai. Mas desvirtuar uma brincadeira a esse ponto?"

"Tudo é brincadeira para você e Yezad", Coomy disse. "Vocês são doutores em rir e se divertir."

"É exatamente por isso que Papai precisa ficar aqui", implorou Jal. "O talento de Yezad para o riso é o remédio de que Papai precisa."

"Não vai ser motivo de riso se a depressão acabar com ele", Coomy disse, soturnamente. "O Dr. Tarapore nos disse que, no caso dos velhos, a depressão é mais mortal do que doença ou outro dano. E isso vai ficar nas suas cabeças. Suas cabeças risonhas."

"Por favor, nada de briga", Jal disse. "Vamos conversar tranqüilamente."

"Muito bem", Coomy disse, "não há nada mais a se discutir, muito obrigada." Chegara o momento exato de usar o seu trunfo. "É só mandarmos a ambulância fazer a volta."

Roxana, confusa, correu até a varanda, agarrou-se, paralisada, ao parapeito por um minuto, e correu para dentro outra vez. "Aquela ambulância — você está dizendo que Papai está ali dentro? Vocês o deixaram sozinho no estado em que ele está?"

Os soluços da mãe tiraram Jehangir da cama. Uma boa parte do laço do cordão do pijama dele estava aparecendo. Ele a meteu para dentro e foi para o cômodo da frente se postar ao lado da mãe, deixando que sua mão se enfiasse na dela, e fixando o que esperava ser um olhar de reprovação no tio e na tia.

"Modere-se, Roxie, Papai está muito bem instalado, pagamos para que ele tivesse uma ambulância de primeira", Coomy disse. "Sente-se um minuto."

Com lágrimas lhe toldando os olhos, Roxana libertou sua mão da de Jehangir e saiu correndo escada abaixo, a toda. Descendo com mais cuidado, Jal pediu, gritando freneticamente, que ela fosse mais devagar.

"Agora só nos falta você quebrar o seu tornozelo!", Coomy gritou.

Jehangir fechou a porta quando saíram e foi para a varanda. No terceiro andar, diretamente em frente, o papagaio verde se arrastava e se balançava em sua gaiola, como um demente, de um lado para o outro. Ele assobiou para o bicho, inspecionando os cômodos que conseguia ver. As casas das outras pessoas sempre pareciam mais felizes, mais divertidas do que a dele.

Olhou para baixo e viu a ambulância à espera. Alguns vizinhos tinham se juntado na calçada, entre os quais Villie Cardmaster,* vizinha de porta, a quem Papai chamava de Rainha da Matka, porque todos iam lhe pedir um palpite para jogar nos números da Matka. Mamãe dizia que a Matka não prestava; ela achava horrível uma mulher não só jogar abertamente, como estimular outros a jogar. Ela não gostava muito da Titia Villie.

Ele viu a mãe sair do prédio e passar correndo pelo grupinho. Viu o braço da Titia Villie se estender como se fosse para tranqüilizá-la. Sua mãe ignorou o gesto, abriu violentamente a porta traseira da ambulância e desapareceu lá dentro.

Ajoelhando-se ao lado da maca, Roxana segurou a mão do pai e lhe acariciou a cabeça.

"Não se preocupe, minha filha, eu estou bem."

Ela inclinou a cabeça para beijá-lo. O seu cheiro desagradável a repeliu, mas ela lutou contra o impulso de se afastar. E se perguntou se estariam cuidando bem dele.

"Essa idéia não foi minha", sussurrou Nariman. "Eles prometeram conversar com você e com Yezad antes de me trazer."

"Eu sei, Papai." Ela acariciou o queixo levemente barbado, apertando-o delicadamente.

Ele sorriu. "Você também? O que há com o meu queixo?"

Ela o apertou de novo. "Às vezes nossos filhos nos ensinam coisas boas."

Enquanto isso, Jal e Coomy tinham chegado ao térreo, onde o ajuntamento de vizinhos se viu temporariamente distraído por um estranho que estava na portaria, a quem surpreenderam anotando os nomes que constavam de uma lista do edifício. O jeito furtivo do homem os deixou desconfiados. Confrontado, ele disse estar trabalhando para uma empresa que fazia pesquisas de mercado, e depois sumiu.

Conversa, declararam depois que o homem foi embora, ele não parecia um pesquisador de mercado. Villie Cardmaster disse que ele era provavelmente do Shiv Sena, copiando nomes e endereços — foi assim que eles tinham descoberto os lares muçulmanos durante os conflitos na mesquita Babri. Provavelmente, planejando uma próxima vez.

"Chalo", Coomy disse aos homens da ambulância, num tom alto o suficiente para ser ouvida ali dentro. "Faça a volta, aqui não há espaço para o paciente descer."

---

* Villie Mestra das Cartas. [N. da T.]

Roxana saltou pela porta de trás. "Espere", disse ao motorista. "Por favor, leve-o ao terceiro andar."

"Tem certeza?", Coomy perguntou. "Você já resolveu onde vai botar Papai?"

Roxana dirigiu-se asperamente aos homens que estavam olhando para Coomy à espera de uma confirmação, "Vamos lá, depressa".

Voltando-se para eles, Coomy assentiu com a cabeça, apontando para a escada que subia. Então um atendente entrou, o outro pegou nas alças da extremidade e a maca surgiu de dentro do veículo. Nariman cobriu os olhos, apertando-os contra o céu claro.

"Desculpe o atraso, Papai", Jal disse. "Demos um grande susto em Roxie, porque a notícia foi uma surpresa total."

"Ela tinha todo o direito de se assustar", Coomy falou, generosa. "Mas não há a menor necessidade de se preocupar, Papai está bem. Está vendo, Roxie?" Ela levantou o lençol para mostrar o gesso. Os vizinhos ociosos aproximaram-se com murmúrios de solidariedade.

"Para cima, com passo acelerado", Jal disse. "Antes que esses *ambulancevalas* caiam no sono. Se deixarem cair Papai, vamos ter uma espécie de joão-teimoso."

Ele riu sozinho. Como um guarda orientando o tráfego, ele gesticulou para os homens, que seguiram adiante, com seus *chappals* frouxos fazendo barulho. Seus passos soavam pesados nos degraus de pedra, o couro dando uma lambada forte a cada pisada.

No patamar que levava ao primeiro andar, descobriram que o espaço não era suficiente para a maca contornar a quina. Tentaram passar à força, virando um pouco a maca, o que fez Nariman agarrar-se firme nos lados ao mudar bruscamente de posição.

"Opa, cuidado aí!", Jal gritou lá de trás. "Vocês querem jogar o paciente escada abaixo?"

Começou então uma discussão, os homens da ambulância dizendo que a única maneira de continuar era passar a maca por cima do corrimão com a ajuda de Jal e das mulheres. Roxana achou que era extremamente perigoso, e implorou a Coomy que levasse Papai de volta para casa, prometendo passar noite sim, noite não, lá, para cuidar dele, aliviá-la das tarefas.

Mas a maca foi erguida a grande altura, passou por cima do corrimão, e a manobra foi concluída. Tendo sido repetida mais duas vezes até se chegar ao terceiro andar. Jehangir estava à porta esperando para recebê-los.

"Sai daí, *dikra*", Coomy disse. "Deixe espaço para os homens passarem."

"O Vovô está bem?"

"Está", ela o tranqüilizou com um tapinha na cabeça. "Vamos lá, pergunte ao Vovô, ele está falando perfeitamente bem. Só o tornozelo é que está quebrado. Então, Roxie, onde você quer botar Papai? Você tem que decidir antes que esses sujeitos saiam, depois, nós não vamos conseguir mudá-lo de posição."

"Papai vai ficar na cama de Jehangir — no sofá-bicama. Tudo bem, Jehangir?"

"Claro." Ele achava que o Avô parecia muito pequeno na maca, e ficou aliviado de vê-lo sorrir e sussurrar um obrigado. "De nada, Vovô."

"Minha mala e a comadre ainda estão lá embaixo", Nariman disse, sem se dirigir a ninguém em particular.

"Vou apanhá-las", Coomy disse, ansiosa para sair dali.

Os homens da ambulância tiveram dificuldade de pôr Nariman no sofá-bicama. Era mais estreito do que uma cama, e não havia espaço para se pôr a maca numa posição que permitisse uma suave transferência do paciente. Tiveram que deixá-la no chão, erguê-lo e deitá-lo.

"Ai!", e a mão de Roxana foi subitamente até a boca. E ela gritou pedindo que tivessem mais cuidado.

Jal pagou os homens e os acompanhou à porta. Ele puxou uma cadeira para perto do sofá-bicama e tomou a mão de Nariman, afagando-a para encorajá-lo. "Espero que não esteja sendo penoso demais, Papai. Sabe, Roxie, ele é um bravo soldado, nesses dias todos ele não gemeu nem se lastimou nem uma vez."

"Não tão bravo assim. Gemi um bocado na hora da cadeira higiênica."

Roxana queria saber que história era essa de cadeira higiênica, uma vez que Papai não podia sair da cama.

Sem fôlego, Coomy chegou com a mala e um embrulho de jornal com o urinol e a comadre, amaldiçoando o elevador parado. Ficou chateada com a pergunta que ouviu por acaso: "O que você acha, que fizemos isso para torturar Papai? Estávamos com esperança de que usar a cadeira fosse mais confortável para ele."

"Foi um erro", Jal disse. "Erros ocorrem quando a pessoa não tem conhecimento."

Antes de partir, eles relacionaram os remédios para o mal de Parkinson, a osteoporose e a hipotensão. Roxana decidiu anotar a dosagem das diversas pílulas e gotas e a freqüência com que ele as ingeria.

"Tudo bem, eu sei de cor", Nariman disse.

Coomy puxou-a de lado e lhe disse baixinho que não confiasse nele. "Papai esquece, e às vezes confunde os nomes."

Despediram-se com bom humor, Jal dizendo, de brincadeira, que dali a três semanas eles organizariam uma corrida entre Papai e Jehangir. "Temos que impor um bom *handicap* a Papai, ou Jehangir não terá a menor chance."

Coomy disse que o grande apartamento ficaria desolador sem ele. "Volte logo, Papai." Ela o beijou no rosto e, ao chegar à porta, acenou.

A primeira coisa a fazer é arejar o quarto, Coomy disse ao chegar de volta ao Chateau Felicity. Parecia-lhe que o cheiro tinha atingido todas as partes da casa, inclusive a cozinha.

"Como foi possível?", Jal tentou argumentar. "Não está tão forte."

"Talvez você esteja perdendo a sua capacidade de sentir cheiros, além da sua audição. Você deveria pedir que o Doutor o examinasse." Ela abriu janelas e portas de todos os sete cômodos, e ligou cada ventilador, empoeirado ou não. Com a poeira se lidaria depois.

"Que estranho", disse ela, depois de passada uma hora ou pouco mais. "Ainda sinto o cheiro — mesmo no quarto de Mamãe, tão longe do de Papai."

"Talvez esteja grudado na sua cabeça. Mais psicológico do que real."

"Se eu o sinto e ele me incomoda, tem importância saber onde o cheiro está?"

"Tem. Se ele está na sua cabeça, nada vai conseguir tirá-lo daí. Como a desgraçada da mancha na mão de *lady* Macbeth, lembra-se? Nem todos os perfumes da Arábia, e nem que você esfregue, e escove, e enxugue, e torne a esfregar, nada vai removê-lo."

Ela lhe disse que o cheiro já era suficientemente irritante sem os seus comentários tolos. "Você parece Papai, tão sombrio e dramático. Ande, me ajude a fazer o serviço."

Passaram a tarde fazendo uma faxina em regra no quarto de Nariman. Puseram a roupa de cama de molho num balde cheio de espuma, e o forro de borracha, num outro. Tiraram as cortinas da janela. Tudo o que havia no quarto — mesa-de-cabeceira, cama, armário, esquadria da janela, porta, luminária e lâmpada do teto —, tudo passou por uma limpeza completa com uma solução de Dettol e, depois, pela secagem.

Quando anoiteceu, Jal disse que já bastava para ele. E se sentou na sala de estar, então à meia-luz.

Por volta das oito, ela entrou para perguntar se ele gostaria de ovos com batatas para o jantar. A sala estava quase completamente às escuras.

"Não estou com fome, faça só o suficiente para você."

Mas ela também não queria comer. "Já sei, vamos tomar o meu *sarbut* de framboesa. Estamos cansados demais para comer, um refresco vai nos fazer bem." Ela procurou o interruptor da luz ao sair. Ele pediu que ela deixasse a luz apagada.

Voltando com os refrescos, ela achou que tinha ouvido o irmão suspirar no escuro. Pousou a bandeja e acendeu o abajur da mesa. "Jal? O que está acontecendo?"

Ele balançou a cabeça.

Ela se sentou diante dele e lhe deu um copo. "Vamos, beba, vai te refrescar. É o cansaço destes últimos dias, também me sinto assim."

Ele balançou a cabeça de novo. "Coomy, o que foi que nós fizemos?"

"Nada, não fizemos nada. Não seja mariquinha."

Mas também estava se sentindo arrasada. Por mera força de vontade, deu um gole, e então disse, "Tinha que ser feito. Não tínhamos opção".

Ela ficou sem palavras e apagou a luz do abajur da mesa.

6

Depois que sua fúria contra Jal e Coomy amainou, Roxana passou a se preocupar com Yezad. Ele gostava da companhia e do senso de humor de Papai, claro, mas as reuniões de família só ocorriam de vez em quando, duravam algumas horas, nada que exigisse tanto quanto três semanas de uma convalescença restrita à cama.

"Esperemos que Yezad não se incomode", Nariman disse.

"Ele não vai se incomodar." Será que Papai realmente lia seus pensamentos, como afirmava quando ela era criança? Roxana umedeceu o rosto do pai com uma toalha molhada e o enxugou.

"Vovô, você está com o cheiro que Murad tem depois de jogar críquete", Jehangir disse, franzindo o nariz.

"Não seja mal-educado", a mãe disse.

Nariman sorriu. "Fui batido por uma bola que não me tocou. Ou talvez tenha sido na área em frente à baliza."

Ela pediu desculpas por não haver água suficiente para um banho de esponja completo e prometeu guardar um balde para amanhã.

"Mãe, eu já disse hoje de manhã, não me obrigue a tomar banho", Jehangir disse.

"Ah! Então você sabia que o Vovô vinha? O garoto está ficando muito esperto, Papai. Muito bom você estar aqui para botá-lo nos eixos. Vamos, você aí, pare de rir, vá pegar o talco para o Vovô."

Ele voltou rapidamente com a lata de talco Cinthol, e ficou observando enquanto sua mãe tirava a camisa rançosa e a *sudra*. A pele solta pendia dos braços e do ventre do avô. No peito, a pele formava duas bolsas, os peitos murchos. Dois balões, dos quais todo o ar tinha escapado. Neles, os pêlos eram como pequenas mechas de fio branco.

Roxana amarfanhou a *sudra* para enxugar o suor das costas e das axilas de seu pai. Sacudiu o pó da lata em cima dele e o esfregou vigorosamente, outra vez lamentando a falta d'água. Então pescou uma *sudra* e uma camisa limpas dentre a bagunça da mala e o ajudou a vesti-las.

"Obrigado. Me sinto muito bem-disposto."*

"Você não dirá isso caso encontre a nossa Daisy do térreo, Papai, de tal maneira ela sua quando pratica o violino." Ela tirou as roupas malcheirosas do cômodo, botando-as num balde para lavá-las com as outras roupas na manhã seguinte. "Chalo, hora de almoço. Fiz uma sopa leve de *chaaval* para a barriga desarranjada de Jehangoo. Se quiser, pode tomá-la também."

Ela encheu um prato fundo para o filho e chamou-o à mesa; e serviu a porção do pai numa tigela. "Mais fácil para você tomar, Papai. Eu a seguro, se preferir."

Ele estendeu a mão para receber o alimento, e descansou o peso da vasilha na barriga. A tigela com estampa de couve-flor subia e descia conforme a sua respiração.

"Parece um barco se mexendo, Vovô", Jehangir observou. "A sua barriga está fazendo as ondas que fazem ele se mexer."

"Desde que ninguém fique enjoado", Nariman disse, mal conseguindo evitar que o caldo espirrasse ao levar uma colherada aos lábios.

"Coomy esqueceu do remédio da manhã?", Roxana perguntou.

"Eu tomei minha pílula", murmurou ele, renunciando à tigela e à colher. "Foi muito esforço para um dia só, nada de mais. Amanhã vai estar tudo bem."

Jehangir entrou e ficou ao lado do sofá-bicama. Depois de passar um momento observando, disse que queria dar comida ao Avô.

"Isso não é um jogo. Almoce antes que a comida esfrie."

Ele acabou rapidamente com o arroz e a sopa do prato e voltou para a cabeceira da cama. "Agora posso?"

Nariman fez um leve gesto de cabeça para que Roxana desse permissão ao filho.

---

* *I feel fresh as a daisy*, literalmente, "Sinto-me fresco/novo como uma margarida". [N. da T.]

Ela lhe entregou a comida. "Mas estou avisando, tenha cuidado. O Vovô acabou de vestir uma camisa limpa."

"Está bem, Mamãe."

"E não tente encher-lhe a boca, como você faz com a sua."

A roupa lavada, por estender, estava à espera na varanda. Ela sacudiu as roupas, nervosa porque as fazendas já estavam vincadas, e não parava de olhar de soslaio para dentro do quarto, a fim de se certificar de que Jehangir estava se comportando. A porta da varanda emoldurava a cena: o de nove anos, feliz da vida, dando comida ao de 79.

E então, uma revelação a surpreendeu — de quê, exatamente, ela não saberia dizer. Oculta pelo biombo das roupas úmidas, ela observava, as mãos agarradas a uma camisa de Yezad. Ela percebia estar testemunhando algo quase sagrado, e seus olhos se recusaram a abandonar o momento precioso, pois ela sabia instintivamente que este viria a ser uma lembrança a acalentar, a trazer à memória nas horas difíceis em que necessitasse de força.

Jehangir encheu de novo a colher e levou-a aos lábios do avô. Um grão de arroz ficou para trás, grudado no canto da boca de Nariman. Jehangir pegou o guardanapo e o recuperou, antes que caísse.

E, por um breve instante, Roxana achou que compreendia o significado de tudo, do nascimento, e da vida, e da morte. Meu filho, pensou, meu pai, e a comida que eu fiz... Sentiu um nó na garganta; engoliu.

Então tudo o que restou do momento foram as lágrimas nos olhos. Ela as enxugou, surpresa, sorrindo, já que não sabia quando tinham surgido, nem por quê. Havia contentamento no rosto de Papai, e um ar de importância no de Jehangoo, ao desfrutar a responsabilidade de sua tarefa. E um lampejo de malícia brilhava nos olhos deles.

"Só falta mais um pouquinho, Vovô. Vamos brincar de aviãozinho."

"Tudo bem, mas com cuidado."

"Em primeiro lugar, Biggles* está subindo no avião", Jehangir disse, enchendo a colher. "Agora a cabine se fechou." Ele acelerou mais o motor e anunciou que os calços tinham sido tirados, estavam prontos para decolar. A colher taxiou algumas vezes em volta da tigela e levantou vôo. Depois de ascender verticalmente, começou a mudar de direção e a cair, inclinando-se abruptamente e executando *loopings*.

---

* Herói de histórias de aventuras muito populares nos países de língua inglesa, contadas em dezenas de livros e outras publicações, J. Bigglesworth, nascido na Índia, participa, entre inúmeras peripécias aéreas, das duas guerras mundiais como aviador da RAF [Força Aérea Real]. [N. da T.]

"Preparar para a aterrissagem, Vovô."

Nariman abriu bem a boca. A colher entrou, ele deu um aperto nela, e a comida desembarcou a salvo.

"Agora, a última", Jehangir disse, raspando a tigela. "Pronto?" Dessa vez as acrobacias aéreas foram mais ambiciosas. "As bombas foram lançadas!"

O arroz espalhou-se pelo queixo, pela garganta e pela gola de Nariman. Roxana correu da varanda para o quarto, ainda agarrando a camisa amarfanhada de Yezad. "Eu o avisei! Você não consegue se comportar direito nem cinco minutos!"

"Minha culpa", Nariman deu uma risadinha. "Não abri a boca como deveria."

"Não incentive o menino, Papai, ele vai de mal a pior. Você devia ser mais severo com ele." Ela perguntou se o pai queria a bacia para gargarejar — ele era meticuloso nos cuidados com as dentaduras depois das refeições. Pela maneira como seu oferecimento foi recusado, Roxana percebeu que ele estava tentando lhe poupar o trabalho extra.

"O que vem a seguir na ordem do dia?", Nariman perguntou a Jehangir. "Você me deu de comer no almoço, eu podia ajudá-lo no dever de casa."

"Meus deveres não estão na ordem do dia", o menino riu, deleitando-se com a expressão nova. "A cama grande de Mamãe está na ordem do dia, vou me deitar nela e ler meu livro."

"Você podia ler aqui, alto, para que eu também pudesse fruir da leitura."

Jehangir hesitou; ler alto era algo que ele fazia apenas duas vezes por ano, para o exame de Leitura e Recitação. "Já li três capítulos. E você não vai gostar, é só uma história de criança, Enid Blyton."

"Não tem importância, você pode continuar lendo o capítulo quatro. Se eu me sentir entediado, eu lhe digo, prometo."

Então Jehangir e Nariman souberam, no capítulo quatro, que George, por alguma provocação, contada em páginas anteriores, estava então amuada em seu quarto para onde tinha sido mandada por seu pai, que, para dificultar ainda mais as coisas, insistia em chamá-la de Georgina ("Ela odeia o nome dela", Jehangir interrompeu o relato para contar ao avô, "ela é uma menina com jeito de menino"). Julian, Dick e Anne, que estavam de visita por causa das férias ("São primos de George", Jehangir explicou rapidamente), acharam que o Tio Quentin estava se excedendo com a pobre da George. E como era horrível para ela não estar lá fora com eles, andando pela praia, ainda mais porque o tempo estava simplesmente o máximo, e o mar, de um azul espetacular aquela manhã ("Cerúleo", o Avô disse, "como o céu", e Jehangir repetiu, "Cerúleo"), ao mesmo tempo em que Timmy, cujo belo rabo maravilhoso não parava de abanar, latia de medo diante de um caranguejo apavorado e provocava o riso em todos eles, só que não era muito divertido rir sem a nossa velha companheira George e...

A mãe tocou levemente no ombro dele. Jehangir levantou os olhos. Ela pôs um dedo nos lábios e apontou para o sofá: o Avô estava dormindo.

O pai e o filho ainda estavam dormindo quando ela acendeu o fogão e preparou o chá, às três e meia. Jogando as folhas diretamente na chaleira com água fervente. O chá da tarde não merecia o bule e o abafador que ela usava no chá da manhã. E quando ela pensou em sua rotina, cristalizada na perfeição doméstica no decorrer daqueles anos, achou estranho, uma vez que a manhã era a hora da agitação — o ritual demorado combinaria mais com a tarde.

Mas valia a pena por causa de Yezad; ele amava as manhãs. Amava a hora do café da manhã, o rádio tocando e a azáfama no apartamento, e no prédio, e na rua lá embaixo onde os vendedores apregoavam suas mercadorias, alertas aos chamados dos fregueses que obtinham a atenção deles com palmas ou um assobio especial em *staccatto.* Às vezes, Yezad imitava os pregões dos vendedores, e então os meninos competiam para ver qual era o melhor.

Ela também ficava atenta aos vendedores, esperando para descer as escadas correndo, levando sua bolsa. Algumas pessoas do prédio mantinham uma cesta e uma corda junto à janela, prontas para serem baixadas com algum dinheiro dentro e, depois, recolhidas com o troco e mais as batatas, cebolas, carne de carneiro, pão, fosse lá o que precisassem. Roxana não usava esse sistema, público demais para o seu gosto. Como Yezad brincava, isso é que era realmente ficar só olhando vitrine; a pessoa que ficasse de olho nesse comércio do tipo "cesta pendurada numa corda", saberia quem estava comendo o quê em qualquer dia determinado.

De manhã, Yezad estava sempre rindo e brincando, batendo papo com os meninos, contando-lhes pequenas histórias. Ontem mesmo ele lhes contou aquela que falava do velho senhor Engenheiro, que tinha morado a vida toda no Pleasant Villa, e morrera recentemente. "Lembra-se daquele truque da corda especial que ele fazia, Roxie?"

Ela assentia com a cabeça, enquanto Jehangir e Murad pediam para ouvi-la. A água do banho ainda não começara a ferver, então Yezad contou a travessura do senhor Engenheiro de muitos anos atrás, quando ele começou a passar dificuldades: toda manhã, quando se aproximava a hora da chegada do vendedor de ovos, o senhor Engenheiro ficava à espera, junto à janela do seu apartamento do segundo andar. Da varanda de cima, a cesta do terceiro andar seria rapidamente lançada em direção à calçada, e pouco depois ascenderia lentamente com sua frágil carga. Quando a cesta estivesse passando pela janela do senhor Engenheiro, uma invisível mão surgiria, surrupiaria um ovo, e este seria levado para o café da manhã na cozinha. Quando a cesta chegasse ao seu destino, alguém gritaria do terceiro andar para o vendedor de ovos lá embaixo: *Hai, mua eedavala!* Uma dúzia quer dizer 12, não 11. O vendedor permaneceria firme um certo tempo, discutiria, depois capitularia e mandaria mais um ovo para cima.

Um dia, o culpado foi finalmente visto com a mão na cesta. Foi pego com a mão no ovo, Yezad disse, e os vizinhos de cima relutaram em se defrontar com o senhor Engenheiro, embaraçados com tudo o que ocorreu. Imperturbável, o senhor Engenheiro disse, Quem sou eu para rejeitar o presente flutuante que Deus manda à minha janela?

Jehangir e Murad riram com mais veemência nesse ponto da história, um riso cheio de admiração e solidariedade, enquanto o pai concluía, "Desde então, o prédio inteiro chamou a história de 'O famoso truque da corda do senhor Engenheiro'".

Murad disse que esse caso lhe lembrava uma outra história que Papai lhes contara, do rei chamado Sísifo que foi castigado no Inferno. "Acho que o senhor Engenheiro se parece com Sísifo."

"Como?", o irmão o desafiou. "O senhor Engenheiro não teve que ficar empurrando uma pedra morro acima, sem parar."

"Tem a ver", insistia Murad, mas sem saber como explicar o que sentia. "A cesta que descia todo dia, depois subia, e o pobre do senhor Engenheiro sem nenhuma grana, ali de pé para roubar o ovo — é como um castigo, dia após dia. É triste."

"Estou entendendo o que você quer dizer", o Pai disse. "Se pensarem bem, de certo modo todos nós somos como Sísifo."

Fez-se um silêncio enquanto pensavam nisso. Então Jehangir, assentindo com a cabeça, com ar grave, disse que compreendia. "É como o dever de casa. Todo dia, faço o dever até o fim, e, no dia seguinte, tem mais dever para fazer. Nunca acaba."

Eles riram. "Mas a história do senhor Engenheiro teve um final feliz", Yezad disse. "Alguns dias depois de ter sido pego, ele ouviu a campainha da porta tocar, e, quando abriu, não havia ninguém. Mas havia um saco de papel pardo no chão. Dentro dele, um ovo. Essa gentileza acontecia duas vezes por semana, e continuou até o dia em que ele morreu."

"Por que só duas vezes por semana?", Murad perguntou. "Por que não um ovo todo dia?"

"Sabe-se lá por quê?", Yezad disse.

Roxana, com um olhar significativo na direção dele, disse que quem quer que fosse provavelmente não queria aumentar a taxa de colesterol do velho. Yezad fingiu não ter ouvido.

Enquanto isso, os meninos começaram a fazer uma lista de alimentos que eles gostariam que passassem flutuando pela janela deles: *muffins*,* mingau, salmão defumado, *scones*,** empadão de carne e rim, carne em conserva, bolinhos de carne e legume. O pai disse que se um dia eles provassem essas comidas estrangeiras insípidas, em vez de apenas ler sobre elas naqueles perniciosos livros da Blyton, eles perceberiam como eram extraordinários o arroz com *curry*, e os *khichi-saas*, e o *buryani* de abóbora e o *dhansak* da mãe deles. O que eles precisavam era de uma Blyton indiana, para deixá-los fascinados com a própria realidade.

Então o locutor da rádio disse que era hora de um dos sucessos de ouro do ano passado, e Engelbert Humperdinck entrou no ar. Yezad e os meninos acompanharam o refrão, "Só três palavrinhas: Eu te amo!".

Roxana sorriu, esperando que a música acabasse antes de mandar Murad e Jehangir se prepararem para ir para o colégio.

Mas isso foi na manhã de ontem. E como as coisas tinham mudado esta tarde, pensou ela, servindo-se de uma xícara de chá, deixando a chaleira no fogão. Mais tarde, por volta das seis, ela botaria água fresca para ferver e então prepararia o chá de Yezad. A sua xícara vespertina não tinha nada a ver com a matinal. Ao anoitecer, ela via as contusões infligidas pelo dia de trabalho. O amor que sentia por ele parecia então um ferimento, à medida que ele lhe contava dos clientes com quem tivera de lidar, e que eram detestáveis porque controlavam grandes orçamentos e sabiam poder ser grosseiros e ficar impunes, e assim procuravam receber comissões relativas ao dinheiro que gastavam para comprar material esportivo para as escolas, faculdades ou empresas que representavam. E ele tinha que engolir, enojado, e lhes informar, com muito tato, que o proprietário, o senhor Kapur, não permitia que...

* Bolinhos típicos da culinária inglesa. [N. da T.]

** Bolinhos leves de trigo ou aveia. [N. da T.]

A raiva e a frustração cobriam o rosto de Yezad enquanto ele tomava goles do chá. Às vezes ele bebia o chá da xícara; mais freqüentemente derramava um pouco no pires e ficava de olhos fixos no líquido, como se as respostas de que precisasse estivessem nas suas profundezas insondáveis. Ela temia tocá-lo com palavras, o silêncio era tudo o que ele podia agüentar. E ela compreendia, de alguma maneira, o que era ser ele, aquela pessoa que dava tanto duro pela família que amava. Tudo o que ela podia fazer era esperar que a noite caísse e o recuperasse no alambique do sono.

E, assim, de manhã, ele estava pronto de novo, armado de otimismo. Ela, vigilante, via-o voltar para a luta, sabendo como esta terminaria ao anoitecer, e sabendo que ele também sabia, e, no entanto, perseverava. Então ela considerou seu marido tão bravo e tão forte quanto qualquer Rustam ou Sohrab,* o herói dela, cujos feitos mundanos mereciam ser registrados no próprio *Shah-Nama* dele, o Yezad-Nama, e ela agradecia ao destino, a Deus, à sorte, a quem quer que fosse responsável.

Ela temia que a chegada de Papai afetasse a manhã deles. Não importa o que houvesse, tinha que preservar o ritmo dessas manhãs por causa de Yezad. Sim, ela estava decidida: não permitiria a mudança de nem um fiapo sequer da rotina que dava tanta alegria a seu marido.

Antes de Roxana terminar de tomar a sua segunda xícara, Jehangir e Nariman acordaram, despertados pela campainha tocada por Murad. Ela abriu a porta e lhe deu um aperto no braço quando ele passou correndo, sem querer arriscar uma recusa ao detê-lo para um abraço. Ele jogou a mala do colégio debaixo da escrivaninha e foi para o cômodo da frente.

"Oi, Vovô", disse ele, como se encontrá-lo deitado no sofá fosse completamente normal.

"Você não quer saber por que ele está aqui?"

Ele escutou enquanto ela lhe contava do acidente, e pensou um pouco. "Já que o Vovô está aqui, eu vou dormir na varanda, Jehangir pode ficar com a caminha."

"Não, eu durmo na varanda", o irmão disse.

"O quê?", Nariman disse. "Os dois querem fugir do quarto? Será que estou cheirando mal?"

---

* Heróis da mitologia persa, respectivamente pai e filho, cuja história é contada no poema épico *Shanama.* [N. da T.]

Eles protestaram dizendo que não era isso — dormir na varanda era uma aventura para eles, de lá eles poderiam ver as estrelas e as nuvens.

"Vamos decidir depois que Papai chegar em casa", Roxana disse, desembrulhando a comadre e o compadre. Ela os examinou e saiu para lavá-los. As pessoas têm padrões de limpeza diferentes, pensou, de novo se enfurecendo com Jal e Coomy.

"O que é isso?", Jehangir perguntou, quando a mãe voltou e escondeu os utensílios debaixo do sofá-bicama.

"São para o Vovô."

"Para quê?"

"Esse é o vaso do xixi", Murad apontou, "e isso é para o número dois."

Jehangir fez uma careta de ceticismo. "Mamãe, para que é isso, realmente?"

"Para o que o Murad disse. O Vovô não pode caminhar até o banheiro."

Jehangir fez outra careta e disse, Xi, mas foi mais uma questão de forma do que de verdadeira repugnância.

Às seis e meia, os meninos ouviram o pai à porta e correram para abri-la.

"Papai! Posso armar uma barraca e dormir na varanda?", Jehangir gritou antes que Murad pudesse fazer funcionar o trinco.

"Não, Papai, foi idéia minha, pode perguntar à Mamãe!"

A recepção excitada agradou a Yezad. "Pelo menos deixem-me entrar. Digam oi ao seu pai cansado antes de fazer pedidos."

"Oi", disseram em uníssono. "Posso dormir na varanda?"

Ele fechou a porta, fechando o trinco de segurança. "Roxie, que plano maluco é esse de que seus filhos estão falando?"

Ele entrou no cômodo da frente e parou. "Olá? Chefe? É o senhor?" Ele tentou decifrar o mistério: veio visitar, claro — mas sozinho? E por que se deitar no sofá? Talvez não esteja se sentindo bem, pode ser.

O gesso que teria propiciado uma dica estava escondido pelo lençol. Para não parecer aturdido, ele sorriu e foi apertar a mão dele, enquanto Jehangir insistia em que uma vez que o Vovô estava de cama, ele deveria ser o que ficaria com a varanda. Murad argumentou dizendo-se mais velho, ele ficaria ali com mais segurança, Jehangir poderia se levantar de noite e cair por cima do parapeito.

"Quietos, ou dou a cada um grande *dhamaylo*", a mãe disse. "Varanda, varanda, varanda! É só isso? Antes mesmo que eu fale a Papai sobre o Vovô?"

Enxugando as mãos na saia, ela se aproximou do sofá. "Você não vai acreditar, Yezad, quando você souber do que Jal e Coomy fizeram."

"Eles fizeram o melhor que puderam, minha querida", Nariman disse com voz branda. "Não fique zangada com seu irmão e sua irmã."

"Meio-irmão e meia-irmã, Papai, vamos ser precisos."

"Você nunca pensou assim quando vocês eram crianças", disse ele com tristeza.

"E eles nunca agiram desse modo."

"Alguém vai, por favor, me dizer o que aconteceu?"

Ela relatou os acontecimentos da manhã e da semana anterior. A cabeça de Yezad estava perturbada quando ela terminou.

"Devo dizer, chefe, que tenho de admitir que aqueles dois agiram muito mal. Eu usaria palavras muito mais fortes. Aparecendo aqui como ladrões, largando o senhor na ambulância, chantageando Roxana."

"Eles não agüentavam mais", Nariman disse. "Foi uma saída. Para um *dumping** eficaz, não é aconselhável avisar previamente. Lembrem-se disso, os dois, quando quiserem me devolver ao Chateau Felicity."

"Papai, isso não tem graça nenhuma. Onde fica o senso de decência?"

"Eu gostaria de saber o que aconteceria se o senhor exigisse voltar", Yezad disse. "Afinal, é sua casa. O senhor devia fincar o pé, chefe, só para ver o que eles vão fazer."

"Se eu pudesse fincar o meu pé, tudo estaria ótimo", Nariman disse com um sorriso irônico. "Como é que se força pessoas a alguma coisa? É possível fazer com que cuidados e preocupação sejam compulsórios? Ou reside no coração, ou não está em lugar nenhum."

"Mesmo assim, é de dar raiva — tiraram o senhor do seu apartamento confortável e trouxeram para este lugarzinho atulhado."

Nariman balançou a cabeça. "Aquele apartamento enorme me parece vazio como uma caverna do Himalaia, este é como se fosse um palácio. Mas vai ser difícil para vocês."

"A sua estadia aqui é muito bem-vinda, chefe — é sua casa, afinal de contas."

Nariman virou o rosto. "Nunca diga uma coisa dessas, por favor. Apesar da minha chegada inesperada aqui, hoje, este apartamento é seu e de Roxana. O presen-

* Prática comercial, como, por exemplo, vender produtos a preços inferiores ao custo, utilizada para eliminar concorrentes. [N. da T.]

te de casamento de vocês. Não compete a ninguém sugerir, 15 anos depois, que eu esteja tentando me apoderar deste local."

O modo de falar rígido e formal de Nariman mostrou a Yezad que ele o ofendera. "Desculpe, chefe, não tive essa intenção."

"Vamos conseguir nos ajeitar bem, Papai", Roxana disse. "Três semanas voam sem que a gente se dê conta."

"Exatamente", Yezad acrescentou. "E Murad e Jehangir vão ajudar a mãe a fazer o trabalho extra. Prometem, meninos? Logo, vamos ver o chefe novo em folha."

Jehangir puxou o compadre e a comadre que estavam debaixo do sofá-bicama. "Esse é o vaso do xixi do Vovô", explicou ao pai, "e esse é para o cocô."

"Não toque nessas coisas", Yezad falou, repentinamente zangado. "Lave as mãos imediatamente."

Com os olhos preocupados de Roxana e de Nariman acompanhando-o, o menino se encaminhou, pavoneando-se, para a varanda, onde ficou até ela anunciar que o jantar estava servido.

⁂

Jehangir proclamou ser agora perito em dar comida ao Avô, e o serviu de vagem. Yezad observou que o chefe não só tinha seu asilo particular, mas também seu mordomo exclusivo — o que mais ele poderia querer?

Nariman se perguntou se haveria algum ressentimento por trás dessas palavras. "Sou realmente abençoado por ter uma família como essa. Compensa todas as outras deficiências."

"Precisamos decidir sobre o lugar da dormida", Roxana disse. A cozinha não era uma opção possível, achava ela, camundongos e baratas continuavam a importunar apesar do veneno que ela espalhava ali regularmente. O corredor entre a cozinha e o banheiro não seria um lugar higiênico. E, no chão perto da porta da frente, havia uma eterna mancha de umidade cujas origens ainda estavam por ser investigadas. Só restava a varanda.

"Oba!", Jehangir exclamou. "Simplesmente sensacional! Armo uma barraca e vamos fazer uma festa noturna lá dentro."

"Desculpe", Murad disse, "mas o comandante Bigglesworth vai precisar da barraca para que ela sirva de base para as operações secretas do esquadrão."

"Só tem um jeito de resolver o impasse", Yezad disse. "Vocês vão ter que partilhar a ocupação. O avô está aqui por três semanas — digamos, 20 dias. Assim, são dez dias para cada um."

O pai atirou uma moeda ao ar para se saber quem seria o primeiro. Murad pediu coroa e ganhou. Os dois colchonetes finos da bicama se separaram: um ficou para trás para servir a Jehangir, o outro foi para fora, e foi posto em cima de um forro de plástico.

"Espero que chova forte", Murad disse. "Vai ser exatamente como a aventura em que o Hurricane de Biggles faz uma aterrissagem forçada em Sumatra no meio de uma tempestade."

"Que menino bobo!", a mãe ralhou. "Reze para que não chova! O que faremos se o seu colchão ficar ensopado? Mais uma vez os seus vidros de remédio, que não temos condições de comprar, vão tomar conta da minha vida."

Yezad tentou aplacar os temores dela: a probabilidade de chuva, hoje à noite, era muito pequena, amanhã ele penduraria algo na varanda que os protegeria. Mas ela não estava disposta a arriscar.

"Estamos só no começo de setembro. Se Murad adoecer, a situação vai ficar impossível para mim, agora que tenho que cuidar de Papai." Ela ameaçou dormir, ela própria, na varanda se o lugar não ficasse cem por cento à prova d'água.

Agora Murad ficou preocupado de que sua aventura lhe escapasse do controle. "Está tudo bem, Mamãe", ele a tranqüilizou. "Papai e eu vamos vestir a varanda com capa, botas de borracha e capuz."

Remexendo nas prateleiras que ficavam do lado de fora da cozinha, encontraram dois plásticos pequenos, cujo tamanho era suficiente para cobrir os espaços entre as grades de ferro batido, mas insuficiente para servir de telhado.

"Pede a Villie", Yezad sugeriu a Roxana. "Ela talvez possa nos emprestar uma lona ou algo parecido."

"Vá você. Não suporto esse negócio de querida pra cá, querida pra lá, além da jogatina."

Villie Cardmaster, ou a Rainha da Matka, como Yezad a chamava, era mais ou menos da idade dele, e morava com a mãe no apartamento ao lado. Ela proclamava sua preferência pelo estado de solteira, declarando não precisar de nenhum sujeito roncando e gemendo do seu lado a noite toda, deixando-a acordada com as exigências dele. Às vezes, porém, ela olhava os homens com um jeito pensativo, como se os tivesse avaliando para si.

Passava seus dias ocupada com o trabalho doméstico e os cuidados com a mãe idosa, que, de tanto que encolhera, estava do tamanho de uma criança de seis anos.

Villie conseguia levantá-la sem muito esforço, quando a levava da cama para o banheiro, para a poltrona na varanda, ou para a mesa de jantar, carregando-a por todo lado como se ela fosse uma boneca engelhada.

Todo tempo livre que conseguia extrair com esforço do seu dia, Villie o usava para se dedicar a analisar sonhos. Ela atribuía valores numéricos a objetos e acontecimentos de um sonho, e então os utilizava para jogar na Matka. O jogo de números ilegal era o fio no qual se enfiavam as contas das suas horas. Villie interrogava amigos, vizinhos, empregados dos vizinhos, e os que lhe contavam seus sonhos eram recompensados com os frutos da análise dela. Fazia sua fezinha na Matka quase todo dia, deixando suas apostas quando ia fazer suas compras diárias com o *bunya*, que também era *bookmaker*.

"Oi, Yezadji!", exclamou a vizinha, encantada de receber uma visita. Ela usava o sufixo honorífico para todo homem, independentemente de idade ou posição.

"Desculpe o incômodo, Villie."

"De que servem os vizinhos se você não pode incomodá-los? Entre, meu caro, pode me incomodar o quanto você quiser."

Ele entrou, acompanhando aquela pessoa que vestia um roupão malcheiroso. O roupão, comprido até os pés, largo e abotoado na frente, escondia suas formas com eficiência. Ela o usava de um banho até o outro, ou seja, por três ou quatro dias. Dormia com ele, cozinhava com ele e administrava as compras diárias metida nele, sendo que na última atividade havia uma modificação importante: ela enrolava um sári sobre o roupão, drapeando-o com uma certa originalidade — uma meia dúzia de alfinetes de segurança o mantinha no lugar, pois não havia nenhum cós de nenhuma anágua em que pudesse enfiá-lo. Ela dizia que o roupão era o seu traje pau para toda obra.

Ele percebeu por que o flerte dela o deprimia: pelo abismo entre as palavras coquetes e a aparência desleixada. Sem muitos detalhes, ele explicou o motivo de sua visita, mas Villie tinha visto a ambulância, de manhã, e ouvido a briga.

"Eu compreendo, Yezadji", disse ela com uma piscadela. "Problemas com os parentes afins transformam a pessoa mais forte em gatinho desamparado. Vamos lá, vamos ver o que podemos encontrar."

Ela o guiou, expressando sua comiseração pelas agruras de Nariman. A vida trágica dele, como ela dizia, lembrando alguns detalhes sórdidos. Sua familiaridade com os fatos não surpreenderam Yezad — havia muita gente na comunidade pársi que se lembrava do escândalo com a mistura de simpatia e satisfação de Villie.

Ela parou diante de uma velha cômoda cheia de bugigangas. "Fique inteiramente à vontade, querido, procure nessas gavetas, o quanto quiser."

Notando que ele relutava, ela se ajoelhou para ajudá-lo a começar a busca. "Por falar nisso, eu tenho um número forte para a Matka de hoje à noite. Um sonho tão poderoso, tão numericamente convincente como eu não tenho há meses."

"Boa sorte, Villie, espero que você ganhe um bolão."

Apesar da falta de curiosidade dele, ela baixou a voz dramaticamente para preservar o poder divinatório do sonho e continuou, com uma cadência respeitosa, "Eu vi um gato. Um gato ao lado de um grande pires de leite".

"E ele conversou sobre números com você?"

Com um sorriso penalizado, ela foi tirando coisas das gavetas para Yezad inspecionar. "A mensagem do gato e do pires era tão forte, Yezadji, que não havia necessidade de conversa."

"Então vocês se comunicaram por telepatia?"

Villie sacudiu a cabeça. "O gato estava sentado ereto, olhando para mim. A cabeça e o corpo formavam um oito perfeito. E, ao lado dele, o pires de leite, redondo, como um zero. Então o número de amanhã é 80."

Ele não tinha terminado de implicar. "Mas Villie, você sonhou em inglês ou em guzerate?"

"Não sei ao certo. Que diferença faz?"

"Uma diferença enorme. O número oito em guzerate" — ele desenhou no ar com o dedo — "não tem nada a ver com um gato sentado ereto."

"Que grande brincalhão você é, Yezadji." Ela riu, a semente da dúvida estava plantada.

Eles acharam alguns quadrados de oleado e um pedaço de lona de uns dez por quinze, o que não era suficiente para cobrir a varanda. Então, da última gaveta, ele tirou um grande pedaço de pano parecendo couro que estava guardado numa sacola de compras. "O que é isso?"

"Ah, a velha toalha de mesa. Para a nossa mesa de jantar de família."

"Devia ser enorme."

"É. Era. Tão enorme que dava para 16 se sentarem confortavelmente."

Cada um deles pegou numa ponta; as camadas que estavam grudadas se separaram com um barulho de fazenda se rasgando. Enquanto o pano de couro sintético verde-escuro se revelava, Villie deixava que suas lembranças se revelassem com ele.

"Tempos felizes aqueles, Yezadji, que passamos ao redor dessa toalha. Toda tarde de domingo, toda a família reunida para o *dhansak* do almoço. Bavaji era maluco por *dhansak* — arroz com *curry* no almoço de sábado, tudo bem, mas tentasse você preparar qualquer outra coisa que não *dhansak* no domingo e era um deus-nos-acuda. Por isso Maiji nunca discutia. E, à uma hora, tios, tias, primos chegavam e começavam a conversar como se não nos encontrássemos há meses."

Yezad pensou na varanda que estava esperando para ser arrumada, mas não teve coragem de interromper. O rosto de Villie brilhava de felicidade.

"Bavaji sempre me fazia sentar à sua direita, e fazia meu irmão, Dali, sentar à esquerda. E, para o almoço de domingo, cobria-se a toalha de pano de couro com uma outra, de renda belga. Bavaji não permitia bugigangas ou vasos em cima dela, dizendo ser um crime esconder uma obra de arte."

"Como eram agradáveis aqueles dias, Yezadji. Espere um instante, quero lhe mostrar uma coisa."

Ela voltou com uma fotografia emoldurada: uma família de quatro pessoas, posando formalmente à cabeceira de uma mesa de jantar comprida. Mãe, pai, duas crianças bem-comportadas, o menino escovado e lustroso, de calças curtas, camisa e gravata, a menininha com o seu vestido de organza rosa enfeitado de fitas.

"Meu aniversário de sete anos — que caiu num domingo. Muito especial." Ela suspirou. "Por que é que, quando crescemos, os dias felizes de repente ficam para trás?"

Yezad não teve resposta. "O que aconteceu àquela toalha de jantar?"

"Meu irmão levou-a para seu apartamento novo quando se casou."

"Ele mantém a tradição familiar dos grandes almoços de domingo?"

Villie torceu a boca como resposta. "Ele destruiu a mesa. Como ela não passava pela porta da frente, ele arranjou um carpinteiro que a transformou numa mesa subdividida. Só Deus sabe que tipo de madeira ordinária ele usou para emoldurá-la, mas em dois anos a mesa tinha sido devorada pelos cupins.

Ela acariciou a toalha e começou a dobrá-la. Yezad ajudou, perguntando-se sobre o trabalho do destino que tinha transformado a Villie, de doce menininha vestida de rosa, sentada à direita do pai na hora do *dhansak* de domingo, na mulher obcecada pelos sonhos, embriagada de Matka, de cheiro desagradável. Que trajetória cruel a trouxera de lá para cá?

Ela não tornou a guardar a toalha na sacola. "Com certeza isto vai ser suficientemente grande para cobrir a varanda."

Yezad se espantou. "Você não quer guardar essa lembrança tão importante?"

"Seja lembrança ou não lembrança, eu não acredito nisso. Uma toalha de mesa tão grande, sem mesa grande, sem convidados que nela se sentem, riam e conversem, não serve para nada. Cubra a varanda antes que o seu filhinho pegue um resfriado."

"Obrigado, Villie."

Ela meteu os badulaques nas gavetas e as fechou com estrondo. "Sabe, Yezadji, você tem razão. Se o meu sonho fosse em Guzerate, eu teria usado um método diferente: o som da palavra. Gato seria *bilaari* — o número *bey* para *bilaari*. Combinado com o zero para pires, eu deveria apostar 20. E você também, meu querido, ponha um dinheirinho no 20 e no 80, a salvo nas duas línguas. Vai ganhar o suficiente para construir um *pukka* quarto."

Ele disse que não precisava, queria mantê-la como varanda, a situação era temporária.

"O que não quer dizer nada", Villie disse, acompanhando-o à porta. "Tudo é temporário, Yezadji. A vida em si é temporária."

E era bem típico daquela mulher, Roxana disse, prender o homem numa conversinha o mais comprida possível com aquela baboseira de caro-querido. E quando ela soube que Villie tinha mostrado uma foto a Yezad, ela perguntou a que tipo de nova perversão aquela mulher estava se dedicando, será que a Matka não lhe bastava?

"Era uma foto de família, de quando Villie tinha sete anos", Yezad disse, o que fez Roxana se sentir tola, e depois culpada de receber a toalha, quando ele contou a história do passado, repetindo as recordações tristes de Villie. "Você sabe, ela não é má pessoa. Só um pouco esquisita. E ela se ofereceu para pegar suas compras no *bunya*, ela vai toda manhã."

Ele estendeu o pano de couro na varanda e fez furos convenientemente distantes um do outro ao longo das orlas, sentindo um aperto a cada perfuração. Amanhã ele compraria ilhoses de metal na loja de ferragens Bora, reforçaria os buracos recentes, tornaria a toalha forte como lona encerada. Tendo passado pedaços de corda por cada furo, ele amarrou a toalha ao parapeito da varanda.

Murad começou a equipar sua barraca impermeável para a noite. Levou seus binóculos de brinquedo, sua bússola e armas: uma faca de cortar papel e uma pistola d'água. Ele também queria guardar uma vela e fósforos no seu esconderijo de emergência, bem no recanto mais escuro e remoto da selva de Sumatra, mas sua mãe lhe negou o pedido.

"Mamãe está certa", Yezad disse. "Não vai ser muito agradável se você botar fogo no Pleasant Villa."

"Rá, rá, muito engraçado. Mamãe sempre imagina coisas horríveis."

"Falando em imaginar, chefe, que história é essa de depressão? Jal e Coomy estão imaginando esse tipo de coisa? Não posso acreditar nesse diagnóstico, tratando-se de um filósofo como o senhor."

"A depressão é uma pista falsa", Nariman disse. "Penso muito no passado, é verdade. Mas, na minha idade, o passado está mais presente do que o aqui e agora. E não se vê muito proveito no futuro."

"Você ainda vai estar muitos anos com a gente, Papai."

"Eu me pergunto por que o Dr. Tarapore achou que era depressão", Yezad disse.

"O charlatão errou no diagnóstico por ter se baseado no que Coomy e Jal disseram. Ele ainda precisa aprender que nem tudo pode ser explicado clinicamente. 'O coração tem razões que a própria razão desconhece.'"

"Que bonito", Roxana disse. "Shakespeare?"

"Pascal."

Ela repetiu as palavras para si, em silêncio, O coração tem razões...

Deitado na sua caminha, Jehangir escutava, atento à conversa dos adultos, perguntando-se o que seria depressão. Era a tristeza que se sentia quando chovia sem parar durante muitos dias? Ele observava, com inveja, enquanto Murad se preparava para passar a noite na varanda. Então ouviu o Avô pedir com voz tímida o vaso do xixi.

"Vou apanhá-la para você", disse ele, pulando da cama.

O pai atravessou o cômodo com duas passadas violentas e interrompeu o caminho dele. "O que foi que eu disse sobre aquela garrafa?"

Jehangir gelou. Pensou que o pai fosse bater nele. Yezad parecia estar no auge da raiva quando se ouvia a voz dele assustadoramente calma.

"Responda. O que foi que eu lhe disse?"

Acovardando-se, ele respondeu, "Para não tocar nessas coisas".

"Então, por que você foi apanhá-la?"

"Eu me esqueci", disse com a voz sumindo. "Eu queria ajudar."

No momento seguinte a zanga tinha desaparecido, e a mão do pai estava em seu ombro. "Você não precisa ajudar nessa tarefa, Jehangla."

O pai, com uma cutucada, mandou-o para a cama. Ele viu a mãe pegar o vaso do xixi. Ela levantou o lençol e pôs o pinto dentro do vaso. Era pequeno, não muito maior do que o dele. Mas o saco do Avô era enorme. Era como cebolas dentro de uma meia, até maior do que o de Papai, que ele já tinha visto muitas vezes quando Papai saía do banheiro e tirava a toalha para se vestir. O dele era como bolas de gude. Ele ficou pensando se o tamanho e o peso do saco incomodavam o Avô.

"Deite-se, Jehangla", Papai disse. "Você não tem que tomar conta de tudo. Boa noite."

Então Mamãe trouxe a bacia para o Avô gargarejar e limpar a boca antes de dormir. Ele fez aquele movimento engraçado com o queixo para empurrar os dentes para fora. Deslizando, eles entraram no copo, no leito aquoso deles, antes que Jehangir fechasse os olhos.

❖

Com a cabeça no travesseiro, ao lado da de Yezad, Roxana agradeceu-lhe por ser tão compreensivo.

Ele sugeriu que talvez fosse melhor contratar uma aia do hospital, ficar exaurida não era a solução. "Faremos Jal e Coomy pagar a despesa. Diga-lhes que essa é a nossa condição para acomodarmos Papai."

"Depois de terem se comportado daquela maneira, eu não quero nem um fiapo deles. Não quero ver a cara deles durante três semanas, até Papai se levantar da cama."

Ela disse que não seria difícil, bastava um pouco de paciência e compreensão. Então ela descreveu o cheiro ruim que Papai exalava ao chegar ali. "Só se precisou de um guardanapo, água e talco, mas Jal e Coomy não tinham se dado a esse trabalho. E era visível o chumaço de pêlo no pobre rosto dele — eles tinham guardado o aparelho de barba na mala. Como se ele pudesse se barbear sozinho."

"Chamamos um barbeiro. Mas três semanas, e é só. Não vou aceitar nenhuma desculpa daqueles dois tratantes."

"Ah, não vou deixá-los tirar Papai da casa dele mais tempo do que isso. Você me aguarde, vou botá-los na linha."

Ela chegou mais perto, abraçou-o e beijou a orelha na qual estava sussurrando, dando-lhe uma mordidinha. Ele suspirou. Os dedos dele foram à procura da bainha da camisola dela e a levantaram até os quadris enquanto ela ergueu o peito ligeiramente. A mão dele se mexia sob o tecido macio. Ela disse que era melhor esperar um pouco, os meninos estavam dormindo, mas não estava certa quanto a Papai.

Nariman abriu os olhos e desejou que os olhos grandes e tristes de Lucy parassem de assombrá-lo. Virando a cabeça, procurou as grades familiares da janela, e, em vez disso, viu a cama do neto. Ele não estava no Chateau Felicity. E deveria ficar quieto hoje à noite, amordaçar suas lembranças; não devia incomodar Roxana e Yezad, nem as crianças que dormiam ali perto.

Sonolento devido ao analgésico, ele vagava numa nuvem que era uma espécie de modorra. Dentre os murmúrios que vinham do quarto dos fundos a palavra "aia" chegou-lhe ao ouvido... e a lembrança voltou a atormentá-lo. Lucy aceitou o emprego de aia no Chateau Felicity — para estar mais perto dele, ela lhe dissera. E o trabalho não era nenhum bicho de sete cabeças, ela o tranqüilizara, era um grande consolo morar e dormir no mesmo prédio.

Mesmo antes de se tornar empregada, a dor traçara linhas de cansaço no rosto dela, deixando-o macilento. Como era horrível, pensou, fazer uma coisa dessas a si própria, chegar a esse ponto absurdo só para retaliar, para tornar a vida dele um inferno por ele ter se negado a reencontrá-la na calçada.

Seus patrões eram os Arjani, do térreo. Eles sabiam quem ela era — muitas vezes tinham visto Lucy com ele. A Gestapo do térreo, ele brincava com Lucy durante os anos em que ainda saíam juntos, porque o senhor e a senhora Arjani estavam sempre à janela, de olho no entra-e-sai do Chateau Felicity. E, depois, eles a vigiavam naquelas noites em que ela permanecia na calçada como uma criança perdida, espiando para a janela dele lá em cima.

Mas contratá-la como aia para os netos deles, Nariman se deu conta, era um ato de vingança. Anos antes, mais ou menos na época em que ele conhecera Lucy, o senhor Arjani tinha sido processado por calúnia pelo pai de Nariman, e esse ato era a retaliação, agora ficava claro.

O processo legal tinha representado um gasto de tempo e de energia tão monumental, pensou ele, ao se lembrar da controvérsia religiosa que tinha alimentado a rixa. Um sacerdote tinha celebrado uma cerimônia de navjote *para o filho de uma mãe pársi e um pai não-pársi — o que era um tabu definitivo para as facções conservadoras. O acontecimento tinha inflamado um daqueles períodos de debates, polêmicas e disputas que assolavam os reformistas e os ortodoxos de vez em quando, como a gripe.*

Então seu pai, famoso por suas cartas ao jornal, escreveu uma na qual condenava o sacerdote, dizendo que: para o equivocado dustoor *em questão, a cerimônia da investidura sagrada da sudra e do* kusti *não era mais importante do que o ato de cingir a cintura de alguém com um cordão comum, dado o jeito descuidado com que ele estava realizando a cerimônia para uns e outros; eram renegados como ele que destruiriam essa religião de três mil anos; que o zoroastrismo tinha sobrevivido a muitos percalços em sua história venerável, mas o que os exércitos árabes não tinham conseguido realizar em 652 d.C., sacerdotes como ele conseguiriam fazer; a pureza dessa antiga e única comunidade persa, o próprio plinto e as próprias fundações da sobrevivência desta estavam sendo comprometidos. A ignorância pode cegar, escreveu ele; entretanto, a ignorância de sacerdotes fomentadores de discórdias era tudo menos... era um veneno para a comunidade persa.*

Embora o tom bombástico da retórica de seu pai fosse divertido, a leitura deixou Nariman balançando a cabeça, desesperado. Toda manhã havia um espaço especial no Jam-e-Jamshed *dedicado à controvérsia. E toda manhã o pai se acomodava na cadeira e desfrutava as cartas, a favor e contra, instigadas pela missiva dele, o rosto brilhando de satisfação quando abria o jornal na hora do café e lia, em voz alta, trechos selecionados para a família.*

Invariavelmente, o pai encontrava um jeito de ligar a controvérsia a Lucy. Ele citava exemplos que ilustravam por que o casamento entre pessoas de crenças diferentes era proibido. Extratos da correspondência eram apresentados como argumentos imbatíveis em prol da proibição do relacionamento entre pársis e não-pársis.

Nariman tentou usar as brechas propiciadas pelos discursos à mesa do café. Ele implorava ao pai que convidasse Lucy para almoçar ou tomar chá. Conversasse com ela antes de tomar a sua decisão. Mas o pai se negava — seria injusto, disse ele, despertar esperanças na pobre moça. Às vezes, sua mãe sugeria timidamente que não havia mal nenhum em saber que tipo de pessoa ela era. O pai disse que ela poderia ser uma pessoa maravilhosa, tão graciosa e encantadora quanto a rainha da Inglaterra, mas mesmo assim ela não convinha ao seu filho por não ser zoroastriana, caso encerrado.

Quanta ingenuidade, ter mantido a esperança de que seu pai mudasse de opinião, ou que uma atitude passiva evitaria uma situação desagradável, faria aumentar as chances a favor dele e de Lucy. Ele havia subestimado a energia de seu pai, a sua força de vontade para trocar a felicidade familiar por crenças intolerantes.

Então a espantosa carta do senhor Arjani apareceu no jornal, e a distração matinal de seu pai terminou abruptamente. Vinda do vizinho do térreo, era como se fosse um ataque de um traidor em seu próprio campo. E embora ele tivesse decidido no início que se restringiria a uma única carta, adotando uma atitude superior dali em diante e ignorando o nhenhenhém do povinho, ele tomou de sua caneta para disparar uma segunda saraivada.

Ele chamou o senhor Arjani de exemplo prioritário de mente inferior à média cujas cogitações eram claramente inúteis, e que era incapaz de apreender os dogmas mais simples da religião e a importância suprema da navjote. *As opiniões do senhor Arjani, escreveu seu pai, não mereciam a respeitabilidade de um debate.*

O senhor Arjani participou da batalha com vigor. A troca de opiniões tornou-se virulenta, tendo terminado com a carta que os levou ao tribunal. Nesta, o senhor Vakeel foi acusado de ser um racista enfurecido que, em sua busca maníaca da pureza, não pensaria duas vezes em eliminar os esposos e a prole do casamento entre pessoas de crenças diferentes.

Tendo achado que chegara a hora, o grupo das noites de domingo aconselhou seu pai a instaurar um processo por difamação. Foi oferecida ao senhor Arjani a oportunidade de retirar suas declarações e se desculpar. Ele se negou a fazê-lo. Um grupo de reformistas financiou a defesa, e, embora estes tivessem perdido, ficaram satisfeitos com a publicidade obtida.

Seu pai deu uma festa para comemorar a vitória. O grupo das noites de domingo presenteou-o com a página do Jam-e-Jamshed, *emoldurada e protegida por vidro, que dava destaque, na íntegra, à retratação e ao pedido de desculpas.*

Eles estavam se comportando como se tivessem vencido uma partida de críquete, Nariman pensou. Para eles, a decisão judicial era uma validação das crenças de que partilhavam, mais do que um detalhe técnico de um libelo. Enquanto o litígio estava sendo julgado, suas emoções se misturavam. Ele não queria que o pai perdesse; ao mesmo tempo, tinha esperanças de que se essas idéias fanáticas fossem examinadas publicamente, seu pai poderia admiti-las como tal.

Mas não houve essa regeneração. E agora, dez anos depois, seus pais já mortos, ele teve de assistir a Lucy se tornar instrumento da vingança confusa dos Arjani.

O senhor Arjani gabava-se diante de qualquer morador do Chateau Felicity — contratar a namorada do filho de Marazban Vakeel como aia era uma vingança refinada. Ver o drama que o professor Vakeel e Lucy encenavam era um divertimento de primeira. A justiça poética, disse ele, era muito superior à justiça dos tribunais.

Se ao menos o senhor Arjani tivesse refletido um pouco. Se ao menos ele tivesse percebido que seu falecido pai, com sua visão estreita, teria concordado com o seu velho inimigo, por achar que Lucy estaria melhor como aia do que como nora dele.

Mas a decisão de Lucy deixou Nariman espantado. Ele lhe perguntou se ela estava fazendo isso por dinheiro. Ele a ajudaria, não precisava se humilhar, ele lhe arranjaria um trabalho num escritório.

Sorrindo, ela balançou a cabeça. "Você não entende por que estou aqui? Você está no terceiro andar, eu estou no térreo, e isso me consola."

Ele a preveniu de que por melhor que fosse, seria como se os dois estivessem em cidades diferentes — ele iria cumprir a palavra dada, não iria vê-la mais. "Você está perdendo o seu tempo, está se escravizando por uma ninharia."

Ela sorriu. "Nem sequer reparei no trabalho. E as três crianças são adoráveis. Você sabe o quanto eu gosto de crianças. Lembra-se dos planos que fizemos, Nari? Nós queríamos seis filhinhos, e os nomes que escolhemos..."

"Por favor, Lucy, não faça isso comigo!", e Nariman afastou-se, zangado.

Mas então, toda manhã, quando saía para o trabalho, ele a via levando os três pequenos Arjani para a escola. E ouvia o senhor Arjani, da janela, dizendo-lhe, aos gritos, que carregasse as malas das crianças porque os livros eram pesados demais para os ombrinhos delas. "Não quero que meus netos fiquem deformados, com corcundas", o homem disse.

Nariman via Lucy batalhar com as três malas. Não se passaram muitas manhãs antes que ele se aproximasse para aliviá-la do peso, e então a acompanhasse até a escola das crianças.

Ao meio-dia, Lucy tinha que entregar os almoços das crianças. Dependendo do horário da aula a dar, ele estaria lá para ajudá-la com as caixas com a comida leve e quente, a cesta com as vasilhas e as garrafas térmicas com as bebidas frias. O senhor Arjani se gabava de, agora, ter dois empregados pelo preço de um.

Nariman, a consciência pesada, sabia que sua mulher estava observando tudo lá de cima. E sabia que o que estava fazendo era extremamente injusto com Yasmin. Quando voltou do trabalho, encontrou Jal e Coomy ao lado da mãe, tentando consolá-la. Eles não olharam para ele. E não foram mais lhe dar boa-noite antes de ir para a cama.

E Yasmin perguntou o que ela fizera para merecer um tratamento desses. Por que ele a estava torturando? Por que se casara com ela se zelava tanto por Lucy?

"Só zelo por ela como ser humano — para fazer com que ela acabe com essa loucura."

"Você disse que tinha terminado tudo com ela, naquela época em que Lucy ficava de olhos fixos na nossa janela quando anoitecia. Por que eu deveria lhe dar crédito agora?"

"Por favor, compreenda, sem falar com ela, como eu poderia convencê-la a não insistir nessa situação constrangedora?"

"Ela não vai ouvi-lo. Será que você não vê que ela o está fazendo de bobo? Que está tentando fazê-lo se sentir culpado?"

"Talvez eu veja", disse ele, e se arrependeu, porque Yasmin começou a perder a paciência.

"Esqueça de mim. Você já arruinou a minha vida. Pense em você, em como tudo isso prejudica a sua reputação na universidade, e como isso vai afetar o que as pessoas vão falar da nossa Roxana. Ela vai levar a vergonha do pai consigo."

"Não há nada de vergonhoso no meu comportamento", disse ele tranqüilamente. "Considero minha conduta honrosa, dadas as circunstâncias."

"Que estranha noção de honra! Primeiro, você casa comigo, depois, me deixa de lado. Agora vai farejando como um cachorro atrás dela. E a família dela, por que está deixando ela se violentar desse jeito?"

"A família dela a repudiou, você sabe disso."

Depois de agüentar meses de mortificação, Yasmin emitiu um ultimato: ela levaria Roxana consigo e partiria se ele não abandonasse o papel de assistente da aia. Ele tinha uma semana para decidir.

"Que benefício isso vai trazer?", Nariman procurou argumentar. "Vai ser um sofrimento para você e para nossa filha."

"Você tem o desplante de falar de sofrimento? O que é que eu tenho agora? Consolo e felicidade?"

Ao se aproximar do fim da semana, ele lhe pediu que não piorasse uma situação já tão difícil. Ela lhe disse que ele se arrependeria de ter nascido caso a advertência dela não fosse atendida. Ela já tinha agüentado o suficiente, agora iria defender os seus direitos, se não como esposa, pelo menos como mãe.

"Você não pode ir embora", implorou Nariman, pela primeira vez com uma nota de histeria na voz. "Preciso da minha Roxana querida, você não pode tirá-la de mim..."

Roxana e Yezad estavam parados ali no escuro, espiando para o quarto da frente. Parecera-lhes ter ouvido distintamente a voz de Papai chamando a filha.

"Devo ter sonhado", Yezad disse.

Esperaram alguns minutos, depois voltaram para a cama, combinando não mencionar o assunto de manhã. Só o faria se sentir tolo. Melhor deixá-lo animado. O que quer que o estivesse incomodando iria retroceder, espontaneamente.

7

O trem das 9h11 saía da estação quando Yezad chegou à plataforma. Ele lutou para conseguir entrar no de 9h17; enquanto o trem partia, homens corriam ao longo da plataforma.

Agarrando-se à barra superior, preferiu ficar perto da porta de saída — muito para dentro do trem significaria uma outra batalha na Marine Lines. Entretanto, ele se espremeu para ficar mais perto de um dos ventiladores, e assim minimizar o próprio suor e o cheiro dos sovacos ao redor.

Essas manobras táticas eram realizadas por instinto, o instinto de sobrevivência na selva urbana, como ele costumava brincar com seus colegas da faculdade — ao invés de galhos de árvores, a pessoa se balançava, pendurada às barras internas dos trens e ônibus, presos a barras externas a eles. As histórias em quadrinhos de Tarzan e os romances de Edgar Rice Burroughs eram mais instrutivos do que ele ou seus professores imaginaram.

O fato de sonhar com o fim desse ir-e-vir diário de homem-macaco levara-o a requerer admissão como imigrante no Canadá. Ele queria cidades limpas, ar puro, muita água, trens com assentos para todos, onde as pessoas fizessem fila nos pontos de ônibus, e dissessem por favor, não se incomode, obrigado. Não só a terra do leite e do mel, mas também a terra do desodorante e dos artigos de higiene.

Mas a fantasia dele quanto a essa nova vida numa nova terra acabou logo, o Canadá já era. E ele abrandou sua frustração voltando-se para os problemas existentes na terra do excesso e do supérfluo, como ele agora a chamava: desemprego, crimes violentos, população sem teto, leis sobre uso das línguas em Quebec. Não havia muita diferença entre lá e cá, pensava: temos mendigos em Bombaim, eles têm gente morrendo de frio nas ruas de Toronto; em vez de briga entre castas altas e baixas, racismo e tiroteios comandados pela polícia; separatistas na Cachemira, separatistas em Quebec — por que migrar da panela fervente para o fogo?

Claro que havia momentos em que ele desejava que seu pedido tivesse sido aceito. Aquele funcionário da imigração, um canalha racista, pensou, nunca me esquecerei do nome dele. Se eu tivesse sido aceito, Jal e Coomy teriam sido obrigados a tomar conta do chefe — não poderiam tê-lo mandado de ambulância para o Canadá.

Já tinham se passado dez dias das três semanas de cama de que Nariman precisava. Quase a metade do tempo. Mas o incomodava ver Roxana pelejando para agüentar, fingindo que tudo estava correndo normalmente. Pensou na briga que tiveram aquela manhã. Além disso, mais tarde, ela o interrompera para um beijo extra antes que ele saísse para o trabalho. Tinham-se abraçado no patamar, tendo, primeiro, conferido o olho mágico de Villie Cardmaster — o menor barulho teria chamado a atenção do olho de Villie. A sensação de um perigo oculto tornou o beijo mais doce. Mas Roxana não sabia que, desde a ida de Nariman para a casa deles, Yezad tinha chegado atrasado ao trabalho todo dia, o que teria sido mais um motivo de preocupação para ela.

Na estação Marine Lines, a multidão que tentava prosseguir encontrava a avalanche dos passageiros que desciam dos trens.

Ser gerente do Empório de Material Esportivo Bombaim significava ter que abrir a porta da loja às nove e meia para deixar entrar o servente que varria e esfregava a entrada e os degraus da frente, fazia chá e espanava as vitrines que expunham bastões de críquete, estacas, bonés, bolas de futebol, raquetes de *badminton* e outros exemplares do estoque da loja. Então o servente, Husain, retiraria os cadeados das venezianas de segurança que cobriam as duas grandes janelas. Tinindo e chocalhando, as venezianas de aço seriam enroladas, revelando o vidro laminado atrás do qual havia mais artigos esportivos. Nesse momento, Husain pegaria seu pano e daria um polimento rápido no vidro. Às dez, eles abririam o negócio.

Era uma caminhada de oito minutos até a loja, e Yezad apressou o passo. Husain estaria esperando: o seu *kholi* em Jogeshwari, alugado por 12 horas, tinha de vagar às sete da manhã, quando o outro inquilino chegava do turno da noite da fábrica. Então ele fazia hora nas proximidades da loja, ciente de ter mais sorte do que os que alugavam quartos por oito horas.

A pressa de Yezad não era por causa de Husain, que gostava de se sentar no degrau, mastigar o primeiro *paan* do dia, observar o mundo passando. O proprietário às vezes aparecia cedo na loja, e o fato de ser visto chegando atrasado fazia Yezad se sentir um escolar.

Seis lojas depois do Empório de Material Esportivo Bombaim, ficava o Mercado de Livros Jai Hind (Livros Didáticos para Escolas & Faculdades — Especializado em Livros de Consulta, dizia a tabuleta). Esse também abria o negócio às dez. Vilas Rane estava sentado do lado de fora, encostado nas portas trancadas, com uma prancheta e papel no colo. Ergueu a mão fazendo um cumprimento.

Yezad assentiu com a cabeça, cumprimentando de volta, e seguiu, apressado.

"Não precisa correr, o senhor Kapur ainda não chegou."

"Ah, ainda bem."

Quando chegou à loja, Husain levantou os quadris e fez salamaleques. Yezad abriu a porta e atirou a pasta na cadeira antes de se virar para Vilas. "Ocupado? Escrevinhando muito?"

"Nada até agora", Vilas disse, levantando a prancheta para revelar a página em branco.

Além de trabalhar como vendedor no Mercado de Livros, Vilas tinha um bico. Ele era escriba de cartas para os que não sabiam escrever, e que então despejavam, no seu ouvido condescendente, pensamentos, sentimentos, preocupações, o próprio coração de cada um, que ele transformava em palavras no papel à razão de três rupias por folha. A língua podia ser uma das três: hindi, marati ou guzerate, dependendo dos clientes, principalmente trabalhadores vindos de aldeias distantes para a cidade a fim de trabalhar no porto ou na construção civil. A carta escrita por um escriba era o único elo entre eles e suas famílias.

Às vezes, um cliente cujo orçamento estava muito apertado ficava em silêncio depois que a caneta de Vila já tinha enchido o número permitido de folhas. Se fosse uma divagação, cuja essência já estivesse registrada no papel, Vilas concluía a carta. Mas havia ocasiões em que um cliente, descrevendo algo crucial, numa voz carregada de emoção, reprimiria as palavras por não ter como pagar. Então Vilas receberia o que lhe era oferecido e pediria ao homem que continuasse, sem cobrar nada por isso, até que o coração deste se aliviasse, enquanto a caneta transformava a efusão em narrativa, algo tangível que o cliente pudesse levar para o correio e ver partir na longa jornada até sua família.

"Você nunca será um bom comerciante", Yezad o repreendeu. "Você acha que o Empório de Material Esportivo Bombaim resistiria se o senhor Kapur desse bastões de críquete de graça?"

"O que fazer? Sou humano", Vilas disse. "Não há nada mais cruel do que uma carta abreviada por falta de dinheiro. É como a morte, num momento, as palavras fluem, no momento seguinte, silêncio, o pensamento inacabado, o amor não transmitido, a angústia sem se expressar. Como posso deixar isso acontecer? Às vezes, meus clientes recebem esse tipo de carta truncada da aldeia deles. Leio a carta para eles. E de repente, no meio da frase — ela acaba. A dor que essa mensagem causa é insuportável. Eu nunca faria algo tão pungente."

O trabalho extra de Vilas Rane como escriba tinha começado acidentalmente, quando um faxineiro foi contratado para trabalhar no Mercado de Livros. Uma manhã, enquanto espanava as prateleiras e estantes, ele disse a Vilas, "A vida não é uma coisa engraçada, Raneji? Aqui estou eu, junto com os livros, todo o dia. Sinto-os nas minhas mãos, sinto-lhes o cheiro, às vezes até sonho com eles. E, no entanto, não sei ler nem uma palavra sequer".

A observação tocou Vilas mais profundamente do que as lamentações e lugares-comuns governamentais sobre o analfabetismo no país. "Então você quer aprender a ler?", perguntou ao faxineiro, cujo nome era Suresh.

"Não, não, não", disse ele, envergonhado. "Meu cérebro não está disposto a aprender uma coisa tão difícil. Não, tudo o que quero é que você escreva uma carta para mim."

Depois de fechada a loja, os dois se sentaram no degrau e Vilas se preparou para escrever um parágrafo curto. Entre a saudação: "Meus queridos Pitaji e Mataji", e a despedida: "Seu filho obediente", ele encheu cinco folhas.

Três semanas depois, chegou a resposta, a primeira carta que Suresh recebeu na vida. Ele prendeu a respiração, observando enquanto seu benfeitor pegava um abridor de carta de sândalo da vitrine do balcão e abria o envelope.

"Só uma página", Suresh observou com tristeza.

"Não fique desapontado", Vilas disse. "Carta é como perfume. Não se usa o vidro inteiro. Só uma gota já satisfaz os sentidos. As palavras também são assim — bastam poucas."

Suresh continuava cético quando Vilas começou a ler os garranchos do escriba da aldeia. Havia invocações para que tivesse êxito e votos de saúde e prosperidade. Mas o resto dedicava-se a transmitir a felicidade da família ao ouvir a carta de Suresh. Que bela carta, diziam, é como estar com você na cidade, partilhando da sua vida, tomando o trem para a sua livraria, vendo você trabalhar. E ouvimos a sua voz em cada linha, tão maravilhoso é o efeito das palavras!

Suresh estava inflamado de orgulho quando a carta terminou. "Apenas uma página", Vilas disse. "E está vendo quanto prazer lhe deu?"

O faxineiro começou a contar aos seus vizinhos do cortiço a respeito do maravilhoso escrevinhador de cartas que tinha transportado seus pensamentos e sentimentos para sua família. E não demorou muito para que os serviços de escriba de Vilas se constituíssem num bico plenamente estabelecido. Nos degraus do Mercado de Livros Jai Hind, os clientes fitavam, com olhos assombrados e ansiosos, a caligrafia de Vilas, como os famintos num banquete a que não têm a menor esperança de serem convidados.

De vez em quando, Yezad tentava convencê-lo a cobrar mais. Mas Vilas dizia que preços mais altos significariam menos cartas; além disso, ele passara a encarar essa atividade como uma forma de obra social. Se ele não a empreendesse, seus clientes poderiam buscar ajuda num *shakha* do Shiv Sena, onde estariam expostos à propaganda popular viciosa, e onde o brutal método de persuasão política deste grupo — a bela arte de ganhar nos debates quebrando os ossos da oposição — poderia até recrutá-los.

"Mas deixe-me falar honestamente. Mais do que tudo, curto muito escrever cartas."

"Mais do que o seu grupo de teatro?", Yezad perguntou, porque Vilas costumava falar com grande paixão do seu grupo de teatro amador.

"Esse passatempo já era. No grupo há alguns membros que acham que sabem tudo. Eles dirigem *workshops* e discutem teorias. Não é o meu fraco."

Mas a ocupação de escriba lhe dava cada vez mais satisfação. Ele sabia tudo sobre as vidas dos clientes: o nascimento de um filho; uma briga familiar em torno de dinheiro; uma mulher deixada para trás, na aldeia, porque estava indo para a cama com o *sarpanch*; um pai doente que tinha morrido porque o hospital mais próximo ficava a dois dias de viagem em estradas *kutcha*; um irmão acidentado numa fazenda que tinha se recuperado e estava de novo em casa.

E Vilas, escrevendo e lendo o drama continuado dos assuntos de família, a tragédia e a comédia infinitas, dava-se conta de que, coletivamente, as cartas formavam um desenho que apenas ele tinha o privilégio de ver. Deixou que a correspondência fluísse até sua consciência, permitindo que os episódios se localizassem espontaneamente, como acontece com os pedacinhos de vidro colorido num caleidoscópio. Ele percebeu que os acontecimentos fortuitos, a crueldade acidental, os desastres incompreensíveis, a generosidade inesperada podiam, juntos, formar um desenho que do contrário seria invisível. Se fosse possível ler cartas para toda a humanidade, compor uma infinidade de respostas em nome delas, ele teria uma visão divina do mundo, e seria capaz de compreendê-lo.

"Mais do que tudo", disse ele a Yezad, "essa correspondência me dá tantas famílias já prontas para usar. Participo das vidas delas, como um tio ou avô que sabe tudo sobre todos. Não é uma recompensa maravilhosa?"

"Já tenho problemas suficientes com uma única família. Se você não está ocupado agora, escreva uma carta para mim."

"Claro", Vilas disse. "Para quem?"

"Para meu cunhado e minha cunhada. Esses sacanas estão prejudicando a minha vida. Os dois não têm nada que fazer o dia inteiro na casa enorme em que moram. Ele passa o tempo dele no bazar de ações, ela, no templo do fogo. E não podem nem cuidar do pobre do pai deles. Assim, minha mulher tem que trabalhar como uma moura. No apartamento não há espaço para se mexer, e toda noite os pesadelos dele nos acordam."

Vilas pediu paciência, lembrando-lhe de que daí a dez dias o sogro voltaria para casa e a vida voltaria ao normal.

"Obrigado pelo conselho óbvio", Yezad disse. "Onde você arranja tanta sabedoria?"

"Na minha ocupação extra. Escrevo cartas, logo existo."

"Ah, é claro. Até logo, *monsieur* Rane", Yezad disse, e voltou para a loja.

No Empório de Material Esportivo Bombaim, as venezianas de aço ainda estavam abaixadas, o lixo na frente da loja ainda não tinha sido recolhido. A loja estava escura. Yezad acendeu as luzes. Nada tinha sido espanado, o chá não tinha sido feito.

"Husain! Onde você está? O *sahab* vai estar aqui a qualquer momento!"

Ele encontrou o servente sentado no chão num canto do depósito onde se estocavam as mercadorias. Abraçando os joelhos, que, contraídos, tocavam o queixo, ele estava de olhos fixos na parede. E levantou os olhos com um sorriso lânguido quando Yezad se aproximou.

"*Chalo*, Husain, comece a trabalhar."

Husain voltou seu olhar para a parede e murmurou, "Desculpe, *sahab*, hoje estou impossibilitado".

Yezad suspirou, examinando o sujeito grisalho com sua camisa e calça cáqui. O colarinho estava puído, os joelhos da calça gastos. Hora de renovar os uniformes dele. Embora o traje não fosse realmente um uniforme, o senhor Kapur fornecia dois conjuntos de roupa periodicamente, para ajudar Husain.

Ele se perguntava se deveria tentar persuadir o servente a se levantar ou deixá-lo aos cuidados do senhor Kapur. Husain tinha sido contratado para o Material Esportivo Bombaim há quase três anos, alguns meses depois dos conflitos da mesquita Babri, por insistência do Ekta Samiti, que estava pedindo aos estabelecimentos comerciais que ajudassem a reabilitar as vítimas dos conflitos. No período em que Husain não podia trabalhar, o senhor Kapur cuidou das emoções dilaceradas do rapaz até ele estar em condições de retomar suas tarefas.

Sempre que Yezad percebia que estava começando a se irritar com Husain, ele se lembrava da história do servente, dos cortiços em chamas no morro Antop, dos *goondas* que puseram fogo nas pessoas... de Husain e seus vizinhos muçulmanos assistindo à própria habitação ser destruída pelo fogo, se perguntando se a mulher e os três filhos dele estavam... e então quatro silhuetas em chamas descendo a escada do prédio, as mãos esfumaçadas batendo nas chamas... enquanto os *goondas* espalhavam mais querosene das latas que traziam em cima da família de Husain...

No canto escuro do depósito, Yezad tiritava. "E *chai*, Husain", tentou atraí-lo para uma conversa. "Não quer tomar uma xícara, agora de manhã?"

"*Chai*, ou não *chai*, dá tudo na mesma, *sahab*."

Yezad se perguntava por quê, nesses dias de grande depressão, Husain ia para a loja se sentar no canto. O senhor Kapur tinha lhe assegurado que ele não perderia nada do salário se não estivesse se sentindo bem. Mas talvez nesses dias, mais do que nunca, Husain precisasse da companhia daqueles em quem confiava.

O telefone tocou. Husain não se mexeu do seu canto. Nos bons tempos, ele relutava em pegar o fone com aquela boca escancarada. O instrumento o atemorizava, o seu poder de transmitir vozes sem corpo que o obrigavam a enviar a voz por ali, e que iria dar sabe-se lá aonde.

Ao quinto toque, Yezad respondeu; era o senhor Kapur.

"Alô, Yezad. Desculpe, você está com um cliente?"

"Não — com Husain. Hoje ele está sentado lá no fundo."

"Puxa, pobre sujeito. Mais um dos maus dias dele? Tudo bem, deixe-o descansar."

"E as suas faturas que precisam ser entregues?"

"Amanhã, Yezad. Ou depois de amanhã, não importa." O senhor Kapur estava prestes a desligar, mas então interrompeu seu gesto, "Não vou aí antes da tarde, talvez chegue às três horas. Uma emergência — te conto depois. E, por favor, fique de olho em Husain, está bem? Tchau".

Yezad pôs o fone no gancho e passou a acender as vitrines, a limpar, a correr com o trabalho. Estava quase na hora do seu compromisso das dez e meia. Não tinha fim a injustiça na sua vida, pensou, o gerente fazendo o serviço do servente.

Enquanto estava levantando as venezianas de aço, o cliente chegou. O senhor Malpani, da Companhia Alliance, apareceu à porta, checou o relógio, depois fixou os olhos no ferro comprido nas mãos de Yezad.

"Bom-dia, senhor Chenoy, o senhor foi promovido, ao que parece", disse ele, rindo da própria piada.

Yezad deu um sorriso educado, achando que, cada vez que via o senhor Malpani, ele se parecia mais com um mangusto. Os olhos furtivos no rosto pequeno corriam pela loja como se procurassem algo a ser ridicularizado. Levou-o à sua mesa, ofereceu-lhe uma cadeira e pediu licença enquanto ia ao banheiro lavar uma mancha de graxa que sujava sua mão.

Quando voltou, o senhor Malpani estava examinando papéis que estavam na mesa. Ele não se preocupou em parar até Yezad passar bem perto e caminhar até a sua cadeira, onde se sentou.

"Então está tudo pronto, senhor Chenoy?"

Assentindo com a cabeça, Yezad abriu o arquivo e começou a examinar rapidamente os detalhes do contrato. Detestava o homem, o que acontecera desde o momento em que ele dera indícios, com aquele seu jeito untuoso, de como os dois poderiam ganhar alguma coisa por fora se Yezad jogasse o jogo. O único motivo para Yezad ter a conta do clube esportivo era o fato de o senhor Kapur ser amigo do diretor-gerente da Alliance.

"Parece tudo bem", o senhor Malpani disse. "A não ser por um detalhe."

Ciente do que viria, Yezad mostrou-se ignorante.

"Você mais uma vez não pensou no futuro do *puja* do estômago", o senhor Malpani falou, com um riso que era como um latido."Toda vez eu repito, você deveria adicionar algum extra. Um pouquinho para o seu estômago, um pouquinho para o meu, e todo mundo fica feliz. Você ainda não aprendeu a maneira certa de se fazer negócio."

Yezad sorriu como se isso não fosse nada além de uma piada. "Muito obrigado por ter vindo, senhor Malpani. Como sempre, é um prazer trabalhar com o senhor."

Apertaram-se as mãos e ele acompanhou o homem à porta. Teve vontade de lavar as mãos de novo. Uma experiência tão pouco estimulante, logo no início da manhã. Mas ele já devia esperar algo assim, a julgar pelo começo do dia. Nada ia bem a menos que começasse bem. Seus pensamentos voltaram-se mais uma vez para a briga.

Há dez manhãs, o primeiro pensamento de Roxana ao acordar era o de preservar a rotina para ele. Yezad podia percebê-lo. Ela beijava as suas costas e saía da cama, enchia a água para o dia, escovava os dentes.

A vez dele era a seguinte no banheiro enquanto ela fazia o chá, ia ao quarto da frente, abria as cortinas, acordava os meninos. Jehangir tinha que ser sacudido no ombro, mas Murad estava de pé, lendo na barraca. Ela perguntou a Nariman se ele precisava de algo.

"Não se preocupe", respondeu ele como de costume. "Não tenho que pegar nenhum trem."

Ela trouxe o bule de chá para a mesa e o cobriu com o abafador. Servindo Yezad, ela lhe disse o quanto a surpreendera ver Murad lendo à luz da manhã.

Então, notando a inquietação de Nariman, perguntou-lhe outra vez. Não parecia certo que ele tivesse que esperar com a bexiga cheia enquanto eles, a menos de dois metros de distância, tomavam chá e comiam torradas, manteiga e ovos. Roxana insistiu em lhe levar o compadre.

"Não precisa fingir, Papai. Prender a urina não é saudável."

Quando ele terminou, ela enfiou o compadre debaixo do sofá porque Jehangir ainda estava no banheiro.

"Não é nada higiênico deixá-lo no chão", Yezad disse, contrariado.

Sem nenhum comentário, ela correu para a cozinha onde foi pegar a água fervendo para Murad, que já estava no banheiro; depois, tornou a encher o balde, que pôs no fogão para o banho de Yezad, e então pegou a bacia e a toalha para o pai.

"Eu podia ter levado o *tapayli* para Murad", Yezad disse. "Por que você não me deixa ajudar?"

"Se você se queimar, quem vai trazer o salário para casa?"

Ele ficou observando enquanto ela fazia a lavagem da boca do pai. Nariman gargarejou, e um fio de saliva ficou pendurado dos lábios dele; esticado até o limite, partiu-se, pendendo então do queixo.

Yezad afastou os olhos para se concentrar no seu café da manhã. Mais um bocado e empurrou o prato para o lado, o ovo meio comido, enquanto ela passava correndo com a bacia e a toalha molhada. A água suja movia-se e ameaçava derramar-se por cima da borda. Ele se encolheu, recuando na cadeira. "Melhor ir mais devagar. Essa dança ininterrupta vai fazê-la entrar para o *Guinness, o Livro de Recordes*, ou vai derrubá-la."

"Estou ótima, não se preocupe", Roxana disse.

"Como não me preocupar? Você já se olhou no espelho?"

"Não tenho tempo para espelhos."

"Você devia parar um instante e ver o que esse esforço fez ao seu rosto."

"E isso importa? Meu rosto não é mais o meu tesouro."

A observação o magoou, ele queria abraçá-la, assegurá-la de que ela estava mais linda do que nunca. Em vez disso, virou-se para Nariman. "Sua filha sempre tem respostas espertas. Diga-lhe o que o senhor acha. Vamos lá, diga-lhe a verdade."

Nariman ficou sem jeito. "Cada ponto de vista tem um pouco de verdade."

"Por favor, nada de diplomacia — seja simplesmente honesto. Veja o rosto encovado dela, está parecendo uma vítima da fome de Orissa!"

Nariman desistiu e disse o que Yezad queria ouvir. "Ele tem razão, Roxana, você devia diminuir seu ritmo, estou sempre lhe pedindo para não se apressar por minha causa."

"Você acha que é justo, Papai?", disse ela, entregando-lhe a dentadura. "Os outros deveriam decidir como e quando o trabalho deve ser feito se sou eu quem administra tudo?" Ela apanhou algumas coisas da mesa e saiu apressada, pedindo aos gritos a Murad, que estava no banheiro, que não se demorasse.

"Eu a deixei perturbada", Nariman disse.

"Tinha que ser dito — ela vai se matar nesse ritmo."

Yezad tornou a puxar o prato para perto de si e atacou o ovo endurecido. Limpou o que restava da gema com o último pedaço de torrada e cortou a clara, agora meio emborrachada.

Jehangir, voltando do quarto da frente, assistiu ao pai engolir os bocados. "Acabou, Papai?"

Ele fez que sim, acrescentando, "Garoto bom", enquanto o filho empilhava pratos, pires e xícaras e partia para a cozinha com a carga.

Nariman tentou melhorar o ambiente: "Ele é uma criança maravilhosa."

"Murad também", Yezad logo retrucou, pondo o sogro na defensiva, e depois se arrependendo disso. Ele detestava em si o hábito que parecia ter de deixar as pessoas que amava constrangidas.

Jehangir voltou da cozinha e abriu uma das suas caixas de quebra-cabeças. Não fez nenhuma tentativa de formar um quadro, apenas pegava peças a esmo, traçando-lhes o contorno com o dedo.

"O que você está fazendo?", o pai perguntou.

"Nada", respondeu ele para dentro da caixa.

"Vista seu uniforme. Quer que Mamãe grite com você? Ela já tem coisas demais a fazer."

Ele continuou o exame vago das peças até Yezad lhe arrancar a caixa com um puxão e tampá-la com estrépito. "Não me deixe enfurecido."

Jehangir olhou para cima, e agora o pai via as lágrimas em seus olhos, "O que está acontecendo, Jehangla?".

Ele gostava quando o pai o chamava assim. Seu irmão era apenas chamado Murad. Às vezes parecia injusto — deveria haver um nome que fizesse Murad também se sentir especial.

"Você não está bem, Jehangla?", o pai sentiu-lhe a testa, inclinando-se para que seu rosto ficasse ao lado do rosto do filho.

Jehangir sentiu o cheiro de chá no hálito do pai. Ele balançou a cabeça e esfregou um olho. "Mamãe está chorando na cozinha."

"Você sabe por quê?"

"Perguntei, mas ela não disse nada."

"Vamos, apronte-se para o colégio. Mamãe vai ficar bem, confie em mim." Ele apertou o ombro do filho e foi para a cozinha.

Os ouvidos de Jehangir acompanharam o pai. Logo depois, o menino ouviu a mãe soluçar e o lábio inferior dele começou a tremer. Ele se levantou, atraído na direção do som.

"Deixe os dois sozinhos", o avô disse. Ele puxou o lençol para dar lugar no sofá. "Sente-se, me conta qual é o problema."

Ele deixou o avô lhe segurar a mão. "Fico triste quando eles brigam", sussurrou. "Quero que sejam felizes, e legais um com o outro."

"É difícil para eles neste momento. Quando eu for embora, as coisas vão melhorar."

"Mas os dois gostam de você, Vovô. Por que a sua presença aqui dificulta as coisas?"

"Gostar não tem nada a ver com isso. As pessoas têm suas próprias vidas, não é bom quando algo perturba essas vidas."

"Você é tão tranqüilo, Vovô, e não perturba ninguém." Ele olhou para as mãos que seguravam a sua, as veias como cordões, e sentiu o ligeiro tremor delas passarem para a dele. "Vou sentir saudades quando você voltar par o Tio Jal e a Tia Coomy."

"Também vou sentir saudades suas. Mas ainda temos mais dez dias juntos. E, depois disso, você pode me visitar. Fechado? Agora você precisa se vestir."

Jehangir saiu, deslizando, do sofá e esfregou o queixo do avô, que recebeu uma mordida maior do que a habitual. A caminho do varal, ele deu meia-volta e espiou, cuidadosamente, o que acontecia na cozinha. A mãe estava nos braços do pai. Ela ainda tinha lágrimas nos olhos. Mas estava sorrindo.

Ele queria saber que mágica se passava entre os adultos, o que ocorria que eles iam dos gritos ao choro e aos sorrisos em tão pouco tempo. Fosse lá o que fosse, ele agradecia a existência disso, e foi mudar a roupa no quarto dos fundos.

O primeiro pensamento do senhor Kapur ao chegar à loja foi sobre Husain. "Ele saiu para almoçar o *pao-bhaji* dele?"

Yezad sacudiu a cabeça. "Eu lhe levei um pouco de chá. Ele saiu depois de tomar um ou dois goles."

"Pobre sujeito", o senhor Kapur disse, acertando uma cortada num jogo de tênis imaginário. Ele estava sempre manejando bastões e raquetes invisíveis, dando chutes em bolas, driblando com o bastão de hóquei, principalmente quando estava pensando em algo.

Ele se precipitou para o canto onde se estocavam as mercadorias, xingando, baixinho, os sacanas que tinham destruído a vida de Husain e as vidas de milhares como ele. Seu braço se balançava, dando cortadas, acertando *goondas* como se fossem bolas de tênis, mandando-os, todos, para a danação eterna.

"Como vai, Husain *miyan*?", agachou-se ao lado dele no canto escuro e lhe deu pancadinhas no ombro. "Quer chá?" Tomou-lhe o cotovelo e fez com que ele se levantasse, levando-o para a frente da loja, para a luz da tarde.

Yezad preparou três xícaras de chá e as levou para o balcão. "*Chalo*, Husain, vamos tomar chá juntos."

O servente lhe agradeceu e recebeu sua xícara. O senhor Kapur mostrou coisas na rua, dizendo, olhe a cor daquele carro, e que caminhão grande, e lá vai fulano de tal do Mercado de Livros Jai Hind. Ele distraiu Husain como o faria com uma criança doente.

Yezad também deu sua contribuição nesse sentido. Não importa quantas vezes ele observasse o senhor Kapur durante esses tempos de crise, ele se emocionava com a gentileza do patrão ao procurar remendar as rachaduras da vida arrasada de Husain.

Quando Yezad começou a trabalhar na loja, há uns 15 anos, ele supôs uma relação formal entre patrão e empregado, mas o senhor Kapur logo a redefiniu, fazendo dele um amigo e confidente, alguém com quem, e a respeito de quem, resmungar.

Ele insistia em dizer que Yezad abandonasse o hábito de chamá-lo pelo sobrenome. Eles assumiram um compromisso: durante as horas de trabalho ele era o senhor Kapur; depois de fechada a loja, Vikram.

Além do horror ao Shiv Sena e a seus métodos tacanhos, eles compartilhavam do mesmo sofrimento por pressentirem que a cidade estava morrendo devagar, destruída pelos *raj* dos *goonda* e os chefes da máfia, como diziam os jornais, "num nexo perverso de políticos, criminosos e policiais".

Vikram Kapur chegara à cidade nos braços da mãe, aos seis meses. Ele contava a Yezad, sempre que havia oportunidade de se referir à história de sua vida, "Minha família foi forçada a abandonar tudo e a fugir do Punjab em 1947. Graças, é claro, aos bravos ingleses, que abandonaram suas responsabilidades e fugiram da Índia".

Às vezes, quando o senhor Kapur falava de 1947 e da Separação, Yezad tinha a impressão de que os migrantes punjabis de uma certa idade se assemelhavam aos autores indianos que escreviam sobre esse período, quer em romances realistas que contavam de trens cheios de cadáveres, quer em misturas tenebrosas de realismo mágico, todos repetindo a mesma lista de horrores que descreviam matanças e incêndios, estupro e mutilação, fetos arrancados de ventres, genitálias enfiadas nas bocas dos castrados.

Mas à crítica silenciosa de Yezad sempre se seguia o remorso. Ele sabia que eles tinham de continuar a contar a sua história, exatamente como os judeus tinham que contar a deles, sobre o Holocausto, escrevendo, e recordando, e tendo pesadelos de campos de concentração, de câmaras de gás e fornos, do mal praticado por pessoas comuns, por amigos e vizinhos, o mal que, décadas depois, ainda permanecia incompreensível. Que opção havia, a não ser falar do assunto, vezes sem conta, e ainda uma vez?

"Então não tínhamos opção", diria o senhor Kapur. "Tínhamos que fugir. E viemos para cá. Mas Bombaim nos tratou bem. Meu pai recomeçou a vida do zero e prosperou. Única cidade do mundo em que há essa possibilidade."

E por causa do seu passado, o senhor Kapur afirmava que seu amor por Bombaim era especial, muito maior do que alguém nascido e criado em Bombaim poderia sentir. "É a diferença entre nascer numa religião e se converter a ela", disse. "O converso não aceita os princípios passivamente. Ele escolhe, então o grau do seu compromisso é mais elevado. Você não saberá nunca o que sinto por Bombaim. É como o amor puro por uma bela mulher, a gratidão por ela existir e a devoção diante da sua presença viva. Se Bombaim fosse uma criatura de carne e osso, com o meu tipo de sangue, Rh negativo — e muitas vezes eu acho que ela é

—, então eu seria capaz de fazer uma transfusão do meu sangue todo para ela, até a última gota, para lhe salvar a vida."

Às vezes Yezad achava que a paixão do proprietário da loja por Bombaim tocava as raias do fanatismo. Mas ele também compreendia que o senhor Kapur também estava despejando na cidade o anseio que o ligava ao passado familiar no Punjab, perdido para sempre. E Bombaim, talvez à revelia, tornara-se o receptáculo da sua devoção.

E assim o senhor Kapur colecionava livros sobre a cidade, fotografias antigas, cartões-postais, pôsteres, e partilhava tudo com Yezad, todos os fatos pouco conhecidos da história ou geografia do lugar que ele descobria durante suas pesquisas.

"Sabe por que me atrasei hoje? Deixe-me lhe mostrar." Ele sentou Husain no degrau de onde ele podia observar a rua, para evitar que ele voltasse para o seu canto escuro no depósito. Manejando um bastão de críquete imaginário, ele se sentou atrás de sua mesa e produziu um som com a boca: poc! — do bastão e a bola se encontrando. Então, num passe de mágica, apresentou duas fotografias tiradas de sua pasta.

"Tive que me apressar para comprá-las de um colecionador particular. Antes que os negociantes aparecessem lá." E passou uma para Yezad, do outro lado da mesa.

Bela maneira de se administrar um negócio, Yezad pensou. Um proprietário que sai correndo atrás de fotografias, um servente periodicamente incapacitado para o trabalho. Ele queria saber o que aconteceria ali se não fosse ele. Examinou a foto: o primeiro plano mostrava copas de árvores; atrás, uma fileira de bangalôs graciosos. No fundo, atrás das residências, um *maidaan* e mais folhagens.

"Parece um lugar encantador."

"Adivinha onde fica?"

Tinha que ser na Bombaim de anos atrás, para estar na coleção do seu patrão. Ele a examinou de novo, procurando uma chave que lhe permitisse localizar a paisagem. "Parece mais uma cidade européia do que Bombaim."

O senhor Kapur riu. "Se eu dissesse que isso é a sua caótica estação Marine Lines, você acreditaria?"

"Essa é uma foto e tanto. De quantos anos atrás?"

"Aproximadamente dos anos 1930. Esses são bangalôs militares, pouco antes de serem demolidos, quando o exército tomou as novas terras, que estavam sendo reclamadas, e faziam parte do cantão Colaba."

"Que mudança — e só 60 anos."

"Olhe", o senhor Kapur apontou para a foto, "se você seguir por esse lado da rua, chega ao cemitério e crematório de Sonapur. E a sua estação fica aí. Antes da recuperação, a maré alta da Back Bay cobria o lugar onde os trilhos da via férrea agora passam."

Yezad começou a ver a estação Marine Lines atual na foto antiga. O que lhe causou um efeito estranho, como se ele estivesse vivendo em duas faixas de tempo, separadas por seis décadas. Mas era uma sensação agradável, tranqüilizadora.

Largou a foto, pondo-a cuidadosamente na mesa. "Deve ser valiosa."

"Além do dinheiro", o senhor Kapur disse. "Essas são as minhas fotos de Bombaim bebê. O tempo de inocência da cidade. Agora veja esta outra."

A testa de Yezad se vincou enquanto a examinava — havia uma vaga familiaridade em torno do lugar.

"Siga-me", o senhor Kapur disse. Saíram para a calçada, onde ele apontou na direção da esquina, para o cinema Metro, depois levantou a foto até a linha de visão de Yezad.

"É isso! O entroncamento de Dhobi Talao, anterior à construção do Metro!"

Husain levantou-se do degrau, curioso de ver o que lhes parecia tão excitante. O senhor Kapur saudou-o: "*Ao*, Husain, *dekho*, muito interessante."

Mas a fotografia em preto-e-branco, desbotada, não continha nada que distraísse o servente. Ele a examinou para agradar o patrão e voltou para o degrau.

Os olhos de Yezad passavam da foto para o entroncamento, onde seis vias convergiam, e voltavam para a foto, querendo que o cinema desaparecesse com a ajuda da foto. "O que são essas construções baixas na foto?"

"Fui à biblioteca da Sociedade Asiática e pesquisei algumas coisas. Esse terreno foi adquirido pela Companhia Metro Goldwyn em 1936, arrendado por 99 anos, a uma rupia por ano. O que se vê na foto são as cocheiras da Royal Air Force."

"Por que a Air Force precisava de cocheiras?"

"Para seus cavalos."

"Muito engraçado. Tudo bem, e por que eles precisariam de cavalos?"

"Para tirar os aviões dos hangares, para rebocar maquinaria pesada — um misto de alta e baixa tecnologia. Como ainda se faz — semana passada, a companhia telefônica estava instalando cabos de fibra óptica do último tipo perto da minha casa, mas o buraco estava sendo cavado com picaretas e pás, e o entulho ia sendo posto em cestas, que mulheres levavam em suas cabeças."

Entraram, e o senhor Kapur voltou-se para as notícias do dia. Ele não se enterrava apenas no passado da cidade, também se afundava no atoleiro complicado da política contemporânea, acompanhando cada passe, cada nova abominação perpetrada pelo governo, que, dizia ele, magoavam-no como se sua própria carne tivesse sido ferida.

"Então agora os sacanas vão fechar a Comissão Srikrishna."

"Qual é essa? A das bombas terroristas?"

"É, assim como dos conflitos da mesquita Babri. Tudo estava prestes a ser exposto: o envolvimento do Shiv Sena nos saques e nos incêndios, a polícia ajudando os revoltosos, recusando-se a dar assistência às localidades muçulmanas."

"Não se exalte, senhor Kapur", preveniu Yezad. "O senhor sabe o que o seu médico disse sobre a pressão alta." Enquanto o senhor Kapur respirava fundo e se calava, Husain se agitava: "É verdade, *sahab*, sim! A polícia tão — tão *budmaash*!"

"*Hanh*, Husain, *wohto sutch baat hai*", concordou o senhor Kapur, passando para o hindi para o servente entender melhor, uma vez que ele só podia acompanhar a conversa deles em inglês até um certo ponto.

Husain também mudou de idioma, e tornou-se mais eloqüente: "Sahab, naqueles conflitos aqueles policiais estavam se comportando como gângsteres. Nos *mohallas* muçulmanos eles estavam atirando em gente inocente. As casas estavam pegando fogo, os vizinhos saíam para jogar água. E a polícia? Atirando como se estivesse praticando tiro ao alvo. Esses guardiães da lei estavam assassinando todo mundo! E minha pobre esposa e meus filhos... Não pude nem reconhecê-los..." Sua voz era agora um soluço e ele parou de falar.

"*Hahn*, Husain, foi uma vergonha", disse o senhor Kapur, contorcendo-se na cadeira. "Mais de três anos se passaram, e ainda não se fez justiça. O Shiv Sena contaminou a polícia. E agora o Shiv Sena tornou-se governo."

Ainda soluçando, Husain disse que lhes traria mais chá, mas Yezad se ofereceu para ir buscar no lugar dele. O senhor Kapur pediu-lhe que esperasse: seria bom para Husain, para quem preparar o chá, servi-lo e tomá-lo era sempre uma ocupação terapêutica.

O servente logo voltou trazendo as xícaras fumegantes. "*Shukriya*, Husain *myian*", o senhor Kapur disse. "Você quer? Ótimo."

Então ele se virou para Yezad. "Será que sou bobo por sentir tanto nojo desses homens maus? Você não fica indignado com tudo isso?"

"Sou um *bombayvala* nascido e criado aqui. O que automaticamente me deixa vacinado contra ataques de indignação."

Pouco antes da hora de fechar, Yezad entregou os pagamentos em dinheiro do dia, dos quais não tinham sido emitidos faturas ou recibos. O senhor Kapur pediu-lhe que ficasse para um drinque.

"Como está se sentindo, Husain? Cerveja *laayega*?" O servente fez que sim com a cabeça, e recebeu o dinheiro para a compra.

"Duas garrafas de Kingfisher. *Jaldi, hanh*, antes que esquentem nas suas mãos." Husain riu, prometendo manter suas mãos frescas, e partiu para o botequim de Merwan Irani, na esquina.

"Bem", Yezad disse, "finalizei o contrato com a Companhia Alliance esta manhã."

"Excelente. Venha, vamos sentar no meu escritório."

Embora minúsculo, o buraco tinha ar-condicionado, e Yezad sempre se sentia feliz de ser convidado a entrar ali. Ele ficou observando enquanto o senhor Kapur ia até a mala grande, dura, no canto, e, de costas para ele, fazia girar a fechadura de combinação. O dinheiro das transações em moeda foi metido lá dentro.

Essa rotina diária espantara Yezad quando o senhor Kapur a explicara pela primeira vez, com um bocado de adulação, dizendo ser uma bênção o fato de ter um empregado pársi: "Não preciso me preocupar com dinheiro grudado na barra das calças. Se ao menos houvesse mais comunidades como a sua."

Yezad ficara sem graça. "Estou certo de que temos nosso quinhão de escroques e vagabundos imprestáveis."

"Ah, não seja modesto, a reputação de honestidade dos pársis é bem conhecida. E mesmo que seja um mito — não há mito sem verdade, não há fumaça sem fogo."

Sendo um empregado novo, Yezad não prolongara o assunto, mais preocupado com as implicações da evasão de impostos e se perguntando se o senhor Kapur se dava conta de que estava elogiando a honestidade do seu empregado ao mesmo tempo em que o ensinava a ser desonesto. Evidentemente, o proprietário justificara a mala chamando-a de seu plano de previdência, uma "prática comercial fora dos padrões" que todo mundo era forçado a seguir, graças às absurdas leis tributárias do governo.

Mas o senhor Kapur não estava interessado em falar de loja. "Fazemos isso todo dia. Agora o Material Esportivo Bombaim está fechado para descanso."

Enquanto isso, Husain voltou com as Kingfishers e abriu as garrafas altas, servindo a cerveja com cuidado, pois sabia que o *sahab* não gostava de espuma demais.

Sorrindo para seu copo, o senhor Kapur tomou um grande gole e o encheu de novo. Ele examinou a garrafa, na qual havia um quarto, e a estendeu na direção de Husain. "Quer?"

"Quero, *sahab*", o servente disse, reforçando a resposta com um assentimento circular da cabeça.

"Depois que acabar de beber, você pode ir para casa. Eu tranco."

Husain engoliu a bebida diante deles. "Muito boa", disse ele, espiando para a outra garrafa.

"Quer mais?", Yezad perguntou. Ele também recebeu um assentimento circular da cabeça.

"Agora você não vai ficar bêbado e chegar tarde no trabalho amanhã, vai?", brincou o senhor Kapur.

"Ora, *sahab*", Husain falou, rindo, "só um bebezinho pode ficar de porre com esse tanto de cerveja. Um velho bobo como eu tem que beber uns seis copos cheios." Ele enxugou a garrafa, agradeceu aos dois e saiu.

Ficaram ali sentados em silêncio por um tempo. O senhor Kapur reclinou a cadeira e pôs os pés em cima do arquivo baixo. "Preciso da sua opinião sobre uma coisa."

"Tudo bem."

"Você sabe que estou sempre falando de Bombaim — de quanto ela significa para mim, o quanto ela me deu. Já ouviu a história da minha família."

"Já, muitas vezes."

O senhor Kapur respirou fundo. "Eu quero participar da próxima eleição municipal."

Yezad o olhou espantado, sentindo aquela mistura de afeto e exasperação que o senhor Kapur provocava nele. "Por quê?"

"Acabei de lhe dizer — porque Bombaim é tudo para mim. Não adianta se queixar de que os ladrões a estão destruindo se..."

"Quero dizer, para quê? O senhor está sempre dizendo que a política é uma porcaria, que suja tudo o que toca."

"Não há mais desculpa." O senhor Kapur tomou um gole e pousou o copo. "Se estão assediando a mulher que você ama, você não faz nada só porque eles são a maioria? Não, você vai defendê-la, vai acabar derrotado e sangrando, talvez morto, e só Deus sabe se isso vai ajudá-la. Mas ainda assim você vai intervir."

"Certo, mas isso é algo pessoal... "

"A mesma coisa. A minha amada Bombaim está sendo violentada."

Yezad sabia que não havia argumentação possível quando ele falava da cidade nesses termos humanos. "Tudo bem, então, digamos, o senhor se candidata. Vai optar por que partido?"

"Por nenhum partido. Independente."

"O senhor vai servir para quê?"

"Já respondi: não importa. Eu não posso ficar parado assistindo aos bandidos."

"E o Material Esportivo Bombaim?"

"Você pode ficar no meu lugar. Todos os fornecedores e os maiores compradores o conhecem. E, evidentemente, vou fazer com que isso valha a pena para você."

A proposta fez Yezad contemplar a possibilidade com outro interesse. O incremento ajudaria Roxana, não chegariam ao fim de todo mês tão apertados...

Ele estava prestes a apoiar a idéia maluca. Então sentiu vergonha do seu egoísmo. "A questão não é essa. Não é seu dever cuidar do legado de seu pai? O seu Bhagavad-Gita não lhe diz que nada deve interferir nos deveres da pessoa?"

"Essa é boa, Yezad", sorriu ele. "Então, como devo definir meu dever? As definições são o último refúgio do canalha, mas realmente acredito que meu pai ficaria feliz com a minha decisão." Esvaziou o copo. "Eu não deveria ter mandado Husain para casa, ele podia nos trazer mais cerveja."

"Tome a minha, sobrou bastante."

"Tem certeza?"

"Se o senhor não se importa de beber do meu copo."

O senhor Kapur deslizou o próprio copo pela mesa. "Não está vendo como nós dois estamos aqui sentados trocando idéias? É assim que as pessoas viviam em Bombaim. É por isso que Bombaim sobreviveu a inundações, doenças, pragas, racionamento de água, canos d'água e de esgoto se rompendo, a todas as pressões da população. No coração dela há lugar para quem quiser fazer daqui o seu lar."

Certo, pensou Yezad, 14 milhões de pessoas, a metade morando em favelas, comendo e cagando em lugares que não servem nem para bichos. Uma bela maneira de partilhar a dádiva de Bombaim. Mas nada disso provocaria nenhum efeito no vôo poético a que Vikram Kapur se lançava.

"Veja, Yezad, Bombaim resiste porque dá e recebe. Nessa urdidura e com esses fios tece-se a trama especial do tecido social, do espírito de tolerância, da aceitação e da generosidade da cidade. Em qualquer outro lugar do mundo, nesses lugares chamados civilizados, como a Inglaterra e a América, essas condições terríveis levariam a uma revolução."

O que talvez não fosse mau, Yezad pensou.

"De agora em diante", o senhor Kapur disse, "nesta loja vamos comemorar todas as festas: Divali, Natal, Id, o seu Navroze pársi, Baisakhi, Buddha Jayanti, Ganesh Chaturthi, tudo. Vamos decorar as vitrines, pendurar as saudações apropriadas com luzes e tudo. Seremos uma Bombaim em miniatura, um exemplo para a nossa vizinhança. Tomei essa decisão depois de ter visto algo espantoso a semana passada."

Ele bebeu o que tinha aceitado do copo de Yezad. "Na semana passada, estacionei meu carro perto da estação Grand Road e comprei um tíquete para a plataforma. Para ver os trens e os passageiros. Me deu vontade, só isso."

Ele fez uma pausa para um outro gole, e continuou: "Nunca viajo de trem, vejo como andam cheios quando passo pela via férrea. Mas da plataforma, naquele dia, eu via algo novo. Havia um trem saindo, completamente abarrotado, e os homens que corriam ao lado desistiram. Todos menos um. Não tirei os olhos dele, porque estávamos quase no fim da plataforma.

"De repente, ele levantou os braços. E as pessoas que estavam no trem espicharam os braços e agarraram os dele. O que estavam fazendo? Ele seria arrastado e morto, pensei! Logo depois, eles tinham-no levantado da plataforma. Agora os pés dele estavam balançando do lado de fora do carro, e quase gritei para que o trem parasse. Os pés do homem ficaram pedalando no ar. Encontraram um ponto minúsculo na borda, escorregaram, conseguiram encontrá-lo de novo.

"Lá estava ele, pendurado, a sua vida literalmente nas mãos de estranhos. E ele a pusera ali. E confiara neles. Mais braços se estenderam e o seguraram com força, num abraço. Era um milagre — de repente ele estava completamente a salvo. Tão a salvo que me perguntei se minha primeira reação diante do perigo teria sido exagerada. Mas, não, ele estivera numa situação realmente perigosa durante alguns segundos.

"Esperei na plataforma para ver mais trens. Foi então que percebi que o que eu tinha testemunhado não era um milagre. Acontecia constantemente: mãos se estendendo para socorrer, como se isso fosse perfeitamente normal, um procedimento rotineiro dos que vão e voltam do trabalho nos trens.

"De quem eram essas mãos, e de quem eram as mãos que elas agarravam? De hindus, muçulmanos, *dalit*, pársis, cristãos. Ninguém sabia e ninguém se importava. Companheiros de trem, era tudo o que eram. E fiquei ali na plataforma muito tempo, Yezad, os olhos cheios de lágrimas de alegria, porque o que eu vi me dizia que ainda havia esperança para esta grande cidade."

Yezad assentiu com a cabeça, tranqüilamente. O que o senhor Kapur descrevera, ele via todo dia — uma paisagem humana na labuta diária. Mas o senhor Kapur revelara um aspecto que ele ainda não vira, e que o fez pensar no que mais teria perdido.

"Agora você compreende por que quero agir antes que seja tarde demais", continuou o senhor Kapur. "Esta bela cidade de sete ilhas, esta jóia do mar da Arábia, esta terra recuperada, este presente do oceano transformado em chão sob nossos pés, este enigma de cosmopolitismo onde raças e religiões vivem lado a lado e juntamente em paz e harmonia, este diamante de diversidade, esta deusa generosa que abraça o pobre e o faminto e esta massa de gente amontoada, esta *Urbs Prima in Indis*, esta querida, querida cidade agora enlanguesce — não exagero — como um paciente num tratamento intensivo, Yezad, meu amigo, posto aí por homens pequenos, egoístas, que a destruiriam porque a rudeza deles não consegue suportar algo tão grandioso, tão belo."

Yezad estava calado, admirando a capacidade do senhor Kapur para adaptar Shakespeare. Nariman o apreciaria, ele repetiria o trecho para ele esta noite. "Bravo", Yezad exclamou. "Se o senhor puder fazer o mesmo em hindi e marati, ganha a eleição." Ele lhe estendeu a mão.

"Então posso contar com o seu voto?"

"Nesses últimos sete ou oito anos, não votei em nenhuma eleição — nem local, nem nacional. Mas no senhor votarei cedo e votarei muitas vezes."

Eles riram, e se levantaram para trancar a loja.

❖

Os meninos acostumaram-se a passar algum tempo, todo dia, depois do colégio, à cabeceira do avô. Murad descobriu que o Avô quando moço costumava fazer aeromodelos. E começou a conversar sobre biplanos e monoplanos da Primeira Guerra com ele. Eles compararam o Fokker D.VII e o Spad, o elegante Sopwith Camel, e o mortal Fokker Eidecker, enquanto Jehangir escutava.

"Acho que o Camel é o predileto do Biggles", Murad disse. "Mas ele também voa no Spitfire e no Hurricane. Estavam na sua coleção?"

"Não", Nariman disse. "Eles são da Segunda Guerra Mundial. Ao contrário de mim, Biggles não envelhece. Quando os modelos de pau-de-balsa chegaram ao mercado, eu era muito mais velho, não havia mais tempo para nenhum *hobby*."

Ele mudou de posição, tentando arrumar o travesseiro, o que os meninos fizeram para ele. "Obrigado. Agora, falando de tempo, não é hora de fazer o dever?"

"Você ainda não me contou uma história, Vovô", Jehangir se queixou. "Você fica só conversando com Murad sobre aviões."

Então Nariman continuou, a partir do dia anterior, a contar histórias de Nauzer, seu amigo de infância, cujos pais tinham um verdadeiro zoológico de pássaros e cachorros. Embora não fosse um apartamento enorme, só quatro quartos, eles eram loucos por bichos, e tinham um *golden retriever*, dois lulus-da-pomerânia e três *Sydney silkies*. Os olhos de Jehangir brilhavam enquanto sua imaginação adotava esse lar tão cheio de vida.

"Então havia uma gaiola grande com periquitos e tendilhões que cantavam", Nariman disse. "E um papagaio chamado Tehmuras. Mas ele tinha sua gaiola particular, na qual entrava de noite. Durante o dia, perambulava livremente."

"Ele não tentava fugir?"

"Nunca, ele amava aquele lugar, e os cachorros o adoravam, especialmente a *golden retriever*, Cleópatra. Ela deixava Tehmuras passear em cima dela, empoleirar-se nas suas costas, e até na sua cabeça. Às vezes ele ficava parado entre as patas de Cleópatra e descansava o bico no seu focinho."

Jehangir procurava detalhes sobre as cores dos pássaros, o que os cachorros comiam, e quais eram suas acomodações ao dormir. "Tehmuras falava?"

"Tehmuras era um papagaio africano cinzento, e era brilhante. Escute, a mãe de Nauzer era muito severa, ela o obrigava a fazer o dever de casa toda noite. Então o papagaio aprendeu a dizer — 'Nauzer! Está na hora de estudar, Nauzer!' — com a voz da mãe. Assim que o meu amigo chegava em casa vindo da escola, Tehmuras começava a repetir essas palavras. E Nauzer ameaçava fabricar uma pequena mordaça para calar Tehmuras."

Jehangir riu, nervoso. "Ele estava falando sério?"

"Era brincadeira. Nauzer amava todas as criaturas vivas, até os caracóis que encontrávamos na escola durante a monção."

"Ele tinha gato?"

"Não. Gato, não. As famílias pársis não têm gatos em casa. Para elas, gatos trazem azar, porque eles detestam água, nunca tomam banho."

"Isso lhe lembra alguém, Jehangir?", disse a mãe ao chegar da cozinha. "Talvez você tenha sido gato numa vida anterior."

"Os gatos se mantêm limpos se lambendo", Jehangir disse. "Li isso num livro, é muito saudável."

"Exato", Nariman falou. "Mas as crenças são mais poderosas do que os fatos. Como a nossa crença a respeito de aranhas e galos."

"Nunca ouvi falar disso."

"Pois bem, os pársis não matam aranhas, e só comem a galinha, o galo, nunca — você já deve saber disso, pela história de Zuhaak, o Diabo."

"Não, não sei."

"Claro que sabe", Roxana acrescentou. "Eu lhe contei quando você estava aprendendo as orações para a sua *navjote*. Lemos muitas histórias do *Shah-Nama* — sobre o rei Jamsheed, sobre Rustam e Sohrab. E uma que conta do cavalo predileto do rei Gustasp que fica manco, e de como nosso profeta Zaratustra o curou ao passar a mão nos jarretes e machinhos."

"Lembro-me destas, mas não da de Zuhaak."

"Papai, acho que o que ele quer é ouvi-la de você."

"Não, realmente, eu não conheço essa história."

"Pois bem", Nariman disse, "há muito tempo, há milhares de anos, havia um rei mau cujo nome era Zuhaak. Dos ombros de Zuhaak nasciam duas serpentes imensas, feias e fedorentas, que precisavam ser alimentadas, toda manhã, com os cérebros de dois rapazes. Zuhaak reinou por mais de 900 anos, e levou seu povo a uma miséria indescritível, pois devorava, dia após dia, seus filhos. O povo rezava pedindo liberdade. Séculos se passaram até que, finalmente, chegou o grande herói, Faridoon, com o propósito de se defrontar com Zuhaak. Este monstro da maldade havia assassinado o pai de Faridoon, e Faridoon queria vingança. Os dois se defrontraram num combate corpo a corpo. Foi uma luta terrível, que durou semanas e dias. Às vezes parecia que Faridoon estava vencendo, outras vezes, Zuhaak. Mas, por fim, Faridoon o dominou e o amarrou com correntes. Correntes tão inconcebivelmente fortes, que nenhuma lima poderia cortá-las nem nenhum martelo arrebentá-las. E quando Zuhaak ficou inutilizado, Sarosh, o anjo bom, disse a Faridoon que o enterrasse bem fundo no monte Damavand. E assim, o universo se salvou."

"E a aranha e o galo?"

"São eles que nos protegem na ausência de Faridoon. O perverso Zuhaak de ombros de serpentes ainda está vivo, e muito forte. Com sua força sobrenatural, ele luta e se enfurece a noite toda nas entranhas do monte Damavand, tentando se libertar. De manhãzinha, quando ainda está escuro e o sol ainda não nasceu, e Zuhaak está quase conseguindo arrebentar as correntes, o galo canta e avisa ao mundo que o Diabo estará livre de novo no universo. Então o anjo Sarosh manda, imediatamente, a aranha tecer a teia e consertar as correntes que Zuhaak está prestes a arrebentar. Então o mundo fica a salvo de novo. O galo e a aranha salvam o mundo para nós, um dia de cada vez."

Jehangir assentiu com a cabeça. "Então, se as pessoas comerem todos os galos e matarem todas as aranhas, não vai haver ninguém que nos ajude a combater todo o mal."

"Exatamente. Meu amigo Nauzer amou essa história. Ele ficava sentado horas e horas observando a aranha tecer sua teia. Especialmente ao ar livre, à luz do sol depois da chuva, quando as gotas, como jóias, se prendiam aos fios da teia."

Jehangir passou a examinar o teto, as paredes e os cantos do cômodo à procura de uma teia. Ele queria ver por si próprio a beleza que ela teria.

Murad desatou a rir. "Meu irmão é meio biruta, Vovô. Agora ele vai ficar preocupado com Zuhaak e começar a proteger as aranhas."

"Não sou maluco. Sei que não existe nenhum Zuhaak. É só uma lenda, como Papai Noel."

"Os dois são reais", Murad disse. "E se você dormir na varanda, Zuhaak vai pegá-lo."

"Você está dizendo isso porque quer roubar o meu lugar amanhã."

"Acho que você tem razão, Jehangir", riu o avô. "Mas mesmo que Zuhaak fosse real, ele não iria incomodar você. Ele estaria muito ocupado com assuntos do tipo doença, fome, guerras e ciclones."

O quarto não propiciou nenhuma aranha. Jehangir fez Roxana prometer: a próxima vez que a mãe encontrasse uma teia, ela deixaria que ele a examinasse primeiro.

"E quando sua perna estiver boa, Vovô, será que vamos poder conhecer os cachorros e pássaros do seu amigo?"

"Mas isso, Jehangir, foi há muito tempo, esses bichos", ele fez uma pausa, fazendo, com a mão, um gesto penalizado, "já se foram."

Ele viu que Jehangir relutava em aceitar a idéia de que os bichos tivessem morrido e então continuou a falar disso diretamente. "Lembro-me de quando Cleópatra morreu. Faltava só uma semana para os meus exames para o SSC. Mas acompanhei Nauzer e seus pais quando eles foram enterrá-la. Um amigo deles, que tinha um bangalô em Bandra, disse que poderíamos usar o quintal dos fundos, e então fomos de táxi. Tivemos que tentar tomar muitos táxis até que um acedesse e, mesmo assim, o motorista não permitiu que a cadela morta viajasse no assento do carro. Pusemos Cleópatra na mala do carro, enrolada num lençol. Nauzer e eu a carregamos. O lençol ficou molhado e enlameado. Foi a primeira vez que vi Nauzer chorando."

O pesar de 62 anos atrás, do sepultamento de um cão que ele nunca vira, atravessava o tempo e tocava Jehangir. Sofrendo com a tristeza, ele perguntou, "Você e Nauzer cavaram o buraco?".

"Não, o jardineiro já tinha deixado tudo pronto. Era perto de um limoeiro. Então a mãe de Nauzer quis ver Cleópatra mais uma vez, e Nauzer desdobrou o lençol molhado. Acho que foi um erro. A bela pelagem castanho-dourada estava suja e amarela, o pêlo estava emaranhado, cheio de nós. Rapidamente tornamos a enrolar o lençol e a enterramos."

Os cotovelos nos joelhos, o rosto apoiado nas mãos em concha, Jehangir permaneceu sentado olhando fixo o chão. Ele não tinha mais perguntas.

"Veja, ter um cachorro não é fácil", a mãe disse. "Não é só rir e brincar com o bicho. Você precisa estar preparado para a dor quando ele morrer."

"Sei disso." Virou-se de novo para o avô. "Mas seu amigo talvez tenha outros bichos de estimação, nós poderíamos ir lá para vê-los."

Nariman balançou a cabeça. "Meu amigo Nauzer... morreu há dois anos."

Uma nuvem toldou o rosto de Jehangir. "Que idade ele tinha?"

"Setenta e seis anos."

Ele fez as contas: o Vovô tinha 79; se o amigo dele estivesse vivo, Nauzer teria 78. Um ano mais moço do que o Vovô. E, no entanto, o amigo estava morto.

Sentiu as mãos ficarem frias e os olhos se embeberem de lágrimas. A aritmética estava ameaçando a vida do avô, ele gostaria de conseguir esquecer os números cruéis. Levantou-se abruptamente e foi para a varanda.

Roxana fez sinais para o pai, desenhando, com o dedo, uma linha que descia do olho pela face. Murad fingia estar indiferente, era mais crescido.

Nariman esperou um pouco antes de perguntar, "Jehangir, você conhece a história da vida de Faridoon depois da derrota que ele infligiu a Zuhaak?".

"Não."

"Ela conta de Salim, Tur e Iraj, os três filhos de Faridoon. Você quer saber qual é o fim?"

"Quero", o menino respondeu, mas permaneceu na varanda porque os olhos ainda estavam molhados. Com o olhar perdido na calçada enevoada, lá embaixo, ele viu o pai aparecer no caminho, dirigindo-se para casa.

Yezad usou sua chave, desapontado por não encontrar Jehangir à porta, e perguntou a Roxana por que o filho estava ali parado na varanda. Com um psiu, ela lhe mostrou que Jehangoo poderia ficar constrangido se os ouvisse, e explicou que ele tinha chorado por causa de uma história que Papai contara e que o deixara triste.

"Jehangla! Vem cá, vem falar comigo."

Jehangir enxugou os olhos afinal e entrou, com um sorriso frágil.

Yezad tomou-lhe a mão. "Agora, chefe, que história é essa? Por que o senhor está fazendo o meu filho chorar? Quando conto histórias, elas fazem todo mundo rir." E continuou a dar um pito de brincadeira em Nariman, mas o aborrecimento de Yezad, misturado a um toque de ciúme, era indiscutível.

Jehangir arrancou a mão da do pai. "Não se zangue com o Vovô", disse ele, ciente de que as lágrimas de que se tinha livrado voltaram aos seus olhos.

"Tudo bem, então vou ficar zangado com você. Lágrimas antes da minha ida para o trabalho, lágrimas quando chego em casa!"

Os ombros de Jehangir se sacudiam com soluços silenciosos enquanto ele voltava para a varanda.

Virando-se para entrar no quarto dos fundos, Yezad deu com as roupas molhadas penduradas em cabides logo à entrada. Furioso, afastou as camisas úmidas do seu rosto e as atirou para o lado. "Isso é lugar de botar roupa lavada para secar?"

"Na varanda não tem lugar por causa da barraca", Roxana disse com voz macia, decidida a manter-se calma. "Onde posso botá-las para secar?"

"Leve-as para o Chateau Felicity. Os malditos do seu irmão e da sua irmã podem botá-las para secar nos sete cômodos deles."

Ela recolheu as roupas do chão, sacudiu-as e pendurou-as de novo. "Chá, Yezdaa?"

Ele não respondeu. Ela o preparou mesmo assim, e lhe perguntou como tinha sido o trabalho.

"O que você acha? Olhe só para isso — essa mancha de gordura na minha camisa. Tive que fazer o trabalho do servente, abrir as malditas venezianas."

"Vou lavar com detergente, a mancha vai desaparecer."

"E o que significa essa cara triste do seu pai? Agora ele está também fazendo o Jehangir ficar triste. Será que ninguém sabe dar um sorriso ou uma risada?"

"Psiu, Papai vai escutar! Você dizia que essa era a cara de filósofo dele, e agora virou cara triste só porque ele está hospedado aqui?"

No quarto da frente, Murad pediu que o avô começasse a contar a história seguinte, a dos três filhos de Faridoon. Nariman balançou a cabeça, temendo que Yezad pudesse se sentir desafiado. "Depois. Vamos, faça o seu dever agora."

Roxana levou o chá para a mesa de jantar e mandou os dois meninos para a mesa deles. Juntou as roupas que estavam nas cadeiras, para estendê-las mais tarde, depois que Yezad fosse se deitar.

Ele viu os braços dela cheios de roupas molhadas. "Deixe-as aí, eu só preciso de uma cadeira", tentou se desculpar.

Enquanto ele tomava o chá, ela se sentou à mesa com ele e conversou, dizendo que Villie Cardmaster tinha comprado cebolas e sal para ela no *bunya*, aquela manhã. "Você tem razão, ela é realmente bem simpática."

"Peça a ela um palpite para a Matka. Se ganharmos um bolão, vamos poder contratar uma aia do hospital."

"Prefiro morrer de fome antes de jogar, ou de deixar você jogar."

"Calma, eu não estava falando sério." Ele observou as mãos do sogro tentando descansar, mas debatendo-se à altura do peito, como se estivessem batendo nele.

Murad se aproximou e se sentou com eles. "Sabe, Vovô", disse ele, "você deveria tocar bongô."

"E por quê?"

"Pelo jeito como seus dedos se mexem, você deve ser bom no bongô." Ele experimentou praticar sua idéia numa cadeira, fazendo os dedos tremerem como os do avô para ver se produziriam uma boa batida.

"Não seja palhaço", Yezad disse. "Não tem graça nenhuma."

E o fez voltar aos deveres no quarto dos fundos, dizendo-lhe que seguisse o exemplo do irmão menor. Jehangir ouviu a proposta de paz e sorriu para o seu livro.

8

A ansiedade por causa do veredicto iminente fez Nariman acordar com o estômago embrulhado. Tinham se passado três semanas e o Dr. Tarapore devia vir hoje para proferir sua decisão sobre o tornozelo.

Até esse momento, Nariman conseguira, por toda a manhã, segurar-se até todos terminarem o chá ou o café da manhã e partirem para o colégio e para o trabalho. Ele se orgulhava de lhes poupar o mau cheiro, mas o intestino o estava derrubando nesse último dia.

"Me desculpe", sussurrou ele para Roxana, "não ouso segurar mais, senão a imundície vai ser maior."

"Que bobagem, Papai, se você precisa da comadre, você tem que usá-la." Ela se assegurou de que as bordas estavam secas, enquanto ele se virava ligeiramente para um lado de modo que ela pudesse posicioná-la.

Yezad estava quieto até o cheiro começar a inundar o quarto. Ele se sentiu enjoado. Empurrando o prato da sua frente, correu para o quarto dos fundos, e ela o acompanhou.

"Esse fedor na hora do café da manhã", disse ele, sem se preocupar em baixar a voz. "Você não podia esperar mais uns minutos?"

"Eu podia, mas Papai não pôde. Você não notou, em todos esses dias, que nem uma vez sequer ele fez número dois antes de vocês saírem de casa?"

"E por que não foi igual hoje? Ou ele quer me dar uma amostra antes de ir embora?"

"Pare de ser desagradável!" Ela se afastou e foi para o quarto da frente onde os meninos estavam implicando com Nariman.

"Xi, Vovô!", Jehangir disse. "É uma bomba atômica!"

Murad disse que se parecia mais com uma bomba de hidrogênio. Yezad gritou do quarto dos fundos mandando que eles saíssem, não era saudável comerem ali.

"Milhares de pessoas vivem nas sarjetas de Bombaim!", gritou Roxana de volta. "Comendo e dormindo perto de canos e fossas! Esta cidade inteira cheira a esgoto! E você se preocupa com a comadre de Papai! Que idiota que você pode ser!"

"Está vendo, chefe? Ela me chama de idiota por sua causa. É justo?"

"Minha filha chama todo mundo de idiota", observou Nariman com voz macia. "Até a mim."

Jehangir teve medo que outra briga começasse, como a que tinha havido a respeito do vaso do xixi alguns dias atrás. "Sei uma piada nova, Papai", o menino disse. "Posso contar para você?"

"Mais tarde."

"Por favor, Papai, é muito engraçada."

"Está certo", disse ele, mal-humorado.

"Era uma vez, em Viena, alguns turistas foram ao museu Beethoven onde..."

"Essa é velha", Murad zombou. "Todo mundo sabe da história do último movimento de Beethoven. Eu sei uma nova."

"Não quero nenhuma piada suja", a mãe o preveniu.

"Mas a minha não é suja. Escute só: Alguns turistas estavam em Viena no museu Beethoven e..."

"Você está me arremedando!", Jehangir protestou.

"Deixe-me terminar, é completamente diferente, sabe? Então os turistas entraram numa sala onde havia um caixão aberto com um corpo dentro, já apodrecendo e verde, com vermes saindo dele. Era alguém de rosto franzido, com a testa larga e o cabelo desalinhado, exatamente como Beethoven. Perto do caixão havia uma estante de música com o manuscrito da *Quinta Sinfonia*. Os turistas ficaram perturbados e perguntaram ao guia o que estava acontecendo. Ele lhes pediu que tivessem paciência e observassem atentamente a exposição. Então eles esperaram. Não demorou muito, o cadáver estendeu a mão para fora do caixão e apagou um compasso da música. Segundos depois, a mão saiu de novo e apagou outro compasso. Os turistas ficaram chocados e perguntaram ao guia: Esse não é o corpo de Ludwig van Beethoven? Por que ele não está encerrado na terra? O guia disse, Por favor, fiquem calmos *mein damen und herren. Ja*, este é Beethoven, o compositor, *ja*, ele está morto. E agora ele está lentamente se de-compondo."

Todos riram, e Roxana disse que não sabia onde os meninos aprendiam essas coisas. Jehangir teve a impressão de ter sido suplantado por Murad, mas não se importou. Juntos, tinham evitado uma briga entre Mamãe e Papai. No decorrer das graças e implicâncias deles, ela removeu a comadre.

Antes de sair para trabalhar, Yezad parou ao lado da cama de Nariman. "Boa sorte, chefe, quando o Dr. Tarapore vier."

"Obrigado, Yezad."

Roxana esperava, à porta, para beijá-lo. "Me desculpe por ter gritado", disse ele no ouvido dela. "Você sabe como me sinto com cheiros." Ela fechou os olhos enquanto o braço de Yezad a apertava contra si.

"Me faz um favor, Yezdaa? Pede ao barbeiro da esquina que venha aqui agora para fazer a barba em Papai, antes que o médico chegue."

"Claro." Ele começou a descer a escada, e então parou. "Se Jal e Coomy vierem visitar, não deixe que eles intimidem você na frente do médico, não concorde com nada."

"Conhecendo os dois, sei que esqueceram de que o exame é hoje", disse ela, tranqüilizando-o com um beijo fugidio.

Para Jal e Coomy, as três semanas estavam terminando como tinham começado, em disputas e confusão, irritando-se e discutindo, culpados do que tinham feito, e sem forças para corrigi-lo. Estavam com vergonha de visitar a irmã, e não havia brinquedo nem quinquilharia na cristaleira que pudesse distraí-los do tormento em que estavam vivendo.

Mais do que o presente, o futuro preocupava Coomy. Mesmo que o tornozelo de Papai tivesse se recuperado, deixando-o se mexer um pouco, não iria demorar muito para que ele fosse para a cama de novo. O Dr. Tarapore tinha lhes prevenido que o mal de Parkinson iria deixá-lo incapacitado. Os cuidados que essa fase exigiria a apavoravam. Ela e Jal tinham de fato feito um enorme esforço, Coomy achava — de que servia negar as nossas limitações? "E se Roxana tivesse alguma decência, ela ficaria mais um pouco com o pai."

"O quê?", Jal exclamou, descrente. "Naquele apartamento mínimo? Esta é a casa de Papai."

"Não posso recebê-lo de volta, por favor não me obrigue a isso. Não consegui nem encontrar uma empregada que substitua Phoola; varrer e esfregar estão acabando com as minhas costas. Durante dias eu lhe implorei que encontrasse uma saída. Você não me apresentou nem uma sugestão sequer."

O que não era de surpreender, uma vez que Jal queria aceitar o inevitável, trazer Papai para casa. "Coomy, seja razoável. Dissemos três semanas, temos que cumprir com a nossa palavra. Se Roxana pode cuidar dele, nós também podemos."

"Nós? Você foge toda manhã para o bazar das ações. E três semanas não compensam os 15 anos que passei cuidando dele. Se você está se sentindo magnânimo, fique em casa e cuide de Papai. Do contrário, use a cabeça e pense em alguma solução. O tempo está se esgotando, o médico vai hoje."

Mas ele não tinha nenhuma sugestão a dar, quando os dois partiram às seis e meia, e resistiu à irmã em silêncio até chegarem ao Pleasant Villa.

A tarde tinha caído, e o poço da escada estava bastante escuro. Jal tentou localizar o interruptor no vestíbulo. Às cegas, ele foi para o canto errado, onde havia teias de aranha, e recuou, passando as mãos no rosto para afastar os fios. Começaram a subir no escuro.

Ao rodearem o primeiro patamar, as luzes se acenderam. Eles ouviram alguém no lance da escada logo abaixo, subindo de dois em dois degraus. "Estão com pressa, deixe-os passar", Jal sussurrou.

"Subimos primeiro", Coomy respondeu. "Quem quer que seja vai esperar. Você sempre deixa que se aproveitem de você."

❖

Atrás deles, Yezad estava diminuindo a diferença. Como eles se pareciam mais um casal há muito tempo casado, pensou ele, do que irmão e irmã. "Coomy tem razão, Jal", disse ele por cima do corrimão. "Você deve se defender."

"Ah! Yezad!", Coomy exclamou. "Desculpe, não sabia que era você."

"Não precisa se desculpar, vocês têm tanto direito às escadas quanto eu. Então, como vão? Vieram levar Papai para casa?"

Suplantando o pânico com cuidados e preocupação, Coomy disse, "Sentimos saudades dele. Espero que o médico diga que ele está bem agora".

"Ah, ele está bem para três semanas, não está?"

Ela recebeu a flechada sem reagir. Chegaram ao andar de cima e ele usou sua chave, gritando para avisar Roxana, "Oi! Veja quem encontrei na escada!".

Cumprimentos trocados, agrados familiares terminados, encaminharam-se para a cabeceira da cama do padrasto.

"Você está muito melhor do que estava três semanas atrás, Papai", Coomy disse. "Essa estadia lhe fez bem."

"E uma boa barba feita também", Jal disse. "Veja essas bochechas rosadas. Namorando, Papai?"

"Estou, o destino."

"Mas você ainda está na cama", Coomy acrescentou, permanecendo no estilo mais leve. "Achei que o médico poderia tê-lo levado para um passeio-teste."

"E eu achei que vocês tivessem esquecido onde tinham me deixado."

"Como pode dizer uma coisa dessas, Papai? Eu estava exatamente dizendo a Yezad como Jal e eu sentimos saudades suas. Vamos, Roxie, não nos deixe preocupados — o que o médico disse?"

"Para que essa pressa? Relaxem, tomem um chá primeiro", Yezad disse, embora ele mesmo estivesse ansioso para saber. E Jal, sorrindo, aproximou-se da mesa de jantar.

"Eu adoraria, mas estamos com pressa", Coomy disse, antes que o irmão se sentasse. "Temos que ir ao templo do fogo para agradecer a recuperação de Papai."

"Ótimo, eu vou com vocês", Nariman falou, "e depois vamos direto para casa."

"Muito bem", Coomy retrucou, com um sorriso que era um ricto de desânimo. "Quer dizer que o médico lhe deu alta? Já experimentou suas muletas?"

"Ah, Papai, pare de implicar com ela", Roxana interrompeu. Ela gostaria de ter conversado a sós com Yezad primeiro, para repartir com ele a notícia e a explicação do Dr. Tarapore sobre as pílulas para o mal de Parkinson e seu principal ingrediente, a dopa-L, além dos efeitos colaterais. O Dr. Tarapore disse que não precisavam se preocupar, embora pudesse ser desconcertante o fato de que o pai talvez deambulasse confusamente. Para ele, parar o remédio significaria perder totalmente o controle dos membros.

Ela não queria cuspir tudo isso diante de Jal e Coomy, e se aferrou ao tornozelo. "O médico disse que Papai deve esperar até a semana que vem para se levantar. Ele tirou um pouco do gesso hoje, vejam."

Ela levantou o lençol — o gesso, que cobria a perna da coxa para baixo, e o pé todo, tinha sido um pouco reduzido nas duas extremidades. Os dedos e o joelho estavam expostos.

Coomy passou a sentir um certo alívio. "Papai deve estar se sentindo mais confortável."

"Então, o que vai acontecer agora?", Yezad perguntou. "Quero dizer, esta semana."

"O médico quer Papai no Hospital Pársi para fazer uma radiografia dentro de oito dias. Esta semana é por nossa conta."

"Dá licença, é por minha conta", Nariman disse. "E eu quero ir para casa agora."

"Ah, Papai, que falta de sensibilidade", Coomy disse. "Você quer ofender a pobre da Roxie e o Yezad? Esta é sua casa também, não é?" Diante do silêncio, ela continuou. "Você pode voltar conosco agora, Papai. Mas isso significa chamar uma ambulância para levá-lo daqui para o Chateau Felicity, uma outra ambulância na semana que vem para levá-lo ao hospital para a radiografia. E depois uma terceira para levá-lo para casa de novo."

"Não se preocupe, dividiremos as despesas", Yezad disse.

"Não é o dinheiro", protestou ela. "É o risco, a cada vez aqueles *ambulancevalas* desajeitados agarram Papai e o atiram naquela maca deles. Deus que me perdoe, se eles torcerem alguma coisa, imaginem a dor e o sofrimento, e a demora para a recuperação dele."

Todo mundo hesitou enquanto essa previsão soturna pairava no ar. Então, para sua surpresa, Coomy recebeu apoio de uma fonte inesperada.

"Ela está certa, chefe. O senhor devia ficar, são só mais oito dias."

Roxana lançou um olhar de gratidão para o marido, enquanto Coomy procurava não se mostrar aliviada demais. "Tem remédio suficiente para uma semana?", perguntou ela. "Ou devo comprar mais?"

Começaram a contar as pílulas, e uma caiu no chão. Coomy ajoelhou-se para recuperá-la. A protelação que ela queria era mérito seu, pensou, mas o inevitável tinha sido adiado por apenas uma semana.

Na sua caçada à pílula sumida, ela viu o gesso que o Dr. Tarapore tinha tirado. Havia pedaços de gesso numa folha de jornal debaixo da mesinha de chá, fragmentos grandes e pequenos, alguns ainda conservando a curva da perna de Nariman.

E de repente lhe veio a idéia. Ali estava a solução — diante dela, encarando-a.

"Sim, tem remédio suficiente para dez dias", Roxana amunciou, terminando de fazer a conta.

"Bem", Coomy disse. "E Papai vai estar de volta antes de dez dias. Ah, olhe, ali está, debaixo da cadeira."

Ela a apanhou, depois eles se despediram, combinando encontrarem-se no Hospital Pársi dali a uma semana.

❖

"Você não percebe a beleza disso?", perguntou Coomy, uma semana depois, ainda tentando convencer Jal. "Não é espantoso que o gesso da própria perna dele tenha me dado a resposta para o nosso problema?"

"Mas é tão desonesto, tão destrutivo, tão extremo", Jal ainda tentou dissuadi-la.

"Você tem alguma outra idéia? Você está disposto a cuidar da comadre e da higiene dele a partir de amanhã?"

"Mas ele está melhorando."

"Não se deixe enganar. Papai não vai melhorar nunca mais."

"Como é que vamos continuar vivendo com isso na nossa consciência?"

"A gente se acostuma. Tenho certeza de que é mais fácil cuidar da consciência do que de Papai. Para ser honesta, não posso nem pensar na idéia de tê-lo de volta — nesse período de quatro semanas, estive me lembrando de Mamãe e de tudo o mais com mais clareza."

"Também me lembro de Mamãe e da infelicidade dela. Mas não é hora de perdoar?"

"E Mamãe teve tempo de perdoá-lo antes de morrer? É o que eu gostaria de saber!"

"Nunca saberemos ao certo o que aconteceu", Jal falou, cansado.

"Você pode pensar o que quiser — na minha cabeça não há nenhuma dúvida. Você e eu estávamos no quarto quando Mamãe e Papai tiveram a última briga deles. Nós dois ouvimos as palavras de Mamãe antes que ela subisse para o terraço."

Ele suspirou. "Mais o tempo passa, mais eu sinto que não tem nenhum sentido pôr a culpa em alguém — foi só uma grande trapalhada, triste e infeliz. Às vezes a vida é assim."

"Pare de filosofar e faça o que precisa ser feito. Vá procurar Edul Munshi."

"Tudo bem, não precisa gritar, estou indo", Jal disse, e se arrastou penosamente escada abaixo. Ela estava sempre trazendo o passado à tona, achava ele. Não era normal nutrir tanta raiva 30 anos depois. E agora ela estava usando o passado para justificar o fato de querer afastar Papai, por ser incapaz de dominar seu nojo pelos serviços que um fedorento quarto de doente exigia. Como ele. Se ao menos o preço de algumas ações subisse, eles poderiam contratar uma aia do hospital, solucionar o problema pacificamente... em vez de recorrer a esse plano maluco dela...

Jal se preparou para encontrar Edul Munshi e encetar o assunto. Ele pensou na mulher de Edul — a pobre Manizeh, ele sabia que ela se arrependeu do dia em que Edul parou numa banca de livros de segunda mão e, entre os livros e revistas espalhados na calçada, descobriu um periódico americano dedicado ao faz-tudo amador. Edul ainda contava às pessoas como ele descobrira a sua vocação, e pregava as virtudes da habilidade manual a quem quisesse ouvir.

"Sabe por que a América do Norte é um grande país? Porque eles acreditam na arte do faz-tudo. E nós somos pobres e atrasados porque não acreditamos. Agora compreendo o que Gandhiji queria dizer quando ele ensinava o *svalumban*. Com a sua doutrina da autoconfiança, o Mahatmaji foi o primeiro indiano faz-tudo. A visão dele é verdadeira, 'faça-você-mesmo' é a única atitude capaz de salvar o país."

Edul havia embarcado nessa nova trilha, e aprendeu o jeito que o faz-tudo tem de personificar as ferramentas com que trabalha. Ele chegava até a ter sua própria música, cantada ao som de *Candyman*: "O faz-tudo pode porque conserta com amor e tudo funciona muito bem."

Chegando ao apartamento de Munshi, Jal parou à porta, com sua placa identificadora torta, e tocou a campainha. Como Edul a consertara, o botão tinha que ser apertado mais de um jeito, mais de outro, com insistência, antes que ela respondesse com um tilintar desagradável.

Manizeh abriu a porta. "Edu! O Jal lá de cima está aqui!"

Jal esperou, apresentando-se com um sorriso pleno de simpatia. De início, Manizeh tinha gostado muito do *hobby* do marido, gabando-se das maravilhosas ferramentas e engenhocas dele para os moradores do prédio. As coisas que elas podiam fazer deixavam a pessoa boquiaberta, contava ela aos vizinhos. Mas à medida que o tempo passava, ela via a devastação que esses mesmos instrumentos podiam causar.

O primeiro projeto de Edul tinha sido a instalação de prateleiras de madeira na cozinha. Após dias de trabalho, durante os quais todo mundo, até a empregada, acompanhava espantado, Edul proclamou, usando o que ele imaginava ser um sotaque americano, "O.k., Manizeh, esses nenéns estão prontos. Carga neles!".

Ela pôs três latas, uma em cada prateleira, e afastou-se para admirar o efeito. Segundos depois, as prateleiras caíram no chão com estrondo.

Edul ficou mortificado. Como era possível que suas ferramentas caras e brilhantes o traíssem? Ele pegou os parafusos e as mãos-francesas dentre os escombros, limpou a poeira de gesso que os cobria e os examinou com uma raiva espantada.

Seu coração partido recuperou-se em poucos dias, e ele pôs mãos à obra de novo, tendo as prateleiras se mantido firmes dessa vez. Mas havia buracos no gesso da parede. E o remendo feito por ele deixou a superfície desigual como a parede de uma caverna numa montanha. Manizeh lhe assegurou que estava ótimo, que, no caso de uma decoração moderna, os decoradores recomendavam paredes texturizadas.

Em seguida, Edul se pôs a consertar uma torneira que pingava e transformou o vazamento numa inundação. Lutando toda a manhã de domingo, ele realmente mudou a arruela, chamando-a de porca escorregadia. Mas, para se abrir e fechar a torneira, precisava-se empregar a força plena das duas mãos.

Depois de uma série de pequenos serviços que vieram a se converter em desastres cada vez maiores, Manizeh passou a controlar o *hobby* do marido. As regras eram claras: todos os projetos de Edul tinham que ser submetidos à aprovação prévia de sua mulher.

Invariavelmente ambiciosos demais, esses projetos eram sempre recusados. Os sonhos dele de instalar um novo piso, de executar uma reforma num banheiro, de construir armários embutidos, ficavam à beira do caminho. Uma vez ou outra, quando ela estava certa de que a obra não deixaria um rastro de ruínas, ele tinha permissão de se empenhar em algo modesto como, por exemplo, pendurar um quadro.

Para trabalhos de maior importância, Edul tinha que satisfazer seus anseios longe de casa. Freqüentemente, ele tentava convencer as pessoas de levarem suas ferramentas emprestadas, que iam acompanhadas dos seus serviços. Infelizmente, a maioria dos amigos e vizinhos de Edul veio a se dar conta do custo oculto do empréstimo, e não se mostrava inclinada a pagar por isso.

Mas Jal mantinha-se otimista enquanto esperava que Edul aparecesse. Pedir um simples martelo não poderia causar muita confusão, pensava ele.

"Como vai, Edul?"

"Esplêndido, Jal. Você?"

"Bem. A campainha não funciona?"

Edul experimentou tocá-la, pressionando o botão de um jeito e de outro até que um breve contato produzisse o tilintar desagradável. Manizeh fez uma careta.

"Só precisa de mais alguns ajustes", ele a tranqüilizou.

Sabendo que Jal queria um martelo emprestado, Edul começou a salivar. "Diga-me o que está fazendo. A ferramenta certa para cada serviço — esse é o lema do faz-tudo. Tenho três tipos de martelo: de orelha, de pena, de pedreiro."

"Meu Deus, Edul, você está realmente bem equipado."

"Algumas ferramentas básicas", disse ele com modéstia. "Não é a quantidade, mas a habilidade com que as usamos. Então, qual é o serviço?"

Jal hesitou. A mentira que usasse não deveria ser interessante demais senão Edul avançaria imediatamente. "Sapatos."

"Sapatos?"

"É, estão com uns pregos salientes nos calcanhares."

"Claro. Entre. Martelamos e os metemos para dentro."

"Estes, não; os do meu outro par. Estão lá em casa. Os de Coomy também, estamos os dois com problemas de calcanhar."

"Tudo bem, vou com você."

"E vai manusear meus sapatos sujos?", Jal disse. "Não posso lhe fazer uma afronta dessas."

"Jal, meu filho, não se preocupe, nós, os faz-tudo, estamos acostumados com todo tipo de sujeira."

Jal tinha que pensar rápido ou logo estaria subindo a escada com o faz-tudo a reboque. "Posso ser franco, Edul? Vamos precisar da sua ajuda mais tarde — um serviço mais difícil. Então deixe que eu me encarrego deste sozinho, senão Coomy vai achar que abusou dos seus préstimos e não vai lhe pedir esse outro favor."

Os olhos de Edul ficaram maiores. "E que serviço tão difícil é esse?"

"Uma janela." Uma opção bastante segura, pensou Jal. Haveria pelo menos uma janela com defeito se ele acabasse pedindo para examiná-la. Então ele decidiu que deveria ir embora nesse momento, o cara estava bastante instigado. "Posso levar o martelo?"

"Claro. Este é o adequado para o seu serviço." Ele mostrou a Jal como usar as orelhas para arrancar os pregos. "É sempre melhor jogar os velhos pestes fora e pôr novos. Leve também meu alicate, se as orelhas não segurarem o prego. E este calço de ferro deve se ajustar dentro do sapato, como uma fôrma."

Assim, bem equipado, Jal subiu a escada até seu apartamento. Tinha sido relativamente fácil. E Edul lhe pareceu compreensivo. Talvez as pessoas se queixassem demais das imperfeições dele; o exagero era afinal uma tendência humana.

Ele remexeu no seu aparelho de audição, fingindo não escutar Coomy ralhando com ele por ter demorado tanto na conversa com Edul. Ele a acompanhou até o quarto do padrasto, onde ela pôs um banco alto em cima da cama e lhe pediu que subisse nele.

"Ele balança."

"Eu o seguro."

Ele tornou a hesitar. "Que bagunça nós vamos fazer! Não seria melhor cobrir os móveis, as coisas bonitas de Papai?"

"Pelo menos uma vez, use a cabeça. Uma bagunça é exatamente do que precisamos."

Jal pôs um pé no banco, depois o outro, e ficou agachado até ter certeza de que tinha equilíbrio. "Pronto?", perguntou.

Ela estava segurando as pernas do banco. "Sim, pronto."

"Vou ficar em pé agora."

"Posso aplaudir?"

"Segura bem esse banco!" Ele ficou de pé, e se firmou, verificando se podia tocar o teto. Podia. Descansou as pontas dos dedos da mão esquerda na superfície lisa e imediatamente se sentiu mais estável.

"Vamos, comece."

Suspirando, Jal brandiu o martelo. Este aterrissou com um baque meio surdo, fazendo chover pedacinhos de gesso na cama e no cabelo de Coomy. "Acabei de pensar numa coisa — e se alguém ouve o barulho?"

"Quem, os corvos? Acima de nós, só tem o telhado."

Ele continuou, fazendo buracos e rachaduras no teto. Algumas partes esboroavam-se prontamente, outras resistiam. Ele parou um pouco para descansar o ombro, e mudou-se para locais que estavam menos danificados, seguindo a orientação dela.

"Não basta?"

"Continue. O Dr. Tarapore tirou mais gesso da perna de Papai."

Afinal, ela lhe pediu que descesse e opinasse. "Parece genuíno?"

De baixo, o teto parecia em pior estado do que quando o rosto dele estava próximo. Sentiu-se enjoado ao examinar a destruição, e fez que sim com a cabeça.

"Ótimo, podemos ir para o outro lado."

O banco foi posto em cima da cômoda, Jal subiu nele, e fez o que lhe mandavam. Do quarto de Nariman foram para o antigo quarto de Roxana, depois para o de cada um deles.

O teto do quarto da mãe deles permaneceu intacto. Jal quis saber se isso não seria motivo de suspeitas. Coomy respondeu que não, porque todo mundo sabia que os caminhos da obra de Deus são misteriosos. Ela foi ao banheiro buscar um balde d'água e uma caneca.

"Será necessário?", ele perguntou. "Já está parecendo de verdade."

"Tem que haver marcas d'água. E se Yezad quiser checar o estrago? Todo detalhe da nossa história tem que parecer autêntico." Ela passou a jogar água na direção do teto, mas em vez de atingir o alvo, a maior parte respingou nela. "Você vai ter que subir no banco outra vez."

Jal ensopou as partes danificadas, sendo pródigo no gasto com a água como ela sugeriu: se os móveis e o chão se molhassem, pareceria mais natural.

Então chegou a hora de se lavar, tirar o gesso dos cabelos, e ensaiar o que fariam, amanhã, no Hospital Pársi, ao dar a notícia desse desastre.

O Dr. Tarapore deu um sorriso de satisfação ao ver a radiografia; os ossos tinham se solidificado bem. "Notável, Professor, na sua idade, e com osteoporose."

Instruiu Nariman a respeito de exercícios simples que ele deveria fazer sentado: mexer os dedos dos pés, flexionar o pé, e, com este bem plantado no chão, erguer o calcanhar. A caminhada estaria restrita a alguns passos por dia, de muletas, durante as próximas quatro semanas. "Andar, meu caro Professor", disse ele, "não é o meio adequado para levá-lo de um ponto A a um ponto B. Se o senhor tem dificuldade com as muletas, fique na cama. Mas não descuide dos exercícios."

Roxana gostaria de que Coomy estivesse ali para ouvir o que o médico disse, ela se preocupava com o fato de Papai querer se esforçar mais do que deveria, assim que fosse para casa. Então ele foi rumo ao gesseiro, numa cadeira de rodas.

"Que prazer em conhecer a filha menor do Professor Vakeel", o senhor Rangarajan disse, ao cumprimentar Roxana com um aperto de mão. "E a senhora está seguindo os passos de seu estimado pai, como alguém que é educador e amplia idéias?"

Ela balançou a cabeça. "Sou apenas uma dona-de-casa."

"Apenas?", o senhor Rangarajan estava pasmo. "O que está dizendo, cara senhora? A profissão do lar é uma vocação importantíssima, que requer inúmeros talentos. Sem a dona de casa não existe o lar; sem o lar, não há família. E sem a família, nada mais importa, tudo desmorona, de cima a baixo, ou mergulha no caos. O que é basicamente a doença do Ocidente. O senhor não concorda, Professor Vakeel?"

"Não acho que eles tenham o monopólio da situação", Nariman disse. "Também trabalhamos muito bem por aqui quanto a produzir famílias miseráveis."

O senhor Rangarajan riu. A maneira de o senhor Rangarajan amarrar a atadura protetora chamou a atenção de Roxana. "Faz-se basicamente um número oito. Por favor, veja a tensão que estou empregando."

Enquanto Roxana estava observando a técnica, Jal e Coomy chegaram, com movimentos e expressões esbaforidos, como se tivessem percorrido grandes distâncias sob condições inclementes. “Que alívio encontrá-lo, Papai. Perguntamos pelo Dr. Tarapore, mas a recepcionista disse que vocês já tinham saído.”

“O que aconteceu?”, Roxana perguntou.

“Muita coisa”, sussurrou Coomy. “Já, já eu vou lhe contar.”

“Agora que estão todos reunidos”, o senhor Rangarajan anunciou, “vou começar a colocação da atadura desde o início.”

“Eu queria saber quanto tempo esse *gadhayro* vai levar nisso”, Coomy disse em guzerate.

Constrangido, Nariman interveio, “Não devemos ocupá-lo mais, senhor Rangarajan, os seus outros pacientes estão esperando. Muito obrigado por sua ajuda”.

“Mas não é nenhum trabalho...”

“Obrigada, até logo”, Coomy disse.

Por um momento, o senhor Rangarajan deu a impressão de estar ofendido. Mas ele recuperou a pose, desejou uma pronta recuperação ao professor e saiu.

Eles empurraram a cadeira de rodas de Nariman para o corredor e a estacionaram junto a um banco perto da janela. “Você não vai acreditar o azar que tivemos”, Jal disse, “quando lhe contarmos o que aconteceu ontem à noite.”

“A grande caixa d'água do terraço se rompeu”, Coomy disse, “e o teto veio abaixo.” Ela descreveu o estrondo que os acordara, e depois os pedaços de gesso que caíram nas cabeças deles, o que foi uma sorte, porque puderam dar o fora antes que a água ensopasse mais e começassem a cair pedaços maiores.

“Alguns eram do tamanho de bolas de futebol. Tenho que dizer, Papai, Deus está zelando por você. Se você estivesse na sua cama ontem à noite, um grande naco de gesso poderia ter rachado a sua cabeça. Talvez o seu tornozelo quebrado e a mudança para o Pleasant Villa tenham sido o caminho utilizado por Deus para protegê-lo.”

“Por sorte, não havia muita água”, Jal disse, intranqüilo por ter chamado Deus para um papel secundário na peça fraudulenta deles. “A caixa só tinha água até a metade.”

“Nós dois passamos para o quarto de Mamãe”, Coomy acrescentou. “Ficou intocado. O único lugar seguro.”

“Estranho”, Nariman disse. “Fica exatamente do lado do de vocês.”

“Sabe-se lá por quê”, Jal continuou. “Talvez haja um desnivelamento no piso do terraço e a água não pudesse chegar lá. Ou o teto de Mamãe seja mais forte.”

“Os caminhos de Deus são misteriosos”, declarou Coomy.

Nariman disse que não havia necessidade de perder tempo com discussões teológicas — o melhor era ir para casa, fazer com que tudo voltasse ao normal, um teto arrebentado não o incomodava.

Um coro de desaprovação declarou a idéia absurda: haveria problemas estruturais, alguma outra coisa poderia desabar; além disso, Jal e Coomy estavam perfeitamente sadios, poderiam correr ao menor sinal de desabamento, mas Papai ficaria preso.

"Estou disposto a correr o risco", Nariman disse.

Por fim, Roxana convenceu o pai a voltar para passar mais alguns dias no Pleasant Villa, enquanto a magnitude do estrago fosse avaliada. Coomy prometeu mandar a pensão de Papai para ajudar nas despesas relativas a ele.

"Detesto fazer você e Yezad passar por mais dificuldades", Nariman disse.

"Deixe de bobagem, Papai, não é culpa sua", Roxana disse.

"Um ato de Deus não é culpa de ninguém", Coomy disse.

Enquanto partiam a caminho da ambulância, Jal empurrando a cadeira de rodas, Nariman observou que Coomy estava se acostumando com o mau hábito de atribuir a Deus uma carga excessiva de responsabilidade: "O que não é bom nem para Deus nem para nós."

⁘

À noite, Yezad ouviu a notícia do teto sem nenhuma emoção. Ele pressentira que Jal e Coomy não levariam o chefe para casa hoje.

Roxana afirmou solenemente que eles certamente não eram responsáveis pela caixa d'água. "Como disse Coomy, foi um ato de Deus."

"Pois é, e o ato Dele é principalmente benéfico para ela, não é mesmo? Devem ser todas as idas de Coomy ao templo do fogo e suas oferendas de sândalo. Eu talvez também pudesse ter alguma influência se fosse lá com mais freqüência."

"Seria tão bom, Yezdaa", disse ela ansiosamente. "E você poderia levar os meninos juntos, acender uma..."

"Eu estava só fazendo graça", ele a interrompeu, e ela se entristeceu.

Eles ajudaram Nariman a se levantar, as muletas foram postas no lugar, e, com a ajuda de Yezad, ele deu os primeiros passos. Lentamente, eles percorreram o metro e pouco que havia entre o sofá-bicama e a cadeira. Ele se sentou, estremecendo pelo esforço feito, e os meninos aplaudiram.

"Um passinho para o pé do Vovô, um salto gigantesco para o Vovô", Murad disse.

"Exatamente", disse ele, ofegante.

"Então, que tal, chefe?"

"Tudo bem."

"Alguma dor?", Roxana perguntou, tendo visto o estremecimento dele.

"Um pouco. Mas já era esperado." Ele permaneceu na cadeira até a hora de jantar, quando então o empurraram mais para perto da mesa para que ele pudesse comer com eles.

Roxana tinha feito *dhandar-paatiyo* para comemorar os primeiros passos do pai, embora a tivesse aborrecido fazê-lo sem peixe. Por uns dois pequenos pampos, o *machhivala* pedira 130 rupias. Até 90 ela teria conseguido chegar, restringindo outras coisas, mas o patife não arredou pé — por que motivo ele o faria, as pessoas faziam fila para comprar ao preço dele, com a riqueza obscena que havia em Bombaim hoje em dia. Então aí estava, um *dhandar-paatiyo* sem peixe, uma comemoração incompleta. Ela começou a arrumar a mesa.

"Noto que você nunca usa a louça boa de minha mãe que eu lhe dei no seu casamento", o pai disse a Roxana.

"Naturalmente, Papai, são tão preciosos, tão antigos e delicados."

"E isso é motivo para deixá-los trancados? Eu sou antigo e delicado, e Jal e Coomy queriam me manter trancado. Você não pode viver assim. Use os pratos."

"Como poderei um dia repor algo tão valioso se isso se quebrar?"

"Seres humanos se quebram, e você também não pode substituí-los. Os pratos são mais importantes? Tudo o que se pode fazer é desfrutar as lembranças."

"Esse é o meu filósofo", Yezad disse. "É isso aí, chefe."

"Não estimule Papai. Vir com essas palavras de mau augúrio quando estamos comemorando a recuperação dele!"

"De mau augúrio, não", o pai dela falou gentilmente. "Só há um jeito de derrotar o sofrimento e a tristeza da vida — com riso e regozijo. Tire do armário a louça fina, vista as suas boas roupas, não há razão para guardá-las. Onde está o vaso de vidro lapidado e a tigela rosa do seu casamento? A pastora de porcelana com o seu carneiro? Tire todos eles do armário, Roxana, e os usufrua."

"Você está dizendo bobagem, Papai. Como no seu aniversário — fazendo Coomy trabalhar dobrado com os seus pedidos."

A lembrança apagou o sorriso do rosto de Nariman. Quanto tempo parecia ter se passado desde aquela noite de dois meses atrás. Quando ele ainda podia ficar de pé, vestir-se sozinho, ir ao banheiro, sair para dar uma volta. Antes da sua queda, antes do pesadelo vivido junto com Coomy, Jal e a cadeira sanitária, dos dias de cama com seu corpo malcheiroso, apavorado e trêmulo.

Roxana se arrependeu imediatamente das suas palavras; era doloroso observar o efeito delas no pai, e ela olhou para Yezad em busca de ajuda. Ele se mexeu, desajeitadamente, na cadeira.

Então Jehangir pigarreou como um adulto que está prestes a proferir uma declaração importante: "Seja como for, a louça fina está programada."

Nariman riu, e Yezad disse que já era tempo desse papagaiozinho marrom aprender expressões novas com o Vovô. Murad fingiu treiná-lo: Jehangoo queridinho, Jehangoo bonitinho. Então a louça fina foi retirada da parte de baixo do armário de Yezad, a tigela rosa passou a ocupar um lugar no centro da mesa de jantar, e, para a pastora de porcelana pastorear, foi designada a mesinha de chá.

Durante o jantar, os pensamentos de Yezad continuavam a se voltar para os dias à frente. O estresse da manhã, o excesso de gente, o fedor do quarto da frente — tudo isso continuaria. E prover a subsistência de mais uma pessoa, quando cada rupia contava no orçamento, significava uma queda de 20 por cento nos envelopes de alimentação preparados por Roxana. Sem falar em coisas como sabonete e roupa lavada e *dhobi*.

"Quanto à sua pensão, chefe", Yezad disse. "Quanto sobra depois de comprados os remédios para um mês?"

"Para ser sincero, não sei. Coomy dirige a casa. Já há muito tempo eu lhe dei poderes de procuradora para gerir a minha conta."

"E em relação aos tetos? Eu devia dar uma olhada, avaliar o estrago."

"No que se refere a mim", Nariman disse, "o estrago é irrelevante. Gesso arrancado não é nenhuma calamidade."

Yezad fez que sim; expressar suas preocupações com dinheiro agora não ajudaria nada, melhor manter uma atitude calma e paciente para o bem de Roxana. "Podemos nos arranjar por mais uma semana e pouco."

Quando o remédio acabou e Roxana foi comprar o estoque seguinte, ela descobriu que o que Coomy lhe dera como pensão do pai não cobria nem sequer o custo das pílulas. Alguma coisa devia estar errada, pensou, talvez Coomy tivesse mandado apenas uma parte do total.

Para pagar a conta do farmacêutico, ela teve de inteirar a diferença com o dinheiro da casa. Em compensação, comprou pão, mas manteiga não, e comprou uma lata pequena de óleo de cozinha ao invés da grande. Chá, açúcar, arroz podiam esperar até a semana seguinte. E não haveria carne no jantar, só couve-flor com batatas.

Ela pôs os vidros de remédio do lado da mesa próxima ao pai. Ele perguntou se o dinheiro tinha sido suficiente, e ela fez que sim, convencida de que Coomy e Jal logo apareceriam levando o restante. E também para Yezad, quando este perguntou durante o jantar, ela respondeu "Por enquanto, tudo bem".

Nos dias que se seguiram, as frugalidades de Roxana começaram a chamar a atenção. No café da manhã, Murad resmungou, dizendo que não tinha manteiga na sua torrada, e Jehangir reclamou de que o chá estava amargo, de que era preciso mais açúcar.

Yezad não gostou dessa perturbação. "Meninos, vocês estão muito mimados. Sejam gratos por pelo menos terem torrada para comer e chá para tomar. Sabem quantos milhões de pessoas no mundo ficariam felizes de ter o que vocês têm?"

Perto do fim da semana, foi ficando cada vez mais difícil para Nariman ocultar a dor no tornozelo quando ficava de pé com suas muletas. Ele não dissera nada porque os três passinhos que tinha dado ajudaram muito a manter a esperança de todos.

Então, uma noite, quando tentou ficar em pé, a dor no tornozelo o fez gritar, as muletas escorregaram, e ele caiu sentado na bicama.

Jogando longe o jornal, Yezad correu para acudi-lo. Roxana veio correndo da cozinha. Uma vez constatado que ele estava bem, eles o interrogaram a respeito do grito. Ele tentou dissimular, dizendo ter sido uma pontada súbita, mas ela percebeu e lhe arrancou o segredo.

"Aquele desgraçado do Tarapore", Yezad disse. "Aquele médico de meia-tigela estava com pressa."

Nariman balançou a cabeça. "Sejamos justos; todos nós ficamos aliviados quando ele disse que eu podia me levantar."

"Não o defenda, chefe. Se este país fosse a América, nós poderíamos ganhar milhões num processo contra ele."

Mas o Dr. Tarapore foi devidamente consultado outra vez, e foi bastante acessível em relação ao contratempo. A radiografia não mentira, as fraturas tinham se consolidado, mas a deficiência de cálcio e os ossos porosos causaram a reabertura de minúsculas fraturas.

O regime de tratamento na cama voltou a vigorar com força total.

Pelo menos uma vez por dia Roxana se sentava para despejar o conteúdo de seus envelopes, e então refletir se deveria transferir algumas rupias de um onde se lia Leite & Chá para outro chamado de Manteiga & Pão, ou do da Carne para o do Arroz & Açúcar. Jehangir sentou-se ao lado dela, perguntando o preço de um naco de manteiga Amul, um pacote de chá, um quilo de carne de carneiro, enquanto fazia a soma de cabeça e dava sugestões.

Afogada na ansiedade, ela discutia a administração das finanças com ele até perceber o que estava fazendo. "Chega, Jehangoo, você não tem que se preocupar com dinheiro. O Papai e eu podemos cuidar disso."

"Está bem", começou ele a dizer, "mas Papai vai...", e embora ele não terminasse a frase, ela compreendeu o temor do filho.

Passaram-se 15 dias desde que os tetos vieram abaixo. Jal e Coomy sumiram, e Yezad se recusava a procurá-los, dizendo que não queria receber nenhum favor daqueles dois.

"Posso dar uma sugestão?", Nariman insistiu. "As discussões entre você e Roxana não vão solucionar o problema. Apesar do pagamento da pensão, o dinheiro não deu para cobrir minhas despesas. Portanto, minhas instruções são no sentido de que se faça uma retirada da minha poupança. É o meu dinheiro, o que ganhei com o suor do meu rosto. É simples assim. Em resumo, não se trata de uma questão de favores."

"Sinto-me constrangido", Yezad disse, "de anunciar que fomos apanhar o dinheiro de Papai. Se eles tivessem alguma compostura, os dois teriam vindo trazê-lo aqui."

"Tenho uma idéia", Jehangir disse. "Você pode dizer que foi lá para pegar a bengala do Vovô, a que nós lhe demos no aniversário."

Yezad deu uma risadinha, afagou o ombro do filho, e disse que era exatamente isso o que fariam.

9

Yezad e Roxana atravessaram o entulho que cobria o chão da sala de estar, pisando cautelosamente nos pedaços de reboco. Jal se apressou em tirar o pó do reboco de cima de duas poltronas. Depois, deu uns socos nas almofadas e tossiu devido à poeira levantada.

Coomy entrou na sala, esmagando ruidosamente os fragmentos no chão. Jal começou a limpar uma terceira cadeira, mas ela lhe tocou o cotovelo para mostrar que ficaria de pé. Então ele também permaneceu de pé, atrás da irmã, enquanto esta resmungava, dizendo que o sol tinha se posto, que as brasas para o *loban* estavam acesas e que ela estava justamente se preparando para rezar o Aiwisruthrem Geh.

"Desculpem-nos", Yezad disse, "não tínhamos nenhuma intenção de furar a fila entre vocês e Deus."

"Não faça troça de assuntos sagrados", Roxana disse, enquanto Jal dava risadinhas. Ela explicou o motivo da vinda, o que fez a cabeça de Coomy se sacudir de exasperação.

"Que audácia a do Papai. Até quando vocês vão condescender com as bobagens dele? Lembram-se do jantar do aniversário dele e da minha predição? Todos riram de mim. Agora devem estar achando que sou profetisa."

Ela foi ao quarto do padrasto e apanhou o presente de aniversário. "Ele mal se sustenta nas muletas e já está pedindo a bengala. Que maluquice."

Yezad mudou para o assunto mais importante. "E esses tetos, Jal? Achei que já estariam consertados."

"Mandamos uma pessoa verificar", Coomy respondeu pelo irmão. "Queriam um preço alto demais."

"E o proprietário?"

"Ah! Teríamos que ir aos tribunais se quiséssemos que ele fizesse o conserto. E Papai não tem os 20 anos que o processo levaria. Seja lá como for, já chamamos outro empreiteiro."

"Outro?", Yezad tentava manter o bom humor. "Já temos dois no nosso meio — Jal Contractor e Coomy Contractor."

Jal achou graça nessa observação, mas ele seguiu o exemplo da severidade inflexível de Coomy.

"Aliás", Roxana disse, "eu comprei os remédios de Papai. O dinheiro não foi suficiente."

"Eu sei disso", Coomy disse. "Eu costumava comprá-los todo mês."

Roxana esperou que ela continuasse. Mas não houve mais nada. "Vocês poderiam... poderiam me dar o restante da pensão?"

Coomy deu um risinho. "Já foi dado. Era tudo o que tinha."

"Você tem certeza?", perguntou Yezad.

"O que é que você está querendo dizer? Que estou roubando Papai?" Ela saiu correndo da sala e voltou com um talão de cheques.

"Ah, Coomy", Roxana disse, "ele não precisa vê-lo. Foi só uma expressão que revela a surpresa dele."

"Me pareceu uma expressão insultuosa dirigida a mim!" Ela jogou o talão no colo dele.

"Não, Coomy, por favor não o tome dessa forma", Roxana tentou de novo. "Como você sabe, é muito difícil cuidar de Papai — as despesas."

"O trabalho também", Yezad disse. "Não seja tão modesta." Ele se virou para Jal, "É um trabalho e tanto. A exaustão dela no fim do dia me deixa preocupado."

"Lembra-se da Arjanis do térreo?", Coomy disse. "Contratou um enfermeiro de tempo integral para o pai deles, e ele teve escaras. Roxie fica tão satisfeita de cuidar do pai idoso! Pergunte a ela, se você não confia em mim."

"Fico, sim", Roxana concordou. "Se pelo menos a pensão dele cobrisse a despesa com os remédios, eu poderia dar um jeito no resto. O governo deveria ter vergonha do que faz, da quantia que paga."

"Se o governo tivesse alguma noção de vergonha, uma quantidade de problemas desapareceria", Jal disse.

"Pois é", Roxana disse. "Então, vocês podem me dar a diferença tirando da poupança de Papai?"

Coomy apresentou seu risinho de novo. "Não existe tal coisa."

"Mas Papai disse que o dinheiro dos depósitos a prazo fixo..."

"Os miolos de Papai estão moles como uma manga em conserva. Vocês ouvem o *bakbakaat* dele, e depois vêm me acusar? Eu gostaria de saber se os miolos de vocês estão firmes."

Roxana olhou para Jal para ver se ele se pronunciaria; Jal estava de novo mexendo no aparelho de audição. "Podem me insultar se quiserem", disse ela. "Mas por Papai mostrem um pouco mais de respeito. Agora ele está sendo um problema, mas depois que seu pai morreu, vocês foram alimentados e vestidos graças a ele."

"E demos graças a ele, também, por ter matado minha mãe."

"Não digam bobagem! E ela também foi minha mãe!"

"E minha", Jal acrescentou, com uma voz que implorava paz.

"É, é, nossa irmãzinha sabe disso", Coomy disse. "O que ela não sabe é que todo mês nós inteirávamos a diferença para cobrir a despesa com os remédios de Papai, a comida, as roupas, o *dhobi*, tudo. Nós mais do que o pagamos. Nós o subsidiamos esses anos todos. Pela bondade dos nossos corações, Jal e eu cuidamos dele. Não foi para receber elogio ou agradecimento de ninguém."

"Nem porque vocês moram na casa dele e irão herdá-la", Yezad disse, enquanto os olhos de Roxana lançavam um lampejo de reprovação.

"Ah, o Dr. Inteligente acha que sabe tudo", Coomy acrescentou. "Vindo aqui com o seu 'você tem certeza' e 'o restante do dinheiro' e o sei lá mais o quê. Deixe-me lhe dizer a respeito desta casa, Roxie, agora que o seu marido..."

"Por favor, não vamos brigar", Jal disse.

"Não interrompa! Ele começou, e agora vai ouvir a verdade! Você sabe o que ocorreu há 15 anos, quando Papai comprou o seu apartamento para vocês? Pois é, ele foi ao proprietário do Chateau Felicity e pôs este apartamento no nome de Jal e no meu." Ela examinou os rostos assombrados deles com um ar de triunfo.

"Que tolo", Yezad resmungou.

"Você ouviu isso?", Coomy empolgou-se. "Este ingrato chamou Papai de tolo."

"Ouvi", Roxana disse. "E mesmo quando Yezad o chama de tolo, há mais afeto nisso do que em todas as suas expressões de preocupação."

"Continue, defenda-o! Faça o que você quiser! Mas não me dite regras na minha casa! Pois é isso o que é, realmente, minha e de Jal. E iremos consertar o teto como nos convier, a menos que vocês tenham dinheiro para pagar o conserto. Papai voltará quando quisermos que ele volte."

"Então é assim?", Yezad disse com voz branda. "Vocês o estão chutando do próprio apartamento dele?"

"Não torça minhas palavras! Ninguém o chutou daqui para fora, o Dr. Tarapore disse que a depressão dele precisava..."

"Já sabemos disso", Yezad disse, agarrando a bengala e se levantando. "Então o que vamos dizer ao chefe?"

"Por favor, digam-lhe", Jal disse, "que mandaremos consertar o teto assim que possível, para que ele possa voltar."

Uma vez que a raiva do seu irmão era algo raro, Coomy passou um certo tempo observando-o em silêncio. Era como se a ordem da natureza tivesse sido, afinal, rompida.

"Qual era a intenção?", berrou ele, dando passadas furiosas de um lado para o outro da sala. "Por que você me obrigou a pegar o martelo de Edul? Por que destruiu os tetos? Você poderia ter lhes dito, semanas atrás, que estávamos chutando Papai daqui!"

"Eu queria que Papai se afastasse, mas civilizadamente", disse ela tranqüilamente. "Sem brigar ou estragar as relações familiares."

"Por que você se incomodaria? A família não tem importância para você! Você continua cuidando da sua amargura em vez de cuidar de Papai. Venho lhe implorando há 30 anos que deixe disso, que perdoe, que procure a paz."

Ele recomeçou a andar, levantando os braços para o teto, sacudindo-os num grande desespero. "Olhe à sua volta, olhe o que você conseguiu."

Ela olhou, com esperança de acalmá-lo ao atender o seu pedido, e viu poeira e reboco por todo lado. Levantou os olhos e viu o teto mutilado. Ela estremeceu. Pela primeira vez desde as batidas do martelo, sentiu o coração deprimido.

"Não se vire! Você disse que queria a destruição, então regale-se! Feliz? A casa destroçada, e as relações com nossa única irmã destroçadas!"

Então a voz dele perdeu sua agudeza histérica, de repente atenuada pela tristeza. Exausto, ele afundou numa cadeira e cobriu o rosto.

Ela também se sentou, observando-o, pensando em tudo o que ele dissera, pensando em Roxana... a bonequinha deles... em como a tinham amado quando ela nasceu, como eram loucos por ela, carregando-a por todo lado, levando-a aonde quer que fossem, Marine Drive, cinema, Hanging Gardens... e como ela os adorava, naqueles anos da infância...

O que restou agora de todo aquele amor? A exaustão também a inundou e lágrimas brotaram em seus olhos.

Ouvindo-a fungar, Jal levantou o rosto das mãos que o cobriam. "O que está acontecendo?"

"Nada." Então ela começou a chorar. Ninguém ligava para os sentimentos dela, sussurrou Coomy, as coisas desagradáveis que lhe disseram, e Yezad acusando-a de roubar Papai, depois de tudo o que ela fizera por Papai, durante tantos anos...

Yezad apoiou a bengala no canto perto da bicama e perguntou a Nariman sobre as finanças dele. Foram perguntas simples e diretas, mas Nariman pareceu confuso, mostrando-se incapaz de fornecer alguma informação útil.

"O que o senhor estava dizendo sobre sua poupança?"

"Não consigo me lembrar."

"Segundo Coomy, o senhor não tem dinheiro nenhum. Nem casa."

O jeito rude de Yezad falar afligiu Roxana. "Não se preocupe, Papai, você sabe como ele fala, às vezes, grosseiramente."

"Quanto a mim, basta de ouvir os insultos dela", Yezad disse. "Nunca mais voltaremos lá. A menos que ela peça desculpas. Eu a proíbo de visitá-los."

"O que significa também castigar o pobre do Jal", alegou Roxana. "Ele nunca nos dirigiu nem uma única palavra rude."

"Se ele mexesse menos com seu aparelho de audição e mostrasse mais iniciativa, poderia conseguir que a irmã se comportasse."

"Por favor, não briguem", interferiu Nariman. "Me contem o que Coomy lhes disse que os aborreceu."

Eles lhe contaram. "Então é verdade?"

Ele deu um sorrisinho. "Talvez seja."

"Se o senhor pôs o apartamento no nome deles, o senhor saberia."

"Foi há muitos anos. As pobres crianças, já tão sofridas. Acho que talvez eu tenha assinado algo."

"Muita bobagem da sua parte."

"Não estou entendendo."

"É muito simples — agora, o senhor não tem nenhum direito legal àquele apartamento. A menos que o senhor vá ao tribunal e lute."

Nariman virou o rosto para a parede e se recompôs antes de falar. "Não me ter por perto deve representar umas belas férias para eles. Mas você está insinuando que fui expulso de lá para sempre?"

"Só tem um jeito de conferir: toque a campainha da porta deles, veja se o aceitam de volta", Yezad disse.

"Não se preocupe, Papai, eles estão só adiando a sua ida. Eles o querem de volta completamente restabelecido — para que as coisas fiquem mais fáceis para eles."

Roxana foi esquentar o jantar e Yezad a acompanhou. O fogão recalcitrante resistiu a se deixar acender. Fechando o registro do cilindro de gás, ele tirou o isqueiro dela e limpou o queimador, dizendo que tinham de encontrar um jeito de sobrepujar Jal e Coomy em astúcia. "É o que isso se tornou, uma batalha de astúcias."

"Mas se eles não mostram nenhuma intenção de aceitar Papai de volta..."

Uma chama repentina saiu do queimador. "Nada a fazer. Se eles jogam esse jogo, nós jogaremos também. Eles chutam o chefe para a nossa casa, nós encontramos um jeito de chutá-lo de volta para a deles."

"Papai não é bola de futebol. Não vou me comportar como eles."

"Você não precisa fazê-lo, eu faço." Ele continuava mexendo com o isqueiro, fazendo a pedra soltar faíscas.

Ela o arrancou da mão dele e o jogou em cima da mesa. "Vou lhe dizendo logo — se você forçar a saída de Papai, pode me expulsar daqui também."

O ultimato deixou-o em silêncio por uns minutos. "Então é assim? Isso é tudo o que significo para você, o que sua família significa para você?"

"E Papai o que é, se não família?"

Considerando inútil discutir sobre a definição, ele saiu da cozinha e foi se sentar à mesa de jantar, onde ficou brincando com a torradeira, empurrando a alavanca para baixo e a soltando, várias vezes. Em que porcaria a vida se tornara, pensou, desejando que o senhor Kapur prosseguisse com o plano de se candidatar; a eleição seria dali a apenas três meses. A promoção prometida pelo menos solucionaria os problemas de dinheiro.

"A mola vai se estragar, Papai", Jehangir disse.

Yezad suspirou e afastou a torradeira, enquanto Roxana trazia a panela, saindo fumaça, para a mesa, cortava o pão e dividia os pedaços entre eles cinco. O que sobrou do pão, ela pôs no prato de Yezad, e então chamou os meninos.

"O que tem de jantar?", Murad perguntou.

"Cozido à irlandesa." Ela pôs cebolas, batatas e molho no prato dele.

Ele examinou a comida. "Cadê o carneiro?"

"Boa pergunta", Yezad disse. "Provavelmente pastando na Irlanda." Ele embebeu um pedaço de pão no molho e começou a comer.

Observando o pai, Jehangir o acompanhou, e declarou que o cozido estava delicioso. O que fez a mãe sorrir enquanto servia os pratos restantes.

Ela chegou à tigela de Nariman, e ele disse, à primeira colherada servida, "Obrigado, chega".

"O que há, chefe? Não gosta dos nossos pratos sem carne? É melhor comer alguma coisa senão vai deixar a sua pequena Roxie chateada."

"Por favor, Papai já está se sentindo mal, está bem?"

"Ele talvez acabe piorando. Logo vai ser pão e água."

"Pare com isso! Como pode ser tão mau?"

Nariman levantou a mão. "O que quer que Yezad queira dizer, eu mereço ouvir. Vocês estão sofrendo por causa da minha miopia. Foi uma grande besteira minha passar o apartamento para o nome deles." Ele amassou a batata e continuou a falar tranqüilamente, voltado para a sua tigela, "Ensinei o *Lear* para tantas turmas, sem que eu mesmo aprendesse nada. Que espécie de professor é esse, tão tolo no fim da vida quanto no começo?".

"E o que é *Lear*?", Jehangir perguntou.

Nariman engoliu a batata. "É o nome de um rei que cometeu muitos erros."

"Você não tem de se culpar pelo comportamento de Jal e Coomy, Papai. O que você fez é prova de que a sua natureza é boa e confiante."

"Bondade e confiança não põem um telhado sobre a sua cabeça", Yezad disse.

"Não se preocupem", Nariman disse. "Este Lear vai voltar para casa. Eu conheço Coomy... ela vai me deixar voltar quando estiver preparada."

Comeram em silêncio por algum tempo. Então Murad perguntou se havia mais pão.

"Você já recebeu a sua parte", a mãe lhe disse.

"Mas ainda sobrou molho no meu prato."

Ela lhe passou uma das fatias dela, e o pai apontou para ele. "Devolva-o para Mamãe", o pai deu a ordem, e lhe entregou uma fatia do dele.

"Não, você não pode deixar o Papai sem pão", Roxana disse. "Ele tem que sair para trabalhar, trazer o salário para casa."

"E Mamãe precisa ter forças para carregar a comadre." Ele jogou a fatia dele no prato de Murad ao lado da que ela pusera.

Murad saiu da mesa sem tocar em nenhum dos pedaços de pão, e a mãe disse que a essa altura ninguém sentiria falta do carneiro, porque as demonstrações infantis do pai deles tinham sido o suficiente para encher a barriga dos filhos.

Ele esperou até os meninos tirarem a mesa, depois, calçou os sapatos.

"Aonde você vai?", Roxana perguntou.

"A nenhum lugar especialmente."

A porta bateu. Com a mão lhe cobrindo a boca, ela olhou fixamente para o desenho de rosas da toalha de mesa. Em 15 anos de casamento, essa foi a primeira vez que ele agiu assim.

"Não se aflija", Nariman disse. "O pobre homem está atolado de tanta preocupação. Sair para dar uma volta vai provavelmente desanuviar a cabeça dele. Era o que sempre me ajudava."

"Ah, Papai, de que serve dizer coisas desagradáveis, perder a cabeça?"

"O que mais ele pode fazer? Yezad não é santo — nenhum de nós é."

Ela tomou a mão que ele lhe estendeu. Com tanta dor, ele próprio, pensou Roxana, e ele ainda me conforta.

Os meninos se precipitaram para a varanda, de onde podiam ver o pai sair do prédio e atravessar a rua. Eles esperaram que ele se virasse e acenasse, mas ele desapareceu ao virar a esquina.

"Ele tomou a direção do mercado, Mamãe", Murad informou.

"Ele... acenou?"

"Acenou", respondeu Jehangir rapidamente.

Chegando à esquina, Yezad podia observar os filhos na varanda sem ser visto. Os semblantes ansiosos dos dois o afligiram. Como lhe dava prazer ver o apetite saudável que eles tinham. As últimas semanas tinham apagado isso tudo... e Roxie se servindo de porções cada vez menores a cada dia. Para que algo sobrasse na panela, mas os meninos não se deixavam enganar... A primeira vez, Murad tinha hesitado, embora Jehangla logo recusasse, fazendo um sinal para o irmão. Agora eles sempre diziam que estavam cheios, forçando-a a comer a porção que lhe cabia. Murad devia estar realmente faminto esta noite, para ter pedido mais pão...

O pensamento atravessou a mente de Yezad como uma verruma. Ele examinou a varanda mais uma vez. Por certo não havia ninguém olhando, ele tornou a atravessar a rua numa onda de tráfego perigosa e, rapidamente, entrou no Pleasant Villa. Subiu furtivamente a escada até o terceiro andar, passou pé ante pé pela sua própria porta e chegou à de Villie Cardmaster, e bateu.

Imediatamente a porta se abriu.

"Olá, meu caro Yezadji!", disse ela com voz retumbante. "O que traz..."

"Psiu!" Ele entrou e fechou a porta. O cheiro habitual dela, como o odor de manteiga belga, de búfala, ligeiramente rançosa, lhe deu vontade de recuar. "Roxana não pode saber que estou aqui."

Ela deu um risinho. "O que você está planejando, meu querido?"

"Preciso de um favor."

"Fale, Yezadji."

"Como anda a Matka esses dias?"

"Subindo e descendo. Meus sonhos são confiáveis. Com os dos outros, eu perco dinheiro. O problema é que o meu sono não é mais o que era."

Ela pôs um cacho do cabelo no lugar e arrumou a gola amarrotada. "Mas por que esse interesse súbito pela Matka?"

"É só temporário...", Yezad hesitou. "Para fazer algum dinheiro extra. Uma surpresa. Para Roxana."

"Ah, vocês, dois pombinhos!"

"Que tal hoje, alguma sugestão?"

"Meu sonho foi tão claro a noite passada, hoje os números estão garantidos."

"O que você viu?"

Os olhos dela se mostraram envergonhados. "Algo muito íntimo." Percebendo que ele não insistiria, ela disse: "Posso muito bem lhe contar — não sou responsável pelo que acontece nos sonhos, não é mesmo? Pois é, eu estava fazendo compras na Rua Grant, à procura de um sutiã. E parei numa banca onde havia um bom sortimento. O sujeito me perguntou o tamanho e eu disse o meu habitual, 44A."

Yezad começou a ficar constrangido, ela continuou: "O vendedor balançou a cabeça e ficou olhando para o meu peito. Que sujeito grosseiro. Com um sorriso sujo, ele disse: 'Madame, a senhora não é 44A. Eu estou nesse ramo há anos, basta uma olhada para o seu lindo corpo que eu posso dizer — a senhora é 46C.'"

Sem querer, Yezad deu uma olhada rápida: o peito de Villie era o de sempre, disforme sob o roupão desmazelado.

"'Pare de olhar', eu disse ao mavaali, 'eu conheço o meu peito, já há anos eu uso 44A, e não sou nenhuma menina de colégio que está crescendo.' 'A senhora experimenta', disse o homem, 'depois me diz.' 'Você está maluco?', disse eu. 'Experimentá-lo aqui na calçada?' 'Não, leve-o para casa, madame, confie em mim — seios e sutiãs são o meu negócio, meu meio de vida. A senhora vai ficar satisfeita com o 46C. Pode devolvê-lo se não servir, eu lhe devolvo o dinheiro todo e mais dez por cento pelo seu incômodo.'

"Daí eu trouxe o sutiã para casa. E você pode acreditar numa coisa dessas? O sujeito estava certo, o 46C me serviu como uma luva!"

Então ela abandonou a postura e o tom dramáticos que adotou para representar o sonho. "Está entendendo, Yezadji? O número da Matka hoje é 46 — quatro na abertura, seis no fechamento."

Yezad tirou a carteira e lhe deu dez rupias. "Pode jogar isso no 46 para mim?"

"Que horas são? Ah, meu caro, eu tenho que me apressar."

Ela foi correndo até o outro quarto e voltou com um sári de gaze de um amarelo desbotado, enrolando-o por cima do roupão. "Agora, onde estarão meus alfinetes de segurança? Me ajude a botá-los Yezadji. No ombro, na cintura, aqui nas costas. E este eu vou prender na altura da minha barriga. Aí. Obrigada, meu querido."

"De nada."

Ela se examinou no espelho, de frente e de perfil, e ficou satisfeita. "Se eu chegar a tempo, você vai receber 810 rupias pelos seus dez."

"Quando sai o resultado?"

"Fecha à meia-noite. Você vem?"

"Espero até amanhã. Boa-noite." Virando-se, ele acrescentou: "Bons sonhos."

Duas horas depois de as luzes terem sido apagadas, Jehangir ainda se mexia, incapaz de adormecer. O estrado sob o colchão rangia a cada movimento. Ele ficou preocupado com a possibilidade de sua mãe vir saber o que havia. Assombrado com a infelicidade que surgira como uma criatura pavorosa que tivesse vindo morar na casa deles, o menino apertava as mãos e se esforçava para não chorar.

Pensou na raiva do pai — não como um lampejo que brilharia de vez em quando, como trovões e relâmpagos, e depois sumiria e traria de volta um sorriso, como o brilho do sol. Essa raiva surda, constante, há dias, era diferente.

As últimas semanas tinham-no deixado perplexo. Eram brigas e comentários sarcásticos o tempo todo. O que tinha desaparecido completamente eram a ternura dos pais e os olhares de felicidade que eles costumavam trocar secretamente (mas que não eram secretos para ele, que via tudo). Os sussurros agradáveis e o riso em voz baixa que vinham da cama deles à noite o adormeciam como uma canção de ninar, assegurando-lhe que tudo estava bem no mundo dele. Agora estava tudo desabando. Silvos zangados e murmúrios ásperos vinham do quarto deles e o faziam chorar no escuro.

Se ao menos ele pudesse ganhar algum dinheiro para Mamãe-Papai. Como os Cinco Famosos e os Sete Secretos, que executavam tarefas e tomavam providências. Eles nem sequer precisavam de dinheiro para algo importante como ele próprio precisava, eles compravam apenas alcaçuz e bobagens. E sorvete, que eles chamavam de gelados. Era tudo tão injusto, a vida dele nunca seria divertida como a deles, nenhum tinha um Avô doente que precisava de um monte de remédios caros. A briga entre Mamãe e Papai era tudo culpa do Vovô.

Jehangir olhou de soslaio para a bicama e se perguntou se o avô estava dormindo ou se ele estava apenas de olhos fechados. Ele podia ouvi-lo respirar, o tremor de seus membros diminuíra. Os vidros de remédio dele estavam sobre a mesa. Jehangir se impusera o dever de levar as pílulas e um copo d'água para o avô. Às vezes Nariman engasgava, e Jehangir recuava, com empatia, enquanto as pílulas eram cuspidas, e ele então enxugava a água que tinha respingado no queixo e no pescoço do Avô, persuadindo-o a respirar fundo ("para dentro e para fora, Vovô, para dentro e para fora") e a tentar de novo, devagar, e tomando mais água.

O que o Avô pensava disso tudo, sozinho na cama o dia todo, não se queixando nunca? Na ingratidão do Tio Jal e da Tia Coomy? Talvez ele se preocupasse em saber para onde iria se Papai se enchesse e o mandasse embora. Pobre Vovô, tão velho e fraco, e todas essas dores no corpo que o faziam estremecer e gemer, embora ele guardasse segredo disso tudo (mas não dele, pois ele via tudo).

Jehangir voltou a chorar, o seu breve ressentimento se transformando em tristeza. Ele ouvira a conversa secreta do Dr. Tarapore com Mamãe, dizendo que o Avô pioraria, que não havia cura, e que cada vez seria mais complicado para ele usar os braços e as pernas. "A locomoção dele vai se tornar cada dia mais difícil", o médico dissera.

Suas lágrimas fizeram a escuridão parecer enevoada. Ele não se dera conta de que a noite pudesse ser tão vívida quanto o dia, e tão propensa a mudar de aparência. Talvez ele pudesse ganhar algum dinheiro oferecendo-se para trabalhar para a Tia Villie, para fazer pequenos serviços. E para a Tia Daisy do térreo. Murad poderia acompanhá-lo. Os dois juntos poderiam fazer trabalhos importantes e ganhar até mais.

Aninhado no berço desse pensamento consolador, ele, por fim, dormiu. E sonhou que o Avô estava usando muletas, gingando vivamente, e que todo mundo o aplaudia. Mas depois ele começou a diminuir o ritmo da ginga, havia algo de errado com uma das muletas. Quando chegou à cozinha, ele descobriu que a parte de cima da muleta tinha se transformado num enorme quarto de carneiro. Papai pegou a faca grande da gaveta e começou a amolá-la para assim cortar a carne e cozinhá-la, mas Mamãe disse que não, como é que o Pai dela poderia andar sem a muleta? E logo estourou outra briga horrível, com gritos e berros, até o Avô dizer que estava bem, que ele conseguiria se virar. Deixando a perna de carneiro para Papai e Murad, cuja boca estava aguando, o Avô fez sua demonstração com uma única muleta e quase desabou no chão. Mamãe gritou com meu Pai dizendo-lhe que essa avidez por carne de carneiro mataria o pobre pai dela; além disso, essa grande quantidade de carne vermelha faria aumentar o colesterol dele, o que faria dela uma viúva com dois filhos para cuidar...

Jehangir acordou sobressaltado. Sentou-se, e a cama de lona produziu um rangido forte.

"O que está acontecendo?", Nariman sussurrou.

"A sua muleta, Vovô. Sonhei que ela se estragou..."

"Está tudo bem com a minha muleta. Venha cá, segure a minha mão e durma."

Jehangir atravessou, tateando, o espaço entre a bicama e a cama de armar para poder segurar a mão do avô, e logo estava dormindo profundamente. Não sonhou mais aquela noite.

"Espere", Roxana chamou, e foi até a porta para o beijo de despedida, mas seu marido já tinha desaparecido escada abaixo. Mais outra manhã, pensou ela, em que a magia curadora da despedida não produziu seu efeito nele.

Yezad chegou ao patamar do segundo andar, ouviu a porta se fechar, e esperou. Agora que o sol banhava a escada, ele percebeu que havia feito uma bobagem ontem à noite. Dar a Villie dez rupias para apostar no sonho dela do tamanho de um sutiã — o mesmo que jogar dinheiro na lata do lixo.

Através do poço da escada, subia a música do violino de Daisy Ichhaporia, acompanhando a volta de Yezad ao terceiro andar. Ele bateu, o olho de Villie apareceu no olho mágico, ele pôs o dedo nos lábios. Ela abriu e, com um gesto, convidou-o a entrar. Seu corpo coberto pelo roupão oscilava romanticamente ao violino, o que o fez dar graças pelo fato de ser aquele um trecho de um segundo movimento bastante calmo, e não algo vibrante e impetuoso como uma czarda.

Ainda acompanhando a melodia, ela meteu a mão dentro do roupão e de lá extraiu um maço de notas. Agarrando-lhe a mão, ela calcou o dinheiro na palma da mão dele. "Aí está, meu caro. Oitocentas e dez rupias. Vamos, conte-as."

Ele olhou para o dinheiro, incrédulo. Então, avidamente, alisou as notas ainda quentes do peito dela. "Isso é fantástico. Sorte de principiante, imagino."

"O que você quer dizer com principiante?", Villie estava indignada. "Eu sonho desde criança."

Ele foi andando para a estação sentindo-se deprimido apesar da vitória, pensando na vida solitária e dura de Villie. Mas o tamanho 46C dela tinha certamente cumprido o que a Matka prometia. Coincidência? Ou ela havia previsto o futuro? E se os sonhos tinham esse poder... não havia mais preocupação nem ansiedade. A pior notícia, sendo prevista, perderia a força. Claro, o prazer de qualquer boa notícia também diminuiria. Mas esse era um preço que valia a pena pagar.

Hoje à noite, ele, secretamente, distribuiria 100 rupias nos envelopes de Roxana. Depois, outras 100 na próxima semana, e na seguinte... e se ela percebesse, ele diria, Surpresa! Uma comissão extra do senhor Kapur.

❖

A caminho do restaurante iraniano para a pausa habitual que eles faziam na hora do chá da tarde, Vilas chamou a atenção para a vitrine de senhor Kapur para o Divali: "Que cena dramática." As figuras de Ram e Sita, recortadas em papelão, num círculo de lampiões. Deitado aos pés deles, Ravan, o rei-demônio de dez cabeças e vinte braços.

"Parece que Ram e Sita estão visitando os *raakshas* num hospital", Yezad disse.

"O senhor Kapur não apresentou isso o ano passado, apresentou?"

"Não. Mas ele decidiu comemorar todas as festas de agora em diante. Ele está ansiando pelo Natal. Aguarde vitrines com cenas ainda mais dramáticas."

"Falando em drama", Vilas disse, "dois caras do meu grupo de teatro amador vão aparecer para dar um alô."

No restaurante, ele e Yezad contornaram uma grande bagunça de restos espalhados e cadeiras viradas na entrada. Atrás do balcão estava Merwan Irani, imenso e rotundo, de pé junto à gaveta aberta da caixa registradora. Ele estava separando as notas conforme o valor. Seu semblante corado, brilhante de suor, virou-se para cumprimentá-los.

"O que aconteceu por aqui?", Yezad perguntou. "Briga?"

Merwan Irani contou que um freguês tinha provocado um tumulto: "O *saalo maaderchod* entrou como um rei, se sentou, e pediu chá com pãozinho *muskaa*, com manteiga e tudo o mais. Com dentes muito ocupados e barulhentos, *batchar-batchar*, o sacana comeu tudo, feliz como pinto no lixo, e engoliu o chá. Quando recebeu a conta, ele disse, Desculpe, não tenho dinheiro. Meu garçom disse que ele estava brincando. Mas o *bhonsrino* continuou se negando a pagar."

Foi então que o garçom o empurrou e a briga começou. Por fim, três garçons seguraram o homem enquanto o próprio Merwan meteu a mão nos seus bolsos. "Mas eu não encontrei nada se não um lenço sujo de catarro. Absolutamente *karko*, nem um *paiso*. Ele disse que não tinha dinheiro, mas estava com fome — imaginem só a coragem do *maaderchod*."

"Pelo menos ele foi honesto", Vilas disse.

"Ora, que se dane a mãe da honestidade! Metade deste país está faminta. Se todos se comportarem como esse *chootiya*, como é que vou sobreviver? Eu lhe dei um bom e firme *chamaat* com a esquerda."

Ele levantou a mão para demonstrar, e eles viram a palma da mão carnuda, os dedos rechonchudos como salsichas, e sentiram pena da pobre vítima.

"Não adiantava chamar a polícia", Merwan continuou. "Eles só iriam surrá-lo e soltá-lo." Mas ele dera um conselho ao homem antes de mandá-lo seguir o seu caminho: seria melhor roubar uma maçã ou uma banana do bazar e fugir.

O homem disse que era o que costumava fazer, mas como hoje era o décimo aniversário de formatura da faculdade, tivera um grande desejo de tomar um chá com pãozinho *muskaa*, refeição com que ele e seus amigos costumavam se deleitar naqueles dias felizes. Então ele meteu a camisa dentro da calça, com capricho, penteou o cabelo, amarrou os sapatos e apertou a mão de Merwan. Eles se separaram de forma bastante amigável.

"O que me entristece é o fato de um sujeito formado na faculdade não encontrar trabalho", Merwan disse.

"É muito comum", Vilas disse. "Uma graduação em Artes ou em Ciências não vale nada. Os únicos que ganham dinheiro são os que fazem computação."

"Já ouvi falar de roubos em estrada, de invasão de domicílio, de arrombar e entrar", Merwan disse. "Mas nunca tinha visto um roubo de chá e pãozinho *muskaa*. Em que tempos estamos vivendo."

Eles riram e foram para a mesa deles, nos fundos. À porta da cozinha, o garçom levantou dois dedos para confirmar as duas xícaras habituais; os dois assentiram com a cabeça. Exatamente nesse momento, os amigos de Vilas surgiram na entrada. Ele acenou, chamando-os, e levantou quatro dedos para o garçom enquanto apresentava Gautam e Bhaskar a Yezad.

Apertaram-se as mãos e puxaram cadeiras. Bhaskar usava óculos redondos, de aro de metal, como os de Gandhi, e ambos traziam sacolas de *khadi* penduradas nos ombros. As sacolas eram ligeiramente manchadas, como era moda, assim como os *jeans* deles. E cortes no tecido rústico deixavam que se vislumbrassem os livros e revistas que havia lá dentro, enquanto rasgos escrupulosos no brim expunham partes de pele selecionadas.

O chá chegou. "Hoje é por minha conta", Yezad disse, e virou-se para o garçom. "Suno, *bhai*, quatro pastéis de carneiro e um prato de biscoitos finos."

O rosto de Vilas chegou bem perto e ele sussurrou, "Por que gastar tanto? Você está passando por problemas de dinheiro com o seu sogro".

"Está tudo bem, ganhei algum na Matka hoje."

"Verdade? Eu não sabia que você jogava na Matka."

"Foi a primeira vez. Tem essa Rainha da Matka que é minha vizinha, ela é uma sonhadora poderosa. E apostou para mim."

"Sorte de iniciante", Vilas disse. "Guarde o dinheiro e não jogue mais."

Gautam disse que para a maioria a Matka era um divertimento inocente, equivalente à compra de um bilhete de loteria. "Mas ela é, basicamente, um flagelo criminoso de cujas garras Bombaim não consegue sair."

O garçom voltou com o pedido de pastéis e biscoitos. Yezad deu um risinho. "Espera aí. Do jeito que você falou, parece que a Cosa Nostra está governando Bombaim."

"Basicamente, a Cosa Nostra é o mesmo que criancinhas no bosque, se comparada a essas gangues de Bombaim", Gautam disse. "Com todo o devido respeito, você não tem idéia do que está falando."

"Me desculpe", Yezad disse, surpreendido com esse tiroteio vindo de alguém que acabara de conhecer.

Bhaskar interveio, "Veja, nós somos jornalistas, e Gautam escreveu recentemente uma matéria sobre a Matka. Uma análise profunda sobre o vínculo político-criminoso-policial. O Shiv Sena também foi mencionado no artigo dele, e eles não gostaram. Na semana passada, alguns *goondas* deles o pegaram na saída do jornal".

"Eles enegreceram meu rosto", Gautam falou, com indiferença, mordendo um dos pastéis de carneiro.

"O que eles fizeram, ofenderam e ameaçaram?", Vilas perguntou.

"Eu não estava falando metaforicamente."

"Você está querendo dizer que eles realmente...?"

"É." Gautam descreveu como mais ou menos uma dúzia deles o abordou, berrando, dizendo que jornalistas que difamavam o Shiv Sena e denegriam o seu bom nome na imprensa receberiam o mesmo tratamento. Os homens lhe torceram os braços para trás e o seguraram pelos cabelos para que não se mexesse. Pegaram uma lata de graxa para sapatos, preta, marca Flor de Cerejeira, e passaram-na no rosto, nas orelhas e no pescoço dele, chegando até a estragar a camisa que ele usava.

"Gautam parecia Al Jolson depois que os sujeitos terminaram", Bhaskar disse, e Yezad e Vilas riram.

"Não é motivo para rir", o jornalista disparou. "Eu estava com os olhos e a pele queimando, tive que ir correndo procurar um médico. E foi preciso esfregar tanto para tirar toda a graxa que meu rosto ainda dói."

"Esse pessoal é inteiramente sem lei", Yezad disse. E achou que estava vendo uma mancha preta ao lado do pomo-de-adão, e se perguntou se seria um resto da Flor de Cerejeira ou apenas uma mancha na pele.

"Aposto", Vilas disse, "que seja qual foi o *shakha* de onde esses Shiv Sainikis vieram, o *chowki* da polícia do bairro deles sabe exatamente quem eles são."

"Uma coisa é certa", Bhaskar disse, "o artigo atingiu o alvo. As pessoas não acham que seja tão danoso quando o Shiv Sena extorque dinheiro dos empresários ricos — são 'doações' para as obras de 'caridade' deles. Mas a Matka também financia a máquina do Shiv Sena. E o dinheiro da Matka pagou os explosivos plásticos com os quais os terroristas arrebentaram a bolsa de valores. Estão vendo o paradoxo. Os inimigos da nação, e os partidos políticos que se proclamam defensores da nação, todos dependem da mesma fonte."

"O problema é que", Vilas disse, "milhares de pessoas do povo também. Os números em que apostam toda noite lhes dá motivo para acordar na manhã seguinte. De uma maneira ou de outra, a Matka é Bombaim e Bombaim é a Matka."

"Parece profundo, mas não tem nenhum cabimento", Gautam disse. "Os que jogam nela deveriam saber que estão sustentando um empreendimento criminoso."

"Acho que foi a minha primeira e última vez", Yezad disse.

Enquanto Gautam assentiu com a cabeça, aprovando, levantando o pastel para dar uma outra mordida, Vilas lhe prendeu o pulso: "O dinheiro da Matka está pagando por isto."

"Eu sei. Mas desperdiçá-lo não vai impedir a atividade ilegal. Na realidade, jogar fora algo tão delicioso constituirá um delito grave."

Riram e mastigaram os biscoitos quebradiços. Então Bhaskar disse que já se passara muito tempo desde que Vilas escrevera para o grupo de teatro amador deles, e que sem dúvida ele teria reunido muita matéria-prima no decorrer do seu ofício de escriba.

"De fato, hoje de manhã eu li uma carta que poderia equivaler a uma tragédia completa", Vilas disse. "A carta fora mandada da aldeia do homem em Uttar Pradesh. E se referia ao irmão mais moço dele."

Ele resumiu o conteúdo que o escriba da aldeia reproduzira: o irmão mais moço estava andando com uma garota de casta superior, e o fato tinha incomodado as pessoas da aldeia, especialmente os parentes da garota. Os dois receberam ordens de parar de se encontrar. À guisa de aviso, alguns homens da família da moça atacaram o rapaz, o que só tornou o casal mais desafiador.

Uma noite, os dois foram encontrados um nos braços do outro. Os homens separaram os amantes, deram-lhes uma surra, puxaram o cabelo deles, arrancaram-lhes as roupas. Convocou-se uma reunião urgente com o *panchayat* da aldeia. O casal, machucado e sangrando, foi levado diante deles.

A família do rapaz disse que se seu filho tivesse cometido um crime, a polícia poderia registrar uma queixa. A família da moça argumentou que era um assunto da aldeia, e exigia o castigo tradicional. O *panchayat* concordou. Em minutos, proclamou-se a decisão: o enforcamento, dos dois, depois de lhes arrancarem orelhas e narizes.

O pai do rapaz caiu de joelhos diante do *panchayat* e chorou pedindo misericórdia, e sugerindo um acordo: arrancassem as orelhas e o nariz, mas deixassem seu filho vivo. Eles responderam que não, a falta tinha sido grave demais, a clemência só iria estimular o mau comportamento de outros jovens.

Aos olhos do *panchayat*, as duas famílias eram partes prejudicadas do processo. Assim, o pai da moça teria o privilégio de arrancar as orelhas e o nariz do rapaz; ao pai do rapaz, caberia desfigurar o rosto da moça. Ele se recusou, então o pai da moça procedeu também às amputações no rosto da filha, antes do enforcamento.

"Uma história muito triste", Gautam disse. "Mas não vai servir para nós."

"Por que não?"

"Precisamos de temas urbanos. A nossa responsabilidade é, basicamente, despertar a consciência de suas condições nos pobres da cidade."

"E há alguns problemas nessa história", Bhaskar disse. "Se é uma tragédia, quem é o herói trágico, e qual o seu erro fatal, a sua *hamartia*? E quanto à platéia, como ela fará a sua catarse? Essas perguntas têm que ser levadas em consideração."

Vilas transferiu seus olhos para Yezad. "Veja, a platéia vai se compadecer dos dois jovens e ficar enfurecida com os bárbaros e o sistema de castas. Não é o suficiente?"

Os jornalistas balançaram as cabeças com sorrisos matreiros.

"Não vai funcionar, confie em mim", Bhaskar disse. "Queremos que você escreva algo sobre o Shiv Sena. Seus membros são a nossa maior ameaça urbana."

"Mas não os mencione diretamente", Gautam disse. "Ou eles botarão fogo e destruirão a sala onde nos reunimos."

"Tente um estilo alegórico", Bhaskar disse. "Experimente escrever, talvez, uma fábula."

Yezad brincava com o saleiro, fazendo-o deslizar pela mesa. "E os pais do rapaz? Eles deveriam ter ido à polícia."

Já irritado com os dois jornalistas, Vilas caiu em cima de Yezad: "Você parece um turista estrangeiro falando de lei e ordem, e de democracia. Você sabe perfeitamente bem que as coisas neste país..."

"Você tem razão", Yezad acrescentou, sentindo-se tolo. "É só que quando se ouve essas coisas horríveis..."

"Pois é", Vilas disse. "Quando as pessoas se sentem desamparadas, elas dizem coisas que as façam se sentir melhor. Ou negam a injustiça."

"Incidentes isolados, elas os chamam", Gautam disse.

"Exatamente", acrescentou Bhaskar. "Elas dizem que o nosso país progrediu muito — transmissão de tevê por satélite, dizem, Internet, correio eletrônico, os melhores programadores de *software* do mundo."

Gautam deu um risinho. "*Hamaara Bharat Mahaan*, elas repetem o *slogan* do governo", e eles riram.

"Vou lhes dar um exemplo", Vilas disse. "Há pouco tempo, li um romance sobre a Emergência. Um livro grande, cheio de horrores, real como a vida. Mas também cheio de vida, de risos e da dignidade da gente do povo. Cem por cento honesto — me fez rir e chorar ao lê-lo. Mas alguns críticos disseram: não, não, as coisas não iam assim tão mal. Principalmente os críticos estrangeiros. Você sabe como eles vêm aqui, passam duas semanas e se tornam especialistas. Uma pobre mulher, de cujo nome não me lembro, fez uma tal embrulhada do que viu, que ela só podia ser um tanto *pagal*, defendendo Indira, defendendo o programa de esterilização de Sanjai, defendendo toda a Emergência — que se sentia pena dela, embora ela fosse uma grande professora de alguma grande universidade da Inglaterra. O que fazer? As pessoas temem aceitar a verdade. Como escreveu T. S. Eliot, 'A espécie humana não consegue suportar muita realidade'".

Ele olhou no relógio, espantou-se com a hora, e engoliu o chá. Ele e Yezad se levantaram para então voltar para o trabalho.

"Foi um prazer conhecê-lo, Yezad", os dois rapazes disseram. "Mantenha contato conosco, Vilas, escreva algo para nós, promete?"

Enquanto Yezad estava providenciando o pagamento da conta, ouviu-se, vinda da cozinha, uma barulheira de louça que se quebrava. Vozes começaram a gritar, numa cacofonia de acusações. Merwan Irani lançou o troco para ele, trancou a caixa e precipitou-se para o fundo o mais rápido que seu corpanzil lhe permitia, as mãos e os braços enormes pendendo, sem se mexer, de cada lado do corpo.

Como uma banca de carne de carneiro móvel, pensou Yezad.

"Pobre sujeito", Vilas disse. "Ele não está tendo um bom dia." Lá fora, ele continuou: "Você percebe o que quero dizer sobre esses atores? Muito metidos para o meu gosto. De tanto intelectualizar, eles se tornam cegos à realidade da vida. Stanislavsky isso e Strasberg aquilo, e alienação brechtiana aquilo outro, é só do que eles falam."

Ainda abalado pela história da família enforcada, Yezad perguntou se ele tinha escrito uma resposta para o cliente. Vila balançou a cabeça, o pobre homem ficou em estado de choque. "Tentei devolver o que ele tinha pago adiantado pela leitura. Como eu poderia receber dinheiro e dar aquela notícia? Mas ele não queria baratear a morte do irmão, disse, ouvindo a respeito dela de graça. Ele queria voltar à sua aldeia, vingar o irmão. Pobre sujeito. Como lhe dizer que a vida não é um filme de Amitabh Bachchan? Que a justiça é uma miragem?"

"O que você lhe aconselhou?"

"A escrever para a família dele, a compartilhar da dor e da raiva que estava sentindo. O que mais?", Vilas suspirou. "Uma coisa é ler sobre esse tipo de incidente num jornal, mas você pode imaginar o homem sentado ao meu lado, ambos desprevenidos, e então eu abro a carta que contém o assassinato do irmão mais moço dele?"

"Como um médico cujo paciente está em fase terminal", Yezad disse.

"Pior. O médico pode, ao menos, preparar o paciente e a família dele. Mas, quando me entregam uma carta, eu não sei o que há nela. Meus olhos vêem as palavras, minha boca as expressa, e não há nada que eu possa fazer a não ser continuar lendo."

"Você poderia fazer uma pausa e, primeiro, lhe oferecer algum consolo: desculpe, mas é uma notícia ruim, prepare-se. Preveni-lo, como um médico."

"Há uma grande diferença, Yezad. Quando um médico previne, ele não está violando o juramento hipocrático. Na realidade, a bondade e a compaixão são obrigações de um bom médico. Mas caso eu atenuasse a notícia, anunciando-a gradualmente, eu estaria traindo a confiança do cliente."

"Ah, por favor! Bondade é traição?"

Tentando fazê-lo compreender, Vilas falou com grande fervor: "Quando um cliente põe uma carta nas minhas mãos, trata-se de um ato de confiança sagrado. Eu prometo ler as palavras para ele do mesmo modo que elas seriam consumidas pelos olhos dele — caso ele soubesse ler. Este é o contrato inviolável: nem uma palavra sequer acrescida, nem omitida, nem adiada."

"Você está levando isso muito a sério. No máximo, equivale a uma mentira inofensiva."

"Há algumas coisas que só podem ser levadas a sério!" A voz de Vilas se elevou, e as pessoas que passavam imaginaram que os dois estivessem brigando. "Pequenas mentiras inofensivas* são tão perniciosas quanto grandes mentiras ofensivas.** Quando elas se misturam, baixa a cor cinzenta da ambigüidade, a sociedade fica à deriva num mar amoral, e a corrupção, a podridão e a decadência vicejam. Esse é o momento que estamos atravessando agora. Tudo está se desintegrando porque estamos menosprezando os detalhes e nada é levado a sério."

Sem fôlego, Vilas se deu conta de que estava esgotado. "Desculpe-me, Yezad, você deve estar pensando que estou obcecado pelas minhas cartas. Você já tem problemas suficientes para ainda ficar ouvindo as tragédias das minhas famílias extensas."

"Tudo bem, em compensação, elas fazem meus problemas parecerem pequenos."

"É, mas só por ora. Quando a noite chega e você vai para casa e encontra a agonia do seu sogro, a sua mulher que luta, e seus filhos sem poder ter as coisas que você quer para eles, os seus fardos voltam a lhe pesar. O mundo que sofre não será nenhum consolo."

"Obrigado, isso é muito animador."

"Então você vai jogar na Matka de novo?"

Yezad franziu a testa e deu de ombros. "Eu preferiria não jogar. Se meu salário subir, não vou precisar da Rainha da Matka."

"Meu amigo, você só precisa de paciência. A paciência está com você, as rupias estão sem você. E você está sem rupias." Ele riu. "Boa essa, hein?"

"Muito engraçada. Com ou sem, as pessoas inteligentes deveriam saber como ganhar dinheiro quando precisam."

"Mas você não está habilitado para participar dessa cultura da desonestidade."

---

* *White lies*, em inglês. [N. da T.]

** *Black lies*. [N. da T.]

"Por que não?"

"Por causa da sua educação, da sua crença na integridade e no jogo limpo."

"Você está parecendo o senhor Kapur, quando ele vem com aquela bobajada sobre a honestidade pársi."

"Não é bobajada. Os mitos criam a realidade. A questão é que houve um tempo em que viver de acordo com certos mitos era conveniente para a comunidade. No presente estado da sociedade, esses mesmos mitos podem fazer dos homens gente desajustada. Até mesmo os ingleses sabiam quando deveriam respeitar o mito deles de jogar sujo,* meu velho', e quando deveriam bater abaixo da cintura, bater no seu saco, furar os seus olhos."

Eles riram, e Vilas continuou, "É claro, agora eles terão que inventar uma nova expressão porque o próprio críquete não é nenhum jogo limpo — é só um negócio escuso, com corretores de apostas, propinas e informantes de jogos que partem os nossos corações de subcontinentais apaixonados pelo críquete".

"Então você está me aconselhando a também ser desonesto?"

Vilas sorriu e balançou a cabeça. "Você não vai ser capaz. Experimente, se quiser — você vai ser sempre um jogador de críquete."

Todo esse papo de críquete fez Yezad lembrar do tempo em que ele e Nariman costumavam ir ao setor de primeira classe do Estádio Wankhede. O chefe, um fã genuíno, não perdia nem um único teste nem o Troféu Ranji. Como era delicioso se sentar ao lado dele, ouvi-lo descrever os grandes do passado, os gigantes que ele vira em ação no velho Estádio Brabourne, gente como Lala Amarnath, e C. K. Nayadu, Vijay Merchant e Polly Umrigar...

As lembranças daqueles dias fizeram Yezad mergulhar numa profunda tristeza — agora Nariman estava imprestável, deitado numa cama. E nem sequer na própria cama.

Como o tempo passava e mudava as coisas. Para ele também, os anos fugiam — nada a não ser o tédio de um dia inútil após o outro... será que isso seria tudo o que a sua vida lhe reservaria? Quarenta e três, e o que é que tinha realizado? Não pôde nem chegar ao Canadá para um recomeço... e os filhos crescendo tão rápido — o que ele tinha a lhes oferecer? Nada.

* *Not cricket*, gíria em inglês britânico, equivale a "algo inadmissível no jogo de críquete". [N. da T.]

Ele se despediu de Vilas, entrou na loja, e voltou à sua cadeira. Desabando por cima da mesa, com a mão sustentando o queixo, ele contemplava, através do vidro da vitrine, o tráfego lá fora no seu habitual e vicioso emaranhado, os carros e os ônibus expelindo agressão junto com a fumaça dos seus escapamentos à medida que se arrastavam em direção ao entroncamento de Dhobi Talao.

Ele gostou quando Husain se aproximou e o distraiu, perguntando se ele queria chá.

10

Depois de matutar por dois dias, Jehangir compartilhou de seu plano com o irmão a caminho do colégio.

Murad disse, primeiramente, que nenhum dos vizinhos lhes daria qualquer trabalho, e, mesmo que dessem pagariam tão pouco que não faria nenhuma diferença para resolver os problemas de dinheiro de Mamãe-Papai.

"Como você sabe quanto eles poderão pagar?"

"Por isso. Você não os ouviu discutindo com empregados, e não viu como eles os tratam?"

"Eles não fariam isso conosco."

Jehangir deu outra sugestão: vender os livros de histórias deles aos amigos do colégio.

"De onde você tira essas idéias brilhantes? Não vamos ganhar quase nada — muito menos do que os livros custaram. Mamãe-Papai vão ficar furiosos por desperdiçarmos o dinheiro deles. Seja como for, precisamos de milhares de rupias para ajudar o Vovô."

Separaram-se no portão do colégio, e Murad desapareceu no mar de uniformes bege que cobriam o pátio. Desalentado, Jehangir deixou-se ficar por ali, sozinho, dando tratos à bola para encontrar uma solução até o primeiro sino tocar. Foi então se arrastando escada acima, vergando-se, tanto por suas próprias preocupações como pelo peso da sua mala escolar. Alguém veio repentinamente por trás dele e lhe deu um soco nas costas.

"Oi, Milind."

"Tem jogo hoje", Milind disse. "Espero que você tenha se lembrado. Católicos contra não-católicos." Ele brandiu seu bastão de críquete, que era o bastão não-católico; o outro time levaria o dele. E as estacas, representadas por riscas de giz numa árvore do pátio do recreio, seriam ecumênicas.

O bolso da calça de Milind estava bojudo por causa da bola de tênis que seria usada no jogo. As bolas de críquete estavam proibidas, por serem consideradas duras e perigosas demais para o pátio. Ele recitou os nomes dos times católico e não-católico, continuando a falar num sussurro; o São Xavier não aprovava essas divisões no corpo de alunos, nem mesmo no caso do críquete.

No início do ano escolar, tratou-se do assunto durante a assembléia. "Há muitos anos", disse o padre Da Silva, "quando o jogo começava a se tornar amplamente conhecido no país, instituiu-se o Torneio Pentagonal de Bombaim, no qual jogavam times de hindus, muçulmanos, pársis e europeus, mais um quinto, chamado de 'o restante', em busca do título de campeão. Mas esse campeonato era motivo de grande tristeza para o Mahatma Gandhi. Ele dizia que no trabalho e no divertimento, nós, os filhos da Mãe Índia, devíamos ser uma única família para podermos livrá-la das cadeias com que a subjugavam. Ele se lamentava e jejuava, e se reunia com capitães e treinadores dos times, deixando-os impressionados com o conhecimento que tinha de jogadas com o bastão, com a bola, e dos deslocamentos no campo. Sob a orientação dele, aboliu-se o Pentagonal — não haveria mais jogo de críquete baseado em divisões religiosas ou étnicas.

"Lembrem-se, meninos, neste nosso grande colégio, esforçamo-nos por seguir o conselho do Pai da Nossa Nação. Não devemos nos considerar católicos ou não-católicos, pois todos nós somos filhos desta graciosa e amorosa *Alma Mater* que não faz distinção nenhuma de casta ou de credo."

Atentos durante a assembléia, os alunos logo esqueceram as exortações do padre Da Silva no pátio. No que lhes dizia respeito, não havia nada de sectário no jogo deles, e o método servia como forma de se organizarem os times. Na semana passada, tinham jogado o time dos Vegetarianos contra o dos Não-vegetarianos. Também jogaram Cabelo Oleoso contra Não-oleoso, e Uniformes Engomados contra Não-engomados. Entretanto, o colégio esteve sempre precavido contra o mais leve sopro de comunalismo, principalmente depois dos conflitos da mesquita Babri.

Assim, Milind tomava cuidado para não tumultuar o corredor secular onde o padre Da Silva estava sempre à espreita, e soprava os nomes dos times no ouvido do amigo. Jehangir gostava dos nomes da equipe católica: Henry, George, Francis, William, Philip.* Eram parecidos com os nomes das histórias de Enid Blyton. Embora os sobrenomes fossem De Souza, Fernandes, De Mello, nada parecidos com os nomes dos Cinco Famosos ou dos Cinco Descobridores. Ele gostaria de poder mudar o seu nome. Jehangir, Jehangla, Jehangoo. Poderia ser abreviado para Jehan. Que era bastante parecido com John.** John Chenoy. Gostava do som desse nome, que o levava a chegar a um passo mais perto do belo mundo daqueles livros.

"Vamos começar o jogo no recreio pequeno", disse Milind, que era o capitão dos não-católicos. "Vou pôr Rajesh na reserva e colocar você no time."

"Eu não estou me sentindo bem", Jehangir disse.

"Qual é, *yaar*, você nunca joga conosco."

Tocou o segundo sino. Ansioso para chegar ao seu lugar, Jehangir prometeu se juntar a eles caso melhorasse até o recreio pequeno. Ao contrário de seu irmão, ele não tinha grande entusiasmo por esportes. Acompanhava os escores do críquete e ouvia os comentários, mas nada além disso.

O terceiro sino tocou anunciando o início do dia de aula, os sons acompanhando a senhorita Helen Alvarez ao entrar na sala de aula. Sessenta e um pares de sapatos se arrastaram no chão, carteiras rangeram e bancos gemeram enquanto a turma se levantava: "Bom-di-a, Pro-fes-so-ra!"

"Bom-dia, meninos. Sentem-se, por favor."

Ouviu-se mais um arrastar de sapatos e um ruído surdo varreu a sala enquanto eles atendiam ao pedido dela. A maioria deles tinha se apaixonado por ela, porque Helen Alvarez era bonita e cheirosa de tanto perfume. Uma goense *mignon*, de seus vinte e poucos anos, Helen tinha os ossos malares proeminentes e um narizinho de botão. Estava sempre vestida com elegância, usava saltos altos e acompanhava a moda. Esse ano, uma vez que as bainhas das saias estavam subindo, a batida dos pulsos dos meninos também se aceleravam muitas vezes, especialmente quando ela subia os dois degraus do estrado, acomodava-se na cadeira e cruzava as pernas inacreditavelmente macias.

Era uma cadeira de encosto reto e assento de palhinha. Se a senhorita Alvarez se levantasse depois de ter ficado sentada alguns minutos, o desenho da trama imprimia-

---

*Henrique, Jorge, Francisco, Guilherme, Felipe. [N. da T.]

** João. [N. da T.]

se na sua saia justa. O que dava aos meninos a impressão de que ela estava partilhando um segredo íntimo com eles. E então ficavam imaginando se a profundidade a que o desenho geométrico chegava era suficiente para deixar marcas no seu delicioso traseiro.

Os olhos de Jehangir deleitavam-se timidamente com os encantos da senhorita Alvarez. Ele a adorava, e se perturbava quando alguns colegas, agarrando-se ao primeiro nome da professora, comparavam-na à Helen dos velhos filmes hindus, a atriz que usava trajes reveladores, a quem conheciam por causa dos vídeos que os seus pais alugavam para saciar a nostalgia que tinham dos anos 60. A Helen hindu do cinema era sempre considerada a vampe, a sedutora que apresentava números de cabaré sensuais que tencionavam afastar o herói do seu verdadeiro amor. Embora o herói às vezes cedesse, ele sempre acabava renunciando a Helen no final do filme, voltando, sem grandes riscos, para os braços de sua heroína virginal.

Para Jehangir, no entanto, Helen, a professora, era a heroína virginal. Ele ficava zangado quando os meninos falavam da senhorita Alvarez em termos grosseiros. Mas se calava, ou a vida no colégio iria acabar se tornando intolerável com as provocações. Ser um dos três Monitores de Dever de Casa designados pela senhorita Alvarez já era complicado o suficiente.

A Monitoria dos Deveres de Casa era o projeto predileto da senhorita Alvarez, o sistema adotado por ela para que as tarefas fossem examinadas pelos pares dos alunos. A meta, dizia ela, era inculcar virtudes como confiança, honestidade e integridade em seus alunos. Ela lhes dizia que a sala de aula era uma miniatura da sociedade e da nação. Como qualquer sociedade, ela devia ter suas instituições relacionadas à lei e à ordem, sua polícia e seu Judiciário. E só poderia ser uma sociedade justa e próspera quando os cidadãos e guardiães da lei e da ordem se respeitassem mutuamente e confiassem uns nos outros.

"Se vocês forem bons cidadãos da minha sala de aula", dizia a senhorita Alvarez, "também serão bons cidadãos da Índia." Ela acreditava que essa era a maneira de lutar contra o atraso, a podridão e a corrupção no país: sala de aula por sala de aula.

Voltando a junho, quando ela estava explicando o seu sistema de dever de casa, no início do ano escolar, Jehangir tinha ficado profundamente emocionado, por ter relacionado as palavras dela a coisas que ouvia quando Papai, o Vovô e o Tio Jal discutiam política, falando dos pobres de um vilarejo em Bihar que morreram de fome porque o dinheiro para a comida e a irrigação ia direto para os bolsos dos funcionários distritais corruptos; das 450 crianças que morreram esmagadas enquanto assistiam a uma cerimônia escolar porque o empreiteiro que construiu o salão tinha roubado no cimento e de dezenas que morreram queimados num incêndio num cinema onde não havia sistema contra o fogo porque o proprietário tinha subornado o inspetor da segurança para obter um certificado falso.

Sim, Jehangir pensou fervorosamente, o coração batendo de ardor e entusiasmo, sim, ele ajudaria a senhorita Alvarez a combater a corrupção e salvar vidas, ele melhoraria a situação para todo mundo do país. Jehangir decidiu ser o melhor Monitor de Dever de Casa possível, diligente, imparcial e escrupuloso.

O zelo com que se aplicava aos seus deveres logo o tornaram impopular junto aos infratores habituais. Eles o atormentavam com pedidos de tolerância, adulavam e intimidavam, faziam promessas de amizade e ameaças de inimizade. Era muito difícil resistir-lhes indefinidamente. Às vezes, Jehangir titubeava: faria mal perdoar Arvind por errar as datas relacionadas à Companhia das Índias Orientais, deixar passar a aritmética imperfeita de Vasant, ignorar o resumo confuso de Anthony?

Então ele olharia, de soslaio, a senhorita Alvarez em cima do estrado com seus olhos bondosos e pernas sedosas, como o herói dos filmes hindus da Helen, e o vigor e a perseverança voltariam, renovados, e a vampe tentadora desapareceria. Invocando os nobres sentimentos, ele seria honesto ao fazer sua anotação no Livro de Registro do Dever de Casa.

Agora, já no quinto mês do ano escolar, ele estava mais à vontade no papel de monitor, habituado aos agrados e insultos dos seus colegas. Era dia do dever de poesia, e a carteira seguinte na fila era a de Ashok. Jehangir sentou-se ao lado dele, pediu que ele fechasse o livro e recitasse.

"Ei, *sala* Jehangir", ele ameaçava, em voz baixa, "seja legal comigo, eu estou avisando."

A senhorita Alvarez chamava Ashok de Problema Perpétuo, e, periodicamente, mandava bilhetes para os seus pais. Estes eram donos de salas de exposição de têxteis, de uma concessionária Maruti e de três bombas de gasolina, e recebiam os bilhetes da professora com grande preocupação, mas os castigos de Ashok, dados em casa, não ajudavam a melhorar a atuação do menino na sala de aula.

"Pronto?", Jehangir perguntou.

"'Quebre-se, quebre-se, quebre-se'*, de lorde Alfred Tennyson", Ashok disse.

"Alfred, lorde Tennyson."

---

* *Break, Break, Break.* [N. da T.]

"Como é possível isso, *yaar*? Alfred é o nome dele, o sobrenome é Tennyson. Você diz Jehangir senhor Chenoy ou senhor Jehangir Chenoy?"

Jehangir deixou esse deslize passar. A senhorita Alvarez tinha mandado decorar 16 versos do poema; na realidade, o nome do poema não fazia parte do dever.

Ashok começou a recitar: "'Quebre-se, quebre-se, quebre-se, quebre-se...'"

"Só três 'quebre-se'."

"É, é, eu sei. O 'quebre-se' extra é o que vai acontecer com a sua cabeça, se você bancar o espertinho." Ele riu baixinho da própria esperteza ao disfarçar o erro cometido. "Estou te avisando: não conta isso como erro, foi uma brincadeira."

Jehangir lhe concedeu o benefício da dúvida.

"'Quebre-se, quebre-se, quebre-se'", Ashok recomeçou. "'Em tuas pedras frias, cinzentas, oh Mar! E eu... hum... tem alguma coisa sobre minha língua, minha língua alguma coisa, alguma coisa..."

"Desiste?"

Ashok se negava a isso; a regra adotada pela senhorita Alvarez permitia três ajudas, e ele não queria uma tão no início do poema. Coçou vigorosamente a cabeça, recomeçou de novo, e empacou no mesmo lugar, fechando então a cara e perguntando, ameaçador, ao Monitor de Dever de Casa: "Como é o verso?"

"'Eu gostaria que minha língua pudesse expressar...'"

"Eu sei, eu disse língua. 'E eu gostaria que minha língua pudesse expressar...'", e ele limpou a garganta e partiu para o último verso da estrofe: "'Os pensamentos que surgem.' Tudo bem? Segunda estrofe?"

"Falta completar a primeira."

"O quê? 'Os pensamentos que surgem' — este é o último verso."

"'Os pensamentos que surgem em mim.' Segundo erro."

Ashok torceu as mãos e implorou que ele deixasse passar, mas Jehangir não se enterneceria.

A quadra seguinte foi recitada numa velocidade vertiginosa: "'Ah, é bom para o filho do pescador,/Que ele grite com sua irmã ao brincar!/ Ah, é bom para o menino do marujo,/Que ele cante no seu barco ao mar!'"

"Bom", Jehangir disse, esperando que o Problema Perpétuo conseguisse acertar dessa vez.

"'E que os barcos imponentes prossigam,/ Até o céu* sob a colina.'"

---

* *To their heaven.* [N. da T.]

"Porto,* não céu".**

"Que diferença faz? *Heaven, haven*, a mesma coisa, *yaar*. Por favor, não", implorou ele, enquanto o monitor abria o Livro de Registro do Dever de Casa. "Por favor, vou ter muito problema com meus pais."

Jehangir se preparou para anotar. "Não posso fazer nada, a senhorita Alvarez disse..."

"Espere um segundo." Ashok meteu a mão no bolso e pescou algo ali dentro. "Aqui", ele puxou a mão de Jehangir para debaixo da carteira.

Eram dez rupias. Jehangir afastou a nota como se ela lhe tivesse queimado a mão.

"É para você", Ashok suplicou. "Só anota aí que eu acertei."

Jehangir se recusou.

Ashok visitou o bolso de novo, e acrescentou outra nota à primeira. Estendeu as duas para o Monitor de Dever de Casa.

Vinte rupias! Dessa vez, Jehangir parou um pouco para examinar o dinheiro antes de devolver as notas amassadas mais uma vez. "Não."

"Fique com elas, *yaar*, é um presente. Ninguém vai saber. Não vou contar nem aos meus melhores amigos." De novo ele empurrou o dinheiro para o monitor.

Jehangir hesitou. "Você vai contar para Vijay e Rajesh", disse ele, sabendo que os três eram inseparáveis.

"Nem para eles."

Ele olhou mais uma vez para o dinheiro de Ashok. Um pacotinho de manteiga. Ou carne de carneiro para uma refeição. Ou uma semana de ovos para o café da manhã de Papai. Era o que ele tinha na mão.

O coração batendo, ele ticou ao lado do nome de Ashok e embolsou o dinheiro. A cabeça rodava com a barbaridade do que acabara de fazer.

Ao final do dia de aula, o peso da transação clandestina tinha quase desaparecido, substituído por outro fardo: gastar o dinheiro. Se comprasse comida, eles perguntariam como pagara por aquilo. Dar o dinheiro à Mamãe representaria o mesmo problema. Ele podia dizer que o encontrara no pátio. Mas eles insistiriam que o entregasse ao Irmão Navarro no Gabinete dos Bens Perdidos.

No ônibus, ele tocou no dinheiro que estava no bolso. Uma vez que soubesse como empregá-lo, o mal-estar entre Mamãe-Papai estaria sanado. Ele poderia

* *Haven*. [N. da T.]

** *Heaven*. [N. da T.]

aumentar esse dinheiro fazendo serviços para Tia Villie. Não importa que Murad não quisesse participar do plano.

De olhos perdidos para fora do ônibus, ele sonhava com a felicidade voltando à casa deles. Então o ônibus fez a curva no cruzamento das ruas de mão única e, na calçada, ele viu alguém exatamente como seu irmão. Os olhos de Jehangir perderam-no na multidão, reencontraram-no e confirmaram que era Murad. Por que ele estava indo para casa a pé? O que ele fizera com a sua passagem de ônibus?

Ele continuou intrigado até o ônibus se aproximar do Pleasant Villa e parar na esquina. Ele saltou, a mão de vez em quando voltando ao bolso, fascinado com o poder que havia naqueles pedaços de papel. Sua confiança ressurgiu. Ele iria procurar Tia Villie imediatamente.

Jehangir bateu à porta dela.

"Alô, meu pequeno Jehangirji, que surpresa! Como vai você?"

"Ótimo, Titia."

"E tem tido bons sonhos ultimamente?"

Ele se lembrou do sonho da muleta-carneiro. "Não, tia."

"Sua mãe quer alguma coisa do mercado?"

"Não, eu estava pensando... tem algum trabalho que eu possa fazer para a senhora, Titia? A senhora pode me pagar por esse serviço."

Ela bateu palmas, encantada. "Me conta, sua mamãe sabe que você está fazendo isso?"

"É segredo."

Ela olhou para ele com afeto. "Olhe, meu querido, você pode ajudar, mas eu não posso lhe dar dinheiro nenhum. Se seus pais descobrissem, eles diriam que eu estava fazendo o filho deles de escravo."

"Eu não lhes contaria nada", afirmou ele solenemente.

"Ajudar pessoas é muito bom, meu querido, mas não por dinheiro."

Murad tinha razão, ela queria trapaceá-lo, fazê-lo trabalhar de graça. "Obrigado, Tia", murmurou ele, e saiu.

Titia Villie burra. E Enid Blyton também burra. De agora em diante, ele não ia mais acreditar em nem uma palavra sequer dos livros dela. E aqueles Cinco Famosos bobocas — ele não precisava deles para ter inspiração. Ele sabia o que fazer, ele daria um jeito de melhorar as coisas para Mamãe-Papai, e sozinho. Mas ele ainda preferia o som de John Chenoy.

Perto da hora de fechar, o senhor Kapur convidou Yezad ao seu escritório minúsculo onde o ar-condicionado estava a toda, o ruído do aparelho os protegendo da cidade lá fora. Deve ser como a impressão que se tem num avião a jato, pensou Yezad — de estar afastado de tudo, longe do mundo real.

Sobre a mesa, havia três fotografias em envelopes de celofane. O senhor Kapur virou-as de cabeça para baixo quando Yezad entrou. "Tenho uma surpresa para você."

"Essas?" Ele estendeu o braço para pegar as fotos em preto-e-branco.

"Espere, é preciso vê-las na ordem certa. Esta primeiro."

Yezad abriu um sorriso. "Opa, é uma foto da Rua Hughes. Onde fui criado."

"Por que você acha que eu a trouxe? E, para sua informação, mudaram o nome para Sitaram Patkar Marg, há anos."

"Vai ser sempre Rua Hughes para mim."

O senhor Kapur deu um sorriso de aprovação, e Yezad continuou: "Posso descrever cada detalhe daqui. Este prédio — é o Mansão Jehangir, meus pais se mudaram para lá quando se casaram. Aposto que a foto foi tirada da Ponte Sandhurst, do telhado do Dadajee Dhackjee. E, em frente ao Mansão Jehangir fica o Sukh Sagar. Olhe, o anúncio da Rádio Bush ainda continua visível."

Ele fez uma pausa. "Não pode ser uma foto muito antiga — parece o mesmo que hoje."

"É recente", o senhor Kapur disse. "Aproximadamente, 1990. Mas é importante para a minha coleção, por formar um todo com as outras duas."

Ele esperou que o outro a devolvesse para que pudessem passar para a seguinte. Mas Yezad continuava a absorver tudo o que nela havia. "Espantoso como uma foto lhe mostra coisas que seus olhos se esqueceram de ver."

"Principalmente num lugar que nos é familiar", o senhor Kapur disse. "A lente é o nosso terceiro olho."

A fotografia, evocando a rua para Yezad, deixou que ele ouvisse o tráfego, sentisse o cheiro de carne da fumaça que sempre pairava do lado de fora do Sizzler e o gosto do *bhel puri*. Ele podia perceber a tensão no céu de monção da fotografia, as nuvens cinzentas fazendo-o recordar das muitas vezes que seria surpreendido sem capa de chuva enquanto voltava da faculdade (só maricas usavam capa, era o parecer de então), descendo do ônibus 83 em frente ao Sukh Sagar, correndo ao atravessar a rua, a caminho de sua casa no Mansão Jehangir, ficando encharcado até os ossos em menos de um minuto, e a mãe o repreendendo por ele ter deixado para trás a capa que ela dobrara e pusera junto dos seus livros...

"Agora veja esta aqui", o senhor Kapur disse.

Yezad largou a primeira foto. E sentiu um nó na garganta assim que botou os olhos na seguinte. Ainda era a Rua Hughes, mas de antigamente, de um tempo mais simples. O fotógrafo devia estar do outro lado do Mansão Jehangir, do lado de fora da Farmácia Madon; o cruzamento da Rua Hugues com a Ponte Sandhurst era agora o ponto focalizado. Pela luz, parecia ser de manhãzinha. Nem um carro à vista, a estrada deserta salvo pela presença de um carrinho de mão. Havia três figuras solitárias paradas na calçada, misteriosas, parecendo videntes ou adivinhos que estivessem profetizando a explosão da população no futuro de Bombaim.

Yezad engoliu para limpar a garganta. "Quando eu era bem pequeno, era assim calma que a rua era." Ele tossiu. "De que ano é a foto?"

"Pelo anúncio do Buick na fachada da Veículos Metro, acho que do final da década de 1940", o senhor Kapur disse. "Talvez uns cinco anos antes de você nascer, seria isso?"

"O que é aproximadamente a época em que meus pais se casaram", Yezad disse. "Portanto, esta é a rua que eles viram depois do casamento deles."

À luz da madrugada, os prédios e as árvores esperavam como amigos de infância para carregá-lo de volta. E os velhos lampiões da rua, enfileirados ao longo do centro da estrada. Ele tinha se esquecido de como eram encantadores, quase decorativos, ao contrário do metal altivo dos novos postes de luz. Ele continuou de olhos fixos na fotografia, e um menininho apareceu com o pai em frente à Farmácia Madon... e, quando o ônibus surgiu, o pai lhe deu um último abraço antes de partir para o dia de... Então era o final da tarde, o ônibus o trouxe de volta, faminto, ansioso pelo chá e para brincar na área do condomínio antes de chegar a hora de fazer os deveres... e ali estava a mãe no ponto do ônibus, para lhe tomar a mão, e fazê-lo atravessar, a salvo, a rua por onde uma meia dúzia de carros, de vez em quando, passava...

Ele passou os dedos por cima dos olhos, e os fantasmas se afastaram. "É como uma magia, esta foto. Capturando o tempo..."

"A última", o senhor Kapur disse, passando a foto para o outro lado da mesa.

Yezad estava quase com medo de pegá-la. Mas ele olhou e ficou aliviado — só paisagem. E se perguntou por que o senhor Kapur estava lhe mostrando uma foto de coqueiros plantados ao longo de uma estrada. Então viu a grade de ferro batido, e seus olhos se espantaram.

Ele reconheceu a rebuscada grade de ferro batido que costeava a curva da Ponte Sandhurst onde a Rua Hughes se liga a ela. Mas não havia nenhum edifício Mansão Jehangir, nenhum Sukh Sagar, nenhuma Veículos Metro. Onde esses prédios se ergueriam, havia coqueiros, alguns arqueando-se em direção à rua, outros crescendo em linha reta para o céu. E, além deles, o mar.

Ele estremeceu, incapaz de compreender as próprias emoções — a fotografia, vazia dos seus amados pontos de referência, não deveria significar nada além de um cartão-postal paisagístico.

"Você está com frio", o senhor Kapur disse, e, contornando a mesa, aproximou-se do ar-condicionado. Houve um clique, o barulho desapareceu. O silêncio pareceu eterno em sua brusquidão, vasto, vazio como o espaço.

Yezad perguntou em voz baixa de que ano era a foto que tinha nas mãos.

Dando as costas para o painel de controle, o senhor Kapur pôs a mão no seu ombro. "É de 1908. O ano em que a Rua Hughes foi construída."

Yezad assentiu com a cabeça, sem confiar na própria voz. Semicerrando os olhos, tentava ajustar o foco da imagem indistinta.

"Mas isso é horrível", o senhor Kapur disse. "Eu trouxe as fotos para animá-lo porque você anda me parecendo deprimido ultimamente." E ameaçou tirá-las dali se o estivessem perturbando.

"Não estou perturbado, são fotografias espantosas, é só que..."

"Eu sei, eu estava só brincando." Bateu de leve no ombro de Yezad e voltou para sua cadeira.

"Essa grade", Yezad disse, "não está muito nítida na foto."

O senhor Kapur tirou uma lupa da gaveta. "Um belo exemplo do trabalho artesanal com o ferro batido. Bastante rebuscado. Eu gosto dos balaústres erguendo-se como minaretes a cada intervalo."

Yezad estudou cuidadosamente as fotos através da lente, passando de um lado a outro do Mansão Jehangir, pedra por pedra, apontando os detalhes para o senhor

Kapur. "Antes do alargamento da rua, este muro ficava muito mais afastado do prédio. Então tínhamos um lindo e amplo condomínio."

E os meninos que moravam no prédio eram os reis do condomínio, levando os inquilinos do térreo ao desespero com seus jogos e barulho. Em geral, o jogo era o críquete, o que chegava a um estado de frenesi quando a Inglaterra ou a Austrália estavam no país para uma série de jogos dos Testes. Mas em 1960, durante as Olimpíadas de Roma, eles abandonaram o críquete por um tempo e todos pretendiam ser Milkha Singh na corrida dos 400 metros. Mediram a área para calcular o número de voltas necessário, e gostariam de ter cabelo comprido como o do sique, que eles poderiam amarrar num tufo em cima da cabeça, e uma barba cujos fiapos tremulariam enquanto eles disparassem fazendo a volta da pista como o *Sardar* Voador.

O senhor Kapur riu ao ouvir como alguns tinham tentado, sem muito sucesso, simular o tufo de cabelo de Milkha Singh: recheando lenços com papel e prendendo-os na cabeça com elásticos. Mas os elásticos arrebentavam quando os meninos corriam.

Yezad passou a identificar os vários apartamentos, quem morava onde, mas então parou. "Eu o estou chateando com toda essa história."

"Pelo contrário", o senhor Kapur disse, dando a impressão de estar se deliciando com a enxurrada de lembranças liberada pelas fotografias. "É como se o Mansão Jehangir fosse um *Baag* pársi."

"Não era. Neste apartamento térreo havia uma família muçulmana. A família Shahrukh. O pai dirigia um táxi, e às vezes ele abarrotava o seu Hillman com seis ou sete de nós e nos levava à escola."

"E Shahrukh também fazia parte do seu grupo."

"Ah, sim, sem dúvida. Mas", admitiu ele depois de uma pausa, "o senhor sabe como garotos brigam. E se vez por outra havia alguma discussão — se alguém se sentia atingido, por exemplo —, quando Shahrukh discordava, costumávamos lhe dizer, vá para o Paquistão se não gosta daqui. E implicávamos com ele por causa da circuncisão, chamando-o de *ABC*, como se diz, *Adha Boolla Catayla*."

Yezad balançou a cabeça com remorso. "Quando sonho com a minha infância, acordo almejando que eu pudesse encontrar Shahrukh, lhe pedir desculpas. A parte triste foi que por fim a família realmente foi embora, para o Paquistão, onde eles tinham parentes. Depois, todos nos sentimos culpados."

Ele pôs a fotografia na mesa e pegou a mais antiga de novo, a da época em que na rua só havia palmeiras. "O senhor disse que esta é de mil novecentos e quanto?"

"1908."

"É como se estivesse vendo a primeira manhã da Rua Hughes", disse ele com reverência. "E essa grade de ferro perfeita... me fascinava. Como eu amava tocar os círculos, as volutas e as esferas que havia nela. Sempre que saía com meu pai, ele me deixava subir no parapeito onde a grade se fixava. Eu amava seguir ao lado dele, me balançando e abraçando a grade, e ele com o braço a postos, perto da minha cintura, por precaução, até chegarmos ao fim, onde eu pulava para a calçada. Fazíamos o mesmo ao voltarmos para casa. Ver a grade era saber que estávamos em casa. Do Teatro da Ópera, aproximando-se da esquina, víamos que lá estava ela para nos saudar enquanto a ponte crescia aos nossos olhos."

"Por que a grade era tão importante?"

"Não sei", Yezad disse. "Talvez fosse a única coisa bela em nossas vidas. Lembro-me de que, em algumas noites, éramos acordados por uma espécie de tilintar; era um ladrão tentando roubar um pedaço dela, para vender como sucata. Pelo prédio todo, as luzes se acendiam, cabeças inclinavam-se para fora das janelas, gritando e berrando. O pobre ladrão corria desesperadamente a fim de praticar um roubo mais fácil."

O tinido das venezianas de aço ao serem descidas chegou ao escritório. Husain estava se preparando para fechar a loja.

Yezad pôs as fotos na mesa e devolveu a lupa. "Nessas fotos, sabe, o senhor me mostrou o que perdi."

"Sinto muito, Yezad, eu..."

"Não, eu lhe sou grato." As fotografias tinham-no feito ciente de quanto a rua e os prédios significavam para ele. Como uma família extensa a que ele não dava valor e que simplesmente ignorava, certo de que ela estaria sempre ali. Mas prédios e ruas e espaços eram tão frágeis como seres humanos, tínhamos que amá-los enquanto os tivéssemos.

"Você se dá conta", o senhor Kapur disse, "de que nesses 15 anos que eu o conheço, esta é a primeira vez que você fala da sua vida, de sua infância?"

"Ah, eu falei demais", Yezad disse, envergonhado.

"E só foi justo. Do contrário, sou sempre eu e a história de minha família."

"Mas a sua é mais interessante."

"Todo muito subestima a própria vida. O engraçado é que, no final, todas as nossas histórias — a da sua vida, a da minha vida, a da vida de Husain, são sempre as mesmas. Na realidade, não importa onde se vá no mundo, só há uma única história importante: a da juventude, da perda, e do anseio de redenção. Então sempre contamos a mesma história, sem parar. Só os detalhes diferem."

Ele se aproximou do ar-condicionado. "Está de novo muito quente aqui, não está?"

"Está, sim, mas o senhor devia economizar. A conta da eletricidade está mais alta a cada mês."

O senhor Kapur deu um risinho e se afastou do painel do aparelho. "É isso que eu gosto em você, Yezad — você cuida do meu dinheiro."

Ele levantou as mãos acima da cabeça e as balançou para a frente, atirando na rede uma bola de basquete invisível. Guardou as fotografias, depois de verificar se os envelopes de celofane estavam fechados. "De três fotos, tantas lembranças. O que pode acontecer com uma só foto — cada uma esconde uma quantidade de recordações. A única coisa de que se precisa é de um par de olhos adequado", ele fez o gesto de virar uma chave, "para destravar a magia."

Saíram do cubículo e foram para a loja, meio às escuras, onde Husain estava esperando à porta. As venezianas de aço estavam trancadas. Ram, Sita e o reclinado Ravan pareciam desamparados na vitrine apagada da loja.

"Agora estou convencido de uma coisa", o senhor Kapur disse. "Você ama esta cidade tanto quanto eu. Se não mais. Espero que você compreenda por que quero me candidatar na próxima eleição municipal."

Yezad assentiu com a cabeça. "Então o senhor vai seguir em frente?"

"Sem dúvida. Já fiz *pukka* planos. Logo estaremos trabalhando em tempo integral na organização, bolando estratégias. Todos os meus amigos mais influentes estão me apoiando. E rascunhei uma espécie de manifesto — mandarei via *e-mail* para você. Preciso da sua opinião."

"Eu não tenho computador."

"Não? Vou imprimi-lo para você. E tenho um monte de idéias para a campanha, efetivamente."

E detalhou uma delas: em vez do procedimento comum de entregar panfletos, ele sairia acompanhado de uma equipe de ajudantes numa van equipada com chá e algo leve de comer — uma banca de chá de rodas, completa, com cadeiras dobráveis e banquinhos. Em cada quarteirão, eles se instalariam nas proximidades de entradas, em pátios, condomínios, embaixo de escadas, onde quer que houvesse espaço. Então eles convidariam os moradores para bater um papo com ele enquanto tomassem um refresco.

"Será uma reunião de vizinho com vizinho em torno de uma xícara de chá, a comunidade redescobrindo laços humanos, participando de uma saudável divulgação de idéias, sonhos e pontos de vista."

"Parece ótimo", Yezad disse. "E no que se refere ao Material Esportivo Bombaim, o senhor pode contar comigo."

"É o que pretendo. Em breve trataremos disso — de suas novas responsabilidades e a remuneração condizente com elas." E acrescentou, num tom conspiratório: "Não se esqueça da minha mala especial, que também vai ficar a seu encargo. Deverá financiar minha campanha."

Eles riram, e Husain sorriu ao trancar a porta, como se ficasse feliz só de estar perto da alegria deles. Com um salamaleque, ele entregou as chaves, e se despediram com um boa-noite.

Yezad se sentiu em paz com o mundo, mais calmo do que tinha estado há semanas. Era estranho que as fotografias que o tinham agitado tanto tivessem esse efeito. Talvez tenha sido uma espécie de agitação positiva, como no caso dos vidros de remédio que precisam ser sacudidos.

Na estação, ele se deixou levar pela força da maré da população suarenta para dentro do trem. Agarrando-se à barra superior, pensou no Mansão Jehangir e na Rua Hughes. Agora, como lhe eram caras essas lembranças da sua casa da infância. Ele não tinha se dedicado muito a pensar naquele lugar. Na ocasião em que a família saiu definitivamente, o prédio estava tão abandonado — as fundações tinham sido transformadas num labirinto de tocas pelos ratos — que todos estavam contentes de se despedir dele. E, no entanto, o prédio deve ter sobrevivido em Yezad esse tempo todo.

Ele via as fotos do prédio que estavam com o senhor Kapur, a rua, a grade. Ele gostou do patrão mais do que jamais gostara; compreendeu-o melhor, sem dúvida. A sua candidatura à eleição correria bem para ambos.

Perdido numa nuvem de otimismo, quase perdeu sua estação, e saltou do trem quando este começava a partir. E Yezad começou a assobiar.

Roxana precipitou-se da cozinha para lhe pedir silêncio, Papai tinha tido um dia horrível, não devia ter dormido a noite passada, ficara dormitando e acordando a manhã e a tarde toda, murmurando coisas para si próprio.

Enquanto eles ficavam esperando à porta, Nariman começou a murmurar, "Lucy, meu amor, meu doce clarinete, vou tocar uma música doce em você...".

Roxana ergueu as sobrancelhas e cobriu a boca com a mão, decidindo que ela precisava impedir que os meninos o ouvissem. Estranho que as mãos de Papai estivessem quietas, mas a sua cabeça não estava. Murad poderia permanecer na varanda, Jehangir teria que sair da mesa de jantar com seus livros e ir se sentar no quarto dos fundos.

"Aqui tem mais lugar", Jehangir disse, ansioso para ouvir cada palavra do Avô, esforçando-se para entender.

"Faça o que pedi", sussurrou-lhe a mãe. "Precisamos da mesa para o jantar." Ela fechou a porta contígua e ele ficou amuado por lhe ter sido cortado o acesso aos segredos do Vovô.

"Venha viver comigo e ser meu amor", Nariman disse. "E nós provaremos de todos os prazeres..."

Ela trouxe os pratos para a mesa e perguntou, "Papai? Você vai jantar?".

Ele resmungou, e Yezad disse que era para não incomodá-lo se ele estivesse se sentindo um tanto confuso, que era melhor deixá-lo descansar, e não lhe encher muito o estômago.

Ela fez que sim. "Aliás, Yezad, o relógio está precisando de corda."

Na varanda, Murad ouviu as palavras de sua mãe. Ele entrou, aparentando desinteresse, passou pelo pais, e entrou sorrateiramente na cozinha, onde pôs um banco perto da parede e subiu nele. Abriu a porta de vidro do relógio. Os dedos foram tateando até o lugar debaixo do pêndulo, à procura da chave cromada e brilhante, e a inseriram nele.

O rangido de mola da corda chegou aos ouvidos de Yezad quando ele estava a caminho do banheiro. "O que você pensa que está fazendo?"

"O relógio parou", Murad disse.

Sem nem uma palavra sequer, ele ergueu o filho do banquinho e o arrastou para Roxana no quarto dos fundos.

"Eu vou matá-lo", disse ele, tranqüilamente. "Bem aqui, na sua frente, eu vou matá-lo."

"Fique calmo, Yezdaa", pediu Roxana. "Diga-me o que ele fez."

"Ele estava dando corda no relógio."

Ela titubeou; seria difícil salvar Murad de uma surra se o crime dele fosse esse. "Vamos lhe perguntar por que fez o que sabia que não deveria ter feito. Conte-nos, Murad."

Murad se manteve num silêncio desafiador. Da escrivaninha do canto, Jehangir observava petrificado.

Roxana tentou de novo: "Você sabe o quanto o relógio é especial para o Papai. Por que fez isso? Por favor, me diga."

Murad hesitou. "Eu queria ajudar Papai. Ele está sempre cansado à noite."

"Desculpa inteligente", Yezad disse. "Mas não cola. Das dezenas de coisas em que ele pode ajudar, ele escolhe exatamente a que não deveria escolher."

Roxana preferia aceitar o motivo declarado se o castigo pudesse ser evitado. "Foi simpático da sua parte, Murad. Mas peça desculpas a seu pai, seja como for, você agiu errado. Você sabe como o relógio é precioso, já ouviu a história."

"Que história é essa?", Jehangir perguntou.

"Não venha com as suas artimanhas, Jehangla."

"Não, Papai, realmente não me lembro de que história é."

"É possível", Roxana disse. "Ele era muito menino quando você a contou." Ela sabia que a história seria uma boa maneira de acalmar Yezad.

"Eu me esqueci completamente dela", Jehangir disse, até com mais veemência.

"O relógio ficava pendurado na casa de Papai no Mansão Jehangir", Roxana começou a contar. "Na cozinha. Era um presente que o pai de Yezad tinha recebido do presidente do seu banco, pela bravura que demonstrara."

Yezad a corrigiu: "A inscrição diz: 'Em agradecimento pela demonstração exemplar de coragem e honestidade no cumprimento do dever.'

"Meu pai era o chefe dos caixas. Uma vez por semana, ele transportava o dinheiro entre a agência dele e a agência matriz, acompanhado de um guarda armado. Naqueles dias, era o sistema usado. E o incidente ocorreu durante os meses finais da Segunda Guerra Mundial."

"Que idade você tinha?", Jehangir perguntou.

"Nessa ocasião, eu nem sequer era nascido. Mas meu pai estava fazendo esse trajeto semanal de táxi, com o guarda, Duleep Singh. De repente, eles ouviram uma explosão terrível, como se toda a cidade tivesse ido pelos ares. E a morte e a destruição começaram a cair do céu. As explosões continuaram, ninguém sabia o que estava acontecendo. As pessoas nas ruas achavam que os bombardeiros inimigos tinham chegado e sobrevoavam Bombaim. Em minutos, havia centenas de mortos. E o motorista do táxi de meu pai estava tão apavorado, que parou o carro, saltou e correu, gritando 'Bhaago, sahab, bhaago!'. Então Duleep Singh também entrou em pânico, esqueceu o rifle no carro e se mandou.

"Então ali estava meu pai, que haviam deixado sozinho, com uma mala que continha 500 mil rupias, e, nas ruas, nenhum transporte, nenhuma proteção, só o caos.

"Todas as piores possibilidades lhe passaram pela cabeça. Se alguns maus elementos soubessem que ele estava levando essa fortuna em dinheiro, poderiam matá-lo e ninguém jamais saberia disso. Ou as explosões acabariam com ele — houve centenas de pessoas cujos corpos jamais foram encontrados. Se isso acontecesse, o banco poderia pensar que ele se aproveitara da situação e desaparecera com o dinheiro. Era isso o que ele mais temia, a perda de seu bom nome."

"Ele não poderia se esconder numa loja ou num prédio?", Murad perguntou.

"Lojas, casas, todo mundo havia fechado suas portas. Eles achavam que era uma invasão do inimigo. A única coisa que meu pai poderia fazer era tentar entrar em contato com a matriz do banco. Ele continuou a rezar *Yatha Ahu Varyo* e foi andando.

"Deslocando-se com cuidado, abrigando-se sob portais e vãos, ele chegou à matriz do banco horas depois. Também lá as portas estavam trancadas. Ele bateu e esmurrou e gritou até o vigia se aproximar. Reconhecendo meu pai, que ia toda semana, ele o fez entrar imediatamente."

"Mas o que eram as explosões?", Jehangir perguntou.

"Estou chegando lá. Pois é, porque estávamos em tempo de guerra, havia dois navios com material bélico ancorados no porto. Houve um acidente, esses navios explodiram, e a cidade foi bombardeada pela munição. Só depois é que as pessoas compreenderam a extensão da destruição, souberam dos milhares que foram mortos.

"E, no banco, o pessoal se deu conta da bravura de meu pai, de sua determinação, e, sobretudo, de sua honestidade. Quando o relógio lhe foi presenteado na comemoração anual do banco, o presidente fez um discurso elogiando a coragem de meu pai. Ele disse que assim como o relógio marcaria as horas com precisão, o ato do senhor Chenoy contaria precisamente da honestidade."

Yezad fez uma pausa. "Quando o seu avô se arriscou a ser morto, o que mais o preocupou não foi a perda da própria vida, mas a perda do seu bom nome. Ele sempre dizia, quando acabava de me contar a história, 'Lembre-se, as pessoas podem tirar tudo de você, mas não podem roubá-lo da sua decência. Não se você quiser conservá-la. Só você pode fazer isso, pelas suas ações'."

"Que as palavras do pai de Papai se conservem na sua cabeça para sempre", Roxana disse. "Entendeu?"

"Entendi, Mamãe", Jehangir disse.

"E você, Murad?"

Ele fez que sim com a cabeça.

O apartamento estava quieto, e já tinha se passado uma hora desde que todos tinham ido dormir quando Nariman começou a falar. Roxana rezou, pedindo que ele se calasse antes que Yezad se sentisse incomodado.

Então o pai levantou a voz. "Você desonrou a sua paternidade! Quando chama a mulher que amo de prostituta, quando chama esta casa de *raanwada* só porque eu a convidei para vir aqui, eu perco a esperança em você!"

Yezad pulou da cama. "Ele disse *raanwada*?"

Roxana pediu que o marido se calasse. "Acho que ele está brigando com o pai por causa de Lucy."

"Mas isso não é linguagem para um menino pequeno ouvir."

"Não se preocupe, Jehangir está dormindo."

"Você verificou?"

Ela saiu da cama e foi se esgueirando até a porta. Olhou, e sorriu: o filho parecia a salvo nos braços de um sono tranqüilo.

"Quem sabe o que mais seu pai vai gritar? A vida de Nariman Vakeel daria um bom romance, mas não é nenhuma história para uma criança ouvir na hora de dormir."

Ele ficou ali deitado de costas, resmungando que, agora, levaria anos até adormecer. Ela pôs a mão no peito dele e brincou com os pêlos, acariciando-o e acalmando-o como faria a uma criança.

Nariman mergulhou de novo nos murmúrios. Jehangir ficou ouvindo com a cabeça apoiada num cotovelo. Estava contente de ter conseguido fechar os olhos antes que Mamãe o visse acordado. Ele não queria perder o que o Vovô dizia, era a única maneira de, um dia, saber de alguma coisa. Toda vez que fazia uma pergunta a Mamãe-Papai, eles lhe diziam que não devia ser curioso de saber de problemas de adultos.

"Desça da pedra, meu amor", ele ouviu o Avô dizer, com voz suplicante. "Por favor, Lucy, esse não é um bom lugar de cantar. Desça, minha querida, fique aqui ao meu lado que eu vou cantar com você..."

O Avô estava, agora, cada vez mais perturbado: "Estou apavorado, Lucy, por favor, desça, meu amor...", e Jehangir temeu que ele começasse a falar mais alto e acordasse Papai novamente. Ele se perguntou se deveria segurar a mão do Vovô, como o Vovô tinha segurado a dele naquela outra noite, talvez isso o consolasse.

Mas, depois de suplicar por alguns minutos, o Avô passou a cantarolar a canção dele, "Um dia quando éramos jovens; então Lucy deve tê-lo ouvido. Abaixando o cotovelo, Jehangir deixou a cabeça encostar no travesseiro. Ele adormeceu ouvindo o canto suave, querendo saber que pedra era aquela em que a namorada do Avô estava parada, e por que o Avô estava tão apavorado com isso.

11

Jehangir estudou sua imagem refletida e se perguntou se algo mudara na sua aparência. Ele sabia de histórias em que culpas secretas se revelavam em manifestações físicas — saíam bolhas na pele, as unhas escureciam, a voz ficava rouca, o cabelo caía.

As 20 rupias estavam escondidas em seu bolso há dias enquanto ele se agoniava. Como usar o dinheiro sem se meter em encrenca? Ainda bem que o rosto que olhava para ele do espelho da porta do armário de seu pai parecia normal.

Então ele ouviu um estouro violento vindo da cozinha — muito mais alto do que o assobio habitual da panela de pressão. Correu para ver. A mãe lhe disse que recuasse, era muito perigoso chegar perto do fogão. Ela própria permaneceu estática, a alguns passos da besta que cuspia vapor e alimento através da válvula. O primeiro jorro forte deixou sua marca na parede e no teto.

Do corredor, ele observava, fascinado pela panela. Então, através dos assobios e gorgolejos, ouviu-se o som da campainha. Sua mãe pareceu não tê-lo ouvido, por isso ele foi até a porta, espiou pelo olho mágico e abriu. A Tia Daisy passou bruscamente por ele e se dirigiu para a cozinha.

"Desligue o gás do fogão", disse ela, e Roxana deu um pulo ao ouvir a voz.

"Daisy!"

"Desligue o forno", repetiu a Tia Daisy, que então decidiu fazê-lo sozinha. Ela agarrou um pano de prato e o enrolou na mão à guisa de proteção. Com a outra mão protegendo-lhe o rosto, ela se inclinou bem e foi se esgueirando até o fogão.

Como um caubói tentando apontar a arma antes que o ladrão atire, pensou ele. Então ela estendeu o braço e apagou o gás com um giro rápido do botão. O botão mais rápido do Oeste, concluiu ele.

"Agora um balde de água fria", disse ela, ainda muito eficiente, e derramou a água por cima da panela. A besta foi subjugada.

"Obrigada", sua mãe disse, bamba de tão aliviada. "Não sei como isso aconteceu, sou sempre tão cuidadosa, o peso estava na válvula, tudo perfeito, e eu estava com Papai."

"Acontece", Titia Daisy disse. "Assim que ouvi aquele fortíssimo de trompete, eu sabia que a sua panela de pressão tinha explodido." Ela recuou para avaliar as conseqüências. "Parece um Jackson Pollock."

"O quê?", perguntou sua mãe.

Ela apontou para a parede. "Arte moderna. O que tinha dentro da panela?"

"*Dal* amarelo e um molho de tomate."

"Bonitas cores", disse ela, admirando a combinação.

Jehangir voltou ao quarto dos fundos, ao espelho, onde estivera examinando o rosto. Abriu a porta do armário, e a gaveta interna, onde Mamãe guardava os seus envelopes. E se ele introduzisse furtivamente as sua 20 rupias nesses envelopes, sem dizer nada? Ela encontraria o dinheiro, pensaria que era do salário de Papai, e simplesmente o gastaria.

Ela continuava com Titia Daisy na cozinha, limpando a sujeira. Nem Murad nem Papai estavam em casa. E o Vovô dormia. Agora era a hora.

Ele procurou os envelopes, seus conhecidos, que ele manuseava nos dias de pagamento, sentado ao lado de Mamãe, enquanto ela dividia o salário. Ela o deixava contar o dinheiro quando as notas do banco eram novas, e ele apreciava o seu cheiro de novo. Se eram notas velhas, tinha mais precaução — nunca se sabe quem mais as tocou, se as mãos dessas pessoas estavam limpas (elas lavavam as mãos duas vezes, com sabão, depois de irem ao banheiro?).

Ele folheou os envelopes e leu suas legendas: Manteiga & Pão, Bujão de Gás, Manteiga Semilíquida, Arroz & Açúcar, Leite & Chá, Água & Eletricidade, Carne... e assim elas prosseguiam, inundando a cabeça com o que requeriam. Tudo o que ele tinha eram 20 rupias. Como estavam gastos e amassados os envelopes, as pontas se rasgando na dobra. Ele se lembrava de quando, há três anos, eles eram impecavelmente brancos. Mamãe-Papai vinham conversando, havia dias, sobre algo chamado incremento. Ele perguntou o que significava. "Mais dinheiro", disse ela, feliz. Então Papai disse que com a inflação o incremento compraria menos, e ele perguntou o que era inflação. "Um monstro que se alimenta do nosso futuro", Papai respondeu, explicando a respeito de aumento de preços e de poder de compra. Mas Mamãe tinha esperanças, ela iria organizar um novo orçamento, com um novo jogo de envelopes para trazer boa sorte.

Agora eles estavam velhos e manchados, e não pareciam conter nenhum sinal de boa sorte. Havia tantos, seria preciso uma quantidade tão maior de dinheiro para fazer alguma diferença de verdade. Onde pôr as 20 rupias? Onde elas teriam mais sucesso? Ele tinha que decidir rápido, Mamãe e a Tia Daisy logo terminariam o serviço na cozinha.

Ele passou os envelopes rapidamente e parou em Manteiga & Pão. Ontem de manhã, Papai dissera, "Torrada seca de novo, graças à sua família". E Mamãe retrucara, "Não vi a sua família propiciar muita ajuda nesses 15 anos", o que deixou Papai ainda mais zangado. "Pelo menos as pessoas da minha família não tratam a nossa casa como hospital", disse ele.

Eles tinham começado a brigar de novo, Mamãe lhe lembrando de como as três irmãs dele tinham sido *halkat* pouco antes do casamento; elas não lhe tinham cedido nem uma cadeira, nem uma cama, nem um armário sequer do apartamento da família, embora ele tivesse direito à parte dele na mobília. Do Mansão Jehangir, ele não tinha recebido nem um pau quebrado, e era um milagre ele poder ter levado suas roupas e sapatos. E Papai disse que se ela ia trazer à baila a história familiar dele, ele podia fazer o mesmo com a dela, só que a dela era terrível demais para ser revelada na frente das crianças.

Mamãe disse que se não fossem as irmãs dele, eles poderiam ter se instalado na casa dele, o Avô não teria gasto todo o seu dinheiro, o Avô ainda seria dono do próprio destino. Mas o Avô sacrificara tudo por eles, tendo dito na ocasião que não deveriam começar uma nova vida com briga e amargura.

"Então apenas se lembre disso", Mamãe disse, "minha família não criou o nosso problema."

Papai apontou para o Avô na bicama. "O que você acha que é isso? Deixe-me dizer uma coisa, eu não me casei com você para ter a honra e o privilégio de cuidar do seu pai."

Lembrando-se dos diálogos ásperos de seus pais, Jehangir ficou paralisado com o dinheiro na mão. Dentro do peito, tudo parecia pesar, como acontecia com a cabeça quando doía. Ele se perguntou se isso seria o mesmo que dor no coração. Havia alguma pílula para dor no coração?

Um barulho na cozinha o alertou; ele decidiu: Manteiga & Pão era a melhor opção. Ele meteu ali as 20 rupias, recolocando os envelopes no lugar justamente quando a mãe vinha pelo corredor. Titia Daisy estava indagando sobre o Vovô, e elas então foram para o quarto da frente.

"Veja quem está aqui, Papai — Daisy Ichhaporia."

O avô pareceu desinteressado por um instante, depois seu rosto se iluminou: "A violinista."

"Muito bem!", disseram elas, e Jehangir achou que parecia o elogio de Mamãe quando as notas das suas provas eram boas.

"E onde está o violino?", o avô perguntou.

"Ah, Papai", a Mãe riu, "Daisy veio me ajudar na cozinha, não veio tocar um concerto."

"'Se a música for o alimento do amor, toque, me dê muito dela'", sussurrou ele, para o deleite de Daisy. "Você não devia ir a lugar nenhum sem o seu violino."

"Por que você não lhe diz, Papai, o quanto aprecia a música dela? Sabe, Daisy, sempre que ele ouve você tocar, ele se sente no céu, você devia ver o rosto dele."

Puxando-a de lado, ela disse que a música era uma bênção nos dias em que Papai não estava bem — assim que ouvia o violino, ele ficava mais calmo, como se tivesse tomado uma dose de remédio.

"Que interessante", Daisy disse. "Há algum tempo, li um livro sobre musicoterapia. O autor prescrevia composições específicas para males como enxaqueca, pressão alta ou baixa, cólicas estomacais. Não me lembro exatamente, mas o que era prescrito com mais freqüência era Bach, principalmente certas fugas do *Cravo bem temperado*. Espere, volto num minuto."

Ela voltou com o violino e deu início a uma peça animada que encheu o cômodo de energia. Sorrindo, Nariman fechou os olhos, e Roxana fez um sinal para Daisy, indicando o prazer dele.

A música fazia desvios e círculos, e Jehangir imaginou que devia ser essa a sensação ao se correr num carro aberto, numa estrada vazia, um monte de passarinhos voando lá em cima, o sol brilhando, nuvenzinhas brancas flutuando no céu. A peça terminou com um floreio do arco.

"Bravo", Nariman disse, e tentou aplaudir, mas quase não se ouviu nenhum som. Os outros compensaram a falha. "Eu tinha um disco 78 do Heifetz tocando essa peça", continuou ele. "É o *Zapateado*, de Sarasate, não é?"

Ela assentiu com a cabeça, satisfeita por ele conhecer a peça.

"O que *Zapa*... esse nome, significa?", Jehangir perguntou.

"*Za-pa-te-a-do*", o avô explicou. "Uma dança na qual se batem os pés. De *zapato*, que é 'sapato', em espanhol."

Jehangir preferia sua própria interpretação de passarinhos, e nuvens, e um carro. E repetiu a palavra, "*Zapato* — soa quase como *sapat*".

"Exatamente. Isso ocorre porque tanto o guzerate como o espanhol pertencem à mesma família indo-européia."

Daisy começou a tocar *Nas asas da canção*, de Mendelssohn, e eles se calaram. Jehangir achou que dessa vez a música era mais terna, derramando-se do violino com tanta doçura que ele quase podia lhe sentir o gosto. Ela lhe fazia lembrar o mel que se derramava de uma colher formando fios dourados. Quando ele tinha dor de garganta, a mãe misturava mel com sumo de limão para suavizar a garganta.

Daisy terminou a peça, e eles tornaram a aplaudir. Ela começou a guardar o violino. "Só isso?", Nariman falou. "Você pode muito bem se exercitar aqui, hoje."

"O senhor não vai querer ouvir toda aquela minha baboseira, Professor Vakeel."

Nariman a convenceu de que queria. Mas as folhas com as músicas e a estante estavam na casa dela, embaixo, e, assim, ela tocou mais algumas peças de cor, depois tornou a guardar o violino no estojo, prometendo voltar no dia seguinte se ele realmente quisesse.

"Prometa-me mais uma coisa."

"Sem dúvida."

"Prometa-me que quando eu estiver morrendo, você virá tocar para mim."

Daisy disse que estava certa de que ele tinha muitos anos pela frente.

"O número de anos não é a questão. Quero que o seu violino inunde meus ouvidos quando o fôlego estiver me deixando — seja lá quando for. Promete?"

Ele lhe estendeu a mão. Ela hesitou, mas não foi capaz de recusar o gesto. A mão de Daisy apertou a dele, selando o pacto: "Prometo", disse ela.

Roxana estava, agora, de cara fechada, e Jehangir, muito abatido, como se o fato de Daisy atender o pedido do avô fosse apressar o momento da tristeza.

A senhorita Alvarez fez um pequeno discurso em louvor dos Monitores de Dever de Casa e de sua turma. Jehangir estava convencido de que ela via a culpa nos seus olhos, e temia encontrar os dela. Ele escolheu um ponto no quadro-negro onde pudesse concentrar o olhar.

"Meninos, quero que saibam que houve uma melhora nas notas dos que não estavam indo bem no início do ano, até mesmo os Problemas Perpétuos estão trabalhando com mais afinco. E sabem por quê? Porque vocês querem o respeito de seus colegas de turma. Estou tão orgulhosa de vocês. Obrigada, continuem assim, e parabéns para todos."

Então a senhorita Alvarez cruzou suas pernas "que eletrizavam a classe" e começou a dar notas nos testes enquanto seus Monitores de Dever de Casa passavam pela sala fazendo seu trabalho. Era um teste sobre datas do império mongol: dez perguntas para cada aluno.

Indo de carteira em carteira, Jehangir ficou preocupado com o que aconteceria quando chegasse a Ashok. Passara-se uma semana desde a última vez. Ele ofereceria dinheiro de novo? O medo de ser apanhado pela senhorita Alvarez cavou um buraco na sua barriga.

Muito antes de chegar a vez de Ashok, a capa de papel pardo do livro de Jehangir estava úmida do suor da palma de suas mãos. Ele as enxugou nas mangas da camisa, mas elas tornaram a ficar úmidas em alguns segundos. Ele manteve os dedos afastados do centro, procurando não borrar a tinta onde Papai tinha escrito na capa de papel pardo:

Jehangir Chenoy
4ª Série A, primário
História

A caligrafia de Papai era perfeita como pérolas. Era assim que Mamãe a elogiava, e as letras todas se juntavam por intermédio do brilho da tinta azul vivo. Ela o estimulava a tentar escrever de forma tão bela. Era tarde demais para Murad, suas letras iam rastejando por toda a página como percevejos, dizia ela a cada ano que se iniciava, quando eles encapavam os livros dos dois e se sentavam à mesa de jantar com Papai enquanto este escrevia seus nomes, séries e matérias. Era a melhor parte da volta à escola depois das férias de maio. Jehangir amava o brilho novo do papel pardo, o cheiro dos livros novos, a emoção de seu nome fluindo da ponta da caneta de Papai. E ele podia afirmar que Papai também gostava desse momento pelo ar de importância que havia no seu rosto. Às vezes Papai brincava, dizendo que o processo de aprendizagem não podia se dar enquanto os livros não portassem o nome do aluno, pois o conhecimento que havia dentro deles não saberia em que cérebro deveria entrar.

E agora, as belas pérolas de Papai corriam o risco de ficarem manchadas por causa do suor da sua má índole. Arrastando o peso da culpa e do medo atrás de si, Jehangir chegou à fonte da sua ansiedade.

Ele deu início às perguntas da lição sobre o império mongol, ignorando a piscadela que Ashok lhe dirigiu. A tranqüilidade com que conseguia manter uma distância digna, como se os dois não estivessem algemados por um segredo obsceno, agora o surpreendia.

"Em que ano Babur se tornou rei de Farghana?"

"1947", Ashok sorriu forçado e meteu a mão no bolso.

"A primeira batalha de Panipat ocorreu em...?"

"1947." Ele puxou uma nota de 20 rupias do bolso e Jehangir pôs a mão debaixo da carteira.

"Humayun tornou-se imperador em...?"

"1947."

Jehangir embolsou a nota enquanto as perguntas prosseguiam. Dez vezes Ashok respondeu 1947. A nota dele no Livro de Registro do Dever de Casa foi nove, de um máximo de dez.

Jehangir foi adiante, as mãos perfeitamente secas e limpas graças à confiança. Como fora simples. Todo aquele medo para nada, foi o que pensou, e se posicionou para testar Vijay.

Vijay e Ashok, além de Rajesh, passavam o recreio pequeno juntos, sentavam-se juntos para almoçar no recreio grande e iam para casa juntos. A mãe de Vijay gostava muito de óleo de coco e, por isso, o cabelo dele estava sempre brilhando. Quando a turma participou do jogo de críquete em que se defrontaram Cabelo Oleoso contra Cabelo Não-oleoso, Vijay quis ser o capitão porque o dele era o mais oleoso.

Jehangir começou a fazer as dez perguntas enquanto Vijay lutava para conseguir chegar às respostas, apertando as têmporas com os dedos como se quisesse espremer dali as palavras certas. Logo ele tinha esgotado a sua cota de três erros.

"Sinto muito", Jehangir disse, e abriu o Livro de Registro.

"Tudo bem", Vijay suspirou, e sussurrou a Jehangir que ele pusesse a mão debaixo da carteira.

"Para quê?"

"*Chal yaar*, não finja. Sei qual é o preço — 20 rupias."

O coração batendo, Jehangir se recusou a aceitar o dinheiro. Aquele porco do Ashok! Ele o traíra! E depois de ter prometido não contar a ninguém. "Tenho que anotar que você não passou."

"Tudo bem. É só esperar para ver o que acontece."

"O que é que pode acontecer?", Jehangir tentou a bravata.

"Primeiro, vou esfregar o meu cabelo no seu livro todo. Depois vou contar para a Professora que você está levando dinheiro."

"Ela não vai acreditar em você."

"Ashok vai comigo, ele vai dizer que lhe pagou."

Quando ele desmoronou diante da ameaça, Vijay meteu furtivamente o dinheiro no livro de história.

Uma ponta da nota ficou para fora. Apavorado de que a nota fosse vista, Jehangir socou-a no bolso. No Livro de Registro, ele anotou oito, de dez, para Vijay.

Algumas carteiras adiante, Jehangir chegou a Rajesh, e, pelo grande sorriso forçado no rosto do colega, ele soube o que poderia esperar sem que uma palavra tivesse sido falada. Eles representaram a mesma série de números do teste de história, e o Monitor embolsou outros 20.

⁂

Daí em diante, Rajesh, junto com Ashok e Vijay, constituíram-se no trio que o supria de 60 rupias toda semana. Essa habilidade para conseguir dinheiro sem fazer esforço, às vezes em troca de nada, deixava-o cheio de assombro e com uma sensação de poder.

Não demorou muito, ele passou a aceitar sem se questionar: era o seu direito. Se um dos três acertava a lição de casa (em geral Rajesh, que trabalhava com mais afinco e não era rico como os outros), ele não gostava. E quando metia furtivamente a quantia menor nos envelopes da mãe, era como se a estivesse decepcionando.

Então ele encontrou um meio de ter o controle do pagamento. A senhorita Alvarez sugeriu a seus Monitores do Dever de Casa uma lista de perguntas para cada tarefa, mas eles tinham a liberdade de propor as deles. Ela confiava no bom senso de seus alunos, foi o que ela os fez lembrar.

No teste de geografia, ele, primeiro, fez a Rajesh uma das perguntas da lista da senhorita Alvarez, mas as questões eram muito fáceis e ele as acertou. Hora de armar um lance. Ele vasculhou o livro à procura de fatos obscuros: "Diga a capacidade total, anual, de volume d'água de todos os rios da Índia."

"O quê?", Rajesh perguntou, incrédulo. "Essa não é uma pergunta justa!"

Jehangir dispensou o protesto com um silêncio frio, e revelou a resposta. "Um trilhão e 680 bilhões de metros cúbicos por ano."

"Canalha."

Procurando faturar mais dois erros, Jehangir o assaltou com perguntas semelhantes, de caráter numérico.

"Esperava-se que esse teste fosse de geografia, não de aritmética!", Rajesh explodiu. E lhe lançou um olhar de ódio, entregando-lhe 20 rupias. "É só esperar, eu vou lhe mostrar."

Sorrindo, Jehangir embolsou o dinheiro e continuou a descer a fileira, chegando ao próximo menino.

A pressa fez com que ele fizesse barulho ao fechar a gaveta interna depois de ter enfiado 60 rupias em vários envelopes. Sua mãe, na cozinha, o ouviu, e o pegou diante da porta do armário aberta.

"O que você está fazendo?"

Ele pensou rapidamente. "Eu queria ver as cartas de Papai. As do Canadá." Ela acreditaria nisso, ele sempre gostou de ouvir o pai contar a história sobre o requerimento e a entrevista.

"Você não devia tocar na prateleira dele. Aliás, você encontrou as cartas?"

"Não. Não quis bagunçar as coisas dele."

Ela aprovou com um aceno de cabeça a sua decisão sensata. "Pergunte quando ele chegar em casa, se ele estiver de bom humor." Então, afagando-lhe a face, encostou o rosto no dele. "Qual é o problema, Jehangoo?"

"Nenhum."

"Você está feliz?"

Ele fez que sim com a cabeça.

"Venha, o seu chá está pronto. Por que Murad está de novo atrasado? Como é que ele perde o ônibus e você, não?"

"Eu desço as escadas a toda e corro para o ponto do ônibus." Ele não ia revelar que o irmão ultimamente vinha a pé; Murad devia ter um bom motivo para economizar o dinheiro do ônibus — talvez ele também quisesse ajudar os pais.

Mas Murad chegou logo em casa. E sua mãe não lhe perguntou nada, porque o pai também chegou logo depois e disse, "Inacreditável", assim que destravou a porta.

Ela se perguntou o que poderia tê-lo aborrecido no momento em que entrou em casa. "Algum problema, Yezdaa?", perguntou ela timidamente.

"Pela primeira vez em semanas, algo deu certo."

A ansiedade dela se derreteu, transformando-se num sorriso. "O que foi?"

"Veja se adivinha. Eis uma dica — eu não subi três andares para chegar em casa hoje."

"O que você fez, subiu voando?", Roxana perguntou, e Jehangir riu, aliviado por eles estarem conversando assim.

"Foi isso mesmo", Yezad disse. "Subi voando numa gaiola."

"O elevador está funcionando!", Murad gritou.

"Depois de oito anos. Pode acreditar nisso, chefe?"

"Realmente, uma boa notícia", Nariman disse. "O milagre da tecnologia moderna voltou ao Pleasant Villa."

Eles riram, e Jehangir, sentindo-se exultante, disse, "Três vivas para o nosso velho elevador!" Ele estava feliz de ver o pai feliz esta noite. "Hip-hip-hurra!".

"Está parecendo que você leu isso num livro de Enid Blyton", Yezad disse, enquanto Roxana pedia a todos que se sentassem à mesa, a comida estava pronta.

Começaram a jantar. O prato consistia em batatas cozidas, em fatias, e fritas, com cebola, *chili* verde fresco, picado, e cominho em grão. Ela sabia que o prato estava incompleto, pois tinha sido feito sem a camada final de quatro ovos batidos em neve. Ao servi-lo, ela ficou preocupada com a aparência simples demais da refeição.

"Muito gostoso", Yezad disse. "Pimentas verdes são mágicas."

Jehangir assentiu, agradecido, com um movimento de cabeça. "Papai, posso mudar meu nome para John? Uma forma mais curta?"

"Você ouviu isso, Roxie? Seu filho quer se tornar cristão."

"Não, continuarei a ser pársi, só que o meu nome ficará ligeiramente diferente."

"Escute, Jehangir, seus amigos cristãos têm nomes cristãos. Seus amigos hindus têm nomes hindus. Você é pársi, então você tem um nome persa. Orgulhe-se dele, não queira jogar o seu nome fora como se joga um sapato velho."

"Um *zapato* velho", Jehangir disse.

"Não que possamos nos permitir jogar qualquer coisa fora hoje em dia."

O assunto desagradável de dinheiro estava novamente se aproximando, preocupou-se Jehangir, parando de mastigar. Sua mãe perguntou se ele não tinha gostado do jantar.

"Está muito saboroso", disse ele, recuperando a velocidade.

"Você contou para Papai o que estava fazendo no armário?"

A pergunta deixou Jehangir mudo de medo. Ele mal conseguiu balançar a cabeça.

"O que você estava tramando, seu malandro?"

"Ele queria ver as suas cartas", a mãe disse. "Toda a sua correspondência com o Canadá."

O alívio envolveu Jehangir. Como ondas de água, imaginou. Ele sabia que sua mãe tinha trazido o assunto à baila porque, como ele, ela queria prolongar o bom humor de Papai o mais possível.

Quando terminaram de comer, ele pediu ao pai que contasse a história.

❖

A história da imigração costumava ter duas partes: sonho e realidade. Mas, com o correr dos anos, renunciou-se ao sonho — de prosperidade, casa, carro, aparelho de CD, computador, ar puro, neve, lagos, montanhas, abundância —, uma vez que ele nunca iria se tornar realidade. Essa parte da história encolheu até chegar a quase nada. Em compensação, a outra parte cresceu, e agora constituía a história inteira, começando com a carta que Yezad tinha escrito para o Alto Comissariado Canadense a respeito do seu desejo de emigrar com a família, que, na ocasião, consistia em Roxana e o filho Murad, de três anos de idade.

"Vocês já ouviram isso tudo antes", Yezad disse, à medida que Jehangir continuava a atormentá-lo.

"Já, mas você nunca leu a carta para nós, Papai."

"Acho que li."

"Eu, por exemplo, adoraria ouvi-la, Yezad", Nariman disse.

"Ah, tudo bem." Ele foi até o armário e, enquanto procurava a correspondência, aproveitou para inserir o restante dos seus rendimentos da Matka em cinco envelopes, escolhidos ao acaso. No quarto da frente, ele abriu o pacote de cartas e encontrou a que eles queriam ouvir.

Tirando um maço de folhas, explicou que anos atrás, quando estava escrevendo para o Alto Comissariado Canadense, decidiu que, porque suas habilitações fossem limitadas — ele não era engenheiro, enfermeiro, técnico, ou ninguém de que tivessem grande necessidade —, sua carta teria que conter todos os graus e diplomas que normalmente conteriam. Deveria fazer o Alto Comissariado se interessar, pois aí estava um requerente que era digno do Canadá. As palavras tinham o poder de influenciar, as palavras realizaram grandes feitos, ganharam guerras. Claro que o idioma de Churchill, de Shakespeare e de Milton, que uma cuidadosa mistura de razão e paixão inflamava, poderia lhe propiciar apenas um visto de imigrante.

Assim, ele escrevera um hino ao Canadá, sua assombrosa e inspiradora geografia, seu povo, seu lugar no mundo, e à magnanimidade da política multicultural do Canadá, uma política que, na beleza de sua sabedoria, não exigia o alijamento dos velhos antes de deixá-los compartilhar do novo. Ele escrevera que muito se dissera do sonho americano e seu cadinho de raças, que, na opinião dele, tinha mais a ver com um pesadelo: uma imagem crua a que conviria mais uma descrição sulfurosa do fogo e enxofre do inferno do que de uma terra prometida. Não, a imagem de mosaico do sonho canadense era muito superior — um mosaico exigia imaginação, paciência e arte, uma visão estética que inexistia na brutalidade de um caldeirão fervente.

Ele fez uma pausa. "Agora, tudo soa tão pomposo."

"Continue, Papai", Jehangir disse. "É uma carta e tanto."

Yezad riu, passou para a página seguinte, e leu alto: "A generosidade do sonho canadense dá lugar a todos, a uma quantidade de línguas, culturas e povos. É na propensão do Canadá para se definir e redefinir continuamente, tendo a inclusão como base, que está a sua grandeza, promessa e esperança.

"Minha família e eu gostaríamos de partilhar desse sonho. Acreditamos em sua magnificência e desejamos passar nossas vidas numa sociedade que se dedica a se tornar uma luz para o mundo.

"Eu tenho um sonho, o de que em breve minha família deixe para sempre este lugar inamistoso, e possa viver onde os valores da compaixão predominem, onde o credo do egoísmo esteja encerrado e exterminado, onde à confrontação se prefira o acordo, e se cultive a flor da harmonia.

"Acima de tudo, eu tenho um sonho, o de que em breve minha esposa, meu filho e eu possamos erguer nossas cabeças em direção ao céu canadense e cantar: 'Ó, Canadá', com toda a nossa sinceridade."

A carta terminava com os costumeiros detalhes de ordem prática, que Yezad pulou. "Meu Deus", disse ele. "Será que eu realmente escrevi toda essa baboseira ingênua?"

"Pois bem", Nariman disse, "está muito boa para o que pretendia alcançar. Bastante boa até o dia..."

"Vocês acreditam? Foram seis semanas de trabalho duro, compondo-a, fazendo rascunhos e mais rascunhos, afligindo-me com as vírgulas, acrescentando uma, tirando outra, antes de enviá-la pelo correio para Nova Délhi. Então foram três meses de silêncio do maldito do Alto Comissariado. Fiquei me perguntando se eu teria dito algo que os ofendesse. O eco daquele discurso do Martin Luther King — talvez o fato de eu ter citado um herói americano ao requerer minha entrada no Canadá os tivesse perturbado. Talvez eu devesse ter pesquisado mais, ter procurado citar de uma fonte canadense. Ou talvez eu tenha sido muito duro ao escrever sobre o cadinho de raças americano, o que iria contra mim, identificando-me como radical, inimigo ou perseguidor da América, alguém que poderia causar problemas. Talvez houvesse um leve tom de deslealdade à Índia. O que era algo que eu gostaria de evitar.

"Afinal, chegou a resposta. Adivinhe qual era, chefe — uma carta-padrão de duas linhas, dizendo que tinham anexado um formulário de requerimento, com as instruções para o seu preenchimento. Vejam, eis a fotocópia."

"Ainda não consigo acreditar", Roxana disse. "Como puderam ignorar uma carta como essa?"

"Burocracia", Nariman disse. "O pior i-i-inimigo da humanidade."

"Verdade", Yezad disse, trocando olhares com Roxana — ela também percebera a vacilação na fala do pai. "Então preenchi o formulário, mas, dessa vez, com poucas esperanças. Se eu não tinha conseguido impressioná-los com a minha carta, o que mais haveria que pudesse influenciar a decisão deles? Nada.

"Imaginem a surpresa quando, seis meses depois, eles marcaram uma entrevista. Mais uma vez, fiquei entusiasmado, porque o Alto Comissariado nunca entrevistava candidatos à imigração a menos que tivessem probabilidade de serem aceitos. E toda a família foi convidada, não apenas eu."

"Ainda me lembro do que usávamos aquele dia", Roxana disse. "Papai vestia o seu terno jaquetão azul-escuro, eu estava com a saia e a jaqueta cor de malva que eu tinha. Para Murad, compramos uma gravata-borboleta muito engraçadinha. Tomamos um táxi para não chegarmos todos suados."

"É", Yezad disse. "Quando chegamos lá, a recepcionista disse que o funcionário da Imigração, o senhor Mazobashi, não tardaria a nos chamar. Sentamo-nos num sofá no setor de espera. O local estava cheio de famílias arrumadas como nós — como se estivéssemos numa festa de casamento. Algumas mulheres usavam quilos de jóias de ouro. Quando penso nisso, agora, vejo como era ridículo. Mas naquele momento, a única coisa em que eu pensava era no nome do funcionário da Imigração: Mazobashi.

"Eu estava emocionado. Essa era a beleza do Canadá, pensava eu, o fato de que Mazobashi podia ser um nome tão canadense quanto qualquer outro, Chenoy, por exemplo. Então uma voz chamou no saguão: família Chenoy. Como um médico chamando o próximo paciente para a sala de exames. E quando vi o homem, não achei que fosse o funcionário da Imigração — o sujeito estava vestido como um *chaprassi*, com uma camisa amassada do tipo *kurta*, solta por cima da calça, os pés metidos em *chappals* de Kolhapuri, as unhas dos pés sujas.

"Mas entramos no escritório, e ele se deslocou para uma grande cadeira de braços que ficava atrás da mesa. Sobre a mesa, havia uma placa de bronze com o nome: M. M. Mazobashi. Então era esse homem mal-amanhado que iria conduzir a entrevista. Será que ele fazia tão pouco assim de nós? Então decidi suspender o meu julgamento. Talvez os canadenses fossem até mais displicentes do que os americanos."

"'Bancar o nativo' é como os ingleses chamavam essa atitude", Nariman disse.

"Exatamente", Yezad disse. "O senhor Mazobashi abriu nossa pasta sem nem sequer pedir que nos sentássemos. Havia só uma cadeira, fiz sinal para que Roxana a ocupasse. Ele notou, e disse, 'Isso aí, claro, vão em frente', ao apontar para uma outra cadeira num canto.

"Quando já estávamos sentados, ele disse, 'Não estão sentindo calor metidos nesses trajes e casacos?', e eu sorri, 'Não, senhor, o ar-condicionado está funcionando com grande eficiência'."

"Na realidade", Roxana disse, interrompendo a história, "o escritório estava gelado, eu gostaria de ter levado minha echarpe de náilon. E temi que Murad pudesse pegar um resfriado. Aquele homem devia ter me visto tremer. Ele foi tão rude, 'Qual é? Frio demais para vocês? E querem morar no Canadá?' Um sujeito tão ignorante! Antipatizei com ele desde o primeiro minuto."

"Seja lá como for", Yezad continuou, "de repente, ele saiu do escritório, e voltou com um copo d'água. Pensei que ele estava, por fim, demonstrando alguma cortesia, mas ele a derramou numa plantinha em cima da mesa dele. 'Qual a distância daqui ao Canadá, você sabe?', ele me perguntou, abruptamente. Eu disse que dependeria da parte do Canadá a que ele se referia; se ele estivesse falando da Costa Oeste, seriam quase seis mil quilômetros a mais."

"Ponto positivo", Nariman disse.

E Jehangir ficou satisfeito, porque Papai tinha feito mais pontos do que o perverso senhor Mazobashi. "Foi aí que você lhe disse que ele era um sujeito rude?"

"Não, ainda não. Ele abriu a pasta de novo, acendeu um cigarro, examinou as unhas, e perguntou por que queríamos ir para o Canadá. Repeti algumas frases da minha longa carta, e terminei dizendo algo que eu não deveria ter dito — que queríamos ir pelas mesmas razões pelas quais a família dele tinha ido.

"Ele zombou de mim: 'Minha família nasceu no Canadá.' Eu fiquei quieto. Ele então me propôs a primeira pergunta relevante da entrevista: 'O senhor vende artigos esportivos, diz aqui. Fale-me sobre isso.'

"Comecei a responder, mas ele me interrompeu. 'Ok, ok, chega de críquete, *badminton** e tênis de mesa. O senhor pretende vender artigos esportivos no Canadá?'

"'Sim, mas estou disposto a fazer qualquer trabalho caso...'

"'Bem, diga-me algo sobre os esportes canadenses. Quantos jogadores há num time de hóquei no gelo?'

"'Onze?'

"'Errado. Quantos tempos de jogo?'

"'Dois?'

"'Errado. O que é *power play*?** O senhor sabe o que é fazer um *deke?**** O que é um pênalti no gelo? Fale-me da diferença entre a CFL e a NFL. Quantos direitos de voto na NHL? Como se joga o *lacrosse*?****

"Ele disparava perguntas em mim como se fosse uma metralhadora. 'Vocês indianos', disse ele, finalmente. 'Vocês são tão ingênuos. Querem ir para lá e gelar seus traseiros num país sobre o qual não compreendem nada, só para ganhar um monte de dinheiro. Pois bem, muito obrigado pelo seu interesse pelo Canadá, nós lhe daremos notícia.'"

Jehangir esperou — ele sabia que a melhor parte estava por vir.

"Ele estava esperando que nós, humildemente, nos levantássemos e saíssemos", Yezad disse. "Mas permaneci na minha cadeira. 'Dá licença, senhor, posso dizer algo?' Ele respondeu, 'Claro, mas que seja bem rápido, tenho mais gente a quem entrevistar'. Eu eu disse, 'Ah, sim, com certeza vou ser bem rápido'.

"Inclinei-me para a frente na minha cadeira. 'O senhor é um sujeito rude e ignorante, uma vergonha para o seu departamento e o seu país. O senhor fica sentado aí abusando de nós, abusando dos indianos e da Índia, um dos muitos países de onde o seu governo suga a força cerebral, a força cerebral que é responsável pelo crescimento e a prosperidade de vocês. Ao invés de ter a delicadeza de nos agradecer, o

* Espécie de tênis jogado com peteca. [N. da T.]
** Jogo ofensivo. [N. da T.]
*** Movimento durante um jogo de hóquei. [N. da T.]
**** Jogo semelhante ao hóquei. [N. da T.]

senhor cospe os seus preconceitos e as suas idéias intolerantes. De vocês, desse povo que sofreu com o racismo e a xenofobia no Canadá — onde vocês eram cidadãos canadenses, postos em campos como prisioneiros de guerra —, de vocês, senhor, mais do que de quaisquer outros, deveríamos esperar que compreendessem e tivessem incorporado os ideais canadenses, mais esclarecidos, do multiculturalismo. Mas se vocês não são pessoas que valham a pena seguir, então o Canadá é um enorme embuste.'"

"Bravo", Nariman disse, enquanto Murad e Jehangir batiam palmas, orgulhosos.

"Foi, eu fiz um senhor discurso. Já se passaram tantos anos, que nem me lembro de tudo o que falei."

"Você disse alguma coisa sobre a bandeira que ficava atrás da mesa", Roxana deu a deixa, "sobre a folha."

"Ah, é, eu disse que era um espanto a folha de bordo vermelha da bandeira ainda continuar voando, que eu não sabia como ela não tinha morrido de vergonha e caído, uma vez que era forçada a conviver com ele naquele escritório."

"Perfeito", Nariman disse.

"Eu tinha feito uma pesquisa minuciosa antes de requerer minha entrada no país. Vilas, meu amigo da livraria, tinha me emprestado um romance chamado *Obasan.* E um outro livro, chamado *O inimigo que nunca foi.* Mais alguns outros, sobre a construção da estrada de ferro nacional, a corrida do ouro de Klondike, a confederação de 1867. Na realidade, acho que eu estava mais bem-informado sobre o Canadá do que muita gente nascida lá. Menos no que se referia a acontecimentos esportivos. E esse homem estava me derrubando."

Nariman balançou a cabeça com tristeza. "Sempre achamos que as pessoas que sofrem atrocidades adquirem uma capacidade de compaixão maior do que a dos outros. Mas essa garantia não existe. Seja lá como for, fico muito contente de que não tenham emigrado."

"Jal e Coomy devem ter ficado também, chefe. Uma ambulância de Bombaim para o Canadá teria saído cara demais."

"Fico contente de que não tenham ido", Nariman repetiu, "porque considero a emigração um erro terrível. O pior que alguém pode cometer na vida. A perda do lar deixa um buraco que nunca se preenche."

As palavras do sogro provocaram um nó na garganta de Yezad, lembrando-lhe as fotografias do senhor Kapur do Mansão Jehangir e da Rua Hughes. Seu lar perdido. Aquela sensação voltou, de dor e vazio, e de uma estranha calma.

Ele inseriu os diversos formulários e cartas de novo no grande envelope, junto com todos os recortes de notícias referentes ao Canadá, reunidos no decorrer dos últimos 12 anos. Nesse momento, ele sabia mais sobre o país do que sabia quando esteve diante do senhor Mazobashi. A dor aguda da rejeição tinha lhe provocado uma grande sede de compreender melhor o que o rejeitara.

Tornou a levar o envelope para o armário, e então parou. Por que tinha guardado tudo isso? Ele sabia por quê — ele tinha se aferrado à idéia de requerer, de novo, sua entrada no país um dia, de ter êxito.

Sentou-se na cama e sacudiu o grande envelope. As cartas, os formulários, as fotocópias, os recortes de notícias voaram e caíram, formando uma pilha. Ele começou a rasgá-los.

O ruído de papel sendo rasgado levou Roxana ao quarto dos fundos. "O que você está fazendo?", perguntou ela, horrorizada.

"Livrando-me de lixo."

Por um segundo ela pensou em salvar os documentos. Depois, compreendeu: Yezad estava certo, não valia a pena guardá-los.

Ela se juntou a ele, na cama, de pernas cruzadas, e começou a rasgar. Era uma sensação boa. Eles levantaram os olhos da pilha, sorrindo, e seus olhos se encontraram.

Quando tudo tinha sido transformado num monte de pétalas de papel, ele estendeu as mãos por cima da pilha e puxou-a para si. E a abraçou, aninhando a cabeça dela no seu peito.

Na varanda, Murad disse a Jehangir que tivera uma idéia para o caso de Papai: por que ele não apresentava uma queixa ao governo do Canadá, contando que o senhor Mazobashi tinha sido grosseiro e injusto durante a entrevista?

"Porque", Jehangir disse, com sensatez, "os governos nunca ajudam as pessoas comuns."

"Você está pensando na Índia", Murad disse. "Não é assim nos países estrangeiros. Vou dar a sugestão a Papai."

"Espere", Jehangir disse. "Não vá agora, Mamãe-Papai estão se beijando."

12

O entregador de gás tirou o bujão vazio debaixo do fogão enquanto Roxana vigiava: deixando-o sozinho, ele poderia embolsar uma colher, ou um vidro de *masala* da prateleira. Ela farejou — um vestígio do gás que saía da mangueira desconectada maculou o ar.

Ruidosamente, o bujão novo foi posto no lugar; o homem se ajoelhou para apertar a mangueira, depois acendeu o queimador para testar o fluxo do gás. A chama era de um azul limpo. Com um grunhido, ele içou o bujão vazio, pondo-o no ombro, e foi acompanhado até a porta.

Enquanto ela corria para apanhar o dinheiro, uma espiada na fatura a fez parar — mais um aumento de preço. Ela chegou a pensar em chamar o sujeito para trazer o bujão de volta. Sairia mais barato usar querosene no velho Primus. Mas o bocal estaria provavelmente bloqueado; a bomba, emperrada. E ela ainda tinha de fazer a comida do jantar.

Passando os envelopes rapidamente para encontrar o que trazia o nome Bujão de Gás, ela percebeu o dinheiro no Manteiga & Pão. Vinte rupias? Impossível — eles estavam há dias sem manteiga em casa.

O envelope Eletricidade passou sob seus dedos, e ela sentiu algo dentro dele — olhou: 40 rupias. Mas a conta tinha sido saldada no dia 3 do mês.

Ela pagou o homem do gás e voltou ao armário para examinar todos os envelopes. Conforme seus cálculos, eles continham 180 rupias a mais.

Aquela noite, ela falou disso a Yezad. "Há algum *gotaalo* nas minhas contas", confessou ela, cautelosa, temendo que ele pudesse considerá-la incompetente. "Verifiquei muitas vezes."

"Talvez o senhor Kapur tenha se enganado no envelope do meu pagamento. Mas por que se preocupar se o caso é de mais dinheiro? É só gastar no que está faltando."

Ele sorriu internamente, embora um tanto intrigado — ele tinha acrescentado 120.

Nos dias que se seguiram, Yezad continuou esperando, e, estranhamente, quase temendo, o próximo sonho poderoso de Villie, e a tentação nele contida. Toda vez que ele saía de casa, ela estava de tocaia no patamar da escada do terceiro andar, e o assediava com suas "dicas quentes", como ela as chamava. Às vezes, quando as explicações de Villie pareciam sensatas, ele ficava assombrado consigo: como podia ver alguma lógica na bobajada numérica da pobre mulher? Odiava ser tão fraco a ponto de se deixar dominar pelas fantasias dela.

Então ele pensou no sonho poderoso do sutiã — explique isso, se era tudo conversa fiada. Talvez Villie tivesse alguma afinidade natural com a ciência da probabilidade estatística. Como Shakuntala Devi, e todos esses prodígios da matemática, que podiam multiplicar números de 12 algarismos de cabeça e nos dar a resposta em menos tempo do que levaríamos ao usarmos uma calculadora. Seja lá por que motivo fosse, a fórmula de Villie parecia funcionar.

Dividido entre o mundo real e a esperança que o reino dos números de Villie acendera, Yezad decidiu deixar o destino escolher por ele. Se a promoção no Material Esportivo Bombaim saísse, ele não teria mais nada a ver com a Matka. Mas o senhor Kapur tinha se calado sobre o assunto. Será que deveria lembrá-lo? Melhor ainda, por que não, simplesmente, pedir-lhe um aumento? Claro que o merecia, a quantidade de trabalho que tinha assumido ultimamente — não havia necessidade de esperar pela campanha eleitoral...

Enquanto os dias corriam e ele esperava o edito do destino, ele ia fazendo pequenas apostas ocasionais (para não perder o contato, dizia a si próprio), ganhando e perdendo só o suficiente para preservar, para o momento do próximo número poderoso, o bolo que tinha poupado do sonho do tamanho 46C. Não demorou muito e ele estava se sentindo um grande conhecedor, e a impressão causada por uma discussão sobre números e sonhos era a mesma que a de pessoas descrevendo um dia no escritório. A sensação de excitação que acompanhava as apostas, em especial aquele momento tenso um pouco antes de se obter o resultado da Matka, o rubor quente que ele sentia, que poderia se transformar em exultação ou derrota — isso, também, era algo de que ele estava começando a gostar. E, cada vez que o seu bolo crescia, ele surrupiava algumas rupias para metê-las furtivamente nos envelopes de Roxana.

"Mais erros, Yezdaa", dizia ela sempre que surgiam quantias extras. As palavras anunciadas com alegria não deixavam dúvidas de que ela estava a fim de participar do jogo. Ela presumia que ele estava recebendo comissões extras; o ato de metê-las nos envelopes era apenas um modo de dizer que eles não brigariam mais.

Muitas semanas depois da sua primeira sorte inesperada, Villei abriu inteiramente a porta enquanto ele voltava do trabalho. "Boas notícias, Yezadji."

Contendo a mão dele que já estava indo para o bolso de trás, em busca da carteira, ela disse, "Como você está excitado, meu caro. Pelo menos ouça o sonho antes de puxar a carteira".

Seria roupa de baixo de novo, ele se perguntou, evitando as notas que guardara cuidadosamente atrás do compartimento de moedas. As últimas dos seus ganhos. Ele as contou e almejou ter mais, para poder fazer uma aposta bem maior. Se ao menos pudesse conseguir alguma grana nesse momento. "Eu realmente vou só lhe dar o dinheiro e ir-me embora, Villie."

"São só uns dez segundos, Yezadji, é curto e suave."

Ele arrastou os pés, e ela acrescentou, "Você estava nele".

"Ah, é?"

"O sonho mais simples que jamais tive. Tão simples, que a maioria das pessoas teria esquecido tudo ao acordar. Você e eu, na minha cozinha, comendo chocolate."

"Só isso?"

"Eu lhe disse que era curto e doce." Ela deu uma risadinha. "Talvez eu devesse ter dito comprido e doce — estávamos dividindo uma barra grande de Cadbury. Eu dava uma mordida, depois você dava uma mordida. Nossas bocas se enchendo de água, o chocolate todo pegajoso..."

"Tenho certeza de que você obteve os números certos", interrompeu ele. "Você é a especialista, não precisa de mim."

"No meu sonho, eu precisava de você", ela sorriu timidamente. "Foi você quem trouxe a barra de Cadbury."

"Eu?"

"É, você mesmo a desembrulhou, mostrou-me como era grande, contando os pedaços antes de me dar o chocolate."

"E?"

"Dezoito pedaços", sussurrou ela, sedutoramente. "Dezoito, meu querido, é o nosso número."

Eles se apertaram as mãos, desejando sorte um para o outro antes que ele fugisse para casa.

O resto da noite, a distração de Yezad fez Roxana temer que ele estivesse entrando no seu mau humor outra vez. E pensar que as últimas semanas tinham sido tão agradáveis. O que é que o fazia mudar assim tão completamente?

Ela vinha planejando lhe contar sobre os atrasos de Murad ao chegar em casa, todo dia, para que ele repreendesse o filho. Mas essa revelação poderia esperar uma hora melhor. Resolveu evitá-lo, não fazer nenhuma tentativa de conversa.

Os meninos estavam restritos à mesa deles, no quarto dos fundos. Eles estavam empenhados em apresentar uma imagem agradável ao pai, enquanto este tomasse o chá. E, depois do chá terminado, Jehangir anunciou, com ar de importância, que ele tinha que escrever uma composição intitulada "Por que considero a Índia um grande país".

"Você me ajuda, Papai?", perguntou, esperando agradá-lo.

"Venha me procurar quando a sua professora mandar fazer uma composição sobre por que motivo a Índia é um país que não tem jeito."

A observação fez Roxana esquecer sua resolução. "Que coisa mais cruel de se dizer a uma criança."

"A verdade é, às vezes, cruel. Você pode ajudá-lo com algumas mentiras. Ou o Professor Vakeel poderá inventar alguns fatos."

"Com prazer", Nariman disse.

Jehangir olhou para a mãe, pedindo-lhe permissão. Ela assentiu com a cabeça, e ele se sentou à mesa de jantar. "Tudo bem, Vovô, estou pronto."

De sua cadeira, no canto, Yezad observava a intensa concentração de seu filho, e o prazer que se espalhava no rosto marcado de dor de Nariman. O que acontecera com sua vida? Por que não tinha mais paciência de se sentar ao lado do filho e ajudá-lo numa composição escolar?

Não agüentou ficar observando a cena e se levantou. Abalroando a mesinha de chá, ele entrou no quarto dos fundos e mandou Murad sair. Tentou fechar a porta, que sempre ficava aberta. Teve que lutar com o ferrolho, que, dilatado por falta de uso, custou a funcionar.

O ruído do ferrolho se ajustando no lugar preocupou Roxana. Ela esperou um minuto, depois se levantou, atenta à porta.

Só havia silêncio. Nem sequer passos. Ele tinha estado tão inquieto esta noite, com um comportamento tão estranho. "Yezad?" Ela bateu à porta.

Ele não respondeu.

"Yezad, você está bem?"

Ela continuou a bater, chamando o seu nome. O pânico a estimulava a bater e a chutar. "Por favor, Yezad! Por favor, destranque a porta!"

A porta se abriu de repente, e ela cambaleou para a frente. O braço dele a impediu de continuar avançando. "Você vai parar com essa sua histeria? Ou eu vou ter que amarrar suas pernas e braços?"

Ele bateu a porta. Espantada, ela ficou de olhos fixos nele alguns segundos antes de se virar e se afastar. Ela se sentou à mesa de jantar com Jehangir, que tinha parado de escrever.

"Continue a fazer a sua composição", disse ela com voz fraca. "Papai está só perturbado com alguma coisa."

"Eu gostaria de saber se tudo está bem no trabalho", Nariman disse.

"Como eu poderia saber? Ele não me diz nada, anda se comportando como alguém completamente estranho", sussurrou ela.

Jehangir saiu devagarinho da cadeira e enterrou o rosto no ombro da mãe. Ela lhe beijou os cabelos.

"Ele não vai amarrar seus braços", soluçou ele.

"Claro que não vai."

"Ele só disse isso porque está zangado", Murad disse.

Yezad se deitou na cama, envergonhado do seu comportamento, dizendo a si próprio que não tinha outra opção — como podia agir sem trancar o quarto dos fundos? E ele estava agindo assim em benefício da família, não estava? Mas o caso é que não estava certo de ter tomado a melhor decisão. Levantou-se e ficou andando pelo quarto, abrindo e fechando as mãos, antes de se dirigir intencionalmente para o armário.

Tirou os envelopes lá de dentro. Muitos estavam vazios, as contas tinham sido pagas no início do mês. Dos que ainda continham dinheiro, ele o foi tirando: Manteiga & Pão, Leite & Chá, Arroz & Açúcar...

Ao sacar as notas, sentiu por um segundo que estava surrupiando o próprio alimento identificado nos envelopes. Disse a si mesmo que não fosse tão fantasioso — amanhã reporia uma quantia 100 vezes maior.

Mas, então, por que se sentia como um ladrão? Se ao menos pudesse partilhar dessa estratégia com Roxana — mas ela nunca concordaria com o plano. Além de odiar o jogo. Ela diria que o risco era grande demais.

Um cálculo aproximado lhe disse que havia um pouco mais de 700 rupias. Metendo o dinheiro na carteira, ele devolveu os envelopes vazios ao armário e foi destrancar o quarto dos fundos.

Com a mão no ferrolho, hesitou de novo. A questão era: se o sonho de Villie não...

Voltou com o ferrolho para o lugar e abriu a porta violenta e ruidosamente. E saiu do quarto como se nada tivesse acontecido, e continuou a andar em direção à porta da frente.

"Por favor, Yezad", Roxana fez um apelo. "Diga-me o que está acontecendo, aonde você vai?"

"Dar uma volta."

Ele entrou no elevador, fechou as portas articuladas fazendo barulho para anunciar sua partida, e desceu até o saguão. Depois de ficar um pouco por ali, subiu as escadas.

As suas passadas nos degraus de pedra ecoaram no saguão vazio. No segundo andar, ele ouviu risos e parou. Vozes felizes de crianças flutuaram porta afora, uma menininha guinchando, deliciada, sobre alguma coisa, a voz da mãe chamando-os para jantar...

Ele queria fugir dos sons. A familiaridade deles o irritavam, fazendo-o lembrar que tinha fugido do seu próprio apartamento minúsculo, que um dia fora simplesmente tão feliz, tão aconchegante e cheio de amor...

E seria de novo, ele falou para si. Assim que tivesse o controle das circunstâncias nas próprias mãos. E continuou a subir a escada, e bateu à porta de Villie.

Dispensou cumprimentos e gentilezas. "Rápido, mais uma ida ao seu *bunya*." A carteira já estava na sua mão, de onde ele tirou um maço de notas. "Aposte isso aqui para mim."

Surpresa com o jeito abrupto dele, Villie manteve a gentileza. "Com muito prazer. Mas você tem certeza, meu querido? Tanto?"

"Não é da sua conta. Vá antes que as apostas estejam encerradas."

Ela pegou o dinheiro sem dizer mais nenhuma palavra, magoada com o fato de seu companheiro de Matka estar lhe falando desse jeito. Não era esse o espírito do jogo.

Por volta de nove horas, ele se perguntou se já tinha sido anunciada a abertura. Debruçando-se no parapeito da varanda, ele esperou, ansiando por uma brisa. Novembro, e ainda nenhum alívio — poderia até ser maio, levando em conta o calor. A que horas seria a abertura? À uma. Tinha de ser.

Às nove e meia, ele disse que ia sair.

"De novo?", a fadiga de Roxana fez a pergunta se parecer mais com uma afirmação.

Ele viu o olhar que ela trocou com o pai. "Você tem regras e cotas para mim? Como as regras de Coomy para ele?"

"Você se parece mais com Coomy, por essas coisas idiotas que diz."

"Essa é uma piada e tanto. Você toma conta de todo passo que eu dou, fazendo uma dúzia de perguntas se eu digo que vou dar uma volta..."

"Vá aonde você quiser! Ande, corra, rasteje, não tenho a menor idéia do que você está aprontando, e não dou a mínima!"

Ele entrou no elevador e produziu o mesmo barulho zangado com as portas articuladas. Repetindo a farsa, minutos depois ele subiu as escadas de mansinho e bateu à porta.

"Então?", pediu ele.

Villie sorriu. "Meu caro, a abertura é à uma."

Ela viu o alívio no rosto dele, e quis lhe dar uma saída. "Ainda dá tempo de cancelar o seu fechamento, se você não confia no meu sonho. Lalubhai fará esse favor para mim."

Ele não respondeu.

"Você ainda vai receber algum pelo número da abertura."

Ele calculou: tinham sido apostadas 785 rupias. O que significava que ele já tinha ganho nove vezes 785 rupias. Ele parou um instante para calcular o total de cabeça: 7.065.

Fantástico, pensou Yezad, só agarrar isso e...

Mas se ele deixasse tudo para o fechamento, e desse o oito, ele teria essa quantia multiplicada por nove, ele receberia... "Lápis, Villie?" Ele calculou o total na porta da frente dela. A resposta o assombrou: 63.585.

O suficiente para pagar tudo. Até para consertar os tetos do apartamento de Coomy e Jal.

"Se você quer cancelar o jogo, eu tenho que ir imediatamente", a voz dela interrompeu os cálculos dele.

"Não", Yezad ordenou, "deixe como está." Então ele se deu conta do tom que estava usando. "Desculpe, Villie, tem sido tensão demais para mim."

"Eu compreendo", disse ela, e lhe deu tapinhas no ombro.

Empurrando o colchão com a mão, Yezad mudou de posição virando de barriga para cima. O movimento violento balançou a cabeceira. Ofegando, ele murmurou que o quarto estava insuportavelmente quente. Os pés empurraram o lençol para baixo, e ele secou as mãos pegajosas no pijama. Pouco depois, puxou o lençol de novo para cima, tiritando, o suor correndo gelado.

Virou-se para o despertador e se ergueu apoiado no cotovelo. Um tique-taque tão alto, pensou, não era de espantar que não conseguisse dormir. Os números não brilhavam mais no escuro como faziam quando o relógio era novo.

Apertando os olhos, e se inclinando, chegou mais perto: meia-noite e meia. A Matka tinha fechado.

Roxana tentou tranqüilizar o marido passando-lhe o braço pelos ombros, mas ele se enrijeceu com o abraço dela. Desesperançada, ela o soltou, se perguntando se o fim do casamento estava se aproximando, agora que até um toque dela causava repulsa nele.

Por fim, as torções e contorções dele começaram a diminuir, ela percebeu que o marido estava adormecendo. As pernas dele deram chutes na escuridão algumas vezes antes de se acomodarem, com os joelhos flexionados contra a barriga.

Então, do quarto da frente chegou o som do pai dela falando no meio do sono. Ele não estava agitado hoje à noite, pareciam murmúrios de contentamento, e ela ficou satisfeita por ele, mas, ainda preocupada, pois Yezad poderia acordar. Ah, Papai, desejou ela, silenciosamente, por favor, Papai, não tão alto!

Eles tinham ido a uma matinê. Os majestosos Ambersons, *filme que estava passando no Regal. Depois, ele e Lucy foram dar um passeio pelo Cuffe Parade. Essa era a rotina dos primeiros anos da relação: cinema à tarde, um longo passeio, depois jantar num restaurante como o Volga ou o Parisiense. Mas o filme os deixara pensativos, refletindo sobre orgulho e arrogância, sobre queda e degradação. O mar estava encapelado, e o vento forte dificultava a fala deles, uma vez que açoitava suas vozes, cabelos e roupas.*

Encontraram um banco num lugar abrigado. Agora havia o cheiro de chuva no ar do início do anoitecer. Os vendedores de água de coco, de cana e de amendoins tinham, todos eles, desaparecido. Só uma menininha vendendo flores permanecia ali, tendo se aproximado repentinamente assim que os descobriu. "Chamayli, sahab? Chamayli *para* memsahab?", *implorava ela com voz aguda.*

Ele comprou um ramo de jasmins e tentou prendê-lo no cabelo de Lucy. Mas ela não estava acostumada a usar flores. Ela os tirou, enrolando-os no pulso. Ele o ergueu para sentir o perfume. "Punho de jasmim e mão de pétala de rosa", disse ele.

Beijou-lhe a palma da mão, depois passou a lhe lamber os dedos, um por um. Alguns minutos depois, ele disse: "Por que estamos perdendo tempo aqui? Meus pais já terão saído a esta hora."

Ela relutou em ir para a casa com ele, temendo ser surpreendida. Mas ele assegurou que o pai e a mãe estariam no torneio anual de uíste, seguido de jantar, de Sammy e Jini Kotwal, que nunca terminava antes de uma da manhã; não havia nenhum risco de se encontrarem com eles. "E mesmo que isso aconteça — bem, você vai ter que conhecê-los algum dia."

Começou a chover, e eles tomaram um táxi. O tráfego tornou-se mais lento; as buzinas, mais altas. O limpador de pára-brisas estava sempre emperrando, e o motorista tinha que pôr o braço para fora e dar uma cutucada para fazê-lo funcionar. No banco da frente, havia uma toalha para enxugar o braço encharcado.

Quando o táxi chegou ao Chateau Felicity, o vizinho do térreo, o senhor Arjani, estava à janela, apreciando a chuvarada. "Oi, Nari!", ele o cumprimentou, acrescentando, oportunamente, "Seus pais não estão, eu os vi sair faz uma meia hora".

Nariman assentiu com a cabeça e, enquanto passavam pela porta dele, pôde ouvi-lo dando a notícia à senhora Arjani com voz excitada, dizendo-lhe que o menino Vakeel estava levando para casa uma namorada novinha em folha. Nariman olhou o rosto de Lucy de relance enquanto esperavam o elevador. "Patéticos, não?", sussurrou ele.

Lá em cima, pôs a corrente de segurança para que a porta não pudesse ser aberta, só por precaução. Ela perguntou se, em vez disso, não seria melhor trancar a porta para o quarto dele.

"Meu quarto não tranca. E eles entrariam nele imediatamente, mesmo que estivesse fechado."

"Ah, Deus", ela se encolheu ao pensar nisso. "Será que vale a pena?"

"Vale", ele sussurrou, dando-lhe uma mordidinha na orelha, levantando-lhe o cabelo para lhe beijar o pescoço.

"Você devia cobrir os retratos dos seus antepassados", disse ela ao passarem pelo corredor comprido que levava ao quarto dele. "Eles estão todos me olhando com severidade."

"Eles nunca foram amados por um anjo."

Ela se sentou na cama para tirar os sapatos. Ele fechou as cortinas e o quarto empoeirado ficou mais escuro salvo por uma réstia de luz nos panos sobrepostos. Ele acendeu a luz do abajur da mesa. Eles começaram a se despir, e quando ela estava só com a roupa de baixo, apontou timidamente para a lâmpada: "Apague a luz."

"Preciso ver você... toda. Por favor."

"Por quê?"

"Para que todos os meus sentidos a adorem."

Ela fez uma pausa e continuou a se desabotoar, encantada com a resposta, mas se queixando de nunca conseguir ganhar na argumentação com ele. De pé, atrás dela, ele abriu o fecho do sutiã, depois cheirou-lhe a nuca. Levantou o braço de Lucy e cheirou embaixo. Ela riu. "O que você está fazendo?"

"Adorando com o meu nariz." Pôs-se diante dela, enterrou o rosto entre seus seios e aspirou. Ajoelhando-se, enganchou os dedos no elástico do cós das calcinhas e fez

com que elas deslizassem até os tornozelos. Ela saiu das calcinhas e esperou. Ainda ajoelhado, ele se inclinou para a frente e esfregou o nariz nos pêlos dela. As mãos de Lucy seguraram a cabeça dele para mantê-la ali um pouco mais.

Na cama, com a orelha encostada no peito dela, ele ouviu o bater do coração de Lucy. Beijou-a, provou-lhe a língua, depois as orelhas e os bicos dos seios. Mais para baixo, lambeu o umbigo, depois foi sinuosamente descendo...

A campainha da porta tocou. O som atravessou furiosamente o apartamento silencioso, seguido de uma porção de batidas agressivas. Eles se sentaram na cama, o prazer já em frangalhos. Nariman decidiu ignorar o barulho — quem quer que fosse iria embora por chegar à conclusão de que não havia ninguém em casa.

Mas as batidas e a campainha continuaram. Achando ter ouvido a voz estrondeante do pai, ele foi ao vestíbulo para escutar. É, era ele. Nariman e Lucy foram se vestir, correndo. Lucy se precipitou para a sala, ajeitando o cabelo enquanto chegava lá. Depois de um olhar de relance para sua própria figura no espelho do vestíbulo, ele soltou a corrente da porta.

O rosto da mãe estava sem cor, como se ela fosse desmaiar. O pai a apoiava de um lado, Soli Bamboat, do outro. Ele assumiu o lugar de Soli, e perguntou o que estava acontecendo.

"O meu habitual", a mãe disse, com a voz arfante. Ela tentou sorrir. "A pressão baixou de repente, outra vez."

Com o peso da mãe sobre o ombro dele, seguiram pelo corredor até o quarto dos pais. Ele ajudou-a a tirar os sapatos. Depois que ela estava a salvo na cama, ele saiu do quarto com o pai.

Nesse momento, o pai perdeu a paciência. "E posso perguntar o que está acontecendo por aqui? Sua mãe adoece, eu a trago para casa e descubro que estamos trancados, do lado de fora da nossa própria casa! Enquanto ela cambaleia na soleira da porta!"

"Sinto muito, eu não os esperava tão cedo." Ele detectou a bebida da noite no hálito do pai, e no de Soli, também.

"Isso não é desculpa!", o pai estrondeou. "Por que você precisa..."

Então, através da porta da sala, ele avistou Lucy. "Então esse é o motivo!"

"É", disse Nariman tranqüilamente. "Eu tive que pôr a corrente, vocês não respeitam a minha privacidade."

"Bay-sharam! *Que tipo de filho desnaturado busca a privacidade em relação aos próprios pais? A menos que ele esteja planejando se comportar de maneira suja!" Ele fazia gestos na direção de Lucy que, no sofá, estava de olhos fixos na janela, distante deles.*

"Psiu, Marzi, a pobre Jeroo está drumindo, você vai acurdá-la", Soli disse, como de hábito, confundindo as vogais. "Vamos prucurar ter paz e tranqüilidade. Podemos descutir tudo isso mais tarde quando ela estiver si sentindo milhor."

"Mais tarde? Já é tarde demais! Este meu filho transformou a minha casa num raanwada, *trazendo a puta dele para cá! É esse tipo de imoralidade que está destruindo a comunidade pársi!"*

Nariman atravessou a sala para pegar a mão de Lucy e levá-la para fora do apartamento. Eles não esperaram o elevador, para evitar que o pai abrisse a porta e gritasse mais impropérios.

Só depois de deixar que houvesse dois lances de escada entre eles é que ele pôde se sentir a salvo. Então eles pararam, no silêncio do vão da escada. "Me desculpe, Lucy. Eu estou envergonhado pelo comportamento do meu pai."

"Não é sua culpa", disse ela, mantendo sua compostura embora a voz tremesse. "Foi só azar."

Eles sorriram e se beijaram longamente, abrigados pela curvatura da escada. Depois de se despedir dela à porta de um táxi, ele voltou para cima.

Retirar-se para o seu quarto não ajudaria — o pai o seguiria até lá. Então ele esperou, ignorando a enxurrada de palavras. Até que uma pausa o estimulou a falar.

"Eu só tenho uma coisa a dizer. Quando você chama a mulher que amo de puta, e a nossa casa de raanwada *porque eu a convidei a vir aqui, você desonra o papel de pai. E eu me desespero por sua causa."*

"Ah, Nari, Nari!", Soli interveio. "Você não deve nunca falar cum seu pai desse jeito, não emporta o que acunteça."

"Meu filho nunca me respeitou como pai. Aí está a prova, Soli, você acabou de ouvi-lo."

As acusações e as recriminações amargas continuaram, com Soli tentando fazer a paz entre eles. Ele adulava e ralhava, alternadamente. "Vamos, Marzi. Perdoe e esqueça. Basta, Nari, nem mais uma palavra."

Então se fez silêncio, e Soli aproveitou a oportunidade para filosofar: "Mininos serão mininos, Marzi. Melhor que ele tenha todo o divertimento e as brincadeiras agora. Depois, encontre uma garota pársi buazinha e se aquiete. Certo, Nari? Nada de sacanage dipois do casamento."

Ele parecia determinado a continuar tentando corrigir a situação embaraçosa com sua abordagem humorística: "Então me conta aqui, Nari. Essa sua namuradinha — será que ela vai contar para o padre dela, no confessionário, o que vocês dois fizeram hoje?"

Ele não tomou conhecimento do amigo do pai, que deu uma gargalhada e continuou, "Tenho infurmação de boa fonte de que esses padres fazem as garotas contar todos os detalhes picantes — ele estava tucando você, você estava tucando ele, ele butou dentro?".

Soli riu de novo, a barriga arquejando, e o pai deu uma risadinha. Eles se advertiram um ao outro da necessidade de não perturbar Jeroo. Então Soli começou a implicar com Nariman por sua falta de humor, e Nariman retrucou, dizendo que não tinha achado a menor graça nos comentários pueris dele...

Prestes a ir para a cabeceira do pai, Roxana lembrou-se do sono atormentado de Yezad e se conteve. Os fragmentos resmungados pelo pai persistiam a ecoar na escuridão. O braço de Yezad bateu na cabeceira da cama. Será que ele também ouviu Papai? Ou eram os demônios na sua própria cabeça?

O pai continuou, mas num murmúrio mais brando, não a explosão furiosa de antes. Ela ouviu Jehangir emitir o som macio de beijos para consolá-lo, e o coração dela se encheu de uma felicidade estranha e dolorosa. Que belo menino, Deus o abençoe, tão confiável, tão amadurecido, quem poderia dizer, pelo comportamento dele, que ele só tinha nove...

Ela permaneceu ali deitada de olhos abertos, ouvindo. O sofrimento de Papai ela poderia imaginar. Mas ela daria tudo para compreender o inferno de Yezad. Se ele não confiava nela nas horas em que estava acordado, ela gostaria que ele pelo menos falasse enquanto dormia, desse algum indício do que o estava consumindo.

Os olhos deles, com olheiras, encontraram-se enquanto tomavam o chá. Ela parece arrasada, pensou Yezad, com o rosto abatido e os ombros caídos, e o coração dele se sentia dilacerado.

Mas a luz da manhã dispersou as dúvidas dele. Assim que pudesse lhe contar a verdade, explicaria os seus atos. Com a bolada de 63 mil e seja lá quantas rupias nas mãos, seria fácil obter o perdão.

Ele saiu antes das nove, seguindo a instrução habitual para chegar à porta de Villie. Ela teria recolhido o ganho dele do *bookie*? Decidiu levar o dinheiro para Roxana imediatamente e acabar com o sofrimento dela. Chegaria tarde ao trabalho, mas o senhor Kapur não morreria por ter que abrir a loja sozinho.

Bateu. Nenhuma resposta. Bateu com mais força. Nada. Onde estava aquela mulher tola — ela sabia o quanto ele estava ansioso. Talvez fosse essa a vingança de Villie pela grosseria dele na noite anterior. Mas ele tinha se desculpado. Talvez ela estivesse no *bunya* até agora, contando o dinheiro dele — uma quantia tão grande, tomaria mais tempo.

Yezad bateu de novo e procurou o lenço para enxugar o suor. O polegar, úmido de um pouco de cuspe, trabalhou para apagar as contas que ele tinha feito na porta de Villie. Os números, escritos a lápis, tornaram-se uma mancha cor de chumbo. Ele bateu mais uma vez, depois desistiu e partiu para o trabalho.

O tempo se arrastava. Lembrou-se do caracol que Jehangir tinha trazido do quintal da escola, inspirado nas histórias do avô sobre o amante de bichos. O bicho tinha se arrastado pela varanda — o que foi feito dele?... Esse dia estava se movendo mais lentamente do que um caracol, nunca chegaria a hora de fechar.

Mas a hora chegou quando a loja se fechou. Ele correu para a estação e lutou para entrar no primeiro trem que chegou.

Os pés voaram pela calçada que levava ao Pleasant Villa. Exausto demais para qualquer prudência, tomou o elevador para o terceiro andar, subindo por entre os cheiros noturnos dos jantares sendo preparados. Sua boca se encheu de água... fritavam-se costeletas de carneiro em algum lugar. Não se importava se alguém o visse na casa de Villie, tudo acabaria bem; dentro de alguns instantes, poria o dinheiro nas mãos de Roxana.

Enquanto imaginava a reconciliação feliz dos dois, a porta se abriu. Ao invés da jovial Rainha da Matka, estava diante dele uma mulher arrasada, com o ar de quem implorava consolo.

"Yezadji", choramingava ela, baixinho. "Que dia triste, tão triste para mim!"

O primeiro pensamento de Yezad foi: uma morte na família — a mãe doente dela. "Sinto muito, Villie. O que aconteceu?"

"Você não soube? Onde passou o dia todo?"

"No trabalho."

"Ah, é? Toda a Bombaim já sabe. Toda rua e toda sarjeta está alvoroçada, e não se fala de outra coisa — a polícia fechou a Matka."

"Quando?"

"Hoje, de manhã cedo." Ela disse que à meia-noite, como sempre, ela havia se posto à janela para que o Sampat do primeiro andar parasse embaixo do lampião e lhe passasse o resultado do fechamento. "Ele levantou oito dedos."

Sim, pensou ele. Sim, meus problemas terminaram.

Sem reagir à aliviada tomada de fôlego dele, Villie continuou: "As batidas da polícia começaram poucas horas depois. O nosso pobre Lalubhai foi preso por volta das quatro e meia."

"Mas isso já tinha acontecido antes, não é? Um grande *shor-shaar* fecha a Matka por uns dias, depois tudo se acalma e começa a funcionar outra vez."

"Dessa vez, não." Aquelas batidas anteriores eram combinadas previamente entre os chefes da Matka, a polícia e os políticos, disse ela, só os pequenos apontadores iam para a cadeia. A noite passada foi surpresa para todo mundo. "E, dessa vez, eles arrasaram completamente a Matka. Passei o dia inteiro na loja de Lalubhai com os filhos dele, que estão tentando conseguir uma fiança para ele."

Ela disse que os policiais estavam prendendo gente da mais alta à mais baixa — os grandes e os pequenos corretores de apostas, os chefões e a arraia-miúda. Dizia-se, desde que aquelas bombas terroristas tinham arrasado a bolsa de valores e sacudido Bombaim, que elas tinham algo a ver com a Matka. Nem mesmo o político mais salafrário queria que Bombaim fosse a próxima Beirute.

"Nem Matka nem Lalubhai, nada me restou. O que vou fazer sem os meus sonhos?"

"Não se importe tanto, Villie." Ele fez uma fraca tentativa de consolá-la, dando-lhe uma pequena cutucada de brincadeira com o cotovelo. "O seu sonho poderoso se realizou. Você terminou com uma vitória. Como a centena de pontos de um jogador de críquete nas jogadas finais antes da aposentadoria."

"Você sabe, Yezadji, quando soube das batidas, você foi a primeira pessoa em quem pensei. Eu gostaria que você tivesse me deixado cancelar a sua aposta."

As mãos dele ficaram frias. "O resultado foi 18! Foi o que nós jogamos — 18 pedaços de chocolate Cadbury!" A voz dele tinha subido de tom, Yezad percebeu, e ele o abaixou. "A batida não ocorreu antes da meia-noite, já tinham anunciado o número."

"E daí? Tudo foi confiscado. Os filhos de Lalubhai ficaram sem nem um *paisa* sequer."

"Por certo...", ele tentou e ficou mudo. Então ele se apegou a palavras frágeis como palhas: "Por certo um recibo, uma anotação... algo que se pudesse mostrar? Provar...?"

"Pense antes de falar. A Matka é ilegal — como poderia haver recibos e livros de contabilidade? E se houvesse, para onde você os levaria? Para a polícia? Você quer fazer companhia a Lalubhai na cela da prisão?"

Sem nem mais uma palavra, ele saiu do apartamento dela arrastando os pés e entrou no seu.

No quarto dos fundos, Yezad se sentou na cama para tirar os sapatos. Chamou Roxana, e Jehangir também entrou no quarto.

Yezad lhe disse que saísse: "Tenho que conversar com Mamãe em particular."

O filho olhou para a mãe, e ela assentiu com a cabeça. Yezad fechou a porta depois que o filho saiu e tirou os envelopes do armário.

"Sente-se", disse ele, e pôs os envelopes no colo dela. Ela começou a examinar o interior deles, e o medo lhe inundou o rosto.

"É, estão vazios", disse ele com voz inexpressiva. "Todos. Eu tirei o dinheiro."

Começando com a primeira aposta secreta na Matka, semanas atrás, ele lhe contou tudo. Ela começou a se inflamar, mas a raiva foi logo amainada pela preocupação, pelo som da voz dele, desprovido de vida. Ela quase desejou que ele aparentasse estar furioso de novo.

Ela deixou os envelopes de lado e se aproximou até os ombros deles se tocarem. Imediatamente, ele se inclinou para ela, e ela passou um braço pelas costas dele.

Ele prometeu repor o dinheiro mediante um adiantamento do senhor Kapur contra comissões futuras — escolas e faculdades logo estariam encomendando materiais novos, a perda seria recuperada facilmente. Quanto a Villie, ele nunca mais falaria com ela, ela e seus sonhos poderosos podiam ir para o inferno...

À medida que ele se desoprimia, Roxana agradecia a sorte que tinham de estar já na segunda metade de novembro — as despesas maiores, as mensalidades da escola, a energia elétrica, já tinham sido pagas.

A caminho do trabalho, Yezad notou que muitas vitrines já estavam ornamentadas para o Natal. Até a semana passada, as vitrines do Divali deles estavam em evidência. Agora era a hora da lã de algodão, do azevinho de plástico e dos fios dourados.

Esta era a manhã em que iria pedir o adiantamento ao senhor Kapur, decidiu ele. E um aumento — ele precisava disso agora, mais do que nunca. O senhor Kapur provavelmente estaria de muito bom humor, a nova vitrine do Natal estava chegando. Durante dias, ele esteve excitado como uma criança.

Mas era curioso, achou Yezad, que os partidários do Shiv Sena ainda não tivessem feito de Papai Noel uma questão política, levando-se em conta os ataques de fúria dos seus bandos por causa do Dia dos Namorados. Desde a chegada ao poder, tinha havido acessos de censura e perseguição constantes da parte deles. Os primeiros da lista eram os muçulmanos, o seu bode expiatório habitual, pensava Yezad. Em seguida, os Sena tinham destruído a obra de famosos artistas indianos, por julgá-la desrespeitosa aos deuses e deusas hindus. Os escritórios e oficinas das revistas masculinas, que ameaçavam a moral indiana com nudez, sexo e vulgaridade, tinham sido incendiados. E as mulheres estavam proibidas de trabalhar em bares e discotecas depois das oito horas porque isso era considerado contrário aos valores da família indiana.

Que governo risível. Palhaços e escroques. Ou escroques de palhaçada. Papai Noel com máscara e metralhadora seria uma ornamentação de Natal adequada para o Shiv Sena. Ou, aliás, para qualquer outro partido.

Ele respondeu ao cumprimento de Husain e destrancou a porta da loja, perguntando-se quais seriam os enfeites de Natal que o senhor Kapur tinha planejado. Em geral, Husain se encarregava da vitrine: um fio de luzes básico, uma estrela prateada, um cartaz com os votos de Feliz Natal em letras vermelhas e verdes, as serifas e as descendentes das letras exibindo flocos de neve e pingentes de gelo. Quando terminada, um radiante Husain convidaria o senhor Kapur e Yezad para admirar sua obra-prima perene.

Mas, esse ano, o senhor Kapur vinha insinuando algo grandioso: "Esperem e verão, a nossa vitrine nova vai ser o assunto da cidade. Em breve, Yezad. Você está imbuído do espírito de Natal?"

Se pelo menos ele soubesse o que estava acontecendo em casa, pensou Yezad, da precariedade da situação financeira dele. Yezad esperava que eles não estivessem sob a ameaça de nada espalhafatoso nem religioso demais — já havia manjedouras, Jesus, Marias, Josés, Papais Noéis e luzes pisca-pisca o bastante por toda a cidade.

Uma buzinada junto ao meio-fio chamou Husain para descarregar o carro. Yezad foi atrás, e encontrou um sorridente senhor Kapur esperando ao lado da mala do carro aberta. "Fui à oficina do meu carpinteiro para apanhá-lo pessoalmente porque..."

Ele interrompeu para prevenir ao servente: "*Aray* Husain, *sambhaalo*! *Bahut hai*, delicado, *na*."

Imediatamente Husain mostrou um enorme cuidado e carregou os embrulhos como se fossem bebês. Ele os levou para dentro da loja, um por um, e os depositou delicadamente num canto, como se os estivesse aconchegando para dormir. O senhor Kapur começou a desembrulhá-los.

"Estão prontos? Tã-tã-tã-tã!", ele imitou uma fanfarra e rasgou o papel.

Revelada em todo o seu esplendor engalhado, ali estava uma rena vestida com o uniforme branco de jogador de críquete, um boné de pala espremido entre os cornos. A figura bidimensional, de compensado, e com uns quarenta e poucos centímetros de altura, estava presa a uma base para que pudesse se manter nas patas de trás. Havia cinco dessas renas, cada uma numa pose ligeiramente diferente, além da rena guarda-meta, de aparência mais dura que as outras, com um brilho intimidador nos olhos — um erro e ela lhe arrancaria os travessões.

"Pondo o time em campo", o senhor Kapur disse. "Então? O que acham?"

"Fantástico", Yezad falou mecanicamente. Sua cabeça, preocupada com as questões de dinheiro, estava calculando qual seria o melhor momento para fazer o pedido.

Então ele percebeu que o senhor Kapur o estava observando com curiosidade, o que o fez mostrar mais interesse. "Fantástico", repetiu. "Mas por que não um time completo?"

"Nossa vitrine não é suficientemente grande para 11. Seja como for, tenho mais um aqui."

O senhor Kapur desembrulhou o último pacote, o maior, e dali tirou um Papai Noel com o bastão pronto para arremessar a bola para o limite do campo, à direita do batedor. Ele não estava de branco, conservava o seu uniforme vermelho; suas caneleiras e luvas também eram vermelhas. Nariman nunca aprovaria, pensou Yezad.

"*Chalo*, Husain, arranje um lugar para pô-lo na vitrine", o senhor Kapur disse, excitado. "Vamos deixar tudo pronto. Ah, esperem, eu me esqueci de lhes mostrar o mais importante."

A mão do senhor Kapur desapareceu dentro de sua pasta de onde emergiu com um pequeno motor elétrico, especialmente modificado. Ele conectou o dispositivo às costas do ombro do Papai Noel, onde não havia pintura, e ligou a chave. O bastão foi se erguendo, rigidamente, como se as juntas estivessem atacadas de um reumatismo agudo. Quando os braços de compensado ficaram quase na vertical, o bastão fez uma pausa, e então começou a fazer o seu doloroso movimento descendente.

"A caminho das quatro corridas!", Husain disse.

Eles riram e começaram a arrumar a vitrine, discutindo jovialmente sobre a posição dos jogadores no campo. "Vamos nos revezar", o senhor Kapur disse. "Amanhã você fica encarregado dos jogadores."

Em seguida, surgiram o que ele chamou de acessórios: as estacas de compensado, a grama artificial para a área em frente à baliza, fita colante branca para marcar as linhas. E havia o azevinho e a lã de algodão habituais que seriam espalhados por ali.

"Críquete no Pólo Norte", o senhor Kapur acrescentou, radiante de prazer. "Primeira vez na história do MCC."

Observando-o, Yezad achou que seu patrão parecia um menininho brincando com um Papai Noel mecânico. Será que esse era um homem que estava se preparando para se candidatar a uma eleição? Ele, agora, estava de gatinhas, esgueirando-se por entre a grama e os dourados, mudando a posição aqui, espalhando algo ali, até as coisas estarem do seu agrado.

Não, Yezad pensou com um sorriso, impossível vê-lo na política.

"Vamos lá, senhor Chenoy, pare de sorrir e me ajude com esses enfeites."

Yezad entrou na vitrine para ajudar a pendurar as bugigangas e as meias de brinquedo. Ele ansiava a volta da propensão do empresário ambicioso por crescimento e expansão. Se o senhor Kapur tivesse algum juízo, ele o poria como responsável imediatamente, independentemente de quaisquer planos eleitorais. Ele realizaria maravilhas no Material Esportivo Bombaim, ele poderia...

"Opa, Yezad, acaba de me ocorrer! Eu poderia alugar uma roupa de Papai Noel, distribuir balas aos fregueses."

"O senhor está brincando!"

"Seria engraçado, não seria?"

Não, pensou Yezad, mas o senhor Kapur estava convencido de que seria. E agora era hora de pedir o empréstimo, enquanto ele estava alegre como o homem cujas roupas vemelhas ele queria usar.

"Eu preciso de um favor seu, senhor Kapur", começou ele a falar, e continuou num sussurro confidencial: situações imprevistas, gastos urgentes.

"Claro. É só preencher o cheque com o valor do adiantamento, eu o assino."

"Obrigado, senhor Kapur." Essa foi fácil, pensou ele, aliviado. "Por falar nisso, como andam os planos para a campanha eleitoral?"

"Otimamente. Um grande apoio de amigos e vizinhos."

"O senhor sabe que pode contar comigo para dirigir a loja."

"Estou contando com isso."

"E o senhor sabe, senhor Kapur, eu estava pensando — não é preciso esperar, eu posso arcar com mais responsabilidade já agora, para aliviá-lo. O senhor terá mais tempo para o planejamento da campanha, assim como para essas comemorações de Natal."

"Obrigado, Yezad. Mas eu acho que posso dar conta disso por enquanto. Quando a campanha começar a todo o pano, é claro que você ficará responsável pela loja."

"Talvez nós devêssemos concluir..."

"*Sahab!*", chamou Husain da calçada, com urgência; ele estava examinando a vitrine do lado de fora.

"O quê?", o senhor Kapur perguntou, e correu para a porta. Amaldiçoando a interrupção, Yezad o acompanhou.

"*Sahab*, um problemão! Temos bastão, baliza, jogadores, guarda-meta. *Sub kootch hai.* Mas nem uma bola sequer."

O senhor Kapur lhe deu um tapinha nas costas com afeição. "Está vendo, Yezad, como o meu Husain *myan* é perspicaz? Você nem notou que estava faltando a bola."

"Então, onde ela está?"

Ainda sendo fabricada, disse ele, deve chegar dentro de alguns dias. Ele os preveniu de que se preparassem para outra surpresa fabulosa.

13

Antes da oração do fim do dia, a senhorita Alvarez chamou Jehangir à sua mesa. Ele pôde sentir o perfume da professora enquanto ela lhe entregava um envelope. De joelhos bambos, ele voltou à sua carteira e meteu o envelope na mala.

Os meninos católicos fecharam os olhos e fizeram o sinal-da-cruz, alguns outros os imitaram com indiferença, o resto ficou de mãos postas. A classe começou a cantar "Nós Vos damos graças, Deus Onipotente...".

Jehangir tremia, esquecendo-se das palavras que repetia todo dia. Ele tinha certeza de que o bilhete só podia ser sobre uma única coisa. A professora tinha dito: Por favor, dê isso a seus pais. Ele ouvira tristeza na voz dela. Sim, Professora, ele murmurara.

Mas ele não o deu à mãe ao chegar em casa. Esperou, e ficou satisfeito de ter esperado, porque o pai estava de bom humor, o que significava que, agora, ela também podia ficar feliz, e tudo ficaria mais fácil no que se referia ao bilhete. Jehangir se apavorou ao pensar o que poderia ter acontecido se Papai estivesse como estava no dia em que ameaçou amarrar Mamãe. Ele empurrou o envelope fechado para o pai.

"O que é isso?"

"Da senhorita Alvarez."

"Por quê?"

"Abra-o, Yezad, você vai ver o que é", disse a mãe, instigando-o como se faria com uma criança. "Provavelmente Jehangoo tirou outra vez a melhor nota num teste ou coisa parecida."

Ele se virou para a varanda para esconder o rosto enquanto o pai rasgava o envelope para abri-lo e lia em voz alta:

"Caros senhor e senhora Chenoy,

Eu ficaria muito grata se um dos senhores pudesse vir conversar comigo amanhã. Além do horário habitual de aulas, de 8h30 às 16h30, também terei uma hora disponível antes do início da reunião geral.

Por favor, aceitem minhas desculpas pelo inconveniente.

Cordialmente,
Helen Alvarez
(4ª A, primário)"

"Por que ela está nos chamando, Jehangoo?", sua mãe perguntou.

"Não sei."

"Você está nos escondendo alguma coisa?"

"Não."

"Então você vai?", Yezad perguntou.

"Como posso ir? Quem vai ficar com Papai?"

Suspirando, ele disse a Jehangir que avisasse à senhorita Alvarez de que ele estaria lá, amanhã, às quatro e meia.

Na sala de aula vazia, os saltos altos da senhorita Alvarez ecoaram nitidamente quando ela desceu do estrado e apertaram-se as mãos. "Sinto muito ter feito o senhor vir até aqui, senhor Chenoy, mas trata-se de um assunto bastante sério."

A aparência dela o tranqüilizou: que seriedade seria possível se ouvir de alguém que parecia tão bonita? Ele lembrou de seus dias de estudante — naquela época não se concebiam professoras tão lindas assim. No seu tempo no São Xavier, o colégio era cheio de mestres ferozes chamados senhor Lobo, senhor Mascarenhas e senhor Monteiro, disciplinadores bigodudos. Nada que se assemelhasse a Helen Alvarez.

Jehangir estava esperando no corredor, do lado de fora, e ela o chamou, pedindolhe que entrasse. "Para mim, ainda é difícil acreditar que o meu melhor aluno se envolveu com aqueles meninos", a professora começou a falar, com relutância.

Yezad sorriu, perguntando-se em que espécie de malandragem os jovens tinham se metido, de certa maneira satisfeito pelo fato de Jehangla ter participado disso com seus colegas. Não era legal ser o certinho, o bonzinho o tempo todo. A infância, a meninice não estaria completa se os pestinhas não se metessem em enrascada. Com ele tinha acontecido o mesmo, durante o seu tempo neste colégio...

E as salas de aula quase não tinham mudado. Filas de carteiras vazias se estendiam atrás da senhorita Alvarez, ele podia ver por cima do ombro dela. Aquele cheiro de menino de escola, de suor, de juventude e de coisas de comer estava no ar, amoníaco misturado com vestígios de tinta, e de biscoitos da merenda, sanduíches da hora do almoço, *puri-bhaji, ragdaa.* E permeando tudo, ocupando a sala tão resistentemente como a mobília, um cheiro intemporal...

De repente, a própria juventude de Yezad o envolveu. A memória começou a povoar os bancos vazios com rostos do passado. Aqueles dias felizes, quando uma semana na escola era uma vida, rica e completa; numa semana, estranhos podiam se tornar amigos queridos, podia-se perder e ganhar batalhas, adquirir reinos inteiros, porque o tempo trabalhava de maneira diferente então. Como as estações mudavam devagar — de uma monção à outra era uma eternidade, os céus despejavam chuvas intermináveis, a única mancha de claridade era a chance de um feriado, se as ruas ficassem inundadas. E quando isso acontecia, sempre nos avisavam que tínhamos de ficar longe do meio-fio, andar no meio da calçada, porque os bueiros poderiam estar sem as tampas — roubadas e vendidas como sucata — e, todo ano, crianças eram arrastadas e sumiam nas tubulações. Ônibus e carros, meio submersos, pareciam estranhos barcos navegando num mar interno. E era uma aventura vadear no meio dos perigos da água que ia até a cintura, no meio do lixo escuro que flutuava, fingindo que se estava no Amazonas onde a sucuri espreitava. Realizando feitos de bravura inimaginável, chegávamos a um terreno mais alto e encontrávamos a civilização ao chegarmos em casa para um chá quente, e um lanche, e um feriado...

"Então, como o senhor está vendo, senhor Chenoy, é o meu projeto mais importante", a senhorita Alvarez disse.

O nome dele o trouxe de volta ao presente — ela estava falando da Monitoria dos Deveres de Casa. Ele se lembrou de Jehangir explicando esse trabalho no aniversário de Nariman. Há quatro meses, se tanto... parecia tão longe.

Com um aceno de cabeça, ele simulou estar envolvido: "Parece muito interessante."

"E eu tinha tanta esperança nessa turma. Mas agora tenho que suspender o projeto. Veja o senhor, três meninos que não fizeram o dever de casa deram dinheiro ao Monitor para receber boas notas."

Jehangir examinou detidamente os sapatos do pai, os dele próprio e os da senhorita Alvarez, que revelavam os dedos dos pés, cada um coroado com um lindo e pequeno rubi. Então as lágrimas lhe toldaram os olhos, e os rubis se tornaram uma grande mancha carmesim.

Enquanto isso, Yezad emitia sons de desaprovação e abanava a cabeça. Ele gostaria de saber qual o papel de Jehangla nesse caso. Não era o suborno, ele não tinha dinheiro nenhum; além disso, ele sempre fazia o dever, e era um Monitor do Dever de Casa...

O pensamento incipiente paralisou sua cabeça. "A senhora pegou os três?"

"Sim. E também o Monitor que tomou o dinheiro." E, à medida que ela falava, o braço subia e abraçava os ombros de seu aluno; ela foi capaz de fazer desse gesto uma demonstração de identificação e proteção.

As sobrancelhas de Yezad se levantaram, enquanto ele olhava para o filho e, depois, para a senhorita Alvarez.

Ela assentiu com a cabeça, tristemente.

"Não sei o que dizer." O cheiro da sala agora o deixou nauseado, enquanto ele olhava de novo para Jehangir em busca de uma explicação. Mas os olhos de Jehangir ainda continuavam examinando, atentamente, os sapatos.

"Fiquei chocada quando descobri", a senhorita Alvarez disse. "Não por causa daqueles três, afinal são tão nulos." Ela corou por ter dito essa palavra. "Quero dizer, o resultado do estudo deles é inútil porque eles não se importam, são meninos de famílias ricas, têm pais que acham que o dinheiro vai lhes propiciar tudo na vida. Mas Jehangir era o meu aluno predileto."

Ela engoliu. "Quando descobri que toda semana ele estava levando 60 rupias, 20 de cada um dos três, fiquei tão perturbada, eu..."

Sessenta. Ela disse 60. Yezad parou de ouvir. Sessenta era a diferença entre o que ele tinha posto nos envelopes e o que Roxie encontrou.

"... e eu queria construir uma base firme para os meus meninos, tornar a honestidade um traço permanente no caráter deles. Para que eles pudessem, quando adultos, resistir à corrupção na nossa sociedade. Principalmente os que pudessem querer entrar na política ou no IAS. Em vez disso, esse mesmo mal já contaminou a minha sala de aula. Como será possível as coisas um dia funcionarem melhor no nosso país?"

Yezad murmurou palavras de desculpa, dizendo o quanto estava penalizado, e garantiu que Jehangir, por certo, aprenderia com o incidente.

"Hoje de manhã acordei com o sentimento de que deveria desistir de ensinar", a senhorita Alvarez disse. "De que vale continuar, me perguntei, se o meu melhor aluno pode cair na tentação e proceder mal?"

"A senhora não deve desistir nunca, senhorita Alvarez. A senhora é uma professora maravilhosa, Jehangir nos contou tudo sobre a senhora, o quanto ele a aprecia. Ele disse que a senhora é a melhor professora que ele jamais teve."

Então Jehangir começou a chorar, de início silenciosamente, depois com soluços que lhe sacudiam os ombros. "Me desculpe, Professora", sussurrou ele.

Ela sorriu. "Acho que vou continuar ensinando. E espero que você aprenda a partir desse grande erro."

Yezad tranqüilizou-a, dizendo que nada parecido jamais ocorreria de novo, ele, pessoalmente, prometia isso. Ela disse que gostaria que todos os pais colaborassem tanto como ele o fizera e lhe agradeceu o comparecimento.

A espera era angustiante. Ele queria que eles o castigassem logo, se zangassem com ele. Em vez disso, o pai continuava a lhe apertar o ombro, dizendo coisas como Tudo bem, Jehangla, não se preocupe, e a mãe insistia para que ele ficasse ao lado dela e dizia, meu pobre filho, ele se angustia como gente grande. Era culpa dela, insistia a mãe, por tê-lo deixado ver os envelopes, ela era a culpada por ele ter descoberto como era pouco o dinheiro que havia ali.

Foi só isso — nada de repreensão nem de tapas. O que o fazia se sentir muito mal.

Então os dois começaram a discutir entre eles, jogando a culpa onde esta não cabia. Ouvir um magoando o outro por causa de algo que ele fizera iria ser o castigo dele, Jehangir imaginou.

"Veja o que os desgraçados da sua meia-irmã e do seu meio-irmão fizeram", Yezad dizia. "Levar uma criança de nove anos a participar de suborno e corrupção."

"Não exagere", Roxana disse. "Alguns meninos malvados ofereceram dinheiro a Jehangoo, e ele aceitou para ajudar sua família, e acabou-se a história. Não é preciso ficar dando voltas para um lado e meias-voltas para o outro para torná-la algo ameaçador."

"Mas é ameaçadora. E só tem um jeito de explicá-la. A mesma corrupção que polui este país está bem aqui, na nossa própria família, nas trapaças e traições vergonhosas de Jal e Coomy. Pense no exemplo que eles deram. Por acaso é de se espantar que Jehangla tenha aceitado o suborno?"

"Você tem idéia da besteira que está falando? Você é capaz de se ouvir? Nosso filho não aceitou dinheiro para comprar chicletes ou sorvete para si. Ele o fez para ajudar os pais a comprar comida e remédios para o Avô."

"Então a culpa é toda minha. Porque eu não consegui ganhar o suficiente para gerir este asilo de luxo para o seu pai."

"Eu não disse isso."

Então Yezad disse que se ele pudesse ter visto o futuro, dez anos atrás, nunca teria desistido do seu sonho canadense. Teria tentado muitas vezes, o funcionário da imigração, racista, não poderia impedir a sua saída, para sempre. E eles poderiam estar, todos, vivendo muito felizes em Toronto, neste momento, respirando o ar puro das Montanhas Rochosas, em vez da fumaça nociva desta cidade moribunda, que se decompõe com a poluição, o lixo e a corrupção.

E Roxana perguntou se ele achava que o Canadá era uma terra de santos vivos. E, ao que ela sabia, as Montanhas Rochosas ainda se localizavam em Alberta, a menos que o governo as tivesse mudado para Ontário na calada de alguma noite.

O erro deixou Yezad envergonhado, e ele disse, muito bem, ótimas notas em geografia, e agora ele não queria mais falar desse assunto, ele iria para a varanda em busca de um pouco de paz e sossego. Não, varanda não, ele se corrigiu, eles não tinham mais uma varanda, tinham um *jhopadpatti*.

"Por que você diz, desnecessariamente, coisas desagradáveis?", insistiu ela. "Por que você chama a barraca dos meninos, algo de que eles tanto gostam, de *jhopadpatti*?"

"Veja, por exemplo: a velha e malcheirosa toalha de mesa de plástico de Villie. Você vai a qualquer favela e vai ver que o plástico é o material de construção. Como eu posso chamar isso senão de um *jhopadpatti*?"

"Chame como você quiser, não tenho tempo para ficar discutindo. Ainda tenho que ir ao mercado comprar batatas, preparar o jantar."

"O que ficou fazendo a tarde toda?"

"Dançando no salão! O que você acha? Papai precisou de um banho de esponja. Sabe quanto tempo esse banho leva? E mudar os lençóis com ele na cama? Se eu não o fizer, você vai ficar se queixando do cheiro."

"O quarto ainda está cheirando mal. Ele peida sem parar. O que você dá de comer para ele?"

"O mesmo que dou para você. Mas o estômago dele não funciona tão bem. Você vai ver quando ficar velho."

"Agora está me rogando praga."

"Por que isso seria uma praga? Você não vai envelhecer nunca? Murad! Jehangir! Abram os livros. Quero ver esse dever terminado quando eu voltar."

Da varanda, Yezad viu Roxana sair do prédio com a cesta, os olhos dele acompanhando-a como os dela costumavam acompanhá-lo quando ele saía para trabalhar, toda manhã, quando eles ainda acenavam um para o outro. Ela desceu da calçada e ele quase gritou, Espere! Os carros estão vindo!

Mas ela os vira e, subindo o meio-fio, voltou para a calçada. Ele suspirou, aliviado. Ela esperou uma pausa no fluxo do tráfego, depois atravessou correndo. Ela se movimentava com a pressa desajeitada de uma pessoa exausta, e ele sofria ao vê-la. Os ombros dela pareciam tão curvados daqui de cima. Sua querida Roxana. Lentamente, a graça de sua mulher ia sendo apagada pelo fardo que ela carregava, e ele não podia protegê-la desse peso. Por que, em pensamento, ele não sentia senão amor por ela e, no entanto, quando ela estava diante dele, a briga e a animosidade lhe saíam boca afora, como se ela fosse o inimigo?

O tempo passou enquanto ele permaneceu ali parado na varanda e viu as nuvens assumirem a cor do anoitecer. O sol poente pintava de cobre os contornos à volta dele. Olhou para o caos dos cabos de televisão, antenas de rádio, fios elétricos e de telefone, que se espalhavam contra o céu. Adequados, pensou, a uma cidade que era o caos personificado. Essa louca confusão de fios, entrecruzando-se entre prédios, estendendo-se, casualmente, sobre a rua, descrevendo círculos loucos em torno de árvores, galgando como bêbados os telhados — essa confusão louca parecia ter apanhado os arredores em sua teia.

"Compadre, por favor", Nariman pediu lá de dentro.

Yezad endireitou-se, saindo do parapeito onde se debruçava, e virou a cabeça. Uma revoada de corvos esparsos atravessou, crocitando, o emaranhado que havia no céu. Ele esperou, Nariman o chamou de novo.

Deveria ir? Não era ocupação dele, tinha deixado bem claro a Roxana — pelo menos quanto a isso ele seria firme... e, aliás, ela não demoraria a chegar em casa.

O crepúsculo estava agora apinhado de pássaros que corriam contra a noite e de morcegos que saudavam a escuridão. Ele os observou voejar, indo e voltando, desviando o curso por entre a barreira de fios.

"Por favor, preciso do meu compadre."

As palavras atravessaram, sem rumo, o quarto. Instantes depois, Jehangir aproximou-se timidamente do pai, na varanda. "Papai, acho que o Vovô quer fazer xixi."

"Sim, eu ouvi. Mamãe vai voltar logo", Yezad disse, e mandou que ele voltasse aos livros.

Nariman rogou de novo, agora mais alto. "O compadre, por favor! Estou estourando..." A voz cansada foi se extinguindo e ficou silenciosa por um momento, depois começou a chamar de novo.

Roxana ouviu o pedido da porta da frente assim que pôs o pé na soleira da porta. "Está todo mundo surdo?", reclamou ela. "O pobre do Papai quer fazer xixi!"

"O que é que você queria que eu fizesse?", Yezad perguntou.

"Que lhe desse o compadre, o que mais seria? Que jogasse críquete com ele?", disse ela, apanhando o compadre.

Ele balançou a cabeça.

"Nunca pedi que você me ajudasse! Será que você não poderia nem ao menos ajudar Papai enquanto eu estou na rua?"

Ele balançou a cabeça de novo. "Eu lhe disse no dia em que o chefe chegou aqui e também avisei aos meninos — nada de tocar na comadre ou no compadre."

"Qual é o problema com o compadre? Eu o mantenho limpo e desinfetado!" Ela acrescentou que ele deveria se recordar dos ensinamentos de Ghandhiji, de que não havia nada mais nobre do que o serviço prestado ao fraco, ao velho e ao desafortunado.

Ele lhe disse que não metesse Ghandhiji na conversa, que nada do que ele ensinou tinha funcionado na Índia. "Ele cedeu o Paquistão e deixou o país cheio de problemas."

"Você parece um desses fanáticos do RSS, tentando culpar um santo. Em vez de ficar nervoso por causa de um compadre, sinta-se feliz por nossos filhos estarem aprendendo sobre a velhice, sobre o cuidado com o outro — o que vai prepará-los para a vida, fazer deles seres humanos melhores."

"Primeiro, eles deveriam aprender sobre divertimento e felicidade, e gozar a juventude deles. Um bocado de tempo pela frente para aprender sobre doença e hora de morrer."

"Nenhum momento como o presente. É a oportunidade de praticar a bondade todo dia, como Daisy pratica o violino. Se eles aprendem a agir com bondade, a felicidade virá em seguida. E um dia, quando estivermos velhos e inúteis, eles não nos virarão as costas."

Yezad disse ter esperança de que nunca chegaria o dia em que eles se constituíssem um fardo tão pesado para os filhos. Ele garantia que agiria com mais sensatez ao administrar os negócios deles, de modo que não acabassem sem uma rupia sequer no nome deles quando fossem velhos.

Os corvos crocitavam, o papagaio palrava do outro lado da rua, os vendedores cantavam na calçada, o café da manhã estava quase pronto. Murad acabou de tomar banho, e estava vestindo o uniforme no quarto dos fundos. Mas Jehangir recusou-se a abrir os olhos até seu pai, sacudindo-lhe o ombro, dizer que ele chegaria atrasado à escola.

"Não estou me sentindo bem."

"Qual é o problema?"

"A barriga está doendo."

"Tem certeza? Não é por causa da senhorita Alvarez?"

"Não, está mesmo doendo."

Enquanto o pai foi tomar banho, Jehangir apanhou o seu quebra-cabeça do Lago de Como, e tentou apelar para a mãe. Ela foi mais compreensiva. "Você não dormiu, Jehangir? Essas olheiras tão escuras debaixo dos olhos."

"A consciência dele o manteve acordado", berrou Yezad, do banheiro, enquanto se despia. "O que é bom, quer dizer que está funcionando bem." O pai continuava a gritar palavras de encorajamento, que se ouvia acima do tinido da caneca contra o balde, e do som dos espirros da água.

Mas Jehangir parou de escutar. Ele queria fugir para o quebra-cabeça do Lago de Como. A paisagem familiar do jogo era menos complicada do que o mundo real dele. Mil duzentas e sessenta e duas peças, a capa declarava, tornando-o o quebra-cabeça mais difícil que ele tinha. As cores se sucediam em gradações tão sutis que o azul do céu se fundia no lago (cerúleo, lembrou-se da palavra usado pelo Avô) e os verde-escuros podiam ser a folhagem das árvores ou uma parte do matagal denso que abraçava os morros. A relutância em revelar seus segredos era o encanto dessas peças. Ele juntava os fragmentos na caixa de papelão.

E, quando o lago começava a surgir, assim como o caminho ao longo da margem, ele teria partido e entrado no quebra-cabeça, e ali caminhava ao lado da camponesa que levava, pela focinheira, um burro que, por sua vez, puxava uma carroça que bimbalhava, carregando uma alta pilha de feno, pela estrada que fazia uma curva e desaparecia nos morros cobertos de mata. Peça por peça, ele construiria o seu refúgio, desfrutaria a brisa do lago e o sol dourado no rosto, sentiria a relva luxuriante sob os pés e a fragrância no ar...

Esta era a mais intangível, descobriu ele. Não havia peças que se pudesse juntar para construir uma fragrância. Ela não estava em parte alguma da paisagem, e em toda parte.

Ele tinha de imaginar o ar fresco que pairava sobre o caminho dentro do quebra-cabeça. E o canto dos pássaros — onde havia ar fresco, o instinto lhe dizia, por certo havia canto de pássaros. Não o crocitar rouco dos corvos carniceiros, mas canto de pássaros como o assobio do pai, nítido e doce. O assobio do pai, que afugentava a infelicidade, até mesmo a lembrança da infelicidade. O assobio do pai era invencível, flutuava em torno dele como um guarda-chuva alegre, e quando ele lhe segurava a mão e os dois caminhavam debaixo dele, o mundo era um lugar seguro e maravilhoso. Jehangir o amava nesse momento, e não queria ser ninguém senão o filho de seu pai, nem mesmo se pudesse trocar de lugar com um dos Cinco Famosos...

Do outro lado da rua, o papagaio palrou de novo. Ele começou a devolver as peças, jogando-as na caixa, era inútil, o quebra-cabeça não estava funcionando para ele.

O pai chegou ao quarto da frente com a toalha enrolada no corpo e um dedo no ouvido, tentando tirar a água que o bloqueava. "Me diz, Jehangla, quantos dias você vai poder ficar em casa para evitar a senhorita Alvarez?"

"Já lhe disse que minha barriga está doendo." Ele podia sentir o cheiro do sabonete Cinthol na pele do pai.

"Vai parar de doer se você for para a escola. Confie em mim. Não ligue para aqueles garotos maus, faça as suas lições como sempre e você vai se sentir ótimo."

Pingos d'água caíam da cabeça do pai na tampa do quebra-cabeça. Jehangir o afastou. O pai foi até o quarto dos fundos vestir a calça, e voltou com a toalha na cabeça, para secar o cabelo.

"Você é um aluno de primeira, Jehangla, não tem nada a temer." Deixando a toalha em volta do pescoço, ele passou o braço pelo ombro de Jehangir. "Você sabe o que o seu nome significa?"

Ele balançou a cabeça.

"Significa 'conquistador do mundo'."

Jehangir ficou impressionado. Olhou para cima e deu um sorriso fraco para o pai. Os cachos esparsos do pêlo do peito dele ainda estavam úmidos.

"Uma dor de barriga não pode paralisar o conquistador do mundo." O pai lhe deu tapinhas nas costas e lhe pediu que fosse se vestir.

Murad chegou ao quarto da frente com a gravata frouxa em volta do colarinho. "O que o meu nome significa?", perguntou.

"Que você é um bem, uma bênção", o pai disse.

"E o nome da Mamãe?"

"Roxana quer dizer aurora."

"E o seu?"

"Anjo da guarda. Vem cá, deixe-me arrumar a sua gravata."

Jehangir ficou pensando nesses nomes enquanto observava o pai dando o nó, e Murad perguntava significados de outros nomes. O do Avô era particularmente complicado, procedia da história do *Shah-Nama*, e Papai tentou se lembrar da linhagem do herói, Rustam, para saber se Nariman era o bisavô ou o tataravô. Então o Avô, que acabara de acordar, deu-lhes a resposta: tataravô.

Os nomes deles reunidos, Jehangir continuou pensando, constituíam a família perfeita: eles eram abençoados, possuíam o mundo todo, tinham o anjo da guarda deles, e a luz da aurora de Mamãe brilhava sobre todos. Entretanto, Mamãe e Papai estavam brigando e eram infelizes...

"...e embora vocês talvez não o percebam agora, esses são os seus dias felizes, os dias de escola", Papai disse, falando com ambos. "Antes que possam se dar conta, eles escorregam por entre seus dedos. E, quando forem mais velhos, irão lembrar-se deles com saudades, irão desejar que voltem. Mas eles não voltarão. Então, agarrem esses dias agora e os aproveitem."

Jehangir queria acreditar no pai, mas, primeiro, o mundo que se despedaçou tinha que ser recomposto. Ele ansiava que isso se desse como num quebra-cabeça — abrir a caixa, reconstruir o apartamento do Avô no Chateau Felicity, consertar os ossos do Avô, botar panos quentes na disputa com Titia Coomy e Tio Jal. E, o mais importante de tudo, juntar as peças das deliciosas manhãs de histórias, de risos e de brincadeiras — o que parecia ter desaparecido tão completamente!

❖

Yezad despediu-se dos meninos, que partiam para a escola, com abraços extras. À porta, ele lhes beijou a testa. Depois, voltou para a mesa de jantar.

E se sentou ali, sonhando, imaginando os filhos à porta onde ele acabara de se despedir deles com um aceno. Eles cresciam tão rápido. Era como se fosse ontem, Murad estava entrando no jardim de infância e Jehangir engatinhava, de fraldas. Pensar que ele os fizera, ele e Roxie, esses seus belos filhos!

Então ele severamente se fez lembrar: todo cachorro e todo gato se reproduziam, ele não inventara o processo nem fizera nada de excepcional. Era esse tipo de pensamento sentimentalóide que impossibilitava o controle da natalidade neste país.

Mas essa sensação de encantamento voltava apesar da visão muito sensata que ele tinha do assunto. E, perdido nos seus pensamentos, ele começou a assobiar baixinho, *Sunrise, Sunset.*

Roxana reconheceu a música e foi se sentar ao lado dele. Yezad parou, e ela lhe tocou o braço. "O que está pensando, Yezdaa?"

"Nada de importante."

"Me conta."

Ele suspirou. "Eu estava vendo os meninos se aprontarem, pensando em como estavam belos metidos naqueles uniformes."

Ela sorriu.

"E eu estava me lembrando dos anos em que eles eram pequenos, de como eu os carregava nos braços e nos ombros, e dos jogos com que nos entretíamos. Eu nunca poderia fazer o mesmo agora. E depois pensei naquela música. A que toca quando Tevye e a mulher estão no casamento da filha dele — lembra do filme?"

Roxana assentiu com a cabeça. "Ela se casa com o alfaiate."

"É. E Tevye está atento à cerimônia, ele olha admirado para sua filha crescida e para o noivo. O que fez pensar: um dia, Murad e Jehangir vão se casar, nós estaremos atentos à cerimônia. E, depois, ficaremos velhos e sozinhos."

"Não seja tolo, Yezdaa. Eles sempre serão nossos filhos."

"Não. Eles serão os maridos das esposas deles."

"Nunca vi você assim tão sentimental", disse Roxana. "O que está havendo com você esses dias?"

Ele permaneceu calado. Então a puxou para perto e a abraçou.

O senhor Kapur rodeava o embrulho como um menininho que estivesse lutando contra a tentação de abrir o presente antes da hora combinada. Ali dentro estava a bola especial, encomendada para a vitrine de Natal. Ele e Yezad aguardavam a volta do servente que tinha ido fazer um serviço.

"Husain vai ficar desapontado se o desembrulharmos sem ele", o senhor Kapur disse, fazendo uma jogada defensiva com o seu bastão imaginário.

Absorto, Yezad assentiu com a cabeça, sem ouvir. Ele tinha tomado uma decisão: antes do término do dia, de novo tentaria pressionar o senhor Kapur para que ele dissesse quando começaria a trabalhar na campanha em tempo integral. Tentaria extrair algum compromisso dele.

"O senhor está realmente gostando desse *tamasha* de Natal, não é mesmo?", tentou Yezad, à guisa de introdução.

"Você conhece a minha política: na nossa loja cosmopolita, nós respeitamos todas as festas, todas celebram nossas naturezas humanas e divinas. Mais ainda as mais felizes." Sorrindo o seu sorriso alegre, de quem abraça a humanidade, o senhor Kapur postou-se ao lado da vitrine, e ficou espiando a rua, por cima do ombro de Papai Noel. Ele cumprimentava passantes com um aceno de cabeça, acenava com a mão para o *pao-bhajivala*, berrava bom-dia para um conhecido.

"Sua política está absolutamente correta", Yezad disse. "Esta cidade é um milagre de tolerância. E deve permanecer assim."

"Você está começando a se parecer comigo", disse o senhor Kapur, que se divertiu com o tom veemente.

"Pois é, afinal eu o ouço há 15 anos", Yezad disse, e os dois riram.

"Olhe, lá vem Husain." Eles acenaram para apressá-lo. E, para diverti-los, o servente imitou uma criancinha correndo com pés vacilantes. "*Chalo, miyan*, a bola especial chegou."

O senhor Kapur rasgou o invólucro protetor e apresentou o acessório que tinha sido especialmente desenhado. Feito de uma lâmpada redonda, era de um vermelho vivo como o de uma bola de críquete nova, com fileiras de pespontos pintados ao longo da circunferência para imitar as costuras.

"Então? O que acham?"

"Acho brilhante!", Yezad disse. Ele usaria essa nova bola como um lançador explorando o brilho dela, pensou. Ele tentaria *yorkers, googlies, full tosses,* fosse lá o que fosse para chegar à baliza do senhor Kapur.

"Esperem até verem-na em ação — é até mais brilhante do que parece." O senhor Kapur mexeu no pacote à procura do fio e do bocal. "É tudo sincronizado com o motor que faz mexer o braço do Papai Noel — cada vez que o bastão se aproxima da bola, ela acende."

"Ótimo, vamos ligá-la." Quanto mais cedo o mecanismo funcionasse, melhor — depois o patrão estaria no máximo do seu bom humor, disposto a ser generoso quando discutissem os termos do acerto.

O senhor Kapur tinha levado um carretel de linha transparente da cesta de costura de sua esposa. Desenrolou um pedaço e atou a ponta ao bocal, para que a lâmpada pendesse do teto.

"Eu subo na escada", Yezad se ofereceu como voluntário. "É um serviço muito delicado. Perto demais, o bastão arrebenta a lâmpada. Longe demais, não vai parecer uma cena real."

Do topo da escada, ele baixou a lâmpada até ela ficar a pouco mais de meio metro do chão, firmando-se com a mão contra o teto. "Que tal?"

"Um pouco mais para baixo", o senhor Kapur falou. "Quero que pareça que ela vai se ligar com o lugar das balas."

Yezad deu mais uns centímetros de linha, deixando-a escorregar entre os dedos. "Esta vitrine vai atrair hordas de gente. Vamos precisar de um *havaldar* especial para controlar a multidão."

"Espero que sim. Um pouquinho mais para a esquerda."

"Sabe, senhor Kapur, o senhor devia aproveitar a oportunidade para fazer propaganda do seu nome na vitrine. Um cartaz com os dizeres, Saudações Natalinas, de Vikram Kapur, Proprietário."

"Não, isso pareceria vulgar."

Yezad tentou de novo entrar no assunto. "Pelo menos alguma propaganda eleitoral na vitrine: Um Voto para Vikram Kapur é um Voto para Papai Noel. Ou: Marque um Vencedor, Vote em Vikram Kapur."

"Boa, Yezad", o senhor Kapur tentou rir. "Mas não vai mais haver eleição."

Yezad percebeu o tom de inquietação. Ele levou o fio mais para a esquerda e para a frente, seguindo a mão que o guiava ali embaixo. "Claro que vai."

"Para mim, não. Acho que não vou me candidatar."

O fio transparente escapou dos dedos de Yezad. A lâmpada caiu no chão e se estilhaçou.

"Ah, não!" O senhor Kapur deu um pulo para trás para evitar o vidro quebrado.

As mãos de Yezad tremiam enquanto ele descia a escada. Desculpando-se, ele ouvia a própria voz como se fosse a de um estranho. "Mas por que não, senhor Kapur?"

"Você deixou cair a bola! Ah, Yezad, Yezad, Yezad!"

"Sinto muito, senhor Kapur. Mas, por favor, me diga..."

"Agora vou ter que mandar fazer outra." Ele se distanciou, contrariado. "Vai demorar uns três ou quatro dias para vir."

"O senhor não está me ouvindo, Vikram. Estou lhe perguntando por que não."

O senhor Kapur olhou para ele, depois se virou e ficou de frente para a vitrine de novo. "Há cinco dias Papai Noel bate no ar com o seu bastão", resmungou ele. "Há cinco dias espero essa bola."

Por mais angustiado que Yezad estivesse, ele sabia que o senhor Kapur precisava ser tranqüilizado. "Talvez possamos usar, por enquanto, uma lâmpada comum", sugeriu ele.

"Ficaria mais ridículo", murmurou o senhor Kapur. Mas depois de matutar um pouco, ele concordou em experimentar. Husain foi apanhar uma lâmpada no depósito.

"Eu não compreendo", arriscou Yezad. "Com todos os seus planos e preparativos, o manifesto que o senhor me disse ter escrito, agora, por que o senhor está mudando de idéia?"

"Muitos motivos. É... é complicado demais. Acho que é completamente fora da realidade eu esperar..."

Ele interrompeu e desviou o olhar, mas Yezad conseguia ver a expressão de timidez refletida no vidro da vitrine. "É perigoso demais. Minha esposa teve um bom argumento: ela disse que hoje em dia as eleições não são em nada diferentes de brigas entre gângsteres. E depois de refletir a respeito, concordei com ela. Além disso, ela está preocupada com a minha pressão arterial."

Brincando com o bocal da lâmpada, ele parecia querer me explicar mais, quando Husain voltou, arrastando uma vassoura e acenando com uma lâmpada de 60 *watts*. "Veja, *sahab*, encontrei!"

Parecia que o senhor Kapur estava aliviado com a interrupção; ele passou a se ocupar da vitrine. O servente varreu os cacos do vidro vermelho que estavam ali espalhados como gotas de sangue. A lã de algodão, o azevinho e os fios dourados, sacudidos, desalojaram mais gotículas. Quando terminaram, o senhor Kapur inseriu a lâmpada no bocal e ligou o motor.

O bastão desceu, a luz se acendeu; o bastão subiu, a lâmpada se apagou. Husain aplaudia como um espectador na arquibancada do Estádio Wankhede, na tentativa de fazer o patrão sorrir. Mas a luz amarela e fraca da lâmpada substituta tinha prejudicado a boa disposição.

Como pôde o senhor Kapur decepcioná-lo tão abruptamente, desesperava-se Yezad. A esposa disse não! Isso lá era explicação?

O resto do dia ele lutou contra uma sensação de desesperança. Sentiu raiva e se considerou traído, até que momentos mais calmos predominaram e ele viu o quanto estava sendo irracional — na realidade, o senhor Kapur não sabia nada sobre as suas dificuldades.

Talvez ele precisasse confiar no senhor Kapur, lhe dizer o quanto essa decisão de não se candidatar à eleição o desapontava — e lhe contar que tinha posto todas as esperanças na promoção. Ele teria que engolir o orgulho e confessar que se tornara impossível sobreviver com o salário que recebia: dois filhos, os gastos com a escola, os preços subindo todo mês... e agora, além disso, o sogro doente que tinha sido posto para fora pelo enteado e pela enteada, e a falta de espaço no meu apartamento minúsculo, e a falta de dinheiro para os remédios, e mais a comadre fedendo no quarto da frente... o que vem causando brigas com a minha mulher, mas eu também lhe sou grato por ele ter comprado o apartamento para nós quando nos casamos...

Yezad levou a mão à testa. Não, a história estava muito confusa. Confusa demais para ser contada a alguém que afinal de contas era um estranho quando se tratava de revelar todos esses assuntos pessoais da família.

Durante a tarde toda, ele ficou observando o Papai Noel espasmódico lutando com ombros doentes de artrite. De vez em quando, o motorzinho desandava; então a lâmpada piscava rapidamente e o bastão fazia pequenos movimentos trêmulos para cima e para baixo. Como se Papai Noel tivesse o mal de Parkinson, pensou ele.

Husain corria para chamar o senhor Kapur, que, por sua vez, corria para ajeitar o interruptor. Depois do ajuste, o senhor Kapur fazia um gesto de aprovação, com o polegar para cima, como era moda, e voltava para o escritório. O bastão voltava a funcionar normalmente.

A luz estroboscópica da lâmpada começou a fazer um efeito hipnótico em Yezad, à medida que as horas passavam, ele se sentia imobilizado, como as renas em suas posições no campo, e o guarda-metas, congelado, sempre pronto a pôr o Capitão Claus fora de jogo e berrar, "E agora?" para o império invisível.

Mas nunca se ouviu o desafio. E quanto mais Yezad olhava fixamente para o quadro vivo idiota, mais deprimido ficava. Nada fazia sentido.

De repente, sua vida lhe parecia tão pobre como a da coitada da Villie Cardmaster — da linda menininha vestida de rosa, na foto do aniversário, os olhos brilhando com uma esperança inocente, à mulher que ela era agora...

Ele afastou os olhos do hipnótico Papai Noel e passou a olhar para Husain. O servente parava freqüentemente para arrumar um fiapo de lã de algodão, uma folha de plástico, um pedaço de fio dourado.

Yezad invejava a capacidade de Husain se deleitar com coisas simples. Qual era o segredo dele? A vida de Husain, devastada pelo pesadelo do assassinato de sua família, ainda era capaz de encontrar prazer em toda essa parafernália de mau gosto.

Como o senhor Kapur, que surgia à entrada do escritório, dava um sorriso magnânimo para Yezad e ia até a vitrine onde ficava alguns minutos parado, com um risinho nos lábios, antes de voltar à sua mesa.

14

Enquanto Roxana esperava pelo elevador no saguão do Chateau Felicity, ela ouviu um carro parar à entrada e, a seguir, um ruído de algo chocalhando, e batendo. Era Edul Munshi com sua caixa de ferramentas.

Sem nenhuma disposição para a conversa de faz-tudo dele, Roxana esperou que o elevador a salvasse antes que ele entrasse junto. Essa visita a Jal e Coomy, essa tentativa de acertar as coisas com eles, tinha feito a sua ansiedade crescer. Ela precisava encontrar um jeito de trazer Papai de volta, a pressão em cima de Yezad estava muito grande agora — o comportamento dele estava tão estranho nesses últimos dias...

"Ah, veja quem está aqui", disse Edul, atrás dela. "Eu não a vejo há meses, Roxana. Como vai?"

"Estou bem. E você?"

"Ótimo. Acabo de chegar da casa de um amigo com uma perna bamba." Ele acrescentou, "Da mesa de jantar dele".

"A perna está bem agora?", perguntou ela gentilmente, e Edul desandou a fazer um relatório completo do conserto, dizendo como o seu amigo, Cavus, gostava de meter o bedelho, querendo rapidamente botar dois parafusos, mas que ele o convencera de tirar a perna direita, como deveria ser feito, de modo que, quando ele terminou, estava tão firme como o monte Everest.

"Manizeh é uma mulher de sorte por ter um marido tão talentoso", Roxana disse.

Ele se ruborizou, com modéstia. "Faço de tudo um pouco. Aliás, não tenho visto seu irmão e sua irmã ultimamente. Como vai o seu papai?"

"Na mesma, quase sempre. O médico disse que realmente não se deve esperar melhora num caso de Parkinson."

Edul balançou a cabeça, num gesto solidário, enquanto o elevador chegava e eles entravam. "Como o corpo humano é complicado. Se ao menos houvesse ferramentas para que qualquer um usasse quando alguma parte do corpo desandasse."

"Temos os médicos."

"Nunca confie nos profissionais. Nem em reformas, nem em doenças. Já faz muito tempo que vi seu papai sendo levado de ambulância. Ele já voltou?"

"Ele está na minha casa. Aqui em cima, o teto está precisando de conserto."

Os olhos dele se acenderam. "Ninguém me falou desse problema."

"Coomy está cuidando disso." Roxana se precipitou para apertar o botão ao chegarem ao andar dele, mas foi tarde demais.

Ele fez um gesto com a mão querendo dizer que ela não se preocupasse. "Arranjar um empreiteiro que seja honesto, competente e esteja disponível é muito difícil. Três requisitos mínimos. Talvez eu devesse falar com Coomy."

"Seria de grande ajuda." O conselho de uma terceira pessoa poderia forçar Coomy a agir, pensou ela.

"Posso recomendar alguém inteiramente honesto, extremamente competente, que cobra muito pouco pelo trabalho. Na realidade, só o custo do material."

Ela sabia o que vinha a seguir, mas disfarçou. "Parece difícil de acreditar."

Ele sorriu. "Se me permite, é de mim mesmo que estou falando."

O elevador parou e ele abriu a porta para ela. Ela tentou imaginar a cena, caso ele fosse solto no apartamento de Papai — seria como pôr um macaco com um martelo numa loja de louça.

"Não seria justo", disse ela, "que se aproveitassem de você."

"Que história é essa de se aproveitar? Estou me oferecendo. Você me conhece, gosto disso, é o meu *hobby*. Gosto da felicidade que levo aos corações das pessoas quando algo despedaçado aparece inteiro novamente."

A campainha do elevador ecoou através do poço; alguém o estava chamando no térreo. "Obrigada, Edul, mas não podemos pedir que você se encarregue de um serviço tão grande. Os tetos estão em péssimo estado."

Ele ignorou a pessoa que, agora, gritava lá embaixo, pedindo que se fechasse a porta para que o elevador voltasse ao saguão. "Serviço grande ou pequeno, o segredo é proceder metodicamente. Medir duas vezes, cortar uma é o lema do faz-tudo. Pensar no problema até resolvê-lo, visualizar a solução. Como se estivesse jogando xadrez. É uma habilidade especial que alguns têm."

Ele continuou a descrever as virtudes que o habilitavam para o serviço, mas ela não estava ouvindo — acabara de lhe ocorrer: os tetos já estavam em estado deplorável, não era preciso protegê-los da ação de Edul. Por mais incompetente que ele fosse, o estado dos tetos não poderia piorar.

E, de repente, a idéia não parecia de todo má: ele podia limpar a bagunça, fazer um conserto mais ou menos, deixar os tetos seguros. Buracos e rachaduras ainda ficariam à vista, mas, e daí? Era de graça, e pelo menos Papai poderia voltar para casa.

Mas, primeiro, era preciso convencer Coomy. "Se você está confiante", Roxana disse, "posso falar com Jal e Coomy do seu oferecimento generoso."

"Cem por cento confiante", ele a tranqüilizou.

A pessoa que gritava no térreo tinha se calado, por ter abandonado qualquer esperança de ver o elevador descer. Edul perguntou se ele deveria subir com ela. "Eu poderia avaliar a extensão do serviço agora, fazer uma estimativa aproximada do material necessário."

"É melhor eu falar com eles primeiro. Abusar de sua generosidade, aceitando um favor tão grande, deve ser uma decisão deles."

"De jeito nenhum", disse ele, voltando a entrar no elevador. "Uma reforma, para mim, nunca é um abuso." O elevador começou a descer, mas a voz dele flutuou, chegando lá em cima, "É a minha fonte de satisfação".

"Coomy! É Roxie que veio nos visitar!", anunciou Jal, com júbilo. "Venha, Roxie, venha!", ele lhe tomou as mãos e a fez entrar, dando-lhe um abraço demorado. Os olhos dele se encheram de alegria e alívio ao perceber que a separação não seria permanente. "Por que Yezad não veio com você?"

"Ainda no trabalho." Ela viu como o rosto dele se iluminou — como se ela tivesse ligado um interruptor — e se comoveu com a acolhida.

"Coomy!", Jal tornou a chamar. "Onde você está? Roxie chegou!"

"Psiu, hum, hum!" advertiu Coomy, do quarto, indicando estar rezando. E então ela se mostrou no corredor por um instante, a cabeça coberta de musselina branca.

"Ah, me desculpe", Jal disse.

Alguns minutos depois, ela entrou na sala. "Por que está tão excitado, como se a Rainha da Inglaterra tivesse chegado?"

"Não, não, nem Armeen nem Hoshang — a nossa Roxie!"

Coomy bateu no aparelho de audição, no bolso de Jal. "Está sem pilha de novo?" As duas mulheres puseram as mãos levemente nos ombros uma da outra; as faces se tocaram.

"Como vai Papai?", Coomy perguntou.

"Na mesma. Ele continua a perguntar sobre o apartamento, se o conserto já começou. Eu continuo a dizer logo, logo, Papai. Está muito triste, percebe que eu não sei exatamente que resposta dar."

O rosto de Jal refletia a sua consciência intranqüila. Ele torcia as mãos e tocava no fone do ouvido, num apelo silencioso a Coomy.

"O seu aparelho o está atrapalhando", disse ela. "Vá comprar baterias novas. Eu lhe conto as notícias de Roxie mais tarde."

"Não, está legal." Ele se aquietou.

"Papai tem dias bons e dias maus", Roxana continuou. "O que piora a situação é que as pílulas terminam antes que a pensão seguinte chegue."

"Eu gostaria que pudéssemos ajudá-los com mais dinheiro", Coomy disse. "Mas a conta de Papai no banco está vazia. E o bazar de ações anda muito ruim esses dias — Jal pode lhe falar sobre isso."

"Então basta dos meus problemas", Roxana disse. "Fale-me de você. Como estão?"

"Como você está vendo: mergulhados no nosso infortúnio, no reboco e no pó."

"Ainda tentando encontrar um empreiteiro", Jal murmurou.

"Não caiu mais nada?", Roxana perguntou. "Tudo firme? Ótimo." Então ela refreou a língua; o sarcasmo não ajudaria em nada a sua missão de reconciliação. "Isso me faz lembrar. Adivinhem quem encontrei lá embaixo. Foi uma sorte — Edul Munshi."

"Você chama isso de sorte?", Coomy disse. "Só as pessoas amaldiçoadas topam com esse sujeito", e Jal riu, contente com o clima mais amigável.

"Sei o que você quer dizer", Roxana falou. "Mas ele perguntou sobre o teto de vocês e se ofereceu para consertá-lo, sem cobrar nada."

"Claro que ele o faria de graça", Coomy disse. "Ele pagaria para trabalhar no apartamento de alguém, de tão desesperado que está. A mulher dele não o deixa tocar em nada na casa."

"Ele não é um faz-tudo, é um palhaço", Jal deu risadinhas. "Ele deveria pegar as ferramentas dele e ingressar no circo."

"Minha reação foi a mesma. Então comecei a pensar: nenhum de nós tem dinheiro para contratar um empreiteiro. Se ele pode, pelo menos, aplicar um reboco novo, já vai ser uma melhoria."

"Não, o homem é um perigo", Coomy declarou. "Quando ele troca uma lâmpada, a eletricidade do prédio inteiro sofre uma queda. E você quer que ele trabalhe para nós?"

Roxana deu de ombros. "Vocês é que sabem."

A tensão que havia antes voltou a se insinuar na sala. Então, para surpresa de Roxana, Jal falou, "Eu gosto da idéia. Que mal há em deixar Edul...".

Coomy se virou abruptamente, e ele ficou em silêncio, esperando ser repreendido. Mas a discussão nunca se concretizou.

É, Coomy pensou, vamos deixar Edul fazer o trabalho. O que haveria de melhor do que obrigar o idiota a fazer uma confusão ainda maior na casa? Com a queda que ele tem para prolongar todo serviço e assim prolongar o próprio prazer, a volta de Papai pode ser adiada indefinidamente. Ela não precisaria inventar mais desculpas.

Edul seria o cúmplice involuntário perfeito.

O senhor Kapur levantou um dedo em sinal de objeção, e apontou para o relógio. "Está vendo a hora? Chega de 'senhor'." Ele examinou o rosto de Yezad. "Já faz dois dias que você me parece muito deprimido. Qual é o problema?"

Yezad deu de ombros. "Acho que por causa de tudo aquilo sobre o que conversamos... e daquelas fotos antigas e... o senhor me converteu. Eu realmente acredito que um homem bom como o senhor deveria estar na política. Do contrário, só escroques e canalhas nos governariam."

"Não é engraçado?", o senhor Kapur disse com um sorriso triste. "Trocamos inteiramente de posição — eu falo como você, você fala como eu." Ele suspirou. "Eu gostaria de ter uma alternativa."

"Nós sempre temos alguma alternativa."

"Mas a família vem em primeiro lugar, Yezad, você sabe disso. O serviço familiar antes do serviço público, minha esposa me lembrou. E, além da pressão alta, tem o dinheiro da mala — eu concordo com ela, não devemos gastá-lo na eleição."

Ele tomou Yezad pelo braço e o conduziu ao escritório. "Não fique tão desapontado. Já pareceu ser uma boa idéia, um dia. Agora acabou — temos que aceitar isso."

"O senhor disse que era o seu dever."

"Ah, sim. Meu e de todo bom cidadão. Não sou ninguém especial. Mas acabei percebendo, o dever é inútil nesse caso."

"O que quer dizer com isso?"

"Pense no seguinte: para o dever, puro e simples, o resultado é indiferente. Ainda que eu me torne vereador, e combata o bom combate, o que me resta no final? A satisfação de haver cumprido o meu dever. No que se refere a Bombaim, nada muda. Ninguém pode fazer o relógio andar para trás."

Yezad ouviu sem acreditar. Era difícil de engolir a total mudança de atitude do senhor Kapur.

"Portanto", continuou o senhor Kapur, "nada nos resta agora senão falar de túmulos, vermes e epitáfios. Vamos sentar nessas cadeiras e contar histórias tristes sobre a morte das cidades."

Yezad não disse nada. Se o patrão queria tagarelar, ele teria de fazê-lo sem a ajuda de resposta ou reação de sua parte.

Então o senhor Kapur fez uma tentativa pouco convincente de fazer humor. "Sabe qual é o meu problema? Eu sou alguém que ama Bombaim, não com sensatez, mas bem demais. E acho que minha esposa fica com ciúmes, porque não quer nenhuma outra beldade competindo com ela."

Nesse momento, uma irritação intensa obrigou Yezad a romper sua decisão de manter silêncio. "O senhor não tem nenhuma outra fonte indiana de onde possa citar, para variar?"

A mordacidade da réplica desapareceu, sem causar dano; o simples fato de que Yezad tenha decidido falar encantou o senhor Kapur. "Esse é um problema essencial na nossa educação, na sua e na minha. Seja como for, Shakespeare é como Bombaim. Nos dois, podemos encontrar tudo do que precisamos — eles contêm o universo."

Fervilhando internamente, Yezad examinou o relógio. "Se o senhor não se incomoda, vou me mandando."

O senhor Kapur trancou a mesa. "Espero que você não esteja mais zangado."

"Que direito tenho eu de ficar zangado? É a sua vida, a sua esposa, a sua decisão."

O senhor Kapur pegou a pasta e apagou as luzes. "Você notou, Yezad, que segui o seu conselho? Não estou ligando o ar-condicionado. De agora em diante, aceitarei o que quer que Bombaim ofereça: calor, umidade, brisa do mar, tufão."

"Venho adotando essa filosofia há anos. Claro, é fácil para mim, não posso comprar um ar-condicionado."

"Você não precisa dele. Nós, indianos, temos o nosso próprio sistema de refrigeração embutido — *chilis* e *garam masala* nos fazem suar, a brisa evapora o suor e nos refresca."

Yezad deu um sorriso débil.

O senhor Kapur fez uma última tentativa para apaziguá-lo. "Pense nisto, Yezad: sempre teremos as fotografias. Nelas, nossa cidade está preservada. E esse registro permanecerá com os que vierem depois de nós. Eles saberão que houve um tempo em que, aqui, nesta cidade radiante junto ao mar, tivemos um Camelot tropical, um lugar dourado onde raças e religiões viviam em paz e amizade..."

Yezad parou de ouvir, de novo sentindo a exasperação, e, sem querer, a afeição, que as paixões e contradições desse homem provocavam. Ele tinha certeza de que, em dois meses, quando a eleição estivesse terminada, o senhor Kapur estaria arrependido de não ter se candidatado. Ou ele poderia mudar de idéia nos próximos dias, e decidir se candidatar — quem saberia dizer onde se situava o interesse do senhor Kapur.

Enquanto se encaminhava para a porta, Yezad o viu contemplar amorosamente a vitrine de Natal. Alguém deveria dizer ao senhor Kapur que ele ainda era moço demais para se enfiar numa segunda infância. Ele precisava de algum tipo de sacudidela que o arrancasse desse deslumbramento que a satisfação consigo mesmo provocava.

Ao longo da rua, o comércio parecia ter seguido o exemplo do Empório de Material Esportivo Bombaim. O Mercado de Livros Jai Hind apresentava um Papai Noel descalço, sentado na posição *padmasana,* com uma tradução inglesa do Bhagavad-Gita aberta em seu colo; no nariz, empoleiravam-se óculos de leitura no formato de meia-lua. A Aço Inoxidável Rasoi tinha um Papai Noel de avental, mexendo um grande utensílio de cozinha. O Papai Noel da Ótica Bhagat usava óculos escuros espelhados, na moda.

Toda loja tinha que ter um, pensou Yezad, desanimado, o pessoal não se contentava mais com árvore de Natal, estrela, anjo. A loja de roupa masculina tinha um Papai Noel com um braço estendido do qual pendiam camisas e gravatas. A sapataria mantinha uma pilha de caixas de sapatos. Felizmente, a loja de sáris absteve-se de mostrar uma orgia de quase seis metros de roupas inter-raciais.

O exercício inteiro era tedioso, desprovido de inteligência (com exceção do Mercado de Livros, graças à imaginação de Vilas). Por uma vez que fosse, um tumulto do Shiv Sena contra essa bobajada seria bem-vindo. Onde estavam esses *goondas* quando mais precisávamos deles? Por que não estavam fazendo arruaça, destruindo essas vitrines burras?

Talvez esse fosse o tipo de estimulante de que o senhor Kapur precisava. Se a tropa de choque do Sena arrancasse as galhadas desses jogadores, silenciasse a lâmpada que piscava e pusesse o irritante rebatedor de barbas branca fora de jogo, o espírito de luta do patrão talvez voltasse. Que choque salutar para ele se o Shiv Sena surgisse...

Do lado de fora do Mercado de Livros, Vilas, do seu poleiro, chamou Yezad. Vilas dava pancadinhas no degrau, mostrando que havia lugar para que o amigo se sentasse.

"Não, está tarde", Yezad disse, massageando os músculos do pescoço, na tentativa de aliviar a rigidez.

"Você parece preocupado. Aconteceu alguma coisa?"

"O senhor Kapur — você sabe que ele tinha planos de se eleger, estava tão comprometido com isso antes. Agora, houve uma reviravolta total. Ele me disse que a esposa disse não."

Vilas riu. "Que gracinha. Uma punjabi que manda no marido deve ser coisa rara."

"Não sei o que está acontecendo com ele. E a minha promoção sumiu."

Enquanto conversavam, um trabalhador, carregando uma cesta vazia, aproximou-se da livraria, parando a uma distância respeitável. À espera do escriba, ele tirou uma carta de dentro de seu turbante protetor-de-cabeça e procurou desamassar as dobras que havia nela.

"Seu freguês", Yezad disse, liberando o degrau.

Havia uma dor persistente entre as omoplatas, como uma faca. Esfregou os músculos do pescoço várias vezes, mexeu a cabeça da esquerda para a direita, da esquerda para a direita, depois de cima para baixo. Em vez de andar direto para a estação Marine Lines, tomou o caminho mais longo em volta de Dhobitalao, descendo a Rua Princess — tempo para pensar. Estava com a respiração entrecortada, quase arfando. Inspirar no decorrer de cinco passos, expirar nos outros oito. Cinco inspirando, oito expirando...

Uma nuvem de fumaça de óleo *diesel* o fez tossir. Poluição desgraçada. Esta não era uma cidade que servisse para se respirar fundo. Não, a menos que ele conseguisse se enfiar nas velhas fotografias do senhor Kapur. Na velha Rua Hughes... E conversar com Vilas o deixara novamente agitado. Fácil para Vilas dizer que fosse paciente, que encontrasse um jeito de motivar o senhor Kapur, enquanto ele estava ali, fora de si de tanta preocupação.

Passou um motociclista fazendo barulho, usando uma máscara contra gases. Em breve, todo mundo precisaria de uma, do jeito que as coisas caminhavam — mas não seria o máximo se houvesse uma máscara para filtrar os problemas do mundo...?

"*Sahibji*", uma voz chamou.

Ele se virou: era o homem da loja de sândalo que ficava do lado de fora do templo do fogo de Wadiaji. Yezad percebeu que estava exatamente passando pelos portões do templo.

"*Sahibji*", o homem tornou a chamar, fazendo uma pausa para arrumar as varetas de sândalo por tamanho. "*Sukhad?* É Malbari, genuíno."

Ele usava um barrete de oração de veludo preto, observou Yezad, como o que seu pai costumava usar. Recusando o sândalo, ele seguiu seu caminho.

Alguns passos adiante, hesitou, voltou aos portões, e entrou na área cercada. Estava vazia, a não ser por duas bicicletas acorrentadas a um poste. Provavelmente para os *chasnivalas*, pensou, que entregavam *chasni* para as famílias que solicitavam orações. Há anos ele não participava de um *chasni*... quase não se lembrava mais do gosto de *paapri* e *malido*...

Parou à porta do templo do fogo, sabendo estar de cabeça descoberta. Poderia usar o lenço se... Não — não tinha intenção de entrar.

Era pouca a luz do lado de dentro, mas ele podia ver o espaço comprido, como uma varanda, com o chão de pedra, a área das abluções e o seu parapeito de pedra. Na ponta mais afastada, uma figura solitária lavava as mãos e o rosto antes de começar a rezar as orações do *kusti*.

Agora o homem tirava o *sudra* e a camisa, deixando-os cair por cima da calça. Com a mão debaixo da camisa, ele procurou o *kusti* e começou a desatar os nós enquanto rezava. Ele desenrolou o *kusti* que lhe rodeava a cintura, e depois o levou à testa, tocando-a.

E esse gesto simples à luz parca trouxe de volta as palavras da oração que Yezad não recitava há anos... *Ahura mazda khodai, az hama gunah, patet pashemanum*... Ele deixou que ela percorresse sua cabeça, sentindo uma profunda satisfação por ainda poder lembrá-la. Então o homem fez duas alças com o *kusti* e, de novo, levou-o à testa. Yezad sabia que ele atingira a região de *manashni, gavashni, kunashni*, ao se preparar para reatar o cordão sagrado...

E, observando a figura solitária, a varanda que havia em sua lembrança começou a se encher das multidões felizes que ele via quando ia ali quando menino, com seus pais, em Navroze e Khordad Sal, todos vestidos na elegância do Ano-novo, segurando varetas de sândalo, aglomerando-se no parapeito, ansiosos para agarrar o *karasio* de prata para lavar as mãos, cumprir suas devoções, continuar a participar das festividades do dia. As mulheres que usavam sáris, como a mãe de Yezad, tinham fácil acesso aos seus *kustis*, mas as que tinham que levantar as saias para desatar os nós iam, em bandos, para o compartimento privado. Eram as mulheres modernas, a quem os ortodoxos menosprezavam, porque acreditavam que, uma vez tendo menstruado, a moça não podia usar vestido. Alguns homens lançavam olhares sub-reptícios para as divisórias de vidro fosco, na esperança de que a luz lhes mostrasse mais do que uma silhueta indistinta. Mais de uma vez ele ouviu alguma avó se queixar de que se os *mua mavalis* não conseguiam se comportar nem no *atash-behram* num dia auspicioso, o lótus merecia ser açoitado.

Depois das orações do *kusti,* a família tentava penetrar mais no templo do fogo, atravessando a sala principal. Lá dentro, a multidão também era enorme. Quanto mais a pessoa se aproximava do santuário, mais calor sentia, o fogo ardia em chamas altas, e brilhava mais do que em qualquer outro dia do ano, porque as bandejas de prata estavam abarrotadas de oferendas de sândalo. Era preciso esperar a vez para se ajoelhar diante do santuário e inclinar a cabeça até o chão.

E, depois do templo do fogo, havia as visitas aos parentes, os doces a serem distribuídos e as lautas refeições. E, à noite, ia-se ao teatro ver uma farsa de Adi Marzban ou assistir ao seu espetáculo de variedades, cheio de piadas, paródias e canções pársis.

O devoto solitário terminou o seu *kusti,* subiu os degraus da varanda, deixando para trás as colunas acanaladas, e desapareceu nos recantos mais inacessíveis do templo. A área das abluções estava, então, deserta.

Como parecia tranqüilo o lugar para onde o homem tinha se retirado, pensou Yezad, fresco e escuro. Roxana estava certa, era um verdadeiro oásis no meio desta cidade, grande e louca.

Ele ouvia o arrastar de pés que vinha do corredor à esquerda, o ruído dos *sapats* e, antes que ele pudesse se retirar, uma figura alta e magra, de branco, postou-se ao seu lado. O *dustoorji* estava usando o seu traje de oração completo, e as vestes estavam perfumadas com a fumaça do sândalo. O cheiro trouxe um sorriso melancólico ao rosto de Yezad.

O *dustoorji* sorriu de volta. "*Sahibji*", disse ele, levando a mão direita à testa, e fez uma pausa, inclinando a cabeça para a frente como se quisesse observar melhor esse pársi que tinha permanecido ali fora. Suas lentes grossas faziam com que as pupilas se reduzissem a pontos nítidos.

Yezad teve a sensação de que elas o estavam perfurando como verrumas, mas não foi capaz de afastar o olhar. A barba, longa e branca, fazia o seu rosto parecer até mais comprido.

O *dustoorji* tornou a falar, "É de um barrete que você precisa?".

"Não, não, obrigado", Yezad respondeu, atrapalhado. "Hoje não... está ficando tarde." Dando meia-volta, correu para a estação de trem.

Os meninos estavam sozinhos no quarto dos fundos quando ele chegou em casa. Perguntou-lhes onde a mãe estava.

"Ela saiu, Papai."

"Estou vendo. Eu perguntei para onde ela foi."

"Ela não nos disse."

Ele foi à cozinha e pôs a chaleira no fogo para si. A voz de Nariman, pedindo o compadre, veio flutuando brandamente, do quarto da frente até ali.

Jehangir, correndo, chegou à cozinha. "Acho que o Vovô quer fazer xixi."

Embora a preocupação do filho o comovesse, ele foi firme. "Já passamos por isso a semana passada, não foi?"

"Foi, Papai, mas acho que ele está mesmo muito apertado."

"Escute, Jehangla, eu prometi a mim mesmo quando o seu avô foi atirado nas nossas vidas que eu nunca tocaria no compadre ou na comadre. E nem você tocará."

Jehangir olhava assombrado enquanto o pai estava dizendo essas palavras. Havia tristeza na voz de seu pai. Ele tentou de novo, explicando que a cama poderia ficar molhada.

"Isso não é problema seu. Vá fazer o dever."

O menino estava com os ombros caídos quando voltou para o quarto, respirando com dificuldade. Ele ouviu de novo a voz do avô. "Por favor, não dá para esperar. Por fim... vai sair...", antes de se transformar num gemido.

Yezad terminou de fazer o chá e, mexendo-o, adicionou seus ressentimentos. Depois de sorver o que havia no pires, engoliu o resto e fez uma careta. Não era tão bom quanto o de Roxana.

Então, devolveu a xícara vazia e o pires à cozinha, deu uma espiada no quarto dos fundos onde os meninos faziam o dever de casa e foi para a varanda se debruçar na grade. Será que estava se tornando um desses homens patéticos que eram modelos de simpatia em toda parte menos em suas próprias casas, onde eram considerados opressores?

Não, ele se negava a acreditar nisso. Tinham seqüestrado a sua própria vida, a que ele vinha levando até poucos meses atrás. A família de Roxana lhe roubara a paz e o contentamento. E, até conseguir recuperá-los, ele teria que enfrentar a decadência entre essas quatro paredes, nesse lugar que costumava ser o seu santuário, onde se refugiava da cidade brutal.

Ele deveria ter ficado no templo do fogo em vez de voltar para casa. Para este quarto da frente desolador, este nauseabundo quarto de doente. Não que ficar lá tivesse adiantado muito — não poderia viver permanentemente no templo do fogo. Esta bagunça estaria sempre esperando por ele.

Jehangir percebeu que era impossível prestar atenção ao dever de casa; os sons que vinham da bicama estavam-no deixando angustiado. Ele sabia o quanto era incômodo querer fazer xixi e não poder. Uma vez ele teve que passar por isso quando a senhorita Alvarez deu um teste e ninguém tinha permissão para ir ao banheiro. Mas pelo menos ele pôde correr para lá assim que o sinal tocou. O pobre do Vovô tinha que ficar ali deitado esperando, sem saber quando poderia mijar. E por que Papai era tão turrão quando se tratava do compadre? Jehangir sempre conseguia compreender, intuitivamente, o que o estava perturbando, mas dessa vez era como se o pai tivesse escolhido um motivo ao acaso.

"Vai lá e pede de novo", ele insistiu com o irmão.

"Não sei qual é o seu problema", Murad disse. "Mamãe nos disse que era para chamar a Titia Villie. Ela disse que já tinha combinado tudo."

"Mas o que ela vai pensar quando vir que Papai está em casa? Isso não é justo, ele deveria dar o compadre para o Vovô."

"Só nos seus sonhos."

Nariman gemeu de novo, e Jehangir não estava mais agüentando. Com vergonha de ir lá chamar a Titia Villie, ele pousou o lápis e foi até a bicama, não fazendo caso das advertências nervosas de Murad.

Já havia três dias que o Avô não tomava banho de esponja, ele estava com o mesmo cheiro do cesto quando este estava cheio da roupa suja que ia para o *dhobi*. Ele pegou a mão trêmula e ossuda, tomou fôlego, e puxou o mais que pôde para ajudar o avô a se sentar na cama. Mamãe sempre o obrigava a se sentar para fazer xixi, ela disse que era bom para as juntas dele se movimentarem um pouco.

O compadre estava agachado como se fosse um bicho branco e liso debaixo da bicama. Ele o apanhou e guiou o Avô até a boca do vaso, cuidadosamente, senão a beirada poderia machucá-lo. Era como aquele jogo da barraca de jogos da *mela*, pensou, em que se tinha de fazer uma pequena argola passar por uma vara de metal; se o anel tocasse o metal, ouvia-se um apito e a pessoa perdia. Às vezes o Avô dizia ai, quando Mamãe estava com pressa.

Esperaram. Nada aconteceu. O Avô olhou, desamparado, o rosto do neto, franzindo a testa ao se concentrar, e deixou escapar um gemido agressivo, quase um rosnado.

Então Jehangir emitiu a espécie de silvo que a mãe fazia, para facilitar os acontecimentos. "Chi", disse ele. "Chi-chi-chi chchchch!"

O pai ouviu os estímulos sibilantes e foi da varanda para o quarto. "O que você acha que está fazendo?"

"O Vovô queria tanto fazer xixi", murmurou ele, enquanto o plástico transparente adquiria uma cor amarelada e começava a se encher. Nervoso por causa do pai, era difícil para ele segurar com firmeza.

Então o filete foi diminuindo de intensidade, tornou-se um gotejar, parou. Jehangir deu uma pequena sacudidela, como ele vira Mamãe fazer. Ao afastar o compadre, algumas gotas caíram na cama. Ele o puxou de novo, trazendo-o para a frente, mas era tarde demais. A última gota, demorando-se na ponta do prepúcio, foi tudo o que conseguiu apanhar.

15

Noite após noite, entre sete e nove, Edul, do seu vacilante andaime portátil feito de duas escadinhas unidas por uma prancha de madeira, descascava o gesso do teto.

Jal arrumou os plásticos que cobriam os móveis, e depois ficou parado, junto à porta, de olho no teto. De vez em quando, intervinha, dizendo que aquele ponto estava bom, que Edul devia seguir adiante, ou que aquela área estava em bom estado, não precisava de reparo.

Como resposta, Edul oferecia jóias do livro de provérbios de um faz-tudo: "Jal, meu filho, a preparação é três quartos da obra. Tenho que examinar o madeirame por trás do gesso, ver se não está podre. Se você correr, vai estragar o seu *curry*." Então ele batia no gesso intacto com os nós dos dedos e reconhecia o som com acenos de cabeça aprovadores. "Está ouvindo? Percebe o que eu quero dizer?"

Jal manipulava o fone para ouvir, e assim poder ter o controle do som. Ele entortava a cabeça e pedia a Edul que batesse no gesso de novo.

Mas os esforços do irmão para apressar o serviço preocuparam Coomy. Interrompendo as orações da noite, ela o chamou à cozinha e lhe pediu que parasse de importunar o homem. "Edul vai acabar se enchendo e indo embora. Você quer que Papai volte, não quer?"

Jal murmurou dizendo que tinha querido o pai de volta há três meses. Não compreendia, disse ele, por que ela quis que Edul começasse a trabalhar na sala e não no quarto de Papai.

"Quero que Edul pratique na sala, aprenda com os erros que comete. Não podemos fazer Papai de cobaia."

Assim, o ataque de Edul ao gesso continuou. Atravessando as noites horríveis, o martelo continuava aquele baticum infindável. Como a infelicidade batendo à porta, pensou Jal. E, enquanto isso, ele se preocupava com Roxana e Yezad, imaginando as coisas insuportáveis que estariam ocorrendo no apartamento diminuto deles.

De vez em quando, alguma distração do faz-tudo animava o curso da obra. Uma noite, eles ouviram dois ruídos de algo se quebrando, seguidos de urros de Edul. Precipitaram-se para a sala e o viram com a mão cobrindo o rosto, berrando, dizendo que o gesso lhe entrara nos olhos.

"Deixe-me ver", Coomy disse, mas ele não mexia os dedos. Ela pediu que Jal mantivesse as mãos de Edul para baixo enquanto ela separava as pálpebras de cima e de baixo e soprava duas vezes em cada olho.

Edul piscou, esfregou os olhos e os deixou secos. "Você é o máximo, Coomy."

"Aprendi com meu pai. Meu pai de verdade, Palonji — Jal acabava sempre com areia nos olhos quando íamos a Chowpatty, esse menino levado."

Então ela se recordou daquelas idas à praia, com o conjunto formado de balde, pá, peneira e regador que o pai lhes dera, e os castelos que faziam, principalmente Jal, que era muito talentoso na construção, e o orgulho que o pai sentia quando outras famílias paravam para admirar. "Ele sempre dizia que Jal seria um construtor, que honraria o nome Contractor."

Edul ria. "Esse Jal?" Apanhando o martelo e o formão do chão, ele rapidamente subiu de novo a escada.

Numa outra noite, um uivo penetrante rasgou a escuridão. Eles não correram, por terem acabado por se acostumar com as crises de Edul; fatigados, andaram até a sala e o encontraram chupando o dedo.

"Os jardineiros têm dedos verdes, os faz-tudo têm dedos pretos e roxos", disse ele, tentando rir com entusiasmo. "Um risco ocupacional."

"Os martelos são escorregadios", Jal disse, com pena dele.

"Que nada! O meu martelo é de primeira", Edul disse, honesto demais para se apropriar de uma desculpa. "Um bom faz-tudo nunca põe a culpa nas suas ferramentas." O polegar desapareceu na boca outra vez.

"Como está isso?", Coomy perguntou. "Quer pôr um pouco de gelo aí?"

"Está ótimo", respondeu Edul, mas aceitou o gelo mesmo assim. Depois de fazê-lo escorregar por todo o dedo por alguns instantes, ele jogou o cubo de gelo na boca, mastigou e o engoliu.

Duas semanas depois de Edul ter começado o serviço, Jal, em segredo, tirou 500 rupias do banco. Em segredo por enquanto, ele sabia, uma vez que Coomy descobriria. Mas ele não se importava.

Naquela noite, mais tarde, ele foi ao Pleasant Villa, e ouviu uma música que procedia do apartamento. Ao entrar, surpreendeu-se ao ver uma violinista aos pés da bicama de Papai. Roxana o reteve na entrada e perguntou se ele não se importaria de não cumprimentar Papai — as últimas 24 horas tinham sido de grande aflição para ele e, finalmente, o pai estava prestes a adormecer.

"Eu fico no quarto dos fundos", Jal disse.

Ela voltou a se sentar ao lado do pai. O canto dos olhos dele estava molhado. Ela o secou com um guardanapo enquanto Daisy terminava a *allemande** de uma *Partita* de Bach e esperava, com o arco pousado sobre as cordas como um ponto de interrogação — mais música?

Roxana fez sinal pedindo silêncio, e eles saíram tranqüilamente. Yezad apresentou Daisy a Jal no quarto dos fundos. "Meu cunhado."

"Foi uma bela peça", disse ele, apertando-lhe a mão. "Muito obrigado por tocar para Papai."

"Não precisa agradecer", Daisy disse. "É um prazer." Ela lembrou a Roxana de mandar Jehangir no dia seguinte, caso precisassem dela.

"Que senhora agradável", Jal disse depois da sua saída. "É casada?"

"Não", Yezad respondeu com um sorriso malicioso. "Vamos arranjá-la para você?"

"Não", Jal disse, enrubescendo. "Eu estava só querendo saber. E Papai, como vai?"

"Pior, acho eu", Roxana disse, e lhe contou do problema com a fala que ele estava começando a apresentar.

* Movimento dançante, em algumas composições de música clássica. [N. da T.]

A resposta o entristeceu, e ele foi, na ponta dos pés, dar uma olhada no quarto da frente. "Ele emagreceu tanto desde a última vez. Está pele e osso, como se a carne tivesse desaparecido."

"O médico disse que é uma atrofia rápida dos músculos. Venha, sente-se." Ela indicou a cama, e pediu notícias do Chateau Felicity.

Meio inclinado e meio sentado ao pé da cama, ele brincou com a ponta do lençol e disse que Coomy estava bem, que tudo estava muito bem. Então, incapaz de sustentar a mentira, desoprimiu-se de uma enxurrada de emoções.

"Está tudo uma porcaria, não sei mais o que fazer. Aquele idiota do Edul, está lá toc-toc-toc, martelando o teto, um dia sim e outro também. E Coomy se recusa a apressá-lo, insiste em dizer que o conserto não vai ficar seguro se ele andar mais depressa."

"Ela tem um motivo", Roxana disse, caridosamente.

"E nós sabemos qual é", Yezad acrescentou.

"Eu estava esperando que ele terminasse a colocação do gesso em poucos dias e Papai pudesse voltar para casa", Jal disse. "Nesse ritmo, vão se passar mais um ou dois meses, e aquele maluco e o seu martelo lá em casa."

"Não há muito que possamos fazer", Yezad disse.

"Mas não é justo, neste lugar minúsculo. E a pobre Roxie com tanto o que fazer. Mais os remédios e as despesas, e..." Ele tirou o envelope com as 500 rupias. Sem saber a quem entregá-lo, concentrou-se em alisar as pontas dobradas. "Eu... isso é para..."

Roxana abriu o envelope, e deixou Yezad ver o que havia dentro. "Coomy sabe a respeito disso?", perguntou ela delicadamente, sem querer ofender o irmão.

"É meu dinheiro tanto quanto dela. Não preciso da permissão de Coomy, posso dar um presente a Papai se eu quiser."

Yezad deu um sorriso de aprovação, mas podia bem imaginar o que estava reservado para Jal. Ele estendeu o envelope para o cunhado. "Você tem certeza? Coomy poderia ficar um tanto perturbada."

Jal hesitou e torceu a ponta da orelha. "Não me importo", disse ele, com o seu senso de auto-estima no nível mais saudável que este atingira nos últimos meses. "O que ela vai fazer, me expulsar de casa também? Se eu pudesse escolher, eu mesmo sairia."

A declaração inesperada surpreendeu Yezad e Roxana. Eles trocaram olhares. "Aconteceu algo com Coomy?"

"Não, nada de especial. Só o de sempre — eu não tenho inteligência, sou um inútil, estou interferindo. E estou cheio de ouvir, há 30 anos, essa raiva dela." Ele fez uma pausa. "Se vocês tivessem um apartamento enorme como o do Chateau Felicity, eu iria morar com vocês." Olhando para Yezad, acrescentou sem demora, "Só se quisessem me acolher, é claro".

"Se eu tivesse um apartamento enorme, eu insistiria com você para que fosse morar conosco", Yezad disse.

"Eu até poderia ajudar Roxie a cuidar de Papai. Minha cota de dinheiro contribuiria para as despesas. Como seria bom."

Ele se levantou para sair, e eles lhe asseguraram de que ele seria bem-vindo sempre que quisesse ir lá. Sorrindo, agradecido, ele entrou no quarto da frente, de novo na ponta dos pés, e aproximou-se da bicama.

Os olhos do padrasto estavam fechados, mas os lábios se mexiam. Jal ficou observando com tristeza, imaginando as lembranças incansáveis que assombrariam o seu sono. Ficou ali parado alguns momentos, as pontas dos dedos suavemente pousadas no ombro de Nariman.

Chovera mais cedo, tudo estava molhado na varanda do telhado. Quando ele chegou lá, subindo de dois em dois degraus, o coração batendo como um martelo contra o peito, Lucy ainda estava de pé no parapeito.

"'Um dia, quando éramos jovens, numa maravilhosa manhã de maio'", cantava ela, os olhos fixos no horizonte, sem olhar para o tráfego noturno lá embaixo, ou para a multidão que estava reunida na calçada à espera do que aconteceria a seguir.

Foi o senhor Arjani, do térreo, que tinha mandado alguém informá-lo da apavorante sucessão dos acontecimentos. De início, ele se recusara a acreditar no mensageiro — se o senhor Arjani foi vingativo o suficiente para contratar Lucy como aia, Nariman não garantia que ele não fosse capaz de tentar uma brincadeira tão cruel como essa.

Mas ele tinha ido à janela verificar. Yasmin e as crianças amontoadas ao redor dele. O que eles podiam ver era o alvoroço na rua, as pessoas na calçada olhando para cima, apontando, gritando, carros parando no meio do tráfego, motoristas esticando os pescoços. Agora, ele não tinha mais dúvida, o senhor Arjani não estava armando brincadeira nenhuma, algo estava acontecendo no telhado.

Enquanto Nariman se preparava para correr para o terraço, Yasmin lhe pediu que pensasse duas vezes antes de começar a representar mais uma cena ridícula com essa mulher. O senhor Arjani deveria lidar com o problema, se ele insistia em mantê-la como aia — isso não era responsabilidade do marido dela.

"Mas eu me sinto responsável", disse ele — pelo passado, pelos 11 anos em que saíra com ela, mas também por tê-la conduzido, em parte, para esse ato de desespero. "Não seria melhor se você simplesmente tivesse me deixado acompanhá-la à escola?"

"E por quanto tempo? Até os filhotes do Arjani se formarem? Você devia ter posto um ponto final nessa situação há meses, quando ela veio aqui a primeira vez, e ficou olhando fixo para a nossa janela! Mas você foi indulgente, então ela foi adiante! E agora isso!"

Jal e Coomy, no outro lado da sala, estavam olhando para ele de soslaio, com olhos ressentidos. Ele sabia o que estavam pensando — aí estava ele, maltratando a mãe deles outra vez, fazendo-a chorar. Eles cresceram acostumados a assistir às brigas dos pais, pensou ele com tristeza. Cresceram acostumados a ver a raiva da mãe, e o que eles provavelmente pensavam ser as aguilhoadas insensíveis do padrasto contra ela. Ele gostaria de poder explicar que ele não tinha intenção de fazê-la infeliz. Que ele se sentia tão desamparado quanto eles diante de tudo isso.

De repente, Coomy gritou, "Pare, Papai! Você não pode ir para o terraço!". A mãe correu para ela, deu-lhe um beijo, depois mandou que ela e Jal fossem para seus quartos fazerem as lições da escola.

"Isso não é hora de discutir e ruminar o passado", implorou Nariman a Yasmin. "A situação é precária demais."

"Se é precária, não há nada que você possa fazer. A mulher precisa de uma assistência profissional num hospital para doentes mentais."

"Talvez você tenha razão. Mas, antes que possam levá-la para lá, ela precisa descer."

"Ela vai descer quando se cansar. Quanto tempo ela pode agüentar ficar na beirada, e cantando?"

"Ou ela pode se cansar, ficar tonta e cair. Você quer a morte de uma mulher infeliz na sua consciência?"

Yasmin concordou, com relutância, que ele fosse.

Na escada que levava ao telhado, ele podia ouvir a voz de Lucy. Ao chegar ao terraço, viu-a no parapeito. O cabelo estava solto, até o ombro, como ela costumava usar antes. Ela parecia esbelta à luz do anoitecer, jovem de novo. E parecia feliz de novo, a sua silhueta se destacando contra o céu cinza, balançando-se ao ritmo de uma valsa.

Então ele se arrepiou; a pisada dele nas lajes úmidas lhe fez lembrar que a saliência em que ela estava pisando seria tão escorregadia como o chão do terraço. Não havia tempo a perder.

O velho inimigo de seu pai estava se escondendo com o filho atrás da grande caixa d'água. Eles o chamaram. O senhor Arjani, com gestos largos, indicou que era preciso evitar qualquer ruído repentino. Sussurrando, ele disse que tinham tentado argumentar com ela, mas que essas tentativas apenas pareciam irritá-la, e eles então se retiraram.

"Temos que nos apressar — Deus nos livre se o pé dela escorrega e ela é lançada ao chão. A pobre mulher não merece isso. E você pode imaginar a complicação de uma ocorrência policial?"

Nariman engoliu em seco, enojado, e ignorou a observação. Ele inspecionou, com cautela, a caixa d'água.

"Como você acha que devemos agir?", o filho do velho perguntou.

"Melhor vocês dois saírem do terraço", Nariman disse.

Quando ficou a sós com Lucy, ele cantou junto com ela: "Quando cantamos as canções da primavera..."

Ela ouviu a sua voz e se calou. Virou-se no parapeito, de costas para a rua, e examinou o terraço. Avistou-o perto da caixa d'água. "Oi, Nari."

O sorriso dela, suavemente reprovador, foi uma punhalada no coração dele. "Como vai, Lucy?"

"Senti saudades suas."

"Também senti saudades suas."

Uma fina camada de água de chuva, perto do parapeito, era como um espelho que guardava a imagem dela. Então o reflexo se mexeu, quando ela deu um passo para o lado. Ele prendeu a respiração.

"Não vejo mais você de manhã, Nari, quando levo as crianças para a escola. Nem de tarde."

"Porque eu vou trabalhar."

Passou uma brisa leve pelo terraço, roçando na água da chuva. Lucy tremeluziu no espelho encrespado. E começou a cantar de novo. Ele permaneceu calado.

"Por que você não canta comigo? Tem alguma coisa de errado comigo?"

"Ah, Lucy, você continua tão encantadora como Miliza Korjus."

Seu rosto se iluminou com um sorriso radiante. "Faz tanto tempo, Nari, que não vamos ao cinema."

"Desce, Lucy, e nós vamos cantar juntos, eu prometo."

Ela voltou a cantar.

"Por favor, Lucy, esse não é um lugar bom de se cantar. Desce, meu amor, fique aqui ao meu lado."

Abruptamente, ela estendeu a mão, e ele ajudou-a a descer do parapeito. Ele sentiu a palma da mão dela áspera de encontro à sua; e amaldiçoou o patrão de Lucy pelo que este lhe fizera. Então ele a levou a descer a escada do terraço e, assim, entrar no prédio; e ela foi cantando o tempo todo até chegar ao térreo.

À porta do apartamento dos Arjani ela se virou e acenou para ele, como se ele estivesse simplesmente levando-a para casa depois de uma saída noturna. Antes que a porta se fechasse, ela lhe mandou um beijo de longe. Para apaziguar o aperto no coração, ele rapidamente o respondeu.

Os Arjani o saudaram como herói, mas ele dispensou a profusão de agradecimentos. Eles lhe asseguraram que entrariam em contato com a família dela, tomariam as providências adequadas para ajudá-la. Nariman ficou aliviado de ver que o incidente terminara sem maiores danos.

Passaram-se alguns dias. Ele tocou a campainha do apartamento do térreo para saber em que pé estava a situação.

O senhor Arjani o acolheu cordialmente em sua casa, e reiterou os agradecimentos. "Você vai gostar de saber que Lucy está absolutamente normal de novo."

"Isso é bom", Nariman disse. "Mas o que ela fez aquele dia não foi normal, Lucy precisa de um médico."

"Ah, vamos lá, Nariman, todo mundo tem direito a cometer um erro." Não seria justo, o senhor Arjani disse, trancafiá-la num asilo de loucos por causa daquele drama tolo — afinal, a maioria das mulheres faz coisas estranhas, inexplicáveis, em algum momento da vida, não é mesmo, levando em conta suas menstruações e menopausas complicadas, e todos esses problemas femininos. Ora, a própria senhora sua esposa, Deus a abençoe, depois de 52 anos de um casamento feliz, às vezes agia de maneira tão estranha que o deixava espantado. Além disso, não havia queixas do trabalho de Lucy, ela cuidava dos netos dele com carinho, cozinhava e fazia a limpeza. Se tivessem de levá-la ao médico e revelar o que ela fizera, ele tinha quase toda certeza de que a internariam. "No que se refere a mim", o senhor Arjani disse, "seria um abuso de poder."

Houve momentos em que Nariman teve vontade de tomar a iniciativa e buscar tratamento médico para Lucy. Mas era difícil prever o resultado. Ele estava bastante ciente das condições desumanas dos hospitais públicos, dos quartos semelhantes a jaulas em que se trancafiavam os pacientes. A menos que houvesse uma família do lado de fora, que se preocupasse com o paciente, era uma condenação à prisão perpétua. Como ele poderia entregar Lucy a esse destino?

Mas ele continuava lembrando ao senhor Arjani a sua responsabilidade. As palavras de Nariman foram se tornando mais ásperas, até o senhor Arjani dizer a Nariman que este não tinha nada que ficar interferindo no lar de uma outra pessoa.

"Sou obrigado a fazê-lo", Nariman respondeu. "O senhor tem uma consciência empedernida demais para poder sentir alguma coisa."

"Veja só quem está falando de consciência! O próprio senhor Marido-modelo!"

Yezad tentou seguir um pouco o curso dos murmúrios de Nariman, depois virou-se de lado, voltado para Roxana, e disse que tinha sido muito bom ver Jal essa noite, perceber que ele, por fim, encontrara um pouco de firmeza. "Eu só gostaria que tivesse sido mais cedo. Talvez então o chefe não tivesse sido expulso da própria casa."

"Quem sabe", Roxana disse. "Algumas coisas só acontecem quando estão prontas para isso."

"Não, cabe a nós fazer acontecer o que queremos."

Ele a abraçou, chegando à conclusão de que chegara a hora de seguir seu próprio conselho.

A rua ainda estava por reproduzir o seu excesso matinal de tráfego e de exalações quando Yezad chegou à porta do Mercado de Livros Jai Hind. Sentiu que o ar havia mudado, talvez fosse o tempo mais fresco de dezembro, finalmente chegando para aliviar o calor.

Um cliente, que estava saindo com uma carta recém-escrita, curvou-se para tocar os pés de Vilas numa demonstração de gratidão: só o dinheiro não seria suficiente, o homem disse, para pagar o precioso serviço. Vilas o enxotou. "Se você fizer isso, nunca mais escrevo para você."

"Desculpe, Raneji, peço muitas desculpas", disse o homem, juntando as mãos e levando-as à testa.

Vilas o mandou seguir adiante com um aceno indulgente, e revelou a Yezad o essencial da história: uma família estava vendendo uma das filhas. Com 14 anos de idade, ela deveria se casar com um viúvo de 60 anos. "Ele disse que quer uma esposa, mas toda a aldeia sabe que ele está comprando uma escrava. E a família está concordando pelo motivo de sempre — não dá para alimentar todo mundo. O sujeito que esteve aqui, o irmão mais velho da moça, quer que os pais esperem, ele vai mandar mais dinheiro logo."

De olhos turvos, Yezad escutava com impaciência, cansado dos relatos, feitos por Vilas, das vidas miseráveis dos seus clientes. Achava que não tinha mais energia para a tristeza ou a miséria. "Olhe, encontrei uma solução", Yezad interrompeu a história de Vilas, e descreveu seu plano para motivar o senhor Kapur.

"Bem, aí é onde você entra. Vá ao seu *shakha* do Shiv Sena e registre uma queixa contra esses Papais Noéis que estão tomando conta de Marine Lines e Dhobi Talao. Fale para eles dessa invasão estrangeira, instigue-os à ação." Ele olhou de soslaio para Vilas, que estava rabiscando no seu bloco de papel de carta. "Por que está balançando a cabeça?"

"Eu não tenho nenhuma influência no *shakha*."

"Você pode fazer sua queixa como um marata leal, um indiano patriota, um hindu fiel."

"Não sou nada disso."

"Podia fingir."

"Tudo bem, digamos que eu finja. Mesmo assim, o *shakha pramukh* não vai provocar nenhuma arruaça. O que só acontece se vierem ordens diretamente de cima."

"Você podia pelo menos sugerir."

"Suas idéias não estão lá muito claras", Vilas suspirou.

"O que quer dizer com isso? Foi você quem disse que o senhor Kapur precisava de motivação."

"Desse tipo, não. Nunca perturbe a cobra adormecida, nem cutuque o tigre agachado com vara curta."

"Dispenso os seus provérbios."

Eles passaram algum tempo ali sentados, em silêncio, olhando o tráfego, os vendedores, as crianças de escola correndo, apressadas, carregando mochilas e cantis.

"Nos velhos tempos, eu gostava do Natal", Yezad disse. "Mas olhe só para essas vitrines burras. Deixando de lado o meu problema, o Shiv Sena estaria nos fazendo um favor. Matando dois coelhos com uma só cajadada."

Vilas suspirou de novo. "Quando o Shiv Sena vier, eles vão dar mais do que uma só cajadada. O terror que irão espalhar vai ser tão grande, que todos vamos ficar tremendo como o seu sogro."

"Eu gostaria que você parasse de exagerar", cortou Yezad. Ele se levantou, tirou a poeira dos fundilhos da calça e desceu os degraus.

"Você não quer ouvir a minha sugestão antes de ir embora?" Vilas deu pancadinhas no lugar ao seu lado e Yezad tornou a se sentar. "O seu plano, em princípio, é bastante bom. O único problema é o envolvimento do Shiv Sena. Precisamos substituir o componente perigo por algo inofensivo."

"Como assim?"

"Lembra dos meus dois amigos que você conheceu poucos meses atrás?"

"Lembro."

"Posso pedir que eles atuem como Shiv Sainiks. Eles vão adorar, os dois estão sempre à cata de novos projetos."

"É essa a sua sugestão? Um conflito armado por dois atores?"

"Tenha paciência, deixe-me explicar." Enquanto isso, outro cliente chegou e cumprimentou Vilas com um *namaskaar*. Ele pediu ao homem que esperasse, depois abaixou a voz para poder descrever o que tinha imaginado.

Yezad estava cético.

"Vai funcionar, acredite", insistiu Vilas. "Vamos chegar aonde queremos com o poder da palavra. Gautam e Bhaskar são excelentes atores."

"Como é possível os seus amigos serem mais eficientes do que o Shiv Sena verdadeiro?"

"Com o Shiv Sena verdadeiro, as pessoas vão estar destruindo tudo como animais selvagens, vidros se quebrando, cheiro de fumaça e fogo, *goondas* com paus e tijolos. Esqueça isso, Yezad, é perigoso demais. Seja como for, o senhor Kapur é o tipo de pessoa que se deixa influenciar mais por palavras do que por uma demonstração de força bruta — você não acha?"

Como Yezad tinha de voltar ao Material Esportivo Bombaim, eles concordaram em se encontrar à noite, discutir o plano, botar alguma coisa no papel. Yezad desocupou o degrau para o cliente seguinte de Vilas.

Dois dias depois, o senhor Kapur foi fazer a verificação da sua pressão arterial, conforme estava marcado, depois do almoço. Minutos mais tarde, Husain saiu para tratar das suas incumbências. Que bom, pensou Yezad, a tarde estava correndo como haviam planejado.

Andando de um lado da loja para o outro, ele mais uma vez recapitulou o que diria quando o senhor Kapur voltasse. Quando seu olho vislumbrou o clarão da incômoda lâmpada vermelha, desligou o motor.

Yezad passou, ele próprio, a representar a cena, experimentando, improvisando, num ensaio rápido que descrevesse as características dos visitantes imaginários, os seus maneirismos. Não precisava ser exatamente igual, Vilas e ele tinham falado sobre isso. As pessoas pegas de surpresa, apavoradas, em geral não conseguiam se lembrar de detalhes com precisão, e diziam coisas, como: Ah, ele estava usando uma camisa verde... não, talvez cinza... ou verde-acinzentado... Elas divagavam, especulavam, e ele precisava se lembrar disso na sua apresentação.

Então Yezad passou uma hora ensaiando até o senhor Kapur entrar na loja com um ô-ô-ô, como ele vinha fazendo nesses últimos dias. Ele perguntou sobre o Papai Noel imóvel.

"Emperrou de novo. Eu desliguei."

O senhor Kapur entrou na vitrine, mexeu no interruptor e acompanhou o bastão repetir o movimento uma meia dúzia de vezes. "Está funcionando legal agora." E andou pela vitrine, mudando as posições dos jogadores. Os passantes paravam para olhar, e ele sorria e lhes dirigia um simpático aceno de cabeça. "Acho que não ocorreu nada de emocionante na minha ausência, não foi?"

Yezad levantou um rosto tenso. "Tivemos uma visita", disse ele em voz baixa e engoliu.

"Então?"

"Dois homens. Do Shiv Sena."

"Ah." O senhor Kapur acenou com a mão num gesto de quem manda debandar, mantendo um olho atento ao movimento de sobe e desce do bastão. "Espero que você tenha jogado os panfletos ou qualquer outra coisa deles na lata de lixo."

"Eles não estavam distribuindo panfletos."

O senhor Kapur virou as costas para a vitrine e prestou mais atenção. "O que eles queriam?"

"Disseram que era sobre o departamento fiscal."

O senhor Kapur franziu a testa. "Mas você disse Shiv Sena."

"De início, eles não abriram o jogo."

"Então os patifes foram grosseiros com você, hein?"

Yezad balançou a cabeça. "Eles deram boa-tarde, me chamaram de senhor. O que me deixou mais aterrorizado quando soube o que era. Eu disse que a loja não tinha recebido nenhuma cobrança de imposto. Com um amplo sorriso, disseram-me que não eram funcionários do governo, mas de um departamento fiscal especial do Shiv Sena. E eles queriam discutir um probleminha."

"Ah!"

Yezad fez uma pausa; sua voz, pronunciando as palavras que ensaiara, parecia estranha aos seus ouvidos. Estaria sendo convincente para o senhor Kapur? Protegido pela mesa, enxugou as mãos nos joelhos das calças e continuou, "Eles estavam informando a todas as lojas, hotéis, a qualquer negócio que tivesse Bombaim no nome, que teriam que mudá-lo para Mumbai dentro de 30 dias. Ou pagar uma multa".

"O que você está dizendo?"

"Perguntei se o governo tinha promulgado alguma lei a respeito disso. Eles disseram que não havia necessidade de lei, que essa era a nova política do Shiv Sena."

"O porco. E...?"

"Eu disse que era apenas um empregado, o dono não estava. Aí um deles se zangou: Primeiro você diz que é o responsável, de repente você é só um empregado — tentando nos passar a perna?"

Achei que ele ia me bater. Mas mantive a calma. "Se vocês são fiscais de vendas ou inspetores do imposto de renda, eu poderia ajudá-los, eu disse, mas esse é um assunto especial."

"O que pareciam ser? *Goondas*? Sujeitos musculosos?"

"Maratas comuns, funcionários. Magricelas, de cabelo oleoso. E um deles tinha um bigode fino. Ou os dois tinham? — Não consigo me lembrar."

O senhor Kapur fez um aceno de cabeça, aprovando. "Posso imaginá-los exatamente."

O comentário deixou Yezad mais confiante. Quanto mais entrava na história, mais seus personagens adquiriam a solidez de gente de verdade. Instintivamente, identificava o potencial deles, deixá-los se desenvolver era fácil. A única coisa que se precisava era de um pouco de supervisão, como a de um pai, ou mãe, ou de um titereiro.

"O engraçado é que, embora parecessem inofensivos, eles me intimidavam. O tom que usavam, as vozes, tudo dizia claramente que eles tinham poder. Sabiam que eu estava com medo deles."

A expressão ligeiramente divertida sumiu do rosto do senhor Kapur. Ele aceitara a gravidade da situação, pensou Yezad.

"Eles lhe disseram os nomes deles?"

"Sim. Balaji alguma coisa... Deshpande, acho. E Gopinath Sawant. Espere um segundo — talvez Balaji Sawant e Gopinath Deshpande? Seja como for, disseram que a troca era fácil, eles estavam trazendo formulários que eu deveria assinar. Eu disse que não podia assiná-los."

"O que deve tê-los deixado imensamente felizes."

"Balaji começou a gritar. Eu disse, como posso trocar o nome sem a permissão do dono, o nome é muito importante, o êxito e o fracasso dependem dele. Gopinath segredou no ouvido de Balaji e ele disse, nós entendemos o seu problema, podemos conceder uma isenção especial. Vai ser preciso um primeiro pagamento de 30 mil rupias, e depois mais cinco mil por mês, caso vocês queiram manter o nome Bombaim."

"Canalhas! Extorsão!"

"Ou temos de mudar para Empório de Material Esportivo Mumbai."

"Não!" O senhor Kapur bateu a mão no vidro do balcão.

A raiva genuína, que essa história fabricada produziu, espantou e encantou Yezad. "Calma, senhor Kapur. Presume-se que eles arrebentem o seu vidro, mas o senhor não precisa arrebentá-lo."

"Desculpe, Yezad", o senhor Kapur deu um sorriso débil. "Você agiu muito bem com relação a eles. Aliás, Husain estava aqui quando eles vieram?"

"Não, ele já tinha saído para as entregas."

"Ótimo. Não mencione o Shiv Sena, o pobre rapaz entra em pânico. Quando ele voltar, nós fechamos."

"Por que fechar? Vão pensar que estamos com medo deles."

O senhor Kapur se enfureceu. "Ainda não nasceu o homem que possa me meter medo. Meu bom humor acabou, só isso." E, sentando-se à sua mesa, continuou. "Se eu estivesse presente, teria acertado as contas com esses desgraçados." Ergueu o punho fechado. "Teria lhes dito aonde tinham que ir. Quando vão voltar?"

"Não iriam marcar hora. Eu disse que o senhor em geral estava aqui de manhã."

O senhor Kapur franziu a testa e aceitou deixar a loja aberta. Passou a tarde censurando violentamente, amaldiçoando o Shiv Sena e a influência maléfica que eles exerciam sobre a cidade. Havia nele um veneno e um amargor que Yezad nunca vira; e ele se sentiu esperançoso — a estratégia parecia estar funcionando.

Já ao anoitecer, o senhor Kapur tinha se acalmado consideravelmente. Ele parou perto da mesa de Yezad e, jogando um críquete perfeito, como manda o figurino, apresentou um bastão imaginário voltado diretamente para a porta da frente. "Há quatro opções", ele disse.

"Quatro? Eles nos deram duas."

"Quatro", repetiu. "Mudar o nome; não mudar e pagar os canalhas; não mudar e se queixar à polícia; e, por fim, ignorá-los e ver o que acontece."

Yezad disse que havia uma quinta opção: "A decisão que o senhor um dia tomou — candidatar-se à eleição. O senhor iria conhecer gente importante, ter contato com policiais e políticos. Poderia atacar a raiz do problema de dentro do sistema."

"Se fosse possível, eu o faria, já lhe disse isso", o senhor Kapur falou com veemência, depois levantou as mãos e tomou fôlego, como se estivesse lembrando do conselho de seu médico. "Yezad, você já viu uma figueira-de-bengala?"

Ele fez que sim.

"Sabe como ele se desenvolve? Dos ramos compridos saem raízes aéreas que crescem na direção do solo, e passam a ser colunas de apoio para os galhos que se desenvolvem ainda mais, enquanto as raízes se espalham por quilômetros e quilômetros quadrados."

"Sei, já vi em figuras. Então, qual é a relação?"

"Um vereador atacando a corrupção é como um canivete tentando desenterrar uma figueira-de-bengala."

Yezad podia pensar em argumentos para contestar a analogia, mas o senhor Kapur balançou a cabeça, tristemente. "Esquece, Yezad", suspirou, "são só quatro opções", e caiu na cadeira.

Em seguida, levantou-se repentinamente, determinado. "Vou esperar: deixe os canalhas virem até mim. Ao que sabemos, eles apareceram aqui por acaso, esperando arrancar alguma grana de um pequeno lojista apavorado."

A decisão de ser indeciso deixou o senhor Kapur de melhor humor, e quando eles se deram boa-noite, ele fez um voleio com uma raquete de tênis invisível. Dando pancadinhas no ombro de Yezad, ele disse estar convencido de que a escória não apareceria de novo.

Yezad gostaria de poder lhe assegurar que eles apareceriam.

16

Sorvendo o chá com Vilas e os dois atores no restaurante de Merwan Irani, Yezad escutava enquanto eles discutiam e examinavam o roteiro. O alvoroço e o choque constante dos garçons e da louça enchiam o lugar, assim como o cheiro forte da fritura de *bhajias*.

A previsão de Vilas estava certa, pensou Yezad — Gautam e Bhaskar de fato consideraram o projeto Kapur (como o chamaram) uma experiência teatral fascinante. Nunca haviam encontrado nada tão original na busca pela realização do *hobby* a que se dedicavam, disseram eles.

Em cortiços e espaços públicos da comunidade, e em ruas estreitas e sarjetas de Bombaim, seus talentos estavam restritos a peças de um ato só, dramas curtos relacionados a problemas sociais graves: Noivas sendo queimadas e Mortes pelo dote, Ameaça de comunalismo, O horror do alcoolismo, O mal da violência contra a esposa, A tragédia do jogo. Também havia humor, peças sobre as palhaçadas políticas, a compra e venda dos membros do Parlamento, a legislação que garantia aos estudantes o direito de trapacear nos exames e os absurdos do sistema de cartões de racionamento.

Eles se lembraram, para grande alegria de Vilas e Yezad, de uma *performance* particularmente bem-sucedida sobre o Ministério de Telecomunicações, cuja sede tinha sido então recentemente atacada pelo Departamento Central de Investigação.

A sala do *puja* tinha propiciado dois baús e 22 malas, atulhados de dinheiro e alinhados atrás do altar de Laxmi.

"Compusemos esse esquete, extraindo-o diretamente das manchetes dos jornais", Bhaskar disse, empurrando os óculos para cima da ponte do nariz. A única coisa que tivemos de fazer foi acrescentar algumas piadas sobre a autodefesa do ministro. Quando ele dizia que as acusações de corrupção contra ele não tinham fundamento, que a própria Deusa da Fortuna tinha multiplicado seus parcos salários ministeriais por achar que ele estava fazendo um bom trabalho no governo."

Os rapazes representaram uma parte do esquete: o Ministro das Telecomunicações e Laxmi falando ao telefone celular, numa conversa em que a Deusa lhe dava aconselhamento financeiro; às vezes ela o aconselhava por intermédio de um programa especial de um canal de tevê via satélite — *Toda Laxmi, todo o tempo.*

"Eles adoraram essa peça em todo cortiço", Bhaskar disse, enquanto Vilas e Yezad riam gostosamente. "Mas o projeto Kapur vai ser uma espécie de teatro de rua que se mudasse para um espaço fechado." A dúvida na expressão de Yezad instigou-o a explicar: "Na rua não há nenhum anúncio. Começamos discutindo, brigando, agindo como bêbados, como se fossem acontecimentos da vida real se desenrolando. As pessoas param para ouvir, forma-se um aglomerado de gente."

"Pois é, mas há uma diferença", Gautam objetou. "Mais cedo ou mais tarde o público de rua sabe que se constitui exatamente nisso — num público, assistindo a um *naatak* encenado por nós. No caso do senhor Kapur, não haverá ninguém."

"Peço licença para discordar", Bhaskar disse. "Eu diria que ele próprio será tanto público como ator, só que ele não terá consciência disso."

"Um ator sem consciência é um fantoche de madeira", declarou Gautam com grandiloqüência, acreditando ter marcado um ponto decisivo.

"Numa cultura em que o destino é adotado como a força suprema, todos nós somos fantoches", Bhaskar disse com grandiloqüência semelhante.

Yezad foi ficando impaciente, com vontade de que eles parassem de tocar suas próprias trombetas teatrais. Entusiasmando-se daquela maneira, eles poderiam a qualquer momento se levantar e assumir uma postura de peito estufado, queixo levantado, braço erguendo a espada no ar, declamando "Khabardaar!", à maneira de um Chanjibhai Cheecheepopo.

"Não estamos discutindo a questão do destino contra o livre-arbítrio", Gautam disse. "Atenha-se ao nosso assunto."

"Tudo se inter-relaciona", Bhaskar disse. "Você está preso a idéias convencionais — tão irrelevantes quanto o arco do proscênio."

"Bobagem, o arco do proscênio ainda é absolutamente vital. Apenas se transformou na calçada do proscênio, que..."

"Chega, senhor Bhaskar Olivier e senhor Gautam Gielgud", Vilas disse. "Yezad e eu temos que voltar para o trabalho daqui a 15 minutos."

A intervenção de Vilas permitiu a Yezad descrever o que acontecera até então com o senhor Kapur. Ele se esmerou em enfatizar a sua estima pelo patrão, e explicou que a pecinha teatral deles destinava-se apenas a empurrar sutilmente o senhor Kapur na direção de algo que ele sempre quisera fazer — candidatar-se à eleição.

"De certo modo, é como uma de suas peças sobre uma questão social", Vilas disse. "Vocês poderiam chamá-la de Ameaça do Shiv Sena."

"É verdade", Gautam disse. "Basicamente, há um chamado para o senhor Kapur entrar em ação, e uma moral implícita: a de que o mal não deve ser ignorado por aqueles que podem se contrapor a ele."

"Olhe quem está sendo rígido agora. Como é que pode você dizer..."

"Opa, parem com isso", Vilas disse. "O barato é a peça — a peça de Yezad. Prestem atenção."

"Acho que é uma ótima idéia usar esse imposto relacionado ao nome Bombaim-Mumbai para motivar o senhor Kapur", Bhaskar disse.

"Obrigado", Vilas retrucou. "mas vocês têm que se lembrar, não se trata de intimidação direta. Arrancar dinheiro é fácil. A tarefa de vocês é conseguir obter uma cruzada."

"Entendido", Gautam disse. "O importante é que o senhor Kapur precisa vivenciar uma epifania. Então precisamos transmitir mais do que simplesmente o perigo atual que ele e sua loja possam sofrer. Temos que transcender o aqui e agora, ir além desse banco de areia e do baixio deste mundo, e deixá-lo vislumbrar os horrores de uma sociedade em que aos melhores falta convicção enquanto os piores estão repletos de intensidade apaixonada."

As citações se sucediam sem interrupção à medida que chegavam aos detalhes: a visita aconteceria dali a três dias, de manhã, quando o senhor Kapur estivesse sozinho na loja. Yezad, prometendo se manter afastado, iria a uma reunião com o diretor de esportes do Ginásio Dom Bosco.

"Perfeito", comentou Gautam.

"Se posso tomar a liberdade de resumir", Bhaskar falou, ansioso para não perder o seu quinhão do público. "O nosso objetivo é reacender os anseios nobres do senhor

Kapur. Temos que fazê-lo ultrapassar a catarse, a piedade e o terror, e chegar a um estado de compromisso — à arena do realismo épico, onde o homem de ação..."

Yezad parou de ouvir. Ele sabia que ficaria com dor de cabeça se eles não parassem com esse blablablá.

"Vocês dois falam como se o teatro fosse uma ciência exata", Vilas disse.

"Ah! A doutrina visasiana do ceticismo eterno", retrucou Gautam. "Se Brecht tivesse cedido a esse pessimismo, onde estaríamos nós hoje?"

"Mas por que fazer com que tudo pareça tão complicado?", Vilas continuou. "Tudo o que estamos fazendo é enganar o senhor Kapur por um bom propósito."

"Bem, eu lhes disse qual a provável aparência dos Shiv Sainiks", Yezad acrescentou, voltando ao assunto. "E quais são as reivindicações deles. Precisam de mais alguma coisa?"

Os atores disseram que tinham compreendido todas as suas entradas e saídas, mas que precisavam de mais chá.

Rindo, declinando o oferecimento de mais uma xícara, Yezad e Vilas saíram do restaurante enquanto os dois continuavam a discutir, a debater o futuro do teatro.

"Falastrões pra valer, não é mesmo?", Yezad disse, já do lado de fora. Ele fez uma vigorosa fricção na cabeça, como se quisesse afastar o excesso de palavras.

"O grupo todo é assim. Divertido por alguns minutos, depois, insuportável."

Deram uma parada, pois tinham chegado ao Material Esportivo Bombaim, e Yezad ficou ali, olhando fixamente a calçada. "Qual é o problema agora?", Vilas perguntou.

"Não estou muito seguro. Essa combinação com os atores... estou pensando na pressão alta do senhor Kapur."

"Olhe, se você tem alguma dúvida, posso dizer a Gautam e Bhaskar que cancelem..."

"Não, não faça isso", Yezad disse, chutando um maço de cigarros vazio, que passou por cima do meio-fio e entrou no bueiro. "Só espero que Gautam e Bhaskar sejam gente de confiança."

"Confiáveis eles são. Minha preocupação é podermos ter uma surpresa desagradável."

Mais tarde, naquela mesma semana, depois da reunião matinal com o diretor de esportes do Ginásio Dom Bosco, Yezad mal pôde se conter para não entrar correndo no escritório do senhor Kapur. Mas sentou-se à sua mesa e fingiu estar trabalhando. Melhor deixar que o senhor Kapur viesse lhe dar as notícias.

Ele ficou prestando atenção ao lampejo intermitente da lâmpada vermelha na vitrine, ao bastão que subia e descia. Do canto do olho, era como se um enorme inseto pré-histórico estivesse voejando na vitrine, enquanto as renas adquiriam um aspecto troglodítico. É só colocar uns porretes naquelas patas e elas vão ficar parecendo um punhado de *goondas* se aproximando, cercando sua vítima: o homem de vermelho, que não tinha a menor idéia de que seus miolos estavam prestes a serem esmagados...

A mão em seu ombro o espantou, interrompendo o pesadelo sangrento. "Em que você está tão entretido?", o senhor Kapur perguntou.

"Desculpe, eu não o vi — estou trabalhando no orçamento para o Dom Bosco."

"Muito bem." O senhor Kapur brincava com um envelope nas mãos, e o deixou cair na mesa de Yezad.

"O que é isso?"

"Seus amigos vieram aqui de manhã."

"Amigos?"

"Nossos amigos, eu deveria dizer — aqueles patifes, Balaji e Gopinath, e seus dois bigodinhos finos." Estavam à procura do servente, e ele baixou a voz: "Levei-os para o meu escritório, para que não assustassem Husain."

Então ele bateu no envelope que estava carregando. "Isso aqui é para eles. Tirei da mala — 35 mil."

Yezad deu uma espiada dentro do envelope, e seu rosto expressou espanto, horror e desespero, rápida e sucessivamente.

"Pois é, também fiquei surpreso", o senhor Kapur disse. "Achei que não voltariam."

"Mas...", Yezad se levantou, e falou com voz trêmula, "Mas é uma loucura! O senhor está entregando o dinheiro, simplesmente entregando!"

"Chega de sermão! O que você está querendo, que cortem a minha garganta? Que minha loja vire um monte de cinzas?"

Ele se encaminhou para o escritório dele, e Husain o seguiu com oferecimentos de chá quente. "Algum problema, *sahab*?"

"Só problemas de negócios, Husain, não se preocupe."

O servente entrou no depósito e preparou a chaleira para fazer um chá fresco. E chamou, minutos depois, "O *chai* está pronto, *sahab*".

"Eu não quero chá", o senhor Kapur respondeu.

Decepcionado, Husain voltou para o seu banco no fundo da loja e se empoleirou nele como um pássaro ferido. Poucos minutos depois, o senhor Kapur se arrependeu.

O servente levou a xícara e o pires, depositou-os na mesa e se afastou para então ficar parado junto à porta do escritório. Estava atento a qualquer som que viesse lá de dentro: o senhor Kapur soprando o chá, sorvendo-o, respirando.

O último gole foi anunciado por um gorgolejo barulhento, depois do qual o senhor Kapur apareceu com a xícara vazia. A mão que estava livre deu uma raquetada no ar, concentrando-se no término da jogada de tênis.

"Desculpe-me ter gritado, Yezad."

"Tudo bem, eu não tinha nada que..."

"Esqueça." Elogiando Husain pelo chá, acenou para que Yezad o acompanhasse. O servente ficou olhando, satisfeito, enquanto eles entravam juntos no escritório: tudo voltava ao normal, a sua chaleira tinha sido mágica mais uma vez. E voltou ao espanador.

As suas espanadas vigorosas podiam ser ouvidas lá de dentro do cubículo, e o senhor Kapur sorriu ao ouvi-las, antes de continuar, "Você acha que não estou perturbado? Só pensar em ser ameaçado por esses pés-rapados, gângsteres se fazendo de adeptos de partido político — me deixa louco!". Então, como se tivesse se lembrado da pressão, passou a mão pelo rosto e acrescentou com voz branda, "Às vezes me dá vontade de chorar".

Yezad engoliu em seco. "Não tome como ofensa pessoal, esses sujeitos são... o senhor sabe... não valem todo esse incômodo."

O senhor Kapur enxugou o suor do pescoço e da testa; o ar-condicionado estava desligado. Segundo o que disse, ele não o usara desde o dia em que jurou aceitar Bombaim como ela era. "Você sabe o que mais me perturba? A arrogância deles: não vêem nada pela frente, parecem estar dizendo que agora é o reino deles. Estão tomando o que querem — como um exército conquistador."

Ele se levantou para se esticar. "E a pobre Bombaim não tem nenhum paladino para defendê-la. Cidade infeliz, que não tem heróis."

Yezad foi até o banheiro, tirou o pequeno espelho do gancho e o levou para o escritório. E o segurou diante do senhor Kapur.

"O que está fazendo?"

"Mostrando-lhe um herói."

O senhor Kapur deu um sorriso inseguro.

Yezad insistiu. "Um herói que pode salvar Bombaim caso concorra à próxima eleição."

"Você está me acossando de novo?"

"Estou. Acho ridículo dois vegetarianos magricelas ameaçando o Empório de Material Esportivo Bombaim."

"Não se deixe enganar pela aparência deles. Magricelas eles podem ser, mas esses Baji Raos e Bhaji Khaos são descendentes dos maratas, duros como pedra — durões como aquele outro comedor de espinafre, o Popeye."

Eles deram um risinho, e o senhor Kapur continuou a falar num tom sério: "Meus amigos do comércio já lidaram com situações semelhantes. Todos eles me aconselharam a pagar e ficar quieto."

Yezad fixou os olhos na mesa, de ânimo abatido. O plano fracassara. E fracassara inteiramente. Não havia mais nada a dizer nem fazer. Ele então empurrou o envelope na direção do senhor Kapur — um lembrete para que ele o guardasse em lugar seguro.

O senhor Kapur o empurrou de volta. "Guarde-o na sua gaveta até eles virem cobrar."

"Melhor o senhor mesmo lhes dar."

"Não é uma boa idéia. Eu poderia ficar tentado a cuspir na cara deles." Pegou o espelho. "Por favor, leve-o de volta para o banheiro."

Passando-o para o outro lado da mesa, hesitou e chamou Yezad de lado. "Olhe."

Yezad deu uma olhada por cima do ombro: os dois estavam refletidos no espelho.

"Está vendo?", o senhor Kapur disse. "Rostos de homens comuns, de família, e não de heróis."

❖

Como os atores ousavam se afastar do plano que tinham acordado — queria saber Yezad —, como se atreviam a entender mais do senhor Kapur do que ele que tinha trabalhado para o homem 15 anos? Agora, a única coisa que tinham conseguido era criar mais problemas para ele, Yezad, mais complicação e confusão.

"Acalme-se", Vilas disse. "Encontrei Gautam e Bhaskar hoje de manhã. Eles seguiram o nosso plano ao pé da letra."

"Então por que o senhor Kapur já empacotou o dinheiro, que está pronto para ser entregue?"

Vilas deu pancadinhas no degrau, ao lado dele. "Você esperava uma conversão imediata? Uma cruzada da noite para o dia?"

"Eu também não esperei nenhuma capitulação imediata. Eu só lhe fiz uma simples solicitação — que você apresentasse uma queixa junto ao Shiv Sena contra Papai Noel. Era só o que eu queria, nada além disso."

"É, só o que você queria era brincar com fogo."

Yezad olhou para ele com desprezo. "Em vez do que pedi, você traz um par de atores falsos violentos. Eles e a sua epifania dramática! Onde está ela? Onde está a revelação do senhor Kapur, a clareza de visão dele?"

Vilas fingiu inspecionar os bolsos. Yezad não riu.

"Demora a aparecer", ele o consolou. "Só em romances é que os resultados são imediatos."

"Como se a situação já não estivesse suficientemente complicada, agora eu tenho que me responsabilizar por aquele envelope recheado com 35 mil rupias. Tenho que guardá-lo em lugar seguro para dois Shiv Sainiks imaginários que nunca vão aparecer."

"Na realidade, Yezad, o dinheiro lhe proporciona uma desculpa para continuar lembrando o senhor Kapur do dever dele. Se os nossos dois artistas dramáticos plantaram a semente, a deixa que você der vai poder fazê-la florescer."

"E eu deveria usar um alto-falante próprio para palco?", Yezad perguntou com raiva.

"Não se perturbe. Por que não esperar o melhor?"

Yezad desceu os três degraus batendo os pés e se afastou, a cabeça latejando. Ao virar a esquina, sentiu que se esvaziava de toda a sua força. Estava certo de que arrastava os pés. Como sua mãe ficava aborrecida quando ele fazia isso quando criança. Não anda assim, *khassar-khassar*, ela ralharia, levante os pés.

Ele se deu conta de que estava tomando o caminho mais longo para chegar à estação, depois do templo do fogo de Wadiaji. Bem, a caminhada lhe faria bem. Para que ir correndo para casa, para aqueles dois míseros quartos? Não ajudariam em nada a aliviar a dor de cabeça que martelava, ele precisava de paz e silêncio.

Aproximando-se do templo do fogo, espiou pelo portão para o conjunto de prédios e para o jardinzinho que havia no centro. E se surpreendeu invejando os que podiam desfrutar da serenidade dali de dentro. Então ele também poderia, lembrou-se — bastava colocar um barrete de oração e entrar. Mas seria desonesto, já que ele não era religioso, nem jamais recitara as breves orações do *kusti* nesses 20 anos. Por outro lado, ele ainda usava o *sudra* — nada mais agradável em contato com a pele do que a musselina macia. E toda manhã, depois do banho, ele amarrava o *kusti* ao redor da cintura, ainda que descuidadamente. Mas era por força de hábito. E para satisfazer Roxana.

Por outro lado, não havia nenhuma norma estipulando que ele precisasse ser religioso para entrar no templo do fogo. O letreiro dizia "Entrada permitida só para pársis" — ele era pársi e tinha direito de entrar.

Deveria? O que faria, uma vez dentro do interior fresco, quieto? Ele hesitou, junto à pequena loja de sândalo.

"Oi, tio." Essa noite, havia um jovem do outro lado do balcão. "Quer comprar *sukhad*, tio? É Malbari genuíno."

Então Yezad viu o homem mais velho num banco abaixo da altura do balcão. Treinando o filho no negócio. Ainda haveria o negócio quando o menino se tornasse homem, perguntou-se Yezad, da maneira como os pársis estavam decrescendo em Bombaim, e da maneira como pessoas como ele tratavam a fé? E as árvores de sândalo desaparecendo rapidamente, graças a bandidos e contrabandistas como Veerappan...

"Quanto, tio?", o jovem perguntou, ansioso.

Yezad sorriu. "Cinco rupias?"

"Claro." O menino escolheu uma lasca de madeira perfumada, entregou-a, usando as duas mãos, e recebeu o dinheiro.

"Obrigado." Yezad segurou a madeira com reverência. Ficou tentado a levá-la ao nariz, mas se lembrou, através da névoa dos anos, de que lhe disseram não ser gentil cheirar o sândalo que se destinava a Dadaji, que era preciso ter paciência até entrar no templo, onde então seria possível desfrutar livremente o aroma do fogo sagrado.

Virando-se para partir, Yezad hesitou. "Posso levar um barrete emprestado?"

O menino deu uma olhadela para o pai e recebeu um assentimento de cabeça. Ele pôs uma caixa com barretes de oração sobre o balcão, de diversos tamanhos, a maioria pretos, alguns mais sujos do que outros de óleo e pomada para o cabelo.

Yezad olhou com nojo para o lote e tentou encontrar um que não fosse tão pouco atraente. Um exemplar marrom, no fundo da caixa, parecia limpo. Provavelmente impopular, pensou, por causa da cor. O barrete de oração que sua mãe tinha lhe comprado para a cerimônia de *navjote* tinha sido exatamente desse tom de marrom. Ele tinha sete anos então — e como era um orgulho para a família ele já ter aprendido as orações. Outros tinham que esperar até os nove ou 11.

Ele localizou a costura do barrete, sabendo que esta ficava atrás, e cobriu a cabeça. "Eu o devolvo daqui a pouco."

"Tudo bem, tio, pode rezar o tempo que quiser."

Yezad começou a responder, "Eu não vou...", mas parou. "Obrigado", disse, e tomou a direção do conjunto, seguindo para a varanda onde faria as abluções.

Lavou o rosto e as mãos, secou-os com o lenço, e se sentou para tirar os sapatos, ansioso para entrar e continuar até chegar à sala tranqüila onde ficava o fogo. De pé, calçado com as meias, chutou os sapatos para baixo do banco.

Mas ao subir a escada, depois de passar pelas colunas acanaladas, foi mordido por uma sensação de mal-estar. Ele parou — não lhe parecia certo continuar a entrar sem primeiro proceder ao *kusti.* O aprendizado de décadas atrás o obrigou a retornar à varanda.

Então Yezad percebeu que não sabia para que direção deveria se voltar. Ninguém mais estava rezando para que pudesse lhe servir de exemplo. Ele se lembrava de que havia algo a ver com o sol — e era noite, o sol provavelmente já teria sumido, portanto...

Por acaso, resolveu ficar de frente para o parapeito, e começou a desatar os nós do *kusti,* satisfeito de não haver ninguém vendo seus movimentos. Os dedos tinham perdido a destreza de trabalhar nas costas. Sentiu-se assim mais à vontade quando chegou aos nós da frente.

E, nesse momento, para seu espanto, as palavras de Kem Na Mazda surgiram silenciosamente em seus lábios como se ele tivesse recitado a oração a vida toda, dia e noite, sem falhar um dia sequer. Palavra por palavra, até o parágrafo seguinte, passando por Ahura Mazda Khodai e *manashni, gavashni, kunashni,* até se preparar, por fim, para reatar o *kusti.*

Chlep-chlep, chlep-chlep, fazia um par de *sapats* atrás dele. Estavam se aproximando. Bem perto agora. E ele sentiu a mão em seu ombro. Era o padre idoso de barba comprida e branca, o que o apanhara à entrada, espiando.

O *dustoorji* sorriu e, sem palavras, o fez dar uma volta de 180 graus. Yezad se sentiu mortificado. E se perguntou há quanto tempo o *dustoorji* o estaria espiando. E será que ele o vira lutando com o *kusti,* lidando desajeitadamente com os nós?

O *dustoorji* levou um dedo aos lábios para lhe aconselhar silêncio — o fio da oração não deveria ser quebrado por palavras profanas e explanações desnecessárias.

Yezad assentiu com a cabeça. A mão do *dustoorji,* ainda pousada no ombro de Yezad, passou para a nuca, e depois desceu com firmeza até onde as costas começam.

O *dustoorji* repetiu três vezes o gesto ao longo das costas de Yezad, que sentia como se ele estivesse removendo algo, extraindo fios de tensão do seu ser torturado. Depois, afagando-lhe o ombro de novo, o *dustoorji* continuou o seu caminho, chlep-chlep, chlep-chlep, corredor afora.

Emocionado e confuso, Yezad acabou de reatar o *kusti.* Por que o *dustorji* lhe esfregou as costas? Ele se perguntou se os seus problemas seriam tão óbvios, o seu rosto, atormentado; o seu semblante, anuviado.

Entrou, os pés se deleitando com a volúpia dos velhos e ricos tapetes persas ao percorrer o imenso salão. Evidente que ele era alguns graus mais fresco que a rua.

Chegou ao fim e parou ainda fora da sala contígua, menor e mais escura do que o salão que acabara de atravessar. Sentiu a necessidade repentina de também eliminar as meias. Tirando-as, meteu-as no bolso da calça e entrou na sala, que levava ao santuário. A câmara secreta, onde morava o fogo, que era demarcada por um limiar de mármore que os leigos não podiam ultrapassar.

Quando criança, Yezad tinha se sentido fortemente atraído pelo santuário. Nem todos os *dustoorjis* entravam, apenas os que estavam num estado de pureza ritual. Muitas vezes ele imaginara escapulir dos pais e correr lá para dentro para tocar o enorme *afargaan* de prata que brilhava majestosamente em seu pedestal, guardando as chamas que subiam e desciam acompanhando as horas do dia. Mas era proibido. Apenas aproximar-se do limiar, o lugar privativo de Dadaji, enchera-o de um temor respeitoso — preocupava-se com a possibilidade de tropeçar e cair, e de uma parte dele, uma das mãos ou um dedo, ultrapassar por acaso a barreira proibida, com alguma conseqüência apavorante...

A uns quatro metros do limiar do santuário, sentou-se no chão atapetado e esfregou as mãos no tapete sedoso, deliciando-se com o espetar delicado, sorrindo para seu eu da infância. O fogo era apenas um brilho de brasas. Não havia muita fumaça, embora a sala estivesse prenhe da fragrância do sândalo. Vez por outra, ouvia-se um estalido forte quando uma faísca voava em direção à cúpula alta.

Como estava silencioso, como estava tranqüilo. E o fogo queimando... queimando continuamente há quase 150 anos, desde que se construiu esse *atashbahram...* o mesmo fogo em que seus pais tinham fixado o olhar, e seus avós, e bisavós. O pensamento encheu-o de tranqüilidade, de confiança.

Passaram-se minutos. Uma velha entrou, a cabeça coberta por um lenço atado com firmeza debaixo do queixo. Ela depositou um pauzinho de sândalo na bandeja, ajoelhou-se com dificuldade, depois saiu. Yezad se perguntou se ele próprio não deveria se pôr em movimento, estava ficando tarde, Roxie ficaria preocupada. Ele resistia em sair desse lugar de tanta tranqüilidade. Mas sempre poderia voltar. Amanhã, depois do trabalho. Poderia sair imediatamente quando a loja fechasse, não ficar perdendo tempo com o senhor Kapur ou Vilas, vir para cá diretamente...

Nesse momento, entrou um *dustoorji*, recolheu o sândalo da bandeja e seguiu para o santuário. Ele abaixou o quadrado de musselina que protegia sua cabeça para cobrir o nariz e a boca — o fogo não deveria ser poluído pelo fôlego humano. Yezad sorriu, pensando nas piadas de muito tempo atrás sobre sacerdotes e bandidos mascarados.

O *dustoorji* parou ao chegar ao limiar e virou-se para olhar para ele. Yezad se sentiu enrubescer, como se seus pensamentos pudessem ter sido lidos. O *dustoorji* apontou para a sua camisa e para o fogo, de um para o outro.

Yezad olhou: a vareta de sândalo ainda estava em seu bolso, o *dustoorji* estava apenas perguntando se ele queria incluí-la nessa oferenda.

"Sim, obrigado", sussurrou Yezad, e a entregou.

Então o *dustoorji* entrou no santuário para realizar a cerimônia para a mudança do *geh*. O poente, pensou Yezad, e o quarto *geh* do dia zoroastriano tinham começado. Ele observou a limpeza ritual do santuário, do pedestal, do *afargaan*, os preparativos sossegados antes das oferendas ao fogo.

Como era tranqüilizador, pensou Yezad, observar tudo isso, deixar a paz do momento preencher a sala. Por que o ritual tinha esse aspecto atemporal? Como era reconfortante ver aquela figura com a sua túnica branca que flutuava. Vê-la se movendo, sem pressa, empregando os diversos utensílios de prata na cerimônia, fazendo os gestos místicos que se repetiam cinco vezes por dia, executados com uma elegância que só poderia vir com a graça cumulativa de gerações e séculos, uma vez que esta estava codificada em sangue e osso...

Então o *dustoorji* estava preparado para exercer as funções de sacerdote do fogo. Com habilidade, ele mexeu nas brasas que brilhavam, e as chamas começaram a lamber as pinças, crescendo ao murmúrio suave das orações, à medida que ele acrescentava o sândalo que tinha sido recolhido na bandeja.

E ali, pensou Yezad, com o resto, estava o seu pedaço de madeira de cinco rupias, com todos os outros pedaços levados até ali por mãos como a sua. Que parte do fogo, que língua inflamada tinha sido alimentada por sua oferenda? O fogo seria divisível a esse ponto? Isso importava?

O *dustoorji* ia então chegando ao fim da cerimônia. Aproximou o sino pendurado no canto do santuário e fez soar o *boi*. Ao primeiro tinido puro, alto e súbito, o coração de Yezad omitiu uma batida. Então, ouviu-se o repique num encadeamento glorioso, enchendo o santuário e a cúpula, a sala escura e o salão, proclamando o novo *geh* ao templo inteiro. Estava festejando a vida, pensou Yezad, anunciando a esperança, e seu coração cantou com o sino.

Então se fez silêncio. O *dustoorji*, numa última reverência ao fogo, recolheu as cinzas numa concha de prata e ofereceu-as a Yezad. Ele pegou uma pitada para a testa e a garganta. O *dustoorji* tocou a própria testa, voltando-se para Yezad, e desapareceu.

Yezad aproximou-se do santuário de novo. O fogo estava queimando vigorosamente, as chamas pulavam de alegria, e a sala era uma dança de luz e sombra. Ele ficou parado, absorto por alguns minutos, depois achou que era rude — rude se recusar a se inclinar diante de uma visão tão nobre na sua beleza simples. Se ele não se curvasse agora, diante disso, diante de que ele iria se inclinar?

Ajoelhou-se; a testa tocou o limiar de mármore; e permaneceu inclinado durante um certo tempo.

No amplo salão, parou para calçar as meias, antes de voltar para a varanda e recuperar os sapatos.

A noite caíra enquanto ele saía do templo do fogo. Atravessou a área cercada carregando uma abundância de repouso, devolveu o barrete emprestado ao menino sorridente da loja de sândalo e se dirigiu para casa.

❖

Roxana insistiu, quando ela se deitou, em dizer que ele estava cheirando a sândalo.

"Fui ao *atash-bahram* esta noite", Yezad disse.

"Por que, de repente?" Ela manteve a voz num tom displicente. Sabia que havia no rosto dele um excesso de alegria, e achou que era bom a luz estar apagada.

"Tive um dia muito ocupado, precisava de tranqüilidade. E me lembrei da sua sugestão."

"E como foi?"

“Tranqüilo.” Ele ajeitou o travesseiro, e acrescentou, “O que eu não daria para ter um canto deste apartamento tão tranqüilo como estava lá”.

Ela sorriu no escuro, e reuniu coragem para perguntar, “ Você... rezou?”.

“Claro que não.”

Ela não acreditou.

A epifania de ação retardada que Yezad estava aguardando não chegou. Todo dia ele observava o senhor Kapur, procurando algum sinal de que o que fora planejado estava funcionando como uma cápsula de tempo retardado que, gradualmente, atravessasse o trato digestivo do pensamento dele. E a cada dia ele se desapontava, porque o patrão entrava, inspecionava a rena e se retirava para o seu cubículo. Ele parecia pensativo e, no final do dia, não convidava Yezad a entrar.

Então, uma manhã, a pouco mais de uma semana para o Natal, o senhor Kapur chegou excepcionalmente tarde, perto do meio-dia. Yezad perguntou o que o fizera se atrasar tanto.

"Atrasado?" O senhor Kapur examinou o relógio. "Você tem razão — olhe a hora. Não sabia quanto tempo levaria num meio de transporte público. Pois é, afinal vendi o meu carro."

"O senhor veio de trem?"

"De táxi", o senhor Kapur respondeu com um toque de constrangimento. "Mas o que eu queria ter tomado era o trem."

Descreveu sua estranha aventura detalhadamente: fora à estação ansioso para se tornar um dos milhares que viajavam como gado nos trens. Toda vez que um trem chegava, ele fazia força para ir à frente, e toda vez ele ficava para trás na plataforma. Num momento, estava exatamente no núcleo da multidão, certo de que entraria, mas alguma força centrífuga de cotoveladas o empurrara para o lado.

Yezad assentiu com a cabeça. "Isso acontece."

"Depois de tentar por mais de uma hora, desisti. Mas farei outra tentativa amanhã. Acho que é uma questão de prática, como um bom corte de um batedor." Pesaroso, olhou para o tíquete não utilizado e o atirou na cesta de lixo, enquanto Yezad perguntava o porquê desse súbito interesse por viagens de trem.

"É uma decisão filosófica — já falamos disso uma vez. Quero abraçar tudo o que minha cidade tem a oferecer. Quero me misturar com seu povo, fazer parte desse ajuntamento de corpos nas ruas, nos trens e nos ônibus. Quero me tornar uno com a totalidade orgânica em que Bombaim se constitui. A minha redenção está aí."

Já basta da fé do senhor Kapur nos seus atores e no realismo épico, Yezad pensou. Pobre senhor Kapur, ele tinha entrado muito fundo no reino da fantasia. No reino da sua retórica. No qual ele realmente acreditava, e que, no final das contas, não o levaria a realizar nada. Essa era a parte triste.

"Eu me pergunto por que fracassei hoje. Meu espírito está cem por cento disposto. Será que minha carne está menos disposta? Ainda sente repulsa pelo cheiro do corpo das pessoas, pelas roupas sujas e pelo cabelo oleoso? Talvez. Mas suplantarei isso, tomarei o trem."

Yezad ficou preocupado com a pressão arterial do patrão, e desejou que ele se cansasse logo dessa idéia de trem, tomasse juízo e comprasse logo outro carro.

Entretanto, no dia seguinte, o senhor Kapur entrou se arrastando na loja, enxovalhado e mancando. Husain precipitou-se para lhe arranjar uma cadeira, e o senhor Kapur jogou-se nela, enquanto Yezad o ajudava a livrar-se da pasta. O servente, tendo derramado um pouco de chá no pires, levou-o à boca do seu empregador.

O gesto irritou o senhor Kapur; ele afastou o pires e pegou a xícara. Alguns goles depois, fortificado, começou a contar a sua história: "Você se lembra de que há alguns meses testemunhei o milagre de um homem sendo recolhido por passageiros que estavam pendurados do lado de fora do trem, se segurando pelos dedos. Eles tinham apanhado o corredor e o metido no ambiente seguro do carro, dando lugar para mais um, embora o trem estivesse abarrotado.

"Pois bem, tarde da noite, quando eu estava deitado na minha cama, ocorreu-me que eu poderia ser o homem na plataforma. Só o que eu tinha a fazer era depositar toda a minha confiança nos meus concidadãos de Bombaim, e eu poderia embarcar no trem.

"Então, hoje de manhã, quando o trem começou a se movimentar, fui andando ao lado dele. De início, foi fácil, a velocidade dele era muito baixa. Os homens pendurados na porta lutavam para entrar, espremendo-se. Aos poucos, quase todo mundo parecia estar mais seguro, capaz de agarrar uma alça ou barra.

"Logo seria a minha vez, e embora eu estivesse sem fôlego, corri para emparelhar com o trem. E estiquei o braço. Alguém gesticulou. Era um cumprimento ou uma despedida, me perguntei, e levantei os braços para que não houvesse nenhum mal-entendido, para que não pensassem que eu estava apenas dando adeus."

O senhor Kapur fez uma pausa e fitou tristemente o interior de sua xícara de chá. "Eles não me ajudaram Yezad. Ninguém estendeu a mão para agarrar a minha. Eles me olharam como se eu fosse um estranho. Sim, está certo, sou um estranho. Mas também sou irmão deles de Bombaim, não sou? E eles simplesmente fixaram a vista além de mim. Outros pareciam me achar divertido, viravam-se um para o outro e riam."

Ele esvaziou a xícara e entregou-a a Husain. "Não houve nenhum milagre no meu caso, Yezad, tropecei e caí quando estava chegando ao fim da plataforma. E, então, tomei um táxi."

A rejeição parecia tê-lo deixado deprimido. Sentou-se à entrada como um inválido que estivesse esperando sua cama ficar pronta.

"Estive pensando", sussurrou afinal.

"Sim?" Yezad esperou ouvir do senhor Kapur que a venda do carro tinha sido um erro.

"A caminho daqui, no táxi, me perguntei: Por que me abandonaram na plataforma?"

Porque o trem estava cheio, pensou Yezad, e porque eles não podiam ouvir as bobagens românticas que enchiam a sua cabeça. "Difícil de dizer", respondeu ele.

"Não, não é não. É so olhar para mim — minhas roupas, meus sapatos, meu cabelo. Vamos, diga-me o que você acha."

Yezad perscrutou a obra do cabeleireiro caro do senhor Kapur e baixou os olhos para a gola aberta da fina camisa de linho. Embora suja e amassada devido à aventura na estação de trem, era impossível não reconhecer a qualidade da camisa; assim como a calça e seu caimento perfeito, feita de alguma leve mistura de fibras naturais. E, por fim, havia os sapatos italianos, cujo couro macio brilhava com supremacia afetada.

"Então?", o senhor Kapur perguntou, impacientando-se.

"Elegante, com um toque de classe — esse é o meu veredicto."

"Exatamente. E aí é que está o problema. Toda a minha aparência grita uma mensagem: Não sou um de vocês. Por tudo o que tenho em comum com os passageiros, eu poderia perfeitamente ser considerado alguém vindo do espaço cósmico. Por que o abraço deles me carregaria para dentro do trem quando estou fazendo todo o possível para dizer, Vejam, sou tão superior a vocês!".

O senhor Kapur jurou remediar esse defeito. Dali em diante, ele não compraria mais suas roupas em grandes lojas arejadas com ar-condicionado, mas nas lojas de rua da Grant Road e da Girgaum — pijamas-*kurta*, ou pijamas mal ajustados com entrepernas em forma de cunha, e casacos cáqui de manga curta que apertavam nas axilas. E nada de meias e sapatos, mas *chappals* do tipo que produziria calos e calosidades, e faria com que a sujeira de Bombaim se incrustasse nas unhas dos pés.

"E nunca mais voltarei ao Salão do Signor Valente. Um barbeiro de rua em Khetwadi fará o necessário. Depois que ele picar o meu cabelo, então veremos se os passageiros do trem vão me tirar da plataforma ou não."

"Então, quando vai terminar a sua transformação?", Yezad perguntou, incapaz de resistir ao sarcasmo.

O senhor Kapur contou nos dedos. "Daqui a nove dias. Logo depois do Natal." Ele se levantou e, animado, encaminhou-se para o escritório, uma vez que o abatimento da manhã já estava se dissipando.

"Aliás", Yezad acrescentou, "às vezes até roupas baratas parecem cair bem. Certifique-se de que o número não é o seu, antes de comprar o novo guarda-roupa."

Mas com a retomada de confiança do senhor Kapur, tentar alfinetá-lo era a mesma coisa que tentar machucar uma almofada própria para alfinetes. "Farei isso, certamente", disse ele, depois parou, deu meia-volta e entrou na vitrine de Natal.

17

Toda noite, no Chateau Felicity, do térreo ao telhado, o rebuliço que ocorria no apartamento dos Munshi era audível. O tumulto começava assim que o faz-tudo chegava em casa com sua caixa de ferramentas e continuava jantar afora, até ele e a mulher irem se deitar.

As brigas surpreendiam (e afligiam) Jal, uma vez que Manizeh, quando Edul começou a trabalhar no teto, tinha ficado contente pelo marido. No prédio, não se desconhecia o fato de que a proibição que ela impusera a Edul, impedindo-o de usar as habilidades de faz-tudo no próprio apartamento deles, sempre a fizera se sentir culpada.

Mas esse serviço era de magnitude muito diversa dos pequenos consertos nos quais ele costumava se atabalhoar; o trabalho já durava dias, e Manizeh estava começando a se queixar, ao sentir falta dele à noite. À medida que o tempo passava, as queixas passaram a ser mais virulentas; era como se ela fosse viúva, o marido nunca estava com ela em casa.

Edul confidenciou a Jal, assegurando-lhe que não havia motivo para preocupação, que ele estava se defendendo da virulência de Manizeh com bom humor, e que ela, enquanto pudesse ouvir o seu martelo, era a possuidora orgulhosa de um marido feliz.

"Está tudo bem", repetiu ele a Jal, muitas vezes.

Mas Jal suspeitava que nem tudo estava tão bem como Edul imaginava. A suspeita se confirmou no dia em que ocorreram grandes hostilidades no apartamento dos Munshi, e a todo volume.

"Você acha que eu não saquei o que está acontecendo lá em cima?", Manizeh gritou. "Você e aquela solteirona juntos! Enquanto aquele irmão fofoqueiro de *chhinaal* sai para passear e deixa você com a sua caixa de ferramentas! Que boa oportunidade!"

"Psiu! Os vizinhos vão ouvir!", Edul pediu.

"Ótimo, que ouçam! Melhor do que ouvi-los rindo nas minhas costas e dizendo que o marido dela estava fazendo consertos para a Coomy! Mulher nojenta, dando em cima de um homem casado!"

"Como é que você pode ter ciúmes de Coomy? Olhe para ela, de frente e de costas ela é completamente chata. Sua bundinha é tão linda, e o seu..."

"Fale baixo, seu tonto! Você quer fazer uma descrição completa para os outros? É só lhes mandar fotos minhas, nua, por que não?"

Na tarde seguinte, quando Edul chegou para trabalhar no teto, Jal percebeu que ele tinha chegado meio sem jeito. A caixa de ferramentas, em geral se balançando, vinha pendurada na sua mão como o pêndulo de um relógio quebrado e, em vez do seu habitual estilo de um animado faz-tudo, ele mostrava um sorriso acanhado. Depois do oi, como vai, e da resposta dele, ótimo, houve um silêncio constrangedor.

"Você deve ter ouvido a minha Manizeh ontem à noite", Edul tentou aparentar despreocupação. "Ela estava um tanto perturbada."

"Estava? Não, não ouvimos nada. Ela está bem agora?"

"Ótima. Foi só um pequeno mal-entendido, as mulheres não entendem de consertos e reformas."

Ele desengatou o fecho da caixa e a tampa se abriu com um estalido. As ferramentas se entrechocavam e tiniam, ruidosas, enquanto ele remexia nelas, os lábios se franzindo ao tentar um assovio alegre. A melodia surgiu com um certo esforço e se transformou numa modulação melancólica alguns compassos depois.

Essa era a noite pela qual Jal tinha esperado com tanta ansiedade, em que Edul deveria começar a aplicar uma nova camada de gesso. Mas o faz-tudo não conseguia se resolver a fazê-lo. O saco de gesso continuou intocado junto à porta da frente.

Foi preciso renunciar ao passeio do anoitecer. Ficar em casa, Jal decidiu, era a única maneira de calar as acusações de fofoca feitas por Manizeh. Ele gostaria de poder esclarecer essa história com ela, convidá-la para assistir ao seu Edu trabalhar, e ver por si mesma que não havia nenhum comportamento questionável.

Mas ele desistiu — as brigas de toda noite, que ouvia enquanto se postava à janela, não deixavam dúvidas de que Manizeh não estava a fim de ser aplacada. À raiva, ela adicionou uma nota de fatalismo: essa infelicidade que acontecia a suas vidas não era surpreendente — Edul se aventurara a entrar na casa da infelicidade, a casa que tinha destruído famílias, matado duas mulheres, dado à luz gerações de sofrimento. E o contágio afetara seu marido.

Coomy disse a Jal que ele não ficasse ali escondido, escutando. "Não é estranho você estar ouvindo tudo agora? E, quando eu falo com você, seus ouvidos custam a entender o que digo?"

"A distância, é mais fácil", Jal disse. "Posso ajustar melhor o volume."

Ele lamentava que o casal, que costumava ser tão amoroso, tivesse mergulhado na infelicidade por causa do teto que ruíra. Coomy observou que a relação não deveria ser assim tão feliz, senão um detalhe tão bobo não a afetaria.

"Bobo para você, mas não para Manizeh", Jal disse. "Ela não conhece os fatos."

"Os fatos não têm nada a ver com isso. As pessoas imaginam os fatos de que precisam. Cabe a Edul continuar a trabalhar ou parar."

Para alívio de Jal, Edul continuou a trabalhar: no teto, e em convencer Manizeh de que ela estava errada. Ele admitiu que, como ela dizia, estava passando muito tempo lá em cima e gostando do trabalho desafiador. Mas isso não era motivo para a sua queridinha imaginar sujeiras, não é mesmo? Por que ela não conseguia aceitar o *hobby* viril dele? Ela ficaria mais contente se ele passasse a bordar ou a tricotar? Era isso que ela queria, um maricas?

A perseverança valeu a pena: Manizeh abrandou-se e as brigas amainaram. Então ela começou a aparecer no local da obra para inspeções rápidas, armada com uma ou outra desculpa.

"Desculpe interromper", disse ela a Jal, aliviada de ver o marido em cima de uma escada e de Coomy não estar à vista. "Edu querido, você vai querer peixe frito ou com molho hoje de noite?"

"Hoje de noite eu quero frito", respondeu ele, e piscou. "Esta noite eu quero muito quente, fervendo."

Abafando o riso, ela olhou para Jal, que fingiu estar com o aparelho de audição desligado.

Outra vez, ela chegou para perguntar sobre o que passar a ferro: a camisa azul ou a amarelo-clara, qual Edu preferia?

"A camisa azul para amanhã", o marido respondeu, depois acrescentando, achando que estavam sozinhos, "E, esta noite, pode me passar com a roupa com que vim ao mundo".

Apavorada, Manizeh pôs um dedo nos lábios e acenou para onde Coomy estava parada, bem perto da porta, fora do cômodo. Ele cobriu a boca risonha com a mão suja de gesso, enquanto Coomy revirava os olhos e se afastava, enojada com o comportamento indecente dos dois.

Oito dias depois de começar a aplicação da nova demão de gesso, Edul limpou sua espátula e declarou a sala de estar pronta para ser habitada. Ele chamou Manizeh pelo vão da escada, e pediu a Jal que fosse buscar Coomy no quarto dela.

"Então?", Edul se regozijava. "O que acham?"

Embora Jal e Coomy estivessem preparados para péssimos resultados, eles não podiam emitir uma resposta adequada. Olhavam para o teto bexiguento coberto de crateras pequenas e grandes, uma versão doméstica da superfície lunar, e lutavam para disfarçar seu desalento.

Manizeh veio ao socorro do marido. "Sabe, Edu, eu nem posso acreditar que você tenha feito tudo isso sozinho." Virando-se para Jal e Coomy, acrescentou, "Ele não é maravilhoso?".

"Bom trabalho, Edul", eles conseguiram dizer. "Nós lhe somos muito gratos."

"De nada", Edul disse com um aceno de mão modesto, embora os olhos brilhassem. "Desculpem-me ter demorado tanto."

"Quatro semanas não é demais para um trabalho tão bom, eu estava esperando mais", Coomy disse, enquanto Manizeh olhava espantada para ela.

"E agora você pode começar a obra no quarto de Papai", Jal disse.

Mas Edul lhes informou que, primeiro, ele tiraria uma folga de três dias. Ele e a mulher saíram de mãos dadas, Jal olhando com os olhos de um pai feliz até Coomy fechar a porta.

Depois dessas pequenas férias, Edul começou por remover o gesso danificado do teto do quarto de Nariman. Ele progredia rápido, pois as marteladas de Jal não tinham destruído tudo. De vez em quando, o faz-tudo parava de assobiar para se assombrar com a devastação causada pelo vazamento imaginário.

No segundo dia, ele exclamou "Filho de uma égua!", e chamou seus clientes ao quarto.

"Sabem a viga principal que atravessa o forro deste teto?"

Eles assentiram com a cabeça.

"Má notícia. Descobri que está podre."

"O quê?"

"Podre", repetiu, deleitando-se com o efeito causado por seu anúncio. "P-o-d-r-e."

"Impossível!", Jal disse, recusando-se a aceitar a intrusão dessa bomba.

"Controle-se, Jal, meu filho. A notícia é chocante, mas o que podemos fazer? Tenho que relatar tudo honestamente. Está vendo o lugar onde ela encontra o terceiro barrote?"

"Como é possível a madeira apodrecer tão rápido?"

"Ah, mas não sabemos há quanto tempo ela vem sendo molhada. Meses antes da queda do gesso, já poderia haver um vazamento."

"Impossível!"

Edul estava intrigado. "Por que você não pára de dizer isso?"

"Porque eu sei! Porque..."

Preocupada com o irmão, que poderia deixar escapar algo que os incriminasse, Coomy interveio. "Vamos imaginar que esteja podre. O que poderá acontecer a seguir?"

"Por que imaginar? Está duvidando de mim? Está podre. Tem que ser substituída."

"Não! Por favor não toque na viga!"

"Pare de agir como criança", Coomy disse. "Vamos refletir calmamente. Edul, você está certo disso?"

"Mil por cento."

"Sei." Ela calculou: com a complicação da viga, a volta de Papai atrasaria mais ainda. "Você pode fazer esse serviço?"

"Não vou mentir para vocês. É um trabalho difícil. Pode ser perigoso se não for feito corretamente. Vocês querem alguém que trabalhe devagar, com cuidado."

"E esse alguém é você", disse ela, o que o fez sorrir.

"Por favor, faça só o gesso e deixa o resto!"

"Basta de drama, Jal", sua irmã lhe disse.

"Vamos ouvir pelo menos uma segunda opinião?"

"Nós, faz-tudo, temos um ditado: Uma segunda opinião leva a um monte de confusão."

"Faz sentido", Coomy disse.

"Como é que 'faz sentido'?", Jal explodiu.

"Jal, meu filho, relaxe, deixe-me explicar qual é o meu método", Edul disse. Ele passou a descrever as traves de aço que empregaria, e os macacos hidráulicos, e o uso de um andaime provisório para se transferir a carga dos barrotes. A meticulosidade com que detalhou a tarefa era digna de um engenheiro competente, de um exímio artesão com anos de experiência.

Jal perdeu um pouco das informações porque tirou o fone do ouvido, soprou nele e o reinseriu no lugar.

"O detalhe mais importante é: estarei acrescentando a viga mestra de aço paralelamente à de madeira. Em nenhum momento a estrutura ficará sem apoio."

"Ah", disse Coomy, aliviada. "Então teremos duas vigas em vez de uma. Ouviu isso, Jal? Duas vigas — até mais seguro."

Não houve mais objeções. Ficou acertado que Edul iria em frente.

Quando Jal chegou ao Pleasant Villa, seu coração bateu um pouco mais acelerado ao ver Daisy à cabeceira, com o violino. Tentou cumprimentá-la, e quase lhe prendeu a atenção, mas ela se envergou, o braço, que segurava o arco, se ergueu, e ele acabou cumprimentando o cotovelo dela.

O padrasto, em silêncio, mostrou ter notado sua presença quando Jal lhe deu tapinhas no ombro, e foi, pé ante pé, sentar-se numa cadeira. Ajustando o aparelho de audição para poder ouvir melhor a música de Daisy, Jal perguntou a Roxana onde Yezad estava.

Ela respondeu com sussurros que ele devia ter passado pelo templo do fogo de Wadiaji a caminho de casa, vindo do trabalho.

Jal levantou as sobrancelhas. "Yezad? Templo do fogo?"

Ela assentiu com a cabeça. "Vai quase todo dia. Não para rezar — ele diz que alguns minutos de paz e quietude o ajudam."

Ele sorriu e fez que sim. "Papai também parece estar melhor."

"Ele sempre se anima quando Daisy chega."

"Psiu", Jehangir pediu, "vocês estão atrapalhando a música."

"Desculpe, *dikra*", Jal disse, e chegou para trás na cadeira. O violino, lento e evocativo, atraía-o enquanto ele o ouvia. A música parecia estar lhe falando diretamente do que havia bem no fundo do seu coração... daquelas emoções difíceis, impossíveis de serem expressas em palavras. Às vezes, só por um instante, o som parecia ser uma voz humana; era o instrumento articulando palavras numa linguagem que ele quase chegava a compreender...

A peça terminou, eles bateram palmas, e Daisy cumprimentou Jal, desculpando-se por não tê-lo feito quando ele entrou.

"Ah, tudo bem", disse ele, timidamente.

"Esplê... esplê... — esplêndido!", murmurou Nariman. "Você pre-precisa tocá-lo em público."

"É o que ambiciono — ser solista da Orquestra Sinfônica de Bombaim."

"Com licença", Jal disse. "Que música ouvimos?"

"O concerto para violino de Beethoven", respondeu Daisy.

"Número?"

"Só há um."

"E a parte que você estava tocando... que movimento era?"

"O segundo — o *larghetto.*"

Daisy voltou a falar com Nariman sobre as dificuldades de realizar o seu sonho. E, ao retornar à música, os olhos cheios de admiração de Jal acompanhavam cada movimento dela. Roxana o cutucou. "Vá em frente, fale com ela."

"Depois", sussurrou Jal, recuando quando o violino recomeçou.

Então, Yezad chegou, entrando silenciosamente com sua chave, e viu Jal. Ele estava ansioso para saber notícias do teto, mas esperou até Nariman cair no sono. Depois que Daisy saiu, eles se retiraram para o quarto dos fundos.

"Então, qual é o último boletim do Chateau Felicity?"

"Uma semana atrás, como Edul, eu teria dito ótimo. Agora, já não sei mais." Ele transmitiu as notícias da viga podre e ficou olhando ansiosamente do rosto dele para o dela.

"Não foi sua culpa", Yezad disse. "Não se sinta culpado."

"Mas sou sempre eu que trago notícias das bobagens de Edul e..."

"Talvez a viga esteja realmente podre", Roxana disse. "Quanto tempo vai demorar?"

"Um ano", Yezad disse com um riso soturno.

"Ah, não, não", Jal protestou, "tanto tempo, não."

Ele descreveu o plano de Edul para arranjar o equipamento adequado no decorrer dos próximos dias e preparar o içamento da viga de aço. "O mais tardar até o dia 24, porque ele quer aproveitar o feriado de Natal para fazer o serviço. Ele diz que a obra não deve ficar pela metade, que ele vai trabalhar noite adentro, se necessário, para terminá-la."

"Parece que vocês vão ter um Natal muito feliz", Yezad disse.

"Por certo não vai ser uma noite silenciosa. E você, Jehangir? Vai pendurar uma meia para o Papai Noel?"

"Vou", Jehangir suspirou. "Estou cheio de discutir com Murad. Ele está me enlouquecendo, tentando me obrigar a acreditar nisso."

"Mas ele tem razão", Jal disse. "Você tem nove anos?"

"Tenho", Jehangir admitiu, cautelosamente.

"Aí está. O Papai Noel vem até os dez. É a sua última chance."

"Não sou uma criancinha, está legal, Tio? Você não pode me enganar assim tão facilmente."

Jal riu, abraçando-o e apertando as mãos dos outros ao chegar à porta. Ele prometeu trazer notícias assim que houvesse alguma. Eles fecharam a porta e foram para a varanda acenar.

Roxana aconchegou-se ao marido, deleitando-se com o aroma que a fumaça do sândalo deixara nas suas roupas. "Acho que Jal realmente gosta de Daisy. Não seria bom se eles..."

"Por favor", Yezad disse. "A sua família não tem lá uma ficha muito limpa no que se refere a arranjar casamento."

Brincando com a xícara de chá, Yezad se sentou à mesa de jantar. Ela foi preparar o jantar com as sobras da véspera. Ele olhou de soslaio para o sogro, as mãos e os pés sacudindo-se inutilmente debaixo do lençol.

Como animais que, apanhados numa armadilha, lutassem para se libertar. Que castigo era a doença na velhice. Esse desgraçado do mal de Parkinson, cruel como uma tortura. Se as novas pesquisas andassem mais rápido na América, algo envolvendo o tecido de fetos, embriões... Mas havia grupos que protestavam contra elas — eles provavelmente não moravam com uma pessoa com Parkinson nem acompanhavam o tormento de um velho, noite e dia. Que belo e luxuoso prazer, discutir sobre os direitos dos não-nascidos, o início da vida, o momento da morte, de se engajar em todas essas discussões sofisticadas. Falastrões vazios. Como o senhor Kapur... Mas não havia esse luxo aqui. Deveria haver uma norma: Caminhe primeiro, atravessando o fogo, depois filosofe...

Nariman gemeu no sono, e Yezad interrompeu suas maquinações para ir até a bicama. "Está tudo bem, chefe", ele tocou o ombro do velho. "Estou sentado aqui."

E Yezad voltou à xícara de chá, sem saber ao certo se Nariman o escutara. Uma viagem estranha, essa jornada em direção à morte. Não há como sabermos quanto tempo mais o chefe teria... um ano, dois anos? Mas Roxana tinha razão, ajudar os nossos mais velhos a atravessá-lo — era a única maneira de se saber disso. E o segredo era nos lembrarmos disso quando o nosso próprio tempo chegasse...

E ele iria se lembrar, Yezad se perguntou? Que loucura era essa que fazia os jovens, até os de meia-idade, pensar que eram imortais? Como suas vidas seriam melhores se pudessem se lembrar do fim. Levar nossa morte conosco todo dia dificultaria a perda de tempo em maldade, raiva e amargura, em qualquer coisa mesquinha. Era este o segredo: lembrarmo-nos da nossa hora de morrer, para afastar o estúpido e o feio do nosso tempo de viver.

Ele afastou a cadeira sem fazer barulho e levou a xícara e o pires para a cozinha. Lavou-os, enxugou as mãos e voltou para vigiar Nariman. Era curioso, pensou, como, se conhecêssemos uma pessoa o bastante, ela poderia extrair de nós todo tipo de emoção, toda reação possível, inveja, admiração, piedade, irritação, fúria, afeto, ciúme, amor, asco. Mas, no fim, todos os seres humanos se tornavam candidatos à compaixão, todos nós, sem exceção... e se pudéssemos reconhecer isso desde o início, que economia de dor, de sofrimento e de miséria...

Os gemidos vindos da bicama tornaram-se mais fortes. Ele se levantou de novo, tocou o ombro de Nariman de novo. Devia haver algum jeito de ajudar o chefe.

A resposta era fácil: dispor de dinheiro para os remédios dele — e ele não tinha nem um tostão. Sempre o problema se reduzia ao dinheiro, tudo era assim.

Havia aquele envelope na sua mesa no trabalho, parado ali inutilmente já há mais de uma semana, esperando ser apanhado por agentes imaginários do Shiv Sena, enquanto o senhor Kapur se ocupava em preparar o seu Papai Noel. O Natal chegaria daí a uma semana. Se ao menos ele tivesse coragem para gastar o dinheiro daquele envelope... em vez de ficar esperando — o quê?

Ele tinha esperado o sonho de Villie e a promoção prometida do senhor Kapur. Tinha esperado que o tornozelo de Nariman ficasse bom, e que o teto fosse consertado, e que os atores provocassem uma epifania.

Já esperara o suficiente, decidiu. No fim, ele só poderia contar consigo mesmo. E com o templo do fogo — o seu santuário nesse mundo sem sentido.

O traje de Papai Noel foi entregue antes do meio-dia, no dia 23, e o senhor Kapur o exibiu para Yezad e Husain.

"Muito bonito, *sahab*", o servente disse, batendo as mãos de puro prazer. "A cor *lal* lhe fica tão bem."

O senhor Kapur posou para o silencioso Yezad, que olhou de relance o cinto barato de plástico preto e as botas de borracha malcheirosas, que Murad e Jehangir costumavam usar nos dias de monção até se rebelarem contra elas.

"No geral, bastante bom", foi o seu veredicto. "Mas sua barriga precisa engordar."

Eles deram uma olhada pela loja e, juntando um par de caneleiras tamanho médio com luvas de boxe, fizeram um enchimento. Então o senhor Kapur decidiu vestir o resto do traje, mas a barba branca e fofa e o bigode fizeram Husain se retrair. Ele disse a Yezad que *sahab* estava com um ar feroz demais para o seu gosto.

"Rô-rô-rô!", o senhor Kapur fazia. "Rô-rô-rô!", e sacudia os braços freneticamente para que os sinos presos ao punho soassem.

O servente cochichou no ouvido de Yezad, Por que o *sahab* faz um barulho de quem sente dor?

Os risinhos de Yezad fizeram o senhor Kapur perguntar o que havia de tão engraçado. A resposta também o fez rir, aumentando a perplexidade de Husain.

"Ora, Husain *myian*, isso não é um grito de dor! É o riso jovial do Papai Noel!"

Husain não parecia estar convencido, mas evitou mais comentários. De tarde, ele foi apanhar as balas que havia encomendado na véspera.

O senhor Kapur, ainda vestido de Papai Noel, aproximou-se de Yezad e, perscrutando o seu rosto, perguntou por que havia olheiras sob seus olhos. "Parece que você não tem dormido bem."

"É o meu sogro — ele está morando conosco por enquanto. Ele fala e grita durante o sono."

Yezad fez uma pausa, depois decidiu continuar, usar essa oportunidade para dar uma deixa para o senhor Kapur, como Vilas dissera. "A preocupação com o Shiv Sena também me tira o sono."

"Calma, Yezad, preocupar-se não vai ajudar em nada. A noite passada, eu tive uma idéia luminosa. E reconsiderei a situação."

O coração de Yezad deu um pulo. Será que o esforço dos atores ainda frutificaria?

"Cheguei a uma conclusão importante", começou a falar o senhor Kapur. "Bombaim é mais do que uma cidade. Bombaim é uma religião."

"Isso significa uma promoção para a cidade? O senhor dizia que ela era uma bela mulher."

O senhor Kapur riu e desocupou um canto da mesa de Yezad para se sentar. "Ela é, sim, Yezad. Mas agora envelheceu. E se Bombaim pode aceitar suas rugas com desenvoltura e dignidade, eu também devo aceitar. Porque também há beleza nessa aceitação. Vai ser essa a minha abordagem holística."

Mais uma abordagem maluca, pensou Yezad. "O senhor não vai fazer nada em relação aos problemas?"

"Não. Todas as imperfeições dela, as favelas, os bueiros arrebentados, os políticos corruptos e criminosos, os..."

"Pera lá, senhor Kapur. Não me parece que crime e corrupção possam ser chamados de imperfeições. Estão mais para tumores cancerosos. Quando uma pessoa tem um câncer, ela tem mais é que lutar contra ele pra valer."

"Na abordagem holística, não. Detestar o câncer, atacá-lo com métodos agressivos é inútil. Holisticamente, a pessoa tem que convencer o seu tumor, com amor e bondade, a mudar a natureza dele de maligna para benigna."

"E se o câncer não escutar?", Yezad disse, um tanto maldosamente. "Ela morre, não morre?"

"Agora você não precisa ser tão literal com a minha metáfora da bela mulher", ralhou o senhor Kapur.

"Eu estou sendo? Eu estava apenas aplicando a metáfora com coerência. A jovem Bombaim das suas fotografias, depois a que vai envelhecendo, o câncer..."

"Tudo bem, esqueça a bela mulher", o senhor Kapur disse, com uma certa irritação. "Lembra-se de que eu disse que Bombaim é uma espécie de religião? Pois bem, é como o hinduísmo. Acho eu."

"E como o senhor chegou a essa conclusão?"

"Tudo aceitar faz parte da natureza do hinduísmo, concorda? Não estou falando dos fanáticos fundamentalistas, dos destruidores de mesquitas, mas do verdadeiro hinduísmo que nutriu este país por milhares de anos, acolhendo todos os credos, crenças, dogmas e teologias, fazendo com que se sentissem em casa. Às vezes, quando eles não estão olhando, o hinduísmo os absorve internamente. Até deuses falsos se acomodam aí, e se transformam em verdadeiros, o que faz com que mais algumas divindades se acrescentem às milhões que nele existem.

"Do mesmo modo, Bombaim dá lugar a todo mundo. Imigrantes, homens de negócios, pervertidos, políticos, homens santos, jogadores, mendigos, de onde quer que venham, seja a que casta ou classe pertençam, a cidade os acolhe e os transforma em cidadãos de Bombaim. Então, quem sou eu para dizer que essas pessoas são daqui e aqueles, não? O Partido Janata, tudo bem; o Shiv Sena, nada bem; o secular, bom; o comunal, mau; o BJP, inaceitável; o Congresso, o menor dos males?

"Não, não cabe a nós. Bombaim abre os braços para todos. O que consideramos decadência é na realidade a maturidade dela, e a constância de sua natureza essencial e complexa. Como ouso contestar o seu *Zeitgeist*? Se esta é a Idade do Caos de Bombaim, como posso exigir uma Idade Dourada de Harmonia? Como pode haver o domínio da lei e da democracia se esta é a hora de milhares de motins?"

Yezad fez que sim, achando que sua cabeça iria explodir em milhares de fragmentos devido às analogias extravagantes e incontroláveis do senhor Kapur.

Exatamente nesse momento, Husain chegou com as balas, o que fez o senhor Kapur abandonar imediatamente o assunto. Ele foi examinar os seis grandes embrulhos para se certificar de que tudo o que encomendara estava ali. Yezad observou que, a julgar pela quantidade, as balas deviam ter custado um dinheirão.

"Não tem importância", o senhor Kapur disse. "É por uma boa causa. Se os ladrões do Shiv Sena podem nos arrancar muito dinheiro, por que não presentear as crianças da nossa vizinhança? Além disso, elas vão aprender sobre outras comunidades e outras religiões, não vão? Sobre intolerância, elas já ouvem o suficiente do Shiv Sena."

E quanto aos presentes para os meus filhos, pensou Yezad com amargura, enquanto eles carregavam os embrulhos para o escritório do senhor Kapur. Presentes não importam, e quanto ao essencial para a minha família?

"O que me faz lembrar, Yezad. Por acaso aqueles escroques puseram as mãos imundas deles no nosso dinheiro?"

"Ainda não." Ele amaldiçoou o lembrete — mal se passava uma hora sem que ele pensasse no desgraçado do envelope. Quanto tempo ele ficaria ali na sua mesa atormentando-o? Até o senhor Kapur decidir que os homens do Shiv Sena não viriam apanhá-lo e o devolvesse à mala. Fim de um drama inútil. A menos que...

"Dê uma olhada nisso, Yezad", o senhor Kapur disse. Era um cartaz de cartolina que ele tinha preparado para pendurar do lado de fora. As letras mediam uns 15 centímetros, eram verdes e vermelhas: VENHAM, CRIANÇAS, VENHAM CONHECER PAPAI NOEL!, e, embaixo, uma versão em hindi: AO, BACHCHAY, PAPAI NOEL KO MILO! E o horário do Papai Noel vinha especificado: 24 de dezembro, de 14 às 19 horas; 25 de dezembro, de 10 às 13 horas.

"O senhor também vai abrir no dia de Natal?"

"Para fazer negócios, não — só em nome da paz e da boa vontade. Mas você não precisa vir, aproveite o feriado. Você também, Husain."

"*Sahab*, eu quero vir. *Humko bhi mazaa ayega.*"

"Claro. *Chalo*, prenda cartaz *ko* fio *lagaake karo.*"

Husain foi buscar a escada no depósito e prendeu o cartaz quadrado no suporte sob o néon Material Esportivo Bombaim. "Está bom, *sahab*?"

"De primeira, estamos prontos."

O senhor Kapur ficou de um lado para o outro o resto da tarde, excitado demais para poder executar qualquer trabalho, vestido com o traje natalino e se queixando do calor que sentia metido ali dentro. Quando ele o tirou na hora de fechar, a roupa estava empapada de suor.

"Trabalho duro, o de ser Papai Noel", brincou ele, esticando o casaco e as calças vermelhas no balcão para secar. "Preciso de um bom descanso esta noite."

Fecharam a loja, e Husain acompanhou o senhor Kapur até o meio-fio da calçada, onde ficou esperando até ele entrar num táxi. Ele parecia contente de ver que o seu bondoso *sahab* saíra inalterado de dentro do monstro vermelho de cara peluda.

Yezad se despediu e foi andando pela calçada, acotovelando-se com a multidão de trabalhadores que voltavam apressados para casa. Ele ansiava pela paz do templo do fogo. Que sorte a sua que, no deserto árido em que esta cidade se tornara, o seu oásis estivesse tão perto.

E hoje, ele trouxera o seu próprio barrete de oração. Pôs a mão no bolso e sentiu a tranqüilizadora presença aveludada do barrete. Há muito sem ser usado, ele ainda parecia macio ao toque dos dedos.

De olhos fechados, Yezad se sentou ao lado do santuário, com um livro de orações aberto no colo. O *boi* tinha sido tocado, o sino permanecia calado, e o fogo exuberante no *afargaan* começava a diminuir de intensidade. A sala voltava ao seu lusco-fusco reconfortante.

Fechou o livro de orações e o devolveu à prateleira. No limiar de mármore do santuário, ajoelhou-se. Com os dedos, pegou uma pitada de cinzas para passar na testa e na garganta. Andando de costas, afastou-se lentamente do fogo, e saiu da sala.

Na varanda, o *dustoorji* de barba branca estava imerso numa conversa com outro sacerdote. Yezad imaginou que estivessem debatendo algum assunto profundo — talvez um problema de interpretação dos Ghates?* Como ele gostaria de adquirir esse tipo de conhecimento. Será que esse saber o ajudaria a compreender este mundo, o seu mundo? Enquanto não experimentasse, ele não saberia.

No portão, tirou seu barrete de oração e devolveu-o ao bolso, depois, limpou a mancha de cinza. E tomou o caminho da estação Marine Lines.

Alguns passos adiante, parou, deu meia-volta e se dirigiu, em passadas decididas, para a Material Esportivo Bombaim, fazendo uma volta para evitar Vilas, caso ele ainda estivesse escrevendo cartas do lado de fora do Mercado de Livros. As chaves já estavam na mão quando se aproximou da loja. A porta abriu-se rapidamente — era um ferrolho fácil — e se fechou atrás dele.

Ele entrou sem acender as luzes, podendo ver tudo o que precisava ver. Passou pelo traje de Papai Noel dobrado em cima do balcão, esperando o dia seguinte. Escolhendo a chave certa pelo toque, destrancou a mesa, puxou a gaveta, tirou o envelope de papel pardo e o pôs na pasta. Trancou a mesa, trancou a porta e foi para casa.

Não disse uma palavra sequer a Roxana. Não poderia, não até a sua confusão se resolver. O ato cuidadosamente refletido só tinha originado mais tumulto. E Roxana, temendo uma briga, perguntava-se qual seria o novo problema, depois da calma que ela esperava tivesse voltado a abençoar a casa deles.

* Cantos religiosos do livro sagrado da antiga Pérsia, Zend-Avesta. [N. da T.]

Bem antes das duas horas da tarde seguinte, o senhor Kapur, como um Papai Noel reencarnado, andava de um lado para o outro entre os balcões da Material Esportivo Bombaim. De vez em quando, assustava Husain com um exaltado rô-rô-rô, ou praticava o seu aceno, experimentando estilos diferentes para ver qual deles produzia um maior bimbalhar dos sinos. Bem perto da porta, do lado de dentro, onde ele receberia as visitas, a lâmpada, acendendo e apagando, banhava a sua cadeira com um vermelho fantasmagórico.

Afinal, a hora marcada chegou, e ele se sentou com o saco cheio de balas ao seu lado. "Não fique com esse ar tão preocupado, Yezad, as pessoas virão."

"Ah, sim, elas virão." Culpa deveria ser parecida com preocupação, pensou Yezad, tentando se recompor. O aperto no peito da noite anterior o incomodara o dia inteiro, e ele se perguntou se deveria procurar um médico.

Meia hora depois, o senhor Kapur voltou a andar de um lado para o outro. "Por que ninguém vem? Ontem, quando passei pela Akbarally, a loja estava atulhada de crianças. Olhe para mim, Yezad. Pareço inferior ao Papai Noel da Akbarally?"

"O senhor está maravilhoso. O problema é que eles têm uma lista de endereços para correspondência e fazem convites especiais. O meu Jehangir recebeu um na semana passada."

"Você o levou?"

"Claro que não, ele está grande demais para isso. E se ele quisesse encontrar o Papai Noel, eu o traria aqui."

A resposta agradou o senhor Kapur. Ele tentou enxergar, em meio à quantidade de pessoas que passavam, uma criança a quem ele pudesse acenar, a quem ele então pudesse convidar a entrar.

Passou-se mais meia hora, e as únicas balas consumidas foram as que Yezad comeu. Ele não parava de desembrulhá-las, uma atrás da outra, mastigá-las ruidosamente e engoli-las. Enquanto se atrapalhava com os papéis, ele se deu conta de que seus dedos estavam trêmulos como os de um fumante inveterado.

"Ninguém quer as minhas balas", o senhor Kapur disse, lastimando-se. "Pode comer tudo. Você e Husain levem-nas para casa."

"Talvez o problema esteja no cartaz", Yezad disse, pondo a bala de volta na mão. "Não sei se as pessoas conseguem ler a mensagem."

O senhor Kapur se animou com a desculpa. "Claro. Por que não pensei nisso? Husain pode ficar lá fora e direcionar a atenção das pessoas para o cartaz."

O servente levou a sério a nova tarefa. Quando uma mulher e o filho pararam para ver a vitrine, Husain aproximou-se deles com tanta animação, que os dois se afastaram, assustados.

"Baba, ande mais rápido, é um sujeito maluco", disse ela, olhando ao redor, temerosa.

Ferido pelo comentário, mas impávido, Husain escolheu outro receptor da beneficência de *sahab* Kapur. Um homem e uma menininha, provavelmente filha dele, vinham chegando para examinar as vitrines da loja. A criança pediu algo; o homem sorriu e balançou a cabeça, afagando-lhe o rosto para consolá-la.

Eles se aproximaram, e Husain ficou a postos. Ele parecia determinado a não deixar essa presa escapar dessa vez — uma criança seria propiciada ao senhor Kapur. E, quando eles passaram, Husain deu o bote.

Agarrando o braço da menina, ele suplicava ao pai: "Por favor, entrem, *bhai sahab*! Balas de graça *milayga*, a sua *bachchi* vai gostar!".

Talvez o pai pensasse que era uma tentativa de abdução, ou tivesse se aborrecido com a solicitação agressiva. "*Hai, sala!*", gritou o homem. "*Haath mut lagao!*"

Mas Husain não largou.

"Nos solte, ou parto a sua cabeça!"

Enquanto ele se preparava para atingir Husain, o senhor Kapur decidiu que era hora de salvar o seu servente. "Dá licença, senhor!", ele falou, da entrada, antecipando o golpe. "Desculpe o incômodo! Estamos apenas oferecendo balas grátis pelo Natal."

Yezad também foi para a porta, disposto a intervir se fosse necessário. Mas as palavras do senhor Kapur tinham tranqüilizado o pai. A criança, no entanto, viu a aparição vermelha e caiu no choro. Havia gente parando para assistir, disposta a não deixar passar o que poderia ser uma altercação única: Papai Noel contra o público.

"*Rona nahi*, minha filha", disse o senhor Kapur, estendendo sua mão, da qual ela fugia. "Você entende inglês?"

"Minha filha está na primeira série primária, no inglês intermediário", declarou o pai com arrogância, ofendido pela pergunta.

"Excelente", o senhor Kapur disse. "Então por que você está chorando, minha menininha? Você nunca viu o Papai Noel?"

O pai falou com frieza, "Seguimos o jainismo".

"Muito bem", o senhor Kapur disse. "Eu mesmo, sou hindu. Mas um pouco da distração do Natal não faz mal. E, aliás, o Papai Noel moderno é secular."

Arrastando a filha, que estava, nesse momento, tão fascinada quanto aterrorizada, o homem se afastou enquanto o senhor Kapur expunha as virtudes de uma sociedade cosmopolita e a vantagem de comemorar festas de todas as crenças e religiões. A multidão na calçada o escutava, e diversas pessoas bateram palmas, concordando. Ele acenou para elas, espantando-se, ele próprio, com o toque dos sinos, e tornou a entrar, um tanto desanimado.

"*Oollu kay patthay!*", ele repreendeu Husain. "Eu pedi que você informasse as pessoas sobre Papai Noel. E não *ghubrao* as pessoas, arrancando-lhes os filhos. Sorria para elas, seja simpático. Como se estivesse convidando amigos para a sua casa. *Jao*, tente outra vez."

Husain voltou para a calçada, preocupado com a zanga de *sahab* Kapur. Será que aquele traje e aquela barba de aspecto feroz estavam transformando a sua natureza doce?

Nesse meio tempo, Yezad achou que precisava se solidarizar com o senhor Kapur: "O que é novo demora a fazer efeito."

"Papai Noel não é novo", disse ele, com tristeza. "Ele tem centenas de anos."

E ficaram observando Husain fazer outra tentativa junto aos atraentes visitantes. Ele sorria e fazia mesuras, mostrava o cartaz, apontava para o homem de vermelho dentro da loja. Esmerou-se na arte de se comunicar sem intimidar, e eles foram contemplados com os primeiros convidados.

O menino conhecia bem a etiqueta do Papai Noel. Subiu para apertar a mão do senhor Kapur e, calado, agüentou o abraço. Os pais amorosos deram uma ansiosa resposta afirmativa, quando o filho foi perguntado se tinha se saído bem nesse ano.

Resplandecente, o senhor Kapur, enquanto metia a mão no saco vermelho, tentou entabular uma conversa com o menino taciturno. Num assomo de generosidade, também deu punhados de balas aos pais.

Um atarantado Husain observava o ritual que se tornara o centro dos preparativos elaborados do seu patrão. Sua expressão parecia dizer que não tinha sentido — o *sahab* estava dando balas a estranhos que não estavam nada interessados em comprar nada da loja.

"Rô-rô-rô!", ria o Papai Noel, mais uma vez, para os convidados que partiam. "Feliz Natal, e até o ano que vem!"

"Diga obrigado a Papai Noel", os pais instruíam. O menino, ocupando-se com as balas enquanto saltava de um degrau para o outro, ignorou-os.

"Correu tudo bem", o senhor Kapur observou.

"Perfeitamente", Yezad disse, atrás dele, querendo que a noite terminasse. Enxugou o suor do lábio superior, secou o dedo na manga da camisa e foi à procura do saco para mais uma bala.

"Acho que agora vamos ter muito movimento", o senhor Kapur declarou. "Sinto nas minhas entranhas. *Chalo*, Husain, por que você está me fitando como um *buddhoo*? Vai lá fora, mande entrar mais *bachchay* com seus *ma-baap*."

Embora as entranhas do senhor Kapur estivessem longe da verdade, o pinga-pinga foi regular o suficiente para aquecer seu coração com uma variedade de experiências. Crianças que estavam vendo seu primeiro Papai Noel olhavam fixamente, fascinadas, ou se afastavam, horrorizadas. Outras, entravam e saíam como robôs bem-educados. Os que já tinham passado da idade de Papai Noel vinham à cata das balas com um ar gozador, zombeteiro. Um menino não parava de repetir, alegremente, "Tem besouros na barba de Papai Noel!".

A mãe constrangida explicou: seu filho estava confundindo Papai Noel com anedotas familiares que falavam de um padre de barbas brancas cujos pêlos faciais, dizia-se, abrigariam insetos.

As luzes da vitrine foram apagadas às sete horas; Husain recebeu ordens para parar de recrutar visitantes. Em seu escritório, o senhor Kapur arrancou a barba e o bigode do rosto, encolhendo-se quando sentia a pele ser puxada. Do lado de fora, ouviu-se o ruído tranqüilizador das venezianas de aço. Ele se sentou para tirar as botas, mas os pés, envoltos na borracha quente, tinham inchado. Depois de fazer grande esforço, conseguiu puxar uma bota.

Enquanto lutava com a outra, Husain entrou. "Ah, *miyan bhai*, pode me dar uma ajuda? *Bahut hai* firme."

O servente se ajoelhou e agarrou o salto e a ponta da bota, enquanto o senhor Kapur se abraçava à cadeira. A bota saiu fazendo uuchhhh... Ele flexionou os tornozelos, mexeu os dedos dos pés e enfiou os pés doídos em seus confortáveis mocassins italianos. "Pronto para ir embora, Yezad?"

Eles saíram, e enquanto Yezad trancava a loja, o senhor Kapur apontou para o letreiro: "Olhe só."

Esfregando a mão no peito onde o aperto persistia, Yezad olhou o letreiro com atenção. As letras em néon anunciavam BOMBAY SPORTING GODS EMPORIUM* — um O se apagara. Havia um O em cada palavra, pensou Yezad, intranqüilo, e, no entanto, o que apagou foi esse.

"O eletricista não vai abrir amanhã", disse ele. "Vou consertá-lo depois de amanhã."

"De jeito nenhum. Passe o feriado com sua família."

"Obrigado, senhor Kapur."

"Feliz Natal, Yezad."

*Empório de Deuses Esportivos Bombaim, em vez de BOMBAY SPORTING GOODS EMPORIUM, Empório de Material Esportivo Bombaim. [N. da T.]

18

Depois da meia-noite, Yezad sentiu que o aperto no peito tinha piorado, e que a testa estava pingando de suor. Levantou-se com cuidado, mas a cama rangeu e Roxana se virou.

"O que está acontecendo, Yezdaa?"

"Nada, são só gases, acho. Vou tomar um refrigerante."

Ele deixou a cozinha no escuro e abriu a geladeira. Sua luz o fez apertar os olhos. Havia uma garrafa de refrigerante na porta — tocou nela: quase quente.

Seus dedos fizeram colheres se chocarem na gaveta antes de encontrarem o abridor. Arrancou a tampa, tentando pegá-la quando caiu e rolou para debaixo da mesa, depois esvaziou o borbulhante conteúdo da garrafa num copo. Garrafa nova, pensou, e tomou alguns goles. A efervescência continuou a sibilar no escuro.

Seu arroto de refrigerante não demorou a chegar, mas ele sabia que o alívio que buscava não estava na bebida; não eram gases, mas o envelope — desde o minuto em que o trouxera para casa, ele se tornara seu maior fardo, tirando-lhe todo o fôlego. O que o possuíra? O desespero, ele sabia. E ainda estava desesperado, nada mudara em 24 horas, o chefe ainda sofria, Roxana ainda se exauria, não havia comida suficiente, e ali estava o dinheiro para sanar todas as dificuldades, se ao menos ele pudesse abrir o envelope, começar a gastar...

Ouviu pés descalços aproximarem-se da cozinha. Provavelmente, Roxana, para saber como ele estava se sentindo. A luz se acendeu. Ele protegeu os olhos.

Era Murad, espantado ao ver o pai no banquinho ao lado do fogão. "Por que você está sentado no escuro, Papai?"

"A lâmpada é forte demais." Apontando para o copo de refrigerante, acrescentou, "Gases", e esfregou o peito. "O que está fazendo?"

"Tenho que pôr o presente de Natal de Jehangir na meia dele."

O pai apertou os olhos. "Como você conseguiu dinheiro para comprá-lo?"

"Guardando todo o meu dinheiro da passagem de ônibus."

Yezad começou a fazer uma outra pergunta severa, então compreendeu. E continuou, delicadamente, "Você devia ter dito a Mamãe que você estava vindo a pé para casa, ela estava tão aflita porque, todo dia, você chegava tarde da escola".

"Eu queria guardar segredo. Surpreender todo mundo na manhã do dia de Natal."

Yezad sorriu. "Não vou deixar sair nem uma palavra." E tomou um gole do refrigerante. "Esse seu plano deve ter tido início há meses."

Murad assentiu com a cabeça. "Jehangir parece tão triste o tempo todo, se preocupa com tudo. Eu queria animá-lo."

Yezad pousou o copo. Levantou-se do banco e apertou o ombro do filho.

Sorrindo, Murad abriu o armário de temperos e, com a mão, procurou atrás de caixas e garrafas até encontrar o pacote escondido. Cheirou o invólucro e fez uma careta. "Parece o cheiro da loja de *masala* Motilal."

"Então, o que você comprou para Jehangir?"

"Três livros — Enid Blyton." Fechou o armário de temperos e se preparou para sair da cozinha. "Deixo a luz acesa?"

"Não."

A cozinha ficou às escuras de novo, e Murad deu uma topada em algo. "Está difícil ver", sussurrou.

"Não ande até os olhos se acostumarem. Batendo aqui e ali, você vai acordar Jehangir e o Vovô."

Podia ouvir a respiração do filho, a ansiedade por querer surpreender o irmão. Ele devia ter feito alguma coisa certa, Yezad achava, ele e Roxana — mas principalmente Roxana —, para terem educado um menino tão primoroso. Não dava demonstrações externas de afeto, como Jehangir fazia, embora ele gostasse da mesma maneira.

"Agora posso ver bem", Murad disse, e saiu da cozinha.

Poucos segundos depois, Yezad acompanhou o filho. Não queria perder a ocasião.

Ruídos perto de sua cama mostraram a Jehangir que seu irmão estava se aproximando da meia. Não exatamente uma meia, apenas uma velha sacola de compras de pano que Mamãe tinha recortado e dado uns pontos à volta; as duas alças ainda estavam presas ali. Ele ficou imaginando qual seria o seu presente de Natal.

Abriu os olhos um pouquinho, esperando pegar Murad em flagrante. Ele se mexia com muito cuidado. Havia algo farfalhando, Murad parou imediatamente e olhou para o travesseiro dele. Então o Avô produziu um barulho, e Murad quase correu para a varanda. Mas, após murmurar algumas palavras sobre o senhor Braganza, o Avô ficou quieto, e Murad de novo tentou meter o presente na meia.

Jehangir se preparou para dar o bote. Agora? Hesitou. Ele podia ver a expressão de Murad, o pequeno sorriso que tremulava. Havia ternura no rosto de seu irmão.

De repente, compreendeu por que Murad queria que ele acreditasse em Papai Noel: não para caçoar dele, mas porque o irmão queria que ele curtisse a história.

De algum modo, Jehangir pensava, a história de Papai Noel se assemelhava à dos Cinco Livros Famosos. Sabíamos que nada ali era real, mas ela nos levava a imaginar que havia um mundo melhor em algum outro lugar. Podíamos sonhar com um lugar onde houvesse muita comida, onde as crianças teriam uma festa à meia-noite e assaltariam a despensa, que estaria sempre cheia de finas iguarias. Um lugar onde as pessoas organizavam piqueniques no campo e viviam aventuras, onde até os contrabandistas e ladrões que elas pegariam não seriam perigosos demais, apenas "fregueses desagradáveis" que "não eram boa coisa", como o bondoso inspetor de polícia explicava no término de cada livro. Um lugar onde não havia mendigos nem doenças, e ninguém morria de fome. E onde, uma vez por ano, um sujeito alegre e gordo trazia presentes para as crianças que tinham sido boas.

O que Murad queria para ele era tudo isso. Dar um pulo da cama e dizer, eu o peguei, você não me engana, seria maldade demais.

Jehangir fechou bem os olhos, sem mover um músculo. O embrulho foi afinal enfiado na meia, e Murad se afastou, na ponta dos pés, para a sua cama na varanda.

❖

Na cozinha escura, Yezad pegou seu copo de refrigerante de novo, desejando que Roxana tivesse estado com ele para, juntos, verem os filhos. Ele tinha certeza de que Jehangir tinha observado Murad, e ele sabia disso pela maneira como o filho ficou relaxado e virou de costas assim que Murad saiu do quarto. Há dias, Jehangla tinha rejeitado a idéia da existência de Papai Noel. Tudo o que teria de fazer esta noite era se sentar na cama e comprovar sua tese. Em vez disso, deixou Murad permanecer ali e preparar a surpresa.

Ele queria abraçá-lo, abraçar os dois, dizer-lhes que os amava além da conta, dizer-lhes o quanto ele era feliz de tê-los como filhos, e falar da bênção que era eles serem irmãos que se gostavam, e que ele desejava que o amor deles nunca terminasse, que eles cuidassem um do outro durante toda a vida. Yezad queria acordar Roxana, acordar o chefe, proclamar a todos como ele se sentia...

Tomou um pouco da bebida tépida que ficara no copo, incapaz de reconciliar esse momento precioso com o tormento que ele criara para si. O relógio da cozinha bateu uma vez. Era meia-noite e meia ou uma hora?

Ele fez força para perceber a posição dos ponteiros: uma e meia — e olhou fixamente para o mostrador octogonal, a portinhola de vidro na sua moldura de madeira polida, o pêndulo de bronze que captava só uma chispa de luz. Fitou-o, admirando-o, o relógio que ficava pendurado na cozinha do Mansão Jehangir, a única lembrança da sua casa da infância, de seu pai...

Enquanto olhava, o relógio engolia o tempo. E ele estava de volta àquele apartamento térreo, vendo seu pai com a grande chave cromada na mão, inserindo-a à esquerda, dando corda na direção dos ponteiros do relógio, depois, à direita, dando corda na direção contrária. O pai, fazendo as mãos passarem pelas horas, esperando as badaladas, acertando o relógio na hora exata, fechando a portinhola com um clique depois de lhe dar uma esfregadela. E o menino pequeno que Yezad era pedia, mais uma vez, para ouvir a história que havia atrás da inscrição: *Como preito de gratidão pela demonstração exemplar de coragem e honestidade no cumprimento do dever*, a história de seu pai, perdido numa cidade explosiva com uma fortuna em dinheiro...

O relógio bateu as duas horas, fazendo Yezad voltar à cozinha do Pleasant Villa. Como era reconfortante o tiquetaque, tranqüilizador, como uma mão firme guiando os negócios do universo. Como a mão de seu pai que segurava a dele quando era pequeno, levando-o através do mundo de maravilhas e convulsões. E as palavras de seu pai, sempre ditas ao terminar a história, *Lembre-se de suas orações* kusti: manashni, gavashni, kunashni — *bons pensamentos, boas palavras, boas ações...*

Yezad as ouvia no tiquetaque do relógio, e sentia seu coração se contrair. Seu olhar acompanhou o brilho do pêndulo durante alguns instantes. Depois, fechou os olhos e decidiu: passaria pela loja de manhã.

Sim, ele desejaria ao senhor Kapur um feliz Natal, e enquanto o senhor Kapur estivesse dando as balas lá fora, junto à porta, recolocaria o envelope na gaveta. Ou poderia ir mais cedo, antes que alguém chegasse.

Jogou fora o resto da bebida, pronto para voltar para a cama. Parou sob o relógio, passando a mão pelo mostrador e dando uma pancadinha na portinhola de vidro.

O aperto em seu peito tinha quase desaparecido. Ouviu Nariman chamar em seu sono, e lhe deu um boa-noite silencioso. A cama rangeu quando se deitou.

"Yezdaa? Como está se sentindo?"

"Muito melhor. Durma, agora." Ele a beijou delicadamente nas costas.

❖

Apoiado num cotovelo, Jehangir ouviu o Avô tendo o mesmo sonho em que Lucy cantava a música predileta dele. Então ele estava lhe pedindo que descesse, que era perigoso ficar em pé ali. Mas ele só pôde perceber pedacinhos do sonho do Avô. Como o rádio meio estragado de Papai, no qual o som ia e vinha.

Ele repetia as frases na cabeça, guardando-as com os outros fragmentos que vinha preservando. Um dia, tudo iria se juntar, e ele perceberia o sentido das palavras do Vovô, estava certo disso.

Houve uma comoção no prédio — a aia estava novamente cantando no terraço!, gritou alguém. Parece que, dessa vez, ela vai pular! — e Nariman ficou apavorado. Então se viu possuído de uma imensa raiva contra o senhor Arjani, contra si mesmo, contra Lucy, por submetê-la, e se submeter, a tamanha infelicidade.

Respirou fundo, tentou manter a calma, quando mais uma vez o senhor Arjani se humilhou, pedindo-lhe ajuda. E, mais uma vez, por Lucy, ele concordou.

Yasmin ficou furiosa; ele já esperava essa reação. Mas a raiva dela, que se arremessou contra ele como nunca — como um soco, pareceu-lhe —, tomou-o de surpresa. Quase dois meses desde o primeiro drama ocorrido no terraço, disse ela. Há dois meses os Arjani tinham tido que mandar a mulher louca para um lugar em que ela estaria a salvo, sem poder destruir as vidas de outras pessoas. Ela o proibiu de participar do resgate, não era problema dele.

Mas ele subiu a escada que dava para o terraço. Do patamar de baixo, Yasmin lhe lembrou que pensasse na sua honra, se é que ele tinha alguma, e na sua família. Nariman se virou, olhou para ela com tristeza e continuou a subir.

No terraço, tudo parecia estar quase como da última vez. Lá estava Lucy cantando no parapeito, cantando, feliz. E também estavam lá o senhor Arjani e o filho, agachados atrás da caixa d'água, e o alívio deles ao vê-lo era quase palpável. E, de novo, os seus agradecimentos fervorosos, que ele desdenhou. Em seguida, mandou que os dois saíssem do terraço. Vencido pela sensação de um cansaço extremo, conseguiu persuadir Lucy a descer do parapeito, devolveu-a aos Arjani e foi para casa.

Estava na expectativa de uma nova e inusitada tempestade. Em vez disso, viu Yasmin sentada à mesa, o turíbulo de prata já com as brasas acesas, pronto para o loban *do anoitecer.*

Bem, pensou ele, Yasmin estava se preparando para começar as orações da noite, talvez não houvesse outra briga.

Ele notou que havia uma pilha de cartas, cartões e fotografias reunidos perto do turíbulo e ficou imaginando o que seriam. Então os reconheceu — Yasmin devia ter vasculhado a sua mesa e saqueado as gavetas enquanto ele estava no terraço.

"Então, voltou?", disse ela. "Agora vai poder me dizer por que estava guardando este lixo."

Ele ficou em silêncio.

"Durante esse tempo todo, você disse que ela era um estorvo, que estava fazendo de tudo para se livrar dela, que estava tentando convencê-la a ir embora. Então, por que guardar tudo isso? Você estava mentindo para mim? Me responda!"

O silêncio dele persistia.

"Seja homem e admita. Admita que ainda sente afeto por ela."

"Não sei mais o que sinto. Nem por quem."

"Então não vai se importar se eu queimar isso." Ela pegou um punhado de papéis e o jogou nas brasas acesas do turíbulo.

Ele quis correr até a mesa, salvar as cartas, mas se forçou a permanecer na cadeira. As folhas começaram a ficar esfumaçadas e depois pegaram fogo. Mais papéis da pilha foram acrescentados: fotos de Lucy, cartões de aniversário, cartões escritos sem nenhum motivo especial, pequenos bilhetes que Lucy escrevia quando lhe dava na veneta — ele os acompanhou, esses mementos de seus dias tranqüilos, um por um servindo de alimento às brasas, e os viu se transformarem em cinzas.

Yasmin passou por essa cena sem dizer palavra. As chamas se extinguiram, e ele se afastou.

Essa atitude de Nariman reacendeu a fúria anterior de Yasmin. "É tudo uma farsa! A artimanha dela para que você suba. Flertar com você porque eu o impedi de correr atrás dela toda manhã balançando o seu rabo. Para ela, isso é uma competição. Mostrar que ela controla o meu marido, que o faz dançar sempre que ela quiser."

"Talvez você tenha razão. Mas se você não tem, e ela de fato pular, se um dia eu não for?"

"Bobagem! As pessoas que realmente querem se matar nunca encenam um drama. Não há nada de errado com a cabeça dessa mulher — é uma cabeça que funciona bem demais para o próprio bem dela."

Então Yasmin passou a fazer ameaças, jurou que estava indo embora com as três crianças, que ele nunca mais veria sua filha de dois anos. Em vez de ficar e sofrer humilhações, ela morreria de fome com os filhos antes que ele pudesse lhe infligir mais alguma crueldade.

Ele viu que a fúria alucinada da mãe apavorava as crianças. Jal e Coomy estavam acostumados às brigas, mas dessa vez ambos se derramaram em lágrimas, como se soubessem agora que sua mãe, que eles acreditavam forte, era de fato fraca, estava presa na armadilha do casamento, sem ter para onde ir. E podiam perceber que o ódio que sentiam por ele crescia a cada minuto.

"Que homem horrível!", Coomy gritava. "Por que você trata Mamãe tão mal?"

Jal tentou acalmar a irmã, enquanto ela continuava, "Lembre-se. Deus vai castigá-lo por tudo o que você está fazendo!".

Seu coração doía, mas não havia nada que pudesse lhes dizer, e então ficou sentado com a cabeça entre as mãos. E acompanhou com os olhos as crianças se aproximarem da mãe, abraçá-la e levá-la para a cama.

Desesperado, foi procurar a família de Lucy. A senhora Braganza foi quem o atendeu à porta, olhou para ele como se tivesse visto um fantasma e bateu a porta, fechando-a. Ele continuou tocando a campainha. A porta foi aberta de novo — pelo senhor Braganza, que ameaçou chamar a polícia se ele não fosse embora. Nariman começou a contar sobre Lucy, falando rápido para descrever o estado em que ela se encontrava. Mas não foi muito longe; a porta foi batida na sua cara. Ele continuou a falar até se dar conta de que não havia ninguém escutando do outro lado.

Seria possível que o senhor Braganza não se importasse realmente com o que pudesse acontecer com a própria filha? Ele tentou se pôr, ele próprio e à filha Roxana, nessa situação, mas lhe pareceu impossível imaginar tal coisa.

Depois de algum tempo, os moradores do Chateau Felicity passaram a quase não prestar mais atenção a Lucy. Era difícil ver gente reunida na calçada ou às janelas. Ele ouviu dizer que, no prédio, o acontecimento estava se tornando rotineiro: a aia era meio amalucada, gostava de cantar no parapeito uma vez por semana — e nem mesmo a música variava, Khodai salaamat raakhay, *era sempre a mesma coisa, sem parar —, e então ela descia a escada de braço dado com o professor Vakeel, só isso. Nada que merecesse muito estardalhaço.*

Como os Arjani, todo mundo agora esperava que Nariman continuasse a cumprir o seu dever: restituir Lucy à terra, com segurança, e reconduzi-la ao apartamento deles. A situação não provocava mais a sensação de perigo. E, gradualmente, ele também passou a sentir o mesmo. Aceitar as coisas como elas eram talvez fosse o melhor caminho.

Uma noite, quando veio o recado, convocando-o ao terraço, Yasmin disse que era ela quem iria subir dessa vez. Ela falaria com a maluca cara a cara, veria se ela era realmente louca.

Ele lhe implorou que não fosse. Tentou impressioná-la dizendo-lhe que Lucy era extremamente perturbada apesar daquela música e da sua atitude dócil. Mas Yasmin disse que botaria a mulher nos eixos de uma vez por todas, e que nada que ele lhe dissesse poderia dissuadi-la.

"Cuidado, mamãe", Coomy gritou. "A maluca pode bater em você."

"Não se preocupe, minha querida, eu revido."

Nariman subiu as escadas alguns passos atrás de Yasmin. Quando ela chegou ao terraço, ele parou à sombra da caixa d'água.

E agora? Ele nem conseguia pensar de tanto medo.

O sol poente estava caindo, a noite estava quente, parada, sem nenhuma brisa. Um funil de barulhos — buzinas de carros, freios que guinchavam — chegava ao terraço como se fosse um intruso. Como num sonho, ele viu Yasmin se aproximar de Lucy, no parapeito mal iluminado.

"Ei, aia!", ele a ouviu gritar, os braços abertos. "Que bobagem é essa? Desça daí e vá já para a sua cozinha. Imediatamente. Arjani seth *está esperando para jantar!"*

Paralisado, ele viu Lucy olhar de relance para Yasmin por cima do ombro. Ela não parecia ter reconhecido a mulher que gritava tão asperamente.

No telhado do prédio do outro lado da rua, um letreiro de néon piscava, vermelho e azul, alternando a imagem de sapatos com o slogan *do fabricante: Vença o Mundo a Passos Largos.*

Ele ouviu de novo a voz de Yasmin, e mais uma vez a viu se confrontar com o silêncio absoluto. Observou tudo como se estivesse em transe, enquanto Yasmin recolhia a saia, subia no parapeito e batia com rudeza no ombro de Lucy.

"Ei! Surda ou o quê?", ela continuava a bater no ombro. "Pelo menos olhe para mim quando falo com você."

Ele se sacudiu do estupor e, rastejando, foi em frente. Como recomendar razão, como lidar com duas mulheres na beira do telhado? A luz do néon os banhava, alternadamente, de vermelho e azul.

"'Ríamos então, chorávamos então'", cantou Lucy, tirando a mão de seu ombro.

Por fim, Yasmin mostrou alguma reação. Mas não foi o tipo de reação que ele esperava. "Quem você acha que é?", berrou Yasmin.

Ele assistia horrorizado enquanto ela agarrava o braço de Lucy com as duas mãos, Lucy procurando se afastar, tentando se livrar do aperto, e as duas mulheres oscilando perigosamente no parapeito.

Ele correu na direção delas, as mãos no ar para fazê-las se equilibrarem, para trazê-las de volta. Ele conseguiu tomar as duas pelos braços, mas apenas por um segundo.

O avô gritou.

Jehangir logo se apoiou no cotovelo de novo, o coração batendo forte. Ele queria saber que pavor assombrava o Vovô em seu sonho. Pouco depois, ele o ouviu fungar. O menino saiu da cama, com cuidado por causa do piso barulhento, e perguntou num sussurro, "Precisa de alguma coisa, Vovô?". Ele lhe ofereceu a xícara de bico que servia para alimentá-lo. "Água?"

O Vovô balançou a cabeça, levantando a mão para afagar o rosto do neto, e a deixou ali. Jehangir sentiu a mão estremecer contra seu rosto.

Ele a agarrou na sua e fez o barulho suave de um beijo. "Eu seguro sua mão, Vovô, volte a dormir."

Como o ar estava agradável esta manhã, pensou Yezad, respirando fundo ao chegar à Material Esportivo Bombaim e usar sua chave para entrar. Deve ser a temperatura de dezembro, uma ligeira queda.

Nem o senhor Kapur nem Husain tinham chegado, eram quase nove horas. Ele devolveu o envelope ao lugar a que ele pertencia, e trancou a mesa.

Assobiando *White Christmas*, ele foi acendendo todas as luzes da loja, até a que acendia o letreiro de néon. Ele trouxe a haste comprida que estava nos fundos e foi para o lado de fora, apreciando a suavidade com que as venezianas se ergueram, deixando o sol entrar. Algo de especial nesse momento, as vitrines acordando, abrindo seus olhos grandes. E como Husain conservava o mecanismo bem azeitado.

Enquanto terminava e desengatava a haste, o servente chegou, fez uma mesura e, sombrio, ficou à espera na soleira. Yezad se perguntou se aquele seria um de seus dias de depressão. "Kapur *sahab* vai chegar logo, ele vai querer *chai*."

"Por que você está fazendo o meu serviço, *sahab?*", Husain perguntou com ar ofendido. "Eu posso fazer *chai* e abrir as venezianas das vitrines."

"Só por hoje, para ajudá-lo", ele o sossegou. "Você vai ter muito o que fazer recebendo as crianças, como ontem."

O lembrete sobre a sua tarefa especial agradou Husain. Ele correu para acender o fogão. Yezad ligou o dispositivo da vitrine e resolveu mudar a posição da rena. Enquanto estava agachado na vitrine, de costas para a rua, uma batida no vidro o surpreendeu.

"Rô-rô-rô!", berrou o senhor Kapur através do vidro, imensamente satisfeito de vê-lo ali. "Seu menino desobediente!" Ele entrou na loja e foi se juntar a ele na vitrine. "Pensei que você estaria em casa com a sua família."

"Vim ver o Papai Noel em ação outra vez."

"Muito bom. Excelente. Tenho um presente para você. Já estava pronto ontem, mas, com todas as emoções, me esqueci."

Foram para o seu escritório, e o senhor Kapur destrancou sua mesa para pegar o presente. No papel de embrulho, havia sinos e azevinho.

Yezad sorriu, examinando os dois lados do pacote chato que parecia um retângulo de cartolina. "Então, o que temos aqui?"

"Abra-o, vamos lá."

Ao tirar o papel, Yezad encontrou uma pasta em que havia três envelopes de celofane. Eles protegiam as três fotografias da Rua Hughes.

Ele olhou para o senhor Kapur. "Mas... Essas são..."

"Espero que você ainda goste delas."

"Gosto, sim, mas eu... são tão valiosas, a sua coleção..."

"Mas eu quero que você fique com elas."

Yezad engoliu em seco, passando os dedos pelas bordas. "Obrigado, Vikram. É demais, é..."

"Não há de quê, Yezad", o senhor Kapur disse, abraçando-o, aliviando-o da necessidade de usar palavras. "Estou tão feliz de poder lhe dar algo significativo. E agora preciso vestir a minha fantasia."

Enquanto ele se aprontava, Husain trouxe duas xícaras fumegantes, pousou-as na mesa e foi se preparar para os visitantes na frente da loja.

"*Sahab*, tem aí duas pessoas que querem falar com o senhor."

O senhor Kapur estalou a língua. "Ainda não estou pronto. Você não lhes mostrou o cartaz, dizendo que Papai Noel começa às dez horas?"

"*Sahab*, são dois homens, não são crianças. Acho que não estão à procura de balas."

"Então você deveria ter dito que a loja está fechada hoje."

"Quer que eu fale com eles?", Yezad perguntou.

"Mas eles só mencionaram o nome de *sahab* Kapur", Husain disse, hesitante.

"Tudo bem, vou ver o que querem." De meias e só com parte do traje de Papai Noel, ele entrou na loja, seguido por Yezad.

Os visitantes sorriram, encantados com o traje dele. "Bom-dia, senhor."

"Em que posso servi-los?"

"Desculpe o incômodo, senhor, mas vimos o seu cartaz."

"Olhem", o senhor Kapur disse, "em primeiro lugar, abrimos às dez. E, em segundo lugar, Papai Noel só está dando balas de graça para as crianças. Não acho que vocês sejam crianças, são?"

Os rapazes sorriram do mal-entendido. "Não esse cartaz, senhor. O letreiro da sua loja. O que diz Empório de Material Esportivo Bombaim."

"Deuses Esportivos, na verdade."

"Sim, senhor", eles sorriram. "Vimos que o O está com defeito."

O senhor Kapur não sabia se eles seriam operários procurando trabalho. "Querem consertar o meu letreiro? Quanto cobram por isso?"

Eles sorriram de novo. "Não senhor, não somos eletricistas. Estamos vindo do nosso *shakha* regional do Shiv Sena para lhe informar que o seu letreiro deveria ser Empório de Material Esportivo Mumbai, é uma nova norma para..."

"Ah, isso. Sim, já sei disso tudo." O senhor Kapur tinha ficado carrancudo, e olhou de soslaio para Yezad como se dissesse, Eles chegaram, finalmente.

O sangue sumiu do rosto de Yezad. Que coincidência maluca era essa? E passou a mão fria pela boca, tentando manter a calma. Pelo menos a grana já estava na gaveta. Foi acometido de tontura ao imaginar o senhor Kapur perguntando pelo dinheiro, e ele incapaz de apresentá-lo.

Enquanto isso, o aborrecimento do senhor Kapur já o estava deixando acalorado, metido naquele casaco vermelho. Ele desafivelou o cinto preto largo e o jogou numa cadeira. Os rapazes sorriram, esperando pacientemente.

"Já passei por essa discussão. Se vieram recolher o dinheiro, por que não falam?"

Os dois pareciam espantados quando ele disse a Yezad que trouxesse o envelope.

"Mas esses não são os sujeitos que vieram da primeira vez", sussurrou Yezad ao ouvido do senhor Kapur. "Nós não deveríamos..."

"Dê a grana e se livre deles!"

Yezad destrancou a mesa e passou o envelope para o senhor Kapur, que o arremessou no balcão, para os homens.

"Aí está o pagamento integral. Como combinei com Balaji e Gopinath."

"Por favor, senhor, não estamos entendendo."

"Ah, não estão entendendo?", perguntou o senhor Kapur com escárnio. "Vão lá checar com o seu *shakha*! Que jogo é esse que vocês dois, seus canalhas, estão tentando jogar?"

"Por favor, senhor, não nos ofenda. Não estamos pedindo dinheiro. Estamos apenas solicitando que o senhor mude o seu letreiro para Mumbai."

Yezad chamou o senhor Kapur à parte, energicamente, e pediu com insistência que ele não perdesse a cabeça, pois isso não ajudaria em nada. O senhor Kapur o afastou: já bastava, ele tinha chegado ao seu limite com esses bandidos.

"Trinta e seis mil é o preço pela isenção especial! E eu estou de acordo, para que continue Bombaim!"

Ele apanhou o envelope do balcão e o jogou neles, atingindo um deles no peito. Assombrados, eles o abriram e examinaram, e trocaram olhares. "Senhor, se o senhor quer fazer uma doação ao Shiv Sena, está ótimo. Mas o nome da loja tem, definitivamente, que ser mudado para Mumbai."

"Está vendo isso?", rugiu o senhor Kapur, arrancando o envelope das mãos deles. "Doação! Eles estão querendo matar dois coelhos de uma só cajadada! Bandidos filhos-da-mãe!"

"Não somos bandidos, senhor. Estamos trabalhando com o maior empenho pelo bem-estar social, cuidando dos interesses do povo da região. Estamos trabalhando pelo soerguimento da população pobre e..."

"Pois eu vou trabalhar no rebaixamento de vocês, se os dois não calarem a boca! Essa sua lição falsificada da história não me interessa."

"Senhor, o senhor não deve nos ameaçar. Estamos simplesmente estabelecendo a regra, o seu letreiro tem que mudar. Se isso não ocorrer em uma semana, será muito desagradável."

Então o senhor Kapur avançou para os homens, enxotando-os. Os homens titubearam, e ele os enxotou de novo, empurrando-os na direção da porta.

"Pensam que me amedrontam, seus *ghatis* filhos-da-mãe comedores de grama? Sabem quem sou eu? Tomei o leite do Punjab! *Saalay bhondsdi kay bharve*, eu quebro as suas caras se vocês bancarem os espertinhos comigo!"

Ele continuou empurrando-os, até chegarem à entrada. Um empurrão final e os dois foram degraus abaixo, aos trambolhões, até a calçada.

"O senhor vai se arrepender do seu comportamento ofensivo!", sibilaram os homens.

Batendo a porta, o senhor Kapur os amaldiçoou por lhe estragarem a manhã. Pôs o envelope de volta na mesa de Yezad, depois recuperou o cinto preto para completar o seu traje de Papai Noel e voltou ao escritório com Yezad. Husain, bastante abalado pelo incidente, acompanhou-os.

"O senhor está bem, *sahab?*"

"Estou, ótimo", o senhor Kapur disse, rispidamente, sua voz ainda tomada pela raiva.

"Mais chá, *sahab*?"

"Por que você quer me dar tanto chá? O chá não resolve todos os problemas." Ele olhou Yezad bem de perto — o rosto acinzentado deste estava justamente recuperando a cor. "Não me diga que até você está com medo."

"Com medo, não. Preocupado. Talvez tenha havido alguma confusão no *shakha*."

"*Sahab*, dá licença..." Husain arrastou os pés, mostrando que ele queria falar. "*Sahab*, eu queria dizer que não vale a pena brigar com o Shiv Sena. Não se consegue vencê-los nunca."

"Eu conheço o Shiv Sena. Não precisa se preocupar."

"Não, *sahab*", ele agora estava chorando. "O senhor sabe, quando destruíram a mesquita Babri e havia todos aqueles conflitos violentos, esses homens maus mataram muitos inocentes, eu o vi com meus próprios olhos, *sahab*, eles os trancavam nas casas e botavam fogo nelas, e atacavam as pessoas com punhais e machados..."

O senhor Kapur apoiou o braço no ombro do servente. "Está bem, Husain *myian*, você não precisa ter medo. Eles só atacam gente pobre, gente fraca. Como todos os valentões, no fundo, eles são covardes. Não é isso, Yezad?"

"Sim, é verdade", Yezad repetiu, ainda tonto.

Balançando a cabeça, Husain saiu do escritório enquanto o senhor Kapur pedia que Yezad o ajudasse a amarrar os sinos dos punhos. O tilintar começava a lhe recuperar o ânimo.

Abriram a porta da entrada com cuidado para verificar se os sujeitos ainda estavam por ali ou se tinham ido chamar reforços. Mas a rua apresentava o seu jeito normal de um frenesi benigno, as calçadas apinhadas de gente, a rua barulhenta por causa do tráfego.

Logo seriam dez horas, e Husain ocupou seu lugar na calçada. Os primeiros visitantes entraram com seus filhos, e o animado rô-rô-rô do senhor Kapur de novo tomou conta da loja.

"Bom-dia, Coomy, Feliz Natal!"

Deslizando pelo corredor, Edul Munshi passou por ela com uma canção nos lábios: "Eu vi dois *ghatis* su-bin-do a rua, su-bin-do a rua", ele cantou, num ritmo sincopado, a música de Natal modificada. "Eu vi dois *ghatis* su-bin-do a rua, no dia de Natal de manhã-ã."

"Que bobagem é essa que você está cantando?" Irritada e deprimida, Coomy não estava disposta a tolerar nenhuma tolice de ninguém nessa manhã. Sempre, no Natal, as lembranças do colégio de freiras, um período feliz na sua infância mutilada, assombravam-na, e ela teria alegremente renunciado aos prazeres da recordação, caso também fosse possível afastar o sofrimento.

Seis semanas antes do Natal, o coro da sua escola começava a ensaiar para o concerto a que os pais assistiriam. Durante a segunda semana de dezembro, armava-se a árvore. E decorá-la era uma atração especial reservada às meninas participantes do coro. Como a maioria das famílias não-cristãs, de vez em quando, os pais de Coomy se perguntavam se essa escola seria o melhor lugar para a sua filha. Não se preocupavam com Jal, ele estava seguro no Novo Ginásio Bharda, mas tinham vontade de saber se não haveria uma dose grande demais de catolicismo na educação de Coomy, principalmente porque havia tão pouca influência zoroastriana para contrabalançá-la. Eles achavam que seus costumes pársis estavam em séria desvantagem por não terem nenhum tipo de personagem divertido como o Papai Noel.

Então chegava o dia do concerto. Eles iam assistir a Coomy cantar, e essas preocupações ficavam temporariamente esquecidas. Depois, o pai declararia que a música do coro era muito bela, mas a sua Coomy era a que cantava melhor e mais alto de todas. Da primeira vez, a observação a agradou muitíssimo; no ano seguinte, como ela aprendera mais, ela protestou: "Papai, minha voz deve se misturar com as do coro! Se você a escuta, quer dizer que estou cantando bastante mal!".

E o pai, rindo, insistiu em dizer que mesmo que ela se misturasse à perfeição com milhares de vozes, ele ainda assim ouviria a voz do seu anjinho. Tudo isso aconteceu durante os anos felizes anteriores ao tempo em que ele ficou de cama e se tornou, ele próprio, como a mãe dizia, um anjo.

Sentindo-se enormemente ciosa de suas boas lembranças — o colégio de freiras, o coro, a árvore de Natal, o prazer do pai —, Coomy olhou pasma para Edul. Ela considerava a perversidade dele, infligida a uma das músicas de Natal prediletas dela, um ato de pura ignorância. "Suas palavras não fazem o menor sentido", ela lhe disse.

"Fazem, sim. Elas fazem sentido. Veja só, contratei dois *ghatis* da loja de mantimentos para me ajudar com a viga. Eles vão chegar às 11 horas." Ele voltou a cantar: "Meus *gha-tis* dos man-ti-mentos, dos man-ti-mentos. Meus *gha-tis* dos man-ti-mentos, na manhã do dia de Natal."

"Pare com isso!", Coomy vociferou.

"E que tal esta? Ouça, o faz-tudo está tra-ba-lhan-do! Glória ao novo te-to!"

Enquanto Jal perdia a esperança de ter paz, a campainha da porta começou a tocar, e Coomy foi ver quem era. Ele não gostou de implicância de Edul com a irmã; sabia como ela estava se sentindo nesse dia. Mas explicá-lo ao faz-tudo seria quase impossível.

Eles a ouviram discutir com alguém à porta, e foram até lá ver.

"Ah, aí estão eles", Edul disse. "Meus dois *ghatis* da loja de mantimentos."

"Isso", Coomy disse. "Estou tentando lhes dizer que são só nove horas, você queria que eles chegassem às 11."

"Eu vou explicar, o meu marata é muito melhor do que o seu."

Edul começou com uma leve repreensão: "*Tumee lok aykat nai! Bai tumhala kai saangte?*"

Foi o mais longe a que o seu vocabulário conseguiu chegar antes de entrar numa confusão inútil de hindi, guzerate e inglês, com uma ou outra palavra em marata para temperar. "*Asaala kasaala karte? Maine tumko* explicar *kiya, na,* 11 horas *ao. Abhi jao* loja de mantimentos *ko jao. Paisa banao,* mais tarde *vapis ao.*"

"Hoje é o feriado de Issa Massih, *seth*", os homens disseram. "Não temos que carregar mantimentos hoje. Podemos ajudar o senhor em qualquer coisa que esteja fazendo."

Edul estava amolecendo, mas Coomy interveio, insistindo na saída dos homens. "Não quero que fiquem matando o tempo em minha casa."

Ele a chamou à parte e preveniu: era arriscado mandá-los de volta — e se encontrassem outro trabalho e não retornassem? Toda a programação da colocação da viga mestra estaria prejudicada.

A viga tinha ficado no corredor sob os retratos dos antepassados por mais de uma semana, sendo, para Coomy, uma presença incômoda, e, em geral, atrapalhando a sua passagem. Não lhe agradava nada mais uma semana ou duas desse estorvo. Os homens tiveram permissão de ficar.

"Mas não vou pagar nada extra", Edul avisou.

"Ah, não queremos nenhum dinheiro extra. Com um pires de chá o senhor já teria a nossa sincera gratidão."

"Que ousadia!", Coomy disse. "Será que eles acham que sou dona de uma banca de chá?"

Edul a convenceu a pôr uma chaleira para esquentar, dizendo que era Natal, e ela deveria pensar neles como dois sábios que tivessem vindo reverenciar o seu teto. Ele encerrou o assunto com a promessa de não cantar mais se ela fizesse chá.

Mas enquanto Coomy estava na cozinha, Edul cantou outra música de Natal modificada: "Lá na loja de mantimentos, vocês são um time trabalhando. Hoje trabalharão para mim, essa viga de aço carregando."

Sentados no chão de pernas cruzadas, eles ouviram com atenção sem compreender nem uma palavra sequer. Quando ele terminou, houve aplausos ruidosos.

Jal examinou os dois homens e achou que os conhecia. E se lembrou: formavam o mesmo duo que, há muitos meses, tinha carregado Papai para casa depois da sua queda no buraco.

"Isso me preocupa, Edul", disse Jal. "Tem certeza de que estão habilitados para o trabalho? Eles só sabem levantar sacos de cereais e carregá-los na cabeça."

"Não se preocupe, meu filho, eu só preciso da força bruta dos dois. A habilidade e o planejamento serão fornecidos pelo seu criado aqui."

Chegou o chá, em duas canecas de lata para os dois trabalhadores, e numa xícara de porcelana comum para Edul, e foi consumido com goles de apreciação barulhentos. Então Edul levou sua equipe para o quarto de Nariman. No decorrer das horas que se seguiram, foi possível ouvi-los preparando o andaime para o içamento da viga, verificando o lugar das estacas e, a intervalos regulares, emitindo sons de encorajamento mútuo.

Já ao meio-dia, as traves e suas escoras estavam na posição adequada, alinhadas entre as duas paredes opostas. Jal examinou-as ansiosamente e, para tranqüilizá-lo, Edul demonstrou a validade do andaime dando chutes numa trave e jogando todo o seu peso contra ela.

Em parte esperando que o conjunto desmoronasse, Jal protegeu o rosto, mas a estrutura resistiu ao ataque. "Agora, o que vai acontecer?"

"O acontecimento principal." Edul conduziu seus homens ao lugar em que a viga mestra estava pousada. "*Chaal*, Ganpat", disse ele, mostrando uma ponta da viga, depois virou-se para o outro: "E o que você está olhando, Ganpat, *haath lagao*, fique daquele lado." Ele se posicionou no meio.

"Os dois têm o mesmo nome?", Jal perguntou.

Edul riu. "Chamo todos os *ghatis* de Ganpat."

Os três homens pegaram a viga de aço comprida e escura e começaram a manobrá-la, do corredor para o quarto de Nariman. O espaço não era suficiente para uma entrada direta; eles foram para a frente e para trás algumas vezes, enquanto Edul gritava instruções frenéticas no seu *khichri* de línguas. "*Ai baba! Assa nako ghay!* Assim, desse jeito, não, *sunta hai kya. Sadanter* idiota *chhe, saalo.*"

Afinal, os homens e a viga mestra estavam no quarto. Ofegantes, eles a apoiaram no chão, debaixo do ponto, pouco mais de três metros e meio acima, que seria o seu lugar de descanso.

"Ok, perfeito", Edul disse. Enxugando o suor da testa, ele se virou para Jal e Coomy. "Agora, preciso pedir a vocês dois que saiam do quarto, preciso da área livre." Mas ele permitiu que ficassem acompanhando do corredor.

Depois de verificar cada escora e cada trave mais uma vez, ele ficou bem para trás e disse aos homens que fossem em frente. Jal e Coomy prenderam o fôlego enquanto eles levantaram a viga mestra até o primeiro estágio, a pouco mais de um metro do chão, e a pousaram no andaime intermediário.

Eles deram uma parada, descansando os pulmões antes de subir as escadas para levantar a viga até quase dois metros e meio. O que era um pouco mais difícil, pois os dois homens necessitavam apoiar os pés com firmeza. Edul estava segurando as escadas para impedir oscilações, mas ainda assim era uma manobra difícil.

De pé no quarto degrau, eles levantaram a viga mestra de uma só vez até a altura dos ombros dos dois. Mas, ao transferir o peso para o andaime, um dos homens cambaleou. A ponta da viga mestra que ele segurava não encontrou o seu apoio.

"*Hoi*, cuidado!", Edul gritou. "Mais alto! *Jor lagao!*"

O homem recuperou o equilíbrio e a viga mestra estava salva. Ele assentiu com a cabeça para tranqüilizar Edul que estava em pé lá embaixo.

"*Assa kai*, Ganpat!", repreendeu o faz-tudo. "Nenhum café da manhã? Nenhum *pao-bhaji*?"

A última etapa era o topo das duas vigas de aço equipadas com macacos hidráulicos na base. Ao sinal de Edul, eles completaram a tarefa com um único movimento vigoroso.

"*Sabaash!*" o faz-tudo os cumprimentou, e o elogio deixou os homens mais altos de tanto prazer. Com as mãos na viga, eles posaram cheios de orgulho.

Nesse momento, Edul posicionou uma terceira escada e subiu para prender a viga de aço. Quatro pares de parafuso e porca foram usados em cada ponta, em buracos previamente perfurados, e então todos desceram de suas escadas. Edul disse que continuaria o trabalho depois do almoço.

"Não vai causar nenhum problema deixar tudo assim?", Coomy perguntou.

"De jeito nenhum. Está sólido como a Torre de Pisa. Quero dizer, a Torre Eiffel", ele se corrigiu, e deu uma série de chutes vigorosos na trave.

Ele pagou os homens, acrescentando uma *bakshis* de dez rupias à quantia acertada. "É Natal", disse, para explicar seu impulso a Jal e Coomy.

Os homens ficaram assombrados e disseram, ao saírem, que estariam lá embaixo perto da loja de mantimentos, caso houvesse mais trabalho.

Então Edul saiu também, prometendo voltar do almoço dali a uma hora, talvez menos, se Manizeh não aprontasse algum escarcéu.

❖

No quarto vazio, Jal aproveitou a oportunidade para inspecionar o teto, e viu algo que não notara durante aquela confusão toda: uma grande brecha entre a viga mestra e os barrotes.

Arre!, pensou, o pobre sujeito tinha feito um serviço atamancado, como sempre. Graças a Deus ele o enxergara antes que tudo fosse coberto de gesso.

Quando Edul voltou, Jal o repreendeu, com prazer. "Venha cá, Edul, meu filho, dê uma olhada ali", disse ele, retaliando os escárnios que sofrera. "Há pelo menos dez centímetros entre a viga e o teto."

"Jal, meu filho", Edul riu. "Deixe-me lhe mostrar. Está vendo essas coisas na ponta das traves? São macacos. Sabe o que é um macaco?"

"Claro."

"Eu vou erguer as duas traves com o macaco, até a viga ficar bem encostada no teto."

Jal deu um sorriso tolo, mas Edul não retaliou. "O seu engano é compreensível", disse. "Por que você deveria saber sobre esse equipamento? Você não é faz-tudo."

Ele começou a erguer as duas traves, alternando-as, algumas batidas em cada uma para mantê-las paralelas. A movimentação, milimétrica, era quase imperceptível.

Pouco tempo depois, Jal estava entediado. O atrativo de ficar olhando Edul correr, com passos curtos, entre os dois macacos, era limitado. Ele foi tirar um cochilo.

Edul passou quase uma hora para deixar a viga mestra rente ao teto. Perto do fim, ele teve que subir a escada muitas vezes entre uma batida e outra para garantir que a elevação não fosse excessiva, do contrário, ela começaria a fazer arquear o teto.

Satisfeito, ele travou os macacos no ponto em que estavam e admirou sua obra. Teve vontade de chamar Manizeh até lá em cima para ela também poder admirá-la.

Então ele notou que, de um lado, a viga mestra de aço parecia estar se afastando ligeiramente da viga de madeira original, tocando a parede num ângulo agudo, quando a junção deveria ser num ângulo reto.

Subiu a escada para medir e descobriu que a viga estava uns três quartos de polegada fora de esquadro. Mal se notava. Afastou o esquadro de carpinteiro.

Mas o pequeno desalinhamento continuava a incomodá-lo. Subiu mais uma vez, reexaminou a anomalia, e mudou de idéia: iria retificá-la.

Primeiro, teve que baixar um pouco a altura dos macacos, porque a viga mestra estava justa demais contra o teto. Quando havia aproximadamente uma polegada de distância, ele travou os macacos e subiu a escada. Agarrando a viga por baixo, ele puxou.

Não se mexia. Tentou de novo, sem provocar nenhuma diferença. Que se dane a nojenta, pensou. Só havia uma coisa a fazer — tirar os parafusos, fazer a correção e reapertá-los.

Sua chave deu rapidamente conta das quatro porcas, que ele jogou no bolso por medida de segurança. Agora, procederia ao pequeno ajuste. Então sua obra estaria impecável.

Agarrando o aço com os dedos suados, exerceu sua força, achou que a viga tinha se mexido e parou para medir. Não, continuava na mesma. Tentou mais uma vez, indo do ataque silencioso contra a viga ao xingamento em voz alta.

"Viga, sua canalha maldita!", resmungava em voz baixa. As mãos estavam escorregadias e ele as enxugou nas calças. "Filha-da-puta, tudo o que eu preciso de você são três quartos!"

Enquanto ele lutava com a viga, Coomy entrou e ficou parada à porta. Eram quase quatro horas. Ela lhe trouxera chá e uma fatia de bolo de frutas.

"Ah, me desculpe, Coomy!", arfou ele quando a percebeu ali. "Por favor, desculpe a minha linguagem. A patife não se mexe."

"Talvez você devesse chamar os *ghatis* para ajudar."

Ela entrou no quarto para olhar, parando embaixo da escada com sua bandeja.

"Preciso mudar a posição dela um pouquinho para o meu lado. É bolo de Natal? Ótimo, um instantinho só, desço já."

Agarrando a viga com grande hostilidade, ele urrou como um levantador de peso e a puxou violentamente em sua direção.

"Cuidado!", Coomy disse. "A trave está se mexendo!"

O aviso chegou tarde demais. A viga já tinha perdido as suas amarras. Ao vir despencando, a viga arrancou Edul da escada. Coomy tentou recuar, mas o golpe que resvalou em sua cabeça foi o suficiente para lhe quebrar o crânio. A viga veio se assentar no peito de Edul, atravessada, onde ele jazia no chão.

❖

Acordado do cochilo alguns minutos antes por Coomy, que fora chamá-lo para o chá, Jal ainda estava ajeitando seu aparelho de audição quando a viga caiu. Não foi o barulho que avisou do acidente, mas o tremor. Ele sentiu a cama sacudir e soube que algo terrível acontecera. E correu para o quarto de Nariman.

No apartamento diretamente embaixo, o choque foi ensurdecedor. E o tremor, como o de um leve terremoto, também foi sentido por Manizeh. Ela disparou escada acima e começou a bater o punho na porta.

Ele a abriu, o rosto branco como giz. Uma olhada para ele e Manizeh soube da verdade, mas, de qualquer maneira, perguntou, "Onde ele está? Ele está bem?".

Jal não conseguiu responder. E levantou uma única mão para suplicar algo, sem saber exatamente o quê — paciência, coragem, perdão?

Ela, empurrando-o, deixou-o para trás no corredor.

"Espere, Manizeh, por favor me deixe..."

Ela já estava no quarto, ajoelhando-se ao lado do marido, soluçando e segurando-lhe o rosto. Os olhos dela se fixaram no seu peito esmagado, e ela gritou para Jal, "Chame alguém! Médico! Ambulância!".

Ele ficou observando enquanto ela olhava em volta e percebeu o destino de Coomy, que não caíra longe de Edul, o sangue num pequeno círculo ao redor da cabeça. Os dois corpos imóveis, o ângulo em que eles jaziam, a maneira como a morte dispusera os membros deles, fazia-os parecerem mais íntimos nesse momento do que jamais tinham sido em vida, pensou Jal.

Ele olhou para o rosto de Manizeh; que estava estupefato de choque. E de mais alguma coisa, achou Jal, enquanto os olhos dela continuavam a se voltar para Coomy. O seu tormento era o que havia de mais doloroso no quarto naquele momento. Ela merecia melhor sorte do que essa, tranqüilizá-la era o primeiro dever dele.

"Chá, ela veio trazer o chá", ele insistiu para que ela acreditasse, "e uma fatia de bolo."

Jal encontrou a xícara e o pires partidos, e recolheu os cacos. "Está vendo! Foi nisso que Coomy trouxe o chá. E olhe, Manizeh, aqui está o lugar úmido no chão, onde o chá se esparramou. Ah, e o bolo de frutas, ali."

A essa altura, outros tinham sido atraídos para cima pelo estrondo que tinha soado por todo o prédio como se fora uma explosão. Entraram, desorientados, porta adentro e ficaram assombrados, alguns se afastando, horrorizados. Ouviu-se alguém vomitando lá fora. Uma outra pessoa telefonou pedindo uma ambulância.

A ambulância levou algum tempo para chegar, e quando os auxiliares entraram correndo no quarto, um dos vizinhos começou a censurá-los, dizendo-lhes que, dado o tempo que levaram para chegar, qualquer sinal de vida que houvesse já teria se extinguido até ali. "Sorte de vocês que os dois morreram na hora", disse o homem.

"Então por que nos chamaram? Era só chamar a polícia."

E, no que foi visto como um insensível acréscimo de insulto à ofensa, os homens da ambulância insistiram em notificar a delegacia de polícia mais próxima. Era a lei, disseram.

Os vizinhos reunidos no apartamento passaram a conferenciar secretamente. Se a polícia fosse informada, haveria todo tipo de complicação e formalidade, talvez até uma autópsia, atrasando o funeral mais de 24 horas, a contar da hora da morte, o que não era desejável segundo os ritos zoroastrianos.

"Se você quer saber, esses sujeitos estão é à espera de um incentivo", alguém disse.

"Pois bem, vamos dá-lo e acabar com isso. Diga-lhes que esqueçam a vinda até aqui."

"Boa idéia. Umas 100 rupias vão tranqüilamente retificar as memórias deles."

"Mas, mesmo assim, vamos precisar dos papéis em ordem, do contrário o Doongerwadi não vai aceitar os corpos."

Então deu uma sugestão que lhes pareceu eminentemente sensata: chamar o Inspetor Masalavala, que morava exatamente do outro lado da rua, em frente ao Chateau Felicity.

Anos atrás, tinha sido o pai do Inspetor, o antigo Superintendente Masalavala, que tinha vindo ao auxílio da família quando Yasmin Vakeel e Lucy Braganza caíram do terraço de cima. "Não é preciso lavar a roupa pársi em público", fora o seu veredicto, e ele mantivera em torno do assunto o maior silêncio possível.

Apesar do posto inferior, o filho mostrou-se igualmente prestativo. O Inspetor Masalavala ouviu com simpatia a delegação que foi à sua residência, uma vez que ele partilhava da filosofia do pai. Chegou até a persuadir um vizinho, o aposentado Dr. Fitter, a ajudar, como ele fizera anos atrás no caso Vakeel.

Eles atravessaram a rua e compareceram juntos à cena do acidente. O efeito da entrada deles provocou uma mudança miraculosa nos homens da ambulância, cuja impertinência desapareceu instantaneamente, substituída por uma humildade recém-descoberta. Chegaram até a fazer uma espécie de continência para o inspetor da polícia.

O Dr. Fitter examinou os corpos, tomou-lhes o pulso, e disse que emitiria certidões de óbito para ambos; não havia necessidade de autópsias.

Agora era só a rotina, pensou Jal, enquanto, entorpecido, observava.

19

Com o braço à volta do cunhado, Yezad disse, num sussurro, "Sinto demais", depois afastou-se para dar lugar a Roxana. Ela abraçou Jal e começou a chorar.

Lágrimas surgiram nos olhos de Jal pela primeira vez, quando ele se viu a sós com eles. Os vizinhos que tinham se reunido no apartamento tinham partido, e toda a dor, que estava reprimida enquanto ele se ocupava dos assuntos práticos, agora se libertava. Ele estava chorando, ele lhes contou tanto a perda de Coomy como a idéia de que Coomy tinha fracassado na vida.

"Foi o que Papai disse", soluçou Roxana. "Quando lhe demos a notícia, ele disse o quanto era triste ela ter morrido tão cheia de raiva."

Jal assentiu com a cabeça, segurou a cabeça dela de encontro ao próprio peito e chorou em silêncio.

Então Roxana, decidindo que o melhor era se manter ocupada, sugeriu que ele deveria arrumar uma maleta para passar a noite velando na Torre do Silêncio. Ela foi lá dentro começar a arrumar.

No quarto da mãe deles, que ele e Coomy tinham dividido, aquele cujo teto tinha sido poupado do martelo, ela procurou as coisas de Jal na metade do espaço que era dele. O olhar dela foi desviado para o outro lado. Num gancho atrás da porta, estava pendurada a camisola estampada de flores de Coomy. Seus sapatos confortáveis estavam debaixo da cama. Na penteadeira, havia uma lista de números — as despesas da casa que ela tinha estado calculando. Perto, um lápis bem apontado. A folha estava segura pelo peso de seu livro de orações. Roxana se aproximou para ver melhor; o Khordeh Avesta estava aberto no Aiwisruthrem Geh. Então Coomy teria estado recitando a oração ontem, em algum momento entre o pôr-do-sol e a meia-noite.

Ela começou a chorar descontroladamente. Na sala, eles ouviram o choro e correram para atendê-la. E a viram de pé com o livro de orações de Coomy, e compreenderam.

Não muito depois, chegou o carro fúnebre. Foram juntos para a Torre do Silêncio. Cumpriram-se as formalidades iniciais e as abluções rituais, para o funeral na tarde seguinte, e o corpo, vestido de branco, foi exposto na laje de mármore, na sala de orações. Por enquanto, não havia mais nada a fazer.

Sentaram-se em cadeiras alinhadas ao longo da parede na sala mal iluminada. De vez em quando, ouviam-se vozes, vindas do fundo do bangalô, e o tinido de utensílios sendo lavados e preparados para serem usados nas cerimônias funéreas. Depois, os barulhos sumiram; o silêncio envolveu o bangalô.

Roxana deixou sua cadeira perto da entrada, podendo olhar para fora, para além da varanda. Como a folhagem das árvores e dos arbustos era luxuriante, que mundo diferente era esse, ali em cima, no topo do morro. E que tranqüilidade, muito acima da poeira e do fedor da cidade.

Os sons dos insetos começaram a acentuar a quietude à medida que escurecia. Fazendo o lugar parecer até mais sereno, ela achava. Seus olhos tentaram acompanhar o caminho que passava pela varanda e seguia para o alto do morro, onde desaparecia no lusco-fusco. O caminho ao longo do qual o corpo de Coomy seria carregado no dia seguinte, pensou, lá para cima, até a Torre, e então os abutres voejariam...

Ela entrou e olhou de relance para Yezad. Ele assentiu com a cabeça; era hora de ir embora. Inclinou-se mais uma vez diante do corpo e recuou. Ela permaneceu mais um pouco a fim de observar o rosto. Ainda estava descoberto; amanhã, depois das orações, seria coberto por um lençol.

A expressão de Coomy estava tão mais suave agora, Roxana pensou. Ela viu nesse semblante a irmã da sua infância, a que era pródiga no afeto que lhe dedicava, que a carregava por todo lado como uma boneca muito querida.

Yezad tocou-lhe o cotovelo delicadamente. Passou o braço pelas costas da mulher enquanto ela enxugava o rosto e caminhava lentamente para a porta. Jal saiu para a varanda com eles.

Eles foram andando trilha abaixo, depois se viraram e acenaram para Jal. E desceram o morro envolto na penumbra e no canto dos pássaros, a folhagem densa agigantando-se acima deles como um enorme guarda-chuva escuro.

No táxi, Roxana esperou até Yezad orientar o motorista quanto ao caminho mais curto para a casa deles, e depois disse, "Me sinto muito mal. Numa hora dessas, de repente o teto me vem à cabeça".

"Não se sinta mal, eu tive a mesma idéia. É natural, só isso."

"E mesmo que estivesse consertado, e Papai pudesse voltar, como Jal conseguiria administrar tudo sozinho?"

"Talvez seja o nosso destino cuidar do chefe."

Ele ficou em silêncio o resto do caminho, cansado dos seus fardos. Não poderia carregá-los mais tempo. Agora deixaria tudo nas mãos de Deus — fosse lá o que Ele quisesse, aconteceria, como, aliás, era o caso de tudo na vida.

Pediu ao motorista do táxi que os deixasse saltar do outro lado da rua para o Pleasant Villa. Eles foram andando o que faltava para economizar o dinheiro da corrida. Enquanto ela subia, ele parou na farmácia para usar o telefone, para comunicar ao senhor Kapur que não iria trabalhar no dia seguinte por causa do funeral. Mas o telefone da residência dos Kapur continuou tocando.

Então foi para casa, e viu Roxana sentada na cama com os meninos, os braços passados nas costas deles. Murad tinha perguntas a fazer a respeito do acidente, queria saber como Titia Coomy tinha morrido, e Yezad e Roxana responderam-lhe da maneira mais direta que puderam.

"Eu vou ao funeral?", Jehangir perguntou.

"Você quer ir?"

Ele fez que sim.

"E Murad?"

Ele também fez que sim.

Depois do jantar, Yezad saiu para tentar ligar para o senhor Kapur de novo. Ainda nenhuma resposta. Fez mais três tentativas a intervalos adequados, até 11 horas, depois desistiu. Teria que ir à Material Esportivo Bombaim de manhã e falar com ele pessoalmente.

Havia um aviso manuscrito colado à porta: *Devido à morte na família, a loja estará fechada até comunicação posterior. Pedimos a nossos estimados clientes que nos desculpem pelo transtorno.*

Por um momento, a informação deixou Yezad desorientado — como o senhor Kapur soube da morte de Coomy?... e como ele foi simpático de me considerar da família...

Suas idéias confusas foram ganhando mais coerência. Não, não poderia ser por causa de Coomy. Mas seria a morte de quem, então? Mais uma coincidência? Morte na minha família, morte na do senhor Kapur...

Procurou as chaves, observando enquanto isso que a letra do bilhete não era a do patrão. Então decidiu entrar, telefonar, descobrir quem tinha morrido. Ele daria ao senhor Kapur suas condolências, e a notícia sobre o falecimento na sua própria família. Tirou o pino e enfiou a chave.

O trinco virou, mas a porta não abriu. Ele tentou de novo antes de notar que havia um cadeado na argola ao pé da porta. Estava impedido de entrar. Por quê? Talvez a pessoa que escrevera o bilhete tenha posto o cadeado, preocupada com a segurança.

Devolveu as chaves ao bolso e viu Husain se aproximando. Ele teria que lhe dar a notícia.

"*Salaam, sahab.*"

"Desculpe, Husain, não podemos entrar agora de manhã."

O servente assentiu com a cabeça, levantando as mãos num gesto de luto na direção da porta e deixando-as cair, inertes. "Estou com o coração partido, *sahab*", disse ele, um soluço na voz.

Yezad gostaria de saber por que uma morte na família do senhor Kapur causaria tamanho sofrimento em Husain — o servente estava num dos seus estados de espírito conturbados, era preciso bondade. "Por que perder seu tempo aqui, Husain *myian*? Vá para casa, descanse. Ainda assim você será pago. E nós veremos o senhor Kapur quando a loja reabrir."

Husain olhou para ele, horrorizado. "O que o senhor está dizendo? Nós nunca mais veremos *sahab* Kapur de novo!"

Yezad encostou-se na porta para lutar contra a calçada que girava e dava guinadas ao seu redor. E se abaixou até o degrau da entrada, quase desmoronando por causa do esforço. Husain ajudou-o a se equilibrar, e depois se sentou ao lado dele, chorando.

"Diga-me o que aconteceu", pediu com insistência ao servente.

"O que dizer? Eles o mataram... dois homens." E deu de ombros, como se essa fosse toda a história.

Lutando para conter as próprias emoções, Yezad falou gentilmente com Husain, fazendo-lhe perguntas específicas sobre os homens, o que tinham dito, se tinha havido luta. Ele então usava o hindi, como o senhor Kapur teria feito, para estimular o servente a se expressar mais livremente.

Husain reiniciou a narrativa com esforço. "Eu estava do lado de fora, na calçada. E pude ouvir o *sahab* lhes dizer que a loja estava fechada para os negócios, que só estava aberta para as crianças. Eles riram, disseram que, para o negócio deles, seria melhor a loja fechada."

O rosto dele se contorcia com o esforço feito para se lembrar. "Eles o chamavam Punjoo — vamos lhe dar uma lição, seu Punjoo, disseram, empurrando-o para o fundo da loja. E o atacaram com golpes na barriga e chutes. Tentei gritar, mas minha voz não saiu. De repente, o *sahab* apanhou um bastão de críquete e os ameaçou — 'Vou partir a cabeça de vocês e marcar seis pontos', disse ele."

A lembrança do seu *sahab* sendo superior no jogo o fez se alegrar por um momento. Mas a descrição do senhor Kapur, irrepreensível, desafiador até o fim, arrasou Yezad, e, por um instante, ele esqueceu da fragilidade de Husain. Então se recompôs. "*Phir kya hua*, Husain?"

"Os homens se apavoraram e correram para trás do balcão. Mas eles sacaram facas. Eles deram a volta, um ficou atrás dele. O *sahab* gritou. Então eu também gritei, de repente minha voz voltou, e eles saíram correndo como cachorros.

"O sahab caiu no chão, eu corri para dentro. De início eu não pude ver o sangue por causa das roupas vermelhas. Então ele começou a ensopar o debrum branco. 'Me ajude, Husain', ele disse. 'Ligue para a minha mulher.' Então eu liguei, e ouvi a voz de *bibi* Kapur, e repeti o que ele dizia: *sahab* Kapur sofreu acidente, chame ambulância, venha rápido."

Yezad assentiu com a cabeça, dando-lhe apoio, e Husain continuou: "Eles o levaram para o hospital, eu também fui, *sahab* Kapur lhes disse que queria que eu fosse.

Eu fiquei segurando a mão dele todo o tempo até *bibi* Kapur chegar. Eles ligaram um tubo para botar o sangue de um vidro no corpo dele, porque muito do sangue dele tinha saído. Eu lhes disse que se precisassem de mais, poderiam tirar do meu corpo. Mas eles examinaram e disseram não, eles precisavam do mesmo tipo."

Fez uma pausa, e perguntou, "Por que o hospital não quis o meu sangue? É por que o meu é do tipo muçulmano e o do *sahab* Kapur é hindu?".

"Não, não Husain — de jeito nenhum. Quando eles falam de tipo de sangue, é uma questão médica, não religiosa. O seu tipo de sangue também pode ser diferente do tipo do seu irmão. O do *sahab* Kapur pode ser diferente do da *bibi* Kapur. Nada a ver com religião."

"Ah, *achha*", assentiu ele com a cabeça, satisfeito com a explicação. Então se lembrou de onde parara. "À noite, o fôlego do *sahab* tinha ido embora, então eles tiraram o tubo do sangue."

Ele bateu no peito com a mão. "Um homem tão bom! Por que eles matam gente boa?"

Yezad gostaria de ter o luxo, a simplicidade de sofrer como Husain. Mas ele teria tempo para examinar os próprios sentimentos mais tarde; nesse momento, o servente precisava dele.

"Como vamos saber, Husain? É a vontade de Alá." Ele passou o braço nas costas do servente, como o senhor Kapur teria feito. "E a polícia?"

"Polícia?" O desprezo de Husain apareceu claramente através da angústia. "Me fizeram perguntas, muitas perguntas. Eu lhes contei tudo. A aparência dos homens, as palavras deles. Eles anotaram. Devem ser ladrões, disseram, e os meus gritos os apavoraram, não havia a menor chance de roubarem.

"As palavras dos policiais não faziam sentido para mim. Eu lhes disse do Shiv Sena chegando de manhã, e da grande briga. Tive muito medo de falar disso. Mas eu queria que os policiais pegassem os cachorros que mataram *sahab* Kapur." Husain deu uma parada, perdido nos seus pensamentos.

"Eles disseram que não estava certo fazer uma ligação com o Shiv Sena, que não havia nenhuma prova. Um policial riu de maneira muito maldosa. Ele disse, 'Vocês, muçulmanos, estão sempre tentando botar a culpa no Shiv Sena'. Ele me apavorou. 'Sinto muito, *sahab* policial', eu disse, de mãos postas. 'Não é o meu desejo. Por favor, castiguem os assassinos, sejam quem forem, eu só falei disso porque vocês pediram que eu dissesse tudo.'"

Husain estava, nesse momento, tremendo, mexendo com a tira da sua *chappal*, balançando a cabeça. Yezad lhe deu pancadinhas no joelho e lhe disse que ele tinha sido muito corajoso.

"Agora preciso ir ver *bibi* Kapur", disse ele ao servente. "Para expressar a minha tristeza, oferecer meus préstimos com a loja. Quer vir comigo?"

"Ela sabe da minha tristeza. Vou ficar aqui."

Yezad tocou no ombro de Husain, então se levantou do degrau da entrada e desceu a rua. Havia um turbilhão em sua cabeça nesse momento em que ele lutava com a notícia e foi em frente como cego, chocando-se com as pessoas, tropeçando nos pedregulhos do caminho.

Perto do bairro do senhor Kapur ele parou, estonteado, tentando se orientar. Teve que perguntar o caminho para se certificar de que estava entrando na rua certa. No caminho, ele não conseguia pensar em nada senão nas suas maquinações com Vilas e com os atores, culpando-os, culpando-se pelo que tinha ocorrido ao senhor Kapur... pobre homem, morto inutilmente... não era de espantar que ele pensasse que estava sendo enganado quando os verdadeiros Shiv Sainiks chegaram... mas quem sabia que eles iriam? Era esse o problema, todo mundo afastando a possibilidade de uma coincidência...

Ele entrou no saguão forrado de granito do prédio e ficou olhando inexpressivamente a relação de nomes na parede. O vigia perguntou quem ele estava procurando, depois lhe disse o número do apartamento. Um elevador de alta velocidade disparou com ele até o décimo sexto andar da torre luxuosa.

A porta da residência dos Kapur estava aberta, e ele ficou paralisado no corredor, se perguntando se deveria tocar a campainha ou entrar. A maçaneta de bronze tinha a forma de uma cítara. Dentro, as pessoas estavam vagando de um lado para o outro. A distância, parecia que estava acontecendo uma grande festa, pensou, mas por causa das roupas brancas e do zumbido das conversas abafadas...

Outras visitas, que chegaram logo depois de Yezad, o levaram no fluxo. Ele decidiu apresentar seus pêsames à senhora Kapur e sair logo.

No vestíbulo de piso de mármore, ele hesitou, perguntando-se que direção tomar. A atividade sugeria que a senhora Kapur estava num quarto à direita. Tomou esse caminho timidamente, ciente de que a multidão de gente, provavelmente parentes e amigos íntimos, olhava para ele, querendo saber quem era. Alguém o cumprimentou e lhe apertou a mão.

"Uma notícia tão horrível", o homem murmurou. "Que vergonha Bombaim estar se tornando um lugar de crimes violentos."

"Horrível", Yezad acrescentou, balançando a cabeça. "A senhora Kapur...?"

"Sim, sim, por favor, naquele quarto."

Yezad prosseguiu, cumprimentando com um aceno de cabeça as pessoas por quem passava no corredor. Espiou para dentro do quarto: sim, encontrara a senhora Kapur, lá estava ela numa cadeira perto da janela.

Mas uma falange de parentes a cercava, e atravessá-la seria difícil, Yezad logo descobriu. Cada vez que tentava se aproximar, alguém o ultrapassava. Achou que seria impossível fazer um esforço maior e esperou por uma abertura.

Todo mundo parecia obcecado por conseguir ter um contato físico com a senhora Kapur, ele notou. Como se a dor deles fosse suspeita a menos que estivessem lhe apertando os dedos, lhe afagando o cabelo, lhe segurando o rosto com as mãos. Pobre mulher... ser vítima de uma tragédia dessas, e então ter de agüentar isso...

Yezad ficou ali atrás de um grupo cujas pessoas, achava ele, já tinham contribuído com mais do que o esperado quinhão de suas condolências. Pelos sussurros, ele concluiu que estavam esperando o corpo do senhor Kapur — que tinha sido liberado pela polícia depois dos exames legais, e cuja chegada estava sendo esperada para breve.

Então, da varanda, uma voz excitada anunciou, "Sim, acho que estão vindo!". Algo que se assemelhava a um carro fúnebre entrara pelo portão do prédio.

Todo mundo afluiu à varanda para ver. Mas tinha sido um alarme falso — era só um furgão que fazia entrega de móveis.

"Sinto muito", o homem disse. "Daqui de cima é tão difícil ver tudo o que acontece lá embaixo. Eu deveria pegar os binóculos no escritório de Vikram." E saiu para buscá-los.

Mas a distração deu a Yezad a oportunidade de se aproximar da senhora Kapur. Ela iria se lembrar dele? Eles tinham se conhecido anos atrás quando ela ainda tinha o hábito de passar de vez em quando pela loja.

"Sou Yezad Chenoy", ele começou a falar, "da Material Esportivo Bombaim..."

"Claro", disse ela, e tomou-lhe a mão. "Sente-se, por favor."

Fez um gesto indicando a cadeira ao seu lado, que, graças à distração que ocorria na varanda, estava vazia. Yezad sentou-se na beira, abstendo-se do conforto em sinal de respeito. A serenidade dela era admirável, pensou ele, principalmente em contraposição aos outros ao seu redor.

"Foi um choque tão grande", disse ele em voz baixa. "Vi a mensagem hoje de manhã quando fui à loja. Então Husain chegou e me contou o que aconteceu."

"Pobre Husain", a senhora Kapur disse. "Ele está muito perturbado. É só um servente sem instrução, mas, ontem, de que grande ajuda ele foi. Como Vikram teve sorte com seus empregados. Você sabe que ele gostava muito de você, sempre o elogiava."

"Para mim, foi uma honra e um prazer trabalhar com o senhor Kapur", murmurou ele, a voz trêmula. "Se houver alguma coisa que eu possa fazer... com relação à loja... ou a qualquer outra coisa..."

"Obrigada por vir, Yezad", disse ela.

"De nada. Tive tanta pena de não estar presente ao funeral. Sabe, minha cunhada também morreu ontem — um acidente."

"Fico triste de saber disso. Claro que compreendo, a família primeiro."

De novo, ele lhe ofereceu a mão, e sussurrou, "Mais uma coisa, senhora Kapur...".

"Sim?"

Ele estava sem jeito, sem saber ao certo como lhe dizer que era dinheiro escuso, receita não declarada, escondido na loja. "Sabe, no escritório do senhor Kapur tem uma mala grande."

Ela deu um sorriso conspiratório. "Está bem guardada. Graças aos gritos de Husain, os ladrões fugiram. Eu a trouxe para casa."

"Muito bom", Yezad disse, maravilhado, mais uma vez, com a calma dela, com o autocontrole.

"Eu lhe darei notícias a respeito da loja", ela o tranqüilizou. "Assim que eu decidir."

"Se a senhora precisar de mim para qualquer coisa..."

"Está bem, obrigada."

Ele viu que a multidão, aflita para dar condolências, estava ficando impaciente com a sua presença. Uma mulher, que tinha se espremido para chegar lá, estava atrás da cadeira dele, esfregando o pescoço da senhora Kapur. Uma outra estendera o braço para reivindicar a posse do ombro da senhora Kapur, fixando nele um olhar meio hostil que comprometia a sua expressão pesarosa. A visão lhe fez lembrar de uma fotografia que vira na *National Geographic*, de uma careta num ritual de saudação dos Maori.

O fervor das mulheres era perturbador. Ele cumprimentou a senhora Kapur com um aperto de mãos e saiu, desembaraçando-se cuidadosamente do grupo, que não parava de aumentar ao seu redor.

Do funeral, de *uthamna* a *charam*, Yezad e Roxana estiveram regularmente com Jal durante os quatro dias de orações e cerimônias. Cada vez, era como se ele estivesse mais exausto do que na vez anterior. Então, houve um intervalo durante o qual não se encontraram, e Roxana se perguntou se ele estaria bem.

"Ele sabe que qualquer pedido de ajuda dele será bem-vindo", Yezad disse.

Duas noites depois, Jal apareceu, confessando que a semana anterior o esgotara e que tinha ficado em casa para descansar e pensar. E entregou alguns recipientes de alumínio: sobrou tanta coisa em casa, explicou, ele ainda não tinha reduzido o pedido de duas pessoas para uma, feito ao Seva Sadan.

A cesta continha costeletas, purê de batatas, uma tigelinha com molho e pudim de leite caramelado. Roxana aceitou tudo avidamente, serviria muito bem para o jantar — com o molho diluído num pouco d'água para poder dar para cinco.

Então, conversando sobre os últimos dias, Jal disse que, apesar de toda a fadiga, as noites passadas na Torre do Silêncio tinham propiciado o sono mais tranqüilo que ele jamais experimentara.

"Acredito que sim", Yezad disse. "Há alguns anos, eu estive lá para velar meu pai. Eu jurei que me sentaria ao lado dele até o sol nascer. Mas Doongerwadi é um lugar mágico. Ele afasta a dor e a tristeza, e deixa a paz em seu lugar. Era quase como se anjos e *fareshtas* tivessem descido para me consolar." Ele sorriu para Roxana, num agradecimento por ter usado a frase dela, e continuou, "Por volta das três da manhã, me lembro, adormeci. Dormi tão profundamente como se a mão de meu pai estivesse afagando-me a cabeça, esfregando-me as costas, como ele fazia quando eu era criança".

"Exatamente como eu me senti", Jal disse. Então lhes contou que tinha assistido a orações por Edul no dia anterior, num gesto de reconciliação com a família de Manizeh, que o culpava pela morte de Edul. Quando foi oferecer o sândalo ao fogo, teve de passar pela fileira dos membros da família ali sentados, e aproveitou para acenar com a cabeça e tocar a testa. Melhor deixar o aperto de mãos e as condolências para um outro momento.

"Mas quando as orações terminaram, eles sumiram com Manizeh. Procurei-a por todo lado, ali no templo do fogo, e também no jardim, mas ela desapareceu."

"Estou certo de que você terá outra oportunidade", Yezad disse. "Ou pode fazer uma visita de pêsames, ela mora exatamente embaixo de você."

"Não, o apartamento está vazio agora, ela voltou para a casa dos pais. Espero que não guardem a raiva para sempre. Uma coisa horrível, a raiva." E Jal balançou a cabeça. "Tantos casamentos infelizes se arrastam em meio a brigas. E ali, um casamento de amor, perfeito, se despedaçou. Que força absurda é essa chamada destino?"

"O homem propõe e Deus dispõe", foi a explicação de Yezad. "Não estamos destinados a compreender tudo. Ao tentarmos isso, só conseguimos nos fazer infelizes."

"Você tem razão", Jal disse. "Aliás, amanhã estou pretendendo visitar o Inspetor Masalavala e lhe agradecer a ajuda. E ao Dr. Fitter também, pelas certidões de óbito."

"Boa idéia. Por favor, também lhes transmita os nossos agradecimentos."

Jal saiu antes de se sentarem para jantar. Roxana foi esquentar as comidas que ele trouxera, e as quantidades a deixaram preocupada. "Tantas costeletas — será que Jal guardou o suficiente para si?"

"Não me parece que ele esteja planejando morrer de fome."

"Coomy fazia tudo na casa. Deve ser tão difícil para ele."

"Ele não é uma criança, vai ficar muito bem."

Jal tocou a campainha da casa do Inspetor Masalavala pouco depois das seis e meia da tarde seguinte. Não se demoraria, decidiu, bastavam alguns minutos para dizer o quanto estava grato; depois, rumo à casa do Dr. Fitter.

Mas quando o empregado abriu a porta, Jal viu que o médico estava na sala da frente com o inspetor. Estavam à vontade nas espaçosas cadeiras de vime, com almofadas macias estrategicamente metidas atrás das costas. Numa mesa de vime de tampo de vidro, havia dois copos de bebida com cubos de gelo.

"Por favor, não se levantem", disse ele, e eles ficaram satisfeitos em aquiescer, apertando a mão de Jal, das profundezas do aconchego das cadeiras em que se sentavam.

"Vim lhe agradecer, Inspetor. Por toda a assistência prestada na semana passada. E depois eu ia bater à sua porta, doutor, para também lhe agradecer."

"Você pode agradecer dois coelhos com uma só batida na porta", o Dr. Fitter disse.

"Sente-se, por favor", o Inspetor Masalavala disse. "Também queria prestar o meu apreço ao nosso bom médico. Saindo do seu retiro ao meu pedido, hein?", e ele riu. "Por isso, eu o convidei para um trago."

O Inspetor Masalavala estava sendo modesto, pois ali estava mais do que um trago: ele estava obsequiando o Dr. Fitter com uma dose dupla de uísque da sua adorada garrafa de Johnnie Walker Blue Label. Ele perguntou se Jal tomaria um drinque.

"Não, obrigado, não estou com vontade de beber."

"Eu compreendo, não vou insistir", o inspetor disse, rapidamente afastando a garrafa. "Alguma outra coisa? Um refrigerante?"

"Não, para mim nada, sinceramente. Eu só quero dizer como estou grato. A família toda está, eles mandam agradecimentos aos dois."

"De nada, de nada."

"O mínimo que poderíamos fazer."

Eles pegaram os copos, levantando-os. "*Salamaati*", o Inspetor Masalavala disse.

"*Tandarosti*", o Dr. Fitter respondeu.

Seguiu-se um curto período de silêncio enquanto saboreavam seus drinques, depois o inspetor disse que estava contente de ter podido ajudar. "Se não cuidarmos do nosso próprio povo em tempos tumultuados, quem vai cuidar?"

"Estou de acordo", o Dr. Fitter disse.

"Mas foi muita bondade de sua parte", Jal acrescentou.

"De nada, de nada."

Eles sorveram o uísque, elogiando as genuínas qualidades da bebida e acalentando o brilho da boa ação deles. Jal gostou de observar o prazer com que ingeriam seus drinques. O médico perguntou como o Professor Vakeel estava, e Jal respondeu que ele não estava lá muito bem.

"Esse é o problema com o danado do mal de Parkinson", resmungou o médico. "Não melhora nunca."

"Justamente antes da sua chegada, Jal", o Inspetor Masalavala disse, "estávamos conversando sobre o futuro da comunidade pársi."

"Ah, é? A discussão entre ortodoxia e reforma?"

"Essa é só uma parte do tema. O ponto crucial é a nossa taxa de natalidade que se reduz, o fato de homens e mulheres estarem se casando com não-pársis, e a pesada migração para o Ocidente."

"Tanto abutres como crematórios serão supérfluos", declarou o Dr. Fitter, "se não houver pársis que os alimentem. Qual a sua opinião?"

"Não estou certo disso", Jal respondeu, relutando em se meter num debate sobre esse tópico explosivo. "Desde o início, fomos uma comunidade pequena. Mas sobrevivemos e prosperamos."

"Eram tempos diferentes, um mundo diferente", o Inspetor Masalavala disse, sem disposição para tolerar noções otimistas. "Os especialistas em demografia acreditam que, daqui a 50 anos, não restará mais nenhum pársi."

"Extintos, como os dinossauros", o Dr. Fitter acrescentou. "Terão que estudar os nossos ossos, só isso."

Jal sorriu. Ele gostava do médico apesar da personalidade mal-humorada e da franqueza. O humor dele exemplificava o espírito pársi, Jal achava, a capacidade de rir diante das trevas.

"Você será chamado Jalossauro", o Dr. Fitter disse. "Eu serei o Shapurjissauro. Se encontrarem os ossos do meu pai, teremos um Pestonjissauro com um *pugree* na cabeça. E o nosso inspetor aqui, que adora o seu uísque, será o poderoso Uisquissauro, com um Blue Label de dois litros debaixo do braço. Enquanto isso, comamos, bebamos e nos alegremos."

Eles riram, o médico e Jal, este se dando conta de como era bom fazer isso novamente.

O inspetor manteve a sua solenidade enquanto se espantava diante da idéia de se achar graça em dinossauros pársis. "Fico muito deprimido quando penso nesses assuntos. O mais frustrante nessa história é que temos o meio de impedir o desastre."

"Temos?", o médico perguntou.

"Tomemos, por exemplo, a taxa de natalidade. Nossos rapazes e moças pársis não querem se casar a menos que tenham apartamento próprio. O que é quase impossível em Bombaim, certo? Eles não querem dormir sob o mesmo teto que mamãe e papai. Enquanto isso, as outras comunidades estão fazendo isso no mesmo quarto, para não falar de dormir sob o mesmo teto, separados por uma divisória de compensado ou uma cortina rasgada. Nossos pequenos senhores e senhoras querem um lugar à prova de som e privacidade. Essas idéias ocidentais são danosas."

"Realmente", o Dr. Fitter acrescentou. "O engraçado é que costumávamos nos orgulhar de sermos ocidentalizados, os mais avançados."

"Pois é, mas ouça a minha solução. Se a falta de privacidade está impedindo um casamento, o Panchayat pársi deveria pagar pelas modificações a serem feitas no apartamento dos pais. Peguem um canto do apartamento e o transformem num lugar completamente à prova de som, de modo que o casal possa ficar nesse quarto, gozar, fazer o barulho que quiser. E fazer um monte de filhos, também."

"Um cômodo para o acasalamento?", o Dr. Fitter disse. "Você acha que os casais jovens vão gostar disso?"

"Vale tentar. Mas a privacidade não é a única questão. Há muitos casais ricos, morando sozinhos em apartamentos novos, que só produzem um filho. Dois, se tivermos sorte. Os pársis parecem ser o único povo na Índia que atende ao pedido de um planejamento familiar. O resto do país está se reproduzindo como coelhos."

"Pois bem", o Dr. Fitter acrescentou. "Os seus demógrafos lhe dirão, quanto mais educada a comunidade, mais baixa a taxa de natalidade."

"Então precisamos dar um jeito nisso. Tenho duas sugestões. Primeira, a nossa juventude fica proibida de ir além do grau do bacharelado. Dêem-lhes incentivos em dinheiro para que estudem menos. E aos que quiserem fazer pós-graduação, digalhes que não terão fundos do Panchayat a menos que assinem um contrato no qual se estabelece que terão tantos filhos quanto o número de pessoas acima de 50 anos na família deles. Um máximo de sete — não queremos estragar a saúde das nossas jovens mulheres."

"Estou entendendo", o Dr. Fitter disse. "Mas e os que tiverem problemas de saúde, forem incapazes de conceber?"

"Isso não é desculpa", o inspetor continuou. "Não hoje em dia, com a fertilização *in vitro* e todas essas tecnologias surpreendentes que resultam em partos múltiplos. Podemos produzir seis ou sete pársis de uma só tacada, estou lhe dizendo."

"Ah!", o médico retrucou. "Uma proposta muito interessante."

"A nossa comunidade, a nossa juventude, têm de redescobrir as alegrias de uma família grande", continuou o Inspetor Masalavala, sem notar os olhares trocados entre o médico e Jal. "Têm que perceber o que estão perdendo. A música alegre do riso das crianças enchendo a casa, a mulher preparando enormes e saudáveis refeições na cozinha, o tinido das louças e das panelas, os aromas do *dhansak* e do *dhandar*."

"Você precisa garantir que, no seu plano", o médico disse, "os males que acompanham as famílias grandes não penetrem nelas nem destruam a alegria e a felicidade."

"Sim, é claro", o inspetor assegurou. "Que males?"

"Os de sempre — doença, pobreza."

"Ah, esses. Não, não, o Panchayat tem dinheiro suficiente. Ninguém será rico nem pobre. A única coisa com que temos de nos preocupar é com a noção de individualismo. Veneno. Puro veneno é o que essa idéia é para a comunidade pársi."

"Meu caro companheiro", o médico suspirou. "É difícil fazer parar a marcha das idéias."

"Temos que tentar", o inspetor falou, peremptório. "Elas causam muita infelicidade. Veja o exemplo de Edul Munshi. Morto esmagado em plena juventude. Por quê? Por causa do seu tolo *hobby* de faz-tudo. Se ele tivesse cumprido o seu dever de pársi, tivesse tido uma meia dúzia de filhos, não teria tempo para andar de um lado para o outro com suas ferramentas. Ele ainda estaria vivo."

"Realmente", Jal disse. Até então, era a única parte da arenga do Inspetor Masalavala que tinha alguma lógica.

"O mesmo serve para a sua irmã. Não estou querendo perturbá-lo, Jal, mas se ela tivesse se casado, ela estaria na casa do marido, longe da viga de aço que lhe partiu o crânio."

"Se, se, se", o Dr. Fitter disse. "Se o nosso destino é morrer, nada nos salvará."

"Sim", o Inspetor Masalavala retrucou. "Mas será uma perda para o mundo todo. Quando uma cultura desaparece, quem perde é a humanidade."

"Concordo", o Dr. Fitter disse. "Então talvez devêssemos enterrar uma cápsula de tempo para a posteridade. Para ser aberta depois de mil anos. Contendo receitas de *dhansak, patra-ni-machhi, margi-na-facha* e *lagan-nu*-pudim."

O Inspetor Masalavala gostou da sugestão, e isso o animou. "Que tal incluir o Zendavesta, e letra e música para *Chhaiye Hamay Zarthosti*?"

"Claro. E alguns números antigos do *Jam-e-Jamshed*."

"E também algumas fitas cassetes com as comédias radiofônicas de Adi Marzban", Jal disse. "Coomy as amava."

"As instruções completas e as explicações para todos os nossos rituais e cerimônias", o inspetor disse.

"O que quer que inclua, não deve esquecer do nosso grande épico Navsari", o médico acrescentou.

"Qual é esse?"

"'Ek Pila Ni Ladai.'"

O Inspetor Masalavala riu, afinal relaxando um pouco. "Com uma tradução inglesa", disse ele.

Os três tentaram, eles mesmos, traduzi-lo, concordando com "A Batalha da Galinha" como título do poema. Tentaram, com afinco, lembrar-se de todos os versos sobre a mulher que brigava com os vizinhos por causa do roubo de sua galinha, um confronto que durou 54 dias inesquecíveis. Diversas estrofes eram dedicadas à perversidade com que foi perpetrado o feito sinistro, seguidas das ameaças e maldições da mulher: uma série de doenças horríveis para os ladrões, caso eles chegassem a provar um naco da ave roubada. A maior diversão deles foi no momento dos versos em que se catalogavam as doenças, um rio infindável de males, de febre tifóide, cólera, difteria, diarréia, disenteria, piorréia, hemorróidas e herpes e assim por diante, até caxumba, sarampo, loucura, malária e, naturalmente, varíola.

Enquanto a tarde morria, os três enchiam sua cápsula do tempo imaginária com seus temas favoritos, antigos e modernos, sérios e frívolos, sagrados e profanos, até ficarem sem idéias.

Suspirando, o Inspetor Masalavala serviu mais uísque nos dois copos vazios. "Pensar que fomos nós, os pársis, que construímos esta bela cidade e a fizemos prosperar. E que, dentro de mais alguns anos, nenhum de nós estará vivo para contar a história."

"Bem, estamos morrendo, e Bombaim também está morrendo", o Dr. Fitter disse. "Quando o espírito parte, não demora muito para que o corpo decaia e se desintegre."

"Isso é belo", o Inspetor Masalavala retrucou, tocando discretamente o canto do olho. "Isso faz sentido. Faz-me sentir melhor."

"Nesse meio tempo, comamos, bebamos e nos alegremos."

Então a senhora Fitter chegou para chamar o marido porque o jantar estava pronto.

"Completamente pronto ou quase pronto?", o Dr. Fitter perguntou, já que o seu uísque ainda não tinha terminado inteiramente.

"Completamente pronto e quase na mesa", disse ela. "Se você demorar, o peixe vai ficar frio, *Shapurji*, e você não vai parar de reclamar."

Ela se virou para os dois e reclamou, "Esse meu pársi é um sujeito tão cheio de coisas, vocês precisavam ouvi-lo. Pensariam que ele ainda estava no seu consultório médico, dando ordens, ao invés de na minha *dosaji* afastada".

"Tudo bem, Tehmi, você já fez suficientemente *malido* da minha honra para uma única tarde", disse ele jovialmente. Esvaziou o copo e, a custo, saiu da cadeira de vime funda.

Jal se aqueceu com a brincadeira do velho casal, com o amor de que eles tão obviamente partilhavam. Também se levantou, para sair com eles.

A senhora Fitter precipitou-se na frente enquanto os dois homens se demoravam do lado de fora, olhando, através da penumbra, o tráfego, e as pessoas, e o céu. A noite caíra na cidade. Mas ainda continuava frenética como sempre. Vital, na sua exuberância. Jal viu o Dr. Fitter observar tudo com satisfação, assentindo para si próprio, um ligeiro sorriso brincando nos lábios, como se estivesse dando uma boa notícia a um paciente. Apertaram-se as mãos antes que o médico se afastasse apressado para o seu jantar de peixe.

Esperando no meio-fio para atravessar a rua, Jal olhou no relógio. Quase oito e meia. Tinha ficado muito mais tempo do que tencionava. Mas a companhia tinha sido muito agradável.

Estranho, pensou, como a enxurrada de pessimismo do Inspetor Masalavala podia ser contida pelo punhado de palavras do Dr. Fitter, o humor irônico deste transformando a condenação e a tristeza em algo cômico. Gostaria de ter aquela capacidade de entender o mundo usando o riso, ou pelo menos usando-o como um escudo contra o constante ataque desse mundo. Quanto ao inspetor e seus argutos demógrafos, esse desespero era para os tolos — ele só precisava dar uma olhada na família de Roxie e Yezad, nos filhos deles, para sabê-lo. Seus sobrinhos, pensou com orgulho.

Não havia nenhum jornal que ajudasse Yezad a passar o tempo. Ele o parara dois dias depois do Natal, depois da incerteza quanto ao seu próximo salário. Os meninos estavam na escola, ele estava sozinho à mesa de jantar. E ontem tinham sido as orações do *dusmoo* de Coomy, o que significava que a Material Esportivo Bombaim já estava fechada havia dez dias.

"Yezad, o que vai acontecer com a loja?", Roxana perguntou, sufocada pela necessidade de falar de sua ansiedade. "Você vai ser o responsável por ela, agora?"

Ele devia se manter calmo pela mulher, tinha decidido, não podia deixar que ela sentisse a sua preocupação quanto ao trabalho, quer houvesse algum trabalho ao qual voltar. "A senhora Kapur precisa de tempo para se recuperar, primeiro. Pense nisso — o marido assassinado na loja, sem nenhum aviso."

"Você tem razão, dez dias não é nada", concordou Roxana. "É só que quando Jehangoo e Murad estavam vestindo seus uniformes..."

"O quê?"

"Achei que eles emagreceram."

"Mas, Roxie, eles sempre foram magrelos", ele deu um risinho para fingir que se divertia. "Você se lembra do jogo que costumávamos fazer com eles, contando-lhes as costelas, tocando piano nelas."

Ela sorriu, alentada pela lembrança, e foi para a cozinha, deixando o chá do pai esfriar um pouco na xícara de bico.

Ele se perguntou quanto tempo mais poderia sustentar essa demonstração externa de calma. Mas não tinha escolha, se perdesse o pulso, o desespero os esmagaria. Lembrando-se ainda uma vez que, no fim, estava tudo nas mãos de Deus, foi para a varanda.

Os ombros curvados por cima do parapeito, os cotovelos pendurados, olhava fixamente para o tráfego lá embaixo. O papagaio, no terceiro andar, do outro lado da rua, estava pulando de pés juntos, incansavelmente, no seu poleiro, arrastando os pés de um lado para o outro, quase se lançando contra as hastes da gaiola. Ele se encolheu. Se fosse seu, teria aberto a gaiola e soltado o bicho.

Não podia continuar olhando aquilo, então entrou. A xícara de bico, com o chá, ainda estava na mesa. Tocou-a — já estava frio o suficiente. A ponto de chamar Roxana, parou.

"Pronto para o seu chá, chefe?"

"Hum-hum."

Sentou-se na beira da bicama e levou o bico aos lábios de Nariman. O que lhe deixou um fio de líquido no canto da boca.

"Opa, chefe, me desculpe. Este é um bico e tanto." Apanhou o guardanapo ao lado do travesseiro e enxugou o queixo de Nariman. A barba por fazer, comprida e áspera, prendeu o pano. Já tinham se passado semanas desde que tinham podido recorrer aos serviços do barbeiro. "Ainda bem que demora a crescer, chefe. Ou o senhor, a essa altura, já estaria com uma barba cheia como a de Karl Marx."

Nariman tentou um sorriso, e Yezad de novo lhe ofereceu a xícara de bico. Pegou o jeito de incliná-la, o ângulo que possibilitava um fluxo controlável. Ele inclinava, Nariman engolia. Deu-se conta de que essa era a primeira vez que se sentava ao lado do sogro desde a chegada dele, há meses.

Embora a xícara fosse pequena, o chá demorou a terminar. Quando o bico estava vazio, Nariman levantou a mão trêmula e a pôs sobre a de Yezad. As duas mãos seguraram a xícara juntas, tremendo juntas.

Yezad sabia que ele estava dizendo obrigado. E olhou a mão, os dedos compridos cujas unhas precisavam ser cortadas. Os nós eram como seixos da beira-mar, expostos aos elementos, a pele quase transparente, expondo a obra do tempo, os anos que perduraram.

"Não há de quê, chefe", sussurrou ele, engolindo para limpar a garganta.

Devolveu a xícara de bico à cozinha, e Roxana achou que ele a trazia para fazê-la se lembrar.

"Mas está vazia", disse ela, olhando dentro da xícara, espantada por apenas uma fração de segundo antes de compreender: ele tinha alimentado Papai. Seu lábio tremeu.

"Ele tomou tudo", Yezad disse, e saiu da cozinha. Ao voltar, parou à penteadeira para mexer na pequena gaveta de Roxana até encontrar o que estava procurando.

"Tudo bem, chefe, vamos cortas as unhas." Ergueu a mão de Nariman da cama, pegando, primeiro, o polegar. O tremor fez sua própria mão tremer, e a unha não parava de fugir da tesoura.

“Vamos experimentar outra coisa.” Sentou-se de lado na bicama, cruzando a perna para que o joelho se elevasse. E, em cima desse joelho, pôs a mão do sogro, e então a manteve ali com a sua, os dedos abertos sobre a rótula. A cada movimento da tesoura, meias-luas amarelas e duras eram atiradas pelo quarto.

“Aí está. Que tal?”

“Excele... excelente.”

Mas as pontas estavam rombudas, as unhas frágeis tendo sido quebradas pela tesoura em vez de terem sido cortadas por ela. Yezad tirou a lixa dobrável e começou a polir as pontas desiguais, o que fez Nariman sorrir.

“Melhor agora, não está?”, Yezad disse, verificando as pontas de novo.

“Des-garrado. E ino... ino... inofensivo.”

“O senhor não, chefe. Não com essa língua que o senhor possui.”

Riram sem fazer barulho, e Yezad passou os olhos pelo chão, recolhendo muitos dos fragmentos cortados numa folha de jornal velho. “Sabe, chefe, poderíamos muito bem aparar suas unhas dos pés.”

“Muito tra... tra... ba...”

“Trabalho nenhum.”

Afastou a folha das pernas e se sentou aos pés do sogro. As unhas dos pés eram muito mais duras, quase ossudas. Como os bicos de passarinhos, pensou. E olhou por cima do ombro. Uma lágrima corria pela face de Nariman. Fingiu não ter visto, e apertou as lâminas da tesoura.

Acrescentou os fragmentos cortados ao quadrado de jornal e embrulhou tudo. “Agora precisamos fazer algo com essa barba, chefe. Acho que o senhor trouxe um aparelho de barbear, não trouxe?”

Estava na mala, com o pincel e o sabão de barba. Mas a gilete estava cega, arranharia e cortaria, especialmente com essa quantidade de barba por fazer. Ele escolheu uma nova na sua própria caixa e levou a caneca de plástico à cozinha para encher de água quente.

“Fazendo a barba?”, Roxana perguntou, olhando a sombra azulada nas faces do marido.

Ele fez que sim e voltou ao quarto da frente. Estendeu uma toalha no peito de Nariman e umedeceu a região da mandíbula do chefe, dando uma esfregada vigorosa com o sabão de barba para amaciá-la. Nariman fez os lábios desaparecerem para deixá-lo passar o pincel embaixo do nariz.

“Tudo pronto”, Yezad disse, e mergulhou a gilete na água quente. Começando junto a uma orelha, esticou a pele para deixá-la tesa, tendo o polegar que puxar bastante para que a pele esticasse. Nariman fez o melhor que pôde para ajudar, tentando torcer a boca para os lados ou encher a bochecha de ar.

Yezad estava trabalhando no queixo quando Roxana entrou no quarto. Ela o viu inclinando-se sobre Papai e, por um momento, temeu — alguma coisa errada? Então percebeu o que ele estava fazendo. E pôs a mão na boca para continuar calada.

Ele terminou, e enxugou os salpicos que restavam nas narinas e nos lobos das orelhas. Juntando os apetrechos de barbear, virou-se. E a viu à porta, viu os seus olhos transbordantes de uma gratidão tão intensa, que ele evitou a sua própria, por culpa.

Pouco antes da hora do jantar, Jal chegou com outro embrulho de comida. "Um bocado de comida a mais, de novo", disse ele alegremente. "Espero que não se incomodem."

"Não, é muito útil", Roxana disse, embora tivesse certeza de como Yezad reagiria a essas entregas.

Então Jal notou Nariman nos trinques, quase elegante, se é que estar elegante na cama fosse possível. "Olá! É você mesmo, Papai?"

"Titio, sente só isso aqui", Jehangir pediu, insistente, apertando o queixo do avô. "Tão macio e liso, como antes."

Jal hesitou.

"Toque-o, está muito bom."

Ele se curvou, da cadeira em que estava, e acariciou delicadamente o queixo. "Jehangir tem razão. Melhor do que a minha própria barba."

Nariman sorriu. "Yezad... res-pon-sá-vel pela minha trans..."

"Transformação? É isso?" Ele se virou para Yezad, que desviou o olhar.

Mas Roxana foi rápida ao elogiar, "Manicure, pedicure, tratamento facial, tudo! Yezad deu a Papai um tratamento de beleza completo!".

Eles riram, e Murad brincou dizendo que talvez Papai devesse abrir um Salon de Beauté Monsieur Chenoy.

"Aprendeu um pouquinho de francês, e vejam como fala bem", Yezad disse com orgulho.

"Sabe, Papai", Jehangir disse, com ar pensativo, "se você se especializasse em velhos, poderia ter muitos fregueses. Tenho certeza de que há muitos Avôs que..." sua voz se extinguiu.

Então Jal se levantou, dominado pela emoção, e deu um abraço em Yezad. "Você é uma pessoa tão boa. Não sei como lhe agradecer o suficiente."

"Você não tem que me agradecer de jeito nenhum." Sentindo-se sem jeito, Yezad se livrou dos braços de Jal.

Roxana perguntou ao pai se ele gostaria de um dos pasteizinhos de carneiro que Jal trouxera. Ele fez que não com um ligeiro movimento de cabeça, mas disse baixinho que precisava da comadre.

Ao se curvar para apanhá-la, Roxana percebeu Yezad se encolher na cadeira, depois se levantar e se dirigir, com ar descuidado, para a varanda. Ah, pois é, ela sorriu para si, esta era uma coisa com a qual ele não poderia ajudar.

O homem que veio trazer o bilhete olhou para o copo na mão de Yezad quando este atendeu à porta, fixando os olhos nas dentaduras mergulhadas na água. O homem olhou para a sua boca, como se tentasse saber se havia lugar para mais alguns dentes ali.

Yezad, que tinha estado escovando as dentaduras, riu. "Não são minhas", esclareceu a dúvida do homem. "Eu tenho a minha própria, essas são do velho pai."

"Eu estava querendo saber", o homem disse. Lembrou-se então da sua incumbência e entregou-lhe a carta.

Era da senhora Kapur. Tinham se passado três semanas desde a morte do seu marido. Yezad pousou o copo e abriu o envelope.

O mensageiro esperou até ele terminar de ler. "*Memsahab* disse que eu levasse a resposta."

"Por favor, diga que irei amanhã às dez horas como ela quer. Preciso escrever?"

"Não, não, desse tanto eu posso me lembrar."

O mensageiro saiu, e Roxana se regozijou com a notícia — só poderia significar uma coisa. E Yezad certamente receberia o pagamento amanhã. Ela esperava que a senhora Kapur não deduzisse o tempo que a loja tinha ficado fechada. "Afinal, você estava a fim de cuidar da loja sozinho. No máximo, ela pode cortar um ou dois dias por causa de Coomy."

"É, veremos."

Um toque de cansaço na sua resposta restrita incomodou-a. "O que está acontecendo, Yezad?"

"Nada", respondeu ele, embora temesse a idéia de entrar na loja de novo. Não poderia sobrecarregar Roxana com isso. Agora, era entre Deus e ele.

20

Quando Yezad chegou ao Empório de Material Esportivo Bombaim, as venezianas já estavam abaixadas, embora a porta estivesse destrancada. O mensageiro que tinha entregado o bilhete da senhora Kapur no dia anterior estava lá dentro. Ele apontou, silenciosamente, para o escritório nos fundos.

Enquanto Yezad contornava o balcão, pôde ouvir o ar-condicionado roncar, e a porta aberta a revelou na cadeira do marido. Achou que ela ocupava a cadeira como se sempre tivesse sido sua... atravessou suas agruras bastante ilesa... Não, isso era perverso, o espírito humano era poderoso, ela deveria ser elogiada. Ainda assim, a senhora Kapur parecia de fato estar à vontade demais atrás daquela mesa, pensou ele. E invejou a sua aparência de bem-estar e vigor.

"Bom-dia, senhor Chenoy. Por favor, sente-se."

"Obrigado." No outro dia ela o chamou Yezad, pensou ele, inquieto.

"Irei direto ao ponto. A Material Esportivo Bombaim não vai reabrir."

Ele queria saber por que não sentia nenhum choque, nenhuma surpresa. Se experimentou algo, foi uma estranha sensação de alívio. Ele se ouviu perguntar, "A senhora está vendendo a loja?".

"Por quê? O senhor gostaria de comprá-la?" Seu sorriso brilhante não escondeu a mensagem de que aquilo não era da sua conta.

Ele sacudiu a cabeça tolamente, e ela prosseguiu, "Além dos salários devidos, estou lhe dando um mês de salário extra".

Ela fez um envelope deslizar de um lado para o outro da mesa. Ele o deixou ali, refazendo a equação: 15 anos de serviços dedicados valiam um mês de salário para a senhora Kapur.

"Por favor, pegue-o", disse ela, tomando a quietude dele por relutância. "Tenho certeza de que Vikram gostaria que você o aceitasse."

"Obrigado." Deixando o envelope na mesa, ele o trouxe mais para perto de si. Era isso, ele deveria se levantar e pôr o envelope no bolso? Mudou de posição, sentando-se na beira da cadeira, prestes a se levantar.

"Aliás, senhor Chenoy, o senhor sabe da mala que ficava aqui?", continuou ela com o mesmo sorriso iluminado.

"Sim?"

"Sempre que Vikram a mencionava, ele o elogiava. Ele dizia que nunca teve que se preocupar com uma única rupia das vendas em dinheiro. Toda noite o senhor lhe entregava todo o dinheiro."

"O que mais eu deveria fazer?"

Ela riu como se latisse. "Eu poderia lhe dar milhares de exemplos. É tão difícil encontrar empregados honestos. Se não fosse pelo senhor, tenho certeza de que a mala seria muito menor do que é."

E era por isso que ela o recompensava com o salário de um mês, pensou Yezad.

"Vikram costumava chamá-la de seu plano de previdência pessoal. Meu pobre marido — ele nunca desfrutou dele." E fez uma pausa. "O senhor sabe, há alguns meses ele teve essa idéia maluca de entrar na política. Ele queria gastar a mala para concorrer à eleição. Eu bati o pé."

"O que deve tê-lo desapontado."

Ela balançou a cabeça. "O meu Vikram era, de uma maneira e de outra, uma criança, queria todo tipo de bobagem. Eu tinha que lhe chamar a atenção para os problemas. Às vezes eu me perguntava como era possível ele administrar o negócio sem mim."

"Ele era muito bom nisso."

"Ah, muito simpático da sua parte — um empregado tão leal. O que me faz lembrar, o senhor sabe quanto há na mala?"

"Não, acho que nem o senhor Kapur sabia a cifra exata."

Ela sorriu. "Ele não, mas eu sabia. Toda noite ele chegava em casa e me dizia quanto tinha posto nela. Temos um ditado punjabi que diz: o *bakshis* pode ser de 100 mil rupias, mas as contas têm que estar certas até o último *paisa*."

E quanto à lavagem de dinheiro e à evasão de impostos, havia algum ditado para isso, ele teve vontade de perguntar.

"A noite passada, eu contei o dinheiro da mala. E aí está o problema. Tem 35 mil a menos do que deveria ter."

Então era a isso que o bate-papo estava levando, a aranha sorridente tentando tecer uma teia para ele. "O senhor Kapur não lhe contou?", perguntou ele, educadamente.

"Diga-me, sobre o quê?"

"Sobre o Shiv Sena. A senhora sabe como eles entram nas lojas, e exigem as chamadas doações para..."

"Eles nunca nos incomodaram", ela o interrompeu bruscamente.

"Incomodaram, dessa vez." Ele lhe contou do imposto que exigia o nome Mumbai, e de que o senhor Kapur tinha concordado em manter Bombaim no letreiro da loja. "Motivo pelo qual ele tirou 35 mil da mala."

"Sei. E eles deram um recibo pelo pagamento?"

"Essa foi a confusão do dia de Natal — chegaram dois outros sujeitos, dizendo que não permitiriam nenhuma isenção. Os primeiros dois nunca voltaram para receber o pagamento."

"Ah, sim, nunca voltaram. E o que aconteceu com o dinheiro?"

"Está ainda na minha mesa." Ele fez um gesto para trás, na direção da loja. "A menos que os ladrões o tenham roubado no dia de Natal."

Os olhos dela se apertaram. "Nada foi tocado, senhor Chenoy, os ladrões fugiram quando Husain gritou. Aliás, não encontrei as duplicatas das chaves da sua mesa. Vamos dar uma olhada?"

Ele ficou procurando a argola com as chaves no bolso, às apalpadelas, e eles saíram do escritório. Sua mão tremia quando ele destrancou a mesa. Abriu a gaveta devagar, pensando em seu pai, no relógio da cozinha, na questão da honra e do bom nome...

Sem emoção, ele lhe entregou o envelope. Ela se curvou para espiar, ver o que mais poderia haver na gaveta.

"Melhor contá-lo, senhora Kapur. As contas devem estar certas até o último *paisa*, como a senhora disse."

"Eu ainda não estou entendendo." O tom de voz dela era agora despudoradamente suspeitoso; a hostilidade, palpável. "Por que o dinheiro estava na sua mesa?"

"O senhor Kapur queria que eu tratasse disso. Ele disse que falar com os escroques o deixava doente."

"A história toda é muito estranha. Por que Vikram queria isenção em vez de simplesmente mudar o nome? Um letreiro novo teria custado muito menos do que 35 mil."

"O senhor Kapur não avaliava tudo em termos de dinheiro", disse Yezad, esforçando-se para manter um tom normal. "Como a senhora sabe, o nome significava muito para ele. Bombaim era o mundo para ele."

Ela balançou a cabeça. "O meu Vikram não era assim tão sentimental. Seja como for, o senhor deve tirar os seus objetos pessoais da mesa, para não precisar voltar aqui."

Como ela conhecia pouco o marido, pensou Yezad, enquanto abria as gavetas, uma por uma, e esquadrinhava o conteúdo delas. Não havia muito de seu ali. Algumas revistas, cartas de agradecimento de clientes, cartões de Divali e de Ano-novo de colegas do comércio recebidos no decorrer dos anos.

A senhora Kapur permaneceu ao seu lado para supervisionar, examinando cada artigo que entrava na sua pasta. A todo momento, ela esticava o pescoço e mudava de posição para não perder nada de vista.

Yezad não se precipitou, fingindo examinar suas pastas cuidadosamente, como se ela não estivesse espiando por cima do seu ombro. Mas seu pensamento estava acolhendo uma lembrança de infância, que lhe veio espontaneamente, de um empregado, suspeito de roubo... Henry, de aproximadamente 15 anos, três ou quatro anos mais velho do que ele, mandado embora por algum motivo fútil. E o pai de Henry, coberto de vergonha, tinha chegado para levar o filho embora. A malinha do rapaz, enferrujada e amassada, estava pronta perto da porta de serviço, assim como o seu colchão fino, enrolado. Mas, antes que saíssem, Henry teve de esvaziar a mala e desenrolar o colchão puído e manchado para que os patrões vissem, e para demonstrar que nada tinha sido roubado, enquanto o pai de Henry, mortificado, continuava a olhar...

E Yezad se perguntava se seu próprio pai estaria, nesse momento, assistindo à humilhação do filho. Ele terminou, empurrou as gavetas, fechando-as, e deu a chave para a senhora Kapur.

"Obrigada, senhor Chenoy. Em nome de Vikram, também lhe agradeço. Agora, tem alguma coisa aqui na loja que o senhor gostaria de possuir como lembrança? Algo pequeno, para guardar como lembrança de Vikram?"

Talvez ela estivesse tentando reparar as suas suspeitas, pensou. Ele estava prestes a recusar a oferta, quando se lembrou.

"Na realidade, o senhor Kapur me deu um presente de Natal. Eu me esqueci de levá-lo naquele dia, com toda a comoção por causa do Shiv Sena. São três fotos da Rua Hughes — ele deve ter guardado de novo na gaveta para mim."

"Ah, eu sei onde estão, senhor Chenoy. Mas aquelas são muito valiosas."

Ele olhou nos olhos dela. "O senhor Kapur me deu essas fotos de presente", repetiu, mantendo a voz firme. "Na manhã do Natal."

"Não me parece possível. Elas fazem parte da coleção de Vikram. Um de seus *hobbies.* Mas eu terei que vendê-la — como viúva, tenho que ser cuidadosa com o dinheiro. Há mais alguma coisa que o senhor queira? Talvez aquele Papai Noel? Ou uma bola de futebol?"

"Não, obrigado."

"Tem certeza? Tudo bem, *bye-bye* então."

A cabeça de Yezad estava vazia quando saiu da loja. Tocou as chaves da entrada no seu bolso — ela esquecera de tomá-las de volta. Ele lançou um olhar atrás de si enquanto ela fechava a porta: não, ela não esquecera — ambas as fechaduras tinham sido trocadas.

Andando ao longo do meio-fio, tornou a meter a mão no bolso, pescou as chaves lá de dentro e as jogou no bueiro. Quinze anos. Ele ouviu o tinido quando chegaram ao fundo.

Um catador, examinando o lixo ali por perto, viu as chaves caírem, e se introduziu ali para recuperá-las. Pescando-as da imundície, ele as acrescentou ao saco que continha sua coleção de metais.

Passando pelo Mercado de Livros Jai Hind, Yezad ouviu seu nome sendo chamado. Fingiu não ter ouvido e continuou a andar. E não parou até chegar ao templo do fogo de Wadiaji.

Ele esquadrinhou a velha bolsa de zíper quebrado na qual Roxana guardava documentos importantes, receitas, informações médicas, os boletins das crianças. O seu certificado do ensino médio, o diploma de bacharel em Humanidades, o diploma de vendas e gerenciamento e uma versão do seu currículo, feita há 15 anos, também estavam ali.

Yezad espalhou tudo na mesa de jantar. Atualizou o currículo e fez uma cópia manuscrita. Roxana olhava, encorajando-o e admirando-lhe a caligrafia.

"Bonitas como sempre, Yezdaa, suas pérolas no papel. Com uma letra como a sua, é uma vantagem não mandar datilografá-lo."

Ele sorriu.

"Acho que você vai encontrar um novo trabalho com facilidade. Melhor do que o antigo." Ela o beijou no alto da cabeça e se afastou.

Ele terminou o currículo e organizou sua pasta, nela incluindo as cartas de agradecimento dos clientes que ele trouxera da Material Esportivo Bombaim. Então foi mandar tirar fotocópias na loja da esquina.

Por três dias, ele fez a ronda dos principais fornecedores de material esportivo da cidade. Os gerentes e proprietários, conhecedores da infelicidade ocorrida em seu local de trabalho anterior, recebiam o seu pedido de emprego com simpatia, prometendo avisá-lo assim que se abrisse uma vaga. Mas Yezad não podia deixar de perceber o mal-estar deles. Apertavam-lhe as mãos com cautela, como se preferissem não ter contato com alguém tão intimamente relacionado com um assassinato.

No quarto dia, ele saiu de manhã, na hora habitual, e foi andando para o templo do fogo. Seu passe de trem tinha expirado. Rezou durante mais de duas horas, depois foi a pé para casa. Era só uma hora quando entrou.

"Yezdaa? De volta tão cedo?"

"Não me falta visitar mais nenhuma loja de esporte."

"Por que você não vai procurar em outros lugares?"

"O que está sugerindo? Que sou preguiçoso porque vim para casa cedo hoje?"

"Eu só estava imaginando qual seria o seu plano."

"Não imagine. Todas essas pessoas com quem estive precisam de tempo para me oferecer algo. Deus vai decidir quando for a minha vez."

Ela o deixou a sós, porém mais tarde, naquele dia, perguntou se estaria tudo bem se ela saísse um pouco, se ele ficaria em casa. "Jal quer que eu escolha roupas, sapatos e outras coisas de Coomy. Ele quer doá-los para o asilo de velhos e para o *chawl* das viúvas."

"Claro. Quanto mais cedo melhor — os pobres poderão aproveitá-los."

Antes de sair, ela deu o compadre para o pai sem que ele o pedisse. Os silvos dela lhe disseram o que era preciso. Ele agradeceu deixando cair algumas gotas dentro do vaso.

"Só isso, Papai? Tente de novo, para não precisar fazer mais até eu voltar."

Nariman resmungou, tentou de novo e conseguiu um pouquinho mais. Ela o jogou na latrina e lavou o compadre. Tranqüilizando Yezad, dizendo que Papai estava passando um dia bom e calmo, Roxana saiu.

Yezad parou algum tempo no quarto da frente. Observou as mãos trêmulas de Nariman, e os olhos inquietos sob as pálpebras fechadas. Mas era o seu silêncio, que vinha aumentando até ser quase total nas semanas recentes, o que mais entristecia Yezad.

Foi até a varanda, debruçar-se na grade, lembrando-se do seu ressentimento infantil em relação a Nariman logo que ele chegou ali, quatro meses atrás. Pensou nos momentos que tinha curtido com Nariman, na sua sagacidade, sua conversa vigorosa, que ia de algumas palavras de uma narrativa a uma torrente de persuasão. Tudo reduzido a um gotejar que mal se notava. Como o ventilador de múltiplas velocidades no quarto dos fundos, que estava reduzido a um zunido lento... O que, em si, também valia a pena provar, embora o que isso prenunciasse fosse a estase próxima. O fim de todo o movimento, todas as palavras...

Pôs a chaleira para esquentar quando os meninos voltaram da escola. Sabia que eles gostavam da novidade do pai em casa a essa hora estranha, fazendo o chá para eles quando ele normalmente estaria no trabalho. E permaneceu com eles enquanto tomavam o chá.

"Agora, aos livros."

Foram para a pequena escrivaninha no quarto dos fundos, e ele se sentou na cama. As testas dos meninos brilhavam de suor. Nem chegamos ao fim de janeiro, pensou, e o tempo já está mudando. Perguntou qual era o dever de casa.

"Eu tenho essa tradução de francês", Murad respondeu.

"Lembro-me um pouco do meu francês, se você precisar de ajuda."

"*Merci*, Papai."

"E você, Jehangla?"

"Aritmética. Mas as contas são tão idiotas. Esta aqui diz que a senhora Bolakani foi ao mercado com Rs 100,00.* Ela gastou Rs 22,50 de ovos, Rs 14,00 de pão, Rs 36,75 de manteiga e Rs 7,00 de cebola. Quantas rupias a senhora Bolakani tinha quando chegou em casa?"

Yezad perguntou por que o problema era idiota, e Jehangir disse que ninguém compraria toda essa manteiga de uma só vez, que a senhora Bolakani não tinha um bom maço de envelopes como o de Mamãe.

Eles riram, e ele lhes apertou os ombros afetuosamente. Murad perguntou se poderia ligar o ventilador.

Jehangir fez uma cara feia para o irmão. "Mamãe lhe disse que a conta da eletricidade sobe muito quando se usa o ventilador."

"Mas estou suando muito, como posso me lembrar de todas essas palavras em francês?"

Yezad disse que eles poderiam ligá-lo por dez minutos. Ligou-o no Baixo, a única velocidade que funcionava, e o ar nasceu no quarto.

De vez em quando, podia se ouvir a fala indistinta de Nariman vinda do quarto da frente, atraindo Yezad para o seu lado. "Como o senhor está, chefe?" Sentiu-se tolo mesmo quando fez a pergunta. "Roxie saiu, mas estamos todos aqui."

Os esforços vocais de Nariman persistiam, e Yezad voltou-se para os meninos. "Acho que o Vovô quer dizer alguma coisa. Vejam se compreendem."

Os três se alinharam na beira da bicama e esperaram.

"Talvez ele queira fazer xixi", sugeriu Yezad;

"Não", Jehangir disse. "Para xixi você percebe que ele está dizendo 'vaso'. Acho que ele está querendo fazer cocô."

O coração de Yezad esmoreceu. "Tem certeza?" Inclinando-se em direção ao travesseiro, perguntou delicadamente, "Número dois?".

---

*100 rupias. [N. da T.]

Nariman murmurou, e seu tom aliviado parecia ser um sinal afirmativo.

"Quer que eu vá buscar a Tia Villie?"

O pai tomou fôlego. "Não. Não precisamos dela."

A resposta do pai espantou os meninos. Só o que podiam pensar era na proibição absoluta de tocar nos utensílios de higiene usados na cama, nas muitas brigas entre os pais. Então seus rostos mostraram aprovação por sua decisão.

"Mas eu não sei como fazer", Jehangir disse. "É mais complicado do que o compadre."

Murad assentiu com a cabeça, achava o mesmo.

"Vamos descobrir", Yezad disse. "Não pode ser difícil."

Levantou o lençol e o afastou para um lado para não sujá-lo. O cheiro rançoso ao redor de Nariman intensificava-se. E isso apesar dos incansáveis esforços de Roxie, pensou ele, para mantê-lo limpo e fresco com banhos de esponja e talco.

"Tudo bem, Jehangla, quando Murad e eu levantarmos o Vovô, você pode introduzir com delicadeza a comadre. Pronto?"

"Esperem, acabei de me lembrar — Mamãe sempre põe, primeiro, um plástico extra."

Havia um plástico dobrado no pé da bicama, enfiado debaixo do colchão. Jehangir o sacudiu, abrindo-o.

"Pronto?", o pai perguntou. "Um, dois e já." Jehangir pôs rapidamente o plástico por cima do lençol branco, depois colocou a comadre debaixo do avô.

"Excelente", Yezad disse, enquanto ele e Murad o abaixavam. "Está tudo bem, chefe?"

Nariman admitiu que sim com um suspiro de alívio, e eles se puseram mais para trás.

Como Roxana fazia isso sozinha, Yezad gostaria de saber, levantar o pai, o plástico, a comadre, todos os dias? E, em vez de louvar a sua força, que ele fizera senão demonstrar raiva e se queixar? Ela havia necessitado de sua ajuda, e tudo o que ele conseguia vomitar eram aquelas arengas patéticas. As manhãs, tardes e noites, a sua frustração amarga, respondida com a paciência dela...

Dominado pela vergonha, ele mal sentiu o cheiro da comadre, seu nariz exigente não se queixou.

A mão de Jehangir se meteu furtivamente na mão do pai. "Papai, você vai logo encontrar trabalho?"

"Deus é grande. Se Ele quiser que eu encontre, tenho certeza de que encontrarei."

Os meninos desviaram os olhares timidamente, não estando acostumados a essa nova maneira de falar. Passaram-se, então, momentos de um silêncio que só era quebrado pelos gemidos e suspiros de Nariman.

"Já sei", Yezad disse. "Amanhã é feriado. Por que vocês não vão, os dois, comigo ao templo do fogo de manhã? Vão poder rezar para Deus, pedir-Lhe que nos ajude."

Eles assentiram com a cabeça, sentindo-se um pouco envergonhados. Palavras desse tipo costumavam vir da Titia Coomy, nunca do pai deles.

"Acho que Vovô acabou", Murad disse.

"É, é sim."

Eles o ergueram um pouco enquanto Jehangir tirava a comadre e a tampava. De baixo do sofá ele apanhou uma cesta cheia de quadrados de pano cortados de *sudras* e pijamas velhos. "Para enxugar o bumbum do Vovô — Mamãe disse que rolos de papel são muito caros."

Yezad recuou, mas pegou a cesta das mãos do filho. Então a porta da frente se abriu, e Roxana estava em casa.

"Ah, Papai, não!", ela gritou da entrada onde o cheiro a alcançou. "Sujou a cama?"

Ela entrou no quarto da frente, viu-os em volta da bicama, os trapos na mão de Yezad, e compreendeu. "Obrigada", sussurrou, aliviando-o da cesta. "Eu faço isso."

"Agradeça a Jehangir e Murad. Sem eles, eu não teria feito nada."

Ela sorriu, e os olhos lutaram para conter as lágrimas.

"Não sei como você consegue se arranjar sozinha", Yezad acrescentou.

"Não é difícil. Com a prática, me acostumei."

Prática, não, pensou Yezad, amor e dedicação. Deve haver alguma verdade na frase que diz que o amor move montanhas, ele certamente fez Roxana levantar o pai.

"Abra aquele embrulho, Yezdaa, veja o que Jal mandou para você."

Ele desembrulhou o pacote envolto em jornal e viu o pequeno turíbulo de prata. Sua forma delicada reproduzia o enorme *afargaan* de cerca de um metro e meio que havia no templo do fogo de Wadiaji. A placa redonda de cima, onde se queimava o incenso, estava carbonizada por causa das brasas.

Ele ergueu o pequeno *afargaan* na mão e lançou um olhar inquisitivo para Roxana.

"De Mamãe", respondeu ela. "Não o reconhece? Costumávamos ver Coomy com ele durante as orações do anoitecer dela, levando o *loban* pela casa."

"Sim, me lembro."

"Jal achou que você poderia gostar de recebê-lo. Veja, ele até mandou este pacote de *loban*."

Ele abriu o saco plástico e cheirou o incenso. Gostou do *afargaan*, da forma, da sensação dele na mão, do lustro.

Na manhã seguinte, depois do chá, Yezad lembrou aos meninos o templo do fogo. Murad recusava-se a ir, dizendo que não era Navroze nem Khordad Sal. "Me parece engraçado, ir lá assim. Não é nem época de prova."

"Você não precisa de uma ocasião especial. Deus está pronto para ouvir nos 365 dias."

"Trezentos e sessenta e seis num ano bissexto", Jehangir observou. Já tinha se passado muito tempo desde a última saída com o pai, e estava ansioso para sair de novo. Com relutância, Murad mudou de roupa, da que usava para ficar em casa para uma melhor.

As ruas estavam calmas enquanto caminhavam em direção ao templo do fogo; lojas e escritórios estavam fechados devido ao Dia da República. De vez em quando, passava um carro cheio de gente acenando bandeirolas de papel. Os meninos disseram que seria bom sair à noite, depois que escurecesse, para ver a iluminação.

Jehangir meteu sua mão, furtivamente, na mão do pai e sincronizou sua marcha com a dele. A cada duas ou três passadas, dava um pulinho extra para manter o passo. Murad caminhava ligeiramente à frente; por algum tempo, independente, depois o ritmo foi diminuindo. Quando ficaram emparelhados, o pai também tomou a mão dele e começou a assobiar.

Olhando para cima, Jehangir se perguntou que música resultaria dali, mas o pai continuou a assobiar frases alegres, como um passarinho. Então, passou a assobiar uma música, o tema dos filmes do Gordo e do Magro, e Murad começou a andar gingado, com jeito de atarracado, e a barriga empurrada para a frente.

Logo chegaram à loja do sândalo, e o homem, que agora via Yezad como um freguês, cumprimentou e foi pegar a caixa de varetas: "Três, hoje?"

Yezad balançou a cabeça, brincando para esconder o embaraço, "Uma família, um *sukhad*".

O homem sorriu. "Seus filhos?"

Ele fez que sim com a cabeça.

Puseram os barretes de oração e se dirigiram à varanda para as abluções. No parapeito de se lavar, Yezad abriu a tampa do *haando* e baixou o *karasio* de prata nele. Ao bater o lado, acidentalmente, este soou como um sino. Seu braço desapareceu até a altura do ombro antes que o *karasio* chegasse à água. "Quase vazio", sussurrou.

"Este *haando* é tão grande, que quase dava para Jehangir nadar nele", Murad disse.

"Como se eu fosse desse tamanho."

Yezad despejou a água nas mãos dos filhos, então lavou as suas. Eles partilharam do lenço dele para se secar. "Quando começarem o *kusti*, nada de conversinhas e brincadeiras, Ok?"

"Por que não?", Murad perguntou.

"Porque nós estamos conversando com Deus quando rezamos. E é uma grosseria interromper."

Murad fez uma careta às costas do pai para que Jehangir soubesse que ele estava só fazendo a vontade do pai, que ele não acreditava em nada disso. Tiraram então as camisas das calças, meteram as pontas debaixo dos queixos, e começaram a desatar os *kustis.*

Yezad ficou de olho nos filhos para que não pulassem nem um detalhe sequer da seqüência. Eles, de soslaio, observavam o pai, fascinados com a sua nova habilidade ao lidar com o *kusti* de quase três metros. Era tão elegante como ele usava os dedos, atava os nós, até os cegos, nas costas.

Deixando os sapatos embaixo do banco, eles entraram no silêncio tranqüilo, onde o fogo era um brilho de brasas. Yezad ajoelhou-se no santuário, e os meninos o acompanharam. Do bolso da camisa, ele tirou o sândalo, hesitou, pegou a mão de Murad e a pôs na oferenda, pegou a de Jehangir e fez o mesmo. Três mãos a puseram na bandeja de prata.

Ainda de joelhos, ele juntou uma pitada de cinzas com os dedos, espalhou um pouco nas testas dos filhos e o resto na dele. Com as mãos nos ombros deles, fez pressão para que se abaixassem. Eles compreenderam que deveriam se inclinar diante do fogo, e se curvar até as testas tocarem o limiar de mármore.

Entre eles, ele abaixou a própria cabeça... Ó Dada Ormuzd, abençoai meus filhos, conservai-os saudáveis e honestos, cuidai de toda a nossa família conforme a Vossa vontade, ajudai-me a fazer o que for a Vossa vontade...

Levantou-se, e os meninos se levantaram também. E, andando de costas, foram se afastando do fogo, mas esse movimento se tornou uma corrida entre os dois para ver quem era o mais rápido na contramarcha. Quase se chocaram com um sacerdote.

Era o velho *dustoorji*, o alto e magro, de barba branca e comprida, que tinha falado com Yezad naquela primeira vez. Ele tomou as mãos dos meninos nas dele e perguntou com um piscar de olhos, "Vocês recitaram tudo direito? Nenhum *gaapcha* nas suas orações, não foi?".

Eles assentiram com a cabeça, timidamente.

Rindo, o *dustoorji* disse a Yezad "Sempre me deixa feliz ver gente jovem aqui". Ele continuou lá dentro para cumprir seus deveres em relação ao fogo.

Eles voltaram para a varanda e recuperaram os sapatos, e ali Murad comentou que se esse *dustoorji* fosse gordo e usasse vestes vermelhas, podia muito bem se parecer com Papai Noel.

"E se Papai Noel emagrecesse um pouco", Yezad disse, "e usasse roupas brancas, ele se pareceria com o *dustoorji*."

"Sabe o que estava me preocupando, Papai?"

"O quê, Jehangla?"

"Que alguém pudesse roubar nossos sapatos enquanto estávamos lá dentro."

Yezad disse que não lhe parecia provável que tal coisa acontecesse num templo do fogo. E perguntou se tinham gostado da visita.

Eles responderam que sim. "Mas teria sido mais divertido se pudéssemos entrar no lugar em que fica o grande *afargaan*, e se pudéssemos, nós mesmos, pôr o sândalo no fogo", Murad disse.

"Eu também achava o mesmo quando tinha a sua idade."

Manteiga, geléia, biscoitos, queijo, vidros de *chutney* e de *achaar*, e dois pacotes de *sev-ganthia* saíam confusamente do grande pacote de mantimentos. Num saco separado, havia laranjas e um cacho de uvas verdes. Murad e Jehangir tiraram tudo dos sacos, avidamente, arrumando os alimentos na mesa de jantar, os olhos brilhando enquanto examinavam os rótulos.

O prazer deles incentivou a infelicidade de Yezad. Ele imaginou que Roxana tinha dito a Jal que a Material Esportivo Bombaim não precisava mais dele. E aí viera Jal, disposto a propalar sua largueza. "Ainda não estamos registrados como pobres, necessitados de caridade."

Jal apertava o fone do ouvido com o dedo, e Roxana desejou que ele não tivesse ouvido.

Mas ele percebera o finalzinho da frase. "Eu o trouxe por amor", protestou, ajustando o aparelho. "Se você usa essa palavra para classificar o meu presente, com que rigor você não deve pensar em mim e em Coomy."

Então ele era um penitente. "Nós o merecemos. Por ter trazido Papai de mudança para cá." Ele baixou a voz para que Nariman não ouvisse.

"Ora, esse foi um presente e tanto. O tipo de presente que muda a vida das pessoas para sempre."

"Por favor, não vamos discutir", Roxana disse, fazendo sinal para a bicama.

Jal ficou sentado, quieto, com as mãos no colo. "Sua raiva se justifica. Foi uma coisa horrível que ela — que nós fizemos."

"Ela: você estava com a razão de início", Yezad disse.

"Mas eu permiti. Deixei que ela me convencesse. Eu deveria tê-la impedido."

"E você poderia?"

Ele pensou um pouco. "Não, acho que não. Ela acreditava que Papai era responsável por..." Ele balançou a cabeça, lembrando-se de não pensar naqueles anos infelizes. "Como teria sido melhor o perdão."

"Pobre Coomy", Roxana disse. "Tarde demais para ela."

Ele assentiu com a cabeça tristemente. "Sabem, eu estava fazendo uma pequena faxina na sala de estar ontem, guardando algumas quinquilharias na cristaleira. O que me fez lembrar do aniversário de Papai. Pensei comigo mesmo, foi a última vez em que todos nós estivemos juntos naquela sala."

"Foi uma festa simpática", Yezad disse.

"Acho que Coomy também curtiu", Jal acrescentou.

Eles lhe garantiram que ela havia curtido. "Todo mundo se divertiu. E que jantar gostoso ela preparou!"

"É, ela amava cozinhar. E eu estava pensando ontem, Por que não poderíamos ter tido mais momentos felizes juntos? Era possível — é possível, não temos que continuar agindo igual, realmente. E quanto a Papai, eu..."

Eles permaneceram em silêncio até ele recomeçar. "Realmente, vou melhorar as coisas entre nós. Por favor, tenham um pouco mais de paciência. Mais duas semanas."

Jal manteve a promessa, voltando uma quinzena depois para anunciar que tinha boas notícias. Eles ficaram observando enquanto ele abria um pacotinho novo de pilhas Longa Vida e inseria duas baterias no seu aparelho de audição. Fechando a tampa, apertou o botão de ligar e ajustou o volume.

"Deixe-me adivinhar", Yezad disse. "Você encontrou alguém que sabe de um tratamento miraculoso para Nariman."

O sarcasmo deixou Jal ileso, provocando apenas um pequeno sorriso. "Sinto muito, Yezad, mas ainda não há cura para o mal de Parkinson. O meu plano é inteiramente prático. Desde que vocês dois estejam de acordo, apreciem-no o suficiente e então cooperem."

"Ouviu isso, Roxie? Precisa da nossa cooperação."

Ela apertou os lábios um no outro e desejou que Yezad ouvisse Jal sem continuar a atormentá-lo.

Mas Jal se manteve imperturbável. A voz continuava baixa, como se fosse para não perturbar Nariman. "Lembram-se de que um dia eu vim aqui, cheio da Coomy? E vocês foram tão simpáticos, e disseram que se tivessem um apartamento grande como o do Chateau Felicity me chamariam para morar com vocês?"

O coração de Yezad esmoreceu. Claro que Jal não queria...! Ele ficou tenso, esperando, assentindo com a cabeça, sim, lembrava-se daquela noite.

"Foi o que me deu a idéia. De repente percebi — eu tenho um apartamento grande! Este é pequeno demais para vocês, mesmo que Papai não estivesse aqui. E aquele é enorme para eu morar sozinho."

Yezad assentiu com a cabeça novamente, em guarda.

A solução, Jal disse, era que a família inteira, assim como Papai, se mudasse para o Chateau Felicity. Seria a melhor coisa para todos eles. E também uma maneira de homenagear a memória de Coomy — algo de bom, afinal, depois de anos de infelicidade. De lá de cima, disse ele, possuidora do conhecimento e da sabedoria que vinham com a morte, Coomy sem dúvida aprovaria.

"Eu não lhes disse?", Yezad disse. "Eu não disse que podíamos confiar em Jal? Felizes para sempre — dentro de uma ruína."

Jal riu, recusando-se a se ofender. Claro que o apartamento estava em péssimo estado, sem manutenção há décadas. E nem ele nem eles tinham o dinheiro para botá-lo em ordem.

"Fico contente que você perceba isso", Yezad disse.

"Mas é aí que este apartamento entra. Embora seja pequeno, vale um bocado por causa da localização. Podemos conseguir pelo menos 40 *lakhs*."*

"Belos sonhos."

"Não, é o preço atual. Consultei alguns corretores."

"Sem me dizer uma palavra, você mandou fazer uma avaliação do meu apartamento?"

"Me desculpe, Yezad, tive que fazê-lo, para ter certeza de que o meu plano funcionaria. Eu não queria chegar aqui com idéias mal alinhavadas."

Yezad abandonou o seu pique. "Quarenta *lakhs* é o preço que vale?"

"No mínimo."

"Quase dez vezes o que Papai pagou", Roxana disse, assombrada.

Uma parte desse dinheiro, Jal explicou, poderia ser usada para a reforma no Chateau Felicity, o resto poderia ser investido. "Mesmo em depósitos a prazo fixo, os juros vão ser suficientes para vocês, e para as despesas de Papai — enfermeira, remédios, cama de hospital do tipo adequado. Eu não preciso de nenhum *paisa* dele. Tudo o que eu quero é que vocês se mudem para lá e façam de lá o seu lar."

"Castelos no ar. Falando como se os nossos problemas fossem desaparecer amanhã. Mesmo que queiramos nos mudar, encontrar um comprador sério leva meses."

Jal tossiu. "Na realidade, eu já tenho alguém."

---

* *Lakh* = 100 mil. [N. da T.]

Dessa vez, Yezad ficou genuinamente enraivecido. "Não acredito nesse cara! Mandar fazer uma avaliação é uma coisa, mas convocar um comprador sem nos perguntar? Você também contratou uma firma de mudanças? Talvez o caminhão esteja lá fora à espera dos nossos móveis."

Roxana pediu que diminuíssem o tom, que Papai poderia ouvir. Jal disse que por favor ele não se exaltasse, um dos corretores que ele conhecera no bazar de ações por acaso mencionou o comprador quando ele estava fazendo a pesquisa sobre imóveis.

Depois de alguns momentos de mau humor, Yezad perguntou, aparentando indiferença, "Quem é esse comprador?".

"Um negociante de diamantes de Surat. O filho dele vai se casar."

Yezad matutou sobre a idéia e surgiu com a próxima objeção: "Suponhamos que o seu negociante de diamantes seja pessoa séria. Vai ser uma transação com dinheiro por fora, certo? Então, como podemos confiar que ele nos dê dinheiro vivo? E onde vamos morar enquanto as obras estiverem sendo feitas no apartamento grande?"

Mais uma vez, Jal tinha as respostas. "O sistema é: metade pago adiantado, metade quando vocês saírem. Vocês recebem 20 *lakhs* primeiro, então temos um mês para obras, depois, vocês se mudam."

Yezad sorriu. "Você sabe qual é o maior furo no seu plano? As obras. Vão custar tanto que não vai sobrar nada para investir. Estaremos exatamente onde começamos, nenhum dinheiro para Papai, e eu, sem trabalho. Na realidade, vai ser até pior, teremos aquele apartamento imenso para cuidar."

Jal se levantou para procurar algo no bolso da calça. Extraiu um envelope dobrado ao meio e o entregou a Yezad.

Em três páginas datilografadas, havia um orçamento detalhado e uma ordem de serviço, um contrato para 60 dias, escriturado pela firma muito respeitável Hafiz Lakdavala & Filhos. Era uma lista de todos os consertos necessários para tornar o apartamento do Chateau Felicity uma casa confortável.

Enquanto Yezad lia, com Roxana espiando por cima do ombro do marido, este se dava conta de que Jal tinha razão, os números dificilmente poderiam ser contestados. Mas ele percorreu as páginas, item por item: vasos sanitários novos, banheiros novos, chuveirinhos de água quente, azulejos, torneiras, serviços de eletricidade, pintura, piso e armários de cozinha, substituição de janelas quebradas etc. etc...

Ele discutia tudo o que podia. Mesmo quando sabia as respostas, levantava suas dúvidas. Jal explicava e, pacientemente, respondia às indagações. "Então, vejam, a reforma mal chega a dez *lakhs*. São 30 *lakhs* para investir."

Yezad chegou ao último item, e achou que tinha encontrado algo: ali estava uma cifra que lançava dúvidas quanto à confiabilidade de toda a estimativa.

"Isso é bobagem, até um leigo como eu sabe disso. Como eles podem consertar danos tão graves por tão pouco? Com a viga podre e tudo o mais?"

Jal se levantou para ler a linha onde o dedo de Yezad estava apontando. "Você está querendo dizer o teto. É o serviço mais fácil. Só gesso na superfície."

"Não fale besteira, fica parecendo com o pobre do Edul. Já pegou a mania dele de faz-tudo?"

Jal olhou para o padrasto na bicama, depois ficou de olhos fixos no colo e endireitou os ombros. "Eu sei, porque sou responsável por isso."

"Ouça, Jal", Yezad falou, exausto. "Você precisa parar de se culpar por tudo de mau que acontece."

"Fui eu, sim", Jal repetiu. "Tomei emprestado o martelo de Edul, subi num banquinho e quebrei o gesso."

Roxana e Yezad ficaram boquiabertos. Mas Jal continuava assentindo com a cabeça, dizendo que sim, era exatamente o que ele tinha feito.

"Idéia de Coomy, não foi?", Yezad disse, num tom monótono.

Jal ignorou o comentário, reiterando a afirmação de que foi o único a ter subido e manejado o martelo.

"Mas por que ela quis fazer isso?", Roxana perguntou, desesperada de vontade de ouvir algum motivo que fosse menos implacável do que a verdade.

"Para não ter que cuidar de Papai." A honestidade brutal da resposta deixou-os mudos pelo que parecia ser alguns minutos, até Jal falar de novo. "Agora pelo menos vocês entendem que o teto está sólido, que Edul estava errado, a viga não está podre."

Depois de uma confissão dessas, não havia muito mais o que dizer. Ele se preparou para sair. "O que quer que vocês decidam, fico satisfeito de ter tido a chance... de lhes contar."

Eles o levaram à porta e, aturdidos, despediram-se. Fecharam a porta e entraram.

Mas, momentos depois, a campainha soou de novo. Era Jal outra vez.

"Desculpem-me. Eu me esqueci de um fato importante de que vocês deveriam saber: se concordarem com o plano, nós vamos ao proprietário e acrescentamos os seus nomes ao apartamento. Quero que se sintam completamente seguros, e não que se sintam simples hóspedes do Chateau Felicity."

O oferecimento emocionou Yezad tão profundamente como a confissão o espantara. Ele murmurou algo sobre precisar de uns dias para pensar, para voltar a conversar a respeito.

"Tenha o tempo que você quiser. Se o negociante de diamantes for para outro lugar, haverá outros compradores. Há muita procura por um lugar como o do Pleasant Villa."

Com apertos de mãos, ele deu boa-noite mais uma vez.

Yezad pôs a grelha no fogão e três pedras de carvão nela. Quando estavam em brasa, transferiu-as, com pinças, para o pratinho redondo e côncavo do *afargaan* de Coomy.

O coração de Roxana estava leve quando ela levou os pratos do jantar para a mesa. No dia em que trouxe o *afargaan* para casa, ela o polira com Silvo e o deixara na prateleira do lado de fora da cozinha, onde ele pudesse vê-lo. Agora, o aroma do incenso logo inundaria os quartos, pensou ela, a fumaça transportaria a graça de Deus...

Ao voltar, trazendo quatro copos, Roxana ouviu o pai tentando falar. Nos sons que ele fazia, ela ouviu o próprio nome.

"Sim, Papai?" E se inclinou para perto dele.

Não faça, minha filha. Não, não, não.

"O quê, Papai? Não faça o quê?"

Visto que. Porquanto. Não faça.

Ele continuava a chamar a atenção dela. Ela achou melhor não dar muita importância. Mas ele foi alteando a voz, os apelos foram ficando mais frenéticos.

Ela foi, de novo, para o lado dele e afagou-lhe a mão para sossegá-lo. "Venha cá, Jehangoo, sente aqui com o Vovô por uns minutinhos."

Jehangir começou a ler para ele um trecho do livro de história: "'Shivji nasceu em 1627 e foi o fundador do reino marata. Ele respeitava as crenças de todas as comunidades e protegia os seus lugares sagrados. Numa época de selvageria religiosa, Shivji praticou a verdadeira tolerância religiosa.'"

Nariman não se acalmava. Jehangir se inclinou e segurou o queixo dele com um início de barba. Em vez de dar risinhos, como de hábito, o avô ficou aborrecido.

"Experimente outra coisa", Roxana disse.

"Está bem, está bem", Jehangir disse. Ele afagou a cabeça do avô e cantou. "'Sou um bule de chá, pequenino e atarracado.'" E pôs os polegares na boca, piando como um mocho.

"Nada adianta", disse o menino à mãe, sentindo-se frustrado. "E você sempre me chama, nunca pede a Murad que ele faça alguma coisa."

"Porque o Vovô adora a sua companhia."

"Está tudo bem, Jehangla", o pai disse, entrando com o *afargaan* e o pacote de incenso. "Depois do meu *kusti*, vou acender o *loban* e rezar. Isso vai acalmar o espírito do avô, afastar quaisquer que sejam os pensamentos maus que o estejam atormentando."

Roxana estava um pouco em dúvida, lembrando a Yezad que Papai nunca fora muito de rezar, tinha até abandonado as práticas rotineiras por causa da maneira como os seus pais trataram Lucy. "Ele costumava chamar tudo isso de religião de fanáticos. Já faz 40 anos que ele não entra num templo do fogo."

"O que não tem importância. Nunca é tarde — veja o meu exemplo. Aliás, crer não é essencial. O som da oração em si vai lhe trazer paz e tranqüilidade."

Ela se afastou, sem querer desestimulá-lo ainda mais. Não queria pôr em risco a fé na oração, que, como uma bênção, caíra sobre ele e a casa.

De pé, junto à bicama, Yezad começou o seu *kusti*. Em vez da recitação silenciosa habitual, ele recitava em voz alta, "*Kem na mazda! Mavaite payum dadat, hyat ma dregvao*!".

Ao terminar a estrofe, Nariman parecia mais tranqüilo. Lançando à Roxana um olhar triunfante, ele pegou o *afargaan*, enfiou a mão no pacote de incensos e, com os dedos, tirou um pequeno antes de se dirigir à porta da frente.

Ela se precipitou na frente dele para abri-la. Os dedos dele deixaram um vestígio de pó nas brasas e, repentinamente, com um estalido, uma nuvem branca e perfumada tomou conta da entrada. Ele ergueu o *afargaan* mais alto, e o fez deslizar de um lado para o outro, formando um arco, como se lembrava de ver seu pai fazer.

Em seguida, apresentou o *afargaan* a Roxana. Cobrindo a cabeça, ela atravessou a fumaça com os dedos, agitando-a delicadamente para banhar o rosto com ela. Tocou de leve nos lados do *afargaan* e juntou as mãos.

"Como se fossem anjos e *fareshtas* flutuando pela nossa casa", murmurou Roxana, feliz.

Ele levou o *afargaan* até a varanda para Jehangir e Murad. Eles o admiraram com um sorriso inexpressivo. Ele não falava, não podia quebrar o fio da oração, mas emitia sons através dos dentes cerrados que os fez rir. Ele se aborreceu. A mãe lhes mostrou a maneira correta de respeitar o fogo.

Então eles foram para o quarto da frente, indo a cada canto e se movimentando em volta da bicama. O incenso incomodava Nariman; ele tossiu, e as mãos pareciam querer empurrar a fumaça para longe de si.

Yezad espalhou uma última pitada de *loban* e puxou uma cadeira para perto da bicama a fim de recitar o Sarosh Baaj. "*Khshnaothra Ahurahe Mazdao! Ashem vohu vahishtem asti*", começou, procurando encontrar o tom adequado.

Nariman respondeu com um som choroso. Roxana observava enquanto o tremor das mãos aumentava um pouco. "Papai não está gostando disso", disse ela só mexendo os lábios.

Também com gestos, ele lhe pediu que fosse paciente. "*Pa name Yazdan Ahuramazda Jhodai!*", entoou Yezad. "*Awazuni gorje khoreh awazayad!*"

Porém, quanto mais ele rezava, tentando imitar a sonora cantilena dos *dustoorjis* que ouvia no templo do fogo, maior parecia ser a agitação na bicama. Nariman continuou a pronunciar as mesmas palavras indistintas, várias vezes.

"Eu gostaria que Papai se acalmasse", Roxana disse, de novo fazendo um apelo a Yezad. "Você não vê que assim o está incomodando? Seja um pouco mais tolerante!"

"Psssssiu-humm-quie...-humm-humm!", respondeu ele, reprovando as interrupções dela através dos dentes cerrados. Atrás da cadeira do pai, os meninos deram uma risadinha silenciosa ao ouvir aqueles sons, sem ousar rir alto.

"*Fravarane Mazdayasno Zarathushtrish!*"

Não, não, não!, Nariman implorou.

Roxana não agüentou mais. Ela pôs o recipiente de volta na cozinha e pediu a Jehangir que fosse apanhar Daisy. Ele disse que não queria ir a lugar nenhum. Nem à casa da Tia Daisy nem à casa do Tio Jal, que era sempre tão triste e escuro lá.

"Uma casa não é nem triste nem escura", a mãe disse, "isso depende das pessoas que moram nela. Seja como for, ainda não decidimos sobre a mudança." Mas ele continuou amuado, e ela pediu a Murad que fosse no seu lugar.

Por um instante, Roxana lançou um olhar crítico ao roupão em que Daisy tinha apressadamente se enrolado. Então a cumprimentou, pedindo-lhe desculpas pelo incômodo, explicando que Papai estava num tal estado esta noite.

"Não é incômodo nenhum. Ele é o meu público mais devoto."

"Psssssiu-humm-para... humm-humm!" Yezad virou-se veementemente contra todo aquele blablablá profano.

Sussurrando, Roxana disse a Daisy que não se importasse com ele, assim, ela afinou o violino e começou uma interpretação apaziguadora da *Serenata* de Schubert.

Yezad desconsiderou a competição no decorrer dos primeiros compassos, depois destrambelhou, a todo o volume.

"*Ahunem vairim tanum paiti!*"

Daisy imprimiu mais pressão ao arco, e a caixa respondeu com uma amplificação maior do som.

"*Yasnemcha vahmemcha aojascha zavarecha afrinami!*", Yezad continuou.

Nariman chorava.

Daisy mudou para a chacona da *Partita em Ré Menor* de Bach; Yezad começou, vigorosamente, a entoar o Ahmai Raescha.

"Por que nada está ajudando Papai?" Roxana queria saber, angustiada.

Uma gloriosa cascata de sons saída do violino afogou, por um momento, a oração. A resposta se fez ouvir, mais alta ainda: "*Hazanghrem baeshazanam, baevare baeshazanam!*"

Jehangir deu um tapinha nas costas de Daisy. Com o rosto se comprimindo no apoio do queixo, ela baixou os olhos inquisitivos para o menino.

"Titia, você sabe *Um dia quando éramos jovens*? É a predileta do Vovô."

O violino parou. "Cantarole para mim", ordenou ela.

Ele tentou cantarolar; bastou uma dica para fazê-la se lembrar da música do filme *A grande valsa.* Ela abandonou a chacona.

Enquanto tocava, a faixa do roupão se desfez, mas a música não parou. Roxana franziu um pouco a testa, olhando o marido de soslaio para verificar se ele estava olhando para a anágua de Daisy. Mas os olhos de Yezad estavam fechados enquanto ele chegava à frase conclusiva: "*Kerfeh mozd gunah guzareshnra kunam!*"

Depois de várias repetições do verso e do refrão, os soluços de Nariman se aquietaram. Roxana enxugou as lágrimas do pai, e este foi arrastado para o sono.

Rematando com um último *Ashem Vohu,* Yezad abriu os olhos. Estendeu as mãos na direção da bicama para mostrar a calma que as vibrações de suas orações tinham produzido. Daisy pôs o violino em seu estojo e, afastando-se dele, reatou, com firmeza, a faixa em volta do roupão.

Yezad ficou deitado de barriga para cima por muito tempo, olhando fixamente o teto, no escuro. "Roxana? Está acordada?"

"Humm."

Ele procurou a mão da mulher debaixo do lençol e disse que tinha chegado a uma decisão: iriam morar com Jal no Chateau Felicity.

Ela estava então inteiramente acordada. "Então você acha que a idéia de Jal vai funcionar?"

Chegou mais para perto, enroscando-se, e os dedos apertaram a mão dele, segurando-a com mais força, como se estivesse com medo de perdê-la. Então, suspirando, disse que, quando olhava para trás e recordava todos os acontecimentos que os conduziram a essa noite, o que via era quase uma prova do poder divino no universo, sendo o tornozelo quebrado de Papai o início de tudo.

O negociante de diamantes de Surat, o senhor Hiralal, veio no domingo seguinte, acompanhado de Jal, para ser apresentado a Yezad e Roxana. Ele falava baixo, usava roupas simples e tinha hábitos simples apesar de sua riqueza. Expressou sua simpatia por Nariman, que dormia. Gostaram dele instantaneamente.

Enquanto lhes mostravam o apartamento, o senhor Hiralal dava a impressão de que as paredes e os tetos, os tijolos e o reboco eram a única coisa que lhe chamava a atenção, e de que a pobreza do ambiente, que atestava as condições precárias dos moradores, lhe era praticamente invisível.

"Seu apartamento é tão agradável", ele lhes assegurava. "Exatamente como o seu respeitado irmão descreveu. Será perfeito para o meu filho."

Roxana perguntou se ele queria tomar chá. A resposta afirmativa não tardou, ávida. Depois de sorvê-lo e de elogiar o tipo de chá, ele pediu desculpas pela maneira clandestina em que estavam forçados a fazer o negócio.

"Seria tão bom se eu pudesse preencher um cheque para vocês. Mas as normas governamentais nos obrigam a outros procedimentos. O dinheiro por fora está tão arraigado nessa economia visível, um tumor no centro do cérebro, que, se tentarmos removê-lo, matamos o paciente."

Eles passaram ao assunto da primeira prestação de 20 *lakhs.* "Talvez seja melhor em quatro pagamentos de cinco *lakhs* cada um."

"Por quê?", Yezad perguntou, imediatamente desconfiado, e lançando um olhar inquisitivo para Jal. Mas a expressão de Jal permanecia inalterada.

"Você prefere um único pagamento? Você sabe o que são 20 *lakhs* de dinheiro em notas de 100 rupias?"

"Um montão de dinheiro", Yezad disse com um sorriso mundano, fazendo um gesto que indicava uma pilha de tamanho vago.

O senhor Hiralal respondeu ao sorriso. "Você está certo. É muito. Dá para encher uma mala VIP de quase 90 centímetros."

Yezad riu nervosamente, lembrando-se do senhor Kapur. "Talvez a mala devesse substituir a coluna de Ashoka como emblema nacional. Deveria estar estampada em todas as nossas moedas."

O senhor Hiralal assentiu ao ouvir a brincadeira: "Este é um grande país, ao qual amo muito. Agora, eu posso trazer o dinheiro para você numa dessas malas, mas como você vai guardá-lo?"

"Vou botá-la debaixo da minha cama."

O negociante de diamantes sorriu de novo e virou-se para Jal. "Vocês pársis e o seu senso de humor. Que maravilha. Quando eu estava na faculdade de Baroda, os meus melhores amigos eram pársis. Nos divertíamos tanto."

Ele aconselhou Yezad a alugar cofres num banco: "Em diferentes regiões e em diferentes bancos. No seu nome, no nome de sua respeitada esposa, nos nomes de seus filhos. E quando você estiver pronto eu lhe darei uma parte, numa maleta — do tamanho portátil. Menos suspeita e mais fácil de carregar."

"Parece um filme de espionagem", Yezad disse.

"Ah, nós temos que trabalhar melhor do que isso. O departamento da receita vê todos esses filmes."

Eles riram, depois combinaram de se encontrar num local diferente para cada transferência do dinheiro. "Qualquer problema para vocês será problema para mim", o senhor Hiralal disse. Vamos fazer a primeira no Clube Willington. Muito seguro, sou sócio. Da segunda vez, vamos à casa do seu respeitado cunhado. Tudo bem para o senhor, senhor Contractor?"

"Ficarei honrado", Jal disse.

Para a terceira entrega, Yezad iria ao escritório do negociante de diamantes. A última seria entregue ali, no Pleasant Villa.

"Nem uma palavra sequer, para ninguém", Yezad avisou Roxana e os meninos. "Nem no prédio nem para os amigos da escola."

"Por quê?", Murad perguntou. "Estamos cometendo algum crime?"

"O nosso governo faz leis tão malucas, que as pessoas são forçadas a violá-las", explicou ele, sem entusiasmo.

"O Mahatma Gandhi disse que é nosso dever violar as leis más", Murad disse. "Ele disse que elas deveriam ser violadas abertamente."

"Nós só queremos ir para o Chateau Felicity, tá legal? E não para a cadeia com o senhor Hiralal. Então fiquem de bico calado."

No decorrer dos quatro dias seguintes, o dinheiro foi guardado nos cofres que tinham alugado nos bancos, e a firma Hafiz Lakdavala & Filhos já estava a postos para começar a obra no Chateau Felicity. Eles gostaram de que as transações fossem feitas em dinheiro vivo. Era preciso organizar as tarefas por ordem de prioridade; em 30 dias, o suficiente teria que estar pronto para que a família Chenoy pudesse vagar o Pleasant Villa para o senhor Hiralal.

Na sua imaginação, Roxana já via o apartamento reformado e renovado. Ela começou a fazer a distribuição dos quartos: o quarto de seus pais e o banheiro anexo para si e para Yezad, o seu antigo quarto para Jehangoo, o de Coomy, para Murad — os dois podiam dividir o banheiro do corredor. E Jal estava feliz onde estava.

"É, parece ótimo", Yezad disse, preocupado com a lista de reparos.

Nariman tentou falar, parecendo bastante agitado com o que estava se passando à volta. Por favor, murmurou, por favor, e Roxana o consolou, "Sim, Papai, não se preocupe, claro que você vai ter o seu antigo quarto de volta".

Ela continuou a matutar, imaginando uma nova pintura para as paredes e uma rearrumação dos móveis. A mobília, disse ela, principalmente as camas, precisava de reforma. E ela se lembrou de que, na sala de estar, um dos quatro abajures tinha uma rachadura. Além disso, faltavam alguns pingentes de cristal do lustre da sala de jantar. "Talvez possamos encontrá-los num antiquário do Bazar Chor."

"Primeiro, o que é prioritário, Roxie! Só se tem um mês para o término da obra, e você está preocupada com um abajur rachado?"

"É mesmo, você tem razão, Yezdaa. Estou tão excitada."

Uma vez a obra prosseguindo, eles foram escolher acessórios para os banheiros e comprar os ladrilhos. Na loja Cera, examinaram pias, vasos sanitários e uma quantidade de torneiras e chuveiros. "É como um sonho", ela continuava a repetir. "A maioria das famílias de Bombaim passa a vida inteira num apartamento conjugado. Nós estamos indo para um grande apartamento reformado. Tenho medo de acordar e o sonho acabar."

Ele também estava pasmo com a repentina mudança de fortuna deles, mas tinha menos dificuldade de aceitá-la porque sabia que Deus tinha o controle firme da situação. A grande excitação dela o divertia. Mas nas Cerâmicas Restile ele teve de impedi-la de se mostrar tão ansiosa na escolha de pisos vitrificados. O vendedor estava à espreita como um abutre, cochichou ele, e o preço dispararia lá para o alto.

Depois, começaram a comparar marcas e modelos de eletrodomésticos. Roxana gostava da linha Maharaja para processador, espremedor e torradeira. Yezad era inflexível na escolha da geladeira, tinha que ser a Goderj, um produto pársi venerável. Quanto a ar-condicionado, eles teriam dois aparelhos Volta, de janela, um para a sala de jantar e outro para a sala de estar. Mais tarde teriam outros, para os quartos.

Durante a reforma, a rotina de Yezad mudou. De manhã, depois do templo do fogo de Wadiaji, ele ia ao Chateau Felicity. Para ficar de olho na obra, dizia. Ia em casa almoçar, tirava um cochilo e voltava para a obra, permanecendo lá até os operários terminarem o dia de trabalho. Então era hora do asilo Aslaji, onde ele passava pelo menos uma hora diante do fogo. Ele rezava com o Avesta aberto nas mãos, embora muitos trechos então já estivessem gravados em sua memória.

No Chateau Felicity, sempre que viam Yezad, os operários se cutucavam e faziam piada, dizendo que o inspetor tinha chegado. Todo dia havia no mínimo uma pequena crise com os trabalhadores ou comerciantes: brigas internas, ofensas, atraso na entrega de material, erro no envio de peças. Yezad tentava, muitas vezes sem sucesso, não perder a calma com eles.

Felizmente, em geral Jal estava presente, e parecia saber como resolver as coisas ou, pelo menos, abrandá-las. A maior parte do tempo, ele conseguia distrair Yezad propondo-lhe alguma incumbência.

Às vezes, Yezad levava a irritação para casa consigo, resmungando e se agitando na frente de Roxana. "Esses idiotas não sabem o que estão fazendo. E Jal é um molóide, age como cavalheiro com gente que só entende palavras duras."

"Calma, Yezdaa. Se alguma coisa está errada, fale com o senhor Lakdavala — não discuta com os operários. Você está se aborrecendo com muitas coisinhas de nada."

"Se você deixar de lado as coisinhas, elas se transformam em grandes problemas."

Uma vez por semana, Roxana ia com ele acompanhar o andamento das obras, quando estava presente um representante da Hafiz Lakdavala & Filhos para poderem discutir quaisquer mudanças nas especificações originais. Ela apreciava esse testemunho semanal dos avanços no embelezamento do novo lar da família.

"Está bonito, não?", perguntou ela a Yezad.

Ele assentiu com a cabeça, atento aos armários da cozinha sendo entregues, pronto para berrar se visse algum sinal de descuido.

"Você está feliz, Yezdaa?"

Ele assentiu com a cabeça outra vez.

No momento apropriado, ela levou os meninos para verem os seus quartos e escolherem as cores das paredes. Yezad ficou em casa naquele dia, para tomar conta de Nariman.

A agitação e o barulho dos operários no Chateau Felicity fascinou Murad. Ele perambulou pelo apartamento, explorando a pilha de material de obra e pegando ferramentas para examinar.

Jehangir estava comedido. Observava o irmão, mas não ficava atrás dele, seguindo-o, como normalmente faria.

"O que você tem, Jehangoo?", a mãe lhe perguntou quando voltaram para casa. "Por que está tão triste?"

"Eu não estou triste." Mas, depois da negativa imediata, o que ele acrescentou foi que todo esse trabalho duro estava lhe parecendo trabalho demais, só para depois irem morar lá. "Por que temos que ir? O nosso Pleasant Villa é tão bom."

Os pais riram como se ele tivesse pretendido fazer piada.

Ele persistiu com mais objeções, e Yezad compreendeu o mal-estar do filho. "Pense nisso, Jehangla, um apartamento grande e tão bonito. Um bocado de espaço para nós."

"Aqui tem espaço suficiente, cabemos todos aqui."

"Mas veja como este aqui está atulhado", a mãe acrescentou. "Não tem uma cama adequada para você nem para Murad, e o pobre Vovô preso no sofá-bicama."

"Ele gostam e eu gosto de dormir ao lado dele. E Murad gosta da barraca dele."

A mãe fez outra tentativa: "Lembra-se do quarto que eu lhe mostrei? Todo seu. Você vai ter seu próprio armário, a sua escrivaninha, a sua estante. Pode pendurar seus desenhos e fotografias, o que você quiser. Vai viver como os Cinco Famosos."

"Enid Blyton é lixo", Jehangir disse tranqüilamente.

Fez-se silêncio. O pai olhou para ele, maravilhado. "É isso mesmo, Jehangla. Mas ainda assim ter o seu próprio quarto é uma coisa boa. E agora, rapaz, decida a cor que você quer."

Ele gostava de ser chamado rapaz. Seu pai nunca lhe chamara assim, pensou, enquanto fingia examinar as plaquinhas que serviam de amostra de tinta que tinham trazido ao voltar da obra.

Murad foi bastante preciso na sua escolha: queria paredes de um verde-pálido. Mas Jehangir parecia se sentir esmagado pela responsabilidade. Lutou para escolher dentre as cores da infindável paleta espalhada na mesinha de chá e, então, desistiu. "Você escolhe para mim, Mamãe."

Ela pegou um amarelo alegre e perguntou se ele gostava.

"É lindo", Jehangir disse, sem emoção.

Para a porta da frente, encomendou-se uma nova placa de bronze, grande o suficiente para acomodar todos. Jal sugeriu os nomes que deveriam ser gravados em ordem alfabética:

Senhor & Senhora Yezad Chenoy
Senhor Jal Contractor
Senhor Nariman Vakeel

No dia da mudança, quatro semanas depois da reforma começada, Jal chegou, de ambulância, para levar o padrasto para casa. Tinham contratado uma enfermeira do hospital, ela estava no Chateau Felicity esperando para receber o paciente. Roxana disse que era um alívio tão grande, para a sua cabeça, saber que Papai estava a salvo nesse dia agitado.

"Mas como a enfermeira vai saber o que o Vovô quer dizer?", Jehangir perguntou. "Será que ela vai entender o som das palavras dele?"

"Ela vai aprender. E, no começo, podemos lhe explicar o que ele diz."

Enquanto os homens da ambulância estavam preparando a maca, Daisy subiu para se despedir de Nariman. "Foi um prazer, Professor. Muito obrigada por tolerar meus exercícios, todos os meus erros."

Nariman sorriu e murmurou algo. Ela, inclinando-se, chegou mais perto para ouvir, riu e balançou a mão.

"O que Papai disse?", Roxana perguntou.

"Ele quer um concerto de despedida."

Tornaram a rir, depois Roxana e Yezad acompanharam-na até o patamar. "Não sei o que faremos sem você, Daisy", disse ela. "Não vamos poder mandar chamá-la cada vez que Papai precise de você."

Daisy assentiu com a cabeça, com simpatia.

"Temos, lá, uma excelente radiovitrola", Yezad lhes lembrou, "com muitos discos. Podemos tocá-los para ele."

"E se os discos não ajudarem", Daisy acrescentou, maliciosamente, "você sempre pode recitar as suas orações." Ela ficou esperando no patamar e acenou para Nariman quando os auxiliares passaram com a maca.

Logo depois de a ambulância sair, os homens da mudança chegaram. As caixas contendo a louça boa, a tigela rosa, as porcelanas, já estavam identificadas para serem levadas, e os homens começaram então a carregar a mobília para fora. Yezad estava parado na calçada para vigiar o caminhão; ele tinha sido avisado pelo solícito senhor Hiralal que era comum o desaparecimento de coisas durante uma mudança.

Murad ficou lá em cima para ajudar a mãe a empacotar os objetos de banheiro e cozinha que tinham sido deixados para a última hora. Jehangir desceu. Apático, ficou parado ao lado do pai, observando, enquanto os pertences da família eram engolidos pelos intestinos escuros do caminhão.

Ao final da tarde, os homens da mudança estavam prontos para ir embora. Yezad lhes recomendou que não descarregassem até ele chegar, e então voltou para cima com Jehangir.

Ele encontrou Roxana e Murad parados no meio do quarto da frente, vazio. "Chequei tudo", ela disse com voz sumida. "Vamos agora?"

"Também vamos dar uma olhada. Vem?", Yezad perguntou a Jehangir.

Ele balançou a cabeça e foi para a varanda. Yezad o viu se debruçar na grade, chorando.

"O que foi, Jehangla?"

"Estou muito triste."

Yezad o abraçou. "É sempre triste quando alguma coisa termina. Senti o mesmo quando tive que sair do Mansão Jehangir. Mas sem o velho terminar, o novo não começa."

"Eu não quero o novo, eu gosto do velho."

"Mas isso não faz sentido, Jehangla. É como se você dissesse que não quer terminar a quinta série. Como você chegaria à sexta? Você quer passar a vida toda com a senhorita Alvarez?"

Jehangir sorriu através das lágrimas — parecia-lhe uma perspectiva muito agradável, mas não podia dizer isso em voz alta para o pai. E continuou a olhar fixamente para a rua.

Yezad esperou, sentindo-se desonesto por não acreditar em nenhuma das palavras sensatas que pronunciara. O mesmo dilema o atormentava. Ele queria que os filhos se tornassem homens, mas amava os menininhos que podia carregar nos ombros, também ele queria refrear o tempo.

Tomou a mão de Jehangir. "Vamos, vamos dar uma olhada juntos, uma última vez."

Foram para o quarto dos fundos, os passos ecoando nitidamente no espaço vazio. Jehangir estava de olhos bem abertos, como se estivesse tentando imprimir imagens permanentes. Na cozinha, acariciou as torneiras de latão. E visitou o banheiro e o vaso sanitário.

"Se eu quiser vê-lo de novo, o senhor Hiralal vai me permitir?"

"Ele parece um homem bom", Yezad disse. "Tenho certeza que sim."

Voltaram à varanda, e Jehangir assobiou para o papagaio do outro lado da rua. "*Bye bye*, papagaiozinho querido."

A ave, trancada naquele seu ir-e-vir no poleiro, não respondeu. Jehangir tentou de novo, e Yezad acrescentou seu próprio assobio para estimular uma resposta. O papagaio ignorou os dois.

Villie Cardmaster estava à porta, esperando, quando eles surgiram, tendo saído do apartamento vazio. Ela abraçou os meninos, depois estendeu a mão para Yezad. Ele a apertou ligeiramente, com relutância, e começou a descer as escadas enquanto ela dava um abraço em Roxana.

Do patamar de baixo, ele podia ouvi-las agradecendo uma à outra por terem sido tão boas vizinhas, e ouvir Villie dizendo que sentiria muita falta deles, que tudo ficaria agora muito quieto no terceiro andar.

"Vamos rápido, Roxana!", chamou Yezad entre os corrimões. "O caminhão está lá nos esperando."

Tomaram um táxi, e Murad insistiu em se sentar ao lado do motorista. Este se inclinou para chegar ao taxímetro do outro lado, e Murad se ofereceu para fazê-lo.

"Hã, baba, você faz", o motorista falou, com bom humor.

Murad mexeu na alavanca e abaixou a bandeira para dar início ao tiquetaque. "Muito bom, baba", o motorista disse.

Viraram-se para olhar o prédio. Roxana disse, um tanto melancólica, que era um bom apartamento, embora fosse diminuto, e que eles sempre foram felizes nele.

"Menos neste último ano", Yezad disse.

"É." Ela pensou por um momento. "Não tem importância, de agora em diante nossa vida vai ser maravilhosa, na nossa nova casa grande."

"Para você, não é nova, Mamãe", Murad disse. "Você está voltando para a sua velha casa."

"Mas, desta vez, a minha família toda está comigo. O que a torna nova. E desta vez vai ser uma casa muito feliz."

"Eu vou ter que dormir no meu quarto novo esta noite?", Jehangir perguntou.

"Não", ela o tranqüilizou, lendo os seus pensamentos. "Você e Murad vão ter que dividir o quarto, até a obra terminar."

Ele sorriu e estendeu a mão até o assento da frente para dar uma cutucada no irmão.

"Está contente, Jehangoo?", Roxana perguntou.

Ele assentiu com um pequeno movimento de cabeça.

Enquanto junto ao meio-fio o táxi esperava uma trégua no tráfego, eles ouviram um violino tocando. Roxana olhou de relance para o Pleasant Villa, as varandas com a grade de ferro batido, o arco da entrada, os velhos degraus de pedra que ela havia galgado inúmeras vezes. Um pássaro, empoleirado na janela do térreo, pipilava, diligentemente.

Bons presságios, pensou ela.

O táxi começou a andar, e Jehangir virou-se para uma última olhada. Nesse momento, uma mariposa saiu, flutuando preguiçosamente, do interior escuro do poço da escada. Então ele a viu voar diretamente para o bico aberto do pássaro.

Epílogo

CINCO ANOS DEPOIS

Papai e Murad tiveram outra briga hoje. Agora, quase todo dia eles brigam. Esta começou quando Murad voltou do barbeiro, de tarde, com o cabelo *en brosse*.*

"Tinha que ser tão curto?", Papai disse. "Você fica parecendo um tugue de cabeça raspada."

Mamãe, rindo nervosamente, tentou evitar uma discussão, dizendo como era engraçado o fato de que os pais de uma geração atrás se aborreciam porque os meninos usavam o cabelo comprido demais. "Como os tempos mudaram! Lembra-se da sua foto para a carteira da faculdade, Yezdaa? O cabelo até os ombros!"

"Não exagere, estava só meio comprido em excesso. Seja como for, todos os profetas santos tinham cabelo comprido — Zaratustra, Moisés, Jesus. Por que o seu filho não pode aprender a se parecer com um ser humano normal?"

Murad continuava a sorrir, fingindo ser tudo aquilo apenas uma brincadeira. Às vezes, essa tática funciona; Papai critica, depois volta para o livro que está lendo ou para suas orações. Mas também pode ficar enfurecido, dizer que ele não é nenhum cachorro que ladra e é ignorado, que ele vai ser ouvido e considerado.

No caso do corte de cabelo, porém, o fato de ser curto ou comprido foi logo esquecido, e a briga tomou um caminho diferente. Murad se aproximou demais do canto da sala que, ultimamente, vinha sendo reivindicado por Papai como o seu lugar de rezar.

Aí, arrumados num móvel, estão as imagens emolduradas de Zaratustra e do templo de fogo de Udvala, assim como uma reprodução em prata do Asho Farovhar, fotografias de antigos vestígios do Império Persa, as ruínas de Persépolis, palácios, altares do fogo e túmulos reais das dinastias aquemênida e sassânida. Os objetos estão arrumados num semicírculo irregular que não pára de crescer. Sua última

* À escovinha. [N. da T.]

aquisição é um *afargaan* em miniatura, de plástico, com um lume elétrico minúsculo. O seu filamento bruxuleia dia e noite no centro do semicírculo.

Esse móvel é a mesma cristaleira que estava sempre cheia de brinquedos e quinquilharias. E os dois macacos de corda, o tocador de tambor e o bebedor, que foram o motivo da briga quando viemos para o aniversário do Vovô, anos atrás — seis ou sete, pelo menos, acho eu.

Depois que Titia Coomy morreu, o Tio Jal doou a coleção de brinquedos para o orfanato Bandra. O móvel ficou vazio durante muitos meses até Papai tomar conta dele. Agora os seus livros de oração estão aí dentro, assim como sua coleção de objetos sagrados adicionais para os quais não há lugar no semicírculo.

"Pare!", gritou ele, enquanto Murad ia andando vaga e distraidamente na direção da cristaleira.

Havia pânico de verdade em sua voz, e Murad ficou paralisado. "Qual é o problema?"

Jal saiu do quarto, com ar preocupado. Ele tem um novo aparelho de audição de tecnologia avançada. Mal se consegue vê-lo no ouvido dele. Às vezes, ele tenta fazer as pazes entre Papai e Murad, mas foi acusado por Papai de interferir em assuntos particulares da família e, hoje em dia, mal abre a boca.

Mamãe se queixa a Papai que não é justo, primeiro era Coomy que costumava calar a boca do pobre Jal, agora ele está fazendo o mesmo. Papai responde que Jal é livre para falar de tudo exceto desse único assunto.

Então Tio Jal continuou fora da sala, bastante infeliz. O velho hábito de ficar mexendo com seu aparelho de audição antigo o fazia tocar na orelha ainda que o novo não precisasse de nenhum ajuste. Então ele voltou para seu quarto enquanto a discussão continuava.

"Quantas vezes tenho que explicar?", Papai disse por entre os dentes cerrados.

"Explicar o quê?", Murad estava genuinamente aturdido.

"Você está no lugar de oração num estado impuro. Depois de um corte de cabelo, você está sujo até tomar um banho de chuveiro e lavar a cabeça."

"Mas isso é uma idiotice. Não estou nem tocando no seu armário sagrado."

"Quatro metros e meio de distância, já lhe disse! No mínimo!"

"Acalme-se, Yezdaa", Mamãe pediu. "Ele vai se lembrar da próxima vez."

"Estamos no século XXI", Murad disse, "e você ainda acredita nessa bobagem. É triste."

"Ótimo, fique triste", Papai disse.

"Não, Yezad, não diga isso", Mamãe implorou. "Não quero que ninguém fique triste."

Quando Papai atinge um certo estágio de excitação, Murad tem prazer em açulá-lo. Ele não teme mais o mau gênio de Papai, como temia quando criança.

"Como você chegou a esse número exato? Zoroastro soprou-o no seu ouvido?"

"O seu filho é um espertinho e tanto, não? Não use *Zoroastro*, é uma perversão grega do nome do nosso profeta, diga *Zaratustra*. E antes que você caçoe de mim, leia as escrituras: *Vendidaad*, *fargard* XVII, explica a distância."

"Me desculpe, Papai, não tenho tempo livre para ler todas essas coisas interessantes. Mal dá para eu dar conta dos meus trabalhos de faculdade."

No decorrer dos últimos anos, desde que saímos do Pleasant Villa, Papai não lê nada senão livros religiosos, como se estivesse compensando o tempo perdido. Além do armário sagrado, o quarto dos meus pais está abarrotado de livros sobre a história pársi e o zoroastrismo, havendo diversas traduções do Zend-Avesta, interpretações dos Ghates, comentários, livros da autoria de Zaehner, Spiegel, Darukhanawala, Dabu, Boyce, Dhalla, Hinnells, Karaka, e muitos, muitos mais. Alguns tinham estado numa estante que pertenceu ao pai do Vovô. O nome dele estava inscrito em algumas lombadas: *Marazban Vakeel*. Mas Papai também os vinha comprando, em grande quantidade. Uma vez Mamãe sugeriu que não havia necessidade de comprar nem um livro sequer, havia bibliotecas onde se podia tomá-los emprestado. Ela desistiu porque ele não parava de se queixar de que estavam negando o pão e a água básicos ao seu espírito.

Mas a observação sarcástica sobre tempo livre para a leitura magoou Papai. Ele não trabalhava desde que a Material Esportivo Bombaim fechou. Mais tarde, a loja reabriu com outro nome: Equipamento Esportivo Shivaji, e a esposa do dono nunca o chamou de volta. Os investimentos provenientes da venda do Pleasant Villa rendiam só o dinheiro suficiente para administrar a casa e custear as despesas do Vovô. Mamãe organizara um novo orçamento, com novos envelopes. Mas depois que o Vovô morreu, ela se livrou de todos os envelopes, disse que ficaria mais relaxada em relação aos gastos. Ela não se importa de Papai não estar trabalhando.

Em geral, o fervor com que meu pai abraçou a religião a deixava feliz. Ela concorda com ele que toda a cadeia de acontecimentos, começando com o acidente do Vovô e terminando com o assassinato de senhor Kapur, foi o caminho que Deus utilizou para levá-lo a rezar.

Ferido pelo sarcasmo de Murad, porém, Papai voltou-se para ela, com a expressão de uma criança que foi esbofeteada sem aviso prévio. E quando Mamãe o vê nesse estado, ela se comporta como uma mãe protetora. Ela tentou enxotar Murad mandando-o para o chuveiro.

Mas ele ainda não estava pronto para encerrar a discussão. "Estou confuso — não sei exatamente até aonde os quatro metros e meio vão."

"Já lhe disse, este sofá é o limite."

"Esse é um cálculo aproximado, Papai. Você só vai conseguir uma pureza aproximada. Acho que deveríamos medir e riscar uma linha no chão, para que todos nós saibamos até aonde devemos ir."

Papai apelou de novo para Mamãe: "Nossa fé é motivo de escárnio para o seu filho."

"E se um mosquito, ou mosca, ou barata, infringe o limite estabelecido do sofá? Você examina para ver se veio um bando deles? Talvez seja melhor fechar o seu armário numa bolha."

"Chega!" Papai o arrastou pelo braço até a outra extremidade da sala. "Você se aproxime daquele lado de novo, no estado de sujeira em que está, e eu lhe quebrarei as pernas!"

Murad riu. "Agora você está ficando histérico", e eu desejei que ele parasse.

"Vá para o seu chuveiro", Mamãe disse calmamente, e ele saiu da sala. Ele ainda a escuta quando ela usa o tom que nos advertia, quando éramos pequenos, e por acaso estivéssemos prestes a ultrapassar o limite do que era aceitável.

Enquanto isso, Papai disse que as dores no peito haviam voltado, e pediu o remédio da angina. Ele lamentava o fato de que, na raiva, tinha agarrado o braço daquele *saitaan*, um contato que, de quebra, deixara-o sujo. Agora, ele também precisaria de um banho completo.

Meu pai saiu do banheiro, e está fazendo o seu *kusti* perto do armário. Sua expressão é sempre muito intensa quando reza. Termina de atar os nós e se senta com o seu livro de orações diante do *afargaan* elétrico, na cadeira de madeira na qual ninguém pode sentar. Permanece ali sentado como se estivesse carregando um fardo secreto, cujo peso o esmaga. Franze bastante a testa, o rosto se contorce de dor. Não apenas fecha os olhos, mas aperta muito as pálpebras para mantê-los fechados, as maçãs do rosto sobem, as sobrancelhas fazem pressão para baixo como se estivessem espremendo e expulsando fosse lá o que fosse que o atormenta. As recitações do Avesta — os vários *Yashts, Gehs, Nyaishes,* dependendo da hora — são como uma refutação, um protesto. Ele está preso num combate.

Ao ver meu pai assim, penso nele como era anteriormente, tão jovial. Hoje em dia, ele dificilmente sorri, o que dirá rir. E nunca assobia, não acompanha nunca mais as canções que tocam no rádio. A última vez que o ouvi cantar foi para o Vovô, na noite que antecedeu à sua morte. E raramente ouvimos rádio — só quando Papai não está em casa. Quando ele está aqui, está ou rezando ou lendo, e diz que a música o incomoda.

Mamãe espia do corredor, sorrindo contente, porque as coisas voltaram ao normal depois da briga por causa do corte de cabelo. Ela fica satisfeita ao vê-lo rezar, contente de organizar a própria rotina de acordo com as exigências dele. O trabalho da casa, as idas e vindas da empregada, tudo evolui em torno dos horários das orações de Papai.

Mas algumas vezes eu a vi torcer as mãos, parecendo preocupada quando o vê rezando sem parar. Devem ser os momentos de dúvida dela. Tenho certeza de que minha mãe gostaria que ele não chegasse a tais extremos, e de vez em quando ela expressa sua angústia na minha presença: "Se ao menos Dada Ormuzd me ajudasse a compreender! Por que a oração e a religião levam a tantas brigas entre pai e filho? Será essa a vontade Dele?"

Quando meu pai fica sentado sozinho, com o olhar perdido para além da janela ou fingindo ler, eu já a vi se aproximar e pôr a mão no seu ombro. E ouvi quando ela lhe perguntou, com ternura, "O que há, Yezdaa, alguma coisa o preocupa?".

A resposta dele é sempre a mesma: "Não há nada, Roxie, estou ótimo." Então ele afaga a mão pousada em seu ombro, beija-a.

Ela lhe acaricia o cabelo. "Você está feliz, Yezdaa?"

Ele dá um sorriso triste, melancólico. "Tão feliz quanto um soldado de Dada Ormuzd pode ser, ao lutar contra Ahriman."

Esse tipo de resposta, com um leve tempero espiritual, é o modo de meu pai evitar uma conversa séria. Mas ela nunca será capaz de chegar a dizer que ele deveria rezar menos. O que seria, para ela, uma forma de blasfêmia. Então ela culpa os novos amigos de Yezad, membros das sociedades a que ele se ligou, pelos extremos, pelas novas crenças e práticas dele.

A Liga dos Pársis Ortodoxos e a Associação pela Educação Zaratustriana reúnem-se uma vez por semana. Ele volta das reuniões e nos conta em detalhes a agenda que se considerou, e a ação proposta, as petições que circularam, e as injunções que se arquivaram, além das campanhas a serem empreendidas contra filmes e publicações considerados ofensivos. Tudo isso fornece mais estofo a Murad.

Ontem, Papai nos contou durante o jantar que a Liga tinha discutido o caso, ocorrido em 1818, de um bígamo pársi — casou-se com uma mulher não-pársi em Calcutá, depois se mudou para Bombaim e se casou com uma pársi. "Pelo crime, ele foi excomungado pelo Panchayat", Papai disse, levantando a mão para indicar a gravidade do castigo. "E o pai dele recebeu ordens de deserdá-lo, se não, ele também o seria."

"Isso não parece justo", Mamãe disse. "Por que excomungar o pai?"

"Por que não? Eu não gostaria de ser conhecido como pai de um canalha desses. Mas o bígamo reagiu, insultando os sumos sacerdotes do Panchayat, que o processaram. Então, a situação ficou séria, ele se apavorou, e pediu para apresentar uma desculpa formal e assim encerrar o assunto. Convocou-se um *Anjuman*, onde ele teve que confessar o seu crime e passar pela seguinte humilhação: segurando um par de sapatos, um em cada mão, bater com eles na própria cabeça, cinco vezes. Diante da assembléia."

"Eram sapatos novos ou velhos e sujos", Murad perguntou.

"Esse detalhe não consta dos registros do Panchayat. O que importa é que os membros do nosso comitê concordaram, por unanimidade, em desafiar a propaganda reformista — vamos lutar para reintroduzir medidas rigorosas em prol da excomunhão. Os homens e as mulheres pársis que se relacionam com não-pársis, dentro ou fora do casamento, sofrerão as conseqüências. A excomunhão será revogada se eles se arrependerem publicamente por meio do castigo das sapatadas."

Fez-se silêncio ao redor da mesa, por quase um minuto. Tio Jal ficou mexendo no seu aparelho de audição, com um ar de quem queria falar, mas não ousava. Ele passa a maior parte do dia em seu quarto, só se juntando a nós na hora das refeições. Não vai mais ao bazar de ações. Algumas vezes, quando Papai sai, ele se senta na sala para ler o jornal. Procura, tanto quanto possível, ficar sozinho.

Ele e eu começamos então a rir porque Murad, escondido debaixo da mesa de jantar, surgiu com os chinelos dele e começou a dar com eles na própria cabeça. Mamãe apertou os lábios, fazendo o máximo para disfarçar o riso. Mas o seu rosto não conseguiu permanecer sério além de alguns segundos.

Para Papai, a dela era a traição suprema. "Pureza e profanação não são motivo de riso. O seu filho se comporta como um asno e você o encoraja."

"Não estou rindo de você, Yezdaa", ela o tranqüilizou. "Estou rindo desse palhaço."

"Papai, eu estou só praticando, caso eu venha a receber esse castigo algum dia."

As brincadeiras de Murad eram como as que o meu próprio pai costumava fazer quando éramos pequenos. Lembro-me de que uma vez, há muito tempo, ao voltarmos para casa, depois de todos nós termos ido ao templo do fogo no Khordad Sal, Papai imitou um homem a quem tínhamos visto se esgueirar junto às paredes da sala principal e beijar cada moldura e retrato que seus lábios podiam alcançar. E também me lembro de ouvir Papai e Vovô conversarem a respeito da tolice de se obedecer servilmente às convenções e tradições.

O Vovô morreu um ano depois de nos mudarmos para o Chateay Felicity. Acho que ter seu próprio quarto de novo deixou-o muito só. No Pleasant Villa, no quarto da frente, sempre havia alguém perto do seu sofá-bicama.

De início, esforçamo-nos por lhe fazer companhia, sentando-nos ao seu lado, conversando com ele e uns com os outros. Às vezes, eu levava o dever de casa para o seu quarto. Mas não era a mesma coisa. Principalmente por haver uma aia do hospital que fazia tudo para ele. O dia em que o Vovô, do quarto, ouviu Tio Jal e meus pais discutindo a respeito de contratá-la para trabalhar em tempo integral, ele ficou bastante perturbado. E começou a chorar, Aia não! Por favor, aia não! Não me parece que eles tenham entendido.

O nome dela era Rekha. Mamãe explicou-lhe os seus deveres e demonstrou exatamente como queria que as tarefas fossem executadas, da maneira higiênica a que ela e o Vovô estavam acostumadas. Rekha seguia as instruções quando estava sendo vigiada. Mas Mamãe, quando chegava ao quarto sem avisar, muitas vezes a pegou fazendo um serviço matado. Em geral, era o compadre — ela não o lavava bem a cada vez que o Vovô o usava. Lembro-me de que, uma vez, Mamãe a descobriu indo à cozinha para buscar a sopa do avô, depois de ter esvaziado o compadre, sem se preocupar em lavar as mãos duas vezes com água e sabão.

"São mãos de banheiro as que você usa para levar comida?", Mamãe gritou. "Sem usar *sabun* nem uma vez sequer!"

"*Aray, bai*, eu me esqueci dessa vez."

"Já vi você muitas vezes fazendo as coisas pela metade!"

O jeito de Rekha com o Vovô beirava a grosseria em tarefas como virá-lo de lado, mudar os lençóis, afofar os travesseiros. Sua maneira brusca de manejar a toalha durante os banhos de esponja fazia Mamãe estremecer. Muitas vezes, tirava-a das mãos de Rekha e, ela mesma, terminava de passar a esponja.

Quando o chá quente, servido na xícara de bico, escaldou a boca do Vovô, foi a gota d'água. O grito dele fez Mamãe correr para o quarto. Eu fui também. Rekha deu a entender que ele tinha gritado enquanto dormia, e que não havia ocorrido nada. Mas Mamãe notou que a boca do Vovô permanecia estranhamente aberta. Ela chegou mais perto e a examinou, viu que havia o início de bolhas vermelhas, sentiu cheiro de chá no hálito dele e descobriu a xícara de tomar alimentos quentes escondida atrás dos vidros na mesinha.

Rekha foi mandada embora. Sua presença tinha durado dois meses. Até se encontrar alguém, passaram-se alguns dias, durante os quais Mamãe e eu tornamos a cuidar do Vovô. Nesse período, ele parecia estar mais apaziguado.

O substituto era um auxiliar de enfermagem dos seus 30 anos, um sujeito gentil chamado Mahesh. Mamãe gostava especialmente da maneira delicada de Mahesh passar pomada nas duas escaras que o Vovô tinha nas costas abaixo da cintura, uma de cada lado da espinha onde o grande osso, que o Dr. Tarapore chamava de ílio, salientava-se. As escaras tinham se formado durante o período de trabalho de Rekha, e Mamãe se culpava por ter confiado a tarefa àquela mulher desleixada.

No momento em que o Vovô morreu, suas costas estavam cobertas de escaras. Algumas eram horríveis, grandes e fundas. Toda vez que as olhava, eu sentia uma dor aguda nas minhas costas. Sempre havia um cheiro de pus e de pomada de sulfa no quarto. O Vovô nunca emitiu um som apesar da agonia que atravessava. Eu gostaria que ele gritasse. Vê-lo ali parado e quieto era mais triste. Será que ele não sentia nada?

Meses se passaram sob os cuidados de Mahesh. O Vovô continuava a encolher. E quando o Dr. Tarapore nos disse que estávamos talvez a um dia, dois, quando muito, do inevitável, lembrei-me da promessa.

E a lembrei aos meus pais. Minha mãe não conseguia se concentrar no que eu estava tentando dizer. Ela reconhecia a bem-intencionada tentativa do médico de prepará-la, mas, agora que o fim se aproximava, estava arrasada demais para me ouvir. "Por favor, Jehangoo, pergunte ao Papai, eu não sei o que fazer."

A opinião de meu pai era que a promessa não era séria, era mais uma espécie de brincadeira entre o Vovô e a violinista, e que não seria justo esperar que Daisy a cumprisse.

"Acho que o Vovô estava falando muito sério", falei. "E a Titia Daisy também. Houve até um aperto de mãos para selar a promessa."

"Mas, Jehangla, olhe para o Vovô — ele está quase inconsciente. Que diferença vai fazer, se ela vier ou não?"

Continuei a atormentar meu pai o dia inteiro porque esse acontecimento me parecia extremamente importante. Ao chegar a noite, ele já estava farto de mim. "Está bem", disse ele. "Vá lá e diz a ela, se você quiser. Não posso deixar Mamãe e o Vovô sozinhos numa hora dessas."

Fui a pé ao Pleasant Villa. Era mais rápido do que esperar um ônibus, já que estariam cheios a essa hora e o motorista não iria parar.

Era a minha primeira ida ao Pleasant Villa desde que nos mudamos. Os degraus da entrada pareciam menores. Lembrei-me da tristeza que tomou conta de mim quando entrei, pensando no nosso velho apartamento lá de cima, na aparência que ele teria agora, no tipo de móvel que o senhor Hirala teria posto nos cômodos. Bati na porta da Titia Daisy.

Não ouvi nem um som de exercícios musicais lá dentro. Bati muitas vezes e, exatamente quando já estava desistindo, a Titia Villie vinha subindo os três degraus e entrava no prédio com sua cesta de compras.

"Olá, Jehangirji! O que está fazendo aqui?"

"Vim falar com a Tia Daisy."

Eu podia vê-la se perguntando por quê, mas, em vez de indagar, ela perguntou, "Como estão todos?".

"Bem, obrigado", disse eu rapidamente, batendo de novo.

"Ela saiu com o seu violino", Titia Villie apressou-se a informar. "Eu a encontrei quando estava indo para o mercado."

"Sabe para onde?"

"Max Mueller Bhavan foi o que ela disse, para ensaiar."

Eu sabia onde era: perto do cinema Regal. Eu deveria ir? Papai só me dera permissão para ir até o Pleasant Villa. Mas esperar até o dia seguinte poderia significar o Vovô morrer sem que a promessa fosse cumprida.

Dessa vez, tomei o ônibus, era muito longe para ir a pé. Me meti no ônibus 123. Meia hora depois, saltei onde ele fez a volta depois de passar o museu.

Custei a atravessar a rua, os carros não paravam de passar, ninguém obedecia aos sinais de trânsito. Quando se formou um engarrafamento, consegui correr até o Max Mueller Bhavan.

Dentro do prédio, eu me perguntava para que lado ir. O escritório estava vazio, todos tinham saído porque já passava das seis horas. Mas ouvi música, muitos violinos tocando juntos, e segui o som.

O que me levou ao lugar em que estavam tocando. Abri a porta e espiei. A sala estava escura e vazia embora o palco estivesse aceso, e Tia Daisy estava sentada na primeira cadeira do palco, perto do regente. A música continuava, ninguém podia me ver. Eu não sabia exatamente o que deveria fazer.

Esperei. A uma certa altura, todos os instrumentos se calaram menos os dois *cellos*. A música era tão triste, senti que meu coração iria se despedaçar.

De repente, o regente acenou a batuta de um lado para o outro como um limpador de pára-brisas, como se ela estivesse dizendo, Parem! Suspendam! Todo mundo ficou quieto. Ele começou a dizer algo. Tia Daisy apontou para a página na sua estante. Verificando a própria partitura, o regente cantarolou e mexeu as mãos num gesto engraçado. "*Molto sostenuto*", disse ele, e a orquestra assentiu.

Essa era a minha chance, antes que eles recomeçassem. Quando corri para a frente, tropecei numa cadeira. Ela caiu. Todo o palco olhou espantado, e o regente disse, "Sim? O que é?".

Então Titia Daisy, que estava tentando enxergar no escuro como todos os outros, levantou-se e veio até a beirada do palco. "Jehangir? É você?"

"Sou, Tia", respondi em voz baixa.

"Chegue mais perto. Está chorando?"

Eu não tinha percebido que estava. O choro deve ter começado enquanto eu estava esperando no escuro. Rapidamente, enxuguei os olhos. Ela se agachou para que o rosto se aproximasse do meu — eu era bastante baixo então, embora agora esteja mais alto do que ela. Titia Daisy segurava o violino e o arco na mão esquerda e, com a direita, agarrou meu ombro. Gostei da sua mão, os dedos fortes me fizeram sentir melhor.

"O que está acontecendo, Jehangir? Seus pais sabem que você está aqui?"

Balancei a cabeça e lhe disse por que eu tinha ido ao Pleasant Villa. O seu rosto se entristeceu quando repeti as palavras do Dr. Tarapore sobre o Vovô.

"Para lhe falar a verdade, eu tinha me esquecido completamente da promessa."

Comecei a me virar para ir-me embora.

"Espere, estou contente de você ter vindo. Me dê um minuto."

Ela falou com o regente e desapareceu de um lado do palco, depois reapareceu com o estojo para o violino e o arco. Fiquei imaginando se ela iria pular lá de cima do palco. Era tão alto, e ela estava de salto alto. Mas ela foi para um canto onde havia uma escadinha que eu não tinha visto. Desceu para a platéia, acenando para o regente: "Para todos, até amanhã."

Andava muito rápido. Corri um bocado para não ficar para trás. Ela chamou um táxi, e como eu só tinha dinheiro para o ônibus, eu lhe disse. Tia Daisy sorriu, dizendo que tinha o suficiente na bolsa, e deu ao motorista o endereço do Pleasant Villa.

"Mas, Titia, não moramos mais lá!" Imaginei que ela tivesse esquecido num momento de distração.

"Eu sei. Mas tenho, primeiro, que mudar de roupa."

Meus olhos examinaram discretamente o seu traje: calças compridas marrom-claras e blusa de um amarelo-pálido, com mangas compridas que tinham sido enroladas até o cotovelo. Preocupado de não chegar logo para ver o Vovô, eu lhe garanti que a sua roupa estava ótima, que não havia necessidade de trocar.

"Obrigada. Mas não é adequada para a ocasião."

Ela pediu ao motorista que esperasse, e nós entramos. Sentei-me no cômodo da frente enquanto ela desapareceu, indo para os fundos. Havia muitas partituras ali, três estantes de música de alturas diferentes, dois violinos extras. Era um cômodo desarrumado, mas me senti à vontade nele.

Alguns minutos depois, ouvi o som dos saltos de Titia Daisy se aproximando, um toque-toque que era como o de um relógio barulhento, e me virei para olhar. Nunca esquecerei o que ela estava usando: uma saia preta, longa, muito bonita, e uma blusa preta, de mangas compridas, com algo no tecido que a fazia brilhar como estrelas. Os sapatos também eram pretos. Um colar de pérolas pendia do seu pescoço.

Reconheci essa roupa, ela a usava para os grandes concertos importantes da Orquestra Sinfônica de Bombaim. Costumava vê-la da nossa velha varanda, lá de cima, quando ela saía com o seu estojo de violino e chamava um táxi. Sempre achei que ela era linda, como uma fotografia de uma revista.

E agora ela se vestia da mesma maneira para o Vovô. Era a mulher mais maravilhosa que eu jamais conheci. Era como se eu sentisse minha garganta sufocar. Voltamos ao táxi, e ela disse ao motorista que nos levasse rápido para o Chateau Felicity.

A porta se abriu com uma expressão fechada. Papai estava parecendo bastante perturbado. "Onde você esteve? Numa hora dessas, deixando-nos preocupados."

Então ele viu a Tia Daisy de pé ali ao lado. As belas roupas que ela usava tiveram um efeito calmante nele, e Papai lhe pediu então que, por favor, entrasse. "Desculpe. Ele a arrastou para cá, tirando-a de alguma apresentação importante?"

"Mas a apresentação vai ser aqui", disse ela. "Vamos entrar?"

Fomos para o quarto do Vovô, onde todos estavam reunidos. Mamãe estava sentada junto à cama, segurando a mão dele. Que mal tremia nesse momento. Tio Jal e Murad estavam em pé atrás da cadeira da Mamãe. Mahesh esperava num canto, no seu banquinho, mexendo-se, querendo que houvesse alguma coisa que pudesse fazer para o seu paciente.

Mamãe olhou por cima do ombro e, vendo Titia Daisy, começou a se desculpar, como Papai, pela minha falta de consideração.

"Por favor, eu prometi." Foi tudo o que ela disse.

"Ah Daisy! Pobre Papai — acho que ele nem está vendo você."

"Não tem importância." Enquanto ela ia para o lado e afinava o violino suavemente, eu podia ver Tio Jal olhando para ela, querendo chegar perto, mas se sentindo sem jeito.

Então ela se aproximou dos pés da branca cama de hospital, resplandecente naquelas roupas pretas. Lembro-me de que ela fez uma mesura solene para o Vovô antes de começar. Mahesh observava com grande interesse; ele nunca deve ter tido um paciente para quem uma mulher esplendidamente vestida tivesse tocado o violino. Papai disse no meu ouvido que era a *Serenata* de Schubert. Eu sabia; ela a tocara antes, muitas vezes, para o Vovô.

Talvez fosse o clima que havia no quarto, mas não me parece que ela tivesse algum dia tocado de forma tão bela na nossa frente. Olhei para o Vovô e percebi que ele ouvia a música, porque havia uma expressão de contentamento em seu rosto.

Então Titia Daisy deu início à *Berceuse* de Brahms, que o Vovô amava tanto. Papai sussurrou que ele costumava cantarolar essa música para Murad e para mim quando éramos bebês, e disse que era também uma canção de Bing Crosby que o pai também cantava para ele. Cantarolou algumas palavras à meia-voz, "*Lullaby and good night...*".

A Tia Daisy o ouviu, e virou-se imediatamente. Achei que teria se aborrecido, mas ela disse, "Cante mais alto".

E Papai se levantou e cantou, e vi lágrimas lhe escorrendo pelo rosto, como também pelas faces de Mamãe. "Com licença", disse ele ao fim da peça, e tirou o lenço do bolso.

Titia Daisy tocou por mais de uma hora, até o Dr. Tarapore chegar, conforme prometera aquela manhã. Ela terminou com a canção favorita do Avô. *Um dia quando éramos jovens.* Quando terminou, ela permaneceu um momento em silêncio, fez outra mesura, e então guardou seu violino.

Houve um silêncio no quarto. E durou até o médico dizer que queria examinar o avô, ver se havia mais alguma coisa que ele pudesse fazer para deixá-lo mais confortável. Ele tomou a pressão, como se, do mesmo modo que Mahesh ali no canto, também precisasse se ocupar com algo. A tira de pano em volta do braço do Vovô inflou quando a pequena bomba de borracha foi pressionada. A coluna de mercúrio subiu, dançando para cima e para baixo. Então o ar saiu, e o médico, num murmúrio, disse a Mamãe que o Professor estava bastante tranqüilo, descansando.

O Dr. Tarapore sentou-se conosco por alguns minutos, dizendo algumas palavras a Tio Jal e a Papai, dando tapinhas nas costas de Murad e nas minhas, dirigindo-nos sorrisos alegres. Então ele arrumou sua valise e apertou as mãos de todos, até de Mahesh, ali no canto. A última coisa que fez foi tomar a mão do Vovô nas suas e sussurrar "Boa-noite, Professor".

Depois que Papai o acompanhou à porta, Titia Daisy disse que tinha boas notícias para nós. Falou como se estivesse se dirigindo ao Vovô e ele estivesse escutando. Ele tinha razão, disse Tia Daisy, o desejo dela seria realizado, ela iria estar apresentando o concerto de Beethoven com a BSO, numa data posterior, naquele ano, no NCPA.

Meus pais a cumprimentaram. Tio Jal deu um passo à frente como se fosse apertar a mão de Daisy, mas depois, timidamente, recuou.

Ela nos disse a data e tirou algumas entradas da bolsa. Olhando à volta para contar quantos éramos, separou cinco do maço. Então o Tio Jal chegou mais perto para recebê-las das mãos de Daisy. E disse que, sem dúvida alguma, iria, e guardou as entradas no bolso, cuidadosamente.

Muito cedo, na manhã seguinte, Papai foi me acordar. Vovô tinha morrido havia poucos instantes. "Venha", disse ele.

O sol estava justamente nascendo quando passamos pela janela. Diminuí a marcha para ver a cor do céu da madrugada. Ainda não era azul-cerúleo, pensei. A mão de Papai no meu ombro me conduziu adiante. Murad já estava de pé, estava com Mamãe no quarto do Avô.

O relógio do corredou bateu seis horas. Fiquei parado aos pés da cama e olhei para o Vovô. Tinham acendido um pequeno lampião, que estava na mesa ao lado da cabeceira. Era estranho ver as mãos e os pés dele absolutamente parados, já que, desde que eu me lembrava, sempre tinham tremido.

"Venha", Papai disse de novo, e me conduziu para perto do travesseiro.

Continuei a afastar meus olhos do rosto do Avô. Mamãe estava sentada do outro lado da cama, chorando silenciosamente com as mãos postas como se estivesse rezando. Murad e o Tio Jal agora saíram do quarto, e Papai me disse que eu desse um beijo no Avô, eu não poderia tocá-lo mais tarde, depois que as orações começassem. Perguntei se Murad o beijara.

Mamãe fez que sim do outro lado da cama para me encorajar. Inclinei-me, um pouco amedrontado e, sem abraçá-lo, como eu costumava fazer, beijei-o rapidamente. Não me pareceu que eu estivesse beijando o Vovô.

E de repente compreendi o que significava morrer. Nada jamais seria o mesmo, o Vovô tinha partido para sempre. Comecei a chorar.

Papai segurou meu braço e me conduziu para longe da cama. Contorci-me ao aperto da sua mão como se eu quisesse fugir, mas não sabia em que outro lugar eu gostaria de estar. Mamãe estendeu a mão e corri para os seus braços. Ela disse que o Vovô estava feliz agora, para ele não havia mais dor nem doença.

O choro fazia com que ela abafasse as palavras, e Papai, delicadamente, deu-lhe pancadinhas nas costas. Ele ergueu meu rosto do ombro dela, onde eu o enterrara, e nos abraçou, aos dois juntos, a Mamãe e a mim.

Ele me conduziu de novo, agora para eu ficar bem do lado do Avô. E me disse para olhar para o rosto dele, e ver como a expressão era serena.

Olhei. Eu não sabia ao certo o que vi. Pouco depois, chegou o carro fúnebre da Torre do Silêncio.

Depois do funeral e de quatro dias de cerimônias, depois de Mamãe ter acabado de velar e vir do Doongerwadi para casa, ela não chorou mais — como se o fato de Vovô ter morrido já não lhe importasse. Lembro-me de como me ressenti disso.

Então a cama de hospital alugada foi devolvida, o compadre e a comadre, bem limpos e guardados. Pouco a pouco, todos os sinais do Vovô começaram a desaparecer.

Mamãe também me disse que, agora, eu também devia parar de chorar, se não a alma do Vovô ficaria infeliz. "Pense nas boas lembranças, Jehangoo. Lembra do primeiro dia em que o Avô chegou na nossa casa de ambulância?"

Assenti com a cabeça.

"E você lhe deu o almoço, fazendo aviõezinhos com a colher?"

Fiz o que pude para sorrir.

"Ele se divertia tanto brincando com você, não era mesmo? Como ele ria com os seus barulhos de avião."

"Deixei cair um pouco de comida na camisa dele. Você se zangou comigo."

"Foi, eu tinha que me zangar, sou sua mãe. Mas foi lindo ver você dando de comer ao Avô. E como você e Murad davam pancadinhas na careca dele e lhe apertavam o queixo."

Meus dedos ainda se lembram da consistência do queixo de jujuba do Avô. Era uma sensação única, a combinação do pequeno chumaço de pêlos e da pele meio emborrachada.

Mamãe continuava tentando me animar, e eu continuava a fazer que sim. Mas no dia seguinte, quando eu já estava me acostumando com a ausência da cama branca no quarto do Avô, todos os seus frascos de remédio foram tirados da mesa-de-cabeceira, para serem doados ao hospital de caridade.

"Por que vocês não podem deixar as coisas do Vovô em paz?", protestei.

"O Avô está no céu, Jehangla", Papai disse. "Ele não precisa mais delas. Dada Ormuzd está cuidando da sobrevivência dele. Roupas, sorvete, pudim, tudo." E Mamãe sorriu, concordando com essa idéia espirituosa de Deus prestando serviços de alfaiataria e culinária.

Acho que reagi, repreendendo-os. Eu sabia que estavam tentando agir com bom humor para fazer com que me sentisse melhor, mas eu não estava a fim disso.

O cheiro do Avô permanecia em seu quarto, apesar de suas coisas terem ido embora. Eu ia lá freqüentemente. Depois de alguns dias, até isso desapareceu.

Quando Tio Jal nos lembrou do concerto de Titia Daisy com a Orquestra Sinfônica de Bombaim, Mamãe disse que só tinham se passado três meses desde o funeral do Vovô e que ela não se sentia bem de ir. Papai disse que se sentia da mesma maneira.

Eu discordei, dizendo que me estimulava ter pensamentos felizes, e que tínhamos aí algo de bom que poderíamos desfrutar, a música de que o Vovô mais gostava. Por que desperdiçar as entradas que Titia Daisy nos dera?

Eles tentaram explicar as convenções do luto, a observância das normas sociais, as expectativas da comunidade. Recusei-me a aceitar qualquer dessas explicações.

Por fim, Mamãe disse que ela e Papai não iriam, isso era definitivo. E que Tio Jal, Murad e eu podíamos fazer como quiséssemos.

Agora que a responsabilidade pela decisão estava em meus ombros, eu não me sentia mais tão confiante. Durante toda a semana fiquei me torturando por causa disso, querendo saber o que o Avô gostaria que eu fizesse.

Na manhã de sexta-feira, o dia do concerto, decidi-me. Antes de sair para a escola, falei para o Tio Jal que eu queria ir.

Então fomos, só nós dois. Naquela noite, ele usou o seu melhor terno e sua melhor gravata. Passei uma camisa de manga comprida e calças compridas para mim. Era um auditório enorme. Muito maior do que o Max Mueller Bhavan, onde eu vira a orquestra ensaiar. O letreiro me mostrou o que NCPA significava: National Centre for the Performing Arts.* Parecia um lugar tão importante, que senti certa relutância em entrar.

O *foyer* estava cheio de gente muito bem vestida. Os sáris das mulheres pareciam mais caros do que o sári de casamento de Mamãe. Senti um perfume, o que me fez lembrar a senhorita Alvarez, embora o dela fosse muito melhor, não me fazia sentir a dor de cabeça que esse fazia. Tio Jal e eu estávamos sozinhos em meio à agitação ao nosso redor. Todos, menos nós, pareciam se conhecer uns aos outros.

Mas quando o sinal soou e ocupamos nossos lugares, as luzes foram se apagando e eu não me importei mais com as outras pessoas porque a orquestra se apresentou no palco, e então a Tia Daisy surgiu, junto com o regente, e eu a conhecia — a pessoa mais importante ali. Ela estava usando as belas roupas pretas que tinha usado para o Vovô.

Tomando o seu lugar, à esquerda do regente, ela pôs o violino sob o queixo e verificou o tom. O regente fez o sinal para a orquestra, e todos os instrumentos tocaram uma nota. Ele pareceu satisfeito com o som. Erguendo a batuta, assentiu com a cabeça para Titia Daisy. O concerto começou.

Senti uma imensa onda de orgulho quando a partitura deu entrada ao solo dela. Para mim, foi o momento mais emocionante do concerto. Estou certo de que Tio Jal e eu aplaudimos com palmas mais fortes do que as de qualquer outra pessoa no auditório.

No final do concerto, depois do bis, Tio Jal sugeriu irmos cumprimentar a violinista. Fomos arrastados pela passagem junto com o resto do público, até sairmos, chegando ao *foyer*. Lá, seguimos pelo corredor que levava aos bastidores.

* Centro Nacional para Espetáculos de Música, Dança e Teatro. [N. da T.]

As pessoas tinham cercado Titia Daisy, dando-lhe os parabéns, dizendo da magnífica interpretação, tão fresca e vigorosa. Algumas lhes deram flores. Ficamos atrás e esperamos nossa vez.

Então ela nos viu e atravessou a multidão para apertar a mão de Tio Jal e me dar um abraço. "Você gostou?", perguntou.

Eu assenti com a cabeça, sorrindo, embora quisesse dizer algo, não ficar calado como um menininho tímido. Eu também queria lhe dizer que estava me sentindo bem pela primeira vez desde que o Avô morrera.

Enquanto isso, Tio Jal conseguiu lhe dizer, murmurando, que o concerto foi maravilhoso, antes de ficar sem palavras de novo. Ele também continuava a sorrir, contemplando Titia Daisy com admiração.

"Foi muito simpático vocês terem vindo", disse ela, e se preparou para voltar aos seus fãs.

Era agora ou nunca. "De jeito nenhum", disse eu, "o prazer foi todo meu."

Titia Daisy estava radiante; eu podia ver que a minha resposta a deixara encantada. Então ela e Tio Jal conversaram um pouco mais. Ela lhe perguntou se ele gostaria de ir a outro concerto — tinha entradas para algo chamado Balé Bolshoi. Ele imediatamente disse sim.

Fiquei desapontado por ela não ter me convidado, mas eu sabia que seria melhor para os dois ficarem a sós. Com certeza Mamãe também gostaria disso.

Então, quando estava se preparando para nos deixar, ela parou de repente e se aproximou. "Sabem, pouco antes de me apresentar no palco esta noite, eu estava pensando no Professor Vakeel. Eu o estava imaginando ali na platéia."

Eu queria dizer que eu também tinha pensado no Vovô. Mas acho que ela já sabia disso.

Papai pegou Murad beijando uma garota no vão da escada. Ele entra de cara amarrada e o anuncia a Mamãe, cuja primeira preocupação é saber se é alguém do prédio, alguém que conheçamos.

"É uma não-pársi", responde ele numa voz carregada de condenação, e sai do quarto. Mamãe corre atrás dele, querendo saber se palavras tinham sido trocadas, como tinha terminado, se ele precisava do remédio da angina.

"Eu não daria a uma garota *parjaat* a satisfação de me ver discutindo com o meu filho. Pelo menos ele teve vergonha suficiente para sair, assim que me viu. Mas espere só até ele voltar para casa."

A ameaça, e o tom dele, fez Mamãe temer o surgimento de uma grande briga. Ela passa a hora seguinte na cozinha, cortando e picando, preparando o jantar, agitando-se, balançando a cabeça, até se ouvir a campainha tocar. Ela enxuga as mãos e corre para a sala de estar, pai e filho não podem ser deixados a sós.

Assim que ela entra, o Tio Jal põe o seu jornal no chão e volta para o quarto. Posso ver Mamãe querendo lhe dizer, Fique, é sua casa também, mas ela pensa melhor, e não diz.

"Então, o que você tem a dizer?", Papai começa quando Murad entra.

"Sobre o quê?", ele pergunta, inocentemente.

"Aquela menina. Quem é ela?"

"Ah, você está falando de Anjali — ela está na minha faculdade. Estávamos só esperando uns amigos chegarem."

"Então você sempre beija as garotas quando está esperando os amigos?"

Então Papai se contém e abaixa a voz. Senta-se no sofá, pede a Murad que se sente na cadeira defronte. "Não quero que fiquemos gritando um com o outro. Isso é muito sério, por favor, ouça com cuidado. Essa sua amizade..."

Ele faz uma pausa para limpar a garganta, à procura de palavras. "A sua relação com essa garota não é possível."

"Que relação?" Murad ri. "Somos apenas amigos, eu lhe disse."

"Uma garota que você beija daquele jeito não pode ser apenas amiga. Ou ela é sua namorada, o que é inaceitável, ou você está se divertindo com ela, o que é até mais inaceitável."

"Estamos ambos nos divertindo."

Papai franze a testa. "Uma criança acha divertido brincar com fósforos. Mas mesmo assim temos que impedi-la. Isso não vai levar a lugar nenhum, não vai resultar num final feliz."

"Não estamos pensando nesses termos, está legal?"

"Está vendo?", Papai apela para Mamãe. "Ele não escuta nada. Dos assuntos mais triviais aos mais importantes da vida, ele não escuta uma palavra sequer."

Ele se vira para Murad outra vez, "Estou lhe avisando, não pode haver nenhum compromisso envolvido nisso. As regras, as leis da nossa religião são absolutas, essa marata não pode ser sua namorada".

"Isso é só preconceito."

"Nada disso. Meu maior amigo era marata, Vilas Rane, o escriba, que redigia cartas. Lembra? Ele costumava me dar livros ilustrados para eu lhe dar quando você era pequeno. Você pode ter os amigos que quiser, de qualquer raça ou religião, mas para um relacionamento sério, para casamento, as regras são diferentes."

"Por quê?"

"Porque somos uma raça persa pura, uma contribuição única a este planeta, e casamentos mistos destruirão isso."

"Você se acha superior?"

"A questão não é ser inferior ou superior. A pureza é uma virtude que vale a pena preservar."

Agora Murad apela a Mamãe. "Está vendo? Isso prova que ele é um fanático. Hitler tinha o mesmo tipo de idéias sobre pureza, e veja o que aconteceu."

Papai perde a calma. Mais por estar magoado do que por causa da obstinação de Murad. Ele grita e dá socos na mesinha de chá, depois se recosta, exausto, resmungando, à meia-voz — como podem dois meninos serem tão diferentes, olhe só Jehangla, obediente, trabalhador, afetuoso, e olhe esse sujeito, também meu filho, mas se comportando como um verdadeiro facínora, que tipo de pessoa chama seu pai do nome do maior monstro do século XX?"

"É, sim, Murad, realmente", Mamãe diz. "É vergonhoso. Você não devia chamar seu pai de Hitler."

"Eu não chamei. Não escutou? Eu disse que ele tinha o mesmo tipo de idéias sobre pureza."

Papai não está interessado em semântica. "Só para lhe mostrar o contraste, sugiro que você considere o que a sua amiga marata estava fazendo com você no vão da escada. Uma garota pársi nunca se comportaria dessa maneira."

"É patético", Murad retruca, e vai para seu quarto. "Pode continuar o seu discurso bombástico."

Permaneço na sala com a cara metida no meu livro. Tenho vontade de dizer a meu pai que ele está enganado. Farah Arjani, que mora no térreo, é bisneta do falecido senhor Arjani, aquele que teve a rixa com o pai do Vovô. Ela e eu nos encontramos sozinhos no elevador na semana passada. Estávamos rindo sobre algo, e eu impliquei com ela, ela me empurrou, eu empurrei de volta, e logo estávamos nos apertando, fingindo lutar, amassando-nos um contra o outro e nos beijando, e eu apertei o seio dela. Se as portas do elevador não tivessem se aberto, ela teria deixado minha mão entrar sorrateiramente na sua camiseta.

Mamãe tenta raciocinar com Papai. "O que Murad está fazendo é apenas natural, Yezdaa. A semana que vem ele vai completar 18 anos, a caminho dos 19. Até quando podemos tratá-lo como um menino?"

"Até ele se comportar como homem. Até ele compreender os deveres dele como zaratustriano."

Ela junta as mãos e olha na direção do armariozinho sagrado, para o filamento incandescente do *afargaan* de plástico, como se buscasse a intervenção divina. "Acabei de ter uma grande idéia, Yezad. Sobre o seu amigo, o escriba."

"Que idéia?"

"É difícil você e Murad conversarem calmamente. Ele diz bobagens, você se zanga, e a conversa se transforma em briga."

"É culpa minha?"

"Não, não é. Mas por que você não escreve para ele uma bela e longa carta? E explica tudo logicamente? Nosso filho é sensível, e você sempre diz que há uma base científica nas nossas leis religiosas, então você vai lhe dizer isso. E você também podia pedir ao seu amigo para ajudá-lo a escrever — afinal, ele é um profissional."

"Você ficou maluca?", Papai diz, sentindo-se extremamente insultado. "Em primeiro lugar, aquela minha vida acabou, eu não quero retomar o contato com Vilas. Segundo, ele escreve cartas para analfabetos. Para trabalhadores iletrados que nunca aprenderam o ABC ou o *Ka Kha Ga*. Ele não era nenhum Shakespeare que pudesse compor uma carta que pudesse derreter o coração inflexível do seu filho. E terceiro, se um pai não pode falar com seu filho cara a cara e tem que escrever cartas, esse pai poderia muito bem esquecer esse filho."

Mamãe se encolhe, e olha de novo para o armário-oratório.

Tio Jal, preocupado em se manter afastado dessa enorme discussão, continua ocupado, limpando os armários do quarto vazio, separando coisas para uma excursão beneficente que Daisy e a BSO iniciaram. Agora ele traz algumas coisas para nos mostrar, e a sensação que tenho é a de que está utilizando uma tática divisionária.

Mas ele está muito emocionado ao abrir a caixinha. "Vejam o que eu encontrei", Tio Jal diz, e nos amontoamos ao seu redor.

Dentro, há dois pares de abotoaduras e dois conjuntos de botões de camisa. E um bilhete junto deles: *Para Murad e Jehangir, no dia do casamento deles.*

"É a letra de Coomy!", Mamãe diz.

"É", Tio Jal diz. "Você sabe como ela era metódica. E esses botões... pertenciam ao nosso pai, a Pappa Palonji. Parece que Coomy os guardou para os meninos."

Agora, Mamãe está com lágrimas nos olhos, mas os enxuga rapidamente. A descoberta da caixa de Titia Coomy confunde. E me deixa triste. O que devo pensar agora? Há tão poucos indícios dos sentimentos dela em relação a Murad e a mim.

"Guarde-os num lugar seguro, Jal", meu pai diz. "Vamos honrar o desejo de Coomy quando esse dia feliz chegar. O que mais tem aí?"

Tio Jal nos mostra uma pilha de santinhos que ele encontrou num dos armários: Sai Baba, Virgem Maria, uma Crucificação, Haji Malang, diversos Zaratustras, Nossa Senhora de Fátima, Buda.

"De onde saíram esses?", Papai pergunta.

"Lembro-me de tê-los visto quando criança", Tio Jal disse. "Estavam pendurados pelo apartamento todo. Vocês sabem que, naquele tempo, era comum a maioria dos pársis guardar ícones de toda religião. Papai os adotou depois que Mamãe e Lucy morreram."

Papai examinou as imagens, algumas em molduras e outras amareladas e se enrolando. Noto que, nas margens de algumas, há datas que remontam a 1869.

Enquanto estamos falando desse assunto, Tio Jal menciona os retratos severos dos antepassados do Avô que estão pendurados no corredor comprido. "Eu não sou particularmente apegado àquelas caras soturnas", diz ele, brincando. "Se quiserem usar as molduras para algum outro fim, fiquem à vontade."

"Não", Papai diz. "São os antepassados e os realizadores da comunidade. Os esteios. Se, hoje, mais deles estivessem vivos, a *komm* pársi não estaria passando por dificuldades tão tremendas. Eles devem permanecer como fonte de inspiração para todos nós. Principalmente para os meninos."

"E os santinhos?"

Meu pai precisa de tempo para decidir a esse respeito.

Como o 18º aniversário de Murad será daqui a duas semanas, Mamãe está planejando algo especial. Sugere convidar cerca de uma dúzia de colegas de Murad da faculdade para uma festinha das cinco às sete horas. O jantar seria restrito a oito pessoas: nossa família e três dos seus amigos mais íntimos — meu pai não gosta de grandes grupos.

"Só me garanta que aquela garota marata não seja um dos três", Papai disse quando soube do plano.

"Ela é", Murad disse no mesmo instante. "Anjali vai ficar para o jantar."

E a briga começa de novo.

Meu pai volta a pregar o que assimilou das reuniões e discussões de suas sociedades religiosas, e cita escrituras, e reproduz os comentários dos sumos sacerdotes. Já ouvi tudo isso tantas vezes, que poderia recitá-lo de cor.

"Você está se tornando cada vez mais fanático", Murad diz. "Não entendo por que você está mudando, Papai."

"Você vai entender, à medida que for envelhecendo. É uma evolução espiritual. Você vai chegar a uma etapa da vida em que você também vai ficar sedento de espiritualidade."

Isso não causa nenhuma impressão em Murad. Ele diz que a Liga dos Pársis Ortodoxos talvez pudesse inventar um Detector de Impurezas, seguindo o modelo do detector de metais do aeroporto, que ficaria apitando, bip-bip-bip, quando uma pessoa impura se aproximasse.

"Você acha que a questão da pureza, crucial para a nossa comunidade, é motivo para se fazer piada?"

"Eu acho que o fanatismo certamente deve ser motivo de riso."

"Não jogue palavras por aí. É uma tendência moderna rotular pessoas se você não concorda com elas."

"O que você tem contra a minha amiga?"

"Já discutimos isso. Eu sei bem aonde é que vai parar a sua amizade com aquela garota, e não vou tolerar tal coisa na minha casa. Se ela vier jantar, isso vai me fazer mal. Vou vomitar na mesa de jantar, estou te avisando."

Murad diz a Papai que as idéias dele também lhe dão vontade de vomitar, e que, ali entre eles, os dois poderiam lançar a sua festa de aniversário num mar de vômito.

"Pare, Murad!", Mamãe gritou. "Não diga coisas tão desagradáveis!"

"Foi ele que começou. Ele está usando a religião como arma. Você sabe que a obsessão com a pureza está criando lunáticos na nossa comunidade? Eu nunca vou aceitar essas idéias malucas."

"Canalha sem-vergonha! Chamando seu pai de lunático! É isso, estou saindo, estou indo para o templo do fogo, não posso mais ver a cara dele!"

"Por que você não arma uma tendinha na sala do templo? Você bem que podia viver lá dentro, de tanto tempo que você passa lá."

"Ouviu isso? O seu filho quer me mandar embora de casa!"

"Ele está fazendo uma brincadeira tola, Yezdaa. Não está, Murad?"

"Não, estou falando sério, estou pensando em ir ao Pleasant Villa e pedir à Titia Villie aquela toalha de mesa grande para o Papai."

"Ah, Villie foi tão prestativa conosco", lamenta Mamãe ao ser lembrada do gesto. "E nunca a agradecemos como deveríamos. Nem sequer lhe dissemos que estávamos mudando, até o último minuto. Me sinto tão envergonhada."

"Ela é quem deveria se sentir envergonhada", Papai diz com veemência, causando espanto a todos nós. "Ela me tentou com a Matka e me fez jogar, o que eu nunca deveria ter feito na vida."

Isso é mais até do que Mamãe tem capacidade de suportar. Sem dizer palavra, ela sai da sala.

No calendário zoroastriano, que seguimos para orações e cerimônias religiosas, a *roj* em que se comemora o aniversário de Murad cai quatro dias mais cedo. Para marcar a data, Mamãe encomendou doces da Leiteria Pársi. A empregada, Sunita, que vem toda manhã fazer a limpeza, é mandada à rua para comprar flores: *toruns* que serão pendurados nas portas. E Mamãe faz *ravo* para o café da manhã, temperado com cardamomo, noz-moscada e canela, e enfeitado com muitas passas e amêndoas peladas. O cheiro da cozinha é delicioso essa manhã.

"Por que vocês estão comemorando o aniversário dele duas vezes?", Papai pergunta.

"Por que é o 18º aniversário — você sabe disso."

"Duas festas para um menino que não merece nenhuma", observa ele, e faz uma careta desaprovadora para o filho.

Quando volto da escola, à tarde, mamãe me pede para ir até o prédio do outro lado da rua e entregar duas caixas de doces: uma para o Dr. Fitter, e outra para o Inspetor Masalavala.

Levanto um protesto moderado: eu mal os conheço, ela poderia ter mandado o *mithai* pela Sunita hoje de manhã. Os seus nomes, é claro, me são familiares: sei que eles foram de grande ajuda depois do acidente da Titia Coomy. E também ouvi histórias sobre o médico e o pai do inspetor intercedendo em benefício do Vovô, quando Lucy e a minha avó morreram.

"Mandar uma empregada não é o mesmo", Mamãe explica. "Demonstra-se mais respeito quando uma pessoa da família oferece o *mithai*."

Então eu levo as caixas de *jalebi* numa bandeja, coberta com um pano bordado de pavões nos quatro cantos. Primeiro, vou ao apartamento do Inspetor Masalavala. Ele não está em casa, informa a empregada, à porta, e, seguindo as instruções de Mamãe, pergunto pela senhora Masalavala.

"Pois não?", aparece ela de repente, como se estivesse escutando no cômodo ao lado. "Quem é?"

"Jehangir", eu digo, "filho de Roxana Chenoy, do Chateau Felicity." Aponto por cima do meu ombro, esperando que isso ajude a me identificar. "Neto de Nariman Vakeel."

"Ah, sim, sim, sim, eu o reconheço", diz ela, para meu alívio.

Ponho uma das mãos por baixo do pano, e tiro uma caixa dali. "Mamãe mandou *mithai* para o Inspetor e para a senhora. É a *roj* do aniversário do meu irmão — faz 18 anos."

"Ah, sim, sim, sim, que delicadeza. Por favor, deseje um feliz aniversário ao seu irmão da nossa parte. E agradeça à sua mamãe." Ela pega a caixa como se fosse seu dever, despedindo-se bruscamente.

Contente por ter sido breve, sigo para o apartamento do lado oposto dos Masalavala, esperando uma saída igualmente rápida. Mas o Dr. Fitter, que abre a porta, interrompe a minha introdução e, com um sorriso largo, toma-me pelo braço.

"Claro que sei quem você é, rapaz. Entre, entre por um minuto. Themi! Themi!"

A senhora Fitter responde lá de dentro: "Agora o que é, Shapurji, como posso terminar o jantar se você não pára de me chamar?"

Resmungando, ela chega à varanda, movimentando-se com um andar pesado. Na mão, ela traz uma faca que estava usando para picar alguma coisa; vejo fiapos verdes na lâmina. "Oi! O neto de Nariman está aqui, e você nem me diz nada?"

Ela pousa a faca na mesinha de chá, enxuga as mãos na saia e me belisca a bochecha. Sinto o cheiro de coentro recendendo dos seus dedos. Então descubro a bandeja e entrego o *jalebi*, transmitindo o recado de Mamãe.

"Murad já faz 18 anos!", diz ela, tirando a bandeja de mim. "Que maravilha! E você tem...?"

"Catorze", respondo, "quase 15."

O Dr. Fitter sorri. "A nova geração, pronta para governar o mundo. E vocês vão fazer dele um lugar muito melhor, espero! Sente-se, diga-me em que escola você estuda."

Ele conversa um pouco comigo enquanto a senhora Fitter desaparece com o *mithai*. Fico preocupado com a bandeja — será que ela vai se lembrar de me trazer de volta? Enquanto isso, o Dr. Fitter comenta como é bom a nossa família estar morando no apartamento do Professor Vakeel.

"Por muito tempo ficou um vazio naquela casa. Uma ausência... O seu avô, a vida dele foi muito infeliz. Ainda me lembro do dia em que ele desceu para falar com a namorada — o dia em que ele estava usando só uma toalha em volta da cintura."

A lembrança faz o Dr. Fitter dar um risinho. Eu faço que sim com a cabeça, intencionalmente, e tento instigá-lo a contar mais: "Meus pais também dizem que foi muita bondade sua ajudar o Vovô."

Ele balança a cabeça para dispensar os agradecimentos. "Foi o mínimo que poderíamos ter feito, o Superintendente Masalavala e eu. E mesmo naquele tempo, mesmo sem um processo policial, quantos boatos havia no ar — foi um duplo homicídio, foi um duplo suicídio, foi puro acidente?"

Sinto como se a cor estivesse fugindo do meu rosto, e espero que ele não note nada. "Sempre há boatos no programa dos homens", observo com esperteza, agradecendo às palavras.

A senhora Fitter volta para buscar a faca que deixou para trás e ouve alguma coisa. "O que você está fazendo, Shapurji", ela o repreende. "Isso não é assunto para ser discutido com um menino."

"Quase 15 anos não é menino, Tehmi. E a sua avó... qual era o nome dela?"

"Yasmin."

"Certo... as palavras dela ao morrer complicaram tudo ainda mais."

Prendo a respiração. "O senhor a ouviu?"

"Claro que ouvi. Lembro-me como se fosse ontem, eu correndo lá para fora quando as duas caíram, então Masalavala se aproximando correndo... E a senhora católica — qual era o nome dela?"

"Lucy."

"Certo. Ela morreu instantaneamente. Mas a sua avó estava consciente, conseguia falar um pouco. E toda a confusão se devia a uma palavra na frase dela: ela disse 'ele'* ou 'nós'?"**

"O que o senhor acha que ela disse?", indago com ar despretensioso.

"Ah, eu sei o que ela disse. Ela disse, 'O que nós fizemos!.'*** Mas havia outras pessoas em volta. Algumas ouviram 'O que ele fez!,'**** , e elas então afirmaram que a frase incriminava Nariman."

O Dr. Fitter, com um gesto, indica que ele não acredita nisso. "As pessoas não se dão ao trabalho de pensar com clareza. Um último grito de arrependimento, pelo casamento infeliz deles, pelas vidas desperdiçadas deles — isso é o que foi."

"Mas os que as fez cair?", pergunto.

"Tudo o que sei é que Nariman e Yasmin e Lucy seguiram seus destinos como estava gravado nas suas testas. Só isso. E isso é tudo, sempre."

A senhora Fitter traz a bandeja de volta com um montinho de açúcar nela. Agradeço-lhe e cubro-o com o pano dos pavões. Os dois me acompanham à porta, fazendo-me prometer visitá-los de novo.

Na cozinha, devolvo a bandeja a Mamãe, que fica encantada ao ver o açúcar que acusa o recebimento do *mithai.* "Foi a senhora Fitter?", ela pergunta, e eu confirmo a suposição com um aceno de cabeça.

Vou para o meu quarto e me deito na cama. Penso em tudo o que ouvi, no correr dos anos, sobre o Avô, e Lucy, e minha avó. E o quadro ainda não está completo. Como algum estranho quebra-cabeça de tamanho indefinido. A cada vez que penso

---

* *He.* [N. da T.]

** *We.* [N. da T.]

*** *What did we do.* [N. da T.]

**** *What did he do.* [N. da T.]

estar terminado, encontro mais peças. E sua forma muda de novo, ainda que muito ligeiramente.

Meus velhos quebra-cabeças, entre os quais o belo jogo do Lago de Como, ainda continuam na minha prateleira. Assim como meus livros de Enid Blyton, embora eu não consiga nem abri-los. Fico me perguntando o que havia neles que me fascinava tanto. Hoje em dia, parecem-me uma perda de tempo.

Pulando da cama, recolho o conjunto todo numa caixa e a levo para o corredor onde Tio Jal empilhou as roupas, sapatos, cacarecos que vão ser doados para a excursão beneficente da BSO da Titia Daisy. Minha contribuição de livros e quebra-cabeças vai em cima da pilha.

Agora, só há um único quebra-cabeça que vale o esforço.

Meu pai afinal decidiu sobre os santinhos. Ele deve ter consultado seus amigos da Liga Ortodoxa. Hoje à tarde, ele voltou da reunião e disse que todas as imagens não relacionadas a Zaratustra deviam desaparecer — numa casa zaratustriana, elas interferem nas vibrações das orações do Avesta.

"Não é de espantar que haja tanta discussão e tanta luta nesta casa. Quando as imagens forem embora, as minhas orações serão mais eficazes. A compreensão chegará a Murad."

Ele disse que elas deveriam ser jogadas fora adequadamente, de acordo com a tradição zaratustriana de respeito por todas as religiões, que, explicou-me, remontavam aos tempos longínquos de Ciro, o Grande, o fundador da dinastia aquemênida, que deu o exemplo quando conquistou a Babilônia, liberou os judeus, que estavam, então, no cativeiro, e até os ajudou a reconstruir o Templo deles, o que lhe granjeou o nome de Ungido de Deus na Bíblia dos hebreus.

"Faremos um embrulho das imagens, junto com flores, e o ofertaremos ao mar, para que Avan Yazat o guarde."

Papai me mandou comprar as flores — uma guirlanda, especificou. Embrulhou os santinhos em papel pardo e pôs a guirlanda ao redor do embrulho, uma faixa de cravos-de-defunto.

Fui com ele a Chowpatty, caminhamos até chegarmos à areia úmida e firme e à água tremeluzente. Uma suave ondulação espumante brincava com nossos pés. A maré estava baixando, as ondas se extinguiam. E as gaivotas gritavam, querendo saber se tínhamos levado algo comível.

Meu pai levou o embrulho à testa, tocando-a com ele, e me pediu que fizesse o mesmo. Então, lançou-o ao mar, entregando-o aos braços protetores de Avan Yazat.

Ficamos algum tempo sentados na areia, olhando o horizonte, onde o sol ia lentamente se introduzindo na água. Ficamos ali sentados em silêncio, Papai com seus fardos secretos e eu com minhas incontáveis perguntas a respeito dele, trancadas na minha cabeça. Eu queria lhe dizer que ainda o amava, mas que não podia compreender essa nova pessoa em que ele se tornara, eu preferia tão mais o pai que fazia brincadeiras, que sabia ser engraçado e sarcástico, que podia estar zangado num minuto e estar rindo no seguinte, tão amoroso quanto cabeça-dura, e capaz de se manter de pé sem precisar se agarrar à religiosidade para se sustentar. Eu queria lhe perguntar da sua infância no Mansão Jehangir, e ouvir de novo as histórias que contava sobre os vizinhos, e os amigos com quem jogava críquete, e os professores do colégio São Xavier, principalmente o professor guzerate a quem chamavam Ayo, e o de Madras, que falava com pronúncia engraçada e a quem apelidaram de Vada.

Era tanto o que eu queria perguntar e dizer a meu pai, todas as coisas que enchiam minha cabeça sempre que eu ficava sozinho. Mas, com ele ao meu lado, elas permaneciam enregeladas na minha língua.

Algumas crianças passaram, brincando, levantando areia com os pés. Um vendedor de cana-de-açúcar parou para nos tentar. Ele seguiu adiante quando meu pai balançou a cabeça.

"Vamos? O sol se pôs — hora do Aiwisruthrem Geh. Preciso recitá-lo antes do jantar."

Examinei as ondas vazantes à procura do embrulho com os santinhos e as flores. Não estava à vista. Atravessamos a praia em direção à rua. Eu gostava da sensação de afundar, do trabalho de caminhar penosamente na areia macia.

Papai sancionou as leis da menstruação. Pelo menos, é assim que Murad as denomina.

O decreto determina que Mamãe não deve entrar na sala de estar de jeito nenhum enquanto estiver no período menstrual dela. Ela dormirá no quarto vago, nesses dias, e evitará entrar na cozinha. A cozinheira lhe levará as refeições.

A empregada, Sunita, que, trabalhando metade do dia, varre, tira o pó, lava a louça, limpa os banheiros, não entrará na casa durante o seu período mensal. É tarefa de Mamãe monitorar o ciclo de Sunita, o que ela acha muito desagradável.

"Ele passou dos limites", diz Murad. "Está inteiramente mergulhado no abismo da religião."

Papai o ignora e vai para o seu quarto, tendo terminado suas instruções. Mamãe o acompanha, tentando levá-lo à razão. "Você nunca acreditou nessas coisas. Por que começar agora?"

"Porque é a trilha certa. É o procedimento habitual numa casa ortodoxa."

"Casas ortodoxas é só o que eu conheço, Yezad — a família da minha mãe seguia esses mesmos costumes. Mas você e eu nunca vivemos dessa maneira."

"Anteriormente, eu era ignorante. Agora, estudei a religião, assisti às palestras de homens doutos."

Eles não sabem que estou ouvindo a conversa. Como sempre, eu vejo e ouço tudo. Às vezes, essa ocupação é tão deprimente, que eu gostaria que meu ouvido ficasse surdo a tudo isso.

Meu pai promete expulsar Murad de casa, se ele não viver de acordo com as regras. Minha mãe lhe diz que não faça ameaças se não puder levá-las adiante.

"Preste só atenção", retruca ele. "Se o seu filho não parar com essa bobagem com aquela garota, ele e você irão descobrir se vou cumpri-las."

Ela chora dizendo que é fácil para ele dizer coisas tão horríveis. "Mas eu sou mãe dele. Carreguei-o dentro de mim nove meses e o trouxe ao mundo com a dor do parto. Você poderia muito bem me matar se você vier a expulsar o meu filho de casa."

Tio Jal intervém e piora a situação. Ele propõe que Murad fique na sua parte do apartamento, no seu quarto, fora do caminho do pai, até as coisas se acalmarem, a crise passar, e Yezad e Murad aprenderem a conviver.

"Foi para isso que você nos pediu para vir morar aqui?", meu pai grita. "Para que você possa interferir na nossa vida? Para que você possa ter o prazer de cavar um fosso entre pai e filho?"

Tio Jal tenta mostrar a falta de lógica da acusação. "Eu estou fazendo justamente o contrário, Yezad. Você queria chutá-lo para fora de casa, eu estou dizendo que vou guardá-lo para você, até você e ele estarem em condições de serem amigos de novo."

"Meta-se com a sua vida", meu pai diz, e sai para preparar as brasas para o *loban* da noite.

Minha mãe se lastima por causa das brigas e da amargura incessantes que tomaram conta da casa. Ela, confidencialmente, conta-me que o Avô, durante aqueles últimos dias no Pleasant Villa, tentou dissuadi-la de nos mudarmos para o Chateau Felicity, para a sua casa da infelicidade. Ela está certa disso agora, certa de que era isso o que o Avô tentara lhe dizer, e ela não lhe dera ouvidos.

Papai faz pouco caso, dizendo que uma casa é só tijolos e cimento, e que cabe a nós sermos infelizes ou felizes nela.

Mas minha mãe não está convencida: "Aprenda isso, Jehangoo. Ouça o conselho dos velhos. Quando crescemos, achamos que sabemos tudo. Acreditamos que os velhos não são bons da cabeça. Adquirimos orgulho demais com o correr dos anos. E então esse orgulho nos derruba."

Minha mãe repete constantemente o seu arrependimento. Sua consciência dói, diz ela, não fez tudo o que podia para o Vovô.

Quando meu pai a escuta, fica muito aborrecido. Diz que ela é viciada em melodramas, que distorce deliberadamente os acontecimentos de cinco anos atrás, quando ela era praticamente uma escrava do próprio pai. "O mínimo que você fazia era ir para o outro extremo, nos abandonando por causa dele."

A acusação deixa-a estupefata. "Você se sente assim?" Ela se vira para mim. "Eu abandonei você?"

Eu balanço a cabeça, e Papai diz, "Não pergunte a Jehangir, ele era muito menino então para poder compreender o que estava acontecendo".

"Eu tinha nove anos, compreendia tudo."

"Claro. Você nem se lembra da metade."

"Me pergunte qualquer coisa", eu o desafio. "Lembro-me exatamente do que aconteceu."

"Ah, todos achamos o mesmo", Papai diz.

Mas Mamãe está certa de que o Avô teria vivido mais e mais feliz se ela tivesse continuado a cuidar dele em vez de contratar estranhos. "A prova está nas escaras que ele teve. Durante quase um ano eu lavei Papai e o deixava limpo e seco, e ele estava bem. Assim que a aia e o auxiliar de enfermagem entraram, as escaras apareceram."

"Bobagem", Papai argumenta. "Há tanto tempo na cama, ele teria escaras não importa quem estivesse cuidando dele. Foi só coincidência."

"Você diz sempre que não há isso de coincidência", ela ressalta. "Você diz que é apenas uma outra palavra para a Mão de Deus."

Ele a desdenha. Então ela implora de novo por Murad e Anjali, suplica a Papai que a deixe jantar à mesa, dá o exemplo do Avô e de Lucy, e de como isso levou tanta gente a viver uma vida inteira de luta e infelicidade. Quanto mais forte a tentativa de separá-los, mais teimosos eles poderiam se tornar. "Por tudo o que você já viu, eles farão novos amigos e esse fogo se extinguirá."

"E se não se extinguir?", meu pai pergunta. "E se isso se tornar mais sério? Mais um prego no caixão da *komm* pársi. E você será responsável por tê-lo martelado."

Eles chegaram a um acordo. Papai permite que Anjali venha ao jantar do aniversário, desde que se faça uma rearrumação dos móveis da sala de estar. Eles devem ser dispostos de modo a formar uma barricada, a uma distância apropriada do armário-oratório.

Essa medida resolve a principal preocupação de Papai, a de que alguém pudesse conspurcar o espaço de oração. Amanhã, Murad e eu mudaremos a posição do sofá, das cadeiras e das mesas e erigiremos esse *cordon sanitaire*, como meu irmão o chama.

Tio Jal me diz, "Não seria bom se Daisy também viesse ao jantar?".

Aproveitando a deixa, menciono o desejo a Mamãe, e ela concorda imediatamente. Acho que ela ainda está esperando que eles comecem a pipilar como dois pombinhos, embora Tio Jal se contente simplesmente em ir aos concertos com a Titia Daisy e ficar nisso.

Ontem, Mamãe encomendou mais caixas de doces da Leiteria Pársi: *jalebi, sooterfeni, burfi, malai-na-khaja.* Serão entregues amanhã de manhã — o dia do aniversário no calendário inglês. Ela também queria mandar uma caixa para a Titia Villie, mas Papai disse que essa antiga vida tinha acabado, e não havia mais necessidade de se manter contato com as pessoas do Pleasant Villa.

Reunimo-nos perto do armário-oratório. O piso, preparado por Mamãe de manhã cedo, está decorado com desenhos feitos a giz. Ela usou um molde cujo motivo era um peixe porque peixes são auspiciosos. Foram feitos com pó de giz branco, e neles Mamãe aplicou olhos vermelhos.

Tio Jal, ao lado da vitrola, espera a sua deixa. A um sinal de Papai, ele dá início à música *Parabéns*, numa versão instrumental. Nós fornecemos a letra. Mamãe entra na sala com a bandeja de prata, redonda, que traz tudo que ela vai precisar para a cerimônia. Ela a põe na mesa e acena para que Murad chegue à frente.

"Com o pé direito", ela lhe lembra.

Murad pisa, cuidadosamente, nos desenhos feitos com giz, os pés entre os peixes, e sorri para nós. E enquanto cantamos para ele, Murad fica ali com o seu barrete de oração, em cima dos dorsos dos peixes, que agradecem por ser aniversário dele.

Mamãe apanha a guirlanda de rosas, lírios e jasmins da bandeja de prata. Murad abaixa a cabeça para que ela possa enfiá-la, deixando-a ao redor do seu pescoço. Em seguida, ela põe na sua mão todos os símbolos de boa sorte e prosperidade: folhas e nozes-de-areca, tâmaras, flores, um coco. Mergulha o polegar na pequena taça de prata que contém vermelhão e passa um pouco da pasta na testa dele, num *teelo* comprido e vertical. Por fim, pega alguns grãos de arroz que estão na própria mão e os pressiona contra o *teelo*, grudando alguns ali. Pega mais arroz e joga por cima dele, as mãos dela formando um lindo arco que poderia fazer parte de uma dança.

Ela lhe dá um demorado abraço, sussurrando palavras no ouvido dele que não consigo ouvir. Nós, os outros, continuamos cantando. Então ela recua, e chega a vez de Papai.

Ele vai até a bandeja de prata, apanha um punhado de arroz, e também esparge os grãos. Há um relógio novo na bandeja, o presente de aniversário de Murad. Mamãe deixou-o para o Papai dar. Nós esperamos, querendo saber como ele vai agir. Ela cobre a boca com os dedos para esconder a ansiedade.

Ele apanha a caixa, hesita, deixa-a na bandeja, e toma o pulso esquerdo de Murad. Desafivela a pulseira do relógio velho e o põe de lado, então tira o novo da bandeja. A pulseira deste é de metal, e ele o passa delicadamente por cima dos dedos fechados de Murad, acertando a caixa do relógio no pulso antes de virar a mão para poder fechar bem a pulseira.

Ainda com a mão de Murad na dele, Papai finalmente olha-o no rosto. Por alguns instantes, eles mantêm o olhar firme um no outro. Agora, Papai põe a mão direita na cabeça de Murad, sobre o barrete de oração, e acho que ele está fazendo uma oração. Murad espera sem virar os olhos nem mostrar nenhum sinal de impaciência.

Então Papai o liberta das flores e das folhas e nozes-de-areca, devolvendo-as para a bandeja e o abraça. Murad responde, pondo os braços à volta de Papai.

Tio Jal e eu paramos de cantar, por nos sentirmos tolos de estar repetindo o verso mais de três vezes; além disso, o disco terminou de tocar. Podemos ouvir Papai sussurrando. "Feliz aniversário, meu filho. Tenha uma vida longa, saudável e rica, e muitas felicidades".

Mamãe começa a se alvoroçar, de um lado para o outro, para esconder o fato de estar chorando. Ela me avisa de que é minha vez de dar parabéns ao meu irmão, enquanto Tio Jal se afasta um pouco depois de presentear Murad com um envelope. Que contém 101 rupias. Eu sei, porque ele me mandou ao banco ontem para apanhar notas estalando de novas.

Chego perto de Murad, na ponta do peixe de giz, e paro, sem saber ao certo se ele vai gostar de que eu o abrace. Então eu lhe dou a mão: "Feliz aniversário, Murad."

Ele toma a minha mão, depois a puxa para si. Assim que perco o equilíbrio, ele estende o braço para não me deixar cair e me abraça. Nós dois sorrimos do estratagema.

"Vamos minha gente", Mamãe nos apressa, "o *sev* está pronto, vamos comê-lo agora, antes que se grude no fundo da tigela."

Murad mostra o relógio novo ao Tio Jal enquanto nos dirigimos para a sala de jantar. Eu me deixo ficar para trás, observando Papai, no sofá, mergulhado nos seus pensamentos. Mamãe pára ao seu lado. Ele levanta os olhos e sorri tristemente.

"Yezdaa? Algum problema?"

Ele balança a cabeça e lhe dirige outro pequeno sorriso.

"E, Yezdaa, o relógio da cozinha está precisando de corda."

"Mais tarde", responde ele. "Ou você pode pedir a Murad."

A festa da tarde terminou, os amigos de Murad saíram, mas ainda não está na hora do jantar.

Sento-me na sala de estar, olhando além da barricada especial feita de móveis, para o armário-oratório no seu canto protegido. Imagino-o cheio de brinquedo e quinquilharias como um dia ele esteve, os fragmentos tristes da infância infeliz da Titia Coomy e do Tio Jal. Agora, está cheio dos objetos sagrados de Papai. E ele está igualmente infeliz.

Tio Jal está no quarto dele, se arrumando. Ele passou o dia todo muito excitado porque a Titia Daisy vem jantar — ela aceitou o convite assim que Mamãe o transmitiu, ao telefone.

Para minha surpresa, Mamãe está pondo a tigela rosa e a pastora de porcelana na sala de estar. Na mesa de jantar, ela põe a louça boa que o Avô deu a ela e a Papai no casamento deles. Ela chega com um vaso, acaricia a pastora, passa os dedos pela borda denteada da tigela rosa.

"Todas essas coisas foram presentes do Avô", ela sorri. "Não são magníficas?"

Faço que sim com a cabeça. Isso me faz lembrar de um tempo muito antigo, quando o Avô chegou para morar conosco no Pleasant Villa. E como o meu mundo de repente se tornou um lugar muito maior, muito mais complicado e doloroso. Penso no Avô dormindo no sofá-bicama ao meu lado, segurando minha mão para me consolar. E, depois, eu segurando a dele quando ele tinha pesadelos. Penso na música de violino que tanto apreciávamos. E as palavras que ele me ensinava, as histórias que contava, para que eu pudesse descrever e compreender o mundo.

"Lembra-se do que o Avô nos disse um dia?", minha mãe continua. "Para gozarmos dessas belas coisas e, assim, podermos derrotar a tristeza e o pesar da vida?"

Acho que ela está buscando aprovação para a decisão que tomou de usar a louça boa hoje. Por isso, faço que sim de novo. Tento me lembrar de um tempo ainda mais antigo, antes da chegada do Avô, um tempo em que o mundo era seguro, e pequeno, e viável — meus pais se encarregavam dele, e nada poderia dar errado.

"Pode me ajudar aqui na cozinha um minuto, Jehangoo?", ela me chama a caminho da sala de estar.

"Sim", respondo, mas permaneço na minha cadeira. Fico pensando no que o futuro reserva para a nossa família, nesta casa, na casa do meu avô, neste mundo que está mais confuso do que nunca. Penso em Papai, que me faz achar que o meu pai verdadeiro se foi, tendo sido substituído por esse estranho que não pára de rezar.

Minha mãe, azafamando-se como sempre, traz mais coisas da cozinha. Meu rosto deve ter uma expressão distante, pois ela chega mais perto, a mão procurando o meu ombro. Ela hesita, o gesto fica incompleto. Posso sentir os dedos dela a poucos centímetros de distância.

Então ela os pousa ligeiramente no meu braço. "O que há, Jehangoo? Não está feliz?"

"Estou", digo. "Estou feliz, sim."

Glossário

aachhu-michhu: ritual de boas-vindas

ABC Adha Boolla Catayla: gíria para circuncisão

Ahura mazda khodai, az hama gunah, patet pashemanum: passagem das escrituras escrita em avesta, língua desaparecida, datada de 500 a.C.

akoori: prato feito com ovos

Ashem Vohu: escrituras

atash-behram: templo *jire*

baags: jardins

bakshis: gorjeta

bavaji: pai

bevda: cerveja

bey: número 2

bhaisahab: um modo mais gentil e informal de dizer "sahab" (senhor)

bhajias: tira-gosto

bilaari: gato

BJP – Bharatiya Janata Party: Partido Janata Bharatiya

BSO – Bombay Symphony Orchestra: Orquestra Sinfônica de Bombaim

BSP – Bahujan Samaj Party: Partido Bahujan Samaj

bun-muskaa: pão com manteiga

bunya: pequena loja de doces

Burshane: marca de gás de cozinha

buryani: prato de carne com molho de abóbora
chaavat: pestinha, criança bagunceira
chalo: vamos
chamayli: jasmim
chapatis: pão chato
chappals: chinelos
chasni: comida ou frutas consagradas
chasnivala: aquele que faz a entrega das comidas e frutas consagradas
chavaal: arroz
chowki: estação
CP – Community Party: Partido Comunitário
dalit: intocável
dar-chavaal: arroz com legumes
Dettol: marca de desinfetante anti-séptico
dhal: lentilhas
dhandar-paatiyo: prato pársi feito com arroz, lentilhas e carne
dhansak: variedade de *dhandar-paatiyo*
dhobi: dono de lavanderia
Divali: Ano-novo hindu
dustoorji: padre
Ekta Samiti: organização ativista em prol da harmonia nas comunidades
falooda: bebida gelada feita de leite, calda, sorvete etc.
fareshta: bons espíritos
ferangi: estrangeiro
ghatis: trabalhadores sem especialização
ghubrao: assustar
goo-mooter: fezes e urina
goonda raj: *hooligans-raj*
goondas: *hooligans*
gotaalo: erro
Hanh, Husain, wohto sutch baat hai: "Sim, Husain, é verdade"
Hindutva: ideologia nacionalista composta por hindus fundamentalistas
IAS – Índia Administration Services: Serviço de Administração Pública da Índia
Jaldi, hanh: "Depressa, sim"
jire: subcasta hindu

JD – Janata Dal: partido político secular
jhopadpatti: barracos
karela: vegetal
khadi: tecido de algodão artesanal usado por adeptos do movimento pela autonomia da Índia.
kheema: picadinho de carne
khichi-saas: prato feito com arroz
Khordad Sal: Festival pársi
kusti: cordão usado pelos pársis como símbolo de sua fé
langoti: roupa de baixo
loban: olíbano (espécie de incenso)
lufroo: caso amoroso
mahetrani: mulher que limpa sanitários
maidaan: campo
malido: a parte das comidas consagradas nas cerimônias religiosas
manashni, gavashni, kunashni: parte das escrituras que engloba a principal filosofia do zoroastrismo — "bons pensamentos, boas palavras, boas ações"
masala mince: molho picante
mavaali: desordeiros
MCC – Marylebourne Cricket Club: Clube de Críquete de Marylebourne
mela: feira
memsahab: madame
miyan, chalo: amigo
mohallas: edifício de apartamentos
mumbaikars: habitantes de Mumbai
mumra: flocos de arroz
naatk: brincar, brincadeira
navjote: cerimônia de iniciação zoroastriana
Navroze: ver *Khordad*
paapri: pão tostado
paatiyo: espécie de molho
padmasana: postura do lótus
paisa: moeda
pakora: tira-gosto frito
pao-bhajivala: vendedor de tira-gostos

papayta-noo-gose: carne com batatas
pugree: chapéu
pukka: completo, finalizado
puri: espécie de pão, pãozinho
puri-bhaji: pão com verduras
ragdaa: petisco
RSS: organização extremista
saitaan: diabo
samosa: ver *pakora*
sarbut: bebida doce, não-alcoólica
sardar, *sarpanch*: chefe
senapati: chefe de exército
sev: tipo de petisco
Shah-Nama: grande obra épica persa, escrita por Firdausi
shakha: galho
Shiv Sainikis: membro do Shiv Sena
Shiv Sena: partido político de extrema direita
shor-shaar: comoção
soup-chavaal: sopa com arroz
SSC exams – Second School Certificate: Certificado do Segundo Grau
Sub kootch hai: "está tudo aqui"
subjivala: vendedor de verduras
sudra: vestimenta sacra
svalumban: autoconfiança
tamasha: barulheira
vantolio: remoinho de vento, tufão
VHP – Vishwa Hindu Parishad: Conselho Mundial Hindu
vindaloo: prato feito com carne

markgraph
Rua Aguiar Moreira, 386 - Bonsucesso
Tel.: (21) 3868-5802 Fax: (21) 270-9656
e-mail: markgraph@domain.com.br
Rio de Janeiro - RJ